21世纪年度散文选

2011 散文

人民文学出版社编辑部 编选

人民文学出版社

图书在版编目(CIP)数据

2011散文/人民文学出版社编辑部编.—北京:人民文学出版社,2012
(21世纪年度散文选)
ISBN 978-7-02-008784-6

Ⅰ.①2… Ⅱ.①人… Ⅲ.①散文集—中国—当代 Ⅳ.①I267

中国版本图书馆CIP数据核字(2011)第2200085号

责任编辑	杜 丽
装帧设计	何 婷
责任校对	常 虹
责任印制	张文芳

出版发行	人民文学出版社
社 址	北京市朝内大街166号
邮政编码	100705
网 址	http://www.rw-cn.com
印 刷	北京诚信伟业印刷有限公司
经 销	全国新华书店等
字 数	396千字
开 本	880×1160毫米 1/32
印 张	16.5 插页2
印 数	1—10000
版 次	2012年2月北京第1版
印 次	2012年2月第1次印刷
书 号	978-7-02-008784-6
定 价	30.00元

如有印装质量问题,请与本社图书销售中心调换。电话:01065233595

出版说明

我社自一九八〇年起,曾经编选和出版过《1980—1984年散文选》、《1985—1987年散文选》、《1988—1990年散文选》和《1991—1993年散文选》,受到文学界和广大读者的好评。一九九四年后,这项工作一度中断。进入二十一世纪,散文创作仍然欣欣向荣、气象万千,成为文学园地一道亮丽的风景。为了及时总结年度散文创作的实绩,向读者集中推荐优秀的散文作品,进而为新世纪的文学积累做出我们的贡献,我社决定恢复年度散文的编选和出版工作。

恢复出版的散文年选总冠名为"21世纪年度散文选",每年编选一册。编选范围为当年全国各报刊上发表的散文作品,入选篇目以发表时间顺序排列。此项工作得到了许多著名文学评论家和编辑家的支持和帮助,并且提出了很好的编选意见,我们在广泛阅读的基础上,充分参考专家们的意见,严格进行编选。在此,谨向诸位专家深表谢忱。

我们希望读者通过这个选本,不仅能了解本年度散文创作的总体概貌,而且能集中欣赏和阅读这一年里出现的最优秀的散文作品。我们的努力是否达到了这样的效果,真诚地期望得到文学界和读者的批评和建议。

人民文学出版社编辑部

目 录

1·文学与拯救
　　——纪念《狂人日记》发表九十周年　　陈丹青
9·怀念我的父亲曹禺　　万　方
14·十年琐记　　张　炜
31·望　　郭文斌
45·信
　　——井冈山往事　　江　子
60·月亮上的环形山(节选)　　周晓枫
76·暗色的家园(节选)　　第广龙
94·隐匿的激情　　素　素
106·家在西城　　侯　鑫
116·三十年的追思　　章德宁
121·什么是爱?　　周国平
126·自然生态下的知识人　　王学泰
136·隔膜　　高尔泰
146·城市与收藏　　范　曾
153·乡村教育:人和事　　格　非
167·我的"津门故里"　　何　申
182·阿勒泰,你天下无处寻觅　　艾克拜尔·米吉提
190·风吹歪　　耿　立

1

196 ·	少年纪事	肖克凡
212 ·	羊道·夏牧场之二(节选)	李娟
240 ·	爬过沙漠去看青海	连俊超
249 ·	盖蒂的夕阳(外一篇)	赵玫
264 ·	南太行农事诗	杨献平
273 ·	从这里到那里	谢有顺
287 ·	非洲的眼神	孙郁
304 ·	定西笔记(节选)	贾平凹
323 ·	父亲的神鞭	刘红庆
333 ·	祭母亲文	张守仁
340 ·	流年	彭学明
356 ·	大觉寺的玉兰(外三篇)	王祥夫
364 ·	半导体	艾贝保·热合曼
371 ·	记忆里的小人儿	项丽敏
384 ·	乡村食话	连忠照
390 ·	半岛草木记	盛文强
399 ·	杂货店	傅菲
407 ·	酱菜园	王琰
415 ·	点滴入心头 ——怀念父亲绿原	若琴
421 ·	断裂的爱(外一篇)	余秋雨
440 ·	中年三题	远方
452 ·	豫剧的孤儿	〔美〕陈光
457 ·	寒冬早行人	王充闾
468 ·	琉璃秋(节选)	鲍尔吉·原野
479 ·	我的姥爷赵国记	王兆胜
484 ·	枳壳 枳实	辛明
489 ·	我的七十年代	周月亮

文学与拯救

陈丹青

——纪念《狂人日记》发表九十周年

好几年前,港台大陆三地文学评论家弄了一回活动,是从新小说迄今为止选出一百位作家,展示中国现代小说的成绩。不消说,鲁迅先生头一名。头一名既是鲁迅,那么头一篇,就是《狂人日记》了。

文学、艺术,要来选人,而且是一百名,我不知道是什么意思。但评选者的一段话,我记住了:中国的白话文小说起于鲁迅,也在鲁迅手里成熟。

这前一句话,鲁迅自己也说过的。1935年,他在《中国新文学大系·小说二集》的序言中回顾中国1926年之前的小说,然后写道:"在这里发表了创作的短篇小说的,是鲁迅",当仁不让,但是一点不骄傲,不自得。我真喜欢鲁迅这样子说起自己。

这后一句话,鲁迅可能会不吱声。他说自己的创作是因为朋友怂恿,于是拿些"小说模样的东西"去敷衍,又说,文坛太寂寞,大概凤凰之类都休息去,他这样的夜鸟飞出来叫叫,就被注意了。我以为这不是鲁迅装谦虚,而是真话。

1918年鲁迅发表第一篇小说,直到他去世的1936年,总共十八年,其间写小说恐怕十年不到,薄薄两本小集子,《呐喊》、《彷徨》,规模很有限。从整体看,白话文小说的历史也就这么不到二十年。他在以上同一篇序言中还告诉大家,《狂人日记》受到果戈理同名小说的影响,《药》的结尾也有安特莱夫的影子,鲁迅对自己、对读者,尤其对文学,都很诚实的。他是写过第一本中国小说史的人,知道什么是文学与文学史,知道文学的成熟哪里那么容易,那么快。他做了开路人,但看轻自己,写了一通就罢休了。晚年的《故事新编》,那是无可超越,又深刻,又老辣,可是他也说太"油滑",好像不当一回事,更没有居功自赏的意思。孙郁先生说鲁迅是个翻译家,很准确,他甘心情愿给新文学铺铺路,垫垫底,并没用太多力气写小说,早就让开身子,等着英雄好汉出来超过他。

九十年过去了。中国现代小说成熟不成熟?有没有好汉超越他?我现在倒是愿意回到《狂人日记》发表时,中国文学大约是怎样一种状况。

1918年,中华民国才成立七年,虽然结束帝制,但整个形态和晚清差不多。文学革命,也就是胡适、陈独秀倡导的白话文运动,刚刚开始,时间大约是1915年。文学史专家或者知道那时中国有没有出现白话文小说,以我的无知,好像没有,有,想必稀少幼稚。照鲁迅的说法,《水浒传》、《红楼梦》已经精彩地运用白话,但大家知道,那毕竟是"章回小说"。到了临近20世纪还出现有名的长篇小说叫做《老残游记》,可是《老残游记》的同时,欧洲的狄更斯、哈代、司汤达、福楼拜、托尔斯泰、契诃夫,早已写出了顶顶重要的代表作,叔本华、尼采、克罗齐这些现代思想家也被介绍进来,但这些欧洲大人物到20世纪初叶就先后死了,而在中国,那时还没人以现代的思想、人格来写现代小说。

这时,鲁迅忽然扔出来一篇短短的《狂人日记》,非常前卫,非常摩登——比现在70后80后作家前卫得多——所以文人们很吃惊。不久,《孔乙己》、《药》和《阿Q正传》也发表了,蔡元培就给鲁迅的弟弟周建人写信,说实在是五体投地啊,五体投地！胡适和陈独秀闹文学革命,但没有创作,所以也对鲁迅大佩服,拼命说好,拿来做白话文小说的成绩,打击保守派。诸位想想看,那时哪里有作家协会,鲁迅的正职是教育部佥事,据说相当现在的处长,同时在北大兼课,并没有名气。署名"巴人"的《阿Q正传》发表后,许多人猜测这位作者到底是谁。今天,要是北大的老师群,或者教育部官员里又冒出一位小说家,一发表,全国文人吃一惊,那是什么情形?

鲁迅的少年志愿是做医生,并不是弄文学。除了听章太炎讲"小学",论学历,和中文系的本科生、研究生、博士生、博士后相比,简直靠边站。《狂人日记》发表时,鲁迅年龄很不小,三十七岁,有句话叫做"大器晚成",鲁迅是超级大器,但其实他很早就"成"了——大家要知道,此前鲁迅已经写得很多,写得很好。他那一代人旧学根底厚,他又全盘吸收当时西方的新知识、新思想,他写作的语言、笔力,一出手就响亮非凡,二十多岁时写的《人之历史》、《科学史教篇》、《文化偏至论》、《摩罗诗力说》,足够显示他卓越的写作天赋。虽然用文言,虽然他几乎忘记这些早期作品,但那样的眼光、笔力、气势,到今天也没人能够写出来。鲁迅是个沉静的人,很早就怀疑、悲观、看破,他没有积极参与文化运动的发起,更没有领袖欲,也没有资料表明他自信有着写小说的天才。他到北京后长期闷在家里抄古碑,有点破罐子破摔的意思,并不把自己看成是个人物,但做学问、写文章,从来认真扎实,周作人晚年回忆,说他哥哥做一件事情完全为了自己的兴致,一点没有企图心。在他动笔写新小说时,除了旧学的教养、新学的激励,全中国并没有人可以给予他有关现代文学创作的影响,本土现代文学的前辈、先例、同伙、同志,一个也没有。要说有,也只是从日本的翻译看了一点欧洲小说,就这样子躲在小四合院自己写起来,结果开天辟地:中国古典文学结束了,中国现代文学开始了。

这真是不可思议。明代的罗贯中写《三国演义》,有历代的话本,清朝的曹雪芹写《红楼梦》,毕竟前面有过《金瓶梅》。托尔斯泰写《安娜·卡列宁娜》,自称受到普希金影响,而普希金写《别尔金小说集》时,前面没有人指引他。这种罕见的才华,无法解释。今天看,鲁迅的初作还是不可更动,不可商量。它可能单薄,但是完满,一上来就有自己的文体,深沉锋利,这种文体不是说还要怎样锤炼、生长,它已经是典范。我们不会说:一朵花得开那么几次才慢慢像一朵花,真的玫瑰,一开开来就是玫瑰,鲁迅的小说就是这样子。

后来的张恨水、老舍、曹禺、沈从文、张爱玲,论文学才华,都不得了,一上来就有自己的面孔,很快相对成熟;论题材、界面、规模、样式,也比鲁迅有拓展。但很难想象在他们出道之前,中国没有一个鲁迅。解放后,三十年左右几乎没有纯正的小说,80年代才出一大批新作家,总算在文学断层这一端长出不少苗,但早期作品那种幼稚、贫薄、先天不足,和民国文学才子没办法比较,更难和鲁迅项背而望——17世纪的曹雪芹超越了15世纪左右的罗贯中和冯梦龙,20世纪的鲁迅,又以白话文小说一举超越了古典章回小说,现在九十年过去了,其间千万篇小说,论文体和语言、论成熟感、论扭转时代的力度、论经典性,可能仍然不容易超越鲁迅。但无论如何,过去二十多年毕竟兴起了大规模文学实践,许多好小说诞生了,而从几代作家望过去,在起点上,站着一位瘦弱的鲁迅。今天,我们的文学视野早已超越鲁迅,我们有理由以新的制高点、新的复杂感,看待鲁迅,但不论怎样议论鲁迅,我猜,弄文学的人都会拿他没办法。

接下来,要说《狂人日记》中那两句有名的话:"吃人"和"救救孩子"。

这两句狂人的狂话,是小说的语言,是文学的语言,可是它说出后,迅速在历史狂飙中迷失,不再被看作文学。历史也像发狂一般,再三再四以可怕的方式,听从并实行了这两句狂话,同时反过来对它施行深刻的讽刺与侮辱。鲁迅生前就领教了这历史的捉弄,从《狂人日记》发表直到去世,鲁迅始终敏锐地认识到时代不断在翻脸,今天来看,这历史的恶毒,是《狂人日记》始料未及的报应。

"吃人的社会"、"救救孩子",为1918年前后新文化运动的"反礼教"命题,做了最为精炼、凶狠的概括,振聋发聩,大慈大悲,极度形象,极度夸张。前一句话,指两千年旧文化,后一句话,在鲁迅个人是出于绝望与希冀,在历史层面,直接指向革命:革命,在文的一面启动了鲁迅那代人倡导的"改造国民性",在武的一面对应了当时的暴力统治。九十年后,如果仍以形象夸张的方式引用鲁迅前一句话,他所憎恶的"吃人"社会完全被推翻、征服、消灭,"吃人"的性质变了没有呢?变了,变成另一人群吃人,或者被吃;换成另一方式吃人,或者被吃。而"救救孩子"这句话,就是"救中国"的意思,当时说出口,就隐含大问题:谁来救孩子?怎么救法?能不能救得起?

袁世凯的君主立宪,是一种救法,失败了;孙中山的"三民主义"是一种救法,失败了;蒋介石的"训政"是一种救法,失败了;战无不胜的毛泽东思想是一种救法,大功告成,后来又遇到问题了,历史地看,目前正在成功的路途中——现在,让我们改动鲁迅那可怕的说法吧!将"吃人"与"被吃"改为"治人"与"治于人",再或者,改成"整人"与"被整"、"骗人"或"被骗"……都可以,然后来看看今天的中国,"治人"与"治于人"、"整人"与"被整"、"骗人"或"被骗"……仍然到处可见。但是,不再有人跳出来大叫:"救救孩子。"千千万万孩子们早已被告知,或早已认定被"救"了起来,预备长大了"治人"或"治于人","骗人"或者"被骗"……总之,一个空前富强的中国正在崛起,和鲁迅那个被瓜分被欺负的旧中国,不能比了;一个人人平等人人有尊严的中国,暂时还没出现,和鲁迅目击的中国,还可以有得比。

回到鲁迅。当初他既是呼喊"救救孩子",必定和他的五四同志们一样,以为自己应该救孩子,而文学能够救孩子。与《狂人日记》对应,他在散文《我们现在怎样做父亲》另有一句著名的话:"肩住了黑暗的闸门,放他们到宽阔光明的地方去。"是的,旧式婚姻,可诅咒的古文,同乡秋瑾的死亡,鲁庄百姓的愚昧,都是鲁迅身受或目击的"黑暗"。但他自己的事好办:他书写白话文,他为了恋爱出走,但在此后的现实中,在他曾热爱并为之辩护的中华民国,他很快发现"放到宽阔光明的地方去"的孩子,照样是一个死——1926年,刘和珍与许多同学被军阀镇压,他说那是"民国以来最黑暗的一天";1931年柔石和他的同党被国民政府枪毙,他说他被"层层淤积"的血"埋得不能呼吸";1933年瞿秋白被害,鲁迅不再写文章,书信中说起,也异常冷静。他不再叫喊,他变得比1918年更绝望,因为在他年轻时,目击的只是同龄人的死亡——要知道,在30年代丧命的青年,都比他小二十多岁,可以做他的孩子。而三十多岁讨论怎样做父亲的那个鲁迅,那时快五十岁了,中年得子,真的做了父亲,但这位父亲很清楚,除了好好养大周海婴,其他千千万万孩子,他根本救不起。

不久鲁迅死了。"救救孩子"这句话跟着他的小说留下来,变成一道符咒,凡是怀抱救国心的青年记得这句话,相信这句话。可是别家的孩子不说,单是鲁迅家的孩子,以及孩子的孩子,一旦遭遇麻烦,别说没人救,连自救也不能。而鲁迅当年是可以自救的:他和许广平先生恋爱,走去广州上海,过日子,生孩子,除了寻求母亲和原配的谅解,不必任何人同意。

但鲁迅身后,在光明中奔跑的一代一代中国孩子,胸怀正义、勇气和血性,继续慷慨激昂,救中国。无论是胡风还是储安平,是张志新还是林昭,是六七十年代的红卫兵还是老知青……都自以为是在"救中国"。结果呢,连自救也休想:等到他们闯了祸,或被认为闯了祸,将要流放、枪毙,全中国没有人能够救他们,也没有人胆敢救他们——很好,最近二十年,孩子们学乖了。什么都可以做:跳舞、唱歌、吸毒、堕胎、考试、升学、赚钱……都没关系,都很好。是的,是你们,在座的孩子们,总算被迫或者主动摆脱了九十年来救国与被救的轮回,人人做个乖孩子,学会顾自己。

这是新文化运动的大讽刺、大失落:"国家兴亡、匹夫有责"的伟大寓言,被孩子们彻底抛弃了;这也是中国历史的大还俗、大胜利:革命与改良、文化与制度、文学与拯救,终于被看成是两回事。

但九十年前大部分的中国读书人,包括鲁迅,渴望革命,不信任改良;热衷于文化争论,以为制度的确立还在其次,还在其后;而那时的先锋文学,有意唤起、并直接刺激国家民族的拯救意识和拯救行动。文学革命的发起者陈独秀后来自任新党的领袖,文学革命的杰出创作者鲁迅,成为革命者的精神资源。毛泽东在延安窑洞里说:"我的心与鲁迅是相通的。"而奔赴延安的知识青年都是鲁迅的崇拜者。他们不清楚鲁迅晚年对左联的深刻失望,就像鲁迅不知道日后的延安发生了什么;日后的延安,那些未被延安整风的青年又哪里想到后来进城做了大官,或大右派,而毛泽东自己也未必想到解放后自己对鲁迅也会坦然说出另外一番言语。反正,当鲁迅1936年去世之际,梦想自救与救国的青年,正打算上路,奔赴延安——这一切,在政治思想政治实践的一面,可以追溯到马克思列宁主义和苏俄,在文学的一面,则可以追溯到鲁迅的小说,追溯到1918年问世的《狂人日记》,追溯到其中那句呼喊:"救救孩子。"

文学能不能拯救国家?如果能,过去九十年被称作拯救的巨大成绩单,我们看见了。如果不能够,九十年过去,应该怎样看待鲁迅?怎样看待文学?没有疑问,《狂人日记》是一篇卓越的小说,是中国新文学的开山之作。今天,《狂人日记》的犀利与才华仍然令人惊异,但历史高高抬举这篇很短的小说,并不仅仅因为才华,而是它恶毒的挑衅,以至它的影响远远超过鲁迅能够达到的想象。在鲁迅的时代,有过一些试图将文学与拯救审慎划分的小说实践,但很少有人听取。在我们的时代,仍然有一些试图将文学引向拯救的热情作品,也很少有人听取。怎么会呢?我们可以想想。所谓"文学"这个概念,其实来自西方,"拯救"的概念,同样来自西方,来自基督教,一如马克思主义和无产阶级专政的概念,来自欧洲。是什么,使这些概念居然在六十年前的中国成为现实?

我没有能力回答。我不愿意说,文学只是文学,文学必须纯粹,不,我确信伟大的文学拯救人心;我也不愿意说,文学理应背负拯救的使命,煽动革命,救国救民,所谓启蒙也绝不单单是文学的事情。我不知道别的国家有哪一篇小说会发生《狂人日记》这样的影响,但我看见,一场文学革命,一篇小说,一句话,在中国历史中曾经发生了怎样的后果。

文学是可怕的。才华尤其可怕。鲁迅赋有这种才华,而且和九十年前的历史遭遇了。这就是我现在尚待清理的感想。

(原载《上海文化》2009年第1期)

怀念我的父亲曹禺

万 方

一百年前,一个婴儿诞生。一百年称得上漫长岁月,然而人们没有忘记他,一百年过后还在纪念他,这是为什么?他做了什么?回答很简单:他写了几部戏。正是他创作的这几部戏剧,使他今天还和我们大家在一起,进行着思想和情感上的交流。他给了戏生命,戏剧也给予他生命。

我父亲的一生都和戏剧紧紧连在一起。小时候他就是个小戏迷,才三岁,母亲——我的奶奶就带他到戏院看戏,小小年纪,就被舞台的奇妙所吸引。长大一些,他和小伙伴在自家的院子里演戏,可以算作他最初的戏剧实践。上了南开中学后,他参加了南开新剧团,演戏、导戏、翻译西方戏剧,从那以后,戏剧就成了他一生的迷恋与追求。

《雷雨》是他最著名的剧作,上演至今已经七十多年了。我记得他和我讲过,那时候他还在南开中学念书,有一个同学叫杨善全,他和杨善全说,我有一个故事想写出来。杨善全就说,那你讲讲吧。他讲了,头绪很多,讲得很乱,杨善全没听出所以然来,只说,很复杂呀,你写吧。

后来有人采访我爸爸,我听他对采访的人说:"你们要我讲蘩漪是从哪儿来的,有什么原型?有,肯定是有,好多好多。但要我说出张家老太太,李家少奶奶,王家小姐,有什么用?讲了也是白讲,你们也不认识。《雷雨》这个名字,如果硬要我讲,雷,是轰轰隆隆的巨大声音,惊醒他们;雨,是天上而来的洪水,把大地洗刷干净。"

我曾经陪爸爸去过他的母校,清华大学,他是在清华大学的图书馆里写的《雷雨》。他指给我看他过去坐过的位子,说:"不知废了多少稿子呀,都塞在床铺下边。我写了不少的人物小传,写累了,就跑到外面,躺在草地上看天空,看悠悠的白云,湛蓝的天。"他还说,"当年图书馆的一个工作人员,他待我太好了,提供我许多书籍,还允许我闭馆之后还待在这里写作。那些日子真叫人难忘啊!"他说当时他就是想写出来,从来没有想到过发表,也没有想过演出。

他还给我讲过写《家》的剧本的时候,是在四川长江边的一条小火轮上,天热极了,他是个特别爱出汗的人,汗流不止,从早上到天黑,他一句句一幕幕地写下去,笔追赶着他的思路,江水拍打着船底砰砰响,就像人的心跳,没有电灯,夜晚就在油灯下写……

在我小的时候我也看到过那样的情景,那是在铁狮子胡同的中央戏剧学院宿舍。爸爸的书房是一排小北房里的一间,院子里有一棵很大的海棠树,我和同学经常在海棠树下跳皮筋,一扭头就能看见我爸爸趴在窗前的书桌上写作。炎热的夏天,爸爸写作时就光着膀子,那时候从没听说过空调,也没有风扇,书桌上放着一个大脸盆,里面装着一大块冰。他汗流浃背,稿纸粘在胳膊上,字迹都被汗水弄得模糊了,毫不知觉。有时候他会在屋子里走来走去,经常剧烈地挠头,就像脑袋里憋着千头万绪,只有拼命地痛快淋漓地挠头才能把它们梳理清楚。经常,他反复琢磨,念念叨叨,一遍遍读出人物的台词。我听他朗诵过《胆剑篇》和《王昭君》。他的朗读与众不同,甚至可以说不同凡响,打动我,使我不忘,因为他根本不知道声音的存在,他用感觉读,读得那么有味。

再看《北京人》的剧本,有评论家说《北京人》是曹禺创作历程中的高峰,是他写得最好的戏。作为一个编剧,我感到惊异的是,要具有怎样的感悟力,体味多少不愉快,刻骨的厌恶,埋得极深的苦痛,才能写出老太爷曾皓那样的人物,而爸爸那时还是个青年。记得我曾经问过他写东西时的感受,他回答说:"生活中往往有许多印象,许多憧憬,总是等写到节骨眼儿就冒出来了。要我说明白是不可能的,写的时候也不可能。"我一直觉得《北京人》里每个男人身上都有他的影子,他比他们加在一起还要丰富生动。"文革"时期,爸爸被打倒,被揪斗。有一段时间,被关在牛棚里白天扫大街,晚上不能回家。他曾回忆说:"我羡慕街道上随意路过的人,一字不识的人,没有一点文化的人,他们真幸福,他们仍然能过着人的生活,没有被辱骂,被抄家,被夺去一切做人应有的自由和权利。"后来放他回家了,他把自己关在屋里,能不出门就不出门,吃大量的安眠药,完全像一个废人。

粉碎"四人帮"后,爸爸恢复了名誉,担任了很多职务,参加很多社会活动。但他最想做的是写出一个好剧本。在他的内心,他始终是一个剧作家,他的头脑就像被鞭子抽打的陀螺,一刻不停地转,爸爸这一生从来感受不到"知足常乐"和"随遇而安"的心境。晚年的日子里,他一直为写不出东西而痛苦。这种痛苦不像"文革"时期的恐惧那样咄咄逼人,人人不可幸免。这种痛苦是只属于他自己的。我曾经反复琢磨这份痛苦的含义,我猜想:痛苦大约像是一把钥匙,唯有这把钥匙能打开他的心灵之门。他知道这一点,他感到放心,甚至感到某种慰藉。然而他并不去打开那扇门,他只是经常地抚摸着这把钥匙,感受钥匙在手中的那份沉甸甸冷冰冰的分量。直到他生病住院,身体越来越衰弱,他才一点点放弃了他的痛苦,放弃了由痛苦所替代的那种强烈的写作愿望。他不再说"我要写东西"了。有时他说:"我当初应该当个老师,当个好老师,真有学问,那就好了。"他常检讨自己过去不用功,没有系统地看书。偶尔他会谈起他年轻时怎样写作,写得怎样酣畅,就像讲一个他做过的诱人的美梦。

当年爸爸写出《雷雨》之后,给了他的好朋友、中学同学章靳以。当时章靳以、郑振铎和巴金一起在办《文学季刊》。靳以叔叔把剧本放在抽屉里,放了一年,大约因为爸爸和他的关系太近了,反而觉得不好讲话。我曾问过爸爸:你为什么不问问呢?他说:"那时候我真是不在乎,我知道那是好东西,站得住。"一年后,巴金伯伯看到了《雷雨》,读过后立刻决定在《文学季刊》上发表。爸爸年轻时是那么的自信,而晚年,他不止一次地问我他写的东西是不是真的好。我劝他不要想了,我说这不是你的事。"怎么讲?"他问我。我说出看法,"你写了剧本,尽了你的力,以后就由时间去衡量了。"

"那我的戏是不是还算经得住时间考验的?"他又问。

"你说呢?"我反问他。

他没有再说话,我相信他心里是有答案的。

他曾说:"我喜欢写人,我爱人,我写出我认为英雄的可喜的人物,我也恨人,我写过卑微、琐碎的小人。我感到人是多么需要理解,又多么难以理解。没有一个文学家敢说:我把人说清楚了。"在他重访母校南开中学时,为中学生们讲话,他又说:"我一生都有这样的感觉,人这个东西是非常复杂的,人又是非常宝贵的。人啊,还是极应当把他搞清楚的。无论做学问,做什么事情,如果把人搞不清楚,也看不明白,这终究是一个很大的遗憾。"

写人,写出人的灵魂,对人永远满怀热忱和兴趣,我想这就是爸爸写作生涯的写照。

记得爸爸八十四岁的时候,北京人艺又演出《雷雨》,他生病住在医院里,我去看了,再到医院去看他,他问我:你觉得怎么样,能看得下去,观众坐得住吗?他爱听普通观众嘴里说的话,比如:挺有意思,真来劲。听到这样的话他最高兴。那天我告诉他剧场里很安静,我能感到那是一种全身心被吸引的安静,他听了笑了。前些天我在首都剧场看《日出》,剧场里坐得满满的,我再一次感受到那样的一种安静。我想象着爸爸坐在观众席里,和大家一起看着台上演出的戏,随着演员的表演,心中掀起一阵阵无声的波澜。

演出结束了,演员们走出来谢幕,观众们纷纷站立起来,齐声鼓掌,他们的掌声和情绪让他知道,他没有辜负他们的期望,他们被他的戏打动,获得了精神上的满足。对于爸爸,一位剧作家,这是多么幸福的时刻。

(原载 2010 年 11 月 1 日《人民政协报》)

十年琐记

张　炜

油印刊物

我的初中是在胶东半岛上的一处联合中学度过的。今天来看,她的自然环境非常之好:地处海滨,在一片果园的包围之中,校舍是一排排红砖瓦房,被大片绿树掩映,连阔大的操场也罩在了林子里。这里的春夏秋冬四个季节都给人留下难忘的印象:春天是密密的苹果花和李子花,是一群群的蜂蝶和小鸟;夏天有流经园里的河渠、不远处的大海,让我们在水里玩得尽兴;秋天果实累累,园径上花丛盛开,花果把人簇拥起来;冬天有遗落枝头的冻果,有高高的雪岭……总之这是一座再好也没有的校园了,它真该与美好的少年时代连接一起,成为一生难得的回忆。

可实际情形却有些复杂:关于她的一切,有时让我深深地沉迷,有时又不忍回眸。那时候我们并没有多少时间来享受大自然的慷慨赐予,因为当时已经找不到一个安静的角落了,就连这个绿荫匝地的校园也不能幸免:到处都是造反的呼声,是涌来荡去的各种群众组织。我的同学全都来自附近的几个村庄、国营园艺场和矿区,大家操着不同的口音,这会儿却在呼喊着同一些话语。老师和同学们除了要写大字报、参加没完没了的游行和批斗会,还要不断地接待从外地赶来串联的一队队红卫兵。后来形势发展得更加严重:我们校园内部也要找出一两个反动的老师和学生,并且也要开他们的批斗会。于是,校园里到处都是大字报,是一双双紧张兴奋的眼睛。

校外的批斗大会常常要到我们学校来举行,这既是为了让我们接受难得的教育机会,同时也因为这里有个大操场,地方宽敞。在最紧张的日子里,我们根本不能上课,因为除了批斗会,还有老贫农的忆苦会、老红军的报告会,以及"活学活用"积极分子的"讲用会"等等。剩下的一点时间就是自己折腾:写大字报、相互揭发。那是一个热火朝天意气风发的时代,一个少数人特别痛苦、大多数人十分兴奋的时代。可惜我就是这少数人中的一员,这是我最大的不幸与哀伤。

父亲当年正蒙受冤案,所以我似乎从一开始就成为难得的另类角色。校园内一度贴满了关于我、我们一家的大字报。我不敢迎视老师和同学的目光,因为这些目光里有说不尽的内容。校长是一个热爱文学的人,他对词汇特别敏感,即便是从一张张严厉的大字报中,也仍然能寻到一些好句子。我至今记得他盯着墙壁的模样:一手端着一个红色墨水瓶,一手捏着一支毛笔,头颅前倾,不停地戳戳眼镜,然后往墙上那些大字报上划一道道红线……同学们聚在一处欣赏美妙句子的时候,也正是我心碎的一刻。

学校师生已经不止一次参加过我父亲的批斗会。当时我要和大家一起排着队,在红旗的指引下赶往会场,一起呼着口号。如林的手臂令人心颤。但最可怕的还不是会场上的情形,而是这之后大家的谈论,是漫长的会后效应:各种目光各种议论、突如其来的侮辱。我记得那时常常独自走开,待在树下,想得最多的一个问题就是:怎样快些死去,不那么痛苦地离开这个人世?

我恨校长也爱校长——最后竟长久地感激起这个人。他酷爱文学,最终在校内办起了一份油印文学刊物,取名《山花》。

它装订得极为齐整考究。全校只有校长的蜡版字最好,所以每个字都要由他亲手刻下,它们工整得简直就像铅字一样。校长是一个完美主义者,他绝不容许自己的制作有一丝瑕疵,以至于题图、插图全要自己动手,直弄得无一不精,整本刊物美轮美奂。校长号召全体师生都为刊物写稿,并且没有忘记鼓励我。这使我受宠若惊。

我写下的东西刊在了显要的位置上,校长当众赞扬了我。

这对我来说可是了不起的经历。许久许久以后,它又将和那些可怕的屈辱掺在一起,让我既难以掰开又难以忘怀。

我们家孤单单地住在一片林子中,只要没有外人打扰,就会有自己稍稍不同的生活:每日忙过一天,夜晚享受安谧。如果是漫长的冬夜,家里人就会找出一本书来读。听书,成为我当时最大的乐趣。所以很长时间以来,我每天最盼望的就是夜晚快快降临。如果是大雪封地不能出门时,外祖母就点起火盆,再把一张小桌搬到炕上,和母亲一起描花,画些什么。她们做得最好看的就是一种梅花,那是用高粱秸秆的内瓤做成的一朵朵梅花,插满了一株酸枣棵或荆棘——这就成了一树刚刚绽开的腊梅。

除了在家听书,就是想方设法从一切地方找书来看。那时有些书是藏起来的,很不容易找到;有些书是竖排繁体字,拿到手里也读不懂。但强烈的好奇心还是吸引着我,让我磕磕绊绊地一路读下去。记得那些翻译作品和古典文学,就是在这样的情形之下吞食的。这也是我能出人意料地写出一些与大多数同学不同的句子、博得校长赞誉的重要原因。

我们的油印刊物出了好几期。这个事情极大地吸引了校长和部分同学老师,让他们欲罢不能。而在我看来,她就像空气和水一样不可或缺。我会在一个没人的地方长时间与这本油印刊物待在一起,嗅着她的香气,不止一次把她贴到了脸上。

校长热爱他的刊物,于是就一块儿喜欢起那些能够襄助这个事业的人。我开始受到他的袒护和帮助。文学可以让人在一定程度上免遭苦难,这是我在那个年代里稍稍惊讶的一个发现。

杀　狗

由于我们一家独居丛林的缘故,我的童年比较起来是极其孤单的——或者也可以说是最不寂寞的。因为我可以有更多的时间接触一些动物,在无边的林子里玩耍。而那时的人群在我眼里常常是可怕的,他们当中的一部分有多么不善甚至恶毒,我是充分领教过的。

除了在野外看到一些动物,比如各种鸟雀和四蹄小兽之类,再就是养一只狗和猫了。林野中的动物虽然种类繁多,却不能够随意亲近。它们无论如何还是不能相信有人会对其友善,总是充满了警醒和提防。这在动物来说当然是完全没有错的,只是让我感受了极大的委屈。因为我知道自己是多么需要它们的友谊,并且永远不会背弃和伤害它们。可惜这种想法无法表达,我们之间没有通用的语言。但好在我的这种遗憾在很大程度上由猫和狗给弥补了。它们可以与我依偎,相互之间久久注视。它们甚至能够确凿无疑地听懂我的一些话。

我们那时对于猫和狗是家庭成员这种认识,绝没有一点点怀疑和难为情。因为我们一家人与之朝夕相处,我们从它们身上感受到的忠诚和热情、那种难以言喻的热烈而纯洁的情感,是从人群当中很少获得的。就我自己来说,当我从学校的批斗会上无声地溜回林子里时,当我除了想到死亡不再去想其他的时候,给我安慰最大的就是猫和狗了。它们看着我,会一动不动地怔上一会儿,然后紧紧地挨住我的身体。

猫和狗的眼睛在我看来有无尽的内容。这是神灵从陌生的世界里开向我的两扇窗子。它们没有对我发声,可是我真的听到了也看到了。于是我常常就对它们诉说起来,说个不停。它们倾听的样子是我一生都不能忘记的。我认定了它们的纯良,世上的任何人伤害它们,在我看来都是最为残忍的行为。

也就是在那样的时期,巨大的灾难突然降临了:上边传来了打狗令。一开始是附近村子里的孩子在说,几天后竟然得到了证实。母亲和外祖母的脸色变了。她们都不敢看我,就像我不敢看她们一样。

显然,这是我和我们全家无论如何都过不去的一道坎。以这样的方式失去一位情同手足的伙伴,对我来说等于临近了世界末日。它看着我,又看看全家人,泪水盈眶。它的聪慧使其预先感知了一个残酷的结局。

打狗令规定:养狗的人家必须在接到命令的第二天自行解决,如果超过期限,就由民兵来办这件事。

母亲和外祖母躲到一边去商量什么。我知道她们什么办法也不会有。我在她们走开的一会儿却打定了一个主意:领上我们的狗远远离去。去哪里?不知道。去一个能够让狗活下去的世界。天底下一定会有这样的地方吧,那儿不论多么遥远,我都要找到它。这个决心比铁还硬,竟使我一时忘了其他,丝毫也不去想家里人会怎样发疯地找我。我只想和我的狗在一起,只想让它活下来。

我领上狗走开,进了林子。似乎只彼此交换了一个眼神,我们就溜开了。我在前边跑,它就紧紧相跟。这是一条逃命之路,它当然完全知道。我跑得很快,只偶尔回头看它一眼。它不像往常那样时不时地跑到前头,而是一直跟在后边。它越来越不愿跟上来,这种情况以前是从未有过的。我发现已经接近了一条河流,这条河离我们的住处仅有三公里,可感觉上河的对岸就是外乡了。

一丛丛绿色掩着它的身影。我再次回头时竟没有找到它。

我呼唤了一声,没有回应。我慌了。它会迷路吗?它又为什么不再跟从?答案只有一个,即它留恋着丛林中的茅屋,认定那儿才是它的家。它终于察觉了我们这次走得太远了,尽管这是一次逃命之旅。

我紧咬嘴唇。回返的路上,我在心里一直呼唤着它。可我并没有喊出声音来。因为我明白,它从很远的地方听到我的脚步声,就足可以辨别了。它不愿转来,那是因为它已经打定了回到茅屋的主意。

可是家里仍然没有它的身影。母亲和外祖母定定地望向我。后来是外祖母先开了口,问我们刚才去了哪里?我没有回答,只在屋里屋外大声呼喊起来。没有任何回应。

天黑下来,离我们茅屋不太远的那个小村里传来了一阵阵狗叫声。那是让我心惊胆战的声音。

母亲说:民兵等不及了,他们提前去了那个村子。

果然,从天黑到黎明,林子外面的狗吠声再也没有停止。一夜之间,不知有几拨民兵拥到林子里来,他们背着枪,厉声追问我们的狗哪里去了?当然不知道。我只希望它长上了翅膀。

一连多少天,我都能闻到空气中的血腥气。我所遇到的每一个人,他们不论是到林子里干什么的,脸上都有一股杀气。他们不问自答地叙说着耳闻目睹:不远的那个小村里,不知谁家动手杀死了自家的一条狗,接着全村的狗就乱起来。它们只要是没有拴起的,就蹿到了村头,然后汇合一起向林子深处跑去。也就在这时候,得到消息的民兵就扛着枪棍包抄过去,最后将一群狗围在了林子边上的一个小沙岗上……

我突然想到它就在它们之间。

事实果真如此。不久小村里的人证实:当各家去寻领自己被打死的狗时,唯有一条狗是没有主人的。民兵收走了它。他们描述了它的皮毛花纹。是的,确凿无疑。

它在逃离中汇入了同类。它在最需要我的时候离开了,是出于一种毅然自决的勇气,还是对我们全家的怜悯?这个问题让我一直费解。

记忆中,每隔三两年就要传下一次打狗令。它总是让人毫无准备,突然而至。每一次骇人的消息都不必怀疑,因为谁都能嗅到空气中的血腥味,同时感到空气在打颤。

民 兵

当年有一个最吓人的字眼,就是"民兵"。这两个字意味着颤抖和眼泪、大气不出的死寂。与它连在一起的,还有这样的意象:呵气成冰的严冬,绳子和枪,生锈的刀。一些捎枪扛棍的人在村头巷尾、在村路上走动,个别人还穿了一件黄色上衣。这就是民兵。谁家孩子哭了,家里大人会吓唬他说:民兵来了!

其实不仅是孩子,大多数村民也害怕民兵。这些人被赋予了特别的权力,是当地管理者的武装。他们分为一般的民兵和常驻民兵,所谓"常驻"就是一天到晚宿在民兵连部的一伙,轮流值夜,每人都有武器。能担当这样角色的,都是村里最野蛮最悍勇的青年男女,也是村子中的特殊阶层。他们虽然是农家子弟,但地位较高,令一般农村青年羡慕不已。他们不仅可以脱离田间劳动,而且可以有较好的食物:夜间巡逻时总会弄来各种吃物,一只鸡或一条鱼,再不就是一头小猪或一条狗。民兵连部里总是飘出一阵阵酒肉香味。最让人畏惧的还是他们的声势:大声呵斥村里人;见了"地富反坏右"及其他,可以随意踢打辱骂。

民兵喜欢穿白球鞋,旧军衣,背一杆刺刀生锈的三八大盖。这三件,就是横行乡间的不败法宝。他们走路趾高气扬,说话粗声辣气,不带脏字不说话。村里的头儿走到哪里,身后常常就跟了一群民兵。夜间村头最爱去的地方就是民兵连部,最喜欢的就是这里的一溜地铺,铺上有一排叠得有角有棱的被子。墙上则挂了一支支早就退役的老式步枪。偶尔会有一挺转盘机关枪,当然也是退役的废品,要在几个村子里轮换使用。这种枪在村里人看来简直就是神秘的物件,威力无限,其震慑力完全比得上一艘航空母舰。它有两只腿、一个圆圆的锅饼似的转盘,长相怪异。在巡逻时,民兵一定要把这挺机关枪带出来。它的出现,即代表了无可比拟的权威和力量。

那个年代里没有任何人奢望过违犯和抵抗。

"枪杆子里面出政权"的道理妇孺皆知。虽然从来没有见过转盘机枪打响过,但都能想象出它愤怒的模样:子弹横扫密集如雨,人群像秋风下的落叶一样刷刷扑地。如果谁还想好好活着,那就得老老实实低头干活。最为胆战心惊的当然就是"地富反坏"一伙了。这些人心里总有一个大惧,就是说不定哪一天会把他们连根除了。因为这有真实的例子,远一点的是四十年代末,近一点的就在几年前,有的地方做得非常彻底:把他们从老到少一并除掉。他们明白,上边的人之所以到现在还在犹豫,那不过是在考虑这部分人的特别用途——如果他们不在了,那么村子里就没法进行一些大事,要开斗争大会连个捆绑的坏人都找不到。所以他们知道自己还会留下来,至于留多久,那就说不准了。

常驻民兵的待遇优厚,是大有原因的。这些人除了根红苗正,最要紧的还要格外忠诚,忠诚于村头。更要勇敢,要一不怕苦二不怕死。在执行打狗令的时候,他们为了逮住一条逃逸的狗,能够在一条又湿又脏的泥沟里潜伏通宵,紧紧搂住一杆步枪,一动不动直到天亮。有的民兵为了表示大义灭亲的勇气,在自己父亲与村头发生哪怕最轻微的冲突时,也要冲上前去打老人的耳光。还有一个小伙子与邻村斗殴,为了镇住对方,竟然抄起刀子砍去了自己的小拇指,而且面不改色。

我真的看到有一个缺少半截小拇指的民兵,所以我从来不曾怀疑这批人是特殊材料制成的。

他们有一段时间对我们的小茅屋特别留意,时常背枪光顾。深夜时分,我仍然可以听到他们在屋后溜达的脚步声。他们咳嗽,抽烟,压低嗓门说话。外祖母和我睡在一起,她要时不时地把坐起来倾听的我按回被窝里。

当时父亲正从南山的苦役地回来,这使民兵们格外忙碌起来。他们除了要没白没黑地监视他之外,还要隔三差五地进门审讯一番,展示一下自己的口才。他们进门后就让父亲立正站好,然后开始高一声低一声地审问。他们问的所有问题都没有什么实际内容,因为问来问去就是那么几句:是否有生人来过、近来有什么不法行为,等等。这些问题其实由他们自己回答更为合适,因为再也没有比他们更熟悉茅屋里一举一动的人了。这样问了一会儿,连他们自己也觉得无聊,于是就放松下来,说一些俏皮话,相互编出一些古怪的谜语让对方猜。有一次其中的一个说:"'八条腿,两个头……'什么动物?"对方大为迷惘,那人就哈哈大笑:"连这个都不懂!配猪呢!"

这些民兵更多的时候不是幽默,而是凶相毕露。他们喜怒无常,有时不知为什么就满脸紧张地从外面跑过来,大呼小叫。妈妈和外祖母说:又要开批斗会了。

远远近近的村子,只要开稍大一些的批斗会,就要来押上父亲参加。所不同的是:有时要捆上父亲,有时则不需要。

民兵捆人很在行,他们会想出许多花样。有一个年纪十七八岁的民兵把父亲捆上了,另一个年纪大一点的民兵看了看,摇摇头说:"不行。"他叼着烟,一边解着父亲身上的绳索一边咕哝,向旁边的人示范。他用膝盖抵住父亲的腿弯,然后将手里的绳子做成一个活扣,只用三根手指轻轻一抽,绳子就给拉得绷紧。

拉 网 号 子

当年最难忘的娱乐,要算是学校宣传队的表演了,这在我们当时看来艺术性极高,甚至是精美绝伦。这一切都是因为一个新来的女教师,是她参加进来的缘故。过去的学校演出队总是匆匆成立,为应付上边的汇演急急排练,完全不成样子。校长擅长文字并爱好文学,可唯独对表演心有余而力不足。好在他会拉胡琴,会化妆。他亲手给一个个学生描出粉红的脸蛋后,然后再退到一旁端量,十分满意。可惜他不会导演,勉强指导出的几个动作十分僵硬。好在这时候女教师来了,这等于是及时雨。

女教师不仅会跳会唱,还会自创节目。她先是从海边渔民生活中取材作歌,然后又从全校挑选出最有潜质的少男少女,细细排练起来。我一开始也在宣传队员的备选名单中,后来因为家庭原因搁浅了。不仅是文艺,即便是加入学校篮球队,也因同样原因遭到了淘汰。

我们学校宣传队在女教师的带领下,简直是无所不能。他们独创的"鱼鼓歌"和"拉网号子",在汇演中不断拿到奖牌,名声远播。有时他们还可以凭这样的招牌节目,代表整个园艺场、乡镇和矿区,到附近的部队去做拥军表演。

我们最大的享受不是在舞台上听"鱼鼓"和"拉网号子",而是到大海边上去看真实的"拉大网",听震天的拉网号子。

除非是海边的人,不然就很难知道什么才是"拉大网"。那时还没有什么机帆船队,也没有其他先进的捕鱼设备,沿海村庄最有威力的捕鱼工具就是一面大网、两只舢板。那大网是用细棉绳织成的,而后又经过猪血浸透,这样不再腐烂,可以下海网鱼了。具体捕鱼过程是:先由舢板载上大网驶进海中,在水中撒成一个大大的弧形,然后就在网的两端拴上粗绳——许多人在沙岸上排成两溜,在巨大的号子声中拉起来。

一个盛大的节日就这样开始了。只要是拉大网的日子,周围村子里的闲人就全围上来了。我们这些初中男生只要一有时间就往海边上跑,去这个最吸引人的地方。那时我们恨不得停课,恨不得一天到晚盯住海上发生的各种奇迹。可偏偏是我们不在的时候,奇迹才会发生。惊人的传说源源不断,一件还未得到证实,另一件又传开了,弄到最后谁也不知道哪一件是真的、哪一件是假的。比如都在盛传这样一件事:有一天半夜里大网靠岸了,结果拉上来一个"人鱼"——它有人一样的脸庞,大眼睛,细细的胳膊,长长的手指——不同的是这手有蹼,身上也像鱼一样,有一层黏液。这个"人鱼"一离水就不停地哭,用带蹼的手搓揉眼睛。他(她)的哭声尖利极了,哭得人心里难受,于是海上老大发个命令,就把他(她)放了。

还有一次,大约是黎明时分,大网靠岸了:网里有一条特大的鱼精。这鱼精浑身黢黑,抵得上四匹马那么大,一离水就散发出逼人的酒气和腥气。它被拉上来的时候,还在呼呼大睡呢。当时所有人既惊吓又庆幸,说这一下等于逮住了多少鱼啊!有人主张趁它还没有苏醒赶紧动刀杀了,可以将肉一块块卖掉。可这事最终也还是被海上老大给阻止了。他认为海里精灵绝对不可招惹,任何不慎都会招来灭顶之灾。不仅要放它回海,还要口中不停地念叨,求它原谅拉鱼人的莽撞,不小心打搅了老人家睡眠,等等。

据海边人说,拉大网的最好时间不是整个白天,而是两个特别难得的时段:夜网和黎明网。他们说海里的鱼也像人一样,有个晚上打瞌睡、早上起不来的毛病——正在它们迷糊时,大网将其一下套住,再想逃也就来不及了。

夜晚是海边最热闹的时候。这里火把映得到处一片通明,人潮汹涌,真不知是从哪儿来了这么多的人。海上老大阴沉的面孔十分吓人,他看哪里一眼,哪里的人就不敢大声喊叫了。可是他的目光只要一挪开,呼叫声立刻又震天响了。因为这场面实在太惊人了,不由得人们不喊。

时至午夜,从沿海村庄甚至是南部山区来的买鱼人越聚越多。这些人携了篮子,背了口袋,一直站在海边,直眼盯着灯火辉煌处。号子声越来越响,这声音的强弱显然表明了用力的大小。拉网的人在大网就要接近岸边时,简直是没命地喊叫。他们为了起劲,有时故意将一个熟人的名字套进号子里一起呼喊,羞辱他。被骂的人火起,开始对骂,可惜他一个人的声音显得微不足道。

大网靠岸时所有人都往前凑,探头看这一次神秘的收获。随着大网收拢,水族们密集得像稠稠的米饭一样,惹得人群高声大叫。鱼虾跳跃,甚至也像人那样尖叫。有一种身上带荧光的鱼,常常在灯火照不到的地方刷地一闪,引起一阵惊呼。

拉鱼的火把是特别制作的:一个小米斗大的洋铁壶盛满了煤油,上面插了胳膊粗的棉芯,点上后用一柄长杆铁叉高挑起来。这样的火把排成一长溜,使整个海岸亮如白昼。大网上岸后,有人立刻抄起柳木斗,将挣挤蹦跳的鱼虾一斗斗装了,提到一领领炕席子上。这时候,戴了眼镜、手拿一把算盘的老会计就出现了,他的身后跟着抬桌子和大杆秤的人——大杆秤足有半丈长,配有一只生铁大砣,由两个强壮的小伙子才抬得起。所有的鱼需经统一过秤,然后再开始零卖。

几乎与此同时,另一边的鱼铺那儿也在忙碌:鱼锅烧开了,大鱼似乎没怎么剖洗就被扔进了锅里。看鱼铺的老人在为拉网人准备一顿丰盛的夜餐。

橡 胶 厂

初中毕业就该着上高中了,但这在我来说是没有指望的。校长极为惋惜。他喜欢我刊发在《山花》上的文章,真心希望我能继续上学。可是上边管教育的领导放话了:这样人家的孩子能上初中就算不错了,上高中?门儿都没有。

校长抚摸着那份油印刊物,连连叹气。这成为我最煎熬的日子。我突然觉得学校生活是这么珍贵,连同我在这里所受的各种折磨,似乎都不算什么了。眼看我那个鼓鼓囊囊的大书包就要废掉了,还有我珍爱的书籍、我们的油印刊物,它们也将一并告别了。

也就在这时候,传下来一个对我十分安慰的消息:我将留在校办工厂——一个小橡胶厂里做工。这个小工厂是当时响应"勤工俭学"的号召建起来的,其实只能算是一个作坊。作坊师傅来自遥远的一个东北城市,一切都是由他操持起来的。此人原来是一位小企业主,在几年前由那座城市遣返原籍。按说他这样的人该归到"坏人"堆里接受管制劳动才是,但因为他能够为当地办起这座小工厂,也就糊糊涂涂地做了上宾。

我曾见过这个师傅在校园里走过,有些好奇。他的举止和衣着与当地人完全不同,一看就知道是城里客:稍胖,中等个子,穿了黑色中山装,而且衣扣一个都没有脱落。特别是他的背头发型,我以前只在书的插图上见过:稀稀落落不多几绺向后梳去,油亮齐整,真的像一个资本家。他说话的声音很低,小心翼翼的样子。他极力模仿当地人的说话腔调,但还是流露出浓浓的城里口音。他吸烟,烟卷在嘴里吸一下,马上拿开。

我真的被应允去校办工厂里做工了。这样我就开始近距离地接近那位神秘的城里人了。校长亲自把我送到那儿。那天因为慎重或其他原因,说话一向流利的校长变得有些口吃。他对那个师傅点头,用力地笑,说:"这样,啊啊,他啊,啊啊……"师傅好像在小声叹气,说:"好好改造。以阶级斗争为纲。改造世界观……"我连连点头。校长在一边应道:"这真是说、说到了点子上!"后来我才知道,校长为了能够让我留在校办工厂,真是费了九牛二虎之力。主要的阻力就来自那个师傅。他曾一再地拒绝,说那样家庭的孩子,怎么可以到这么重要的岗位上来呢?玩笑啊,玩笑开大了!校长差不多要绝望时,突然想到了一位"老贫管"——当时实行贫下中农管理学校,每个学校都有这样的驻校老贫农——就请他出面说情。老贫管找到那个师傅说:"这孩子,我看不孬!"就这样,老人家一锤定音,事情解决了。

这是我极为重要的一个人生转折。因为工厂里实行"三八"工作制,分为早中晚三个班次,我在八小时之外可以有大量时间看书。我不断写出新的文章送给校长看,获取他的赞许。这段时间里我和他几乎成了一对文章密友,相互切磋,甚至是鼓励。我们彼此交换作品,快乐不与他人分享。我们写出的文辞并不一定符合当年的风尚和要求。这全是私下阅读的结果:我们只要找到有趣的书就快速交换,这当中有翻译小说,有中国古典文学。这些书中有五花八门的造句方式,它们与当时的教科书完全不同。

校办工厂里只有我一个刚毕业的初中学生,其余全是"大人",是大龄男女青年。他们在一起说笑,讲故事,做一些令人费解的事情。上夜班是最苦的,人瞌睡得睁不开眼,还要瞪大眼睛看住锅炉——我们被叮嘱说,弄不好锅炉就会发生爆炸,硫化机也会发生爆炸。我们要及时根据压力表调节炉火。所以人困得实在受不了,就轮流偷睡,只留一个人看住锅炉。

与我同班的是一男一女,他们关系紧张,平时不太说话,要说话也大半是顶顶撞撞。他们工作时,就让我躺到一个临时搭起的小床上睡觉。有一次我醒来,一睁眼发现男的坐在女的身旁,低着头,一下下捏着她的大脚趾玩。女的不吭一声,眼睛望向一旁。

他们的动作令我一直不解。

当他们其中的一个单独与我在一起时,就发狠地说着另一个的坏话。

一年后,他们结婚了。

这使我在很长的一段时间里,认为所谓恋爱就是相互顶撞、捏大脚趾、背后里诽谤对方。

车间里有一位年纪最大的人,这人以前在东北的兵工厂工作过,因为工伤回乡了。他见多识广,奇闻怪见多得吓人。他特别愿意对我讲一些故事,也被我认真听取的样子所激励。事实上我从来都没有听到如此有趣的故事:深山老林、兵匪、私通、贩毒、酿酒、打劫、抢寡妇等等,不一而足。

他有一段时间主要是讲给我一个人听。当他尝试着讲给大家听的时候,结果是严重的挫败:大家一齐指责他。于是他要求和我做一个班,这样就可以随意讲那些故事了。奇怪的是他的故事总也讲不完,越讲越离奇。后来我就怀疑这其中起码有一部分是他编造出来的。

我得承认,最有趣的还是那些稍稍泛黄的故事。对方越讲越大胆,到后来主要就是这类故事了。

我这一生所受到的主要的精神毒害,就来自校办工厂的老工人那儿。他毒害了我,反而让我感激和怀念。我再也没有遇到像他一样广闻博记、多趣和生动的人了。

我在校办工厂里工作了两年零一个月,然后就离开了,去了远方。

后来我了解到:我离开不久这座工厂就发生了大爆炸。起因是锅炉的气压表损坏了,硫化机怒吼一声挣出了厂房。结果是一死两伤。这座工厂从此停掉。

下　　雪

我对下雪有一种极为复杂的情感。洁白的雪地多么美啊,谁不喜欢下雪?可是,我却深深地恐惧,惧怕飘飘下落的雪花。

无论是在学校,还是在校办工厂,如果下雪了,说不定一抬头,就会看到父亲在外边躬腰扫雪。这时我的心就会猛地一坠,然后是沉沉的痛。这是当时的一条规定:只要下雪了,父亲必须出门,为矿区和村路扫雪。哪怕大雪还在下着,他这个永远的扫雪人也要赶紧携帚出门。大雪下啊下啊,好像成吨的雪粉都是为父亲准备的。我怎么能喜欢下雪呢?我诅咒下雪。

那时的雪是不祥的白色。这颜色需要几十年之后,才能让我看出一点点美丽和纯洁。但几十年之后父亲早就不在人间了。

父亲是外地人,可怕的岁月把他打发到这个陌生之地,来这里扫雪。他的厄运带来了全家的不幸,让全家在没有尽头的苦难中一起煎熬。

冬天,母亲和外祖母点起火盆,为我们做出了最好看最逼真的腊梅。可是下雪时,再好的腊梅也没人看了。只要父亲在扫雪,我就不会有一丝的快乐,也没有一丝的前途。继续上学是不可能的,这里等待我的,只有难测的厄运。

又是一年之后,记得那天刚刚下了一场大雪——一个清晨,我赶在父亲出门扫雪之前,告别了全家。我身上掮了一个大大的背囊。从今以后我要一个人到南部山区去谋生了。这一天就是我离家的开始,我将一个人不停地走下去,走下去。

我记得一口气翻过了两座大山,它们都被大雪裹住了。我的脸上糊满了雪粉。当我登上一座山顶,回头再看时,只有一个白白的混沌世界,连一点海边林莽的影子都没有。

我知道自己站在了一个分界线上,这会儿,我已经是身在外乡了。

(原载《文学界》2011 年第 1 期)

望

郭文斌

因为忙碌,今年的大年是在没有丝毫心理准备的情况下到来的,就像一列飞奔的列车,突然遇到了路障,不得不刹车。腊月三十下午,处理完单位上的事回到家中,妻在洗衣服。我说,总该准备一下吧?妻说我这不是在准备嘛,如果你愿意就去擦玻璃吧。我说,洗洗衣服擦擦玻璃怎么算是过年的准备呢?妻说,那你说还要怎么准备。想想,也的确没有什么可准备的,就去擦玻璃。但总觉得还应该为年准备些什么。可是几个窗子都擦完了,脑海里除过一副对联要买,还真想不起有什么需要准备的。

上街买对联。一出小区门,发现许多人跪在门口左侧的空地上烧纸,按照老家的习俗,这应是"请祖先"了。不知为何,看着这些"请祖先"的人,我的心里一阵难过。那地方是平时倒垃圾的地方,怎么能够"请祖先"呢。停下来打量,发现他们是那么的底气不足,紧张、瑟缩、局促,小偷似的。细想起来也是,这本来就不是自家的地盘,而且身后是喧闹的车水马龙,一个人怎么可能从容自在呢?思绪就飞到老家去了。"请祖先"的时辰到了,一家或一族的男众向着自家的祖坟走去,远远看去,挂满山坡。阳光温暖,炮声悠扬,在宽阔绵软的黄土地和黄土地一样宽阔绵软的时间里,单是那种不疾不徐地散淡行走,就是一种享受。一般说来,坟院都在自家的耕地里。宽阔、大方、从容,让你觉得那坟院就是一幅小小的山水画,而辽阔的山地则是它的巨幅装裱。说是坟院,其实没有院墙,区别于耕地的,是其中的经年荒草,还有四周的老树,冠一样盖着坟院,让那坟院有了一种家的味道。坟院到了,一家人跪在厚厚的陈草垫上,拿出香表和祭礼,焚香、烧纸磕头,孩子们在一边放炮,那是一种怎样的自在和安然。且不管祖先是否真的随了他们到家里来过年,请祖先的人已获得一份心灵的收成。

这样想时,觉得留在乡下的哥不再那么苦了,而且有了一种正当理由,老人坚持住在乡下也有了一种正当理由。物质上他们是拮据一些,但他们却享有另一种富裕。而且因为有他们在乡下,自己就不需要在这个污秽的地方"请祖先"了,这些跪在垃圾场里"请祖先"的人,肯定是从乡下连根拔起了。

街口就是一家卖对联的摊儿。在老家,每年全村的对联都是父亲写的,后来父亲把衣钵传给我。有一年自己因病没有回家,村里人就只好买对联贴了。第二年再回去,乡亲们就又买了红纸让我写。我说,买的多好看啊,也省事。他们说,还是写得好,真。一个"真"字,让我思绪万千。现在,也只有在乡下,老乡们才认这个"真"。其实我知道,我的那些蹩脚的字,并没有买的好看。那么这个"真"到底指的是什么呢?现在,一个平时给大家写对联的人,却来地摊上买对联,心里一阵好笑。但写嘛,一则嫌麻烦,二则连红纸在什么地方买都不知道了。

想想自家能贴对联的门也只有防盗门了,却买了两副。另一副往哪儿贴心里无数,先买上再说。心想,在老家,只有那些特别穷的人才写一副对联,只在大门上贴贴,表示这个家还有烟火。

摊主说,不请门神?我说,不请了。一个"请"字,让我想起小时候请灶神的事来。随父亲上街办年货，发现父亲买别的东西叫买，买门神和灶神却是"请"。问为什么。父亲说，神仙当然要请。我说，明明是一张纸，怎么是神仙？父亲说，它是一张纸，但又不是一张纸。我就不懂了。父亲说，灶神是家里的守护神，也是监察神，一家人的功过都在他的监控之中，等到腊月二十三这天，他会上天报告一家人一年的功过得失，腊月三十再回来行使赏罚。父亲还说，这请灶神是有讲究的，灶神下面通常画着一狗一鸡，那鸡要向屋里叫，那狗要向屋外咬。仔细看去，确实有些狗是往外咬的，但有些是往里咬的，就看你家厨房在东边还是西边。还有那秦琼和敬德，一定要脸对脸。我问为什么一定要脸对脸？父亲说，脸对脸是和相，脸背脸是分相。贴灶神也有讲究，一定要贴得端端正正，灶神的脸还要黄表盖着，不能露在外面，否则将来进门的新媳妇不是歪嘴就是驼背。这样，再次走进坐了灶神的厨房时，一股让人敬畏的神秘的气息就扑面而来。

买好对联之后，主意又变了，心想再往里边走走，说不定会发现自己没有想到的年货。

在一家卖香表的摊前，脚步不由自主地停了下来。以往，腊月三十天一亮，父亲让我们干的第一件事是拓冥纸，先把大张的白纸裁成书本宽的细绺儿，用祖上留下来的刻着"中华民国冥府银行"的木版印章印钱。小的时候觉得非常不耐烦，及至成人，觉得一手执印，一手按纸，然后一方一方在白纸上印下纸钱的过程真是美好。不知从什么时候起，开始有了机印的冥钱，上面的面值是一万元，有的还是华盛顿的头像，显然是来自国际接轨的思路。但父亲还是坚持用手印，有时来不及了，哥就拿出祖父传下来的龙元（一种上品银元），夹在白纸里用木桩打印纸锭，父亲虽然脸上不悦，但终没有反对。纸锭虽然讨巧，却总要比从大街上买的那些花花绿绿好得多。买不买?要收摊了,小贩说。我说不买了。他说,过年不给先人送点钱花啊,市场经济社会,哪儿都得用钱的。我说,我们祖先那边还在计划经济时代。

到了炮摊前,花花绿绿的炮群让人眼花缭乱。想买,但一想儿子坚决不让买,就打住了。儿子已经对放炮没有了兴趣,他现在感兴趣的是考重点。而一个不放炮的年还是年吗?小时候,一进腊月,父亲就带着我们做炮了。父亲先用木屑、羊粪、硝石、硫磺一类的东西做火药,然后用废纸卷成大大小小的炮仗,剩下的火药装在袋子里,侍候铁炮。铁炮有大有小,小的像钢笔一样细,大的像玉米棒子那么粗,屁股那儿有个眼儿,用来穿引信。过年了,只见小子们差不多每人手里都有一个沉沉的铁炮。村前的空地里,一排排铁炮对着美帝国主义,整装待发。小子们先把火药装在炮筒里,然后用土塞紧,然后点燃引信,人再跑开,捂着耳朵等待那一声来自大地深处的闷响。父亲还给我们用钢管做长枪,用车辐条做"碰炮"。长枪大家知道,和当年红军用的那种差不多,只不过腰身小一些。说碰炮——把一个车辐条弯成弓形,在弓尾绾上橡皮筋,橡皮筋的另一头拴着半截钢条。这种碰炮不用火药,用的是火柴头,把几个火柴头放在辐条帽碗里,用钢条碾碎,然后把系在皮筋上的钢条塞在辐条帽碗里,拉长的皮筋起到了用拉力把钢条撬在辐条帽碗里的作用。这样,你的手里就是一张袖珍的长弓。然后高高举起,把钢条向砖上一碰,就是一声脆响。现在想来,那时的父亲真是可爱,在那么贫穷的日子里,在五两白面过年的日子里,他居然有心思给我们做这一切,他的开心来自哪里?而现在,什么都不缺了,但是我却没有见过哥给他的儿子做过这一切。而在城里的我,别说做,就是想给儿子买个炮,他自己却不要了。

到了电灯笼摊前,手又痒了。往出掏钱时,却是一股煤油的味道扑面而来。那是三十年前的供销社,父亲带着我,站在那个比我还高的大油桶前,把带嘴的油壶放在木板柜台上,那个穿着蓝卡其制服的漂亮的女售货员用一个竹竿舀子,把油从油桶里提上来,往油壶里倒。父亲拿出布做的钱包,把几角钱错来错去,艰难地做着是否还要第二提的决定。女售货员的舀子就停在空中,一脸理解的微笑,等待父亲的决定。我仰起头来,看着父亲的眼睛,父亲的眼里是一万个铁梅。最终,女售货员悬在空中的那提煤油一路欢歌进了我家的油壶。父亲说,就是再穷,腊月三十晚上每个屋里的灯都是要亮着的。有时实在买不起煤油,就先保证院子里的灯笼。

有那么几年,日子好过一些,父亲就用清油和蜂蜡做蜡烛,为的是敬神。当然,如果充裕还可以用来照明。做蜡烛的具体细节记不准确了。只记得父亲在一个个竹棍上缠了棉花,然后伸在清油和蜂蜡混融之后的锅里一遍遍地蘸,几次之后,一根黄萝卜似的米黄色的蜡烛就成了。一根根蜡烛插在麦秸编的塔形的蜡座上,看上去像个宝塔。最后一根蜡烛做完后,父亲就把那个宝塔倒提起来,挂在房檐上。刚包产到户的那一年,房檐上玉米瓣一样挂满了蜡烛串儿,每天看着它们,心里就是一个灯海。接着几年,父亲都是亲手做蜡烛。再后来有了洋蜡,虽然比自己做成本低,但父亲还是坚持自己做。父亲说,这敬神就是一个"诚"字,买来的东西怎么能够敬神呢。

要说这红灯笼,比父亲竹做骨纸糊面的灯笼好看多了,却一点儿也没有父亲做的那种"活"的感觉,但还是买了一个。人山人海,车不好打,就提了灯笼往回走。走着走着就走到老家的土路上了。在老家,年三十早上讲究跟抢集。一大早,差不多每家都有人到集上去,没买的再买,没卖的全部出手,有些几乎是送了。有那么一个时刻,街上哗的一下就没人了,一下子成了空街,看着让人心里有些害怕。多少年来,那种哗地一下就没人的情景一次次在梦中出现,让人思索这个"年"到底是什么,为何如此的神通广大,让人们一个个心甘情愿地自投罗网,无可抵抗。

看时辰,这一刻老家应该是上坟回来了。心里一下子着急起来,小跑回到家里。一看儿子挥汗用功的背影,又被刚才行色匆忙的自己惹笑了,今年本来就没有打算过年的啊。一放寒假,儿子就一再重申今年春节不回老家。一天,我动员儿子说,回去把三天年一过就回来,你也放松放松。儿子用不容商量的口气说,不可能!妻子附和,年,年年过,高考只有一次,就依儿子。再说,等你儿金榜题名日,咱们再衣锦还乡,那种感觉该多好。儿子抱了他妈的脖子说,俺妈说得太对了,我们可以回去住它个十天半个月,好好显摆显摆。我说,那你娘儿俩在城里过,我一人回去。妻说那不行,单位安排她从初二晚上开始卖戏票。二比一,今年过年不回家的决议形成。当时是那么的不可接受,觉得这过年不回老家就像结婚不进洞房一样不可思议。现在,儿子坚毅的背影似乎又在重申,对不起,老爸,今年你就先把你的那个年瘾放放吧。

看来这年贴只能在书房里进行了。书房在阁楼,因为是斜窗,不好弄窗帘,搬进来后,为了给自己制造一个相对隐秘的小天地,就顺手把几张报纸贴在玻璃上,不知为何,当时感到的却是"年"的味道。自己知道,这种感觉肯定来自老家八卦窗里新贴的窗花,来自被父亲熬罐罐茶熏黄的房墙上新贴的年画。就过段时间把旧的剥下来,换上新的。每换一次,年的味道就被复习一次。小时候,一进腊月,父亲就早早让我们裁窗花:用纸搓针,把上年的花样钉在一沓新买的红黄绿三色纸上,衬了木板,然后照着花样裁窗花。刀子从纸上噌噌噌地划过,一绺绺纸屑就从刀下浪花一样翻出来,那种感觉,真是美好,更别说看着一张张窗花脱手而出的那种喜悦了。父亲还教我们画门神,画云子(一种往房檐上挂的花饰,我不知道父亲为何把它叫"云子"),包括给戏子打脸。

报纸已经贴好,年的味道再次扑面而来,那是一种被阻止了的光,或者说是一种被减速之后的光。恍然大悟,原来年的味道就是停下来的味道。那么,这个停下来又是谁的发明呢?而人又为何如此地喜欢这个"停下来"呢?莫非它是一个速度和惯性制造的阴谋?我的胡思乱想被窗外的一声炮响打断,好一阵懊悔,多少年神秘在心里的一种美好,一种鸡蛋清一样漾在心里的美好,满月一样圆在心里的美好,被刚才的胡思乱想划破了。从未有过地觉得思想这东西的坏。时时勤拂拭,莫使染尘埃。才觉得这话说得真是好。就用一把想象的大扫帚把这些胡思乱想从心里扫去,连同懊悔。

再次回到腊月三十进行时。下来该干什么呢?在老家,应该是安喜神和天官神位的时候了。喜神位在大门,天官在当院,或者正面的山墙。显然,这两项在我的书房是无法完成的。就把书柜打开,找出《论语》,放在书柜的最上方,然后找了一个茶杯,在里面装了米,算是香炉,却没有地方放,就把一本精装书抽出来一半,用一摞书压了另一头,把香炉勉强放在抽出的那半面上。父亲说,他们上私塾时,每天早上起来都要在"大成至圣文宣王"的神牌前磕头的,赶考前也是一定要到文庙上香的,考回来也是一定要到文庙谢恩的,大年三十也是要先到文庙敬献的。现在,文圣的牌位有了,那么祖宗三代的呢?想填一个牌位,却找不到红纸,而白纸是不能设牌位的。再想,就是设了,先人们也识不得城里的路;况且他们压根儿就不想到城里来。父亲算是半个现代人了,但来城里只住几天,就要嚷着回家,别说先人。还是让他们在老家列席吧。

贴好窗纸,设完祭坛,拖完地,还是觉得不像,发现问题出在这地板砖上。老家的黄土地面,扫净,洒上清水,有一种来自地气的氤氲,感觉就出来了。还有,地上没有一个炉子,也就没有那种炭火的香味,没有一壶水在炉子上嗞嗞作响;没有炕,也就没有炕上的爷爷奶奶,当然也就没有一个偎着他们打盹的猫。"猫儿吃献饭",这是窗花,也是老家"年"的经典意象,而此刻,这一切,于自己都是梦想。最后发现,城里最大的问题是没有地方祭祀,老家年的气氛多半是上房里那个天地供桌渲染出来的。才明白,这个"年",它是"土"里长出的一朵花儿,它姓"乡"名"土",它本来就和这个一厢情愿者是两路人。

老家把张贴对联、门神、云子一应叫"贴巴"。贴巴一毕,该干什么呢?该做泼散和供献了。所谓泼散,就是饭前由长男端半碗饭菜到大门上去布施,大户人家一般有一个节日专设的散台,一般人家就由泼散的人挑了碗里的饭菜反手向四方扔扔,让无家可归的游神野鬼们享用。所谓供献,就是一家人团坐在上好的饭菜前,供养天地,供养众神,供养祖先,也有点请他们给年夜饭剪彩的意思。然后一家人坐在上房里吃头道年夜饭。头道年夜饭通常是长面,这个妻子倒是做了。妻子也是从农村出来的,这个年俗她懂。

吃过长面呢?在老家,对于男人,这段时间是一年中最为享受的时光。准备工作做完了,香已上起,烛已点燃,酒已热上。孩子们在院里噼噼啪啪地放炮,男人们就坐在炕上过年。

如果说年是岁月的精华,那这段静好就是年的精华。多少年来,只要一闭上眼睛,我就能闻到它的香味,那种超越一切香味的香味;看到它的颜色,那种超越一切颜色的颜色;感到它的温暖,那种超越一切温暖的温暖;听到它的脚步,那种超越一切脚步的脚步,糖一样的脚步。

男人们"过"年的时候,女人们大多在厨房里煮骨头,收拾第二轮年夜饭。给孩子们散糖果、发压岁钱一般都在第二道年夜饭上来时进行,论时辰应该是亥尾,10点半左右。因此,这段10点半之前的时光,男人们就像茶仙品茗一样,陶醉而又贪婪。

回过头来说泼散,城里人显然没有条件做。因为没有地方可供你去泼,去散。你不可能把一碗饭端出楼道,泼散在小区里,那样别人会认为你是神经病。

供献倒是可以做,就三口人坐在一起献了饭,然后开吃。

但是放下碗筷,却一点儿也没有那种感觉。儿子已经迫不及待地打开电视,手机也不安分,祝福的短信频频响起。是啊,该给师长、领导和亲朋好友拜年了。就躺在沙发上编词儿。儿子见状,拿了饮料和干果就着春节晚会自斟自饮。编了许多句子,都删掉了。祝福的时刻也是感恩的时刻。年年岁岁,每当写下那个"祝"字,心里就是一种莫名的感动。才知道什么叫词不达意,再美好的贺词也难以表达心中的那份感念,对亲人,对师长,对善缘,对大地,对万物。真是岁月不尽,祝福不尽。

从小,父亲就给我们灌输,一个不懂得惜缘和感恩的人是半个人,常言说,受人滴水之恩,当以涌泉相报,可是你想想,一个人一生要用掉多少水,造化的这个恩情,一个人怎么能够报答得了。当时不懂得父亲话里的意思,及至年长,每次打开水龙头,就觉得父亲的话真是至理名言,假如这地球上没有水,没有粮食,没有阳光,别的一切又从何谈起?我们还谈什么荣耀,谈什么理想和幸福?这样想来,就觉得在我们生命的背后确实有一个大造化在的,她给我们土地,让我们播种、居住;她给我们水,让我们饮用、除垢;她给我们火,让我们取暖、熟食;她给我们风,让我们纳凉、生火;她还给我们文字,让我们交流、赞美,去除孤独和寂寞。要说这才是真正的"供献",但对此勋功大德,造化却默默无言,无言到普通人连她在哪儿都不知道。

受父亲的影响,感恩成了我的一大情结。以至于在这个赤裸裸的利益社会中,自己的一些古旧的做法在别人看来可能有些可笑。但要改变,似乎已不容易。父亲说,感恩是一个人的操守,应该知行合一,落实在默默的行动上,不要修口头禅。那么短信呢?短信当然不是行动,有些口头禅的嫌疑,但不发心里又过意不去。但身为作家,却写不出一句自己满意的贺词来。就在作难时,一对春联出现在脑海:"天增岁月人增寿,春满乾坤福满门",横批:"出门见喜"。觉得不错。在春联中,最喜欢这句了,尤其"天增岁月"、"春满乾坤"这对,真是大美。就把按键想象成毛笔,把彩屏想象成红纸,书完赵家书钱家,写完孙家写李家。恍然间又回到了老家,身前是一个方桌,左边是研磨压纸的侄子,右边是排队立等的乡亲,身后是一院红。又被自己惹笑了。一家家住在火柴盒一样的单元楼里,哪里有什么院啊。突然觉得这城里人真是可笑,一个家,怎么可以没有院呢?

如上所述,觉得祝福是一种近似于祈祷的庄严行为,就算做不到虔诚,至少也应该真诚,因此不喜欢那些从网上下载的段子,尤其厌恶群发,就逐个发。

发完已是老家上第二道年夜饭的时间。一般家庭,第二道年夜饭的主菜是猪骨头,我们家因为祖母信佛,父亲又是孝子,尊重祖母的信仰,也就变着花样做几道素菜。妻子征求儿子意见,把这个环节干脆省掉了。但压岁钱是要发的,虽然要比老家散的多得多,可儿子却丝毫没有几个侄子从我手里接过压岁钱的那种开心。手伸过来了,眼睛还在电视上。

老家也有电视了,多少对那段静好有些影响,但深厚的年的家底还是把电视打败了,大家还是愿意更多地沉浸在那种什么内容也没有又什么内容都有的静好中。说到电视,思绪就不停地往前滑。平心而论,有电是好事,但在没有电之前的年却更有味。想想看,一个黑漆漆的院子里亮着一盏灯笼,烛光摇曳,那种感觉,灯泡怎么能够相比。再想想看,一个伸手不见五指的村子里,一盏灯笼在鱼一样滑动,那种感觉,手电怎么能够相比。假如遇到雪年,雪打花灯的那种感觉,更是能把人心美化。细究起来,灯是活的,灯泡是死的;灯笼是活的,手电是死的。这到底是怎么回事呢?为什么越先进的东西越是给人的感觉是死的呢?怎么社会越发展活的东西越少,死的东西越多呢?

刚才说过,尽管有了电视,有了春晚,但老家的孩子却没有完全被吸引。吃过第二道年夜饭,他们就穿了棉衣,打了手电,拿了香表和各色炮仗,到庙里抢头香了。几个同敬一庙之神的村子叫一社,那个轮流主事的人叫社长。说来奇怪,那一方水土看上去极像一个大大的锅,那个庙就在锅底的沟台上,但是这种体制并没有限制锅外面的信众翻过锅沿来敬神。特别是那个灯笼时代,一出村口,只见锅里的、四面锅沿上的灯火齐往庙里涌,晃晃荡荡的,你的心里就会涌起莫名的感动。如果遇到下雪,沟里路滑,大家就坐在雪上往沟底里溜,似乎那天的雪也是洁净的,谁也不会在乎新衣服被弄脏。

然后,一方人站在庙院里,静静地等待那个阴阳交割的时刻到来。通常在春节联欢晚会主持人宣布新年的钟声敲响的时刻,庙里的信俗两众就一齐点燃手里的香表。这里不像大寺庙那么庄严,大人的最后一个头还没有磕完,一些胆大的小子们已经从香炉里拔了残香去庙院里放炮了。这神仙们也不计较,爷爷宠着淘气的孙子似的乐呵呵地看着眼前造次的小家伙们。不多时,香炉里的残香都到了小子们的手里,变成一个个魔杖。只见魔杖指处,火蛇游动,顷刻之间,整个庙院变成一片炮声的海。现在,窗外也是一片炮声的海,但怎么听都让人觉得是假的。想想,是这高楼大厦把这炮声给破碎了,不像在老家,炮声虽然闲散,却是呼应的,"聚会"的。还有一个不像的原因,就是这小区不是院子,再好的炮声也让人觉得是野的。

小子们放炮时,有点文化的成年人则凑在庙墙下欣赏各村人敬奉的春联。什么"古寺无灯明月照,山刹不锁白云封",什么"志在春秋功在汉,心同日月义同天",什么"保一社风调雨顺,佑八方四季平安",等等。长长的一面庙墙被春联贴满,假如你是白天到庙里去,一定会远远地就看见一个穿着大红袍的老头蹲在那里。庙院里插满了题着"有求必应"、"威灵显应"一类的献旗,庙堂里"感谢神恩"一类的丝质挂匾堆积如山。每年社上的还愿大礼上,社长就叫人把那些丝绸献匾缝成一个帐篷,供戏班子搭台用。

从庙上往回走的那段时光也非常爽。脚下是宽厚的大地,头顶是满天繁星,远处是隆隆炮声,心里是满当当的吉祥和如意。上了沟台,坐在沟沿上歇息,你会觉得年是液体的,水一样汩汩地在心里冒泡儿。要是天天过年就好了,一个说。人家神仙天天过年呢,另一个说。目光再次回到庙上,觉得年又是茫茫黑夜中的一团灯火。可是现在,我站在自家的阳台上,目光望断,那团灯火却固执地不肯出现在我的视线中。

从庙上回来,一家人往往要同坐到鸡叫时分,由孙辈中的老大带领去开门,然后留一个人看香(续香火),其他人去睡觉,但也只是困一会儿,因为拂晓时分,长男还要去挑新年泉里的第一担清水,等太阳出山时全家人赶了牲口去迎喜神。再想想看,一村的人,一村的牲口,都汇到一个被阴阳先生认定的喜神方向,初阳融融,人声嚷嚷,牛羊撒欢,每个人都觉得喜神像阳光一样落在自己身上,落到自家牲口的身上,那该是一种怎样的喜庆。一村人到了一块净土的正中间,只见社长香华一举,锣鼓消歇,众人唰地跪在地上。社长主香公祭。祭台上有香蜡,有美酒,有五谷六味,也有一村人的心情。社长祷告完毕,众人在后面齐呼:感谢神恩!然后五体投地。牲口们也通灵似的在一边默立注目(更为蹊跷的是,有一年,在大人们叩头时,有一对小羊羔也跟着跪了下来)。

大年初一的早上,通常是吃火锅。那火锅和现在城里人用的火锅不同,是祖上留下来每年只用一次的砂锅,说是砂锅,又和现在饭店里的那种砂锅不同,中间有卤灶,四周有菜海,卤灶中装木炭火,下面有灰灶。木炭把年菜熬得在锅里叫,就菜的是馒头切成的片儿,那种放在嘴里能化掉的白面馒头片,热菜放在上面一酥,你就知道了什么叫化境。菜的主要成员是酸菜、粉条、白萝卜丝,主角是酸菜,一种母亲在秋天就腌制的大缸酸菜。现在一想起它,我就流口水,那种甘苦同在的酸,只有母亲能做出来。

初一下午的那段时间也不错。记忆中永远是懒洋洋的阳光,就像那阳光昨晚也在坐夜,没有睡好的样子,现在虽然普照大地,但还在睁着眼睛睡觉。我和哥走在那种睡觉的阳光里,去找那些长辈和填了"三代"的人家拜年。一般来说是按辈分先后走动,但最后一家往往是我们爱去的地方。因为我们会在那家坐下来,喝着小辈们炖的罐罐茶,吃着小辈媳妇端上来的甜醅子,有一搭没一搭地说着在心里存了一年的闲话,直到晚饭时分。不知内情的人会想这家肯定是村里的大户人家,其实情况恰恰相反,他是我的一个堂哥,论光景是村里最穷的人家了,但他却活得开心,永远笑面弥勒似的,咧着个大嘴,让人觉得没有缘由的亲,没有缘由的快乐,没有一点隔膜感。自己虽然穷,却不抠门儿,假如有些什么好东西,往往留在这天让大家分享。大家都愿意上他家的那个土炕,无论是大人还是小孩。大半村的人,炕上肯定坐不下,小子们就只能围了炉子坐在地上。通常情况下,炕上的大人在说闲,地上的小子们在打牌。那种感觉,让人想起共产主义。有时我们干脆不回家吃饭,接着打牌,堂嫂就给我们做大锅饭。吃完大锅饭,接着打,堂嫂就把馒头笼子提了来,放在牌桌下,谁饿了只要一伸手就可以解决问题。父亲说,奶奶活着时,上正时月,一村人差不多都围着奶奶过。奶奶去世后,这坛场就转到堂哥家去了。

父亲还说,那时的年要过整整一正月的。而年的准备工作一进腊月就开始了。父亲说,家里有两个石磨子,四头驴换着推,要转整整一个月,因为奶奶磨的是一村人吃的面。腊八一过,村里的戏班子就住到我们家了,开始排戏。腊月二十四彩排之后,大家回家过年,三天年一过,出庄演出,演戏回来,戏班子就干脆住在我们家打牌,等下一方人下红帖。不过那时村里人不多,正好一台戏,父亲说郭家河的戏是远近出了名的。关于郭家河的戏,有许多的故事可讲,别的不说,单说有一年,伯父为了做一位龙王,三九天在沟泉边往麦草扎的龙骨架上浇水,整整浇了一个月,硬是冻出了一个活生生的龙王,一出庄,把外方人的眼睛都惊直了,代价是伯父的手指差点被冻掉。多少年来,我一直在想,伯父的这种近似着魔的热情到底从何而来?

相比之下,城里的初一就有些百无聊赖。傍晚,我打开电脑,开始写这些文字,以一种书写的形式温习大年,我没有想到,它会把我的伤心打翻,把我的泪水带出来。

(原载《海燕·都市美文》2010年第12期)

信 江 子
——井冈山往事

一

"六妹爱鉴"。1926年4月14日,在广州黄埔军校的一张桌子上,湖南湘阴人、时年二十一岁的第四期黄埔军校特科炮科学员陈毅安这样写道。刚才,他还是学习射击、测图和爆破的、在训练场上不顾一切的勇士,现在,他成了柔情万种的情人。

念着自己刚刚写下的这几个字,他感到胸腔里立即充满了比珠江水还要多的爱意;他似乎看到了他的六妹,坐在湖南第三师范学校某个教室里,老师叫着她的学名"李志强";他似乎又回到了他们刚刚认识的时候。三年前,他从湖南省甲种工业学校回乡,去拜访他的小学语文老师邹先生。在那里,他遇上了师母的外甥女、十八岁的她。她短发,穿着新潮的女生裙,双眼充满生气,率真里有一股泼辣劲。虽然是第一次见面,可是他们仿佛认识了很久,交谈起来无拘无束。她似乎就是上天安排专门在那里等着他的。最后,他们相约再见。可是只一转身,他就开始想她!

他央求师母为他提亲。从相识到定亲,他们只花了两三个月的时间。可他们并不认为很短,他们都只有十八岁,以后,他们恋爱六年却因种种原因未婚,他们也不觉得太长。他记得他们定亲的时候是8月,中秋临近,桂花似乎格外香,那越来越圆的月亮,成了他们爱情的徽记和地老天荒的誓言。

他们从此开始了通信,从他继续念湖南甲等工业学校,到去年他考入黄埔军校四期特科炮科,他们鸿雁往来。小小的信笺,运载着他们的爱情。在信中,他们相互报告学习和生活,讨论时局和未来,就像当时很多有抱负的青年男女那样。在信中,他们仿佛两只肆意吞食着思念的桑叶的蚕,或者是她任性、撒娇,说着傻话逗他;而他俨然一个见过世面的大哥,轻轻地训她,煞有介事地为她指点迷津。

在前一封来信里,她担心着他的专业,会让他在前线牺牲生命——她说他可不要糊里糊涂地死了!她谈论她的理想,是教育无数的学生,去做保卫国家的勇士。他们当然谈论了爱情,她担心在广州这么大的城市,在黄埔军校这样的地方,他会见异思迁。她要他保证,像每一次来信那样,她向他索取誓言,要他保证他的爱——她总是那么花言巧语胡搅蛮缠。

他稍一沉吟,开始煞有介事地写道:"如金似的光阴,一瞬都不能放弃,但才接到你上月二十五日的信,看了之后,发生许多感想,故不得不牺牲一部分时间,来做一个答复。一方面可早些解释你的疑团,使你的脑筋不至做无谓的思想;一方面可以促使你做实在的工作,不至空谈。我的脑筋受了如此冲动,故又同你开始谈话了。"

他跟她谈起自己的学习、生活,这是每一封信里必需的功课。"我们学校里虽是一日两日的工作,形式上好似痛苦,其实也觉愉快。因为是有系统的课程,天天讲的努力杀贼的方法。天将明时一点钟的游泳体操,身体更觉强健,衣食住也非常安适……你说我骗你的话,我实在没有骗你。黄埔的革命军人,没有虚伪,这个声浪已震动了全世界,帝国主义与军阀的耳朵都要震聋了,你未必还没有听见么?"

他一本正经地对她开始了苦口婆心的劝告:"妹妹,你怕我受痛苦,这也是你爱我之心,但是与你所想,实(适)得其反了。妹妹,你说你的道德光明,这是我说不出的喜慰,你又说平(凭)你的良心,这句话我又不十分赞成了。你要知道,良心是一种旧的学说,是佛老与最近一般博士们的空谈,我们青年是不取的。"

他已经有了些许得意,似乎他们在面对面斗嘴,而他占了小小的上风。他毫不顾忌地显示他的优越感,展示一个戎装在身的革命军人舍我其谁的骄傲。他继续写下去,言辞中已有了一点男性的霸道:"我与你的婚姻,已不成问题了,只预备将来结婚,再没有脑筋去死死来想的价值。我上次同你说,爱情固然是要好,但……不要牺牲一切专来讲爱情。"

他批评她对他的担心:"最可笑的就是我去学炮科,你恐怕我去打仗而死了,没有什么价值;你又说你毕业后出来当教员,把一些青年子弟要教成爱国化,来为国家流血。你不愿你的爱人流血,而要别人去流血,这真是笑话了。你的学生将来他没有爱人吗?父母吗?兄弟吗?他不是中国人吗?他就应该去血战吗?假若他的爱人死死地不要他去流血,那中国就无可救药了。

"你说不要糊糊涂涂地死了,这也不错,但是为革命而死,为民众谋利益而死,是不是糊糊涂涂呢?假若是的,那中国一定没有烈士,革命也永远不能成功。"

他表达自己的心迹:"我为什么要到广东来呢?你是可以知道,是为革命而来的。我又要革哪个的命呢?你也可以知道,是革帝国主义和军阀的命。"

他向她表示忠心,仿佛在情人的耳边说着情话:"你要我讲道德,我知道你唯一的意旨,是要我莫又同别人恋爱。我去年在广州市住了几个月,也时常到我的旧朋友那里去玩,他们在广大、师大读书,是男女同校的,所以我也时常看见成群结队的女学生,但是我的心动也不动,反当还怕她们……我之所以怕那些女学生,因为我的爱情专注,早就下了怕的决心。我是这样的态度,你是否相信呢?你若不相信,我有事实证明,还有许多同学为我申冤呢!"

可他又要逗她,他可不想让她太得意,他要制造出一个"第三者"来刺激她。他写道:"现在我进了学校,老实不客气已对你不起了,也已经同别人又发生恋爱了,这个人不是我一个人喜欢同他恋爱,世界上的人恐怕没有人不钟情于他。这个人是世界上的怪物,也是帝国主义者的敌人,就是三民主义、列宁主义。你若明了他的意义,恐怕你也要同他恋爱,若是你真能同他恋爱,就是我同你恋爱的真精神,请你早些下个决心罢!"

临了,他写道:"不同你说闲话了,亲爱的妹妹:少陪少陪,下次再讲啊!祝你保养身体,千万千万,并希(努力)!"

在信的最后,他写上"你的灵魂毅"——只有水乳交融的爱人,才会写上这么暧昧而深情的落款!

二

1926年8月,陈毅安就要从黄埔军校毕业了。近一年的训练、学习,他感觉自己就像子弹上膛的枪。整个中国的空气到了即将沸腾的地步。北伐战争已经开始,国民革命军在广州东校场的北伐誓师仪式上的宣誓如雷贯耳,黄埔军校的门外俨然就是战场。他要跨出门去,展开对旧世界的厮杀。这些天来,他感觉自己心中的火焰在燃烧,而对爱人的思念更让他炙热难耐。他似乎有千言万语,要对远在长沙的爱人诉说。他伏在案上,飞快地写道:"志强爱妹:你一次两次来信要我莫去打仗,我倒要去试试看呀！革命不打仗,又算什么革命呢？革命的战争,就要实现世界永久的和平,绝对不同于军阀争权夺利的战争。因此聊作几句以答复你:

>……创造世界的工农们,
>我们赶快地团结起来呀！
>死气沉沉的黑暗世界,
>要用我们的热血燃它个鲜红。
>
>我们要冲破压迫阶级束缚我们的藩篱,
>我们唯一的法门——勇敢奋斗！
>只要我们努力,胜利终究要属于我们的,
>让我们高呼预祝世界革命成功的口号！"

他真的感到了自己的血液在沸腾,连同他的爱,也达到了沸腾的程度。他向她求婚:"你不要时常的想念我,我自己是知道保养身体的。我对你有一个要求,要你不客气地答复,就是今年寒假预备同你结婚呢,你赞成吗？"

三

他们没有如愿在当年的寒假结婚,因为他终于如愿以偿地上了战场。黄埔军校毕业生陈毅安分配到国民革命军教导师师部,不久担任了第三团第三营第七连党代表,驻守广东韶关。年底,他成为了北伐革命军中的一员。

北伐军势如破竹向北挺进。陈毅安所在的三团从韶关过江西、广西衡州,然后到武昌担任国民政府的警卫任务。在那里,他的职务将变成三团辎重队队长兼供给主任,总管全团后勤。而他的团长,就是后来秋收起义的虎将卢德铭。

一直渴望上战场的陈毅安内心极不平静。坐在轮船上,他恍惚觉得旧的世界就像流水,正在哗哗地退去;而新的力量仿佛在艄公有力的桨声中、在戎装在身的陈毅安们的中间滋长。沿途听到的革命军捷报频传:1927年2月18日,东路军第一、第二十六军占领杭州。同期,东路军第十四、第十七军和第一军一部由闽入浙,相继攻占临海、宁海、宁波、绍兴等地,浙江境内的孙传芳部基本肃清。3月21日,周恩来等领导上海工人举行第三次武装起义,经过三十多个小时激战,占领上海。东路军第一军一部进入上海市区。3月24日,二军、六军占领南京……战报激励了每个人的心,陈毅安感到,一切反动势力快要灭亡了。

可是他忽然感到一阵莫名的忧伤,这个革命军人此刻仿佛是一名伤感的诗人。衡州即至,长沙不远,而他的爱人现在或许就在长沙的一张课桌上给他写信。他非常不合时宜地想着她。他的思念正如船头的流水,漫漫无际。他承认自己陷入了挣扎,他要带兵打仗,执行任务,本不该有男女私情;但他毫无办法就是想她,想她那满月样的脸,她的俏皮泼辣劲,她的头发长长了没有?他们,已经有三年没有相见了。

在抵达衡州的船上,他写道:

我最亲爱的承赤妹:

心如刀割的我,今天安抵衡州了。

我怕听流水澎湃的怒潮声,也怕看船头晶晶似的明月,更怕听旅客中谈论青春年少的乐趣、生死别离的悲哀。唉!情魔,情魔!你把我们的革命性消磨了。

我们是有阶级觉悟性的青年,担负了世界革命的重大使命,我们难道恋恋于儿女的深情吗?

他在革命与爱情之间挣扎。他继续写道:"假如我在长沙伴着你,我的宝贝,我的心爱,拥抱着你,给你几个甜蜜的 Kiss,

快虽快乐,但生活马上发生问题。你来韶州吗?工作虽有做,经济不至发生问题,但是青春年少的我们,在一起也不太好,卿卿我我,我永远爱你,你永远爱我,弄个不明白,一定把革命工作抛弃了。而况关山千里,交通不便,一旦军队开动,困难问题又临头了。思前想后,除了我们努力革命,再也找不出别的出路。把一切旧势力铲除,建设我们新的社会,这个时候,才能实现我们真正的恋爱……"

他憧憬着他们的相见:"我希望我们的军队开至前方,不开至前方在八九月也要回来同你见一面啊。"

他依然向她保证,说着爱人之间才有的甜言蜜语:"至于我咧,我是永远爱你的,我的行动,可以说是党的行动。我不是自己吹牛,你看我纸烟都不吸了,我的恶习可以说是铲除了的。"

他把信装进了信封。在信封上,他写上:"长沙市马王街第一女子师范学校×楼 李先生志强台鉴"。"长沙市马王街第一女子师范学校×楼",那是她的所在地,他梦牵魂绕的地方。

四

在信里,他们像小夫妻一样斗嘴、吵架。她不断地非难他,故意使着小性子说着激怒他的话,等着他在回信中讨饶,或者对她一本正经地解释。她会使着小伎俩,以诱惑他不厌其烦地说自己是如何地想她。为了让他的一点点虚荣心得到满足,她故意问着一些幼稚的问题,以换取他的假装严肃的训斥,像兄长一样的教导。在湖南第一女子师范学校的某栋宿舍里,她展开他字迹潇洒的信笺,心就像秋天岳麓山的红叶醉了。

他总在不停地行旅之中。他在信封上的地址一会儿是湖南省立甲种工业学校×楼;一会儿是广东省广州市黄埔军校四期军事特科炮科;几个月后,又变成了国民革命军教导师师部;还没来得及回复,他来信的落款就变成了广东韶关第三团第三营第七连;三团开拔湖北武汉,他的地址又改为湖北武汉国民政府警卫团。他的地址一变再变,不变的是他在信里对她的依恋、缠绵。在信中,这个在战友眼中要求进步、勇于冲锋陷阵的革命军战士,完全成了兄长加爱人的角色。有时候他慷慨激昂意气风发,在信中引经据典说着大道理和刚刚学到的知识,痛快淋漓地表达他的理想;有时候他嘟嘟囔囔,可怜兮兮地说着想她爱她让她迷醉又羞涩的悄悄话。

在信中,他对她的称谓也一变再变。他一会儿称她的小名"六妹",一会儿又称她"志强爱妹",有时称她"志强吾爱",有时又称呼她的字,叫"我最亲爱的承赤妹"。他可真是会讨她的欢心!这个男人懂得花言巧语,这个一身戎装的勇士柔情似水。

这两个青年男女聚少离多但心心相印。从十八岁到二十多岁,这一对情人在信纸上一起慢慢长大,他们的感情如胶似漆。从抬头到落款之间,爱在堆聚,思念在无休止地蔓延。何日是他们相会的佳期?

五

一个多月前,他还在武汉,而现在,他来到了罗霄山脉中段,是中国工农红军第一师第一团第一营副营长。一位叫毛泽东的中年汉子,过去是与他见过面的湖南老乡和兄长,他的社会主义青年团的入团介绍人,而现在,成了他的最高领导。一个月前,他所在的警卫团根据党的指示,一路从武汉来到江西修水,被编为秋收起义第一团,参加了毛泽东领导的秋收起义。起义失利后,他随着毛泽东退到罗霄山脉中段,经过三湾改编后,部队来到了宁冈。而他的团长、秋收起义总指挥卢德铭已经在江西萍乡芦溪壮烈牺牲。

多日的行军打仗让他疲惫不堪。将来的路怎么走,所有人都忧心忡忡。他是党员,是中层军官,党性、军人的天职,以及对毛润之的信任,已经让他把自己放心地交给了他。然而来到这穷乡僻壤的罗霄山脉中段,他与他的六妹音信不通。她好吗?上次来信她说到她的病,不知好了没?没有他的消息,她是否会焦急,为他担心?他们相约的婚期,何时能够兑现?

他铺开了纸,经过战火硝烟的洗礼,一年前的小战士已经成长为一名成熟的革命军人。他要告诉她他的近况,使她不为他担心;他要告诉她他的思念,他见不到她、接不到她的信的痛苦。革命非常时期,有太多的事情需要他去做,他的信一短再短,并且不再有大量的修辞,有的只是一颗对她矢志不渝的心。他写道:

志强:

好久没有同你通信了,不知你近况如何?挂念得很!我在酃县写给你的信想必早已收到,或也回了我的信,但是我来到江西遂川县了。你的信我又收不到,真是糟糕极了。现在将我的近况略略地告诉你。我天天跑路,钱也没的用,衣也没的穿,但是心情非常地愉快,较之从前过优越生活时代好多了,因为是自由的,绝不受任何人的压迫。但最忧闷、最挂心、最不安心的,就是不能单独同你坐在一起,而且信都很难同你通了。这是何等的痛苦啊!尤其是不知你的病好了没有?使我心如刀割!我罪该万死!原谅之。不忍多写了,顺祝平安!(通信处:江西宁冈县龙头邮局第二小学刘先生转游雪卿交)

而这封信,注定是发不出去的。他不知道,井冈山区的邮路,已经封了。他的志强妹妹,是不会知道此刻他身在何处、他的生死如何。

六

他终于回到了阔别了五年的家乡湖南湘阴界头铺。他终于从信笺上走出来,出现在她的面前。是的,他把自己当做了一封信,一路穿越国民党军队的封堵,邮递到她的面前。她依然是抬头,她依然是落款,而中间有两年来不及说的话,因邮路被封而她听不到的话,他都要浓墨重彩仔仔细细地当面说给她听。

他见到她,似乎还是五年前的样子,短发,圆脸,目光生动泼辣,只是身子骨要壮实一些。他见到她,立即感觉她就像一轮满月,照亮了他的心!她刚刚从湖南第一女子师范学校毕业,依然是那么纯洁、朴素。

而他这个当年意气风发莽莽撞撞的少年,现在已经判若两人。他是多么瘦呀!肩胛耸立,颧骨突出,好像大病初愈的样子。仿佛是五年来他吃了天大的苦,受了天大的累。只是他的目光,少了五年前的少年轻狂,变得像石头一样沉默,铁一样坚定,火焰一样热烈,雄鹰一样锐利。

他的确受了很多苦。从秋收起义部队进入井冈山开展工农武装割据到现在的两年里,他吃着红米饭、南瓜汤;即使寒冬腊月,依然穿单衣,盖薄被,无时无刻不处于最残酷的战斗之中。四占永新,深入湘南迎接南昌起义部队上山,龙源口战斗,他的部队都是主力,都是冲在最前面。他与敌人拼过刺刀,子弹嗖嗖地在他身边穿梭,战友纷纷在他身边倒下。黄洋界保卫战,他更是战场的直接指挥官,以三十一团第一营营长之职,率营部和团部直属队及井冈山的地方武装,面对十倍于自己的国民党湘军第八军第十师所属两个团,他抱着必死之决心,凭借黄洋界的天险,以不足一个营的兵力,用机枪、步枪,以及鸟铳、滚石、檑木这样的简陋武器,打退了敌人一次次的进攻,取得了决定性的胜利。毛泽东专门为此填词写道:黄洋界上炮声隆,报道敌军宵遁。

他有了赫赫战功,与他的黄埔四期同学林彪等一起成为毛泽东领导的井冈山革命根据地有名的虎将。1929年1月,赣敌来犯,他率一营与敌鏖战三天三夜,又在永新烟阁与敌人增援部队遭遇,不幸左小腿中弹,股骨开裂,不能走路,失血过多,脸白如纸。他成了一名伤员。

无休止的战斗、拼杀,为主义而战,为中国的未来而战……他早已不在乎自己的生死。正像他在黄埔军校读书时给六妹的信里写的那样,他要为革命而死,为民众谋利益而死,"死气沉沉的黑暗世界,要用我们的热血燃它个鲜红"。可是他牵挂着他的六妹。从井冈山革命根据地的江西遂川,他过桂东、汝城、郴州,一路奔波,小心躲过国民党的封锁线,把自己当做一封家信、一封情书,费尽千辛万苦邮递到了家里,站在了他的六妹面前,等待她的开启、阅读。

她的脸变得羞红、滚烫。她的目光躲闪着,可是波光流转,生动欲滴,蜜一样甜,根本不像在信里那样刁钻、霸道、鬼灵精怪。他想每次接到他的来信,她都会是这样子的吧?

他开始向她谈起他的生活,当然删除了大量的艰苦、流血、危险、死亡。他向她表白对她的思念,增加了相当的篇幅。他慢慢恢复了五年前的样子,变得意气风发、眉宇风流。这是她熟悉的灵魂毅,她亲爱的毅安。五年来,她不断地想着他,正如他思念她一样。到最后她甚至不记得他长什么样子了,因为,这么些年来,她只是在五年前见过他。他在黄埔读书时,她收到过他寄来的一身戎装的照片。然而,他那些情感炙热的信里对她表达的爱,就像一个烙印,深深地烙在了她的心里!

他们相约婚期。几个月后,他们终于幸福地走在了一起。不要锣鼓唢呐,不要放铳抬轿,不要三叩九拜。他要的只是她,他的六妹,做他的新娘,让过去信笺里的抬头和落款,"灵魂毅"和"亲爱的承赤妹",写成同一行字,他们相隔天涯的两个人,坐在同一条凳子,睡在同一张床上。

几个月后,陈毅安接到他的红五军军长彭德怀的信,匆匆告别妻子和还没有出生的孩子,又奔向了战场。他想不到,这一次分别,竟然是永诀。

七

她为他生了个大胖小子,按照他的意思,她给孩子取名为"晃明",寓意茫茫黑夜,有英雄们的浴血牺牲,总有一天会得到大光明。生孩子的时候他不在身旁,而她并不以为意。她知道他是在为国家打仗,他在干着一件了不起的事业。从她与他恋爱,就已做好了独自扛起这个家的准备。

从他离开家到现在已经有半年多时间了,他还没有写过信给她。她牵挂他。他现在在哪儿呢?她多想托人带信给他,告诉他他做了爹了,是个儿子;她想告诉他,平常打仗小心躲枪子,安全是最重要的;她想告诉他她经常在夜里梦见他,向他说着让她脸红的甜言蜜语;她想告诉他他的肾脏不太好,要注意饮食,不要乱吃东西。她想告诉的,远远比这还多。可是,她如果写好了信,该投寄到哪儿呢?

她终于又收到他的来信。她已经是做妈妈的人了,可依然还像少女时期收到他的来信那样,一下子羞红了脸。这么些年来,她已经习惯了他用写信的方式,表达对她的思念,向她报告他的行踪、他的近况。这信里写着什么呢?她举起信,在阳光下照着。她没有立即拆开,她享受着开启信前的期待、渴望。

她看到信封上他的落款是"上海",她心想这山里人,怎么跑到上海大城市去了呢?

她拆开了信。可是,她看到信里只有两页白纸,空白的、不着一字的白纸。

从前,他在信里写下那么多的字,恨不得掏出心来给她看,现在,他一个字都不愿意写了。他肯定是累了,累坏了。

她顿时肝肠寸断。

她记起新婚时他随口说的,如果有一天,她收到一封没有字的信,就表示他已经牺牲了。

李志强不知道,这个一直和她在信中谈恋爱的人,每天都在自己的上衣口袋里装着这封无字的、信封上写着她的姓名和地址的信。不管到哪里,他都会跟战友们交代,如果他牺牲了,就把这封信投寄出去,以便告诉她,他再也写不了信了。

她不知道,她接到信时,陈毅安其实已经牺牲半年多了。1930年7月,陈毅安离开家回到部队,担任了彭德怀任军团长的红三军团第一纵队司令员,率领部队与整个红三军团一起打响了攻打长沙的战役。整个军团以一万两千兵力,从7月24日起,向城内三万余众的敌军发起了大小五十多次的进攻。于28日上午胜利占据全城。8月初,国民党何键部队集中十九个团的强势兵力,在英、日停泊于湘江的军舰配合下,向长沙发动猛烈进攻,在小吴门一线指挥第一纵队正面御敌的司令员陈毅安,腰部连中数弹,壮烈牺牲,时年二十五岁。

他牺牲的那一天,离结婚后告别妻子,只有不到一个月的时间。

八

已经不再有信来了。

她常常抱着孩子倚在门楣,渴望有邮差叫着她,把一封写着她名字的、让她熟悉的信交给她。她希望空白信笺意味着他已牺牲的说法不过是他的一个恶作剧,可是数年过去了,她的等待,不过是一场空。

1937年她收到了彭德怀的信。信中说:"毅安同志为革命奔走,素著功绩,不幸于1930年已亡,为民族解放中一大损失。"她终于确定丈夫的死讯。

可是她不悲伤。多年的通信,他已经把她感化了。他不仅是她的爱人,也是她的兄长,她的老师。在信中,他给她讲过许多革命道理,讲过"把一切旧势力铲除,建设我们新的社会";讲过"死气沉沉的黑暗世界,要用我们的热血燃它个鲜红";讲过他要"为革命而死,为民众谋利益而死"。这些话语,远比女子师范学校老师的讲授要来得痛快。耳濡目染,她似乎也成了一名战士,一名懂得克制自己的悲伤、挑起丈夫留下的生活重担的战士。收不到信的日子里,她变得顽强,以自己微薄的薪水,抚养他的伯母和儿子。

她感到他一直在。每到了晚上,她会展开他过去写给她的信。这么些年来,他给她写了五十多封信!在信里,他是那么的富有朝气,那么的年轻,那么的让人迷恋!而她是爱他的永远的少女。他一会儿铿锵有力地讲述他的宏大理想和坚定信念,完全是一副舍我其谁的架势;一会儿,他又煞有介事地为她排忧解惑,苦口婆心和她谈论人生;一会儿又低低款款地诉说自己对她的思念,信誓旦旦地相约与她的再见。她是那么的爱他,就像他爱她一样。在她眼里,有谁能超过他呢?而现在他的气息依然在字里行间游走,她甚至能感觉到他阳光灿烂的笑,就像一个大男孩一样爽朗的笑,他的让人透不过气来的吻。只是与过去不同的是,过去,他属于军营,属于沙场,属于这个国家,而现在,他只属于她一个人,被她一个人珍藏。

有了这些信陪着她,再大的苦她都能承受,再长的夜晚,她都能安然度过了。

全国解放后,李志强调到北京电信局工作,她将一直珍藏下来的陈毅安写给她的五十四封信带到北京,交给他生前的领导彭德怀。后来,这些家书又被捐献给了中国革命历史博物馆。

1951年3月,毛泽东亲自签发全国前十名革命烈士的荣誉证书。陈毅安排名为第九,遂称"共和国第九烈士"。

1958年,彭德怀为陈毅安题词:"生为人民生的伟大,死于革命死得光荣!"

(原载《人民文学》2011年第1期)

月亮上的环形山(节选)

周晓枫

一

小时候,家里有个床罩是用降落伞专用面料裁制的。乳白色,半透明,在指端揉搓,两层织物之间发出类似塔夫绸的摩擦声。我曾用它围裹自己,独自在寸步难行的简陋礼服裙里扮演公主。这个尼龙床罩,与之联系的,是日常生活、灰尘和小女孩的临时道具——与它最初的降落伞命运,大相径庭。

它原本属于更高远的地方。

飞机打开侧腹部舱门,跳伞者穿越流云,穿越浩荡的风,如同向大地播撒的种粒。伞包打开,透明、薄软而膨起,蓝天中的身影看起来像大海里的优雅水母,也如置水中那样放缓了行动速度,慢慢,沉潜到沙床。有时他们又像编队飞行的候鸟往返于天地之间。来自天堂,没有谁比跳伞者更像天使。但其中一个,寒气在他脸上凝成冰晶,使他具有一种硬质的雕像感。他原本也是展翼的天使,后来,却作为一只掉队的雪候鸟,独自,降落在宝塔形的针叶丛林中。

霍叔叔,我唯一认识的伞兵……从高空起跳,此后一直坠落,并且在坠落过程中竭力表现得像自由的飞鸟。

二

认识霍叔叔的时候,他早已退役,改行后勤管理。也许是因为早年伞兵生涯严苛的体能训练,年过五十的霍叔叔依旧保持着锻炼的习惯和相对强健的体魄,他坚持长跑,风雪无误。霍叔叔偏瘦,但筋骨格外强健,他的长相除了两道比常人更深的法令纹外并无特别之处。我当时之所以对他印象深刻,因为,他家里有两个特殊的女性。

首先是他妻子,令人惊鸿一瞥的神秘女人。舞蹈演员出身,她必曾有美玉般的光洁额头。后来老了的阿姨还保持舞蹈演员的习惯,很少跟人用语言交流,也许她并不傲慢,只是冷淡。关于她,我仅能回忆起几幕场景。一是她穿的格子毛衣,上世纪七八十年代少见的花色,据说是亲戚从国外带回,她穿起来像扑克牌里的皇后。二是她说话时面无表情,不过嘴唇翕动,像白蜡烛上轻跳的火苗。那次在食堂吃午饭,我正好挨着她坐。她吃鸡翅膀,牙和舌头无比灵活地配合,在两根发卡形的细骨之间来回穿梭,直至掏尽所有肉屑。自始至终,她一点声音也没有,桌上残余的战利品,干净得堪比拆散的鸟骨标本。那是我唯一、也是最后一次接近她。不久之后,利用短暂出访的公派机会,她有预谋地,消失在由她不认识的霓虹字母所装点的异国夜色里……从此杳如黄鹤。对于这个当年性质严重、令人震惊的潜逃事件,据说霍叔叔毫不知情。霍家阿姨对一切都采取沉默的态度,包括至亲。她就像个没有家人的孤儿那样选择了决绝的道路。

另一个,是画画——霍叔叔和舞蹈演员的女儿。奇怪的、外星生物一样的画画。从样貌上很难判断画画的年龄,躺在摇篮车里,她那么壮硕,挤满四轮竹车内的每条边框。别的孩子一年年成长,而画画,只是一次次被放大的巨婴。她到底多大,十八还是二十三？至少要比当时的我大许多。被塞进竹床里的画画，总让我联想起被撕去翅膀的蛾子，身体翕动着一种微微的不祥的肥胖。面部宽扁，始终肿胀，牛样的圆眼大而愚痴，周围多了褶皱，某个瞬间会让人错觉她时值中年；眼白的面积被挤压得很少，黑色占据绝大比例，这使得画画平静的时候也如同受到某种惊吓；眼间距开阔，眼球微凸，画画比正常者稍长的睫毛并没有起到烘托作用，反而突显了某种难以言明的缺陷。画画还有个突出特点，辫子格外粗黑油亮，单根比我们两根都粗，皮筋上系着蝴蝶绸结：红的。如果不对比画画的脸，浓墨色的辫子是她身上最美的部分；可结合她的脸，辫子就暗怀令人恐怖的因素——它们看起来过分茁壮，有几分咄咄逼人，像两条懒怠的蛇。是不是画画的脑细胞不需要活动的能量，营养集中供给毛发，才滋养出这样肥黑的辫子？

猜对了，画画是傻子，甚至比傻子还傻，因为她的生活不能自理。画画说不出任何一个整词，从早到晚，躺着，厚嘴唇里一边呜里呜里地发出无人能解的含混之声，一边口水不尽。

五

霍叔叔，一个完美到失真的父亲形象。

孩子在成长过程中，或多或少都受到父亲的管教，挨骂甚至挨打。我们习惯了从粗心到粗暴的父亲，习惯了被他忽略、指责和拒绝。失去母爱的画画却享受公主般的待遇，她可以任性，可以挑剔，可以不负责任，可以胡作非为；作为忠诚且万能的老仆人——霍叔叔无微不至，无所不从，服侍她，让女儿开心。

冬天食物匮乏，家家户户储备大白菜，腌制雪里蕻，年年月月它们千篇一律地摆上餐桌。画画呢，吃罐头：午餐肉，沙丁鱼，糖水黄桃。霍叔叔喂她橘子的时候，总是小心地撕去<u>丝丝缕缕</u>

的白色衬皮,他有时连橘子瓣儿上那层薄膜衣也要去掉。画画每天喝两杯麦乳精。每当霍叔叔沙沙作响地从麦乳精铁皮桶里舀出珍贵的咖啡色颗粒,溶解后,喂进那张口水吧嗒的嘴里……让人隐约觉得那是种浪费。

霍叔叔对自己超常节俭。除了对画画,他都是吝啬的,有时到了锱铢必较的地步。他擅长炸酱,主材是豆瓣和辣椒,一日三餐用它抹馒头、拌米饭。尽管他吃得津津有味,可我总感觉,那是近于蓄意的自惩。霍叔叔从骨子里不信赖任何人,他习惯盘剥自己,以使画画的生存更具保障。因为曾经突然面临灾难,霍叔叔为了抵御未来可能发生的灾难,每天都以灾难的方式来生活,几乎是一种轻微的刑罚。也许霍叔叔觉得自己是有罪的,因为他把不幸埋藏在了画画的源头。画画就是他的原罪。

而画画,安心享受,被隔绝于所有烦恼之外。我们过生日,通常吃碗加了荷包蛋的长寿面,画画却能奢侈地收到礼物——比如上了弦的玩具:一只铁皮小熊,它穿着红背心,表情谐趣,微微歪着脖子。熊是样子最敦厚、性情最残忍的动物,现在它隐藏起全部的凶暴,轮番击打胯间一只扁筒形小鼓——充当娱乐画画的快活小丑。

我们这群孩子,无论漂亮的聪明的好学的懂事听话的,谁曾体会过父辈的疼爱一如霍叔叔对画画?有一次我站在旁边看霍叔叔给画画掏耳朵。霍叔叔是警惕的,示意我站得远一些,以免我万一不慎碰触他的肘臂误伤画画的听骨。捏着柔韧的耳廓,霍叔叔的拇指陷进画画耳朵的凹痕里。纤毛后面,耳道深处有两团金黄的耳屎:一大一小,大的形似满月,小的像片脱落的幼鱼鳞。霍叔叔握牢挖耳勺的长柄,一边观察着画画的神情,一边贴着画画暗窄的耳壁谨小慎微地探进去。耳垢并不干燥,带有轻微的润度,霍叔叔耐心地把它们纳入木质耳匙,稍微加大指端的压力,一点一点,向外钩。想象耳垢被碰触和掏取的过程,说不出是快感还是恐惧,让我浑身一抖。

掏耳过程中,画画既无享乐也无抗拒,她眼睛偶尔上翻,昏昏欲睡。她的半条胳膊垂到竹车外面,上臂,那两个椭圆形的灼痕是接种疫苗留下的疤。霍叔叔这么怕她死啊,怕已有裂隙的画画意外碎掉,因此每个步骤都做好严密防范。胖画画,像条懒洋洋的肉虫……一个幸福得肿起来的孩子。

据说,没人时霍叔叔还偷偷给画画讲故事,顽强地,把画画当做一个陷于自闭而拒绝交流的孩子。好像画画正在丧失经纬的真空里飘浮,虽然听不见爸爸的话,但她听得见更远更低微的声音,比如星星——那些抖动翅膀的小蟋蟀所发出的天籁。

那年4月,本该春暖花开却下了一场突然的雪。春天的新雪,蓬松,清新……踩几步,脚下响声怪异,像扭动塑料娃娃的硬关节。我们堆雪人,打雪仗,欢叫着互相追逐。霍叔叔推着画画出来赏雪,他的鞋滑,偶尔踉跄,画画的竹车反而成了扶助。不过推着画画前行有些困难,轱辘时走时停,霍叔叔需要不时用手扒开竹车前渐渐积高的雪堆。傻得不认识人的画画,哪里懂得赏雪?霍叔叔真傻,传染了自己女儿的愚痴,他的溺爱有如笑柄。

画画一无是处,为什么她如此愚痴竟被视若珍宝,能够得到如此慷慨的宠爱?我们乖巧伶俐,许多优点却进入父母的盲区,从来不能让他们绝对满意。我们羞于承认嫉妒,但画画那白痴般的幸福的确构成了隐隐伤害。似乎,它破坏了一种公正,一种令人信服的奖励原则……是应该被惩罚的。

雪,漫天漫地,寒意中极尽温柔。置身其中的人们,仿佛被明亮、闪烁而密集的星光所围绕。纯洁无瑕的世界里,霍叔叔和画画笨拙地移动,好像,溅在宣纸上的两个污斑。

打雪仗的孩子失手,拳头大的雪球飞来,"噗"的一声,碎在画画脂肪堆叠的脖子下。

六

从我的窗口望去：午后的树下，画画在晒太阳。霍叔叔以这种简易有效的办法补充她由于不运动而易于流失的钙质。

葵盘般圆扁的脸，看天——画画比天文学家还专注：云毫无意义地飘拂。有时我怀疑画画能够直视太阳，她不知避让，因无知而毫无畏怯。多数时间，画画睡觉，死般宁静。她闭合眼睛反而比醒来时更显理性，因为只有那时，她与正常孩子相差无几。树叶的阴影在她脸上跳跃，像翅膀半透明的黑蝴蝶，或者，像幽灵之吻。

画画需要看护。保姆芸彩来自乡村，岁数比画画还小。芸彩向往大城市的见识，但她见识到的，是痴傻的画画。喂饱画画的嘴，收拾画画的屎尿，性格倔强的芸彩就像未婚先孕的小母亲感觉自己陪伴着羞耻。画画有时一个人晒太阳，大院里很安全，再说也没谁会去偷窃这样的画画；多数时候，有芸彩陪着。一旁的芸彩无所事事，无聊地挥动手绢，赶走飞来飞去的蠓虫，或者，也呆呆望天……她状若画画的陪葬物。

竹车里的画画就像需要晾晒的被子一样摊在那里。风来了就来，雨来了就来了，如果没有被人及时收走，画画就在湿透的薄棉花里。那次芸彩闹肚子，迟迟未能从厕所里起身，大太阳的，雨却突如其来。没有谁能够始终晴朗，命运里，我们总记得那些晦暗时刻……记得大雨如注，记得足够的泥浆。而画画幸运，她遗忘，她无动于衷。咸的暴雨倾盆而下，她就像享受灌溉的作物般处之泰然……水滴，在她眼球的胶质玻璃体上滚动。

大雨下的画画就像水龙头冲洗下这只臃肿多斑的梨。十三岁的我拿起梨啃了一口，通过玻璃窗看到匆匆赶回画画身边的芸彩。她慌张地推动竹车，想尽快收拾，以免自己的疏忽会被马上就要到家的霍叔叔发现。

没有了那个丑画画,树林现在很清静,雨也很快停住。巨大的弓弩形彩虹,让人失去形容的能力。看看吧,上帝把天地之间的伤口都缝合得那么美。多汁的梨被我啃净,只剩下一个纺锤形的核儿,扔进了簸箕,在尘土里慢慢萎缩。

七

就在我快失去过儿童节的权利即将进入青春期的时候,霍叔叔让我记住了一个终生难忘的儿童节。那天既是儿童节又是星期天。

竹车上有朵霍叔叔缠绕上去的绢花:铅丝做支撑的茎,绸布绿叶,花儿是重瓣的艳粉色。这是尴尬的儿童节礼物,它献给已然二十岁的既是女人又是孩童的画画;或许因此,它也成为最为恰切的礼物。

过节的小孩子在树林里疯跑,打仗。剪纸为马、撒豆成兵——伴随着头脑中的想象,交战双方无比投入,挥来挥去的树枝有时险些误伤对方的眼睛。画画在战场中央睡着,完全隔绝于阵阵厮杀之外。有孩子提议,把画画当做重量级武器中的炮弹,一方捍卫,一方抢夺,然后互换角色。这个主意得到热烈响应。男孩们的脸上挂满汗滴,在竹车附近闪转腾挪,奋勇作战。只有在这场孩子们反讽的游戏里,画画才能被当做宝物,与霍叔叔达至转瞬即逝的短暂认同。画画岿然不动,周围的孩子跑来跑去……像忙碌的蚂蚁围绕雍容肥硕的蚁后。

当孩子们散尽,转移到另外的战场,林子里空旷,只剩下画画。一个红色氢气球飞升过程中被枝条挂住了。杨树干上仿佛被小刀雕刻的眼睛都大睁着。蝉声不绝。天阴了,灰蒙蒙的,像盲人的眼角膜,难以呈现明亮的未来。这时,作为危险武器、尚未引爆的画画,睁开眼睛,醒了。她永远不知道什么已经发生,什么即将到来。

不久之后,树林里传来霍叔叔的叫骂声。声线颤抖,又如此凄厉,霍叔叔的嗓音像青春变声期的男生那样常常因为高腔而突然失控。他混乱地骂着,用了那么多恶毒的诅咒,那么多不堪的脏字——他骂得难听极了,难听到,仅仅是听见就令我羞耻。那么多赤裸裸的器官,那么多露骨的性,那么多从坟地里拉出来又被陪葬的祖宗。这是我最后享用的儿童节,却被霍叔叔的污言秽语里暴露的真相,瞬间拖入青春期的泥淖之中。霍叔叔不再是我眼中完美的父亲,他畸变,成了被放大亿万倍的病菌:疯狂地进攻,传播致命的知识。他摧毁了我儿童节般的纯洁。

霍叔叔之所以由慈祥变丑恶,因为他回到树林所看到的画画。画画因儿童节而穿上的新裙子被翻卷上来,遮住脸,直接暴露出她巴掌宽的肚皮、粉色内裤和两条打着肉涡的萝卜腿。从内裤的边缘,可以窥到私处。霍叔叔稍不在场,无助的画画就这样任人欺辱。多么邪恶的魔鬼,才能这样对待可怜的画画和自己!霍叔叔浑身冰冷,继而浑身灼烫,冷热剧烈交替下的他气得说不出话来。等他能够说话的时候,便口不择言了。如果不是这次事件,他始终是个内向、安稳乃至温和的形象;现在满嘴脏话,霍叔叔好像一下子付出了前半生所有的清白。那么粗俗,那么刻毒,一个高声叫骂、颤抖不已的父亲!暴力的热血一次次涌动,他满怀对整个世界的仇恨。霍叔叔开始怀疑作恶者是谁,比如,五号楼那个精神病患者,想起他外翻的脏红眼角,想象他那只有罪的留长指甲的手;还有那个安徽籍的工匠,正给小胡家打制全套新婚家具,他笑起来小心而阴险,令人不安……怀疑的范围逐渐扩大,他怀疑大院里所有知面不知心的熟人,他们究竟窝藏着怎样发黑的内脏!

他恨这个无忧无虑的儿童节,恨这个肮脏的星期天,他痛恨这种集体的欢乐。下午的漫骂耗尽他的体能,我们最后听到的,是霍叔叔呜呜的哭声。因为他骂得太狠,脸部表情过于狰狞,手上盘错的筋始终酝酿青色的闪电,没人敢靠近他。空空的,留下位置,对面只站着他的对手——那个作为拳击手的冷笑着的命运。

其实没什么能伤害画画,真正受伤的,是霍叔叔。画画到点就吃,想睡就睡,即使这个耻辱的午后她曾经作为牺牲品。入睡的时候,画画多么甜美安静,蜷缩地睡在浩大夜色中,像一颗葡萄的籽粒。在内心不断追逐坏人并最终将他手刃的霍叔叔,彻夜难眠。自己的肩膀是捍卫画画的唯一城堡——只要他让开,没妈的画画随时会遭受凶猛的伤害。

月亮,金黄而缓慢的钟摆……沉睡在下面的,是混沌的画画,和她终生需要保持警觉的父亲。哪里才是钟摆的归宿?此刻,他如此软弱。

十

没有谁知道,画画在我心中留下的阴影。

我从中提炼出一句警告:孩子,有可能成为我们从自身分娩出的灾难。

我还记得,表哥抱着他的宝贝小薄荷前来就诊的情形。不到周岁的女婴外貌上并无异样,五官清秀,肌肤通透,眼睑隐隐透出紫蓝的毛细血管。她被抱在自己母亲的怀里,沉静安详;而尚未结束哺乳期我心急如焚的嫂子,脸颊布满持久不退的红疹。后来证明,一切并非过虑。小薄荷,这个表哥表嫂经过多年努力好不容易怀上的孩子,逐渐,变成令人心碎的礼物。

数年之后,我再见到薄荷。她长着一双不辨是非因而纯真到极致的眼睛,大而渊深,又格外清凉……像雨后的仲夏夜。她的脸,完美无缺,我从未见过第二个孩子能够匹敌她的精湛——从薄棉被里露出她瓷器一样精巧的头颅。掀开被子,小姑娘的身体,被胡乱地拼接错了。细胳膊细腿,细得有如拆出来的扇骨,它们可以朝任意角度折弯。薄荷,一个可以折叠为几何形状的孩子,所有关节好像都被事先打断。她聋哑,没有疼痛感,因而不会反抗;即使把手指头直接戳上她仲夏夜般美丽的瞳仁,薄荷也不会眨动一下睫毛。这么安静、这么宿命的小孩,她没有语言,没有痛感,没有情感和需求。她无比坚强,又无比脆弱。即使哥哥嫂子再小心翼翼,也无法察觉那些不幸的瞬间。比如,薄荷突然发高烧去医院照片子时,父母才发现她的肘臂不知何时已骨折了两处,都成了陈旧伤。

当年,许多人建议表哥赶紧要第二胎,因为薄荷不能给父母带来孩子式的安慰,更像一个维修成本巨大的辛酸的悲伤的玩具。表哥执意抗拒,认定那是对小薄荷的离弃和背叛;表嫂长年没有工作,专职照料她。他们以温存而汹涌的爱,善待这个永远不能做出响应的矿物质孩子。

死于十二岁。薄荷在一生的几千个日夜里,从未与这个世界交换过一个音节。她不懂得什么是声音和颜色,从来不认识食物和自己的父母。

直到薄荷离世,表哥表嫂才更为艰难地开始新的孕育。看到表嫂如履薄冰的神情,我明白,当年他们拒绝第二个孩子的到来,除了对薄荷的忠诚,其实还有对自身的强烈恐惧——整个妊娠过程,表嫂就像怀揣某种爆炸物。不过幸运,这次是男孩儿,正常。表哥表嫂欣喜若狂,管新生儿叫"弟弟"。我想这个称呼里,一定隐藏着纪念。弟弟长大以后,任性,叛逆,不喜欢学习,到处惹祸。表哥总是笑呵呵的,儿子怎么都是令他满意的——弟弟健康啊,他所有的错误都能够轻易被原谅。

普天之下,有多少霍叔叔、表哥表嫂这样的父母?

有多少这样的榜样,就对我有多少秘而不宣的威胁。

十一

我拒绝生育,认定只有让子宫像死火山一样休眠,自己的生活才不会遭受致命破坏。我害怕会酝酿出画画那样的孩子。我肯定是被吓着了。恐慌被放大,逐渐成为一种顽固的不祥预感。

妈妈是内科大夫,我从小比其他孩子更熟悉医院里的实验室。大大小小滞育的胎儿们浸泡在福尔马林微黄的溶液里,紧闭双目,好像正在睡觉的小魔鬼。我担心自己怀孕就是要用十个月的时间执拗地将魔鬼唤醒。死婴的肌肤暗淡,缺乏光泽和弹性,我猜他们硬得像塑料,如同广口瓶里泡着的那些内脏。而且它们也和内脏一样,离开母体,无法独立存活。

画画例外,作为一个终身停止发育的巨胎,她无忧无虑地吃喝、呼吸与排泄,并由此变得盛大、结实、咄咄逼人……她泡在霍叔叔的血和命里,泡在亲情和责任高浓度的营养液里。

亲情,那么动听且温暖的名词,但它也意味着一种潜在的债务。剥削只有发生在亲情的领域才是安全的,亲人之间彼此的剥削具有某种天然的合理性。每当雏鸟张大嘴要求比它更饥饿的父母喂食自己,每当画画无所顾忌,霍叔叔需要用力搓洗才能去掉被单上脏红的经血……就令我暗怀悲伤。责任?那是被正义允诺过的勒索。我放弃,因为我知道自己不能像霍叔叔那样释放出唯有苦难才能激发的美德。

十二

我害怕自己成为霍叔叔那样的人。英雄拥有伟大的失败,凡人不过是寂寞的牺牲。霍叔叔的整个一生,都用于日常化的磨蚀。不存在什么耀眼的痛苦。没有。有的,只是老动物被磨得秃旧的皮毛所象征的那种平静的屈服与适应。

同时,霍叔叔的形象秘密地根植我心,并长久影响我对感情的选择。我讨厌艳遇,讨厌那种理所当然的坦荡的不负责任;如果关系中不存在着渗透和交错的区域,我丝毫体会不出彼此敷衍有什么意义。事实上,一份情感如果不包含责任,对我来说一点吸引力也没有,甚至迅速沦为屈辱,沦为不堪的回忆。我喜欢的男性类型,总是怀有过度的责任感和天然的牺牲倾向。就像性情既凶猛又温柔的伯劳鸟,它们捕食昆虫、蜥蜴、松鼠等小型动物,甚至能追杀比自己形体更大的鸟。雄伯劳十分体贴,整天不停地捕捉猎物喂给雌鸟,甚至甘愿自己忍饥挨饿。

……我的脸从背后贴着我爱的人。海面苍茫,疲惫至极的夜航鸟终于得以栖身,那是露脊鲸岛屿般上升的脊背。我把毛茸茸的小动物的头埋进他的气息里,我渴望,他用硬的骨头和软的腔肠保护我。即使卑微,即使我全身都是缺点,我渴望他也会像包容沙粒一样包容我,直到,把我变成他个人的珠粒。

为了长期占有一种无微不至的宠爱,我甚至无意识间把自己变得更无助,更无能,伪装成终身制的儿童。这是一种来自画画的启迪,我模仿着:把命运唱成一出苦肉计,以谋取更大意义的贪婪的幸福。真好啊,甚至无需为此承受道德上的压力。我在感情中养成奇怪的模式,好像体会画画那样完全寄生物的享乐感,要优越并重要于自身的健康和独立。我有个胆怯的灵魂——作为侏儒,它喜欢冒充孩子来寻求保护。

当生活就像一把不断打在后背上的戒尺,我们能向谁乞哀告怜?

时光流逝,月影里倒映着河流的波光……承认吧,我们都是怯懦的蝙蝠,只敢吸取亲人的血。

十三

我对霍叔叔的记忆停滞在自己的十五岁。那年,我们搬家了。

再见霍叔叔已是多年之后,他躺在冬天的病床上。

我震撼于霍叔叔的变化。体形与我记忆中完全不符,我记得他尽管偏瘦,但始终是个劲道的汉子。可眼前的他太瘦小了,细的大腿骨就像旧伞架,很难再撑起什么风雨。岁月的河道纵横,密布他的脸……随着干涸,霍叔叔被搁浅在河道上,这条垂危的鱼,被命运反复剥夺,他看起来,像个剩下的余数。

我想起他慷慨的雄海马般的父爱。面对画画,霍叔叔是辐射着父性的强大生物,无论怎样被伤害,他似乎仍有足够的容积去装下继续的苦难。现在他有如一只突然被掏空的茧囊,瘪下去,彻底瘪下去。

不知道怎么去安慰,我只好一边听着妈妈职业化的医生问询,一边不时遥望窗外。空荡荡的天,没有云,也没有鸟,弥漫着那种灰暗的安静。霍叔叔正在输液,吊瓶里的药剂一滴一滴……向他身体里注入沙漏般空洞的时间。青色的静脉血管,从霍叔叔的手背延伸到上臂,看起来,像被剥除毛羽后显现的羽轴;这只老掉的鸟,他放弃迁徙的旅程,留在了永远的越冬地。

霍叔叔的身体骤然垮了。也许,因为画画。

所有的孩子,出生时都经过死神的印吻。他们一如候鸟,历经千山万水的迁徙,终会信守诺言重归死神宽大的圣袍——曾经的人世不过是他们短暂栖留的岛屿。画画从未展翼,无论怎样的强旋风,她似乎也永远安睡在父亲的翅羽下。

然而没有永远。画画死了,她就像一片残疾的小雪花,落在霍叔叔温暖的手心,却化开,只剩一个泪滴。

十四

我想，画画的死虽然令霍叔叔百般不适，但从长远来看，终究是种解脱。更无情的旁观者甚至把画画视做会发声的植物人，反而是植物人那种安静到极处的宿命更令人容易忍受。画画的哭声，象征霍叔叔的原罪感带有频繁的噪音。这个巨婴，这个越长越沉重的背负，使霍叔叔的任何低飞都成为奢望，他必须躬身，然后匍匐在地……终于，纤绳断了，霍叔叔失去父亲的身份，获得失重者的自由。对生者来说，死亡是一种残酷的解放。

风把星空刮得格外干净，但这个多年习惯夜间锻炼、风雨无阻的父亲，跑不动了。霍叔叔蜷缩在病床，一只老昆虫，皮壳脆弱，水分尽失。斑斑点点的晚星，不过预示着一座已然生锈的天堂，但即便如此，他依然是坚持到最后的圣徒，我听过他晚蝉一样高亢而辛酸的歌唱。

不间断的给予从未使他枯竭，现在他不再被需要。霍叔叔和画画被血肉模糊地撕开了，他怀里空出一块，像亏掉的月亮被塞进一团绝对的黑暗……他疼吗？那种被开膛破肚、掏出内脏的感觉。原来，人的悲剧，并非给予而未获回报，而是彻底失去给予的能力和对象。

一个人。只剩他一个人。

霍家阿姨那么不食人间烟火，叔叔年轻时一定迷恋过，并因成功迎娶美人而骄傲。爱情是迷宫以及它随后的废墟。然后，他们一起无望地面对画画，面对婚姻带来的困境。我猜测，很少发出声音的霍家阿姨在某个独处时刻一定曾发出凄厉的叫声，像只撞网的鸟——毛羽零乱脱落，她如遭剪翅，感觉自己再也不会飞了。她必拼死一搏，试飞自己的天。从灾难中逃走，她也把自己的自由变成新的灾难，加之于那个独自的承受者。

对霍叔叔来说,傻画画能做什么呢?不,什么也不需要她做,能陪在霍叔叔身边就足够了。画画活着的每一小时对他都是安慰。

也许我们的判断有误,霍叔叔的奉献并非奉献,牺牲的过程也不全是牺牲。画画是他仅有的亲人,霍叔叔用自己的性命与画画之间衔接了一条永不剪断的脐带。他喂养自己的亲人,以使自己不落入孤家寡人的命运。外人评判,是把霍叔叔和画画作为分离的两个生命体来看待的,所以歌颂父爱的奉献和牺牲。其实他们是一个整体,不可分割的整体——画画就是霍叔叔的一部分,是他自身的增生物,是他的肌体变得强大而多余的息肉。

我们甚至没有资格动用同情。画画是唯一的证明,用以证明他的强大,证明他持续的源源不绝的能量,还有成功。难道,霍叔叔不是天下最成功的父亲吗?他做到了其他父亲难以企及的程度——他的孩子一生从未体会过真正的烦恼和痛苦。

每个人之所以能辨认并且偏爱自己的孩子,除了血缘关系,还因为孩子各具特性。画画不过是其中一个格外独特的孩子。在霍叔叔心里,小天使的画画是否至为体谅?她是个绝对意义的孩子,因为画画的世界里只有唯一的父亲,没有任何空间融入他人。画画来不及培育品德上的任何缺点,所以她是无比完美的孩子。和她的母亲不一样,画画躺在摇篮里,以生理残疾的代价给予父亲终生不会远离的承诺。

霍叔叔永远记得,婴儿时期的画画是那么健康饱满,满是清新的气息。她是他的元音,原初、天真而纯净,甚至带了稍微的母性。他奇怪一个婴孩能象征万物。

……襁褓形状的月亮,被揽在黑暗的怀抱中。它无知,神秘,值得我们由衷的热爱。

十七

精子若与卵子相遇需要经过艰难的历险,其距离,相当于一个人从地球跑到月球。每个生命,都来自于这种曲折。无论是霍叔叔,还是画画,也包括我自己,都曾坚持过,才能成为庞大的马拉松竞赛中最后剩下的那个孤独的胜利者。

去病房探视的当天晚上,我回想起霍叔叔,回想起往事中那些挣扎过也幸福过的脸,那些被记忆磨损了笔画的名字……竟然失眠了。夜晚中的世界,如同渡船,它的锚链沉在漆黑河床,让人判断不出,它在驻留还是即将起航。窗外的月亮升起,充满难以言说的盛大之美——还能怎么去形容?美若深渊,不可测度。它像灯塔不熄,照耀着疲倦的沉睡者,以及他们只有几克重、蝴蝶般轻盈易老的灵魂。

遥望月亮广袤的金色腹地,我知道,那些烟灰色的暗影正是神性的环形山,其中一座,名叫第谷。它们拥有戒环般完美的弧度,仿佛执守着亘古的承诺。

其实换个角度,环形山的又一个说法叫月坑。它的形状接近巨浪挖蚀出的洞痕,本身并不存在着美,只是苍凉。它苍凉,却能激发我们对美的无限想象,如同,生命里的某些责任并非美妙,甚至预示着痛苦与沉重,然而却使我们焕发出爱的全部潜量,焕发出我们自身内在的光源。

月亮圣洁,一如信仰。亲爱的衰老的霍叔叔,你的一生被什么所鼓励,又被什么所安慰?此时,夜空无垠,就让所有的孩子松开痴小的拳头,所有的苦行僧放平流血的赤足……睡吧,睡吧。

在入睡者的梦境之上,是不可思议的奇迹。环形山悬浮半空,那最沉重的同时也是最轻盈的,最优美的同时也是最伤感的……

(原载《人民文学》2011年第1期)

暗色的家园(节选)

第广龙

水　窖

窖：收藏东西的地洞。这是字典上的解释。进一步说，我觉得，还应该补充一些具体的内容，譬如，窖内温度低，适于储存蔬菜。过去，萝卜，白菜，葱，都是应季上市，存放在窖里，接续供应的空白，随吃随取，吃一冬天，水分不散失，也不腐坏。窖具有隐蔽的特点，不易被发现，金的银的，藏窖里，增加安全系数。有的酒，像红酒，像白酒，经过窖藏之后，才性能凸现，口感佳，才能升值，尤其是葡萄酒，一定得装橡木桶，存放在阴暗潮湿的酒窖里，不到时间，是不能启封的。我曾在黑海边的一家酒厂，参观过酒窖，地道一样盘绕的巷子，火车皮一样的酒窖，全在地下分布，还有一个酒吧，也设置在地下，我在那里喝了香槟，喝了红葡萄酒和白葡萄酒。临走，我买了两瓶香槟，装行李箱里。几千公里都带回来了，可是，出西安机场，坐车时，关后备箱，不小心压碎了，全跑光了。

我这里说的是水窖。如果菜窖联系着生活，酒窖联系着享受，水窖联系着的，是性命。没有菜吃，能忍受，没有酒喝，也过得去，没有水，就意味着生命的终结。对于植物，对于动物，都是如此。西北的许多地域，常年干旱，雨水稀缺，要掏挖一眼井，比活一百岁还难。而且,二十米三十米下去了,井底依然是干枯的。地下面没有水脉,这让人绝望,也逼迫人另想办法。修水窖,就成了无奈之下最实际的选择。尤其是居住在高地上的人家,一家最少一眼水窖,多的,有两眼甚至三眼。这一定是最值得炫耀的家底,过日子心里踏实,给儿子娶媳妇,也是很有诱惑力的条件。

  的确,水窖如此重要,必然得到重点看护。山里的人家,间隔辽远,从一家走到另一家,很费脚力。平日里,很少有人光顾。可是,水窖却被看得紧紧的,怕水被偷,也防备猫呀狗呀掉进去。通常,水窖就修在自家院子里,也有修在大门外的。我在陇东庆阳董家滩生活时,经常沿着羊肠小路,登上东山。在山上,看到的水窖,那一定是用一扇木板盖住的,而且加了一把铁锁。门可以不锁,箱柜可以不锁,实际上,也没有什么值钱的物件,但是,水窖却是宝贝,得拿锁子锁着。山里缺水,雾却很大,春秋季节,起了雾,棉花包似的,要是在早晨,几乎只能看见自己的脚,看不见前头。走着走着,听见扁担的声响,一会儿,雾里头出来水桶、半个人身子,然后是完整的一个人,黑衣裳,却半清楚半朦胧着,来到水窖跟前。奇怪的是水窖周围,也就一小团地方,雾只是缕缕丝线一般,不是那么浓烈,可能与水窖水汽对雾气的抵御有关。担水的人,这时看着就清晰了。在山里,到水窖取水,才是一天的开始。他开了锁,用扁担一头的铁钩钩住水桶,下放进水窖,试探到水面了,压制一下,铁桶歪倒,吃满水,顺势又提升上来。水窖里的水,是姜黄色,是存放了很久,又不流动,才出现这样的颜色。山里雾气再重,也变不成水,这似乎诗意的物象,却遮蔽不住苦焦的日月。这苦焦是一天又一天的延续,这苦焦没有尽头。可是,挑了一担窖水的人,脚步是多么轻快呀。

  修水窖,可不是随便挖个地洞那么简单。选择地点,相当重要。离家要近,取水方便;不能靠近崖边,那容易坍塌;周围地皮需结实,没有杂物,保证入窖的水干净;地势高低得合适,利于引水入窖。山里,通常有修水窖的匠人,几乎是家传的,职业性的。窖洞,水窖,都是泥土的,都是永久性的,窖洞不能塌,水窖更不能塌。窖洞裂缝了,补一补,人继续住,水窖裂缝了,就把后路断了,所以,没有这个本领,轻易不敢下手,一定得花钱外请。水窖的形制,从内部看,如一口大瓮,上下细,圆,中间部分,是个大肚子。大的水窖,一头牛都能装下,牛在里头,还能转身,还能走动。还有一道工序,就是给水窖的内部,抹一层红胶泥,这是为了防止窖水渗漏。再后来,多用水泥。水泥虽然更严密,我总觉得,还是红胶泥合适。略略透气,略略损失一点水,却比水泥经久。和水泥比,红胶泥也有生机。我看到的传了几代人的水窖,都是红胶泥涂抹的。刚修的水窖,不能马上装水,要等到干透了,再仔细检查,再局部修补,完善了,才投入使用。装了半窖水的水窖,幽深,阴暗,窖壁生出了青苔,窖水青黑,映现驴皮般的光亮。我看过的水窖,给我留下的就是这么个印象。

水窖里的水,全部是苍天的恩赐。即使终年纽结旱象,总会有一场雨,有一场雪降临。这是对生灵的怜悯和眷顾,这是生命在大山里延续和坚守的福祉。已经预留下一道两指宽的引槽,连通着水窖口,雨水从高处往低处汇聚时,会流到引槽里,一点一滴,细细的水流走着走着,一路流进水窖。有时,会携带些许柴草进去,有时,甚至会夹带几粒羊粪蛋进去。进去就进去了,通常的,便沉淀下去了,山里人不介意。到一定年份,水窖的水见底了,人下去,会彻底清理一次。下雪了,积雪也会被收集起来,一铲一筐的,倾进水窖。雪水也是水,也是很宝贵的。这样的方法,如今有一个新词,叫雨水集流。以前,不这么说。现在,山里人也不这么说。

这样的水,人喝。这样的水,牲口也喝。也洗脸,洗衣裳。这样的水,一滴也不敢糟蹋,一滴也不会浪费。洗了脸的水,洗了衣裳的水,沉淀了,浇菜,浇树。山里的地,长菜艰难,也长些辣子,长些豆角。山里的树,多是些杂木,扭曲,苍老,树皮赤黑,树枝硬,干。人家窑洞前,院子里,无非杏子树,梨树。山里颜色单调,杏子树,梨树,都耐旱,种下了,和人做伴,春天,大团的粉红,大团的白,开花看景致呢。杏子夏天熟,梨子要等到秋天,都甘甜异常。果树也通人性,把所有的水分,一个分子,一个分子,分解成蜜,存储在果实里,回报珍惜自己的主人。这样的水,我喝过。我得说实话,难喝,这是我的感受。就是嗓子冒烟,我也很难喝下去这样的水。不是我挑剔,第一次喝,我差点吐出来。而且,我喝的还是烧开的开水。而且,主人担心我喝不惯,还给杯子里,搁了一把白糖。

我喝的水,是存了一年的窖水。通常的年景,窖水总能补充,哪怕零落的雨滴,也会积攒成水体,在水窖里荡漾。也会遇到持续的大旱,半年,甚至一年,都没有潮湿的云朵,在大山的上空停留。泥土都成粉状了,树木都干死了,水窖里早早储存下的水,还能让山里的生活,坚守下去。轻易舍不得用,拿碗量着,只是维持基本的饮用。由于祖辈的经验和自身的经历,从来不奢求奇迹,因此,水窖的容量,要保证一年不干涸。但是,由于处于封闭的空间内,时间长了,窖水更苦涩,甚至还有些黏稠。是无法和泉水和井水相比的,也无法和河水相比。缺水的山里人,没有别的选择,注定了只能喝窖水。当干渴的性命,被窖水养活,山里人懂得,窖水也是甘霖,也是甘甜。当我知道了窖水的来之不易,知道了山里人对于窖水的感情,我感到惭愧,为我喉咙的娇贵。在大山里久居,我交往了山里人,熟知了山里人,渐渐地,我能喝窖水了,不放糖也能喝,窖水下的面条,也吃得高兴。我敬重山里人的坚忍,更敬佩山里人的智慧。一代又一代人,喝着窖水成长,死亡,对这片土地,他们不嫌弃,不舍弃。这片土地,是他们的家园。某种程度上,也是他们的乐园。

中国的地域，有着许多的不同。气候的差异，地理的区划，使各地生活的人，有着反差很大的面貌。不论在哪里安身，都离不开水。有的地方水源充足，没有缺水之忧，有的地方如我生活了快二十年的陇东，找水，存水，是生活中的重要内容。可是，2009年以来，西南地区竟然也发生大旱，到了今年，旱情依然没有缓解，许多地方庄稼绝收，人们的饮水也出现极大的困难。我就联想到陇东的水窖，这保命的容器，是长期受干渴困扰的人，发明出来的产物。假如西南一带也有这样的水窖，这次一定能发挥作用，那里的人不至于天天为缺水发愁。有一句老话，饱带干粮晴带伞。大自然在人力的过度开发下，已经十分脆弱，反常气候这些年也不断加剧，我们要尊重自然规律，顺应天地安排，也要有应对的措施，也许，陇东修水窖的做法，值得参照。

二　舅

我只要回老家，一定会进水桥沟，去看亲戚。准备的礼当，无非两斤橘子，一爪香蕉，外加一包茶叶和一包水果糖，有时还有一样盒装的点心。这些东西，加一起不多，但要走四五家，每家一份，提在两只手里，也就沉沉的。常年在外，表达一些心意是必要的。去大舅家，得再拿一瓶子白酒。大舅爱喝酒。去碎舅家，得两份。另一份是给二舅的，多了一条纸烟。都交给碎舅，再转给二舅。一般不直接和二舅见面。早先，我一年回老家五六回，也难得见到二舅。要么出去了，要么在。如果在，二舅不愿意见人，我也有些怕二舅，不敢见。二舅的房门，关得严严的。分明地，二舅又知道来人了，窗户上的帘子动弹着，能听见，能看见，但二舅不会出来的。碎舅说，我走了，二舅才出来。我相信。一次，我离开碎舅家，出了巷子，过了石桥，沿河岸边的土路走着，就看见二舅出来，嘴上叼着纸烟，手里抓一个空纸盒子，一甩,扔进河水里,似乎看见对面的我了,似乎认识,却不言语,折转身回去了。空纸盒子在水里漂浮着,正是我带给二舅的装点心的盒子。

二舅是个病人,病了几十年了。

我的记忆里,有两个二舅。一个是得病以前的二舅,一个是现在的二舅。

我有三个舅,只有二舅,面相文静,说话也文静。在我小时候,过年,平时,二舅来家里,坐着站着,都得体。一定会和我说几句,虽然我正上小学,但能感到二舅把我当个人看。二舅拉着我的手和我说话,说我念的课文,让我觉得亲近。二舅的手,厚实,宽大,却绵软。

我妈说,你三个舅,只有你二舅把书念下了。

这多么了不起。

果然,二舅考上了平凉农校。虽然是一所中专,但在那个年代,这也是极不容易的。大舅,碎舅,没有谋下前程,只能当农民,在山里种地。二舅穿干净衣裳,胸前别着校徽。水桥沟的人,提起二舅,都一致夸赞。二舅有了自己的将来,也给家族荣耀了脸面。在农村,这有时特别重要。

奶奶盘腿坐在炕上,一锅子一锅子吃旱烟。奶奶布满皱纹的脸,也被一丝丝烟缕抚弄平整了。

我就喜欢二舅来家里,也会凑一边,听二舅说话。二舅说话,不紧不慢,听着顺耳。我爸我妈,都对二舅热情。倒茶的玻璃杯子要用开水烫一遍,非要吃了加了鸡蛋的饭才让走。

二舅从农校毕业,按说分配到农机站或者哪个水库上班,也是不错的职业。由于学业优秀,被县委宣传部看上,直接进了机关,成了政府的人。坐带电话的办公室,到哪里,都有车坐,有人陪,还给安排吃住。

二舅走到宽展路上了。

二舅结婚,我妈领我去了。我去吃好吃的,去看新媳妇。这在那个岁月,都是很吸引我的。好吃的是啥?猪头肉。结婚的宴席上,一定有这道菜。第二好吃的,便是丸子了。也是猪肉的,剁碎了,和些葱花进去,和些面粉进去,团成一个个团,油锅里煎熟,放起来。吃法有丸子炒粉条,火锅丸子。我爱吃火锅丸子。二舅的新媳妇,我该叫二舅母,大个子,穿戴新鲜,双手端盘子,上头站三个白瓷酒盅,挨桌敬酒。二舅拿一只酒壶,在一旁给酒盅里添酒,一起听祝福话,说感谢话。每个人跟前,听的,说的,都大模一样。敬酒到有的桌,二舅被鼓住喝了酒,脸红红的,舌头大了。水桥沟里的人,几乎都来了。帮忙的,贺喜的,看热闹的,都来了。院子里专门搭起棚子,有唱戏的棚子那么大,用来待客,吃流水席。

如果就这么继续下去,照在二舅身上的阳光,会越来越多。这是每个人的思想。

大约在一年后,也许是一年半后,二舅出事了。这谁都没有料想到。我的印象里,婚后,二舅来过我们家几次。也和二舅母一起来过。好好的人,上了一回山,就出事了。二舅的人生,从此发生了改变。几乎改变成了另外一种人生。大舅、碎舅后来常常说,你二舅要是好着,多少人都能跟着沾光。看来,改变了的,不光是二舅一个人。

当时的情况,我断断续续了解了一些,似乎很简单,似乎很正常。可是,偏偏在二舅这里,产生了天大的后果。在水桥沟深处,就是北山,山上面,是极大的塬。水桥沟人种的地,就在北山上。说是秋天的一个星期天,二舅和几个朋友约上上北山打猎。北山上都是梯田,种玉米,种豆子。几乎没有树,树早就砍光了。这样的山,能有啥动物,最多出没个别野兔子,扑腾几只野鸡、呱啦鸡。山里转悠了一个下午,只打了几只麻雀。天也黑了,几个人不想回去,就钻进看秋的草棚里烧玉米吃。还喝着白酒唱歌。

闹腾够了,也累了,睡在草棚里,天亮了才下山。

回来还正常。可是,下午开始发烧,以为受凉,熬姜汤喝了,睡下又叫起,药也吃了,身子软软的,眼睛通红,不见任何缓解。送医院时,人开始说胡话,说的都是十年前二十年前的事情,却穿插了这几年的内容。

二舅在医院睡了三天,烧退了,可以回家了,人却不是原来的人了。

用人们都明白的说法,二舅疯了。

疯子有两种,一种武疯子,砸东西,打人,具有破坏性,威胁其他人的安全;一种文疯子,常自言自语,或一言不发,乱跑,行为不定。

二舅属于后一种。

如果静静呆着,也许亲人会觉得另外一种难受。可是,二舅似乎静静呆着,可吃饭时叫他,人却不见了。大舅出去找,碎舅出去找。有时没走远,就找回来了。有时在跟前找不见,水桥沟能找的地方都找了,还找不见,要到县城的街道上找。县城不远,也不大,找一个下午,也找见了。二舅常常中午出去。二舅也听话,找见了,就跟着一起回来。

一场大雪后,也是中午,二舅又不见了。这一次,连县城最偏的柳湖公园的角角落落都找遍了,也没找见。天黑实了,还不见人回来。奶奶张大嘴,不出声,只是喉咙里头出声,拳头一下一下在炕上砸。大舅碎舅又出去找,还发动亲戚出去找。天亮了,一个一个,神情沮丧,拖着疲惫的步子回来了。

二舅连个影子也不见。

一天过去了,没找见,两天过去了,没找见,三天过去了,还没找见。寻人启事印出来,贴到人来人往热闹的路口的墙上,贴到学校门口的树上,贴到电线杆上,也没有可靠信息传来。说城南沟头一个疯子像,赶紧去,一看,不是的。说泾河滩大水冲上来一个死人,都肿胀了,衣服似乎像,心慌着去辨认,看手,看脚心板,不是的。一下轻松了,又沉重起来。

不知道人在哪里,怎么样了。

五天后,兰州方向有了消息,先电话打到二舅的单位,再由单位来人到家里,一起去看,看看是不是。

去了,果然是。

兰州多远,也不知二舅是坐车去的,还是走去的。要走,走两天不一定走到。衣服上有土有泥,鞋开帮了。额头上,还有一道血口子,都结痂了。好在人基本完整,没有大碍。

别人着急,喊叫,二舅不言语,似乎这些都与他没有关系,好像他不是当事人。二舅的眼睛里,看不出喜还是怒。眼神是平静的,甚至是超然的。

这样下去,不是个办法,按照大夫说的,二舅被送到天水看病,送到山东看病。都是看精神方面的病的有名的医院。大舅、碎舅轮流陪护。农闲了,就一起跟着。大舅说,光是吃药,都能把人吃饱,一次吃的药,够装一碗。这样治疗了半年,回来,歇在家里,似乎有所好转。可是,一到秋天,二舅又开始出走,只好再送到医院去,又看了半年。吃下去的药,怕能拉一汽车。

二舅再回来,不怎么乱跑了。可是,人却显得更不正常了。和其他人的交流,几乎完全中断,也不见自言自语,只有奶奶、碎舅问一句两句,似乎能听来,表情上有一丝表现,但不回答。估计用药过量,起了副作用。睡觉,连着睡三天,吃饭,要么一口不吃,要么一天吃七顿八顿。这让亲戚更加不安,平时在一起,话题几乎都会涉及二舅,即使说着别的,说着说着,谁唉一声,马上就又说起二舅。

又是一阵长吁短叹。

二舅的病治不好,大家的注意力都放到二舅身上,这也是人之常情。谁都会遇上三长两短,但是,像二舅这么大的难,一千个人里,不一定有一个人遇上,偏偏让二舅遇上了。怎么办呢?总不能眼看着一个好端端的人,变成疯子,变成废人。

就联系二舅在山里打猎,是不是惊动了土地爷,或者什么魂灵。大舅碎舅到山上,提着蒸碗,蒸馍,还备下烧酒,烧纸,线香,祷告一番,求取神圣原谅,放过二舅。说二舅如果有所得罪,那是年轻,不懂事,通过神圣教育,一定吸取教训,重新做人。

只是图个心安,奇迹怎么会发生。

又有人说,二舅得这样的病,一定是前世欠下了什么孽债,才有这样的报应,要安稳,得求神灵。入冬,奶奶托付村里的人,请来了道士,在家里作法捉鬼。请来了阴阳,在家里查勘风水。经也念了,符也贴了,没有效果。奶奶年纪大了,还上崆峒山,见庙进庙,见道观进道观,又是布施,又是上香,把大愿许下。

这样折腾,还是没有奇迹出现。

又传来一些话,进了奶奶耳朵。意思是二舅命薄,要是当农民,肯定顺顺的,啥事都不会有,可是,竟然成了政府的人,自然就被克住了。

别的,奶奶都信。说二舅命薄,就该当农民,奶奶生气了。开开院门,骂了一天,也不知骂谁,反正骂说这样话的人。

再怎么样,二舅还是个病身子。谁都觉得,要看好没指望了。

二舅的媳妇,开始还照看二舅,也抱有二舅康复后,一起好好过日子的想法。但这两年多下来,知道再也回不到过去那个人了,就提出离婚。道理不用讲都明白,一个人跟一个人过一辈子,好过也不好过,长着呢。谁愿意和疯子过一辈子呀。二舅病人,说话没效力,奶奶做主,当时就答应了。二舅的媳妇离开时,给二舅做了一顿饭,是手擀的面条。看着二舅吃了一碗,又吃了一碗。二舅的媳妇离开时,坐在屋子里,哭了一鼻子,才出来,才走了。

二舅病了,二舅的媳妇走了,奶奶的头发,全白了。

说起来,多亏二舅有个单位,还是政府部门。要是农民,看病的钱哪里来,谁养活他,这可是个问题。即使是别的单位,比如工厂,合作社,那也会有麻烦。如果工厂倒闭,肯定没人管。说起来,二舅在不幸中也算有福,没有上几天班,工资月月发,吃喝总归够。中间曾有一段,发工资少下了,二舅到单位,坐下不走,也不闹,只是定定的,木头人一样,单位的领导受不了,也是同情二舅,表态以后一分不少,一定按时给。报销药费,也没打过磕绊。不是报一回,是一百个一回都不止。

二舅病了,知道他有单位,单位发工资。但是,二舅确实病了,治不好了。

时间长了,大家也就接受了二舅是病人这个现实。我回家去看奶奶,奶奶提起二舅,话语也平和多了。但是,奶奶还有操心,她岁数大了,迟早要走到二舅前头,她走了,二舅得有人经管吃喝。大舅另家了,搬出去住,碎舅和奶奶住。在农村,这意味着给奶奶养老送终,主要由碎舅承担。自然,老院子也由碎舅继承。奶奶明确了,二舅也由碎舅照顾,一直和碎舅一起过。二舅的工资,也由碎舅安排。大舅同意,碎舅接受,事情就这么定下了。碎舅虽然是排行最小的,但能靠住事,心善,不吃烟,不打牌,喝酒只喝一杯两杯。把二舅托付给碎舅,是最好的结果。

如今,奶奶过世许多年了。如今,二舅还是老样子。吃饭了,碎舅给二舅端房里。平时,留神二舅的动静。怕二舅不注意出去,碎舅养了一只狗。生人来,咬得厉害。我到碎舅家里来,在大门口就大声叫碎舅,叫把狗看住。往院子里走,我有意无意往二舅的房门看一眼,房门自然关着,没有声音传出来。二舅在这个世上,似乎存在着,又似乎不存在。

二舅这一生,就这样了。

领　羊

一路盘旋,高低的崖畔顶和山坡间,不时浮现出一团团银白的洋槐花。这个5月,潮湿,明亮,生动,万物的欲望都在充分苏醒。我压抑着舒展的心情,估算着剩下的路程。这一趟,行走三百公里,我要去陇东宁县的郎李家村。我二十多年的朋友小平的母亲去世了,走走停停,向路人打听着地址,我去给老人烧香磕头。

早上走,下午到。郎李家村在塬头上,地势起伏错落,一道宽大的沟槽两边,分布着人家,人家上头是宽阔的塬面,覆盖大片麦田,生发出一缕缕热气。小平家的老屋,就在沟槽的中间地段。老远,就能看出来,门口人多,门口立了杆子,上头飘扬着白纸和黄纸扎制的经幡。

按照习俗,来吊孝的,有的戴着幛子。红缎子缝制的,有窗帘那么大,字是绣上去的,上头写着悼念的话语,还要让当地政府的最大领导挂名。来了先不进门,要等着接幛子。只有德高望重的人去世,才有得到幛子的资格。所以,接幛子也是一个仪式。一张桌子摆在路当间,我就在桌子前站定。一溜人过来了,个个披麻戴孝,小平脏头土脸的,也在队列里。队列被吹唢呐的在前头引导,到跟前,全跪下,勾下头。这是谢诚人的大礼。一个主事的过来,先敬给我一杯酒,再接过幛子,当即有人用竹竿支撑起来,挑着带路,我跟着走,队列随我后面。一路进到院子里,然后,我进灵堂祭拜,队列分两行跪在门外。我起来了,队列才能起来。这也是礼节。

礼毕,我和小平说话,吃纸烟。院子里,一只冠子血红的公鸡,爪子在刨土。几个娃娃不懂事,你追我,我赶你,在一起打闹。原来是菜地的一角,起了锅灶,地上是整盆整盆的猪肉、鸡肉、鱼。鸡肉在水里泡着。整捆的大葱、芹菜,成袋的洋芋、包菜、萝卜,整箱子的白酒,也堆积在地上。接上的幛子靠院墙陈列,已经有二十多块了,起风时便舞动一阵。一会儿,又来人了,唢呐赶紧响起,小平小跑着出门,一溜人又去接幛子。下午的阳光,亮晃晃的,我的身上热起来了。而设置灵堂的正房,却那么冰凉,那里,现在是另一个世界的边界。朋友的母亲高寿,活了八十多,人缘好,有口碑,来的人特别多。许多人和我一样,是远路来的。

我和小平认识早,都在一个单位,都是单身汉时就来往。后来又都成家,相互聚会是少不了的。小平的母亲,我熟悉。一年里,会过来一两次。第一次见,奇怪老人腰弯得厉害。小平说,父亲过世早,儿女多,母亲常半夜起来磨面,早上又出去拾柴,打猪草,回来更不得闲,洗洗刷刷,点火做饭,一个人支撑起一个家,没白没黑,过度劳累,身子就直不起来了。小平的母亲,让我敬重。小平接来母亲,是想多尽孝心,可是,母亲哪习惯坐下,收拾里外,做饭洗衣,还是早晚都忙。小平母亲做的手擀面,凉拌粉条,条子肉,我也吃过,老人看我们吃得高兴,自己也高兴。一次我俩在外头喝酒喝多了,我送小平回来,老人担忧又无奈的神情,深深触动了我,以后再喝酒,我不让小平多喝。

半个院子,都被临时搭的帐篷占了,里头摆满桌子。一拨人离开,又一拨人接着坐满,吃流水席。农村过事,尤其是过白事,来的人多,说明有面子,被看重。来的人,一定要招呼到,一定要吃好喝好。还请来了唱歌的,是一男一女,站一处高台上,扯嗓子唱流行歌。过去唱戏,现在也随潮流有了变化。过白事,老人又是高寿,也得热闹,更得按议程行事,这是讲究,这是不变的。我也坐了席,还多吃了一碗酸汤面,然后,站院子里,东看西看,显得无聊。看我没法安顿,四处又乱,小平让我到村支书家里歇息,说给说好了,我不愿去,待着又帮不上忙,就一个人到外头走走。

我顺着沟槽上弯曲的细路,倾斜着登上了塬面,刚上去,麦子的穗子,就触碰到了我的腿上。这里的泥土滋养庄稼,麦子棵棵壮实,麦穗硕大。田埂上,间或长一棵杏子树,间或长一株核桃树。核桃树树冠稀疏,枝干却分得很开,枝杈向四周伸展,粗壮的树干,布满细密的裂纹。杏子树不高,我的头刚能够上杏子树低处的树梢。杏子只有指甲盖大,青色,和树叶的颜色几乎一样,皮上一层细毛。我伸手摘下,吃着酸,却也新鲜。这杏子名气大,叫曹杏,是当地一个沟口的名字,杏子好,繁衍出去,就这样统称了。曹杏熟后,汁液黏稠如蜜,甘甜异常,我多年前在陇东生活时吃过。杏子收获还得几个月,我是不能再来了。

晚上,有一个仪式。这本来是自家人参加的,小平看我愿意,就让我也留下。灵堂内,披麻戴孝的晚辈,全跪在地上,都不说话,气氛一下肃穆起来。什么仪式呢?叫领羊。这我以前从来没有听说过。人这一辈子,生死在两头,都具有终极性。生前事,死后名,和老百姓也关系着。陇东把人去世说成没了,是一种委婉的表达,含有惋惜、无奈、感伤的意思。人没了,最难受的是家人,但一定得有交待,对于逝者,对于生者,都重要。小平对我说,领羊就是一种交待的方式。一会儿,一只公山羊被牵了进来。这也有讲究,羊必须是公山羊,而且,一般由女子或者女婿买来。为什么要这么做呢?反正,都这么做,就沿袭下来了。

民间有说法,在这个场合,羊是通阴阳两界的。似乎,此时的羊被赋予了某种神性。可是,白天爬山钻沟寻草吃,晚上在圈里安静反刍的羊,遇见这样的情景,是头一回。羊就奇怪平时驱赶呵斥它的人,怎么都穿成这样,还勾着头。于是,羊受到惊吓,一动不动,站在地上发愣。这下可把主事的人给整下了,但也心里有数,知道该怎么办。这里的人认为,人死了,魂还舍不得走,还游荡在生活过的房子里。可不是,家里的器物,样样都被触摸过、使唤过,地上有脚印,墙上有影子,哪能一下子就消散呢。似乎,人的身子不能动了,意念还在起作用。这自然表示对人间的依恋,也说明还有牵挂。亲人却会矛盾又不安,因为世上是一个地方,阴间是一个地方,再难受,也得让没了的人安心走。羊既然是生与死之间的媒介,就起到传话的作用,也起到给没了的人带路的作用。羊如果摇头,抖动身子,就证实没了的人对安排是称心的,生前惦记的事情也有认可的结果。可是,羊平时经常有这样的动作,这时候,却迟迟没有反应,只是呆呆地看着孝子贤孙们焦急的表情。

看到羊没有表示,主事说话了。说坟地也是你看过的,棺材也是你看过的,三身老衣也是你看过的,都是按你的意思办好的。停顿了一下,大家都盯着羊看,羊似乎在听,但还是不动弹。主事的又说,亲戚这两天都来了,吃的喝的也都满意,唱歌的也请了,都是按你交代的来的,都合适着呢,都在礼性上呢。又停顿了一下,大家紧张地看着羊,羊似乎要走动了,却只是移动了一下前后腿,一颗脑袋还是静静立着。主事的再说,舅家人该来的都来了,也满意着呢。舅家人和没了的人是血亲,如果有看法,那可不得了。大家又着急起来,都盯着羊看。羊不理会,也不理解这些,还是不予配合。就在主事说着的时候,人堆里辈分高的,也跟着附和,不停说着就是就是,对着哩对着哩。只是,人把羊当成了啥都知道的,羊自己哪里听得懂,一双潮湿的眼睛,显得更潮湿了。就在大家失望的时候,羊突然走了几步,而且,径直走到了小平跟前,还伸出头,用嘴叼了一下小平的衣袖。我不明白羊的举动意味着什么,也心慌了起来。只见主事的借机说,儿子里头,小平最有出息,他在单位上,事事都在人前头呢,最近还当上科长了呢,小平回来,伤心得很,这两天吃饭,都是胡乱吃两口,尽忙着招待客人呢。说毕,主事的又说,小平单位上送了幛子,还来了不少体面人,村里人也说小平把事情干大了,都夸小平,也高看你呢。说完,羊还没有点头,只是又走动起来,这一次,停在了小平大哥的儿子跟前,又不走了。就说,你最心疼这个孙子,也一直操心给孙子找一个贤惠的媳妇,这个你放心,来年前就说和一个,把婚定了,一起到你坟上点纸。羊似乎领会了,又走动,走动到了原来站着的地方,还是不点头。

看着一个多钟头过去了,羊还是老样子,似乎又在思考什么。跪在地上的人,膝盖一定又酸又麻,中间有些忍不住,慢慢习惯了,甚至忘记了。本来就伤心,这时加重了,更因为羊的表现,而反思自我,追溯以往,检点平时,看哪里没做到,哪里没做好。总有一次两次让老人不高兴,甚至哪一次为孙娃上学还和老人顶过嘴,甚至还有哪一次给老人过寿慢待了客人……一件一件,都回忆起来了。就暗暗后悔,就深深自责。我猜测,小平也一定记起自己喝醉酒回家晚,母亲等到半夜,给他准备酸汤面的情景,心里也一定不会好受。

这时,主事的拿过来一个马勺,一个水桶,往羊跟前走。干什么呢?只见舀了凉水,给羊的头上浇,羊躲闪了一下,没躲开。凉水浇上去,羊似乎有些害怕,但还是规规矩矩站着。就又浇,又浇,浇了有四五下。凉水顺着羊头、羊身上往下流,地上都湿了一大片。就在主事的准备再次浇水时,羊出现了反常的行为,打了大大的一声响鼻,大家都把身子抬了抬,看着羊。而后,这只羊,不光点头,身子也剧烈抖动,身上的毛都张开了。这叫羊毛大抖,是非常满意的意思。主事的脸上露出了笑容,大家也跟着长出了一口气。主事的说,这下好了,你放心走吧。大家也附和着,不停点头。羊终于按照人的要求,完成了应该做的动作。羊的使命也就结束了,当下就被牵出了灵堂。跪着的人,点香、烧纸、磕头,也可以起身了。

事后我听小平说,领羊的仪式上,羊很少一开始就点头,都得折腾一番。没办法,只能浇凉水。羊有反应,实际是凉水刺激出来的。有的人家，不住浇凉水，羊也不点头，又不能一直这样下去，就采取折中的办法，拿针扎破羊的两只耳朵，各贴一块白纸在上头，也算程序上合乎要求。

领羊这个习俗的形成，我大概了解了一下，差不多可以在上古找到记载，只是我没有看到。为什么要领羊呢？我觉得，由于人们对于生死都看重，就摸索出了一套礼仪上的规矩，一个地方和一个地方，内容上、形式上都有不同和差异，有的甚至很独特，领羊应该算一种。在陇东宁县还有其他几个县，领羊是举办丧事必不可少的一个议程。这样做，也是一种对于亲人的怀念，可以借助羊这个和人的关系最密切，又十分温和的动物，来表达关于孝道的观念。大家在一起，指出不足，教育后人，起到示范和褒贬的作用。是一次特殊的家庭会议，一次有着警示意义的内部活动。而在陇东的另外一些地方，我还见过另一种做法，叫告孝。和宁县这里我看到的领羊类似，只是缺少了羊这个媒介。就是人没了以后，在抬埋的前一天晚上，家里的晚辈依次跪下，老大领头，头上顶一张托盘，上头搁着一溜酒盅，大声表示尊重，小心述说安排。族里的长辈坐在炕上，接着开始评说，这些儿女平时是否尽孝，有无不是，你一言我一语，都一一发言。如果认可，则端起酒盅把酒喝下，如果提出要求，晚辈要满口答应，如果批评尖锐，也一定接受。这相当于给长辈汇报，相当于接受检查验收。

领羊仪式结束，羊就被宰杀了。羊头被供献于灵前，羊肉则置入大铁锅，在放了调料的水里煮。煮羊肉，水要旺盛。肉快熟时改慢火，一直煮到天快亮。第二天一早，出殡，浩浩荡荡的队列，一路出去，女人间歇着哭嚎，遇见人，经过村镇，哭声增大，纸钱也密集地飞舞在空中。从坟上回来，大家吃的饭，就是晚上煮下的羊汤。汤是煮羊肉的原汤，肉切片，碗底放一层，有的加萝卜片，粉条，也加羊血，再调上辣子，就是这里的人们普遍热爱的清汤羊肉。我突然就想,过去,人们难得吃一回羊肉,办丧事,大鱼大肉,虽然吃喝尽好的,有羊肉吃,那更好,是好上加好,所以演变出这么一个规矩来。又不直接说吃羊肉,而先让羊在虚幻的现场,扮演一次神圣的角色,来回传上一阵话,然后再进入人的肚腹,落个都满意不说,还多了一重用场。而且,喝羊汤的,主要是家里人,以及关系很近的人,不会太心疼损失。这些天,全忧伤了,总辛苦着,睡没睡好,吃也对付,人没了,已经入土为安,活着的人,日子在继续,还得打起精神,还得过活,喝一顿羊汤,正好弥补身体的亏空。我把这个意思说给小平,他说也许是这样,这有一定的道理。我看到,小平憔悴的脸面上,也终于有了一丝轻松。这时,有人过来叫小平喝羊汤,小平答应了一声,却没有过去。

(原载《江南》2011 年第 1 期)

隐匿的激情

素　素

一

这是个洪水泛滥的8月。所幸在我启程之前,这场不可理喻的大雨骤然停止了它神经质般的宣泄。大连至抚顺只有长途大巴,在沈大高速上竟然走了将近五个小时,尽管累得东倒西歪没了坐相,心里还是有一种莫名的兴奋。

其实,抚顺最吸引我的地方不是城市,而是绵延在城市东侧的那片山岭。我早就应该造访它,却因为不可原谅的疏忽或无知给错过了。

十几年前,我曾用数月的时间,坐在家里一本一本地阅读与东北有关的史籍,然后一个人向史籍所描述的现场走去。现场之一,就是东北的山岭。与别处相比,东北的山岭海拔不高,也没有太大的名气。比如大兴安岭,它不过是一片高出地面的岭,拉拉扯扯地逶迤着,印在地形图上,也只是显出些错落和凸凹。再比如长白山,它在东北算得上最响亮的一座山了,可山上竟找不到一块中原皇帝的封禅碑,也见不到一座香火缭绕的寺院道观,文人墨客对它就更是疏离忽略,甚或不屑一顾。然而,在我的内心,东北的山岭却有一种别样的巍峨。它们的本色和纯朴,它们那不动声色的含蓄,给了我不尽的寻味。

当然，东北不止有山岭。当山岭的弧度与地平线相接，就出现了一望无际的草原。山岭和草原的主宰，一方面是凶悍的射猎者，一方面是威猛的游牧者，他们皆骑在马上，手执长鞭、弓箭和自制的土枪，只要遇到一点小麻烦，就可能会引发一场大规模的迁徙，以寻找更能张扬个性的空间。于是，这一座座山岭，一片片草原，就成了历史老人故意安置在这里的舞台布景，只等着看表情各异来者不善的演员们如何出场和退却。

或许东北的山岭和草原生命力过于旺盛，而孕育了太多不安分的族群和部落；或许这里的生存环境过于恶劣，而让生于山岭者逐兽而猎，生于泽野者逐水草而居。有时候，为了地盘大小，为了族群面子，他们可能彼此争斗和相残。厮杀之后，如果他们仍然吃不饱穿不暖，那就只好打马扬鞭，转身奔向富庶的中原，一场前所未有的掠夺便开始了。以至于后来，掠夺既成了一种习惯，也成了一种方式。一个又一个原本深藏不露的族群和部落，就这样你方唱罢我登场地出现在历史的天幕上。

二

记得，当我举着书向历史的深处望去，迈着步履向白山黑水走去，曾讶异地瞪大了眼睛。从公元之初至 17 世纪，竟然有五支马队先后从大东北的山岭和草原出发，并最终成为中原王朝的主人。在他们决意向那里走去的时候，一路上没有什么力量可以阻挡，那激越而凌乱的脚步，那因兴奋而绯红的面孔，甚至在书页里都可以看到和听到。

第一个走向中原的是鲜卑。他们从大兴安岭的嘎仙洞出发，先是走到了山西的大同，后来跨过黄河走到了洛阳。由鲜卑人建立的北魏政权，曾辉煌了半个中国，并在中国历史上第一次划分出南北朝。而鲜卑血统的孝文帝，还曾是中国历史上最开明的皇帝之一。

继鲜卑之后来到中原的是契丹。他们灭了曾经称雄东北亚的渤海国,与中原的大宋比邻而居,虽然算不上南北朝,但大契丹国与大宋王朝之间的你来我往,时战时和,前后竟相持了一百多年。美国著名的中国史研究专家 F. W. Mote 在分析宋、辽政治格局时曾说,辽是一个帝国,而宋是一个勉强自保的国家,辽太祖耶律阿保机是第一个实行"一国两制"的人。他独出心裁地创立了南院、北院制,让北院统治游牧者,让南院统治汉人。正是这两种制度,让辽保存了不同民族和文化的传统优势,造成了宋朝所不可企及的帝国气象。

灭掉契丹的是女真。它从契丹的背后杀将过来,先是灭了眼中钉辽帝国,然后掳大宋的徽、钦二帝北上为囚,逼得赵宋余部只好狼狈南下,让中国的历史上出现了第二次南北朝。即长江以北是大金国领地,长江以南是偷安的南宋小朝廷。

当女真想除掉南宋进而统一中国,一支更加剽悍的马队自大东北以及漠北高原崛起。他们一边挥着"上帝之鞭"扫荡了欧亚大陆,一边在中国境内踏平了金朝,扫除了南宋,在分裂的中原建立了大一统的蒙元帝国。日本的蒙古学者杉山正明认为,蒙古帝国是全球化的第一个推动者,在地理上则处于世界的中心,它不但连接了欧亚经济和文化,而且把蒙古的军事机器、穆斯林商人的贸易才能、江南地区的财富和繁华,神奇而有机地结合了起来。这一点,历代的中国汉朝政权都不可企及。

最后一个出场的是满清。它的祖先可以上溯到肃慎。在我眼里,大东北任何一个民族的生命力都比不上肃慎氏,因为在两千多年的岁月里,它的子孙曾断续地制造过三次瀑布般的辉煌。第一次是渤海国,第二次是金女真,第三次就是满清。渤海还只是一个方国,后为契丹所灭;女真占据了半个中国,却悲剧地被蒙元抄了后路。17 世纪中叶,完颜氏没有实现的梦想,终于让爱新觉罗氏化成了现实。当年轻的后金马队再次入关,他们拥有的已不是半壁江山,而是将中国的地理版图几乎扩张了一倍,并统治中国近三百年之久。

这就是东北的山岭和草原,它们滋养了一支又一支马背上的民族。由于他们生性好斗,欲望无边,而让大东北成了经常失控的动感地带。每有一支马队由东北方铿锵而至,就会将地域政治一下子上升为国家政治,将边缘文化立刻演变为主流文化。

努尔哈赤率领的后金马队,当初曾游击于抚顺东境的山岭之间,这片山岭当初曾以自己的绵延和安暖,呵护着这支需要长大的马队。当这支膘肥体壮的马队以排山倒海之势呼啸而出,当他们以一个帝国的姿态登上中原的殿堂,守在原地的这片山岭便像忠诚的老仆,躬下身子给这个族群看护后院。可是那一年,走过大小兴安岭和长白山之后,我甚至还去了威虎山、夹皮沟和张广财岭,却独独把这里给遗漏了,使我对东北的叙述多了一处不应有的空白。

三

那一次的阅读和行走结束之后,我便开始了另一番忙碌——在东北的最南端,访问我出生的乡村,我居住的城市。

开始的一段时间,我仍然是坐在家里准备功课,眼睛里看的是辽南,眼角的余光却瞭到了辽西和辽东,整个辽海大地被我笼统地切成了三个版块。于是,我看见在辽南的海滩和岸边,站立着蓝色的码头文化;在辽西的牛河梁底部,铺就着母性的红山文化;在辽东的山地之上,镶嵌着雄性的满族文化。这就成了一个机缘,我终于在文字里与辽东山岭撞了个满怀。我想,没有辽东山岭,就不会有赫图阿拉。没有赫图阿拉,辽东山岭注定不会如此地生动和神秘。

我知道,大东北曾活跃着一百多个古老的族群,如今仍能够叫出名字的族群不过四十几个,仍可以看到的古代都城遗址,也只有高句丽、渤海、契丹、女真和满清,而数满清的都城最多,保存得最好,而且也最完整。光是在关外的辽东故地,清太祖努尔哈赤亲手建起的都城就有三座——兴京、东京和盛京。这三座都城由东向西而来,一座比一座距中原更近,也一座比一座更宏伟。其中,赫图阿拉即是兴京。尽管我不过是在书页里以二手的方式走近辽东山岭,走近赫图阿拉,内心却不由自主地对它深怀敬意。

抚顺八月的早晨,有一种别样的清凉。我与一群同样是远道而来的诗人作家坐上了去赫图阿拉的车。由抚顺市内去新宾县鸦鹘关东部山区,途中行驶了整整两个小时。我发现,这里的山岭与东北其他的山岭没什么两样,也是绵延起伏着,无休无止着,并不高耸,只是屏蔽你的视线。有好几次都是车到山前疑无路,可司机把方向盘娴熟地一拧,就柳暗花明又一条山谷在等着你了。由此就想,当年从赫图阿拉出发的八旗铁骑也会有同样的迷惑,努尔哈赤率领他们在向山外驰来的时候,目的就是要把所有的羁绊甩开,把所有的障碍排除,以使眼前豁然开朗。为了实现这个夙愿,他宁可把赫图阿拉降为留都,只待有了出头之日,再衣锦还乡,接续前史。只可惜努尔哈赤本人再也没有回来。

这是一块山间小盆地。清如白练的苏子河自东向西流过,河的南岸有一条突起的山脊,上面绿树匝地,浓荫如盖。入城的通道本来就不宽,被树一挤更显窄了。有人指着说,赫图阿拉到了,它就深藏在那一堵树壁的后面。

被绿色环绕起来的赫图阿拉,静如尘外古寺。我不由想起电影《阿凡达》里的一句台词:我看见你。在阿凡达的世界里,人与人打招呼就这么说。站在城门前,我在心里悄悄地对赫图阿拉说,我看见你。

对我而言,这的确是一次向往已久的晤面。入口在北城门,进去之后,我就迫不及待地爬上了北门的城墙。通过堞口向北瞰去,苏子河两岸大大小小的村庄隐约可见。据说,住在此城周围的人家,百分之九十以上是满族血统,因为他们的祖辈当年没有随龙入关,后世子孙便成了赫图阿拉的守护者。

时间是公元1616年,即明万历四十四年。正月初一,五十八岁的努尔哈赤在赫图阿拉改国号为金,黄衣称朕,建元天命。为有别于完颜氏,史称后金。揣其意味,可能是想复兴完颜氏丢失的大金国。总而言之,后金大汗努尔哈赤自此以后便不再向明廷称臣,后金已成为与明朝并立的国家,始建于1603年的赫图阿拉老城,既是后金的肇始之地,也是他们的第一座都城。

天命十一年,努尔哈赤殁,其第八子皇太极继汗位,翌年改元天聪,史称清太宗。天聪八年,皇太极尊赫图阿拉城为"天眷兴京"。正是这个原因,在一直留守兴京的满清后裔心中,这座关外的老城虽然风烛残年,却给了他们永远的归属感。

四

老城的旧址,显然经过了一番悉心的整修。原因是北京故宫入选为世界文化遗产,它也被捆绑着串在了一起。

赫图阿拉虽在关外,却是名副其实的故宫。从布局看,原城有内、外两城。内城住的是努尔哈赤的家属和亲族,外城住的是八旗兵丁。在外城之外,住的是各种工匠,城周附近竟有二万多户人家。

在那一次整修之前,老城的旧城门尚清晰可辨,四周还残存了几段城墙。现在的内城里,有当年努尔哈赤称汗的尊号台旧址,也叫汗宫大衙门。这是一座外形呈八角形、重檐攒尖式建筑,样子很像沈阳故宫的大政殿。它是赫图阿拉的中心所在,矗立在内城北侧的高岗上。与汗宫大衙门相邻的另一座宫殿式建筑,则是努尔哈赤与妃子们的寝宫。他一生娶了十六个妻妾,生了十六个儿子,八个女儿。可以想像,让赫图阿拉人丁兴旺,正是努尔哈赤所愿。他亲手缔造的八旗军,靠的就是这些敢打善战的贝勒们。

远远地,我就看见了正白旗衙门。它建在内城的东侧,其旧址保存得也算完好。明万历四十三年,努尔哈赤帐下铁骑达六万之多,老城人口也已有十万之众。就在这一年的深秋,努尔哈赤把原有的黄、白、红、黑四旗之中的黑旗改为蓝旗,并增设镶黄、镶白、镶红、镶蓝四旗。在此后的对明作战中,这支由努尔哈赤首创的精锐之师,竟让入辽明军畏后金如虎,谈八旗色变。

内城最低处,有一口古井,水清且甘,满至井台,这也是当年和现在内城唯一的一口水井。井边有一块石碑,上面刻了四个字:老罕王井。看到水这么满,我以为是刚刚下过雨的缘故,却听城内的导游说,它本来就是一口神井,即使是冬天,井水冻成了冰,也是这样的满。这就是辽东的山岭,用它不竭的乳汁,将八旗马队喂养得膘肥体壮,所向披靡,创造了"八旗军满万不可敌"的神话。

在内城的东南角,有努尔哈赤父亲塔克世与祖父觉昌安的府宅。其中东侧的一个茅草屋四合院,为塔克世夫妇的故居。1559年,属羊的努尔哈赤就降生在这里。清朝入关后,正是这种满式四合院颠覆了整个京城的建筑格局。我想起了那句歌谣:"口袋房,万字炕,烟筒出在地面上。"所谓的口袋房,即房门开在东侧,进屋如入口袋。所谓的万字炕,就是屋内北、西、南三面盘有火炕。这其实是一种有针对性的设计,北方冬天寒冷,有了这么多火炕,即使是严冬天气,屋内也能保持着适宜的温度。然而,努尔哈赤虽然出生在这里,却因为生母喜那拉氏早亡,受继母虐待,十九岁便与诸兄弟们上山采参,去抚顺售卖,呼号游走于辽东马市。明廷边官是最大的购买商,他们知道自己的对手就是这些擅骑射的后金子弟,没有好马和好骑手是打不了胜仗的。于是,双方讨价还价,交易活跃。努尔哈赤本来是个贵族子弟,贩马让他变成了一个精明的商贩。

即使这样,赫图阿拉毕竟是努尔哈赤家族的世居之地或祖宅,今天的寻访者不论来自哪里,只要走进了这座四合院,总会生出些不一样的感慨。那天,我曾在心里小声对赫图阿拉说,应该感谢时间,你之所以还在原处,就因为你建得最晚。与牡丹江边的渤海国上京龙泉府相比,与阿什河边的金代上京会宁府相比,站在苏子河边的你真是太年轻了;还应该感谢山岭,四百年的时光已不算短了,就因为你被层层叠叠山和树包裹着遮蔽着,而让四季轮回的风霜雨雪未敢有太过分的冒犯;更应该感谢女真的子孙,在漫长的岁月中,有无数种理由可以让脆弱的你消失,就因为守护你的女真后裔们不离不弃,呵护有加,而让你得以幸存至今……

这是显而易见的事实。我想,如果来访者只能对着一片空荡的山岭随意想像,赫图阿拉肯定不会让我像现在这样动情。

五

赫图阿拉有它固有的沧桑和素朴之美。站在它面前,我有一种时空倒转之感。

回望当年的肃慎氏,最早偏居于"北极弱水"、"东滨大海"的地方,即由黑龙江中下游向东,直至日本海沿岸,处在大东北一隅。当他们开始慢慢地向南迁徙,即驻留在了长白山周围。其后,这个族群的一支,将渤海国的宫殿矗立在牡丹江境内。再后,当这个族群另一支称王立国,则将金上京的都城建在了哈尔滨市郊的阿城。当金帝国打马中原,随之入关的完颜女真,大都变成了汉人。

明朝初年,蒙元已被朱家军打得丢盔弃甲,别的小族群也因示弱而蛰伏于野,留在旧地的女真则成了东北的巨无霸。面对这个新崛起的对手,明廷只好虚与委蛇,将他们分为三部分,即建州女真、海西女真和野人女真。从分布上看,建州女真在长白山周围地带,海西女真在松花江两岸,野人女真在黑龙江沿岸。洪武初年,明廷在东北边境广设卫所,在建州卫之外,又增设建州右卫和左卫。彼时,努尔哈赤的远祖被朝廷赐姓李,敕命为建州卫的首领。而他的前六世祖,则为建州左卫的首领,名叫猛哥帖木儿。

至觉昌安和塔克世指挥建州左卫的时代,女真与女真之间,女真与明廷之间,关系已变得越来越复杂多变。1575年,努尔哈赤的外祖父因背叛朝廷而被明将诛杀。1583年,努尔哈赤的祖父和父亲奉明将李成梁之命,去古敕寨城劝说努尔哈赤的舅舅,叫他别再和朝廷作对,却被图伦城女真城主尼堪外兰与明将李成梁预谋攻城,死于乱军之中。努尔哈赤当时正在佛阿拉,听说祖父和父亲已经遇难,借为父祖报仇之名,立即联合起附近的八个寨主及百余名兵卒,以父亲的十三副遗甲为装备,攻克了仇家所在的图伦城。狼狈的尼堪外兰仓皇地逃往鹅尔浑,而穷追不舍的努尔哈赤接着就去攻打鹅尔浑,逼得尼堪外兰只好逃到了明朝的领地。明朝边吏见努尔哈赤来势凶猛,也不敢再袒护下去,将尼堪外兰押还给了努尔哈赤。

在此之前,努尔哈赤根本就没有心思建什么都城。将尼堪外兰处死之后,他开始在建州老营的废址佛阿拉大兴土木。佛阿拉就成了努尔哈赤的起兵之城,当地的女真后裔称之为旧老城。只是没过多久,努尔哈赤就决定迁离佛阿拉,回到了他的出生地赫图阿拉。

十多年后,大部分女真部落皆降服于努尔哈赤,于是就有了他在赫图阿拉称汗立国的一幕。时过不久,努尔哈赤以明朝朝廷偏袒女真叶赫部而心生不忿,遂用七颗子弹似的大恨,公然率八旗军与中原叫板。

这个族群留给我的印象,曾经是温顺大于不驯。我在史书里看到,肃慎氏虽远居极北,可只要他们在史籍里出现,一定是来给中原的皇家上贡。这种例行的交往也有中断的时候,但这不是他们的错,而是那条朝贡道遭到了战乱分子的阻截。所贡之物,不外是弓矢和兽皮,中原还给他们的,可能就是笑容和绸缎。一直生活在苦寒边地的肃慎氏,似乎特别需要文明的温度,能得到这个就足够了,就总想着感恩了。

自明代开始,隶慎氏的后裔渐渐地有了脾气。所谓的建州三卫,不是这个卫闹事,就是那个卫捣乱,再也没有听话的时候。1618年,当努尔哈赤将赫图阿拉城门轰然打开,注定要改写中国历史的一代枭雄,便率领着他的八旗铁骑,从老城内呼啸而出,一路向前,开始在马背上书写一个族群的伟大传奇。

我总认为,努尔哈赤在建州的山岭里修筑赫图阿拉,既说明他要在这里称王,也不排除他要在这里过安宁祥和的日子。可是,连他自己都没有想到,这样的日子竟是如此短暂。

1619年春天,明廷征十四万军队讨伐后金。努尔哈赤却以萨尔浒之战,杀灭明军约六万。这场决定性的胜利,显然怂恿了心高气盛的努尔哈赤。1621年,他迁离了赫图阿拉,因为他在辽阳新建了一座都城。在清王朝历史上,这座都城也叫东京。翌年,后金军再传捷报,打败了辽东经略熊廷弼和辽东巡抚王化贞,夺占了辽西重镇广宁。后金入关的脚步,越发地急促了起来。努尔哈赤的下一个目标,就是沈阳。公元1625年,努尔哈赤果然迁都沈阳。

然而,在努尔哈赤的命运里,注定会遇到袁崇焕,正是这个进士出身的明末辽东总兵,让他的入关梦破碎在辽西的宁远城下。1626年初,努尔哈赤发起宁远之战,被明朝守将袁崇焕以葡萄牙制的红夷大炮击败,率兵退回沈阳。四月,努尔哈赤没有再去辽西碰硬,而是亲率大军征讨蒙古喀尔喀。五月,明将毛文龙进攻鞍山,努尔哈赤也没有贸然出兵,而是按师回驻沈阳。七月中旬,努尔哈赤身患毒疽,往清河汤泉疗养。八月中旬,正乘船顺太子河而下,却死于回沈阳的途中。这一年,他六十八岁。

这可能就是所谓的命运。雄心勃勃的后金大英明汗,只能打下半个江山,另一半只能让儿孙们去打了。

六

努尔哈赤死后,灵柩并没有回驾赫图阿拉,而是被他的继承者葬在了沈阳城东的福陵。多少年后,他的儿子皇太极病殁于沈阳,墓地在沈阳城北,此为昭陵。好像上天的一个安排,让这对父子留在故都,彼此为伴。

满清之祖在关外有三座陵园。福陵和昭陵之前,还有一座永陵。永陵是最早的一座,址在赫图阿拉城附近。三座都城,三座陵园。关外成了这个族群名副其实的祖宅和祖庙,难怪历代大清皇帝登基之后,一定要到关外寻根问祖。

路途最远的当然是赫图阿拉和永陵。"潆洄千曲水,盘迭百重山"。这是康熙当年来赫图阿拉时留下的诗句。可以想见,坐在马车上的康熙是由紫禁城走到这里,一路上经过的山水岂止百重千曲?想到曾祖和祖父起兵的地方如此遥远,如此艰险,该有什么样的感怀?康熙的孙子乾隆东巡来此,也留有亲笔题诗:"赫图阿拉连兴京,依山树栅聊为城,秋风策马一凭阅,兆基缔构钦龙兴。"饮水思源,如果没有兴京,哪里来的北京?可他自己竟没有意识到,大清朝正是在他当政时就已经露出了败相。前面的五朝帝王创下了基业,他以为磐石永固了,当大英使臣衔国王之命欲与中华通商,他竟以天朝大国自诩,非逼英使下跪请旨。这一事件的直接后果,就是迎来了英国人的舰炮,引发了鸦片战争,让中华民族斯文扫地,饱受凌辱。

此后,悲剧非但没有结束,还在接二连三地发生。而中国的敌手已不止是英国,而是世界上所有的列强都成了中国的瓜分者。直到二十世纪中叶,随着爱新觉罗最后一位继承者在盛京机场被捕,在设于兴京的监牢里服刑,这个族群由兴而衰的历史,也画上了一个圈状的句号。

这或许也是上天的一个有意安排,让爱新觉罗们从哪里出发,再沿着来路回到哪里去。这更可以看成是一种善意的惩戒,既然已经没有了八旗军的血性和威猛,也没有了赫图阿拉时代的本色和纯真,那就回到原地好好反省反省吧。

我的目光,久久地定格在了赫图阿拉,以及赫图阿拉背后的重重山岭。这里的每一个角落,都驰骋过努尔哈赤青春的身影,洒下过八旗军豪迈的誓言。当年的马嘶和飞镝,在我的耳边再次发出了生命的混响。仔细听听,似乎还有人在大声说着什么,用力喊着什么。我想,也许赫图阿拉从来就没有空荡过,也许努尔哈赤的英魂从来就没有离开过。

(原载《海燕》2011年第2期)

家在西城

侯 鑫

我上小学以前,家住在宣武门外香炉营5条。每天早上六点多钟,"奶奶"(我母亲的养母)和保姆一起招呼我们兄妹三人起床、穿衣、洗漱。大约七点钟左右,我们会被同一辆儿童车接去上学。这种儿童车现在早就没有了,那是一种三个轮子上面驮着一个木头小房子的人力车,专门用来接送上小学或幼儿园的小朋友。我们之所以同车而行,是因为我们兄妹就读在宣武门里的同一所学校——石驸马二小。这所学校就在现在的新文化街、著名的北京女八中(鲁迅中学)西侧,是由北洋时期的总理大臣熊希龄(1870—1937)私人创建的。校址原是清代的克勤郡王府,据说是清顺治年间由明代的石驸马府扩建而成的,到了民国时期它已转手成为熊希龄先生的私产了。这所学校的特殊之处:前院儿是小学,后院儿是幼儿园。那时,我上幼儿园;我的两个哥哥——侯耀华、侯耀文上小学。在我们就读的20世纪50年代,学校的门口还保留着王府的规制,矗立着两个大石狮子和上马石,两扇红色油漆的大门上有拳头大小的铜质门钉,位置较低的那些,被我们这群出来进去喜欢用手抚摸它们的孩子摩挲得锃亮,多少显示出这座建筑的威严与神秘。

到现在我还保留着一个用普通白布做的围嘴,围嘴是当时幼儿园的统一着装,领口处用红线绣着"石驸马幼稚园"几个字,右下角有个圆形小兜,是用来装手绢的,兜口处也用红线绣着字,那是我上幼儿园时的名字——侯真真。记忆中,幼儿园的设备十分完善,木质的地板、钢琴、各种大型积木、攀登架……应有尽有。师资力量也很雄厚,类似于现在的寄宿学校。我的老师(那里一律都叫老师,不叫阿姨)当中,一位李姓和一位熊姓的就住在学校东侧的跨院子里,她们二位都是熊希龄先生的亲戚。我成为牙科医生以后,还给熊老师看过一次牙,那时,她已经是七十多岁的老人了。

每天傍晚,大约五六点我们放学回家,大多数的时候,父亲都不在家,那是他出去工作——演出的时间。九点半左右,大人就开始催促我们上床睡觉了。而父亲到家的时间总得在十点以后。这时,母亲就会为他准备好丰盛的晚餐。建国初期,我家常有来京学习的解放军战士,他们有的在北京没有亲戚,就只能暂住在我家的西厢房里。父亲酒足饭饱之后,夜课就要正式开始了。我家的这种作息时间,一直延续到上世纪80年代("文革"期间除外)我家搬到木樨地的楼房里。有一回,隔壁的邻居笑着对我说:"昨天夜里我起床上厕所,听见你们家炒勺还响呢!"

然而有一点,我父亲不论多忙多累,他都会抽空为我的三个哥哥去开家长会。不幸的是,家长会后发生的事,却让我的三个哥哥从此改变了他们的人生轨迹。

先说我大哥——耀中,他自幼是一个活泼好动,偶尔还会和同学舞弄一下拳脚的孩子。听了学校的反映,父亲一想,不行!得把他送到部队的大熔炉去锻炼一下,都说百炼成钢么。就这么着,我大哥十六岁就被父亲送到海南岛战线文工团当文艺兵去了,一去就是十一年,"文革"中受父亲的牵连,被隔离关押整整三年,直到"四人帮"倒台才获平反。大哥刚入伍那会儿,简直就是我们全家人的骄傲,父亲逢人便说:"我们家是军属!"再说我二哥——耀华,本来功课不错,胳膊上挎着两道杠(少先队中队长),自己努力,考上了北京八中。不巧,1960年,印尼排华,他所在的学校分来了一大批华侨子弟,用当时的话说,他们个个"奇装异服,生活资产阶级化"。父亲一看,也不行!得转学,不然孩子就学"坏"了。就这么着,我二哥被父亲强行送到一个远离市区,一周才能回家一次的黄土岗中学,和一群农民子弟成了同学。我偶尔也会想,他那种"叛逆"的个性是不是由此养成的?我三哥——耀文,从小学五年级就开始背着书包到处去听相声,他多才多艺,跳舞、打篮球、游泳、打冰球,摆弄各种乐器,画画、写字,无所不能,偏偏就是不爱念书。父亲去北京六中给他开家长会,回来后,我听见他悄悄对母亲说:"也难怪小阿弟(侯耀文的乳名)语文不好,他们老师是个华侨,自己的中国话都说不利索。"这是我这辈子唯一一次听父亲说"护犊子"的话。后来,父亲勉强同意我三哥辍学,进入铁路文工团学员班,或许,这也是一个因由吧?"文革"爆发以后,我三哥就读的学校成了"重灾区","武斗"很出名。一天,父亲拿着刚从街上买来的小报,边看边对我说:"真是不幸中之大幸,幸亏耀文离开了那所学校!"

对于家庭教育,有一点,我觉得还是很值得夸耀的:我们家所有的孩子,无论男孩女孩,个个都会使用缝纫机,个个都会做饭。在我们那个年代,这是最基本的生活技能。我插队的时候,这种说法,得到了充分验证。这种教育方式,可能和我父母都是孤儿的背景有关,他们希望每一个孩子都能尽早独立。

再说说"三年困难时期"吧。坦白地说,到现在我都没弄懂,那几年到底是天灾还是人祸?好在已经过去很久了。平心而论,在全国人民都饿肚子的年代,我不记得我家里曾经有过断粮的时候。只是我的妹妹——咪咪,因为得了肾炎,搞不到足够的抗生素,吃中药所需的茯苓之类,也都是短缺货,最终不治夭折了,那是1962年,咪咪八岁。

那年,我们家也学着别人养了两只兔子,因为可喂的东西不多(粮食蔬菜人吃还不够呢),父亲就想出一个办法:用他喝过的废茶叶喂兔子。那时,我们已经搬到复兴门外的机关宿舍去住了。父亲上班的地方离家不远,他用一个装水果罐头的玻璃瓶当茶杯,每天下班他就顺手把喝过的茶叶倒在兔窝里。久而久之,每到父亲快下班的时候,兔子就到大门口等着,还显得有点期待的样子。父亲有时高兴,就用手拿着茶叶逗兔子,兔子吃不着着急,就会用两只后腿儿支撑着站起来,眼睛紧盯着父亲手里的茶叶,一副既可爱又可怜的样子。母亲说:准是兔子对茶叶上了瘾,产生了依赖性。

大年三十,母亲让人把兔子宰了,和凭票供应的猪肉一起炖了一大锅。到了晚饭时,孩子们都高兴得迫不及待,盼着炖肉早点儿上桌。父亲却一口都没吃,甚至一眼都没看。

那几年,尽管生活艰苦,但对于儿时的记忆,大都还是美好的,哪怕是兄弟姐妹间的打打闹闹、相互指责、到家长面前去告刁状,偶尔撒个小谎,给彼此使个小坏什么的。到现在,都成了记忆里的美丽"童话"。记得那时,我时常被我三哥耀文捉弄。譬如:有一年,过元宵节,他放学回来,很神秘地对我说:"你知道么?我们老师说,我们中国人很了不起,就说这元宵吧……有几个外国人来到中国,发现元宵是世界上最好吃的东西,但就是不知道元宵的馅儿是怎么弄进去的。于是,他们买了很多带回去研究,用了世界上最先进的显微镜,还是找不到外皮有被打开过的痕迹。"那时,我刚上小学,听他讲得头头是道,于是,"元宵之谜"困扰了我很多天。上小学二年级的时候,我学会了游泳。一开始,我母亲很支持我。暑假时,给我买了游泳衣和公交月票,允许我和同学们一起去游泳池游泳。我上三年级的时候,由于妹妹病逝,母亲的性情大变,似乎是害怕再失去我。因此,不再让我去游泳,还把我的游泳衣藏起来。我就穿着裤衩背心偷偷地去学校附近的护城河里游。回家时,母亲总要审我:"又去哪儿了,怎么这么晚才回来?是不是下河游泳去了?""没有,真的没有!"我和母亲撒谎。这时,我三哥出现了,站在母亲一边,给母亲出主意:"您只要在她胳膊上用指甲划一道,如果是白色的,和周围皮肤颜色不一样,那就证明她准是游过泳了。"亲爱的读者,您大概能想象得出来,我当时,咬他一口的心都有。最可气的是,1964年,我上小学6年级。报纸上开始批判作家周而复的小说《上海的早晨》,故事中资本家的女儿也叫珍珍,和我上小学时用的名字同音同字。有一天,他回家时手里拿着一份报纸,在我面前晃来晃去,一本正经地说:你最近在学校表现很不好,你们老师已经把你的问题登到报纸上去了。一边说,一边故意让我看到报纸上的"珍珍"两个字。我当时吓得差点哭出来。

  我对我三哥的记忆,多数都是小时候的一些琐事。因为他十六岁考上铁路文工团以后,就搬到单位宿舍去住了。那时,我才只有十二岁。在家里,因为我们俩是"挨肩儿"的,所以,一块儿玩的时候就会多一点儿。他既聪明又很淘气,记性好,书背得很快,但就是不好好背。譬如他背李白的《望庐山瀑布》,明明是:"日照香炉生紫烟,遥看瀑布挂前川。"可他偏说:"一条破布挂前川。"背《木兰诗》应该是:"同行十二年,不知木兰是女郎。"他却说:"同行十二年,不知木兰是母狼。"小时候,常听他在家里摇头晃脑地背书,那样子就印在我的脑海里了。待到我学这一段的时候,先入为主。在课堂上闹出笑话的事,不说,您也能想得出来吧。另一方面,我又很感激他,"文革"以后,父亲的工资被扣发了。全家只有八十元生活费,有时候,到了月底,家里的日子接不上了,母亲就会给他打电话,他就会退了食堂的饭票,把钱给母亲送回来,接济家用。自己一顿饭只吃半份菜。很有点儿"为人子,敢担当"的样子。这事发生在我插队的日子里,是母亲后来告诉我的,从此,让我对他刮目相看。

"文革"中后期,父亲虽然从河南的"五七"干校调回北京,但,据说是被"内部控制使用",说白了,就是"挂着你",要么就是美其名曰:"下基层。"工厂、矿山、渔岛、东北林区、大庆油田哪儿都去。一句话,反正就是不用你,不让你上台,不让你说相声。自然,他留在家里的时间也就多了。可我们上学的上学,上班的上班,还是聚少离多。那时,我们家已经搬到厂桥的"麻花电台"宿舍了。1967年,我们全家祖孙三代,从复兴门外真武庙的四居室单元楼中,被"请"到了德内大街285号的这所大杂院中的三间总共只有二十平米的小屋。这里一共有二百多家住户,是个名副其实的大杂院。清代,这里原是个贝勒府;抗日时期,贝勒府被日本人改作电台使用;1949年3月,中央广播事业局接收了这个大院子,作为电台的"大修队"。因此,这院里住的大都是"蓝领"。"文革"初期,广播局"有问题"的人,也就是俗称"黑帮"的一类人和家属都被"下放"到这里,如:邓拓家、梅益家、温济泽家、侯宝林家、刘宝瑞家等等。我家住的三间小屋据说是日本人洗澡的地方,门和窗都是推拉式的,还有放衣服的壁橱。由于家里人多,除了必要的床、桌子和木箱,其余的东西就都变卖了。1971年,父亲从河南"五七"干校回京探亲的时候,曾经一块一块地捡些废砖头合着凉席、塑料布什么的,亲手为家里盖了一间小厨房。这样,母亲就不至于在数伏天也得站在屋檐下暴晒着做饭了。那些年,我们全家"四分五裂",上山下乡,就连母亲和祖母也差一点儿在"我们也有两只手,不在城里吃闲饭"的时候,被送到乡下去。只因母亲是个孤儿,找不到原籍,没有地方送,才留在了北京。老实说,我家虽然是"黑帮",但并没有受到太多的歧视,院里的工人和家属对我们还算客气,尤其是到后来,大家都熟悉了,偶尔也有邻居家做好吃的,端一碗送过来的时候。每当此刻,母亲都会感激涕零,深深领会着工人阶级的纯朴、憨厚。

父母去世以后,我整理家中的旧照片,发现全家人竟然连一张像样的"全家福"都没照过。1969年,一家人即将各奔东西,不知何年何月才能团聚,才在分手前,去离家最近的护国寺照相馆合影。那张照片中缺少了我大哥耀中,那时,为了父亲的事,他正在海南岛挨整呢。

1991年11月29日,我们在木樨地24号楼家里给父亲过最后一个生日,来了一百多位客人,家人也总算凑齐了。大伙心知肚明,都知道这一天的重要意义,纷纷合影留念。我们全家挤在父亲的卧室里,有的坐床上,有的坐地上,抢拍了一张合影。说来也怪,这么难得的机会,闪光灯却偏偏出了问题,严重地曝光不足,黑乎乎地看不清楚。每每看见它,我就唏嘘不止。后来,多亏有了现代化的科技手段,感谢电脑软件的不断开发,终于将照片修复了。那就是《七嘴八舌侯家事儿》封面上的那张合影,不然,真成了我们终生的遗憾了!

1983年,是很幸福的一年。那时,父亲告别舞台改行研究学术,也已经与人合作出了几本书,算是小有成就。又因为落实政策,在木樨地分了一套三室两厅的房子。过新年的时候,大伙儿商量怎么让"老爷子"开心。有人建议开个"笑话晚会"。于是,我和父亲的几个学生、还有邻居,共同策划如何布置客厅,分工购买年货,制定说笑话的规则。大伙儿一致认为"笑话"必须是自己亲身经历的、自编的才行。现在,我能记得起的就只剩下两段了,还都跟交警有关。

一段是贾冀光师哥讲的"大闸皮"的故事,是他在马路上亲眼所见:"一位农民大哥骑着一辆自制的脚踏车,这种车是用自来水管子焊接而成的,不带挡泥板,也根本就没有刹车,想停下来时,就用脚踩前轮,借用摩擦力,使车慢慢地停下。这位大哥后面还带着一位妇女,行驶到复兴门,被交警逮了个正着。交警喊话要他停车,并告诉他骑车不许带人。他犹豫了一下,想停住,就用穿着解放鞋的右脚去踩'刹车'。回头一看,交警正朝他走过来,误以为要罚款,蹬起车就跑,匆忙中掉落了一只鞋。交警又气又笑,朝着他的背影喊:'老乡,你的大闸皮掉啦!'"

另一段,是我讲的:"有一天,我打车经过钓鱼台国宾馆东门,看见一位农民老大爷赶着一辆小驴车,沿着三里河路自东向西而来,被交警拦在路的拐角处。正在这时,坐在我身边的计程车司机摇下车窗对着交警喊话:'哥们儿,你要是扣他的车,你还得给他喂驴!'"

那天,大家都特别开心,像我这样从来没有什么"表现欲"的,也过了一把表演瘾。不同的是,那天父亲和我们对换了角色,他是听众,我们是演员。他自始至终微笑着坐在沙发上,静静地,用一种欣赏的眼光注视着我们的一招一式。

我和父亲相处最多的日子,是父亲被确诊患胃癌、手术后的日子,也就是他去世前最后的一年零十个月。这段时间里,我们几乎天天在一起,有时甚至是二十四小时或者三十六小时不离他的左右。这回,改变命运的事终于轮到我了。

1991年3月,两会期间,父亲作为人大主席团成员住在北京饭店。由驻会的协和医院大夫查出患有胃癌,必须立即手术。父亲到我当时工作的医院找我商量,我不在。那时,我正在歌德学院(Goethe-Institut)北京分院突击德语口语,做去奥地利学习前的准备。在得知父亲的情况后,我明白,我四年的准备该结束了。这一天,对所有做儿女的人来说,是必然的,可我还是觉得它来得太早,我还没有什么心理准备。

随后,六百多天的时间,每一天都是那么漫长,看着父亲平日健硕的身体,一天天地消瘦下去,最后仅剩下区区三十公斤。父亲最后的五个月,是在中国人民解放军总医院南楼度过的,赖以维持生命的除了点滴药物,就是他难以割舍的相声事业。他还想创建一个"笑的艺术研究会",编一本《相声艺术大辞典》,续写"自传"的下半部分,回顾他一生说过的"段子",再去给帮助过他的恩人们拜年……总之,他还有许许多多想要做而没有做的事情。他还没到该走的时候。

每天,我从木樨地的家中出来,眼泪就忍不住夺眶而出。走出五棵松地铁站的时候,我会擦干泪水,我不能让父亲看到我的绝望。其实,把父亲从中国康复中心转到301医院的时候,我就已经明白,他和我们在一起的时间,要以"天"为单位计算了。傍晚,我把父亲交给大哥,一人独自离开病房,我会备感孤独和恐慌。但走出木樨地地铁站的时候,我又会重新打起精神,我不能让父亲的病情写在自己的脸上。因为,母亲太敏感了。

父亲住院时,最大的乐趣是和我们一起打扑克,打到高兴时还会说上一两句笑话调节一下气氛。遇到领导和同行来,谈话的内容依然离不开相声。剩下我们两个人时,我会给父亲按摩、读报纸,告诉他我在来医院的路上遇到的新鲜事儿。有时,他不说话,用眼睛看着天花板,我就知道,他还是放不下相声。我就说:"您有什么心事就跟我说吧。"父亲叹口气:"唉!您又不是说相声的,跟你说也没用。"有一次,又遇到这种情况,我只好安慰父亲:"任何一项事业,都不是一代人做得成的,至少需要几代人接力才能完成。"父亲不语。

快过年了,父亲说:"今后再不能给马三姐和晁师傅家拜年了。"我就说:"您放心!以后每年我替您去。"父亲走后,我实现了自己的诺言。还去天津看望了父亲的老观众——贾四爷,1940年正是他和"燕乐戏园"的老板来北京邀角儿,使得父亲有机会从此走上了成功的道路。几十年来,他一直都是父亲忠实的"粉丝"。还有一位孙先生,"文革"时期,外调人员硬是逼迫他,让他揭发父亲是日本汉奸,可他宁死不肯栽赃陷害,才保全了我父亲,也保全了我们全家人。他们都是我们的恩人呀!

父亲去世后,我放弃了从事多年的牙医职业,改行整理研究和父亲有关的资料。为了一个承诺,也为了一种责任,因为父亲说:"你们从小吃的、穿的,连一块尿布,都是我说相声得来的。"

(原载《北京作家》2011年第2期)

三十年的追思

章德宁

2010年最后一天,自清晨始,庆邦、莫言,还有诸多朋友,相继告知铁生离去噩耗。

心锐痛着,寒风落叶听不同,三十多年了,与铁生交往的情景萦绕不去。

1978年,友人带我到他家,那是第一次去,其时他住雍和宫一带。恍如昨日,铁生坐在友人制作的简易轮椅上,形容清瘦,一头浓密黑发,目光透澈、亲切,谈笑风生中,真切感受到他的早慧、旷达、坚韧和稍纵即逝得几难觉察的感伤。交谈间,我看见他写在旧式硬壳笔记本上的小说《之死》。得到同意,我将笔记本带回家中细细翻看。这是铁生最初的作品,朴素、沉厚里,见出深远的灵感,有着突入生命真相的犀利,更有对心灵细节深切的敏感和痛切体认;他在现实中承受难言的身心痛苦,而在艺术上又对人们精神困境予以明确的艺术承担,尽瘁成文。我顿怀敬意,很想为他的作品发表尽力做点什么。那时,我是《北京文学》杂志小说组的年轻编辑,不可能送审仅是写在笔记本上的小说。为了领导审阅方便,更为了铁生的作品能够顺利通过,我将小说认真誊抄在稿纸上送审。记不清理由了,小说未获通过。几个月后,该作更名为《法学教授及其夫人》,发表在另一家文学杂志上。我没能成为铁生处女作的责任编辑。

铁生对我和我供职的杂志没有不悦和怨意。不久,我又索来他新写的小说《午餐半小时》,不过寥寥数笔,便把主人公勾勒得入木三分;洞察历史的幽微与深邃俱在对于底层人物生存状态和精神境遇的精湛刻画里,至今堪称经典。十分遗憾,送审又是不顺。领导认真且慎重,在我坚持下,全体小说编辑前所罕有地进行传阅、讨论;然而,认为小说调子太灰的意见终占上风。其时,毕竟只是一个文学和思想尚在逐渐开放的时代。

铁生依然没有怨意,一如既往地亲切、宽厚;反倒是我,比他不能承受退稿,很长时间,再也没有勇气向他约稿。但是,我仍然经常去看他。那个独门小院,是我心中的挂念所在。熟悉了,我们的聊天无所不包,每每我都感受到他的博学多识,他自由、辽远的心灵,他对时弊、世弊的深切洞察,他对这个世界的忧思、期待和爱愿……铁生行动不便,屋里虽凭轮椅挪动,却对付不了平房门槛,常是他父亲来开临街的院门。冬日,小屋生着煤火,老人偶尔过来添煤,言语不多。铁生告我,父亲本是林业学院教师,为了照顾铁生,改行调到附近小厂当了会计。后来,这位慈父带着对铁生的无尽牵挂走了,再来开门的是铁生妹妹。那时,她应该只有十几岁。一日,我又去看他,未见来人,门却自动开了。铁生笑得特别灿烂,孩童似的,说是自己设计安装了一个开关,用粗铁丝连接院门,坐在屋里就可自由操控。

很长一段时间,铁生没有工作。后来,好不容易进了街道小厂,月薪十五元。因为谋生,他还画过彩蛋,即用彩笔在蛋壳上勾出仕女、美人眉眼。这活儿可以领回家做。不止一次,我看见他家窗台、桌上摆着许多完工抑或尚未完工的彩蛋。画一个,能挣五分还是几毛,我记不确切了,然而,即便在当时,收入也是相当微薄的。

铁生身边从来不乏朋友。他的首辆轮椅,便是在国内罕见轮椅的年代,由朋友帮助设计的。铁生父亲捧着图纸,四处奔走,寻遍全城可以制作的地方,材料是自行车轮、废弃窗框、各种零件……铁生母亲缝制坐垫和靠背后,友人们又装了支架,安上木板,使之成为一车多用的书桌、餐桌。虽然没有摇把,只能凭靠双手推着轱辘移动,然而铁生和父母开心极了。这辆自制轮椅,成了全家的快乐和深切寄托。铁生母亲曾在大雪纷飞中,兴奋地用它推着铁生穿街过巷,行走在无尽的爱愿里。后来,二十多位知青同学合资,为他换了带摇把的轮椅。铁生非常高兴,告诉我说,这下好了,可以到远处去了!是日,他去了天安门。以后,他摇着轮椅上班,走访,聚会,到地坛公园读书。再后来,他换过几次轮椅。铁生说,在朋友们细心帮助下,他摇着轮椅走东北,赴五台山,回"遥远的清平湾",甚至连车带人被抬上鱼雷快艇凌万顷之茫然……他还远去过美国。最后,他换上了电动轮椅。轮椅每次"升级",都和亲友有关,都有一个动人的乃至可歌可泣的故事,都是铁生生命中的节日。可惜,最是牵挂铁生的父母再也没有能够看到。很长时间里,他的插队同学,每个周末都会来家聚会,聊天,吃饭,或站或坐,"高谈阔论或大放厥词"(铁生形容)。与其说铁生需要友情滋润,莫如说他的很多朋友和我一样,需要铁生的精神照耀。铁生正是以他的醇厚,以他的殚精忧己浅、劳志苦心深,以他精神无限向上的丰富、充盈,以他深远温馨中的侠义,以他虽然伤残却始终兀立于人类精神制高点的伟岸,使自己同一切健全却苍白的生命区别开来,感染、感动、感召着众多朋友。

铁生十八岁下乡插队,二十一岁瘫痪,三十岁得肾病。自四十七岁患尿毒症始,每隔一天透析一次,一次将全身血液洗滤几十遍,那是一种浸入骨髓、常人难以感知的疼痛,月月年年,透析滤去毒素同时,体内营养也被滤走,使他身心异常疲劳。然而,铁生向以阳光面貌示人时却又十分本真。我亲见他生存的种种艰窘,不免担心他的未来。我有时愚直,一次,不知怎么和他议起生死。他坦然告我,不止一次有过自杀经历,既然老天爷没让死成,说明死不是一件急于求成的事,剩下就是怎样活的问题了。他以罕见的坚韧活着。在高贵人格、自由心灵意义上,越来越多的生命善于死亡,他却以中国式的生命,卓然自拔,活出了尊严、纯粹和意义,活出了人类精神价值的极限,任凭世风变幻,任凭生死穷达,始终不移其情其操,苍苍予鉴,可与天地参矣。

铁生渴望真挚的友情,拒绝同情,厌恶怜悯。一次,铁生谈起有人帮助残疾者,只是出于怜悯,却缺乏平等的尊重,这是最不能接受的。当时,他愤愤然的样子,一反平日的温和。在我记忆里,这是仅有的一次,给我心灵极大的震撼和洗礼。朋友私下告诉我,不止一个身体健康的女性喜欢他,他有过情感挣扎,但最终还是拒绝了。他拒绝的是自我放逐。

第一次见到铁生妻子希米,我惊叹不已,这是上帝派来天使与他相知相许。这是对铁生苦难经历的最大补偿。她眼神纯净,气质高雅,性格乐观、豁达。我立刻就喜欢她了。我们成了彼此信赖的朋友。铁生于我,更是亲如兄长,远非作者与编辑的关系。无论是请他参加会议,约请访谈,还是征稿索稿,无不有求必应。他的小说《死国幻记》(《北京文学》1999年8期),以神性为旨归,见出非凡思想力;他的散文《无答之问或无果之行》(《北京文学》1994年11期),以心灵所及的宽广、深邃和高度,诠释爱的意义;他的散文《病隙碎笔(六)》(《北京文学》2001年12期),更是饱蘸生命的胆汁,对超越自然之上并独立于万物的生命终极意义,进行艰苦卓绝的追问,其时,为中国文学最重要收获之一,并获首届老舍散文奖一等奖。其时,文学生态日趋脆弱,文学人格日益畸化,铁生却以始终如一的艰卓和丰富,将鲜活的血肉、性灵还给文学世界,更以病弱而又最为生动的肩膀,担当着汉语的疼痛、创造、天良与高贵。

最后一次与铁生夫妇联系,是因为我责编的张辛欣长篇自传体小说《我》。两个月前,我请铁生为该作的出版写推介语。之所以请他写,一是因为作者与铁生一样,都是八十年代崛起的著名作家,书中所写时代生活,不仅为铁生熟悉,并且深信他会理解和欣赏;二是知道铁生会一如既往地支持我的工作。果然,电话打去,书稿寄去,希米和铁生商量后,立刻痛快地答应了。

十几天前,张辛欣的新书《我》出版了。我兴冲冲地给他俩寄去样书,相约近日前去看望。然而,当我新年前一天上午见到希米时,铁生却永远地走了。悲莫痛于伤心,我心内长久地悸痛,不能自已。我看着《我》端卧在铁生的书架上,泪眼一再模糊。回到家中,我陆续看见张辛欣发自美国的邮件,写道:"一个中国内地朋友告诉我,才知道史铁生走了。""我读他评语的时候,怎么没有想一想他是在什么情况下读我的作品?他的生命本来弱,这两天读报道说,2009 年肺炎让他更弱,他说生命的离开是一点点的,不知道他是如何读我小说的?是不是拿着书都太重了?""铁生是这般沉默的人,并且长期枯居,居然感受《我》的'原质的鲜活形态','传奇'。他的内心一定很透明。""我珍惜他最后的也是唯一为我写的每一个字。""有朋友问,《我》是不是史铁生读的最后一部长篇?给《我》写的评语,是不是他写的最后一个评语?"

张辛欣不知道,我也不知道。

三十年的交往,我一直想帮到铁生,却是铁生在帮我,从满头黑发到两鬓斑白,直至生命最后时刻。

(原载 2011 年 3 月 4 日《文汇读书周报》)

什么是爱？

周国平

1

爱，就是在这一世寻找那个仿佛在前世失散的亲人，就是在人世间寻找那个最亲的亲人。

世上并无命定的情缘，凡缘皆属偶然，好的情缘的魔力恰恰在于，最偶然的相遇却唤起了最深刻的命运与共之感。

2

深深地爱一个人，你借此所建立的不只是与这个人的联系，而且也是与整个人生的联系。一个从来不曾深爱过的人与人生的联系也是十分薄弱的，他在这个世界上生活，但他会感觉到自己只是一个局外人。爱的经历决定了人生内涵的广度和深度，一个人的爱的经历越是深刻和丰富，他就越是深入和充分地活了一场。

如果说爱的经历丰富了人生，那么，爱的体验则丰富了心灵。因为爱，我们才有了观察人性和事物的浓厚兴趣。因为挫折，我们的观察便被引向了深邃的思考。一个人历尽挫折而仍葆爱心，正证明了他在精神上足够富有，所以输得起。

3

人是应该有所牵挂的,情感的牵挂使我们与人生有了紧密的联系。那些号称一无牵挂的人其实最可悲,他们活得轻飘而空虚。

与平庸妥协往往是在不知不觉中完成的。心爱的人离你而去,你一定会痛苦。爱的激情离你而去,你却丝毫不感到痛苦,因为你的死去的心已经没有了感觉痛苦的能力。

4

人们说爱,总是提出种种条件,埋怨遇不到符合这些条件的值得爱的对象。人们举着条件去找爱,但爱并不存在于各种条件的哪怕最完美的组合之中。

爱不是对象,爱是关系,是你在所爱之人的身上付出的时间和心血。

一切终将黯淡,唯有被爱的目光镀过金的日子在岁月的深谷里永远闪着光芒。

爱是耐心,是等待意义在时间中慢慢生成。

爱是一种精神素质,而挫折则是这种素质的试金石。

爱的价值在于它自身,而不在于它的结果。结果可能幸福,可能不幸,但永远不会最幸福和最不幸。在爱的过程中间,才会有"最"的体验和想象。

大自然提供的只是素材,唯有爱才能把这素材创造成完美的作品。

5

每一个人都是一个多么普通又多么独特的生命,原本无名无姓,却到底可歌可泣。我、你、每一个生命都是那么偶然地来到这个世界上,完全可能不降生,却毕竟降生了,然后又将必然地离去。想一想世界在时间和空间上的无限,每一个生命的诞生的偶然,怎能不感到一个生命与另一个生命的相遇是一种奇迹呢。有时我甚至觉得,两个生命在世上同时存在过,哪怕永不相遇,其中也仍然有一种令人感动的因缘。我相信,对于生命的这种珍惜和体悟乃是一切人间之爱的至深的源泉。

6

你说你爱你的妻子,可是,如果你不是把她当作一个独一无二的生命来爱,那么你的爱还是比较有限。你爱她的美丽、温柔、贤惠、聪明,当然都对,但这些品质在别的女人身上也能找到。唯独她的生命,作为一个生命体的她,却是在普天下的女人身上也无法重组或再生的,一旦失去,便是不可挽回地失去了。

世上什么都能重复,恋爱可以再谈,配偶可以另择,身份可以炮制,钱财可以重挣,甚至历史也可以重演,唯独生命不能。

7

人与人的相遇,是人生的基本境遇。爱情,一对男女原本素不相识,忽然生死相依,成了一家人,这是相遇。亲情,一个生命投胎到一个人家,把一对男女认作父母,这是相遇。友情,两个独立灵魂之间的共鸣和相知,这是相遇。

相遇是一种缘。爱情,亲情,友情,人生中最重要的相遇,多么偶然,又多么珍贵。

8

浩渺宇宙间,任何一个生灵的降生都是偶然的,离去却是必然的;一个生灵与另一个生灵的相遇总是千载一瞬,分别却是万劫不复。说到底,谁和谁不同是这空空世界里的天涯沦落人?

9

当我们的亲人远行或故世之后,我们会不由自主地百般追念他们的好处,悔恨自己的疏忽和过错。然而,事实上,即使尚未生离死别,我们所爱的人何尝不是在时时刻刻离我们而去呢?

10

在平凡的日常生活中,你已经习惯了和你所爱的人的相处,仿佛日子会这样无限延续下去。忽然有一天,你心头一惊,想起时光在飞快流逝,正无可挽回地把你、你所爱的人以及你们共同拥有的一切带走。于是,你心中升起一股柔情,想要保护你的爱人免遭时光劫掠。你还深切感到,平凡生活中这些最简单的幸福也是多么宝贵,有着稍纵即逝的惊人的美……

11

我突然感到这样忧伤。我思念着爱我或怨我的男人和女人,我又想到总有一天他们连同他们的爱和怨都不再存在,如此触动我心绪的这小小的情感天地不再存在,我自己也不再存在。我突然感到这样忧伤……

12

当亲友中某个人去世时,我们往往会后悔,有些一直想对他说的话再也没有机会说了。事实上,每一个人都在不可避免地走向死亡,我们随时面临着太迟的可能性。

因此,你心中不但要有爱和善意,而且要及时地表达,让那个与之相关的人和你共享。

13

我们活在世上,人人都有对爱和善意的需要。今天你出门,不必有奇遇,只要一路遇到的是友好的微笑,你就会觉得这一天十分美好。如果你知道世上有许多人喜欢你,肯定你,善待你,你就会觉得人生十分美好,这个世界十分美好。即使你是一个内心很独立的人,情形仍是如此,没有人独立到了不需要来自同类的爱和善意的地步。

14

那么,我们就应该经常想到,我们的亲人、朋友、同学、同事,他们都有这同样的需要。这赋予了我们一种责任:对于我们周围的人来说,这个世界是否美好,在很大程度上取决于我们是否爱他们、善待他们,并且把爱和善意表达出来。

(原载2011年3月31日《南方周末》)

自然生态下的知识人

王学泰

一

几年前,在网上读过一篇旅行者的文章,他描写了为了"开发",草原自然生态被破坏的情况,以及作者对这种状态的隐忧。文章中说,开车去内蒙古东部,走了几个盟,途经二十多个旗,沿途所见,真正能保留一些原来生态面貌的,只剩内蒙古和蒙古国接壤的国境线一带。的确,在那里才能体会什么是真正的自然生态。用"体会"这个词是准确的。脚踏上那儿的草地,就会感到踩在厚厚的一堆活的物质上。要是仔细观察你踩下的那个脚印,在那么小的面积上,我感觉就能聚集着上百种植物和昆虫。那些丰富的物种纠缠在一起,生长得又密又厚,几乎就没有重样的。有些蕨类、灌木什么的,要上百年时间才能形成它们的根系。什么叫生物多样化?这就是最典型的状态。那都是在几百年的自然状态中生长起来的。看着那样的环境,你真是会切身地感受到对它的破坏是一种什么样的罪孽。可是现在,能保持那种生态环境的仅仅是沿着国境线的窄窄一条。稍微往内地走一点,就看到大片大片的草原被开垦成耕地,种上了庄稼。草原的面貌立刻变成了完全不同的样子:上面覆盖的植物变成了单一物种,或是麦子,或是油菜,看上去显得整齐、单纯,毛茸茸一片,颜色全是一样的。

那里的土地非常肥沃,庄稼长得特别好。但草原上千年时间里形成的腐殖质层只有一尺多厚。开垦者先是用火一烧,把需要百年才能长成的植被烧得干干净净,然后把腐殖质犁开。那种土壤肥沃得只需要撒种,别的什么都不用管,秋天肯定大丰收。然而甜头也就是三年,三年后就是苦果。一尺厚的腐殖质层下面就是沙子。破坏了原来的植被和根系,失去了植被的固定,再加上犁来翻去,表面那层土松得不得了,草原上的大风一吹,土就吹跑了。沙子就暴露出来,那就是通常所说的沙化。

大自然因为人类的急功近利造成了生态失衡,受到自然的惩罚,欲益反损。社会、人群有没有"生态"问题,有没有因为生态失衡而导致负面社会现象丛生的?我以为也有。例如九百多年前,苏东坡写给"苏门六君子"张耒的一封信中,评论当时的文风、士风时说:

> 文字之衰,未有如今日者也。其源实出于王氏。王氏之文未必不善也,而患在于好使人同己。自孔子不能使人同,颜渊之仁,子路之勇,不能以相移。而王氏欲以其学同天下。地之美者,同于生物,不同于所生;惟荒瘠斥卤之地,弥望皆黄茅白苇,此则王氏之同也。

苏氏说的"王氏"就是王安石。当时安石为相,不仅在政治、经济的制度上推行一套新法,而且他又借宰相之力,推行自己的学术主张,变私学为官学。或说把自己的学术思想变成国家的意识形态,用以统一士大夫思想、使人同于己。他还借助科举考试的力量,使之成为取士的标准,文人士大夫趋之若鹜,这种做法破坏了北宋建立以来的文化积累,正像草原的"腐殖质"被犁庭扫穴一样。因此,尽管王安石自己是特立独行的人物,其学术诗文也各有成就,但当他用自己作为原型复制人才时,破坏了原有的自然的士大夫群的生态,姹紫嫣红、百花盛开的局面不见了,得到的只是一片黄茅白苇。

《赵俪生、高昭一夫妇回忆录》虽然写的是他们的生活学术经历,但从中可见上个世纪20年代以来知识人群生态的演变过程,而且非常生动地再现了在这个变化中知识人的种种情态。

20世纪初,随着清王朝的解体,几届民国政府都属于弱势政府,对于知识人很少有控制力,再加上欧美思想的传入,新文化运动的兴起,知识人自我意识觉醒及其与社会的互动,逐渐形成了知识人群落的自然生态系统。赵俪生夫妇及他们书中所写到的知识人群大多是在这样一个系统里长成的。由于这样的自然的生态系统适合知识人自我价值的实现,于是形成了一个被外人所艳称的"天才成群地来"的时代。

高昭一用三个"主义"概括赵俪生,"自由主义"、"人文主义"、"理想主义"。其实这三点是那个时代过来的许多知识人的底色,特别是活跃在人文学科和社会学科的知识人。在这种底色上,每个人由于出身、经历和知识结构的不同,各有特色,用褒义词来形容是丰富多样,用贬义词形容则是光怪陆离。但这些往往都是自自然然的,既非设计,也非打造。

今人很难理解的是知识人在上世纪对于中国文化的发展做出空前未有的贡献,他们在教育、出版、新闻等领域所达到的高度直至今日仍然很难企及。我们还经常感慨,为什么西南联大在那么艰苦、简陋的条件下培养那么多世界级科学家、学者?自然生态中滋长出来物种,往往优于人们有意识、有计划培植出来的。正如俗话所说"有意栽花花不发,无心插柳柳成荫",我们惊叹大自然的伟力时,往往忽略了社会变化势态的自然力。

二

赵俪生是位左派学者,一生信仰马克思主义(自上世纪二三十年代以来,史学界的马克思主义学者远较其他领域为多,然而,新中国成立以来特别是60年代以后几乎全部被打倒,使得"文革"当中毛主席多次说到他要"保护几个史学家",但连翦伯赞这样激进的马克思主义史学家也自杀了),这个本来符合自上世纪50年代以来社会主流的意识形态。作为史学家,他所关注的领域也非远离主流,例如五六十年代史学研究界最热衷的"五朵金花"(指当时史学研究讨论最多的五个专题——中国古代历史分期、农民起义与农民战争、土地制度、民族关系与民族融合、中国古代的资本主义萌芽)中赵俪生涉猎其中的就有三四朵,如中国土地制度、历史分期、农民武装斗争、资本主义萌芽等。当时史学界有许多专家对这种讨论毫无兴趣,注重史料的考订与研究(1958年被斥为"厚古薄今")。与这些学者相比,赵俪生应该被主管史学界的领导看做"红教授"、"红专家"了。其实,远非如此,他不是赶时髦的人,更不会趋奉,其研究成果很难与主流所认可的结论一一对应。因此他的研究领域属于主流,但结论往往大悖主流。如讲历史分期不同意主流的战国封建论,坚持魏晋封建论;讲农民战争不突出农民与地主的阶级斗争是推动历史进步的唯一动力,而承认统治阶级在许多激烈的农民战争之后还有让步政策;在历史分期上强调亚细亚生产方式,明里暗里挑战《联共党史》鼓吹的"五种生产方式"说。当然,这倒不是他有意背时,而是他坚持独立思考研究的结果。这些虽说都是学术问题,但含有极强的政治性(那时的政治运动往往在史学领域发端),因此1957年被划为"极右",差点命丧夹边沟,就不是偶然的了。

赵俪生不仅在学术上"另类",在为人行事上,更是特立独行。他在抗日战争时就参加了革命,但却秉持独立精神,不肯参加任何组织,这在今人看来非常奇特,可是在当时知识人看来却是极其正常的。因此,他在华北大学直接挑战副校长成仿吾,批评他不该以征服的胜利者自居,羞辱其他知识人;在科学院不同意郭沫若对于副手摧辱,而且诉诸媒体,也就不奇怪了,这正是他"自由主义"人格的一贯表现。赵一生持此态度而不变,被妻子称为"天生的自由主义"。想一想,在那个以知识分子为整肃对象的时期,这样的性格还能有什么好果子吃吗?无怪直到了新时期,知识分子成为"工人阶级一部分"的时候,他仍然被有些领导视为"谁也掌握不住"的人,连一些荣誉职务也不肯给他,就是怕他把这些职务当做真正的权力去使用,让大家下不了台。

不过无论从哪个角度说赵俪生都是一个强者,不管遇到什么样的疾风暴雨,他都能挺住。在学术上,他开创了中国农民战争史的研究,并在中国土地制度史及如何运用马克思主义分析中国古代社会方面有杰出贡献。不过他更重要的身份是史学教师,有的老先生说,解放前史学界讲课最好的是钱穆,解放后是赵俪生。他把自己更多的精力投入培养学生上,被学生誉为"五绝教授"(一绝是板书,二绝是文献,三绝是外语,四绝是理论,五绝是博而通),可以说是桃李满天下,其中高才捷足者,比比皆是。

不过赵俪生所选择的道路在习惯于组织化秩序的时代还是充满艰辛的,但他是"虽九死而未悔"的。在他晚年见到当年一块儿打游击的老战友时,已经成为省部级高干的老战友语重心长地劝他反思自己的选择。他写道:

> 一九八一年、一九八二年,我和高昭一连续两次到昆明开会。当年游击队的组织部长孙雨亭同志刚从省委副书记的任上退下来,担任省人大副主任。他在翠湖饭店盛宴招待我夫妻,记得席间有麂子肉、鹿筋、猴头等,最后上来"过桥米线"。酒过三巡,孙对我说:"老赵啊,当年有个事要跟你说清楚。那次晋南干部总结会之后,调整班子,你已经是

公认的宣传部长啦,可是到头来还是老朱上你不上,你知道为什么吗?现在可以说破了,就是因为老朱是党员,你不是。论工作,无论编报、讲政治课,老朱都远远不如你,可他是党员啊。我讲这些是叫你打破平生不参加党的戒律。你不入党,党不吃亏,你吃亏呀。"我回答说:"老孙,你说错了。不是我吃亏,是党吃亏。这类事实,替入党做官论打造下坚实的基础,这跟不正之风和党干部腐化有密切的关系。"

这段对话很值得深思,它反映了相信组织化秩序还是坚持自然秩序不同的思考。

三

赵俪生笔下的知识人虽然都是学者,大多也是以文史研究教学为业,但他们面目各异,各有真性情。与强者赵俪生相对的是另一位大学者童书业,过去读他的《春秋左传研究》,佩服其思考、研究之细密。上世纪90年代朋友以《童书业美术论集》见赠,读了之后更是惊叹其学问之博雅。特别是其论画部分,如《中国美术史札记》、《绘画史论集》、《唐宋绘画谈丛》、《谈画》等比我曾读的《中国美术史》还好看,论述生动亲切,看来与童博学、又精于此道有关。读其书想知其为人,不过那时仅从其女童教英教授《美术论集》的"前言"对童先生有个极简单的了解。得知如此大才,仅仅享寿六十,死于"文革"当中,令人唏嘘。待读了赵俪生回忆录中的《一个绝顶聪明但被扭曲的人》,对童书业才有了个真实而全面的认识。赵先生是从童的"怕"写起,他"怕失业、怕雷电、怕空袭、怕传染病、怕癌、怕运动、怕地震、怕蒋记反攻大陆"。这"运动"指政治运动。每次政治运动一来,头天开过吹风会,第二天便面如死灰。赵回忆更多的是童书业被外力"扭曲"的一面,因为生动而被读者记住了,屡屡见诸征引。其实书中也记录了童书业"本我"的一面。如他聪慧、记忆力之佳,更是令人震惊。

童的本我就是以学业为生命。几十年来,在学术单位工作,也看到过许许多多不同类型的学者,思想境界高的,把学问看做个事业,努力为这个事业添砖加瓦;境界一般的就是以此为职业;更下者就是混饭吃。而像童书业把学问看做自己的生命,看做安身立命的基础、舍此而无他的,不能说没有,真是少之又少。赵写道:

> 童书业最爱谈学问。谈到高兴时眉飞色舞,手舞足蹈。不管听的人爱听还是不爱听,他一直谈下去,谈到午夜以后。他最怕黑夜中出事,但谈起学问来就什么都不怕了,因而造成过小事故,有时迷路,有时被警察收容。因此很多人讨厌他谈学问,径直撵他走。我夫妻能有耐心听他谈,所以他认为我们二人是他终身好友,一到周末或星期天,就一定到家里来。……他谈的,都是治学中新收获的萌芽,或者说,是一些论文未成形前的毛坯。并且在这里又须加一笔,童有时很傻,但有时又很精。例如,他跟一个人谈过某个他自己的"精义",过些时候这"精义"不知不觉被人摄入该人的论文中去了。从此,他就不再到这家去谈学问;我们问起来,他只把眼睛弯成蛾眉那样眯眯地笑着,不出一语。再者,他总有一种偏执,认为我夫妻二人接近革命早一步,接触马列早一步,而他晚一步,从而对我们产生某种莫名其妙的信赖,仿佛我们听后没有认为大谬的论点,就是可以站住脚了。

这就是童书业,以学问为生命,他的生活的动力、乐趣都在于学问。他不仅热情地与别人讨论新知,让别人分享自己的新发现,即使自己发现被别人窃取,仍然保持着学者风度(不像现在有些学者偶有新发现,仿佛独得之秘,那是深秘不宣的),而且积极地向他人学习自己不懂的东西。这也是现代知识人的圈子中不多见的。上世纪50年代初正处在社会大变革时期,传统的做学问的方法受到质疑,童书业便开始学习马列主义。据说当时在解放前的非马克思主义史学家当中,童书业是最先运用马列主义方法、术语写专业文章的,使许多熟悉他的学者感到诧异。当然,除了学问与书画,这些在当年世人看来都是"封资修",因而童书业不仅是一无所能,而且有害。在那个不要文化、鄙视文化的时代,童书业悲惨地被迫害而死是"又替人民节约了二百多元人民币"。如果全体国人都这样看,中国岂不又回到蛮荒时代。

四

赵俪生描写了知识人圈子的众生相,特别关注他们在社会变革中的命运。当然,社会变了,处在这个社会中的一切人都应该变,以适应新社会的需求,然而,由于那个时代的人们,一是求变太急,二是过多地运用"群众运动"方式来推动这个变化,三是对于知识人整体思想意识估计的错误。于是,过早、过急地摧毁了知识人群落原有的生态,又未能及时地建立起新的社会生态,这样不仅造成了许多知识人的悲剧,而且大大影响了新的知识人群体建设,从而造成知识人断层与整体素质的下降。

上述这些做法都与向苏联学习有关。苏联作家阿·托尔斯泰在《苦难的历程》中说到知识分子的改造,用"在清水里泡三次,在血水里浴三次,在碱水里煮三次"以形容,中国知识人道路艰辛有过于此。在如此激烈的折腾中只有特别强悍或特别具有韧性者才能支持下来,如赵俪生,几次面临凶险,他都冲过来或熬过来了。有时我突发奇想,如果贾宝玉(以贾宝玉的才学也应该算个知识人了)要活在知识分子改造的时代会发生些什么?实际上童书业就有点像贾宝玉,出身于官宦之家,祖父是前清进士,曾在安徽省做道台,署理臬台(掌管一省的司法)。童出生恰逢这个家庭的鼎盛之时,家里有花木园林之胜,还收藏了许多金石书画,甚至要请人替这些藏品编"庋藏目录"。童是这个家中的嫡长子,自生下来就受到祖父母的宠爱,备受呵护。到学龄时,怕孩子受气,不肯送外面上洋学堂,而是在家里请先生教授传统知识。因此直到二十余岁的时候,童基本上没有在正规学校中上过学,这样他不仅没有学历,而且使他没有与社会接触的经验,没有社会阅历,不通人情世故。学问很大,能在大学任教,能从事研究,但为人做事,却像个小孩子,显得十分幼稚。了解了这些背景,我们对赵俪生笔下的童书业就不会感到奇怪了。

赵俪生说童书业最怕政治运动,回想一下在那个时代除了天生的棍子手或刽子手谁不怕运动?连侯宝林那样练达人情世故的艺人在临终前接待记者时都说,他一生"一怕打仗,二怕运动"。更不用说幼稚而有些强迫症的童书业了。在 1955 年"肃反"运动之初就被内定为"一夜之间杀了一千个共产党员"的历史反革命,童书业检查交代了九次,都没有通过。后来他写了《请求书》,承认自己是反革命,请求政府把他抓起来。他还写了数万字的《童书业供状》,交待说:是有一个受美国情报局指挥的,隐藏在大陆很久、很深的,以研究历史、地理、绘制地图为幌子的反革命集团,其最高首脑是顾颉刚,各地分设代理人,上海代理人是杨宽,山东代理人是王仲荦,东北代理人是林志纯,底下一句还有"我和赵俪生也是其中的成员。"史学界的著名学者大多网络其中。如果当时真照此处理,真是史学界一厄。不过,那次"肃反"还比较理性,我从其女童教英《从炼狱中升华——我的父亲童书业》中看到1957年7月4日"中共山东大学委员会肃反领导小组"的"关于童书业教授问题的结论"中否定了那些荒唐的揭发和自供。"文革"是一场浩劫,各界损失都很大,史学界尤巨,史学界的许多名宿从肉体到精神都受到极大侮辱,死于运动者也不少,童书业也在其中。

因为求变太急,深信强力、行政力量、群众运动的声势可以改变一切,结果对于知识分子的改造不仅仅伤害了许多知识人,而且毁坏了知识人群落原有的自然生态。

(原载《读书》2011年第3期)

隔　　膜

高尔泰

　　百年人生,有许多维度,在每一个维度上,都有许多空洞。比如在时间这个维度上,一场反右挖掉你二十年,一场"文革"挖掉你十年,算是大空洞。一场感冒挖掉你一星期,一次塞车挖掉你半小时,算是小空洞。有些维度无名,但是都有空洞。有的空洞大到无边,这个维度就算没了。

　　没了这个维度,还有别的维度,还有人生。维度欠缺的人生,不一定是没有价值的人生。瞎子阿炳的琴声,是文化人类的珍品。活在轮椅上说不出话的霍金,是科学界无与伦比的巨星。虽如此,毕竟遗恨。

　　平凡微贱如我辈,生存努力的成败得失之外,也有思想感情、性格倾向和人生体验的维度。这些主观维度,同样有其空洞。其中之一,就是隔膜。未进入意识的、意识到了跨不过去的,和事后发现已成心殇的隔膜之洞,多到不可言说。这里略说数则,不辞挂一漏万。

一　知更鸟飞走了

　　刚搬到新泽西海边那栋老旧小屋时,我在廊檐下栽了一株忍冬。长得极快,几年就爬上和覆盖了大片屋顶。纵横交错的藤蔓枝叶,从栏杆到屋檐织成了一幅帷幕。春夏之交,花期很长,老远都闻得见清淡的幽香。

那年在廊檐下,发现了一个知更鸟的窝,很精致。里面有两个橄榄大小的蛋,翠绿色,点缀着一些大小不同带着金色的黑点,很美。经常地,有一只鸟在里面孵蛋,另一只鸟出去找吃食,时不时回来喂它。有时候也一起飞走,丢下两只蛋,在春天的阳光里晒着。我们非常庆幸,有了这两个可爱的邻居。

不幸的是,这个窝的位置,恰恰在廊檐的正下方。一旦下雨,檐溜如注,纵不冲散,也会泡烂,更不用说在里面孵蛋了。海边林带,多风多雨,迟早要来。我趁它们不在,把鸟窝所在的那一丛藤蔓,稍稍向外拉了一拉,绑在靠外面的粗枝上。鸟窝离开了廊檐,大约三公分左右。

我干得非常小心,枝叶的向背,都力求保持原样。鸟窝端正稳当如初,连里面的蛋,都没有丝毫滚动。

但是鸟儿回来,不像往常那样直接飞进窝里,而是停在离窝不远的枝丫上,侧着头朝窝里看。一忽儿跳上另一根枝丫,从另一边侧着头朝窝里看。看一看窝里,又看一看四边。显然是发现了变化,相信变化就是危险。就这样,两只小鸟绕着窝,上下左右跳跃,很久很久,都不敢进窝。

终于,呼啦一声,同时飞走了。从此没再回来。

记得有谁,好像是尼采说过,信仰掩盖真理,有甚于谎言。如果世俗一些,把迷信、成见、经验主义之类都纳入广义的信仰范畴,起码这两只鸟儿,还有我,可以为此作证。

二 爱 之 罪

我小时候,视父亲比母亲更亲。原因是,我怕管。比如不洗脚不准上床上了床要揪着耳朵拽下来洗的是母亲;带我出去登山穿林爬树游泳擦破了衣服皮肤说没关系它自己会好的是父亲。后来上村学,父亲是校长又是教师,教我和别的孩子读书,严格而有耐心。爱之外,加上敬。我因他而自豪。

家乡解放时,我上初中二年级。因为喜欢山野,假期里常到山乡去玩。"山乡"是湖那边深山老林里的一些小村,抗战时期我们家曾在其中一个村上避难,一住八年,满村乡亲。

那次我去,村上在"土改",来了些外地人。其中一个,我认识,叫刘法言,是我在县立中学上学时的学长。比我高两班,大十几岁。我常和他同打篮球。他牛高马大,我却能抢得到他的球,总觉得他大而无当,很是瞧不起。后来我留级,他毕业,没再见过。

村里见了,他很热情。笑着迎过来,说我长高了。说那时只到我这里(指胸口),现在到我这里了(指下巴)。问高老师(我父亲)好吗?又说见了你爸,代我问个好。我说,嗯。心里纳闷儿:他来干吗?

回到家里,在饭桌上随便地说到,看见刘法言了。不料父亲一听,显出紧张恐惧的神色。放低了声音,鬼祟地问道,他的态度,怎么样啊?

这表情和声音,使我感到羞辱,气得说不出话来。

父亲没觉得我的反应,小心翼翼地又问,他同你,说话了吗?我不答,他又问,说什么了吗?

我更气了,粗暴地说,没说什么。放下碗筷,跑出去了。

母亲和二姐追出来,一把抓住我,恶狠狠地说,你怎么能这个样子!我们家在山乡有五亩半地,出租,要是被划为地主,不得了啊。我还在气头上,说,"有什么不得了的",扭头就走。母亲又一把抓住,说,刘法言是土改工作队队长,他说什么了?你倒是说呀。

我不说,姐姐捧住我的脸,问,是不是教你要划清阶级界限了?

我大叫道,见鬼了!挣脱,跑掉。

几十天后,消息传来,山乡划成分,我们家是"小土地出租"。全家庆幸,很是欢喜。但是一年后,城里搞土改,父亲还是被弄成了地主,后来又加上右派,批斗劳改惨死——他怕得有理。

三 无赖的盛宴

当年在外地上学,想家想得要命,不敢回去。毕业后当了右派,不能回去。一别十几年,很少通信。来往信件,都要经过检查。为了安全,也为了不让对方担心,信上互相都说,自己一切很好。

十几年后第一次回家省亲,家中已只有母亲和二姐两个。一个"地主婆",一个"右派"。给鱼行剖鱼,给工程队削旧砖头……都是脏活累活,时受训斥。工资是象征性的,几近于无。

上工前,收工后,她们在后院种了些瓜菜、养了些鸡鸭,贴补生活。但又舍不得吃,粗茶淡饭,一点儿一点儿地省下,晒干留着,等我回来。

在我到达以前,她们清理和修补了两间老旧小屋,收拾得干净整齐。回到家里,看见窗明几净,地板光亮。床底下满坛满罐的黄豆蚕豆红豆青豆花生芝麻,屋梁上悬挂着腌鱼腊肉和风干的鸡鸭,很宽慰。说,看到你们过得这样好,我在外面也就放心了!

短短一个月假期,我把她们所有的储存,包括几只养着下蛋的鸡鸭,都吃得精光。吃着,感觉到她们看我吃东西的快乐,有甚于她们自己吃东西的快乐。很高兴有这个机会,能让她们如此快乐。

走的时候,我容光焕发。想都没想过,我把家里吃空了。她们俩又将从零开始,重新苦巴巴地,对付那饥饿残酷的年代。居然一直没想。直到母亲过世三十多年、二姐也已经八十五岁的现在。

人在美国,很偶然地,和小雨说起那一段往事。小雨狠狠骂了我一顿。说我没心没肺,简直是个无赖。说你怎么就没想到,那是她们多少年来,一点儿一点儿从自己嘴里克扣下来的积蓄?怎么就没想到,要给她们留下一些?还心安理得?!还乐?!

四　田园诗的境界

老家的住房被没收后,院子变成了繁忙的砂石公路,从留给母亲和二姐居住的两间原先堆放杂物的老屋门前通过。

老屋全天候笼罩在卡车拖拉机的烟尘轰响里。沿路家家如此,日久习以为常。"文革"后期,有些人家还在门口摆个煤炉,卖起茶水茶叶蛋来。常有运煤的车子经过,一跳一跳的,撒落下一路煤块,大家抢着拣,欢乐紧张。交通局要拓宽马路,没人搬迁,似乎很愿意这样下去。

二姐早已被下放农村。为了照顾母亲、我的孩子高林和她的两个孩子能够上学,回来和母亲同住。被人指控为"黑人黑户",要她回农村去。除了交通局的动员拆迁,还有派出所、居委会时不时地上门驱赶。那是上世纪 70 年代中期,我在"五七"干校,每年有一个月的探亲假。假期里,在车声市声烟尘的漩涡里同各路人马纠缠,紧张得天旋地转。直到回了西北,才能松一口气。

但是一想到家里那样,总是揪心。再次回去,到二姐的下放地秦溪去了一下。是一个湖边小村,蓼屿荻花掩映,洲头竹篱茅舍。给二姐的草屋,位在一条长满老杨柳树的防波堤上,原是放舴艋舢板的公屋。为安置下放人员,清空了隔为互通三间,盘了炉灶,架了床,颇整齐。树甚粗壮,有的长在堤上,有的长在堤岸,有的长在堤岸下芦苇丛生、菰蒲杂乱的水中,弯曲横斜。

透过绿色的喧哗,看湖上白鸟追飞,我斩钉截铁地想,这才是人住的地方。回去后,力劝母亲二姐搬到这里居住。加上外界的压力,她们终于依了我,从交通局手里,接下二百块钱的拆迁费。邻居都说太少,我说这个亏吃得值得。那时年轻力壮,搬家举重若轻。用得着的东西,连同十来块搬得动的青石板,加上老小六口,一船运到了秦溪。

劳改岁月,学会了一点儿做泥活和木活的手艺,斧头菜刀对付着,加固了墙壁门窗,平整了内外地面。在通往水边的斜坡上,砌了十几级石板台阶,以便潮涨潮落,都可以淘米洗菜。母亲和二姐收拾家里,孩子们也帮了大忙。村上人很热情,送来各种菜苗,还就近选了一块阳光充足的地面,帮开垦出来种上,算是队里给的自留地,异常肥沃……安顿刚就绪,假期就完了。

上路时十分疲劳,但是欢喜安心。翌夏省亲,下车时大风大雨,叫不到船。赤脚打伞,冒雨上路。湖堤上泥泞深滑,伞一闪就飞了。背包浸透,贼沉。湖上白茫茫一片,浪打石堤,飞溅如鞭。十几里路,走了半天,到家已是深夜。

家中只有母亲一人。她说村学很少上课,孩子们还是得到城里上学。在城郊租了一间农舍,二姐在那边照看。母亲在这边,养了一只狗,一群鸡鸭鹅。狗叫阿年,母亲说它懂话,她常和它说话。过几天放暑假,路也干了,他们回来了,带你过去看看。

那些年我严重失眠,百药无效。回到母亲身边,竟天天睡得很香。长夏江村,万树鸣蝉。搬张小桌子,拖两把竹椅,在浓荫下一起喝茶,恍如梦寐。来自湖上的清风,带着荷叶的清香和菱花的微腥,闻着闻着就想沉沉入睡。偶尔也说些很小的事情,某一天阿年的表现之类。阿年躺在母亲脚边,在提到它的名字时,抬起头摇几下尾巴。

火红的年代,活得潦草疲累。从那股铁流中出来,面对这份清寂祥和,有太虚幻境之感,一再说这里真好。母亲说你这是三天新鲜,天天这样就会烦。我问她是不是烦了,她说没有,这里很好。二姐带孩子们回来,明显黑了瘦了,也说这里很好。

但是童言无忌,同孩子们奔跑、游泳,把他们无心提到的许多零碎小事拼凑起来,才知道我的荒谬,给大家带来了多大的灾难。

母亲的户口和高林的临时户口都在淳溪镇,农村不供应口粮。二姐每个月要拿着她们的户口本,到淳溪镇粮站,按照配额买了粮食和煤球挑回来。二姐一家三口是农村户口,队里给的工分粮是稻子,得挑到公社加工厂,舂成米再挑回来。从城郊到学校很远,孩子们上学,得起早摸黑。午饭自己带。高林最小,跟着跑,每逢下雨,常要滑倒。有好几次,到家时像个泥人。

二姐那边照顾孩子们,这边还要照顾母亲。隔几天必来一次秦溪,把水缸挑满,把马桶倒净,从阁楼上取下烧饭用的稻草,到自留地采来足够的蔬菜……匆匆再回去给孩子们做饭。来回二十几里,无辞顶风冒雨。

母亲年近八十,独住村野。没人说话,时或同阿年念叨,赢得摇几下尾巴。门外只两丈平地,然后就斜下去直到水边。有苇茬处扎脚,没苇茬处滑溜。虽有石板台阶,日久生苔,仍很难走。每天,她颤巍巍拄着藤杖,下到水边淘米、洗菜、唤鸭,都特别特别小心。最是黑夜里起夜,更加小心,生怕摔倒了,起不来,没人扶。

小时候,母亲常笑说,父亲是书呆子。我相信她必然认为,我也是书呆子。

在母亲艰难的一生中,心甘情愿地,吃够了父亲和我,两个书呆子的苦。但她从不抱怨,也从不说苦。仅仅是为了,让我们安心。

在母亲去世很多年以后,我垂老忆旧,才猛然惊觉,自己的罪孽,有多么深重。

五　七盏小灯

对于我与之生了两个女儿,后来终于离婚的前妻樊继卿,我更有一份罪感。

她是淳溪镇人,智力优异,人品端正。阶级出身不好,与我在底层相逢。互相同情,结为夫妻。婚后意见不合,无法沟通,在一起没有和平。因而每次探亲假期,我大都在母亲这边度过。

母亲常感不安,常劝我进城看看她们。其实我也想念她们,特别是两个孩子。有一天带着我的孩子高林,进城去试试气氛。临走时母亲嘱咐,把那两个孩子,带来给嬷嬷看看。

高林小,走得慢,走着走着,天就黑了。月明长堤,柳暗荒村,蛙声似万鼓,流萤飞百草。高林捉了两只萤火虫,准备送给妹妹们。她说她们在城里,一定看不到。萤火虫不听话,老是从她的手指缝里往外爬。我提着两篮水产,没法帮她。看着她那么虔诚、那么专注、那么费劲地和小心翼翼地双手捧着,一直捧到城里,很感动。

进门摇篮在响。女儿高筠欢天喜地地,咚咚咚跑过来迎接我们。高林向她张开合着的两手,献出那两颗淡蓝色一亮一亮的小星星。高筠惊喜得同时张大了眼睛和嘴巴,伸手就来拿。"不许碰!"继卿惊叫道,"当心爬进耳朵鼻子孔里去!"我一惊,像撞了墙。叫高林到门外,把两个萤火虫放了。自己不小心,踢翻了地上的一盏小油灯。这才发现,地上有许多酒盅般大小的土磁灯杯。橙黄色的火焰,如萤如豆,忽明忽暗。

原来她认为我们的家庭不和,是我亡故前妻魂魄不散所致。点七盏灯,焚香祈祷,保持七天七夜不灭,可以禳解。做起来很不容易,已经到第六天了。

我不相信巫术。但从中看到了,她真诚的和解愿望。如果不是不期而至,偶然碰上,我根本就不会知道,她有这个愿望。

知道了,很高兴也很感动,下决心好好谈谈。但踢翻油灯,使她前功尽弃,又怎么能让她相信,我的高兴和感动?

六　在小灯的后面

这不仅是人与人之间的隔膜,也是无神论者与不可知的神灵世界的隔膜。

上世纪70年代,老诗人唐祈(《九叶集》的作者之一)给我说过一个故事。当年他在八路军中,有一次和日军交火,伤亡惨重。班长牺牲,队伍流散到荒山野岭中的一个小村。正逢秋收大忙,帮着农民打场。一个村姑突然昏倒,须臾站起。四周一拱手,用班长的男音,说我叫某某(班长的名字),某省某县某乡某村人,某年某月某日在抗战前线阵亡,拜托哪位,给我家里报个信,就说为国牺牲光荣,不要悲伤。还没过门的媳妇,解除聘约,别耽误了人家。然后一字一顿,说出未婚妻和一连串家里亲人的名字。说完倒下去,再站起来时,恢复了少女的乡音,说:"哪个昏倒了?我?没有的事。"革命战士,个个愕然,谁都无法相信自己的耳朵和眼睛。事后连长派人穿越三个省,确实找到了村姑所说的那个村庄,还有已故班长的一应亲人。这类关于神祇、命运、灵魂不灭、前世今生的故事,遍布全球。心灵学收集的资料,浩如烟海。

上世纪80年代末一个夏天的中午,我和小雨在南京大街上的人流里,被毒日头烤得唇焦舌燥汗流浃背,忽然发现街边有一座树木茂盛的小山,爬到山顶上,一个人也没有。浓荫下绿草萋萋,凉风习习,我觉得舒服极了。但小雨却毛骨悚然,急着要下去。下到山的另一侧,街边立着一方石碑,才知道是南京大屠杀死难者的集体墓葬。像这种情况,不止一次。其中一次是她煤气中毒没死。那个经验,和三毛写到的煤气中毒没死的经验相同,证明了三毛不是虚构。

我有两位非常杰出的朋友。

一位是上世纪80年代社科院的同事,来自科技大学,很了解各门自然科学的最新成果。他的政治哲学由于宇宙意识的照耀而具有一种凌空鸟瞰的高度。价值观植根于真正的信念,而不是形势和利益的评估,但却仍然具有一定的操作性。我很欣赏,也很尊敬。后来见到他的《孤独通向神》一文,以为他信教了。问他才知道,他没信教,但信有神,所说理由,值得深思。

另一位朋友比我年轻,去秋来访,才第一次见面。几句话一说,就有一种接近精神能源的感觉。他的小说森罗万象,把一个家族的历史做成了百年中国骇浪惊湍的全息摄影。写作中的《中国文化冷风景》一书,尚未完成,已足以使我确信,一个和梁启超、王国维、陈寅恪同一量级的学者,正在向我们走来。他也是,没有人教,但信有神。他的理由,更值得深思。

我们的一位女性朋友,是纽约大学研究医学生物学的终身教授。去年在电话里给小雨说,实验结果变化莫测,她真的怀疑有神。今年2月,一位天体物理学家从波士顿到洛杉矶看我,也这么说。他持有神论,说唯有信仰,可以不依靠逻辑实证,而直接把握真理。不少大科学家仅仅因宇宙时空的初始动力无解,或者反物质、基因密码等超出人类智力所能理解的范围而信了神,就是如此。

我不知道,打上这个句号,是不是信仰掩盖真理?我不知道,会不会因为我如此无知,而失去一个永恒无限的维度?

(原载2011年3月10日《南方周末》)

城市与收藏

范 曾

城市的记忆

城市的失忆比医学上的失忆可怕得多。因为生活在一个城市的人群,至少几万、几十万乃至几百万人,他们虽在流动着、交融着、迁徙着,然而那记忆却恒常不变,有时出行愈远而怀想弥切,那是不可轻忘的、童年的回忆和梦境。

人类最可厌亦最可恶的莫过于设定一种模式,这种模式单调、平庸、乏味,如同嚼蜡。城市建设也不例外,这种城市建筑和街道的雷同,使普天下的通都大邑和县级市以上的中等城市面目大体一致。这种类似体育上的齐步走,令人失去了很多生活的兴趣。

更令人惋惜的是几百年的高贵典雅的城市的改造,失去的就不只是个体的记忆,而是民族的记忆。当下可以把你放在任何城市的中心,君不见那鳞次栉比的高楼大厦,都是一模一样。集体无个性,是今天城市建设的大病。这真所谓"城市的一体化",人们都追逐着"新",但忘记了"好"。而在艺术上,无论绘画、雕塑和建筑,衡量的第一标准是"好"和"坏",而不是"新"和"旧"。

不要忘记,人类是有智、有慧、有灵的生命,当然知道"苟日新、日日新、又日新"的创制。然而更不要忘记"咸与维新"是一个贬义词,大体是庸人思维惰怠之苦果。

人类社会的前进并不一切都依靠革新。前进的同时,保守则与它同在,并非趋舍异路。蒸汽机可以证明此理,那勃然而前的蒸气,故为其原动力,而活塞的保守,阻扼蒸气的盲动,则是整个机械运转不可或缺的要件。蒸气加活塞叫"前进",而蒸气加蒸气是"蒸发",活塞加活塞叫"猝死",两者都要不得,这是城市的设计者们都可深思的机械学原理。地表如果没有摩擦力,车不可行、人不可走,那是同一道理。

人口在繁衍,那种独善其身的农业社会、牧歌时代已经十分遥远。那时的创意大体来源于人脑趋近自然,而今天的创意大体来源于标新立异的先行理念。企图妙语惊人,都想再来一个贝聿铭的玻璃金字塔。然而亘古以还,天才都是不世而出的。建筑痴妄症普遍施虐,致使精灵古怪的建筑不一而足。殊不知这些怪物与贝聿铭的金字塔水平不啻天壤。

人口繁多的城市,聚居之处的屋舍,渐渐向蜜蜂窝看齐。远观之崇楼如山,山顶洞人们都西装革履从电梯自下而上、自上而下。当然那广漠的自然、清澈的泉流、云蒸霞蔚、城市的花园、林荫的大道,可以在现代的蜗居之中的电视里画饼充饥。

城市的设计使人类审美力萎缩,因为起重机力大无穷,人们自以为智慧正驾驭着建材,此起彼落,一座新城计日可成。殊不知远古人类才算得上有真智慧,他们也知道杠杆定律,重乘重臂等于力乘力臂。五千年前埃及的金字塔,不只是埃及的记忆,几乎成了人类集体记忆,这就是不朽的传统。当然中国两千多年前的长城也在此列。虽然它们与城市无关,但是其独特性,则是城市设计者的楷模。

当建设家们设计房子的时候,第一的要素,它是工作和居停的所在,而不是设计师虚荣心的载体。而街道如果不是如明代北京式的设计城市,地下水管不能如六百年前宏阔而有序,那么密如蛛网的地下管道,则必须有大智大慧、大慈大悲的人怀着最虔诚之心想到明日的大雨。地下重于地上,这是城市的长治久安之计,来不得半点欺人欺世。下面治理得科学而合理,顺畅而自然,那么再在上面风光不晚。怕就怕铁打的衙门,流水的官,在职的年月务使人们看到他治下的州郡日甚一日的辉煌,不作百年之计、千年之计。

前面谈到保持城市的记忆,就有"回归古典"的微言大义在。这将是今天人类的普遍课题,各国有各国的"古典",各州县有各州县的"古典",而这古典的回归并不意味着复古主义的蠢蠢出动,因为连孙过庭的《书谱》都说:"何必易雕宫于穴处,反玉辂为椎轮。"这就需要对自身的文化有透彻的了解,想象力的翅膀起飞于沉重而坚实的大地。没有自身民族哲学的、文学的、美学的深厚修养,凭空出不了任何的天才。能属于民族的天才已然不易,属于世界的天才则凤毛麟角。在创造之前,建筑之外的"为己"之学——提高自身的修为,则是未来达到"利他"大愿的第一等重要之事。

恨只恨惰怠之心、苟且之心、虚荣之心宛如薇甘菊一样的蔓延,看上去一片油油的碧绿,而它却是消灭森林、草原的头号杀手。所有这些人类的恶德来源于急于成名、急于发财、急于炫人耳目的欲望,它们正宛似沙尘暴一样席卷全球。

左拉有言:"一切弱者、被统治者、女人的毛病都是强者、统治者、男人造成的。"这当然是指彼时的封建、资本的社会。而今积习犹存,天下只有选美(指选美女),偏偏没有选壮(指选俊男),这就是约定俗成的不平等条约,千万原谅那些近乎三点的妙龄女郎,而应提防评委中混进的登徒子。当然今天我们在建设的设计上,广大群众网上的点评不可忽视。我相信没有几个人会赞成北京的中央电视台新楼,那容易引起不雅联想的设计,正日复一日地强迫着路人的视觉,使你不能不看那些奇丑的外形和建筑背后所撕裂的、残破的天空。

世界人口已近六十亿,子又生孙、孙又生子,那是一条人口膨胀的不归之路。想到百年后、千年后他们的居停不免使人忧心忡忡。"生年不满百,长怀千岁忧"。然而替古人担忧近乎《列子》中的杞人忧天。做好目下的工作正是分内之事,在种种的改革、创新的五光十色中,不要忘记城市的记忆。回想明代的地下水道,便是记忆中最重要的核心。

收藏的哲学

人类从混沌未开的、茹血餐肤的荒蛮时代到后工业化、讯息时代,只经历了几千年,而从猿到人则据达尔文讲经历了一千万年。所谓人类的"文明史"这一词有修订之必要,"人类的文明野蛮史"则包括了全部的历史内容,直到今天依然适用。人类本性中的人性和兽性是大造所赋予的并列存在。人类的历史干戈相对的悲剧永远多于玉帛相赠的喜剧,即使在玉帛相赠的时节,诸君切莫误解为真正的肝胆相照,这其间照样有虚与委蛇和阴诈计算,笑里藏刀。

谈到收藏,有属于人类大群体的(国家或民族),譬如古亚述城、古罗马城、古希腊城、古巴比伦城、古长安城,你能找到一些残垣颓壁秦砖汉瓦;有属于人类个人的私藏(从帝王将相到平民百姓),譬如一片贝叶经、一部手书的精品,这也只是人类历史残存的吉光片羽。天下第一等的东西,收藏在帝王之家,三希堂是乾隆收藏王羲之《快雪时晴帖》、王献之《中秋帖》、王珣《伯远帖》的处所。而平民想收藏一件这样的东西如张伯驹所藏的陆机《平复帖》,则必须倾家荡产。当人类破坏文明时,其速度真是迅雷不及掩耳,而当千百年后人类悟到其珍贵的时候重新搜集则是何其艰难。失去之后才知道事物之可贵,这不只可验于美好的爱情,也可验于对文物的收藏。

"甚爱必大费"(《老子·第四十四章》),如前所举张伯驹先生,然而,他"费"得高尚,把《平复帖》奉献给了故宫。有的则费得淫逸无度,幽昧以炫耀。宋徽宗可以倾一国之力采集花石纲;宋高宗则搜集天下米字。"多藏必厚亡"(《老子·第四十四章》),用于他们身上最是合适。米字至今寥落,可以相信大部分是焚于战争中的一把火,以致今天我们会花费几千万从日本买回一卷赝品《研山铭》(详考见本人《尘埃洗尽辨媸妍》一文)。王恺、石崇、贾似道、和坤的收藏今安在哉?从唐太宗到武则天搜尽天下王羲之字,今安在哉?最大的收藏家无过于帝王将相、世家大族,而他们最容易遇到兵燹,血和火可以销毁一切,使多少人类最精贵的文物光沉响绝、熏歇烬灭。《石渠宝笈》所载有多少还在人间?有兴趣的人可以写一本数百万字的《收藏惨史》。

人们极容易把收藏和聚敛、贪婪、金钱联系起来,而的确这条收藏之路从远古延伸到现在。这就是我要为"收藏"正名的原因,引一句《三国志》刘备的话:"欲信大义于天下。"

什么是收藏之大义?收藏家务必在下手之前慎思之。孔子有云:"古之学者为己,今之学者为人。"(《论语·宪问第十四》)望文生义的先生会以为:怎么?孔子太自私了,为什么"为己"?这真是天大的误解。"为己之学"一直是儒家最重要的学习宗旨,这和孟子批评杨朱之学"拔一毛以利天下而不为"正相反,在儒学的"修、齐、治、平"的理论大纲中,"修"字就是为己。屈原"纷吾既有此内美兮,又重之以修能"(《离骚》),就是为己。倘有一人,自己修为都不够,还能齐家,还能治国、平天下吗?"为己"的终极目标是"利他",是儒家的普世价值。收藏家的眼光如果只囿于个人的欲望,那他不是收藏家,只是聚敛者。"常善救物,故无弃物"(《老子·第二十七章》),这是收藏家的天赋使命,你们是人类物质文化遗产和非物质文化遗产的呵护者、守望者。因为有了你们,使人类残留的吉光片羽,得以在新世放出潜藏的辉煌。倘不是罗振玉、董作宾、刘铁云对残甲断骨的收藏,就没有王国维的《殷周制度论》、《殷卜辞中所见先公先王考》;没有郭沫若的《青铜时代》、《十批判书》,而殷商的历史至今可能还是一片漆黑。不要轻视任何微末的收藏,也许人类早已沉埋了千百年的变化沧桑会因此而豁然大朗。

收藏家甚至应有宗教的情绪,佛家所谆谆告诫的"贪、嗔、痴"三病,也正是收藏家应时时自警。收藏而至于"贪",可谓格调不高;至于"嗔"则会远离"无漏",而陷入"有漏皆苦"的根本烦恼。"得之若惊,失之若惊,是谓宠辱若惊"(《老子·第十三章》)。在我之手与在他人之手,苟皆有对人类的爱心,那就没有区别,收藏会成为一种至乐。至于"痴",则是一种心理学上的病变,《红楼梦》中有一位收藏扇子的石呆子,贾赦掠其扇,石呆子忧愤而死。贾赦固然可恶之极,石呆子也不亦过乎?这是一种痛苦的收藏,将心灵陷入"我执"与"法执"的地狱。

"为而不争"(《老子·第八十一章》)是藏家的美德,"物欲"则是藏家之大敌。苏格拉底有云"要体面地拒绝欲望"(《柏拉图全集》),这当然是先哲的自我警言,何尝不是收藏家的座右铭。收藏家应为天下藏,为千秋万代藏,而不为私欲藏,这是一种何等高贵而典雅的品质。陈介祺所藏毛公鼎,若非陈氏如炬之目予以辨识,那么,也许今天早已零落为泥化为尘。虽几经转折今天这件重器藏于台湾故宫博物院,真是稀世之宝,不可以金钱计其价。

拒绝金钱对收藏的腐蚀,则是收藏家们的另一天赋使命。要抵制拍卖场的一声锤响所煽动的群体盲动情绪。拍卖场的主事者,应是眼光锐利而德高望重者,定以适当价格为上线和下线,才是拍卖的本分。平生最厌听者为拍卖场上充满虚荣的呼价和掌声。更可耻者为拍卖前称"志在必得",这无疑是命拍卖方找托哄抬,国家的损失在所不计,这可以圆明园两个兽首的购回,为典型一例。

和金钱靠得太近,则与收藏家之大义其去甚远,跟踪而来的是审美境界的消遁。

有大境界,方有大收藏(不是体积,小至一张邮票、税票亦是也);而大收藏不以大价钱为目标,于是,我们能到达"知足不辱,知止不殆,可以长久"(《老子·第四十四章》)的美妙的境域。

收藏界将成为高士的沙龙、平民的欣慰,再见不到贪婪的眼神,见不到拍卖场的虚荣,见不到"巧言令色鲜矣仁"(《论语·阳货》)的奸佞之徒于收藏界上下其手。

那么,文明的收藏、文化的收藏将成为世界的主流,这是一个和谐的世界不可或缺的事业和爱好,是所有收藏家崇高而永恒的期盼。

(原载《人民文学》2011年第4期)

乡村教育：人和事

格非

学　校

　　1971年9月，我开始上小学。那时我才七岁，还没到法定的上学年龄。奇怪的是，我们村的孩子，大多数都是属兔子的，属龙的只有我一个。母亲担心我落了单，找到了大队革委会主任，好说歹说，总算让我当了一名插班生。

　　学校设在大队所在地的唐巷村，距我们村庄只有一箭之遥。校舍是一座年久失修的祠堂，甚至连屋顶的瓦楞上都长着芦苇和蒿子。因要自己准备课桌和凳子，母亲就将家里的一张枣木的长几抬到学校，权作课桌。我们唯一的老师姓薛，名字已忘了，只记得他略微有点驼背，我们都叫他"薛驼子"。这个薛老师并不每天来学校，他家里的事情忙着呢！

　　祠堂里趴着一头巨大的"水龙"，那是从古代流传下来的灭火神器。据说附近的村庄一旦发生火灾，报警的敲锣人还没有抵达我们村庄，那水龙就会未卜先知，提前发出呜呜的叫声。长长的压水杆上绑着一条红绸布，大概是图个攘灾去祸的吉利吧。老师不在的时候，我们就围着这条水龙跳上跳下，心里暗暗盼望着由远而近的锣声。偶尔从这里路过的大队干部如果看见我们在嬉戏打闹，就会让我们派两个同学去老师家，"把那个懒虫从床上揪起来"。

有一次,我和一位同学去找薛老师。他家住在村子的最东边,他老婆正蹲在院子的碌碡上喝粥。我们问她薛老师在哪儿,她也懒得搭理我们,只是用手中的筷子朝外面开阔的庄稼地里胡乱一指。原来老师到地里拔黄豆去了。等到老师拔完黄豆,挽着裤腿、赤着脚来到教室的时候,已经快到中午了。可我们老师十分严谨,一点都不含糊,一本正经地从屁股口袋里掏出一本翻得烂糟糟的小人书来,开始给我们讲《捕象记》。那是一本薄薄的连环画,故事讲的是动物园的驯兽师如何去西双版纳捕捉大象。用小人书作教材是薛老师的一大发明,等到我们差不多能够将这本小人书的故事都背下来了,老师就会弄来另一本小人书。比如《泥塑收租院》:妈妈拉着我的手,往泥塑收租院里走……比如《奇袭白虎团》:那是1953年,美、李匪帮盘踞在安平山……

会讲小人书,已经让我们对老师佩服得五体投地了,可他竟然还是一位远近闻名的篮球裁判。他有一枚亮晶晶的铁皮哨子,从不离身。有时,他正给我们讲小人书,大队里就有干部来请他去吹裁判,我们当然前呼后拥地跟着他前往观战。一般来说,只要薛老师在,我们大队的篮球队基本上就不会输球。人家刚得球,他就吹人家"走步";人家明明是投进了两分,他把哨子一吹,说人家"犯规"在先;人家气急了,用篮球砸他,他手一挥,就将人家罚出场外。乐得我们这些围观的人拼命地鼓掌。在那个年代,会打篮球的人多得是,可要说裁判,除了他就没别人了。我们之所以会盲目地崇拜他,是因为他让我们很早就懂得了一个真理:真正重要的不是规则本身,而是对规则的解释权。

薛驼子无疑是我们小学时代最受爱戴的老师。他永远是笑嘻嘻的,从来不生气。因缺了颗门牙,嘴巴关不住风,我们即便当面模仿他说话,他也是笑嘻嘻的。可惜的是,不久之后,薛老师因为"误人子弟"这一莫须有的罪状,从学校里消失了。大队给我们一下派来了三位新教师,与此同时,学校也开始向所谓的"正规化"大踏步迈进了。

我们不仅有了课本和作业本,大队还为我们修建了新的校舍。新校舍不仅有走廊,有教师的办公室和宿舍,门外还修了一个大操场。不过,课桌却是泥砌起来的。桌面由麦秸秆、芦苇和泥巴之类的东西糊成,上面刷了一层白石灰。这样的课桌虽然经济,但却不怎么实用。我们的铅笔一不小心就会扎穿桌面。时间一长,几乎每一张课桌上都布满了大大小小的圆洞。到了春天,这些洞里就会孵出蜜蜂来。当那些肥肥的蜜蜂的屁股从洞里钻出来的时候,我们班上哪怕胆子最小的女生,遇到这样的场面都会显得镇定自若。蜜蜂刚刚爬出洞口,她们通常是用课本重重一拍,身体微微一侧,瞄准窗户,用指甲轻轻一弹,那可爱蜜蜂的尸体即刻就飞到了窗外。

在那个年代,钢笔是身份或权力的象征。通常,你看见一个干部朝你走过来,你只要数一数他中山装口袋里插着多少支钢笔,就可以大概判断出此人的官衔大小。当然也有例外的情况。比方说,我们村里有一个名叫张旭东的人,有事没事,口袋里总插着七八支钢笔。原来他是修钢笔的。这人原来是国民党部队里的一个副团长,虽是大名鼎鼎的历史反革命,却没有什么人敢惹他。据说此人骑在飞驰的摩托车上都能双手打枪。这人不仅会修钢笔,还会自制钢笔墨水。那个年代的常识之一是,凡是反革命分子,一般来说都聪明过人。我们老师用来批改作业的红墨水,就是张伪团副亲自勾兑出来的。

相对于钢笔的朱批,可以涂改的铅笔字迹的权威性必然大打折扣。老师在作业本上给我们的成绩,大抵是优、良、中、及格、差等几个等级。班上有几个捣蛋的同学,因为总也得不上"优"而对老师衔恨在心。有一天,他们终于想出了一个绝妙的主意:趁老师不在,悄悄地溜进办公室,将作业本上那些得优的同学(一般是女生)的名字用橡皮擦去,大大方方地写上自己的名字,再将自己的脏兮兮的作业本上姓名擦去,写上对方的名字。等到第二天上课,作业本发下来,课堂里女生们"咦"声一片。有个女生带着哭腔向老师提问说:"老师呀,你说学校里会不会闹鬼呀?"

我们最喜欢体育课。可学校里没有什么体育设施,除了跑跑步,做做广播体操,就再没别的花样了。有个老师在操场边上挖了一个坑,填上沙子,再用两段方木支起一根竹竿,让我们练习跳高。据见多识广的老师介绍说,跳高有三种方式:背越式、俯越式(也称翻滚式)和跨越式。因没有海绵垫子的保护,要练背越式看来是不行了,我们只能采取俯越式或跨越式。俯越式的优点是容易取得好成绩,缺点是姿态不够优美。助跑以后,整个人跳将起来,脸部朝下,从竹竿上翻滚而过时,那样子仿佛不是在跳高,而是不慎从高空跌落,落在沙坑里还要连滚带爬,很不成体统。因此,尽管老师示范了多次而毫发无伤,这种姿势还是遭到了我们一致的拒绝。我就是采取了跨越式,在公社的运动会上荣夺小学组第二名。可是我们老师还是不满意。他说,若是采用他所擅长的翻滚式,说不定就能得冠军了。哎,谁知道呢?

即便是跳高,也常常无法练习。我们学校的操场不是被大队用来开群众大会,就是被附近的村民用来晒谷子。我们老师与大队交涉过好多次,总也没什么结果。若是晒谷子的人家刚好有小孩在学校念书,这个同学在上课之余,还得肩负驱赶麻雀的重任。有时,课上到一半,就会有同学猛不丁地站起来,朝窗外成群袭来的麻雀扔石头。老师也会终止上课,走到外面的走廊里,"哦嘘哦嘘"地轰鸟。

我们的语文老师是田间地头文艺宣传队的骨干,会唱歌,会说快板,还会说三句半。当然,他的课也上得很好,常让我们觉得他高深莫测。按照他的理论,写作文最重要的秘诀之一,就是要经常使用"突然"这个词。老师说,这个词具有魔法般的效果,一旦出现在文章中,往往能让人吓一跳,至少也会让人眼前一亮。我们试了试,还真是这样。去年我在美国爱荷华国际写作中心,听说美国著名作家雷蒙德·卡佛在教人写作时,竟然也是要求学生重视"突然"的妙用。这样一比较,我们老师在当年写作方面的造诣之深,是不难想见的。除了"突然"之外,我们老师还要求我们多用转折性的词汇。有一次,他在黑板上写了这样一个句子:

今天生病了,但我还是坚持来上学了。

老师说,生病了,当然是不舒服的,但仍然坚持来上课,说明什么?说明精神可嘉。这样一转折,意思就往前进了一层,关键在于这个"但",是不是?我们一琢磨,还真是这样。可问题也跟着来了,我们若把这个"但"字改成"却",这句话应该怎么说呢?老师可没教。放学以后,班上的同学为此事发生了激烈的争论,最后得出了两种截然不同的意见。一种以彭荣林同学为代表,他觉得这句话应当改为:今天生病了,我却坚持来上学了。另一种意见以唐德顺同学为代表,他坚持认为"却"的使用应与"但"完全一致,即:今天生病了,却我坚持来上学了。两种意见相持不下,最后我们就簇拥着他们去办公室问老师。也许是为了保护我们讨论问题的积极性,他的看法是两种意见都对。这样,我们就皆大欢喜地散学回家了。

老师在高兴的时候,也会教我们唱唱歌。我学会的第一首歌就是他教的,歌名叫作《祖国的好山河寸土不让》。他让我们唱歌时用丁字步站立,其姿态和"稍息"差不多,简单易学。而且用了丁字步,确实有那么一点气度不凡的意思,我们很高兴地采纳了。可这位老师的另一个音乐理论,却被实践证明是完全错误的:他说,如果将"方"这个音,拆成"福"和"昂"两个音来唱,会好听得多。我们试了无数次,觉得"福昂"唱法和"方"字唱法基本上没有什么区别,就对他的发明不予理睬。

不久之后,学校里来了一位神仙。

此人名叫解永复,体硕身长,仪表不凡,说一口标准的普通话,只是脸相有点凶。他从不体罚学生,因为他根本用不着。他成天神情肃穆,眉头紧锁,其长相很像电影《铁道卫士》的国民党特务马小飞。同学们见了他就害怕。可他一旦笑起来(这样的时候极少),我们就更害怕了。

这个人的一切都是神秘的。我们都知道他是正规大学建筑系的毕业生,正欲鲲鹏展翅九万里,不料因言获罪,落入人间城郭,屡遭贬谪,最后被发配到我们这个荒凉的小村庄来了。他有些怀才不遇,因而自高自矜,不足为怪。我们当时并不知道他从哪里来,犯了什么"罪"(多年之后,我们才知道,解老师所谓的政治问题,仅仅是因为说了一句"海参崴是中国领土"),只晓得他一来,我们学校的其他教师几乎立即都变成了杂役。他像是变戏法似地变出一门门课来。我们终于知道,这世上的课除了念小人书之外,尚有语文、算术、音乐、美术诸多名堂。不用说,所有这些课都由他一人承担。

久而久之,我们的教室常常一分为二,或一分为三,他教过了一年级语文,再教二年级算术。教完了算术,三年级同学又在那里咿咿呀呀地唱起歌来了。我们学校最值钱的家当,就要算那架不知他从哪里弄来的破风琴了。解老师虽然用它来教音乐,但更多的时候是一个人在那儿自弹自唱。当然,他也教我们弹琴,教会一个,再教另一个。可差不多快轮到我的时候,那架风琴却突然发不出声了。我看见解老师用脚拼命地踩它的踏板,弄得满头大汗,风琴照例一声不响。从此之后,解老师的音乐课只能改教大合唱。那不是一般的大合唱,而是三声部轮唱。

我被分在第一声部,歌曲快要结束时,我们要连唱三遍"干革命",才能等到二、三声部同学的"靠的是"追上来,最后,三个声部合而为一:干革命靠的是毛泽东思想。声震瓦屋,响遏行云。我们第一次知道歌还能这样唱,感觉太奇妙了。比那个教我们用"福昂"代替"方"的老师不知高明多少。

我们都觉得他是魔法师。谁都不知道下一堂课,他会变出什么花样来。他什么都能教,甚至还教我们作诗和游泳。我曾写过一首题为《丰收》的诗,老师在课堂上对它赞不绝口,可说实在的,连我自己都不知道那首诗好在什么地方。我还记得诗中有这样一句:"拖拉机隆隆响",本来极稀松平常。可我们老师认为,这个句子,即便是他本人来写,也不过如此。而我们班的另一位同学,在形容山之高峻时,写下"撕块白云擦擦汗,凑上太阳煮壶水"这样充满了革命浪漫主义情调的句子,可我们的解老师却将它怒斥为"陈词滥调"。说实话,我当时心里虽然因为受到老师的表扬而沾沾自喜,可还是觉得老师对那位用白云擦汗的同学不够公平。毕竟,我做梦都想写出人家那样漂亮的句子啊,可老师为什么觉得它不好呢?解老师最反感抄袭。有一天上课,解老师让一个同学站起来,问他知不知道作文为啥得了零分,那同学说不知道。解老师说,你的作文是抄的。那个同学大叫冤枉,发誓赌咒般地否认。解老师就不慌不忙地拿出了他的证据:原来那位同学的作文开头,竟赫然写着"本报讯"三个字。

有一次,他在课堂上问我们:会不会演讲?我们问他什么是演讲,他说,就是当着很多人说话。我们说,说话谁不会?就是不敢。于是他就一个一个地训练我们演讲。我们不知道他为何要这样做。终于有一天,我记得还在上小学二年级,我被解老师安排去全大队社员大会代表学校发言。我和大队书记并排坐在台上讲话时,我看见母亲一直在下面哭。回家后,我问母亲为什么哭。她先是不语,然后又流下泪来,她说:"你竟然和大队书记坐在一块儿,天哪,能当着上千人说话,要是换成我,早就吓死了。"原来如此。我明白了,她是在为我骄傲。

又有一次,他上课时问我们:想不想看看真正的火车?说实话,尽管我们都一致认为解老师深不可测,是个无所不能的神仙,可这一次我们全都觉得他是在吹牛。火车能随便让人么?谁知第二天,他真是不知从哪里弄来了一辆手扶拖拉机,把我们拉到了几十公里外的一处铁道边。我们全都屏住呼吸,焦急地等待火车出现。等到天色将晚,火车还真的来了。我们几乎都不敢相信自己的眼睛,那家伙喘着气,冒着白烟,还拉了整整一车煤,尤其是汽笛那一声怪叫,当场让我们激动得直打哆嗦。回家后,我写下了记忆中的第一篇日记,题目叫作《终身难忘的一天》。

另一所学校

在当时的生产队里,劳动力一般分成甲、乙、丙三个等级。甲等劳动力大多是些男女青壮年,结婚生子后的妇女一般被划入乙等,而丙等劳动力只能是一些老头老太了。但这种按年龄划分劳动力等级的做法也并非绝对,还要考虑到社员的身体状况、对农事稼穑的熟悉程度以及生产积极性等因素。五十出头的老头由于膂力过人而被划入甲等的例子也并不少见。当然,丙等还不是最低的。在我们的生产队里,最让人瞧不上的劳动力大概就是从上海来的那帮插队知青了。他们什么活也干不了。说他们分辨不出麦子与韭菜,大概有点夸张,可让他们在除草时准确地区分秧苗和稗子,简直是太难了。这些人一个个胆小如鼠,见到蛇就吓得到处乱跑。我曾亲眼看见一个知青挑稻子,扁担刚刚落到他的肩膀上,就自动滑落了。一连几次都是如此。最后,这名知青对队长说:"没有办法,我的肩膀天生是圆溜溜的,压不得扁担,还是让我去干点别的吧。"除了出出黑板报,搞点慰问演出之外,他们下地干活也就是装装样子而已。

奇怪的是,我们这些十多岁的孩子作为劳动力在投入生产的过程中,一般会被评为乙等。一个甲等劳动力全年的工分大约是1200,而初中以后我们这些孩子的工分也会接近800,这也许可以从一个侧面反映出我们参加生产劳动的频密程度。事实上,每年三个月的寒暑假,我们当然会和社员们一起下地,而每年的春夏之交和秋冬之交各有一个月左右的农忙季节,这时,学校往往会以"学农"的名义放假,让我们回到各自的生产队参加"双抢"。所谓的"双抢",在春末是抢收麦子,抢插水稻秧苗;在秋末则是抢收稻谷,抢种冬小麦。这还不包括每天早上6点至7点半的早工,午间的除草、施肥和积肥,晚上的开夜工脱粒这样算起来,我们每年花在农事上的时间至少不会少于在学校的学习时间。繁重的体力劳动压得我们喘不过气来,学校自然就成了逃避劳动的天堂,只有傻瓜才会逃学或旷课。相反,我们在上课时,某一位同学被父亲或是母亲瞅着耳朵拽回家去干活的事,倒是时有发生。

生产队有专人负责敲钟。钟声一响,社员们就会丢下碗筷,赶往村中的打谷场集合排队。首先是队长讲话——既有政治形势,也有生产动员,最重要的当然是劳动分工。通常社员们会被分为四或五个劳动小组,由组长带队,从事完全不同的生产序列。刨地的刨地,拔秧的拔秧,挑粪的挑粪,采桑的采桑。生产队长或副队长会四处巡查,察看进度,如有必要,也会临时调整、调配人力。

一天的劳动结束之后,全体社员会在晚饭后集中到记分员的家中,参加工分的民主评议。因为记分员也要参加劳动,她(他)不可能获悉每一个社员在劳动中的表现。在评议过程中,首先由社员本人陈述一天的劳动状况,并提出自己应得的工分数,交由社员们集体讨论,适当增减。我参加过很多次这样的评议,但从未见到评议中发生争执的情况。社员们对于"公论"的信赖十分明显,这种公论的存在不仅保证了分配的相对合理,同时也是激发社员劳动积极性的重要保证。

自从1981年去上海读大学至今,我不知不觉中已在城市里生活了将近三十年。1970年代的农村生活与如今的城市生活是两种完全不同的经验。不管你是否愿意,将这两种经验进行比较,往往会成为习惯的一个部分。思考的角度和切入点不同,答案也会完全不一样。比如就我的经验而言,在对儿童的教育方面,1970年代的农民对待孩子的方式也许是今天城市里的父母难以想象的。其中最重要的一点,是大人们从未将我们当做孩子看待。尽管大人们时常体罚自己的孩子,但它并不影响他们对孩子真正的尊重。成人世界几乎所有的奥秘都是向儿童敞开的。

不过话说回来,这种尊重可不是什么好事。举例来说,孩子虽然只有七八岁,父母都下地干活去了,如果不让孩子学会做饭,那么他们中午回来吃什么呢?大人们将不谙世事的孩童强行拉入成人世界,除了情势所迫之外,也有代代相传的积习所起的作用——在这个传统中,现代意义上的儿童尚未诞生。总而言之,大人们根本没有什么耐心等待你慢慢长大,而是一下子就将你的童年压扁了。当然,这种教育或对待,也并非没有好处。日本学者柄谷行人曾比较过传统和现代社会对待孩子的方式,其结论似乎让人大吃一惊:在传统社会中,真正意义上的儿童是不存在的。儿童,乃是近代才被"发现"或"发明"的一种新生事物。柄谷认为,现代人与儿童打交道的方式,是建立在将儿童视为一种特殊动物的基础上的。由于这种动物在成长过程中与成人世界的人为隔绝,等到他们在18岁之后被投放到社会中去,他们与这个社会的紧张关系是不言而喻的。交往恐惧等精神问题只不过是后果之一。

在高考制度恢复之前,对绝大部分家长而言,孩子上学不过是识几个字而已。一般来说,初中或高中毕业后,他们照例将要复制他们父母的一生。家长们很少关心孩子的学习成绩,倒是对他们在文艺表演方面的成长比较留意,异想天开地希望孩子将来被选拔进县里的文工团、公社的文化站或成为大队文书一类的角色。我曾三次参加各类文艺团体的面试,每次都落选了。而我们班的孙小康同学则顺利地被招进了县文工团,当了一名二胡演奏员,一时间在我们那个村庄里成为爆炸性新闻。当然,父母们更重视的,还是对孩子生产和生活技能的学习和训练。需要说明的是,这种训练或学习过程,并不意味着大人会教你什么。他们挂在嘴边上的一句话是:需要教的孩子是不会有出息的。相对于"教",他们更重视"看"。

我记得第一次下地插秧时,母亲将我领到水田边,帮我拉好秧绳,抛下几个秧把子,转身就走了。我问她怎么插秧,她说,别人怎么插,你就怎么插。我曾多次央求父亲教我游泳,每次都遭到了他的拒绝,他的理由永远是:这还需要教吗?我让他教我捕鱼方法,教我制作"棺材弓"抓黄鼠狼,他总是说,不用教,你慢慢就会了。还真是这样,所有这些本领,我们自然而然就会了。在农村,很少有什么技艺是被教会的,农事如此,游戏如此,待人接物、迎来送往的礼仪也是如此。我到今天也想不起来是如何学会游泳和骑自行车的。大人们通常直接将你抛入实践,而所谓的技巧或技艺都是实践的后果而非前提。举例来说,在插秧时,你的双脚踩在污泥中向后退的过程中,不能将脚提起来。这是插秧的要点之一。但这确实不需要有人来教你,因为你若是将脚提起来,刚插下去的秧苗就会跟着浮起来,漂在水面上,太阳一晒,秧苗就死了。那么,怎么办呢?你在后退的过程中,只能让脚在污泥中拖行。这是最简单不过的事,在实践中,你会立刻知道要如何去做。

在孩子的成长过程中,生活和劳动技能的训练固然十分重要,但它仍然不是最为关键的环节。在我们老家,大人们经常向你灌输的最为重要的理念,是如何与他人相处、打交道,简言之,如何待人接物。按照他们颇为世故的逻辑,一个人不认识字可以有饭吃,但若是不认识人,是绝对不会有饭吃的。对人的认识,必然要求孩子早早向儿童意识告别,了解成人世界的真相,特别是成人世界的规则。我们很早就被告知,这个世界的运行规则,从外表看充满了鲜花和笑脸,而其内在机理实际上是十分危险的。规避危险的前提,必须建立在对人的基本判断之上。而这种教育或规训的基本方法,就是将成人世界的所有奥秘无保留地呈现在你的面前。这当然十分残酷。正因为如此,与城市里的孩子相比,农村的孩子要早熟得多。我这里所说的"早熟",当然也包括"性"。

在70年代的农村,关于"性"的知识几乎是完全公开的,其传播的深度和广度都已达到令人吃惊的程度。农民们在干活时的随便的玩笑和闲聊,比任何毁禁小说都要"黄"得多。我至今不太明白的是,他们为何会当着孩子的面说出那些"令人发指"的荤话,究竟是出于无心,还是故意让我们一饱耳福。那些最粗俗、直接、污秽的话语,由于极不雅驯,不便一一记述,此处仅举一例,或可说明那时农村性知识的"解神秘化"程度。到了上海之后,我也曾目睹过城里人闹洞房的礼俗:什么新郎新娘当众接吻啦,什么新郎新娘同时咬住一块水果糖啦,城里人也许将它视为一种开化或开放的标志,但在我们这些乡下人看来,这种拙劣的表演十分乏味、毫无创意。须知在70年代农村的"闹洞房"礼俗中,被捉弄的对象根本不是什么新郎新娘,而是新娘和公公。这是每一场婚礼的高潮和压轴大戏。在婚礼的尾声,公公头戴一顶破草帽,手执一根扒灰的木榔头粉墨登场,当众表演与儿媳"扒灰"的整个过程。扒灰者,偷锡(媳)也。面对宾客的刻毒提问,公公都必须面带笑容地"照实"回答,一直到客人满意为止。出于对新娘的尊重,儿媳无需直接介入游戏,通常只在一旁傻笑而已。

不过话说回来,真正的偷媳之事,在现实生活中绝少发生。而一般意义上的男女苟且之事,倒是较为常见。今天再来回忆那时的生活,让我感到奇怪的,不是这一类事情的频繁程度,而是当事者的态度。在我的记忆中,从未发生过什么人因为婚外情而大打出手或杀人放火之事,大人们通常只是心照不宣而已。我们村有一个拖拉机手与一个有夫之妇偷情,女人的丈夫是个拉着不走、打着倒退的老实人,对此事假装不知。但后来,居然发展到拖拉机手大白天潜入女人家中,关起门来干好事的地步。女人的婆婆被彻底地激怒了,她找来一个小板凳,堵在儿子家的门口。事情明摆着:老人一刻不走,拖拉机手一刻不能回家。眼看着红日西坠,天色将晚,全村的人都为拖拉机手捏着把汗,最后妇女们主动去做那老太太的工作,好说歹说将她哄走,给拖拉机手争取仓皇出逃的机会。

最后说说桑林。读大学时,常有城里的同学问起"桑中之约",言下之意,"偷情"何必桑中?要明白其中的奥妙,必须先了解桑园的规模和特点。我们家乡是丝绸产区,桑林通常宽阔无边,一对男女钻进去,往往便于隐蔽。此外,桑树的特点是上密下疏(桑叶繁茂,桑根稀疏),男女在桑中幽会,偶尔被人撞上,即便是在很近的地方,对方可以看见你的脚,却不太可能看见你的脸。你若想规避,还来得及。况且桑林中通常十分幽寂,若是有人朝你走过来,拨动桑枝所发出的声响,老远就能听见。因此,从安全的角度来考虑,桑林的种种优点可想而知。但桑林之美,并不仅仅在于它的广袤和寂静,其中最重要的特质,在我看来,是它的幽暗。谷崎润一郎曾写过一篇脍炙人口的文章,题为《阴翳礼赞》,对中国和日本美学中的阴翳之妙赞不绝口,而在清真词中,周邦彦对于朦胧幽暗的光影也情有独钟。密密的桑叶所筛出的清幽之光,既非一无遮拦的"明",亦非绝对的暗,妙在明暗之间,与外在世界隔又未隔,幽会的双方既在世界的中心,又在世界之外。在我看来,桑中所模拟的幽会氛围,只有一种情境可以媲美,那就是帐中。

对于江南农村那些懵懵懂懂的少男少女而言,有多少情窦初开的故事在桑林中发生?实在是难以历述。不过,他们似乎不必等到高中阶段的生理卫生课,一睹人体解剖图时,才会明白男女性别的隐秘差异。男生们往往用一把猪草向女生行贿,即可满足自己对异性的好奇。儿童或少年的游戏通常不及乱。即便出了乱子,比如私订终身甚至怀孕,也不会天塌地陷。想象中的惩罚从不会真正降临,被"规定"或"禁忌"所吓住的人,总是胆小怕事者。每遇到这样的麻烦,双方的父母往往会将门当户对的陈腐观念丢在一旁,面对现实,在为他们举办婚礼之前,耐心地等待他们长大成人。

桑林是童年的伊甸园,是胆大妄为者的天堂。遗憾的是,当我明白这个道理的时候,我的童年早已结束。

(原载《百花洲》2011年第2期)

我的"津门故里"

何 申

我的"解元"

因常有笔墨应酬,就求人刻些印章。有一方闲章为"东门解元",意指我在天津的出生地:东门,即老城东门里,解元,是胡同的名,解元里。为何称解元里?只因这小小胡同里当年出过乡试第一名,系光绪元年(1875年)的解元,名叫张彭龄。

解元里是小胡同,内里左右有七个院。张家住5号,我家住7号。7号和其他几院都是个大杂院,住户多,孩子多,热闹得很。5号院则不然,只住张家一户,也没有我们这样的半大孩子,大门常是关着的。偶尔开条缝,好奇往里看,有影壁看不全。偶尔窜进去看一眼,见院里两排青砖正房南房,还有花草,安静整洁。有年夏天,5号院突然对外开放了,开放人叫张成(音成,或许是诚),是位高大英俊的青年。恍惚间听说他在北京念大学,放暑假回来,要演木偶戏给全胡同的孩子看。地点在他家南房,自带小板凳,坐了好几排,前面挂着布帘,有灯光,演《武松打虎》,又舞又唱,很受欢迎。张成还有妹妹,那时起码也念五六年级,跟他一起演。我当时虽然才五六岁,但也明白人家是家境好,又有学问,对他们绝对是佩服加仰视。

那个夏天我还有机会进过他家上房,屋里陈设与其他院人家大相径庭。房间宽大,有深色厚重的橱柜,桌上摆着瓷瓶什么的,很讲究。我还见过张成的奶奶,一个眉目慈善的老人。按年龄推算,她应该是张彭龄的夫人。南房的另一间屋里,放一口大寿材,光线暗,看了有点害怕。

张家老太太过世时我也有印象:晚上院里点灯,请不少和尚念经,出殡时好多人抬棺材,很沉。由于和张成的关系好,胡同里小孩子虽然淘气,但从不给张家找麻烦。现在看来,他是用文化的力量感化了众邻尤其我们这些半大小子。

此外,还有一个重要的发现:在1875年以前,解元里原本叫裤裆胡同,很粗卑,居民很反感,又无可奈何。而一旦张彭龄考中解元,大家立刻在胡同口立牌,刻字解元里。

按说这件事应在胡同的口传文化中流传下来,但在我的记忆中,大人们从来都没提过。分析一下,可能是住户流动的原因。如7号院的六户人家,就有三户是从外地迁来的。如我家从东北过来,暂住于此。另两家则是来自山东山西,所以大家对这里的往事并不知晓。从两院的房子看,也表明不是知根底的老邻居。我们这院南房看似与张家北房紧挨,但实际中间是有一条极窄的空隙的。有一次两房山墙之间的小墙被谁拆开,我钻进去,就见张家那边的山墙比这边高得多厚重得多。看来最早张家是独门独户的大院,而且一直住在这里,其他的院则是后建的。张家是有文化的人家,明白世事,知道张扬胡同名字的来历没有好处。而后搬到这里的又多是孩子一大帮,大人忙着养家糊口,有的爹娘连孩子的大名都记不准,更谈不上留心胡同名字是怎么回事。很多人甚至对解元里这个"解"字如何念也弄不清。那时解放了有解放军,有人就念解(音姐),还有与姓同念解(音谢),我也跟着这么念过。后来才知应念解(音界)。唐代科举乡试中举人者进京城会试,要有地方上解送,故相沿称乡试第一为解元。

不管怎么说,解元里是个很好的胡同名,说明这里曾出过全省考试第一优秀生。或许,也预兆了日后还要出个有点名的文人。八岁那年,我家搬了,解元里成了我的"老院"。数年前路过天津,听说"老院"要拆,忙与我三姐同去。当时大街口已拆光,令人惊奇的是,解元里依然完好无损站立在一片废墟旁。我们进了7号院,院内又隔出若干小院,多把锁头把门。但有一家有人,我三姐还叫出他的名字,他也记起我们。于是就聊起来,说到老人们多数还在,身体也不错,儿女都有出息,但多不在这住了,5号院的张家更是早就搬走了……从7号院出来,路过5号院大门,我想起了张成,还有木偶。

后来我来天津,晚上在车里,外甥指着一片灯火灿烂的新街市,说这就是你们当年的"老院"所在地。"是解元里。"我本想叫他停车,想想又算了,滚滚车流不好站下。但我可以回望,越过时空地去回望、回望……

我 的 父 亲

几次看朱自清的名篇《背影》,都让人感受到一种用语言难以表达的纯朴的父爱。于是就想,历来是赞美母亲的文章多,而赞誉父亲的少。其实,在一个完整的家庭中,对子女影响最大的人,一般说来还是父亲。而父亲之所以在赞美的文字中很少出现,大概缘于一个人对少年生活的感受标准有偏差。母亲对儿女的疼爱、宽容乃至溺爱,往往都会成为一个人的美好记忆。而父亲的严厉,尤其是对顽童的教训,则会叫人刻骨铭心,负面影响有时在很长时间内都难以消除。最为可惜的是,父亲有益的严格教诲,如果在日后没有产生相应的结果,那么暗含于其中的"父爱",恐怕就很难让后人体会出来了。

由此想我的父亲。我是家中的第六个孩子,有我的时候,父亲已年近半百。为养家糊口,他整日在外奔波,在我的印象中,夕阳里归来的,永远是一个身心疲惫的父亲。至于年轻父母所具有的朝气,以及与孩子之间的亲昵,我绝少感受过(他亲过我,胡子扎得我很疼)。而且,父亲的脾气有时又很暴,虽然我是他唯一的男孩,但他打我时也是很下得了手的。我记得他把鱼竿都打裂过,可见使多大劲,以致我上语文课造句:等……就。我就造:等我长大了,我就不怕我爸了。

但现在我要感谢他,不是感谢他打我。打孩子说到哪儿也不是好作风。我是要感谢他站在父亲的角度,在我十几岁的时候,说过一句对我人生起了很大作用的话。而我的极慈祥的关心我冷暖的母亲,则说不出来。那时,我的爱好很多,玩的内容就不必说了,单是能摆到台面的,如从小学我就吹笛子,三年级就可以上台演出了,我还爱画画,尤其爱画马,我还学过刻图章,还喜欢过许多喜欢一段就拉倒的事。对此,不论是家人还是老师,都认为我聪明,但干事没有长性。

我记得父亲是在一次开过家长会后沉着脸把我叫来。我很紧张,料定必挨巴掌无疑。因为开家长会时我与许多同学去扒窗户,而那个男老师偏偏就当着众家长单点了我的名。可以想得出,自幼从商极好面子的父亲是憋了多大的火返回家。我虽紧张,但久经磨难,早已念念有词为自己狡辩,言称那老师与我有成见,都只为上课我抢着发言他不让,他单让他喜欢的女生发言,为此我说过他太偏向(绝对是事实)。不料那日父亲的巴掌没有扬起,而是长叹一声说,儿啊,你要长大了,不能总样样通样样松啊。

说实话,当时他还说了许多,只是由于我心里的准备根本没在听他说话上,怕挨打肾上腺素分泌得太多,故只是这句话记得清,旁的都记不得了。但这句话深深地印在我的脑子里。

日后我一个人漂泊在外,生活环境难稳,工作内容多变。眼看就要既规规矩矩(服从组织安排)又无多追求(安于居家度日)地走进三十岁以后的时光。但在那一年,在父亲的祭日,遥望津门,我就再度想起父亲的那句话。我还是不知道他那日都想了些什么,也不明白他为何突然说了那句话。但我又确信那句话是他思考了很久后很负责任地说出来的。那是他在他人生走向暮年最后一次行使父亲的责任。因为从那以后他再也没动过我一个手指头。还因为从那以后运动迭起,父亲由此灾难不断以致郁闷而亡。

于是我在三十岁那年下定决心要钻上一行,而且要持之以恒,绝不半途而废。我想这样才是告慰父亲的最好行为。

我选择了写作。其实选择什么并不很重要,重要的是不能样样通(一点),样样松。

有了一个明确的目标,有了追求,我的整个生活都发生了变化。我有了动力,我少了烦恼。我勤于工作勤于观察,我乐于交友乐于助人。我不计较现实的得失,我只盼望理想的实现。于是身在艰苦的环境里,我却有着别人难以想到的欢乐。当我将写作坚持十年时,在发了大量作品之后,又多次获奖,尤其是获得首届"鲁迅文学奖",在人民大会堂代表获奖作者讲话后,我最想办的事,就是到父母的墓地前静静地陪他们待一阵,说些悄悄话。临别,我要大声说,感谢您,父亲!

我 的 母 亲

我的母亲生下我,在外人眼里简直是奇迹。不仅因为那时她已不年轻,还在于我上面有五个姐姐。等啊盼呀,母亲终于有了一个男孩。就为了我,她忍耐了多少年。当然,还得益于那年月不搞计划生育。

小时候的我当然不知道我对于母亲的全部意义。我全身心地与同伴一起玩耍也打架,尽管身单力薄,但我玩命,谁也拉不开。这时,只有母亲颠着小脚匆匆跑来,我才会罢手。说来奇怪,我是敢在父亲的铁掌下不低头的,但只要一看见母亲盘在脑后的发髻跑得发松,我顿时就老实了许多。我没有哥哥,多数情况下吃亏,但母亲从不护犊,只是拉住就走,回家给我洗脸换衣,没事一般。或者摸摸我头上的包,说过几天就消了。对方家长很紧张地来道歉,母亲会说哪有小孩不干架的,犯不上当真,让人家过得去。母亲心地极善良,看不得受苦人。街上但凡过来讨饭的,她会让我去唤来,拿出饭菜或旧衣鞋等就给,很舍得。看电影《秦香莲》,她和几个姐妹哭成了泪人。

后来我才知道她这种性格的由来。母亲嫁给父亲后由于没有男孩,在人口众多的婆家地位可想而知。我父亲在外经商,每年腊月才回家。他又是极孝顺的,总是把父母、兄弟、妹子各处看一个遍,把带回的东西散得差不多了,才回自己屋里。母亲知道这是为什么,她只是与自己的女儿们默默地等待着,从不问给我们娘几个带来点什么。哪怕什么都没有,她也不埋怨。她说,人平安回来就好。

父母是东北人。关东的女人心大。母亲带着女儿回娘家,就把烦恼抛到一边。娘家在四十里外,隔山隔水,雇一辆车,铺条褥子,娘几个就上路。姥爷在山外的小镇开个小店熟皮子,零碎的肉头在大锅里炖得稀烂喷香。母亲会像孩子一样从车上跳下去,噔噔跑在前。至于在娘家打枣摘杏的细节,母亲直到老了还常常讲给我听。她很少提及自己在婆家受的委屈,她记的都是旁人对她如何好。

打仗了,从东北辗转到天津,两手空空。父亲失业,又有了我,日子艰难,母亲照样把日子过下去。"文革"闹起来,父亲平白出了"历史问题",家里被翻个乱七八糟。我带着几个外甥外甥女从外面回来,母亲站在满屋杂乱的东西中抽烟,突然掏出五块钱,说快去买肉,要肥瘦(天津口语,意为有肥有瘦),今天炖肉。真是好气量呀!那一刻,我忽然觉得长大了许多。秋天,大串联开始后不久,父亲被迫退职,退职金只有区区几百元。我刚说去串联,母亲马上给我买了新绒裤,又给了二十元钱,说出去见见世面好,玩去吧,甭抄什么大字报。尔后,我的几个姐姐姐夫都被运动冲击得音信皆无,孩子全都放在我家,父亲又不时的被叫到学习班去受审。这个家全靠母亲顽强地支撑着。不然的话,日子就完了。

1968年夏我五姐分到江西大山的军工厂。对老闺女的远离,母亲着实难受了一阵。1969年初春,我又要到塞北插队了,母亲强忍着心痛为我准备行装。火车是早晨六点的,母亲半夜起来生炉子煮挂面,挂面上是炒肉丝。我担心出门那一刻母亲会受不了,但母亲很平静地看着我吃完,然后说走吧走吧别惦着,就扭过脸不再看我。于是,我的心也刚强起来,当火车站里一片哭声,我一个眼泪也没掉。

父亲没有熬过运动的冲击,几年后就病故了。母亲则活到90年代,还带过我的女儿,看到了社会的发展和全家人生活的大变化。当然,也得到了我这个老儿子的孝敬。她说不怕得子晚,就怕寿命短。细想想真是,如果她的忍耐力差一点,说不定在哪一个坎儿上就把身体弄垮了。"文革"过去,父亲的个人成分和历史问题都纠正了,我们很高兴地告诉母亲,她反应很平静,点点头说那是应该的,接着抽她的烟。早先东北女人都抽烟,母亲抽了几十年,八十多岁时她说不抽了,咳嗽,就戒了。往下数年间,她偶尔也想,但都忍住了,一口也没抽。母亲没念过书不识字,但她记忆力很好。谁上一次来信说了什么,到什么时候该办什么事,都记得清清楚楚。老年间断不了要吃药,哪种药叫什么名字,治什么毛病,她都了解,吃时也不用旁人提醒。母亲一生爱干净,八十七岁那年春上来承德我这住,还常自己洗些小东西。到了秋天,她觉得身体不好,就要回天津。回去一个星期就平静地走了,没给儿女添麻烦。

我 的 姐 姐

过去一家五六个孩子的很多,但似我有清一色五个姐姐的却不多。小时候不理解有这么多姐姐是一种独特的幸福,只想要是有五个哥哥,这条街上我还怕谁?后来则庆幸亏了没有那么些哥哥,否则父母不知要多操多少心。

五个姐姐五朵金花,每人相隔三四岁,年轻时亭亭玉立眉眼相近,齐聚家中,邻居会不断地猜谁是老几。我的同学则说到你家像看魔术,一会儿变出一个,长得都一样。我说也不怪你,有时我都弄差。待到日后,又有了五个姐夫,其中两个姐夫还是亲哥俩。再往后,下一代排成行,男孩多女孩少,都连相,在外人眼里,就更分不清谁与谁是一家了,反正都是他们一大家子。

神话中讲龙生九子,各不相同。五个姐姐一奶同胞(还有我)模样相似,但性格、处事又不相同。大姐沉稳宽厚待人诚恳,永远为家里的大事拿主意,是父母的好帮手,是妹妹弟弟的领导,属于指挥型的。二姐性格开朗爱说爱笑大大咧咧,别人包饺子她在一边说笑,说累了睡一觉,醒来吃饺子,是开放型的。三姐是品学兼优加贤妻良母型,一路保送上大学,毕业留校当干部,回家进屋就干活,不知道累,谁见谁夸。四姐年轻时最漂亮,买东西舍得花钱,属靓丽兼敢于购物型。在家中不停地做环境卫生,还不停地做我的卫生,洗头洗脸洗脖子。五姐人小志气大,上学听老师话,回家听父母话,偶尔还打我的小报告,属积极进步型。

五个姐姐五路人马,星期天携夫带子回到家中,不用父母盼咐,各干各的活,用不多久,老少开心,饭菜做得。几十年下来,她们和和气气遇事互相帮，东西串换着用，孩子各家勤走动。现在虽然都老了，大家住得也分散，但只要我回天津，一个电话，立马就从四面八方聚到一起，老少好几桌。

我年轻时很怕让人知道有五个姐姐，原因是一定有人家会说："好家伙，你小时候可够娇的了。"弄得我好没面子。其实全然不是，正因为有五个姐姐，我反倒无处去娇。

首先我是父母唯一的男孩，他们年纪大不便出门，家中有些事，就得由我做代表参加。如所有姐姐们的婚礼，我不仅去，而且是重量级人物。又因为是老兄弟，谁也不敢怠慢。如此一来，面对着那么些大人，又均为机关学校的干部，我也就得硬着头皮装成小大人。再有那时谁家里也没电话，父母又常有些事要告之女儿，我自然就是最好的通讯员，十来岁就骑上车往她们各单位跑。那时机关人少，大门也用不着登记，跟老头说声找我姐，一摆手就让进。院里人看了就喊谁谁谁你老弟弟来了，可楼都知道她们有这么一个宝贝兄弟。我呢，一脸严肃，脑子里还得想着老妈让转告的事。总不能犯小时候的错误：去合作社，一路上磨叨买一毛钱咸面买一毛钱咸面，到柜台前绊了一下，买一毛钱嘛？忘了。

还有就是辈分在那，也容不得我不自重。大姐大我二十多岁，我大外甥比我小不几岁，往下一大溜，全归我领导。他们小时候最大的乐趣就是回姥姥家，由我带他们玩。有时旁人见了夸一句说"瞧这些小哥们儿"，外甥们马上纠正，"不对，他是我们老舅"。顿时，我就得端起小架子来。等到"四清"、"文革"一起来，众姐夫姐姐搞"四清"上干校去三线下农村，家都散了，孩子就全住在我家。那时，我也不过十五六岁，但已是家中顶梁柱。买粮买菜，带他们去挤；父母有病，带他们去买药；谁家大人回来，一起接站；走，送站。若干年后我也当个不大不小的头头，指派起来不费劲，细想想，那种能力，真没准是从那时候锻炼起始的。

我父亲在"文革"初即被迫退职,而后家中的生活及我下乡、上学、结婚,都靠众姐姐们。她们无私的供养父母培养弟弟,终于度过那个艰难时期。如今尽管我落户他乡,自己也有了隔代人,但和姐姐们联系不断。我当两届全国人大代表,每逢开会时,她们天天看电视,看到有我的镜头就打电话,说你胖了瘦了穿的衣服怎么样。开会期间有一天休息,我多半会一早奔火车站来天津,中午聚齐吃顿饭,下午就返回北京。

其实现在我能拿出较长的时间回天津和姐姐们相聚,但我觉得人到老了,生活还是以平静为上。偶尔到一起说一阵子兴奋一阵,然后就散,就回到原来的生活状态,最好。若是连着说上个把星期,身体受不了。当然,隔些日子打个电话是必不可少的。那日打了电话后,我外孙问为什么有五个姑姥姥。我给他讲了半天,他才有点明白。这也不怪他,他脑子里几乎没有兄弟姐妹的概念。我想他长大后,了解了当初一家子都是哥哥弟弟姐姐妹妹好几个,出去玩一帮一伙的,不定得多羡慕呢。

我 的 小 学

小学六年,话题很多,单说一个有意思的:"留校"。

上世纪五六十年代的小学老师管学生,个别脾气不好的男老师用粉笔头打脑袋,隔着七八排,指哪儿打哪儿,手头极准。女老师手软,但常用就是"留校"的方法惩戒学生。

被留校的也分几种类型,有课间打架的,有不写作业的,有拽女同学小辫的,有上课说话的。我从来都属于上课说话的。原因也简单,我功课好,每年新书到手,我翻几天,就都会了。等到老师讲课时,我已经没了新鲜感。而能打动我的,那会儿只有评书了。

我家有收音机,我爱听评书(包括西河大鼓等),同时自己也爱看书,有一阵特喜欢《杨家将》、《说唐》、《三国演义》里的故事,而且听了看了还得到学校讲给同学。我们是早上学校一开门就去,冬天几个人围着烟气腾腾的炉子啃着馒头,你一段我一段瘾大极了。上课了还想着杨七郎和罗成、秦叔宝,彼此还偷着交流。结果,除了老师发现,还有女生揭发,我们的名字就常被写在黑板的右上角。发明这种写法的一位女老师是反"右派"的积极分子,她的口头语是叫你们乱说乱动,右边呆着吧。不过,我们也有法子,如果头一二节课名字上去了,三四节课就格外老实,她有时会发善心,临放学还剩几分钟,黑板擦一抹,你就逃过一劫。最可怕的是后两节名字上了右上角,特别是快放学时上去的,基本上就没有被"特赦"的机会了。

那时学生家都离学校近,叫同学捎个口信,家长(母亲)就来了。像我们常被留校的,不用捎信,我妈一看到点了没人影,就知道又留校了,自己就找来。好在也不是什么大错误,我妈也习惯了,来了把我领回去就得了。老师也不说什么,意思叫你说话,我折腾折腾你们。

这种情况后来叫一个代课男老师给纠正过来。他是北大的学生,因病休学在家临时代课讲作文。他发现我们几个爱说话的功课都很好,就有了想法。有一天他念他自己写的小说,《冼星海在巴黎》,把巴黎的铁塔和塞纳河写得仿佛就在眼前。我问他你一定去过巴黎。他说没去过。他最后说这就是文学,你们也可以写的。自那一刻,我就像明白了点什么。往下就不大愿意再讲别人讲过的东西,而想自己写点什么。后来我的作文就突飞猛进,经常当范文被老师念,名字也少上了黑板右上角。由此看,在那个年代,对学生就有两种不同的教育方法。学校倒是能留住学生,却难留学生的心。换个法,就不一样了。

再由此说点日后的事:光阴似箭到了1976年秋,我从河北大学中文系毕业。在三年学习期间,我是格外认真学习努力当个好学生。原因之一是我不想毕业后再分回插队的塞北,我想留校当教员。为此,有一阵搞"工农兵学员上讲堂",我还认真备课上台讲过古代诗歌。在外出实习时,我写的新闻稿件也最多。总之,我的成绩足以使我留校当个小教员。但那年代时兴"哪儿来哪儿去",毕业时不容分说,一竿子又给分了回去。想想还真是万幸,没分回生产队接着当社员,还分配了个工作。当时班里有两个同学留校了,但要是凭着感觉想,谁也想不到他俩。他俩为人都很好,只是无论如何也和大学教师联系不到一起。结果是一位早逝,一位调离了大学。想想也真难为了他们,也可惜了那俩名额。

现在大学中文系不叫系叫院了,一出来都是院长。校庆时我回去一介绍,听得发晕,记不住。后来校长来了,院长都靠后了,才弄清校长比院长大。校长是我中文系的学弟,低两届,留校的,老家还是我插队那个县农村的。当时我就有点耿耿于怀,总想问他你咋没哪儿来哪儿去,但人多没法问。后来吃饭大家说中文系出了你这个作家,为系里争了光等等。我一想也别问了,一问人家准说没留校是为了让你当作家,我咋说。事后我才想通了,大学毕业能留校,可跟咱上小学留校不是一码事,因素远比那复杂得多。不过,上小学时是不老实留校,而上大学如果太老实了,却绝对留不了校。

我的中学

那是1964年9月,清晨我从家里出来,忽然意识到上学的方向应该改变了。天津的街道夹在样式各异的洋楼间,走了六年去小学的那些地方,实在让我怀念,但我必须与它说声再见了。

迎接我的中学是一片旧式公馆建筑,乍看让我很不愉快。这里没有高大的教学楼,更没有宽阔的操场。须知像我们这些从小爱踢足球的孩子,对操场的喜爱甚至超过爱自己的家。但没有办法,录取通知书明明白白地告诉我这就是我的中学。还好,随和的性情使我在很短的时间里适应了这个环境,并渐渐喜欢了这所风格独特的中学。昔日这里原本是一位民国总统的官邸,它有气派十足的西洋风格主楼,主楼又用绿色的长廊连着后楼与侧楼,侧楼旁是带月亮门的花园,花园后又是一排排中式建筑。啊,小小少年不知愁,无处踢球咱钻楼。初识的同学在捉迷藏中成了好朋友,幽深的曲径中又是我们聊天的好场所。那时我已看过不少小说了,尤其是我刚刚看了《八十天环游地球》、《海底两万里》这类科幻小说。于是,我便能在很大程度上成为神聊中的主讲,当然,我也爱听同学讲的新奇的故事。终于,我喜欢了这所外形不像学校的学校,它使我收敛了野马般的奔跑,开始了静下心读书的新生活。若干年后我才知道,这是一座很有些名气的学校,它招的学生多为成绩优秀但家庭出身不甚好的,故我们一班五十多同学,在"文革"开始后才出了一个红卫兵。为什么会有这样的学校,至今我也弄不清楚。

这所学校男女生分班,分班极好,五十多个男生在一起,少了许多不必要的麻烦事。班主任是一位姓夏的中年女教师,气质极好,她教我们英语,并用她那软软的令人听着格外亲切的苏州话与我们交谈。新同学的名字虽然不能一下子就记住,但几堂英语课下来,谁是谁就能记得很清楚。原因都在念单词上:念单词很难一下子就念得很准,说不定在谁那就念出了让大家发笑的地方,于是这个单词的中英字词义,就成了这位同学的绰号,如土豆、大梨、眼镜等等。此外还有不少人是在课余时间的交往中,由于他独特的行为和特征而被众人记住的。对于绰号,同学们都毫不介意,甚至在几十年后,在校庆日重返校园,乍见之时忘了名姓,却脱口叫出双方的绰号,一声喊过,两眼顿湿,当年情景,又现眼前。

我班同学之间很友善,尤其爱集体,学校搞体育比赛,我们演"叠罗汉"。这需要几十人搞好配合,才能组成美好的造型,而一旦其中一人失手,就会全部倒塌下来。为了练好,我们在教室门外铺了许多上体育课用的大垫子,下课就练,我属于身体较胖的,练了那么一阵,自我觉得手脚都灵活得多了。那次比赛,我们班表演成功,在全校引起轰动,还获了奖。

我的中学地处原英租界里,周围全是繁华的商场与店铺,还有电影院。我特别喜欢到卖古玩字画的商店去逛,逛时最好有一两个要好的同学做伴。虽然我们对那些东西看不大懂,但凭着个人的猜想相互解释,管他对与不对,却得到了极大的欢乐。此外,在星期天和同学到海河边码头去看大轮船,亦是让人难以忘怀的。海河水清澈而宽阔,蔚蓝色的天空就在水面上升起,白亮亮的阳光照得银光满目,从渤海湾驶进的轮船飘着各种颜色的旗子。我们找一片空空的水面,比谁投的石子远,其实我们那时的力气都不大,使足了劲,石子却在很近的水面砸出些浪花。我们说长大了去当海员,要去许多国家,要看看外面的世界是个嘛样。天津人爱说"嘛",意思就是啥样什么样。我想,如果后来不搞运动,我的中学生活始终会是充满欢乐的。这不光是我的性格所致,还在于有那么一个人与人之间充满了友善与关爱的社会环境。

但1966年夏天的热浪把这种生活完全打乱了,我的眼前一片迷茫。还是那座校园,还是那些学生,但没有了昔日的秩序,有的只是让人恐惧的暴力和鞭阀。批斗,抄家,游街,挂牌子……尽管只是少数"根红苗正"的高中学生戴着红袖标在台上挥舞军用皮带,却足以让我胆战心惊。我不再喜欢这所学校,我躲在家中不去学校。但我毕竟还是中学生,而这段中学生活竟一直延续到1969年的春天。按年龄,此时我应念到高中二年级了,但历史把我们这一班同学始终定在"老初二",于是,我们就成了中国近代学生中独有的"老三届"中的一员,不论日后走到哪里,一提起"老三届",都会找到命运相同的学友。

我这个躲在家里的中学生,其实日子亦不好过。运动的浪潮早已冲过紧闭的门窗,威胁着我的亲人。父亲从小当店员后来经商的历史被揪住不放,姐夫姐姐们把孩子放在我家,不知道下放到哪方干校或农村。

岁月艰难,难灭少年对生活的追求和希望。春天到了,脱去冬装,浑身轻松和同伴在街边下棋。不远处过来几个姑娘,沉闷的街道一下子有了生气,我们直勾勾地看她们,她们简直是画上下来的仙女,有个女孩两眼亮得似黑葡萄,白玉脸庞有两个浅而迷人的酒窝……

欢乐与伤心的中学时代终于在一场春雪里结束了。1969年的3月9日,穿一件厚棉衣的老父将我送到火车站,那里人声嘈乱泪水横流,当火车猛吼两声车身随之动起来,我便知道,我今生再不会是个中学生了,我的新身份是上山下乡的知识青年。或许我的青春乃至一生,都要交给万里长城以北那片贫瘠而又辽阔的山地了。

(原载《清明》2011年第2期)

阿勒泰,你天下无处寻觅

艾克拜尔·米吉提

故土啊,像阿勒泰这样的地方,天下无处寻觅(Agha jay Altayday jer khayday)。

这是阿勒泰哈萨克人代代传唱的一首歌。歌声委婉幽怨,如泣如诉,充满一种深情和某种哀伤。那也是缘自阿勒泰这方土地的神奇魅力,浸透了这方山水所经历的历史风雨。这便是哈萨克民歌《阿嘎加依》。

阿勒泰其实是一座自东向西,逶迤而去的浩荡山脉。在哈萨克语中分为上阿勒泰和下阿勒泰。上阿勒泰是现在的青河县、富蕴县一带。因为两条河发源于此,虽不是上风之地,却是上水之源,故此得名。

乌伦古河的源头青河便发源于青河县境,这里又是我国河狸之乡。额尔齐斯河的源头喀拉额尔齐斯河,发源于富蕴县境。

两条大河浩浩荡荡,自东而西,一路奔来。乌伦古河汇入福海县境的乌伦古湖,形成大小两湖——吉利湖(暖湖)和乌伦古湖(浩淼水泊),便就此止步,形成了一片汪洋恣肆的水天世界,辽远无际,令人心旷神怡。而额尔齐斯河,一路朝西,在接纳了喀拉额尔齐斯河、库额尔齐斯河、克朗河、布尔津河、哈巴河、阿勒卡别克河、布列兹河七条支流后,逶迤西去,汇入斋桑泊,最终汇入鄂毕河,浩浩淼淼,一路奔向北冰洋,是我国北冰洋水系的唯一一条河流。在生态环境影响一体化的今天,我们对北极这个调解北回归线以北气候带的冰盖,也在默默地送去一条水流。

我第一次与额尔齐斯河相遇,那是在1976年初冬。其时(10月15日)按说那只是深秋,在魔鬼城附近的乌尔禾一带还能见到冻枯的稀疏叶片在树梢上瑟瑟发抖,越过和什托洛盖却忽然进入了一片冰天雪地的皑皑白色世界。傍晚抵达坐落在布尔津河和额尔齐斯河交汇处的布尔津县城,已经寒冷异常。那时候县城很小很小,房屋低矮,唯一的县政府招待所,是一栋红砖砌就的筒子楼。外面西风猎猎,雪尘飞扬。我们离开招待所穿越雪幕,来到友人家做客。屋里砌着一个庞大的土炉和一座连体火墙。那上面烤着白天被雪浸湿的几双高筒马靴、毡袜。加上从外间锅灶上溢进的冬宰熏马肉煮熟后的香味和我们酒杯中散发的烈酒芬芳、莫合烟的烟雾,已经是五味杂陈,令人昏昏欲醉。

席间,一位朋友讲起发生在这里的一则故事。在一个冬天,有一位牧人在外喝得尽兴回到家中,浑身冒汗燥热不已,便对妻子说道:老婆老婆,快去把圈里黑母牛背上的披毡揭了,不然它会热死的。他老婆喏喏着出门照办了。结果,第二天早上一觉醒来,黑母牛早已冻僵了……

瞧,足见这方天下的严寒威力。

今年8月中旬,我们参加大自然文学笔会一行的作家来到了布尔津,在这里启动开幕仪式,作家们却被这座恬静、安谧、花园般的小城倾倒。我们到达喀纳斯、白哈巴、福海,饱览了阿勒泰山如梦如幻的壮景,游历了额尔齐斯河和乌伦古河流域,在福海吉利湖乘风破浪驱向海天一线处,嗅着迎风扑鼻而来的阵阵鱼腥味,领略了阿勒泰迷人的夏天。

在1977年的夏季,我曾从布尔津县城附近的老码头横渡额尔齐斯河。应当说,从这里往西便是下阿勒泰。当时正值阿勒泰山深山冰雪消融——雪水汇入河流——额尔齐斯河涨水季节。不过,涉水时在岸边看似河水平缓,游到中流方显出它的湍急,尤其潜流的力量竟是那样诡秘。我以青春的力量搏击湍流,与潜流较量着劈出一条长长的斜线,终于似一条鱼儿游到对岸下方。

额尔齐斯河与乌伦古河的确有着一种神奇的力量。她们让早期的人类充满无尽遐思,丰富了无论是东方还是西方的神话传说内涵。被称之为历史之父的古希腊希罗多德,在其《希罗多德历史》中记载了希腊、波斯、黑海、地中海、北非、阿拉伯、红海,乃至中亚、印度历史与典故的同时,对于这一方被他称之为极北地区,只能以传说的方式予以描述。他的故事来自属于塞人的伊赛多涅斯人,也即被我国汉文献后来记载为乌孙的哈萨克先祖讲述的关于"独眼族"和看守黄金的格律普斯的故事(《希罗多德历史、希腊波斯战争史》,上册,王以铸译,商务印书馆1985年版),并把这些"独眼族"称之为"阿里玛斯波伊人"。当然,希罗多德坦言,这些故事他也不是直接从伊赛多涅斯人那里听来(以当时的历史和交通条件,他也无缘接触),而是从斯奇提亚人那里听来的。他说斯奇提亚人又被称为撒卡依人(即塞人,亦作塞种人),因为波斯人是把所有的斯奇提亚人都称为撒卡依人的。显然,这一方土地给地理学尚未形成的早期人类,留下了充分想象的空间。而在希罗多德之前的五个世纪(公元前9世纪),荷马在其史诗中也有对于极北地区的描述。

早期的人类文献充满了对未知世界的敬畏与迷惘,显现出人类智慧处于同一发育时期,对未曾涉足地域和未曾领略的族群作出种种猜测与主观臆断。包括在《山海经》中反复出现一目国、一目人,《淮南子·地形篇》也有关于一目民的记载。显然,那时便有虚拟世界……连乌伦古湖大小两湖似这一方大地的眼睛,双目照天,何况人乎。应当说,那是人类尚处于神话时代的记忆和描述。因此,在《山海经》中会反复出现奇肱国……那儿的人只有一条胳膊,却有三只眼睛,眼睛有阴有阳,阴在上,阳在下;柔利国……那儿的人生就的一条胳膊一条腿,膝盖是向外反卷的,脚心也反卷朝上,像是折了似的;一臂国——一臂国的人只生有一条胳膊,一只眼睛,一个鼻孔;三身国——三身国的人长着三个脑袋三个身子;鬼国——鬼国的人都只生一只眼睛。如此这般神奇描述。但是,无论是东方或是西方的讲述者,他们都对这一方土地充满憧憬与念想。应当说,那也是阿勒泰山与额尔齐斯河、乌伦古河和乌伦古湖的魅力所在。

额尔齐斯河在早期汉文献中称作曳咥河(《旧唐书·突厥传》、《新唐书·突厥传》)。《元史·太祖纪》作也儿的石河;《元史·宪宗本纪》作叶儿的石河;《元史·武宗本纪》又作也里的石河;《元秘史》(《蒙古秘史》)作额儿的石河;《水道提纲》作额勒济斯河。《史集》述及也儿的石河是乃蛮人属地。乃蛮人经常与克烈王汗发生纠纷,互相敌对。后来,成吉思汗征服克烈王汗崛起,1204年春季在沆海山(杭爱山)将自阿勒泰山而来的当时强大的乃蛮太阳汗擒杀。

1206年在斡难河源头建起九游白旗登基称为成吉思汗,遂发兵复征乃蛮。成吉思汗率军越过额尔齐斯河,擒获正在兀鲁塔山狩猎浑然无知的乃蛮不亦鲁黑汗(卜欲鲁罕)。避入此境的太阳汗之子古失鲁克汗(屈出律罕)和篾儿乞惕君主脱黑台别乞(脱脱)遁入额尔齐斯河河套密林。1208年冬,成吉思汗复又越过额尔齐斯河,再征脱黑台别乞及古失鲁克汗。脱黑台别乞中流矢而亡,属下来不及掩埋其尸骨,被其随从臣仆仓促割下首级远遁而去。古失鲁克汗则躲往西辽哈剌契丹古儿汗地区(在多年以后终将被征服)。成吉思汗由此彻底奠定了在草原地带的霸主地位,开始转而征略金地。后来,成吉思汗西征期间曾驻牧于此。

1221年8月,长春真人丘处机西行至此,在水草丰美的乌伦古河畔休憩了几日,使疲惫的马匹和拉车的辕牛恢复体力。丘处机诗兴大发,连作了三首七绝:

八月凉风爽气清,那堪日暮碧天晴。欲吟胜概无才思,空对金山皓月明。

金山南面大河流,河曲盘桓赏素秋。秋水暮天山月上,清吟独啸夜光球。

金山虽大不孤高,四面长拖拽脚牢。横截山中心腹树,千云蔽日竞呼号。

丘处机是1220年2月上旬从山东出发,途经元大都、张家口、野狐岭,一路建观、布道、赋诗而来,要去面谒西征征程中的成吉思汗。成吉思汗此时已年过六旬,虽霸业已成,恐怕是在担忧人生苦短,思忖如何延年益寿,长居龙位大业。此时,后来的侍臣刘仲禄向成吉思汗以箭矢传书推荐丘处机,称他活了三百多年,似乎暗合龙意。于是,1219年5月刘仲禄从乃蛮国兀里朵(乃蛮太阳汗故宫)出发,续行四个月,于8月间颈上悬挂镌有"如朕亲行,便宜行事"的虎头金牌,越过黄河寻见丘处机,传旨敦请。而成吉思汗正是途经太阳汗故宫在所,一路西征而去。

其实,在刘仲禄之前,后来活到一百一十八岁的札八儿火者受成吉思汗之命把隐居昆仑山（即胶东半岛的昆嵛山，也作昆仑山，今属烟台市）中的丘处机请出，《元史》关于丘处机的记载，也就仅此而已。

当时，蒙元、金、南宋三足鼎立，此前，金宋使臣交替去请丘处机未果，而刘仲禄作为使臣进入金宋交错之地山东诚邀丘处机，竟欣然应允。于是便有了后来的三载万里之行。

似乎这位谦称自己为山野之人的长春真人迢迢万里而来，竟是为了在成吉思汗面前道一句真话。当1222年4月5日成吉思汗在铁门关外阿姆河以南的行营里垂问入见的丘处机：

"真人远来，有何长生之药以资朕乎？"

丘处机回答得十分诚实："有卫生之道，而无长生之药。"

应当说，成吉思汗心悦他的这种诚实回答，遂下谕旨，对丘处机"自今以往，可呼神仙"。

看上去，丘处机西行东返，来去三年多（实跨四个年头）光景，似乎就是为了向成吉思汗禀报这一天机。

之后他们多次交流，丘处机向成吉思汗布道，道出了真谛："陛下春秋已入上寿之期，宜修德保身，以介眉寿。"并建议在河北山东之地减免税负三年……

丘处机东返时，于1223年4月末自西路（现今塔城一带）途经阿勒泰山下乌伦古河畔驿站。不过，他此时行色匆匆，未予赋诗，直奔三日行程之外的阿不罕山栖霞观而去。自丘处机东来至此，克烈人镇海相公（右丞相）一路往返护送。现在，他将丘处机平安送出镇海城。

对于这一段几近尘封的历史，乌伦古河是默默无声的见证者。

1221年和1223年，南宋也派遣使者苟梦玉前往大都谒见太师、国王木华黎处请和。继而前往铁门关拜谒成吉思汗，试图为南宋谈判,赢得一方安宁。他也是沿着这条道来去的。当然也在乌伦古河畔饮过坐骑。应当说,中原王朝但凡在长安或汴京建都之时,均沿古丝绸之路西出阳关而行;若在北京建都,便要通过北路沿此道西行。乌伦古河便要成为必经之地。而在此前1220年至1221年间,金主遣乌古孙仲端奉国书到铁门关欲与成吉思汗乞和,亦是与苟梦玉同行路线——先去大都谒见太师、国王木华黎,留下副官安延珍在木华黎处,一路西去谒见成吉思汗。当然,乌古孙仲端的乞和要求遭到断然拒绝。

《元史·太祖纪》精彩记述这一历史片断:

> 帝谓曰:"我欲向汝主授我河朔地,令汝主为河南王,彼此罢兵,汝主不从。今木华黎已尽取之,乃始来请耶?"仲端乞哀,帝曰:"念汝远来,河朔既为我有,关西数城未下者,其割付我,令汝主为河南王,勿复违也。"仲端乃归。

当然,最终金朝宣宗和末代皇帝哀宗并未做河南王,然而金朝在1234年的确在河南之地终结。

其实,关于乌伦古河和乌伦古湖的记载,早见于中外文献。对乌伦古河刘郁《西使记》作龙骨河,亦即《元秘史》兀泷古河,徐松《西域水道记》作乌隆古,也就是今天的乌伦古河。

对乌伦古湖《元秘史》作乞失泐·巴失海子。《亲征录》、《元史·太祖纪》作黑辛八石,《元史·郭德海传》作乞则里八海,刘郁《西使记》作赫色勒巴实。《史集》汉译本根据原文(qizil-bas)译作乞失泐·巴失,《卡德尔哈里史册》曰"Кызыл бас"。此湖名为突厥——哈萨克语"红头"之意,得名于该湖所产的红头鱼。哈萨克语中的布伦托海意为灰色河套林地,其实指的是乌伦古河汇入湖水之前的河套次生林,后来延伸为地名。而乌伦古湖又分上游小海子,称吉力库利,哈萨克语词义为暖水湖,下游大海子乌伦古湖,哈萨克语词义为浩森水泊。福海之名其实产生得很晚,直到1942年才被命名为福海。

阿勒泰山、额尔齐斯河、乌伦古河、乌伦古湖经历的太多太多。当所有的日日夜夜过去以后,千百年来哈萨克人依然祥和地生活在那里。《阿嘎加依》即故土,他们传唱着这首歌,还将在阿勒泰山、额尔齐斯河、乌伦古河和乌伦古湖畔一代代幸福地生活下去。

(原载《清明》2011年第2期)

风 吹 歪

耿 立

一些素朴的东西,就是身边的东西,比如,雨水、泥土、棉布、木制的玩具、乡野的戏曲、街头的烤红薯、叫卖的路边的青菜。但很多的人不知道,你知道几种野草的名字?那些被学名遮蔽的东西,一些动植物的方言的称呼,你压根儿不知道或者失忆了,也许藏在你血液的深处,一些偶然的梦呓,嘟囔出的恰是久已忘却的东西,但已和你没有关联。

就如风,你知道什么?庄子所述说的风叫,那种形态你又知晓多少?他借方外人之口说出了风的隐秘,风来了,似乎能听见千千万万个窍穴随风怒吼,山林间凸凹不平之地,百围大树上的窍孔,似鼻、似口、似耳、似枅、似圈、似臼,有的像池沼,有的像泥坑;这些窍穴发出的声音,有激者、谪者、叱者、吸者、叫者、譹者、宎者、咬者,如湍急之流水,似飞鸣之箭矢,如怒极之气喘,呼吸声,叫喊声,号哭声,沉吟声;前面之风怒吼,后面之风共鸣。微风掠过,窍穴轻柔唱和;飓风肆虐,则万窍振音;风停则万籁俱静,如同消失一般……(这是我喜欢的文字,文气畅沛,势如利刃破;风在前者唱于,而随者唱喁;泠风则小和,飘风则大和;厉风济则众窍为虚;也许庄子就是一乡村的百无聊赖者,整天琢磨庄稼之外的事情,然后在竹简上涂抹。)

有时我想,自己应该被凿子凿出七个孔,风来相激,呜咽作响,是风中的肉笛。是啊,一有风世间的一切都有了改观。本是匍匐在屋檐的炊烟,风能把它扶直,风也能把它搅乱。

确切地说炊烟使乡村有了某种意境,虽然这对牛羊来说是费解的概念,但黑黑浓浓的傍晚炊烟仿佛是一群墨猪,但就是风的悬腕稍一抖动,那就使浓的地带开始稀释成淡墨,开始有了飞白,虚中孕实,实中含虚,这是宣纸永难臻化的。比如平齐的麦穗,一个个隐藏在水平的如剪刀理过发一样,只是麦穗的集合,却难辨一个独立的个体,所谓只见麦田,不见麦穗,但你如若站在一个小坟包,远远看见平齐的麦田有了动感,开始起伏,如波纹,亦如一个腿瘸的农人,一脚高,一脚低,慢慢走到你的眼底,还如水面,风乍起,其实是风把小鸭赶入水,那池水皱了,但就是这吹皱的水面,干卿啥事?但我说这是和我们相关的,你知道了风来了,风就是这样透过草动,透过水的折叠,透过炊烟的写意,透过荷塘里荷叶抓住自己的裙子的那种羞涩,把风的姿态呼吸腿脚心跳传递给了我们。

不要说风是温吞的,没有脾气,它可以主生,亦可主死,麦子刚刚灌浆,一场东南风,它就如孕妇腰围扩大一圈,但连续吹上三天三夜的东南风,麦子就开始黄焦,但麦子不死,它要分娩,但这生死的转换,都是因了风的缘故。

是啊,人呢,风中的人呢?当我接到父亲病倒的消息时,我匆匆赶回平原深处的木镇,父亲躺倒在乡镇医院的病床上,病情稳定,医生说没事。只是老年人,走着走着脚下没根,就跌倒在街道,然后就被我的堂兄叔侄送到了医院。

乡镇的医院没有电扇,闷热得像蒸笼,也已七十岁的母亲在父亲的病床前像是打盹,手里的蒲扇有一搭无一搭地摇着,苍蝇乱飞;母亲累了,我只是轻轻坐在母亲的旁边,不忍心惊扰她,躺在病床的父亲见了我,枯瘦的脸上肌肉动了一下,然后归于平静,老人费力地用手拍拍床沿,示意让我坐在他的身边。

父亲是个富于劳作而吝于语言的人,我常常见他坐在屋檐下,一晌一晌的,背后是一串串的辣椒和玉米棒子,风一吹,如红的黄的火焰,而父亲则沉默如一截木头。偶尔,父亲会小声嘟哝一句,起风了。那时,起风在父亲看来是天要变的意思,于是他手里就拿起农具在变天前把要干的农活做完。

父亲在街道走着,起风了,他准备把家中晒的麦子收拾起,谁知天并没变,风只是胡乱吹一下,父亲就突然病倒了。当我赶到医院时,已经失语的父亲吃力地比画着:他要回家,风起了,麦子还没有在院子里收起,他怕邻居家的猪拱了鸡刨了,一辈子吝于语言的父亲,当他不能完整表达自己的意思,老天把他最后的语言也要剥夺了,我第一次发现寡言的父亲用另一种语言:落泪来表达自己的绝望。那泪如潮气渐渐地从老人深陷的眼窝里渗出来,然后在眼角凝成一滴,然后慢慢地变成一根棉线落下。

就在父亲住进乡镇医院的当天夜里,却刮起了一场平原罕见的大风,接着是大雨滂沱,在雨声中,我看到病床的父亲焦躁,浑身乱动,呼呼喘气。

父亲是想到了什么?这样大的风,我在记忆中搜寻,我不知道多少风和父亲关联,但有一次我和父亲遇到的黄风,却使我铭刻终生。

还是在完小读书的时候,是十岁的模样,是平原的农历五月,父亲用地排车拉我到离村五里的洼地割麦子,其实,我只是父亲解闷的一件农具而已,根本不会割麦子,看着父亲弯腰割麦的动作很协调,一下一下富有节奏。我也试着割了几下,但最后扔下镰刀,到远处追野兔去了。到了中午,吃下父亲带的食物,我就瞌睡起来,父亲用地排车为我做了个床,用衣服做了个伞棚,就扎进去睡。不知到了什么时间,天灰蒙蒙的,迷蒙中感到父亲在拍我,睁眼爬起来,西边的天是黑的,可能是半下午了,天是出奇的闷。父亲已经把割掉的麦子捆成一捆一捆的麦个,全弄到了地排车上。"快起来,要起风了。"父亲对我说,不知何时,西边的黑色云彩已到了头顶。

"回家吗?爹。"

"有大风,要快走哩。"

我跳到车厢里,帮父亲压车,一会儿麦个整整齐齐码上了车,像山一样也如一个霸道的刺猬。然后父亲在车辕子旁拴上一根绳子,说,"拉个偏套。"在父子两个对话的时候,天似穹隆,也似头上覆盖了一块浊黄的幕布,空气中混杂的是鱼腥味道,河流不见了,太阳不见了,鸟儿恐惧而尖利地聒叫,我突然感到天大极了,人小极了,天地间,一种父子被造化抛弃的恐惧,回头看父亲,父亲的脸,是那样木然,也许是茫然得不知所措。

"爹,你看!"我惊叫一声。

在我们割过的麦地的上方,突现了一个巨大旋转的圆柱,呼啸着拔地而起,直贯天地,黑色混合着黄色,黄色里杂着草叶、土块,尖叫着旋转,旋转着尖叫,直逼着我们收获的麦垛车而来,有树枝的断裂声,有野兔的扑地声。

"我们走,这是黄风。"

父亲驾起车,弯下了腰。我把身子尽量前倾,双脚如动物的利爪抓地,把偏套绳拽得直直的,父子俩钻进了风里。两个耳朵像塞了棉花絮子,听不到外面的声音,眼睛也如磨道的驴子被遮上了黑布,望不到外面的事物,只感到有两个大嘴巴对着耳朵呼喊,脑袋急遽地张大,脑袋里如蜂箱嗡嗡炸响。风像要把我的腿托起来,也像有只手揪住我的头发,把我提起来抛到半空。

"爹——!"我在风里狂喊着。其实那只是给自己壮胆,人的声音在自然面前接近于虚无,我感到肩上的绳子还是那样紧紧地勒着,在我的身边有车辕,这使我感到父亲真实地还在。

然而,砰的一声,那声音出奇地大,大到我不能相信,刚才还哆嗦的车,一下子失去控制。父亲本在车辕里驾车,由于风的扭扯,挂在父亲肩头的车袢突然断裂,我感到父亲的踉跄,咚的一下,父亲重重地跌在地上,接着是风中的我趴在父亲的身上,父子叠加在一起,我们的麦垛车,麦垛车上的麦子被风扬起翻滚,我感到肩头的绳子像刀子一样划过我的脖子,然后绳子断开。

不知是多少时间过去,风减弱了,我看到了最不愿看到的一幕:父亲满脸是血,额头、面颊、嘴唇,不知是哪个地方都出血,我吓得哇哇大哭,紧紧地贴着父亲。

"爹,麦子。"

车翻在路旁的沟里,车轮在转,麦子像饥饿的蝗虫扑过一样,连一片叶子也是多余,大地上不见一穗麦子,空旷得让人不知如何面对。风过去了,父亲把车子弄出来。

风过后,天地间一派宁静。父亲脸上的血也凝固了,这时夕阳也出来了,斜的光线照射着父亲,父亲手里握着断了的车袢,我扯着父亲的手,父子像一尊青铜。

那次大风把我家三分地里的麦子全部吹走,这一茬的庄稼归于荒芜,父亲播种、除草、浇水,最后连种子也没留下一粒。

父亲躺在医院的病床上,医生一不在,他就悄悄下了床,一只手扶着墙壁,一只手随意甩着,在长长的走廊下艰难地练习走路。父亲听到医生给我说话,血压正常、心脏正常,也能吃能喝,也没检查出什么毛病。平原的人把心里没病,能吃能喝,看成是健康。父亲一直闹着早日出院,家里的麦子虽然收获,但还没有在日头下把潮气晒出把虫卵晒死,在老年,父亲还是执意留下三分地自己种,他说庄稼人一看到土地,一看到庄稼,有点小病小灾也会立马就好,如果一天不看到土地庄稼,那他心里就憋得慌。他说,庄稼人,就是人是庄稼,庄稼是人,只要人朝庄稼地里一蹲,见一见风,手里握一把土,那土染黄了双手,那一节一节的地气就接通了人的血脉,那还会有什么病不会好呢。

父亲说犯人还叫放风呢,他躺在医院里不见风,不见光,看不见泥土,那要不了几天,就会死去。用机动三轮车把父亲接到家里,在路过自己的三分地的地头时,父亲问我,还知不知道,多年前的一场风把我们三分地的麦子刮得一干二净?父亲还记得,我当然记得,父亲执意让侄子把机动三轮车停下来,他要亲自踩着用脚接接地气,用手感受一下泥土的体温,父亲吃力地蹲在地里,然后用手插进泥土,然后拿起一块土,对着太阳看一下,说:再种最后一茬。不知那些草是否听到了父亲的私语,这也是他们交流的一种方式啊。

我痴痴地望着父亲,心里倏然一动,接着又是一下。我想,这最后一茬是他与土地的约定吧,庄稼人就是与土地签订了一辈子的生死契约,一辈子不离不弃,在土里刨食在土里埋葬,等到那一天来临的时候,就如风把庄稼吹走。但当人下葬的时候,总有灵魂对早已播种在地下的种子说,挤一挤身子吧,给我留一点空,这样暖和。

等第二年春风吹起的时候,种子会绿,菜园四周扎起的篱笆也会吹绿,但人再也不会发芽。父亲又种了一茬麦子,但没等到收获,连大风刮的机遇也没碰到,在接近年关的时候,父亲又一次走着走着,在街头倒下了,这一次,走得安详。但我不相信父亲无病无灾,就一再追问父亲的病,医生答不出,最后,我要过父亲的病历,在那上面,医生用歪歪扭扭的字写道:人被风刮歪,无疾无患。我知道,歪,在平原就是倒的意思,这是一个方言词汇,在这方圆五十里通行。

是的,风把父亲刮歪了,先是刮歪了他的头发,后是他的牙齿,后来一天在街道走的时候,一阵风就把他整个的人刮歪了。

(原载《红岩》2011年第2期)

少年纪事

肖克凡

一个梦境

上世纪60年代初,我报考坐落在我家附近的一所著名小学。这所小学对面的深宅大院正是末代皇帝溥仪逃往满洲之前的"行宫",常年大门紧闭,好像盛着无数谜语。

这所小学的考生百里挑一,入学考试严格。记得面试老师问我"一个木块有几个面儿"之后,话题一转问我国家主席是谁。

不等面试老师话音落地,我脱口答道:毛——泽——东!

我被这所著名的小学录取了,并被指定为一年级五班的班主席(就是如今的班长)。我敢断定,这次"提干"与我准确无误流利响亮的回答有关。毛泽东永远也不会知道在六亿五千万子民里,有一个七岁半的小男孩进入那所全市著名的小学读书并且荣任班主席,与他有关。

东方红,太阳升。新中国的孩子一落生,伟大领袖的光芒便照耀在我们的襁褓上。即使远离北京,我们时刻都感觉到他老人家的存在。

毛泽东挥动巨手,新中国向前迈进。他的语录响彻我们的耳际。他的画像充满我们的视野。他是中国有史以来最为家喻户晓而又无所不在的伟人。在我心中的名人辞典中,或亲或疏,或远或近,毛泽东的名字今生不会删去。无论怀着何等感情都无法将他的名字忘记。

由童年而少年,由少年而青年的漫长成长历程中,黎明即起,既昏便息,无数个夜晚就这样逝去。我的青春期睡眠很好,却不多梦。因此我颇为羡慕睡眠多梦的同伴们。我缺少梦境记忆,因此从未梦见过毛泽东。即是在"抬头望见北斗星,心中想念毛泽东"的文化大革命岁月里,我也从来不曾在梦中与这位伟人相见。

然而,我还经历了一次与毛泽东有关的"反标"事件。

公元1968年我们已经升入中学。突然接到通知必须回到当初的小学校举办学习班。原来,三年前在我们班的教室里出现攻击毛主席的"反标"。不知何故三年之后学校当局才着手破案。空气显得非常紧张。

教室前方挂着一幅毛泽东画像。他的目光,注视着我们这些因涉嫌"反标"而心悸神慌的孩子们。坐在小学教室里,我抬起头来向前望去。今生今世我都不会忘记与毛泽东对视需要多么大的勇气。只是那一个瞬间,我从他目光里看到一种慈悲。我的眼窝里立即涌满了泪水。

当时流泪的原因至今我也说不清楚。我只知道当时的毛泽东是我们的"精神之父"。孩子见到家长当然感到委屈。

那次"反标"审查不了了之。多年之后也没有听到破案消息。后来,我终于梦见了毛泽东。那时候,他老人家已然逝世。

那天,我是凌晨时分上床睡觉的。大约寅时我进入梦境。我在梦里居然进入了毛泽东的住所。我认为那是中南海,因为他老人家毋庸置疑地住在那里。

一间很大的屋子。给我留下深刻印象的是那四面朴素的墙。如今在我们的生活中很难见到这种没有人工装修痕迹的墙壁了。

大屋子的迎面墙上,我竟然看到因泛潮而渗出浅浅湿痕。毛泽东坐在那面墙下的宽大藤椅里,谈笑风生。他的形象,正是建国初期年富力强的毛泽东。

这是真正的毛泽东。他无须任何修饰,身后背景也只是一面普通的墙壁而已。我们一行十几个人围坐在他的近前。这个场面好比当年歌中所唱的那样:"毛主席啊,您是那灿烂的朝阳,我们是葵花,静静地围绕在您的身旁。"尽管如此,毛泽东的平易丝毫也没有使我感到紧张。空气使人觉得清新。

毛泽东谈了很多,湖南口音非常响亮。他不停地打着手势,很轻松也很家常。后来,他缓缓站起身向我走来。我不知如何是好。他伸出一只大手轻轻拍了拍我的手背。我慌忙站起挪开椅子。

原来我身后是一扇又宽又大的木门。毛泽东径直推开那扇木门走到里边去了。我们就期待着他再度出来。然而他再也没有走出。

醒来时候,我躺在床上一动不动保持着梦中的状态。我觉得毛泽东已经成为天堂里一尊充满人格化精神的神。进而我想到,凡是成长于毛泽东时代的人,在今后时日里大概都有机缘在梦国与他对视。

这就是我的青春期里的一个梦境——她被格式化,存盘在我的青春记忆里。

青春期的表哥

"节粮度荒"的第二个年头,我和从唐山来的表哥走在绿牌电车道上。那时候的天津滨江道被称呼为两段,从劝业场到法国教堂桥叫绿牌电车道,从劝业场到解放路青年会叫蓝牌电车道。绿牌电车道比蓝牌电车道更为繁华。

深秋季节里,只要遇到冰棍儿表哥就买。他只啃食冰棍儿顶端冻结着的三五颗赤豆,然后随手扔了。就这样走到劝业场他竟然啃食了六根冰棍儿——总计吃下二十几颗赤豆吧。他很饿。那年表哥十七八的样子,正是牛犊儿猛吃草料的年岁。

路过著名的稻香村食品店,浓眉大眼的表哥买了一瓶浓橘子汁,打开瓶盖儿一扬脖子喝光了。我知道这种浓橘子汁兑水才能饮用,否则"齁嗓子"。表哥竟然一饮而尽,不怕。售货员也呆呆望着操着外地口音的表哥。

回到家吃晚饭。表哥小声对外祖母说:"姥姥,我一点儿都不饿。"外祖母叹了一口气。见外祖母叹气,表哥就顺从地端起一碗野菜粥,却一口也不吃窝窝头。喝了野菜粥,表哥朝着外祖母笑了笑。

表哥走的时候是凌晨。我被惊动醒了,躺在被窝里看着他收拾行李。外祖母反反复复叮嘱着表哥:你要小心啊,一定提防那些铁路便衣。

青春期的表哥显得十分沉着,拎起行李走了。

"节粮度荒"年代,国家几乎对所有的物资实行统购统销。于是便出现所谓的"黑市"。三姨母家的表哥正是在这种背景下开始跑买卖的。那时候铁路管理严格,对长途贩运者的制裁非常严厉。三姨母家的表哥铤而走险涉足此行,可能是为生计所迫。表哥下边还有两个弟弟两个妹妹。老实巴交的三姨父是丰南猪鬃厂工人。

表哥走了。外祖母一连几天念叨着:你表哥可别让人家逮了去啊。你表哥的亲爹就是让人家给逮了去,半夜拉出去砍了脑袋。你表哥随他亲爹,贼大胆儿啊。

我记住了,表哥的亲生父亲是被人家半夜拉出去砍了脑袋的。

几天之后的一个深夜,表哥又来了。一大早儿他大包袱小包袱地走了。看来表哥没有被铁路警察给逮了去。外祖母放宽心对我说,你表哥随他亲爹那个机灵劲儿,胆大心细。别人跑买卖都犯过事儿,他硬是没被逮着过。

临近旧历年,表哥出现了。他穿着一件黑色棉大衣,拎着两只手提包,显得活跃而老练。想起他闯过那一道道关卡,我就替他害怕。外祖母显得非常高兴。表哥是从南方回来,已经是个成熟的长途贩运者了。

表哥对外祖母说,在徐州差一点儿被人抓住,灵机一动请身边一位现役军人替他拎着那只手提包,混过了关卡。

表哥说着脱了棉大衣,身形显得鼓鼓囊囊的,之后他脱去肥大的棉衣棉裤。我和外祖母都惊呆了。

表哥的身上缠着一条又一条的猪肉。那猪肉五花三层,从腰际缠起,一直缠到胸口。表哥沉重地呼吸着,身上显得肥而不腻。

外祖母心疼地说,亏你能想出这种主意,为了挣钱多受罪啊。表哥英武地说:姥姥,这些猪肉是我专门给您带来的,过年包饺子炖肉吃。

表哥将猪肉一条条摘下来。足有三四十斤。恍惚之间我觉得这是表哥自己的肉,吓得屏住呼吸。

好啊好啊。外祖母喜得说不出话来。节粮度荒年月里谁也没有见过这么多猪肉,那心情好像雪地里遇到炭火炉子和烤红薯。

表哥只喝了一杯热水,拎起两只手提包说要赶火车回家去。他走到门口转身望着外祖母大声告别:姥姥身体好!

许多年过去了,这情景总是历历在目。表哥当时表情笨拙,用语也不恰当,我却永远记住了他对外祖母的由衷祝愿。

表哥留下的那些猪肉,外祖母将肥膘炼成荤油装缸保藏,将瘦肉腌制起来。这肉,我们小心翼翼吃了很久,为身体补充难得的营养。两年之后经济形势好转了。表哥也结束了那个长途贩运的危险行当。

后来,外祖母给我讲了表哥的身世:抗日战争时期表哥的亲生父亲是伪军大队长。年轻美貌的三姨母正是那时候嫁给他的。三姨母根本不知道丈夫的真实身份——八路军的高层情报员。一次随日本皇军进山讨伐,伪军大队长被八路军的机关枪打断了双腿。开火的八路军肯定不知道他是自己人。他拄着双拐成了一个残废,退伍了。抗战胜利,内战爆发。这个靠双拐走路的男子汉依然是共产党的高级特工。一次他拄着双拐递送情报,被捕了。国民党军警严刑拷打,他久审不供。当时正值国共和谈不能响枪,就半夜里把他杀了,说是用大刀砍了脑袋之后偷偷埋了。

外祖母告诉我说,你表哥应当算是革命烈士遗孤,可是找不到证明人啊。

听了表哥的身世,我对长途贩运的表哥愈发敬佩。而表哥亲生父亲的故事则更加震撼我,还有那一双代替双腿行走的木拐。

终于,表哥的革命烈士遗孤的身份得到确认,据说我母亲还写了证明材料。意气风发的表哥离开丰南来到北京公主坟参加革命工作,成为一名地铁建设工人。表哥参加修建的地铁就是如今的北京地铁二号线。

多年之后,表哥在京山铁路的一个小站当了站长。据说他经常不动声色地站在检票口,一眼就能看透那些衣冠楚楚的走私者。

时光已将表哥包装成一个英俊精明的中年男子,而表哥在我心目中的形象却永远是那个朝气勃勃奔走于天南地北的小伙儿。

一个人的漫游

公元1969年初春,有人借给我一张城市公共汽车月票,说是可以随便乘车。我随即怀揣这张"通行证"登上3路公共汽车试了试:堂而皇之上车,堂而皇之下车。果然共产主义。于是心中窃喜。

以前我乘坐3路公共汽车,也有几次不花钱买票的经历。那是因为我父亲的朋友穆伯伯是这条线路的驾驶员,有时我巧遇到穆伯伯开的车,他便扭身回头对售票员说那孩子不用打票了。如今回忆,我的占公家便宜的生涯从那时开始,起步还是比较早的。

其实,我手持别人的月票乘车是不可以的,因为公共汽车月票上贴有照片只限本人使用,绝对不许转借。我的一路畅通无阻,完全是因为"文革"期间社会动乱,毫无秩序可言。售票员面对我这样的半大小子,肯定不愿意多管闲事。于是我几试不爽。

有一天我乘坐有轨环城电车,在西南城角被女售票员指出"你的汽车月票不能乘坐电车",于是我补了票,两分钱。这时我终于知晓,四元钱的月票是可以乘坐包括有轨电车无轨电车在内的各种市区公共交通车辆的。三元五角的月票则不行。

于是,从四元钱与三元五角钱的两种不同月票开始,我渐渐从无知走向有知,少了几分莽撞。

非法使用了几天月票,我恋恋不舍还给人家。然而,这几天的手持月票逢车便乘的经历,给了我养尊处优的误导。这好比骑过自行车的人便不再安于徒步行走——我暗暗向往着拥有自己合法月票的日子。毕竟一张月票能够使我进入随意漫游的生活,一座城市任我往来。

当年夏天,十五岁半的我终于攒足了四元人民币,内心蠢蠢欲动。那时家庭人均生活费低于八元便符合"吃补助"的条件,孩子上学可以免除学杂费。四元钱无疑可以称为一笔袖珍版巨款。因此,我不敢告诉祖母花四元钱买了一张劳什子月票。假若她老人家知道爱孙花四块钱"漫游",一定满脸疑惑地问我:宝贝儿你疯啦?

如今回忆,我的涉足奢侈品消费领域,正是从这四元钱购买城市公共汽车月票起步的,这足以跟当今的"月光族"摆老资格了(三年之后我又奢侈地花七十二块钱买了一双冰鞋)。

有了这张合法的月票,我理直气壮地开始了城市漫游生活,疯狂地乘坐各路公共汽车,包括有轨电车和无轨电车。我暗暗发誓"走遍天津",将市区所有公共交通路线"一网打尽",争取做到"提起天津卫就没有我没去过的地方"。

那时候天津市区面积没有如今这么大,"体院北"是一片稻地,南开文化宫以南是水坑连着水坑,天津宾馆周边是菜园。尽管市区面积不大,我还是想走得更远,去体验一个完整的城市。

我到达李家园,到达南大桥,到达中山门,到达万柳村,到达宜兴埠……我看到学校、商店、工厂,还有我并不熟悉的近郊农村。见到了陌生事物,增长了很多见识。那时还没有到达小海地和张贵庄的市区公交线路,尤其天津市区南端给人以扁平的感觉,似乎到水上公园为止了。

经过多方了解,我得知的市区公交月票最北端可以到达汉沟,那是京津公路上的一个镇子。尽管我四岁那年去过北京,首都的方向依然对我充满吸引力。我兴冲冲乘坐4路汽车到达东北角换乘18路,到达18路引河桥终点站,换乘21路到达终点站汉沟。当时的汉沟比较荒凉,只有几座大工厂烟囱陈列在远方。我在京津公路边愣了一会儿,便匆匆返程了。

天津究竟有多少路公共汽车呢?这一直是我漫游路上思索

的问题。问了几个大人,都不知道。乘车问公交司机,也说不清楚。后来,我依次从1路公共汽车乘坐到25路,以为这是天津的全部公交线路了。

一天我乘车经过佟楼,这里是大革命时期彭真领导"五村反霸斗争"的地方,他当时化名傅茂公。我心里想着革命老前辈,无意之间看到一辆写着"26路"字样的公共汽车疾驶而去,不由大喜。

我下车跑步追赶26路公共汽车,果然在德才里找到它的车站。我犹如哥伦布发现新大陆,乘坐26路一路向南,兴冲冲到达它的终点站——黑牛城村。

我站在黑牛城村终点站,望着眼前一片西红柿菜地,兴奋不已。我终于全部乘坐了天津市区公共汽车路线,那心情好像中国工农红军长征胜利抵达陕北。

三十一天的月票到期了。我也完成了自己的"漫游之旅",蓦然之间感觉自己长大了。在此后一段时光里,我以"天津地理通"自居,经常站在大街上为外地人指点迷津。

由于"漫游之旅"喜获丰收,我总以为自己比别人知道得多,平添几分自负心理。长大成人之后懂得"世界很大"的道理,便力求谦虚谨慎了。

在以后的岁月里,天津这座城市不断扩展,市区版图不断更新。如今,一纸月票也改为"城市卡"了。

我以四元人民币换来的一个人的漫游经历,如今看来还是物超所值的,而且颇有增值趋势。因此,我将这张"月票"珍藏心底了……

朝鲜维尼龙与日本尿素

计划经济时期譬如"文革"之前,天津市对城市居民发放

"工业券",顾名思义就是用于购买工业品的票证。我记得买一双劳保式白线手套要一张"工业券",好像买手表也要。一块"东风快摆"手表一百二十元,外加若干张工业券。

"文革"期间发放"纺织券",它的作用与工业券相似,主要用于购买纺织工业品。有时候购买某种工业品,"工业券"与"纺织券"可以混用。"工业券"出现得早,它是"纺织券"的哥哥。

任何一座城市都是这样的,天津也有"黑市"倒卖"工业券"和"纺织券",这种交易手段跟倒卖"粮票"一样,以钱易券。机警的贩子们稍有不慎即被公安人员围剿,有的被捉去,有的逃逸。

那是公元1968年,中国从朝鲜进口一批"维尼龙",这是我继"的确良"之后见到的又一种非纯棉纺织品。这种朝鲜维尼龙被制成裤子上市销售,一时间成为革命年代里的时尚。

所谓朝鲜维尼龙制成的裤子,都是蓝色的。然而蓝色又分为两种,一种泛"红头儿",一种泛"灰头儿"。好像后者的颜色更受欢迎。

当时的中国人没有见过这种面料,加之衣着朴素多年,随之形成"朝鲜维尼龙"的抢购风潮。购买这种裤子除了交钱还要交"纺织券"。我记不清买一条裤子收几张"纺织券"了,好像是一张,或者是两张。如果你没有"纺织券",交"工业券"也成。

很快,市区商场的朝鲜维尼龙裤子售罄,包括百货公司和劝业场。人们只得转向郊区供销社。那是公元1969年初春,我的同学国平想买一条这样的裤子,可惜下手晚了。他跑遍市区处处脱销,让我陪同奔向近郊寻找货源。

国平骑一辆二六型飞鸽牌自行车,驮着我前往李七庄。那时候出于地缘关系,天津和平区的孩子往往认为李七庄是距离市区最近的农村。

国平骑的自行车是他母亲的。他母亲是天津卷烟厂职工，几年之后患病去世了。一个十五岁的小屁孩儿能够骑着家长的自行车外出，当时很风光。我则以骑马的姿势坐在自行车"后椅架"上，享受着"二等"待遇。

来到坐落在纪庄道上的李七庄供销社，就是如今快速路旁边"天域大酒店"一侧。我们锁了自行车跑进店门来到服装柜台前面，同时"啊"了一声。

好啊，这里果然还有尚未售罄的朝鲜维尼龙裤子。国平作为消费主体当然比我还要激动。他迫不及待地掏出人民币和"纺织券"，那满脸恳切的表情不亚于向绑匪交纳保全性命的赎金。

如果我没有记错的话，当时一条朝鲜维尼龙裤子人民币七块八。这笔钱在四十年前绝对不是小数目。一个生活困难的家庭如果申请"吃补助"，每月生活费人均不得超过八元。由此可见，"七块八"接近一个人一个月的生活费了。

一条裤子七块八——国平的这次出手购物，无疑具有几分袖珍型富豪的气概。我只得默默羡慕。

李七庄供销社只有泛"红头儿"颜色的裤子，没有泛"灰头儿"的。使得这次郊区购物略显美中不足。然而这总比没有要好得多。购物成功的国平兴冲冲蹬车驮着我以及他的朝鲜维尼龙裤子，一起返回市区了。

第二天上学，国平穿着这条凝结着中朝人民友谊的裤子走进教室，忍耐不住得意的表情，兴奋了四节课。

这种朝鲜维尼龙裤子穿着特别结实，因此符合中国人民的"万年牢"的生活标准。唯一不足就是热天穿它，扎肉。于是，中朝人民的友谊愈发刻骨铭心。

的确良小褂儿，朝鲜维尼龙裤子，尼龙袜子，这都是记忆之中的高档衣物，它代表着昔日劳动人民的时尚，也代表当时的生活亮点。青年男女谈婚论嫁过日子,往往离不开这几宗物件。

回首上世纪70年代初期,我国从日本进口一批尿素。这种尿素的包装袋子竟然是腈纶的,正面印有日文汉字"尿素"二字。那时候的腈纶属于罕见面料,品位不低。于是,有人独出心裁将这种化纤织物做成裤子穿着上街,而"尿素"二字巧妙地赶在后腰部位,不为人见。

据说,有人穿着这种裤子横过马路,由于掉了东西猫腰去捡,不慎露出后腰的"尿素"二字,当众出丑。这种窘迫的遭遇,已然随着时光流逝而淡忘了。

当年的朝鲜维尼龙与日本尿素袋子做成的裤子,毕竟记载着一段城市生活的清贫时光,于当今近乎笑谈——甚至可以成为茶馆相声的素材了。

生锈的冰刀

我初中毕业时是一棵身高一米八三的"豆芽菜",体重五十三公斤。这棵豆芽菜命运不错,适逢"文革"期间却没有"上山下乡",反而被分配到郊区一座国营工厂当工人。天宽地广了,我却觉得现实生活过于平静,难以满足自幼形成的"英雄情结"。那时候,我的生活分裂为两部分,一是经常在工余时间阅读唐诗宋词和外国小说,好像渴望有点儿文化;一是偶尔在工厂里跟别人动手打架,好像向往热血沸腾的野蛮世界。于是,人就显得挺矛盾的,总之不甘心于平庸的生活。

十八岁那年,我每月工资人民币十八元,竟然敢花七十二元钱去买一双冰鞋。记得那是黑龙牌跑刀,高赛鞋。我是平民子弟,却用自己四个月工资,过了一把贵族瘾。这在20世纪70年代初期,基本属于"狗少"性质,完全不具备无产阶级革命事业接班人的资格。

自从有了这双冰鞋,我几乎天天出现在冰面上,风雪无阻。飞驰在冰封的湖面上,我觉得自己颇有几分英雄气概。对英雄的向往使我很少产生谈情说爱的念头。回忆起来,拥有冰鞋的年代里我天天与男孩子混在一起,尽显英雄本色从而形成个人历史上"异性空白时期"。那毕竟是一个革命的时代——不谈爱情。那时期我有一个重要的朋友——Z。

我与Z形影不离。从小学到中学我与他都是同学,甚至同桌。进入工厂分配在同一个车间。我俩之间除了文学,可以说爱好处处相同。Z身高一米八,是个体育通才,游泳跳水,双杠举重,羽毛球篮球,无一不精。

Z见我买了冰鞋,不言不语也去买了一双。我俩的冰鞋唯一不同之处就是颜色。我黑,他栗色。从此,每逢冬季我与Z天天背着冰鞋上班,下班就去滑冰。因此遭到共青团批评,说是小资产阶级生活方式。

那是一个隆冬的清晨,上班途中我与Z走进一家早点部。记得我刚刚找到座位就听见嘭的一声。我转身细看,一个人已经被Z一拳击倒。战争爆发得如此迅速,我被惊呆了。这时又有人扑向Z,形成三打一的局面。我不知从何处借来几分勇气,拎起一只凳子扑上前去。到处都潜伏着对方人马。我拎起凳子之际背后飞来一拳,打在我的左眼上,顿时视线模糊。

炸油条的和盛豆浆的两员大汉同时赶上前来,将敌对双方拉开。

我渐渐恢复了视力——看到Z的右手已经肿胀成馒头。这是他挥拳击打对方的后遗症。我俩彼此询问了身体状况,均无大碍,便埋头吃了起来。那时候我们每天晨练都要跑五千米,早餐进食量大得惊人。

狼吞虎咽,吃到中途,Z低声告诉我,早点部外边来了很多人。

我回身朝着冬季的窗外望去。果然,大约来了一个排兵力。那时候我与Z都是十九岁的青年,而我们的敌人也是相仿的年岁,正是火气冲天的"青春期"。

看来是走不脱了。"文革"期间大街上经常出现斗殴场面,绝无警察前来管制,接近无政府状态。我知道无法依靠政府,便没了食欲,扭脸看着我的朋友Z。

Z揉着肿胀如馒头的右手,做着冲杀之前的准备活动。至今我也不曾见到第二个像Z一样大战之前宁静如水的小伙子。我知道强冲强杀是不行的,心里开始发愁。

我看见那四只摆在桌上的冰鞋。二十多年前,它在寻常百姓心目中绝对属于奢侈品。就如同前些年大款们手中的"大哥大"。

就在这样的危急时刻,文学解救了我。这也是我记忆之中文学能够给人以实惠的唯一例证。身陷重围的我想起了法国作家维克多·雨果,想起他老人家的长篇小说《九三年》,想起《九三年》里有一个章节"语言就是力量",那位身处险境依然口若悬河的保皇党人名叫朗·德纳克。

这位朗·德纳克已经被革命党人俘获,他站在船头滔滔不绝地讲着,竟然讲得对方纳头便拜归顺了他。

Z不喜爱文学,当然不知道我的心思。Z已经吃得很饱,镇定自若准备搏斗。

我想出"冰刀加口才"的方案。当然,这方案是事后才命名的。当时我知道国际上有"胡萝卜加大棒"政策。我一手握着一只冰刀,轻声告诉Z,我在前你断后,没有我的招呼千万不要动手。我心里知道,冰刀一旦成为凶器,后果绝对不堪设想。

Z点了点头,我心里踏实了。Z虽然不懂文学,但他是迄今与我配合最为默契的朋友。篮球场上,我是中锋,他是右前锋,总共打了上百场比赛。这些年我心里总是想,Z要是一个作家多好,我在文坛上就有真正的朋友了。

我在前,Z在后,依次走出早点部大门。敌人立即将我们团团围住,不下三十多人。他们人人手中不是拿着石块就是握着棍子,自愿退化为新石器时代的斗士。我与Z手中的金属使对方不敢靠得太近。大战一触即发。

我和Z走到自行车近前,互相掩护着,打开了车锁。看见我们那两辆漂亮且一模一样的"凤凰",对方立即将我们包围了。

我模仿着朗·德纳克大声问道:谁是你们的头头儿啊?

对方阵营沉默了一下,终于走出一个身材粗壮的小伙子。从体形上看我断定他是业余举重选手。这位举重选手表情镇定。我的心情却紧张起来。

我知道自己正在颤抖。我也知道绝对不能让对方看出我的怯懦。我做出蔑视对方的样子说:你们这么多人对付我们俩,你们算是什么英雄!

对方似乎不擅言辞,定定看着我的冰刀说,你手里不是拿着家伙嘛。

我心里高兴了,因为这是一个讲究斗殴规则的选手。我攻击他以众欺寡,他就攻击我手持利刃。我故意做出巨大规模说,那就改成明天吧,明天还是这个时间还是这个地点,你们要是凑不齐一百人就不要来了。

身材粗壮的业余举重选手听罢似乎感到困惑,毫无主张地看着我。

我慢慢悠悠推起自行车,回头看了他一眼,再次叮咛着:明天你要是凑不齐一百人,就不要来了。

我终于看到他朝我点了点头。这时,我将一双冰鞋挂在脖子上小声对Z说,咱们推着车子朝前走吧。说罢我又回头朝着那个业余举重选手说,咱们一言为定!

悠悠骑上自行车,我低声告诉Z,一定要慢骑。我知道丝毫也不能让对方看出我们举止慌张。Z却不解地问我:我们为什么要慢骑呢?

这时候我估计基本脱离险境,就大声对他说,快骑吧!快骑吧!

对方果然大梦已醒,喊叫着追了上来。可惜为时已晚。尽管业余举重选手臂力过人,他投出的石块儿也难以赶上我们的车速了。

默默骑了一段路,Z放缓车速向我问道,咱们说话算话,明天到哪儿去找一百个人啊?

我得意地告诉Z,这是为了突出重围的诈术。明天让他们在这儿白白等待吧。

Z立即停住自行车大声批判:操!肖克凡你算什么英雄?

我无言以对,就与Z默默骑了很长一段路。就这样一直骑到今天。此间我离开工厂和Z,上大学去了。

二十年后的一个下午,我在繁华的滨江道上遇见Z。他表情宁静,已届中年孑然一身。面对这位独居男子,我问他冬天还去滑冰吗。他说好几年没滑了。

这次见面,Z没有谈及往事,我也没有劝他结婚成家。我揣测,他一定怀有比我更为强烈的英雄情结。可惜如今不是产生英雄的时代了。

这就是我的性格悲剧。渴望成为青春英雄却绕道而行,表现为一种世俗的灵活。好在我并没有为此而沾沾自喜。因此,我愈发怀念Z。我由衷地希望Z能谅解我当年的怯懦。同时我也希望Z能够继续保持他对生活的真心。

至今我还保存着那双青春期的冰鞋,只是两片冰刀已经生锈了——好似涂了一层干涸的巧克力酱。

(原载《长城》2011年第2期)

羊道·夏牧场之二（节选）　　　　　李娟

茶 的 事

家里的碗大大小小十来只，但找不到两只重样的。没办法，碗是搬家途中最容易弄碎的东西，每次临行打包，扎克拜妈妈都会用几件衣服把碗挨个紧紧包了，塞入铁桶。

这些碗上都印有简陋而鲜艳的图案，有一只碗上还有"岁岁平安"的字样。有一天扎克拜妈妈问我那些字是什么意思，我想了想，解释道："就是说，每天都会很好！"

妈妈说："哦，那么天天用这个碗喝茶，就会天天好？"

我连忙说："是啊是啊！"

从此之后，每天喝茶时，无论谁用到了那个碗，都会边喝边念念有词："天天喝、天天好，天天喝、天天好……"

对于牧人，喝茶是相当重要的一项生活内容。每天的劳动非常沉重、频繁，一停下来就赶紧布茶，喝几碗茶才开始休息。来客人了，也赶紧上茶。有时候一天之内，会喝到十遍茶。

喝茶不是直接摆上碗就喝的，还辅以种种食物和简单的程序。先摆开矮桌（平时竖放在角落里），解开包着食物的餐布铺在桌上，摊平里面的旧馕块、包尔沙克（油炸果子）和胡尔图，再取出新馕切几块扔进去，再在食物中扒开点空隙，摆上盛黄油和白油（羊油脂肪）的小碟子。然后在主妇的位置摆上盛牛奶的碗、舀牛奶的圆勺、滤茶叶的漏勺。于是，整个场面看上去就很丰盛了。

如果有客人在，还会摆上装着克孜热木切克（全脂牛奶制成的颜色发红的奶酪）的碟子，再打开上锁的木箱取出一把糖果撒在餐布上。刚摇完分离机的话，还会盛一碗新鲜的稀奶油放在正中央，让大家用馕块蘸着吃。

宽裕的牧人家，还会慷慨地摆上葡萄干、塔尔糜（类似小米的杂粮）、饼干、杏子汤、椰枣、无花果干……跟过古尔邦节（宰牲节）似的。不过那些大都是装饰性的食物，表示尊敬才摆上桌的。没有人想到会拼命地去吃，只是礼貌性地尝一尝，只有孩子和老人才会随意取用。

我家呢，较为平实一些，装饰性的食物几乎没有，桌上的东西全是用来充饥的。

每次喝茶，黄油必不可少的。一小块滑润细腻的黄油和一碗烫烫的茶水真是最佳拍档，滋味无穷。在牛奶产量低下的季节里，没有黄油，我们也用白油（羊屁股上的脂肪提炼出的油）代替。才开始，我很怕那种坚硬洁白的油膏。但大家很照顾我，看我太客气，就主动帮我添白油，每次都狠狠地舀一大坨扔进我碗里。害我笑也不是，哭也不是，只好坚强地一口口喝下。时间久了，居然也适应了。再久一些，也有些依赖那股很特别的——又冲又厚且隐含肉香的脂肪气味。要知道，对于春天里清汤寡水的饮食生活来说，白油简直是带着慈悲的面孔出现在餐布上的。

至于斯马胡力他们直接把羊油厚厚地抹在馕块上吃——我就不能接受了。

大家团团坐定，空碗一字排开，就开始倒茶了。先舀一小勺牛奶在碗底，再持壶倒茶，右手持漏勺，把茶叶干净滤掉。冲好的茶按主次一一传给在座者。侍候茶的主妇不能光顾着自己喝,要眼尖,注意到哪个客人快喝完了,赶紧伸手讨碗续茶,直到客人用手合住碗口说:"够了。"

总之非常简单。在家里,一般由我和妈妈做这件事。

在这个家庭里,我负责着大家的饮食起居。每天都得不停地煮茶,时刻保持暖瓶是满的。不知为什么,大家都很能喝茶,尤其是斯马胡力。妈妈总是说:"该买两个暖瓶冲两壶茶,一壶我们喝,一壶让斯马胡力自己一个人慢慢喝去。"

有时候我们都离席很久了,出门做了很多事情回来,他还在餐布前自斟自饮。奇怪的是,也没见他因此频频上过厕所。

最多的一天我烧过十几壶,烧得怨气重重。

人多的时候,我倒茶时总忍不住偏心眼,给斯马胡力和卡西帕斟更多的牛奶。虽然牛奶多了也未必更好喝一些。当着客人的面(冬库儿会有的客人也无非是哈德别克和保拉提这两个小子)做这样的事,是无礼的。好在大家也不会留意。

茶叶是最便宜(十块钱能买两公斤半)、味道最浓的"茯砖"。压得很硬,每次要泡茶得用匕首狠狠地撬,才能剜下来一块。这样的茶叶质量并不好,掰开时,时常会看到里面夹杂着塑料纸的残片或其他异物。但捧起一闻,仍然是香气扑鼻的,便原谅了它。

遇到特别硬的茶块,别说匕首了,连菜刀都剁不开。扎克拜妈妈只好用榔头砸,但一时间仍无效果。她一着急,扔了榔头就去拿斧头,而等她拎了斧头回来,我已经用榔头砸开了。

有时候砸开坚硬的茶砖,会发现其间霉斑点点,大概已经变质了。抱着"可能看错了"的侥幸冲进壶里,泡开了一喝,果然霉味很大。但这么大一块茶,好歹花了钱买来的,总不能扔掉吧。说不定能治好我的咽喉炎症和斯马胡力的鼻炎呢,螺旋霉素不也是霉吗?便心安理得地独自喝了两大碗。

在隆重的节庆场合，还会喝到用黑胡椒、丁香加红茶煮出来的茶，那与其说是茶，不如说是汤了。味道有些怪，但怪得相当深奥，还算可口吧（第一次喝的人可能会以为是用刷锅水煮出来的）。

后来我听小姑娘阿娜儿说，过去茶叶贵重又匮乏的年代里，贫穷的牧民会把森林里的一种掌状叶片的植物采摘回家熬煮当茶喝。她还拔了一片那样的叶子让我嗅，果然，一股鲜辣的气息，真有一点点茶叶味。

我要赞美茶！茶和盐一样，是生活中的必需品。它和糖啊、肉啊、牛奶啊之类有着鲜明美味的食物不同，它是浑厚的，它是低处的。它是丰富的自然气息的总和——经浓缩后的、强烈沉重的自然气息，极富安全感的气息。在突然下起疾雨的一个下午，我们窝在毡房里喝茶，冷得瑟瑟发抖。妈妈让我穿上了她最沉重的那件大衣，顿时，寒冷被有力地阻挡开去了。而热气腾腾的茶则又是一重深沉的安慰——黄油有着温暖人心的异香，盐的厚重味感让液体喝在嘴里也会有固体的质地。而茶叶的气息则是枝繁叶茂的大树，因为我们正行进在无边的森林中，所以看不到它，可它无处不在，一遇到空隙处就赶紧抽枝萌叶……所有这些，和水相遇了，平稳地相遇。多么幸福！

卡西帕烤馕时常有烤煳的时候，我烧茶也时常会有失败的时候。比如盐没放好。这个还好处理，太淡了就添盐，太咸了就另烧一壶白开水兑着喝。

有时候茶会放得太多，一倒茶，就一团一团地从暖瓶涌出来，妈妈直皱眉头。于是煮下一壶茶时，我就没换茶，自作聪明地只掰了一小块新茶补进旧茶里，添上开水了事。结果冲的茶一点颜色也没有，白泛泛的。偏这时又来客人了。

当时家里一个人也没有,我正在森林里背柴火。一走出森林,就看到远处有两个不认识的人骑着马向我家毡房走去,便停了下来。真不想让别人看到我现在这副样子啊——塌着背,穿着劳动时的破衣服,头发被树枝挂得乱七八糟。

哎,我背柴的样子太难看了,明明又不是很重的柴,却把腰压那么弯,相当悲惨的光景。

但站那儿等了半天,他们还不走,后来又系了马站在家门口面对面说话。没一会儿,拖海爷爷也出现在视野里,慢慢向他们走去。这下没办法,只好硬着头皮回家。

独自招待客人是极不自在的事情,但似乎没人注意到这种不自在。席间,爷爷和两个骑马的客人讨论关于强篷的事。我铺开餐布切馕、倒茶,结果冲好了一看,怎么这样的颜色,白开水一样!原来茯茶是只能泡一道的,不像别的茶,可以泡好几遍……但也无可奈何,厚着脸皮递给三个客人喝。大家端起茶研究了两秒钟,照喝不误。

不一会儿,扎克拜妈妈和斯马胡力也回来了,看到这样的茶,斯马胡力很是大惊小怪了一番。妈妈也不太乐意。但爷爷笑眯眯地说:"行啦,行啦!"两个生客也笑而不言。我赶紧非常勤快地生火烧新茶。

后来习惯了,家里一来人,我也会大方熟练地招呼大家,但也有不情愿招待的人。比如恰马罕,他总想说服我嫁给他三个儿子中的一个。还有卡西帕那个当兽医的姐夫。有一次来我家时,他给了我两块黑色的柱形结晶体,说他在一个偏僻的地方发现了这种石头的矿脉,要和我合伙开发赚大钱。从此我远远一看到他就溜之大吉。

卡西帕说她这个兽医姐夫相当厉害。才开始还以为是在说他医术高明,后来才知道是指他脾气暴躁,骂人的功夫很厉害。

我就更怕了。

后来搬家时暂驻在托马得坡地上,我家和加孜玉曼家的依特罕扎在同一座山坡上,相距不远。大家都不在家的时候,我一个人在坡顶走来走去地晒太阳。突然,远远看到兽医姐夫正蹲在加孜玉曼家依特罕前的草地上喝茶!根据习惯,他在那边喝完茶肯定还会顺便到我们这边再喝一轮。当务之急,连忙就地倒下,平躺在地上的一个低洼处,好半天一动不动。使他从他那个角度看过来,这边平坦无人。果然,他喝了一会儿就从那边下山走了,不知道是不是以为这边没人。就算明知我在家,看我吓成了那样,也未必好意思过来吧。

我有许多坏习惯,比如盘着腿坐在花毡上还能俯身为大家倒茶,总是被妈妈取笑。有时候来客人了,没提防还这样,妈妈就一把将我推起来,令我坐好了再倒茶。

倒茶成了我的专业后,大家变得谁都不愿意插手。哪怕我正在洗头,满头的肥皂沫,斯马胡力要喝茶了,也得赶紧顶着泡沫冲进屋子给那个臭小子倒茶。想想都觉得可恨。

没外人的时候,大家喝茶非常搞怪。卡西帕一段时间里要减肥,便只喝清茶,不加牛奶。有时候她会把茶倒进一支冰红茶饮料的空塑料瓶里,晃一晃,再喝,以为这样就会有了饮料的味道。冰红茶瓶子上印了个非常漂亮的年轻女孩,卡西帕对她赞不绝口,边喝边凝视着她。

爷爷喝茶会泡许多克孜热木切克(甜奶酪),大口大口地吃,也不嫌腻。他还用勺子直接舀稀奶油喝,而我们都将其当做调味品,用馕块一点一点地蘸着吃。

斯马胡力喜欢用野葱段当吸管吸着茶喝,喜欢把糖块泡进咸的茶水里,还喜欢直挺挺地卧在花毡上,趴着喝茶。有一次我建议他倒着喝茶。他就真的靠着房架子打起了倒立,我把碗端到他嘴边。他刚含了一口,妈妈就进来了,大喊:"豁切!"于是茶水统统从鼻子里呛出来了,咳了半天。我很诧异,他不是一直鼻塞吗?

另外斯马胡力相当穷讲究,如果一旦发现茶里有一只蚂蚁,就说什么也不喝了,把一大碗茶厌恶地推开。妈妈只好给他重倒一碗。

蚂蚁有什么可怕的呢?妈妈在花毡上一逮到蚂蚁就赶紧扔给我:"李娟!吃吗?油!"

"蚂蚁"的汉语发音恰恰是哈语的"油"的发音。

斯马胡力最会给人添麻烦了。去恰马罕家帮忙剪羊毛回来,我就随便问一句喝茶吗?他居然立刻说喝。

我生气地说:"恰马罕家没给你喝茶?为什么不喝了才回来?"他笑而不答。

而之前我和妈妈她们刚结束了一道茶,这才收拾了碗准备休息呢。

只好又铺开餐布给他冲茶。

谁知这小子只喝了一碗就不喝了(平时至少七八碗)。我更生气了:"怎么只喝一碗?我懒得洗碗么。"

他笑着说:"在恰马罕房子刚喝过了嘛。"

妈妈对茶自有一番要求。来客人的时候无所谓,由着客人喝好就行。但只有自家人在的时候,便无比重视喝的质量。有时来人特别多,大家围坐矮桌,边喝边聊,喝了很长很长时间。人走后,我和卡西帕忙这忙那的,洗碗,扫地,烧下一次的茶水。好容易收拾利索了,妈妈欣慰地说:"别忙了,快过来喝茶吧。"然后又铺开刚打上结的餐布,排开刚洗过的碗……也太频繁了吧?原来刚才的茶盐味不够,人又多又吵,妈妈还没喝爽呢。所以一定要重新喝……然后还得重新洗碗,重新烧下一次的茶……我坐在席间为大家服务,自己一碗都不喝,无论大家怎么劝都不干。实在喝饱了。

虽然每一道茶都令人心满意足,但相比之下,早茶的时光还是更愉快一些——那时羊也赶完了,牛奶也挤好了,寒冷也过去了。斯马胡力也修好了坏了两个月的黑走马舞曲(哈萨克民歌)磁带。我们边听边喝,不时放下茶碗起身跳舞。斯马胡力又高又瘦,跳起舞来一板一眼,非常可爱。卡西帕则跳得缓和而柔曼。我不会跳维族舞,却会扭脖子,这令大家惊奇万分。卡西帕和妈妈跟着学了半天,此后好几天还一直在学,不时要求我扭给大家看。

一天的最后一道茶伴随着一天之中唯一的一顿饭。啊,把唯一的一顿饭安排在晚上真是再合理不过了。吃得饱饱的,刚好可以安心睡觉。然而晚饭总是不会做很多,没吃饱的话仍然泡包尔沙克和馕块。

每当我准备出远门的头一天,妈妈入睡前都会叹气道:"李娟明天走了,早上没有茶喝了!"

第二天出发前,妈妈又忧愁地重复一遍:"李娟一走,没有茶了。"

生病的黑牛

冬库儿人多牛也多,每到傍晚赶牛挤奶时,我总是站在南来北往的牛群中一片茫然。真丢人,连小狗班班都认自家的牛呢。

虽然家里的牛羊耳朵上都剪有自家独有的记号,就是左耳一道缺口,右耳尖削掉一块(这样的记号多疼啊。我看别人家都是一到两个豁口,在位置排列上有所区别而已)。但随着牛羊的渐渐长大,记号也渐渐长变形了。何况这些记号又极不整齐,有的只是剪掉了一点点耳朵尖,愈合后还是个完整的耳朵。

有的却差点给剪掉整个耳朵,只留一点耳朵茬——斯马胡力的手艺真差劲。

好在时间久了,渐渐也能分辨出自家牛和别人家牛的区别了。区别在于:我家的牛好看,邻居家的牛都丑死了。

具体丑在哪里也说不清楚,总之别人家的牛一看就不顺眼:怎么眼睛那么斜呢?怎么角那么尖呢?还有一只小牛的角也一样地尖,肯定是母子俩,真难看啊……

而且邻居家的小牛和我家的小牛顶架,从来都没顶赢过。于是就趁我家小牛被拴起来的时候才跑来顶,真没出息。

我家最漂亮的牛是那头白色黄斑的,长相极温柔,眼睛大大的,额头正中央有浅褐色呈放射状的斑纹,头顶还有一撮长长的白毛。但别被外表蒙蔽了,它最可恶了。它的宝宝和它长得一模一样,根本就是它的一个小号翻版,性格也同样狡诡多端。这母子俩无恶不作,与我作对时,配合得天衣无缝。

都说犯犟的人是"牛脾气",牛的脾气真的很大。想硬牵着走是根本不可能的,只能耐心地诱赶,人站得稍后一些,一手持缰绳,一手拍打牛屁股,它才躲避一般慢慢往前走。然而这一招对小牛却不奏效,越是赶它,它越是想方设法去你不让去的地方。相比之下羊真是太听话了啊,幸好我们进山游牧的主要目的是放羊不是放牛。

这些牵着不走打着倒退的小家伙们,铁铸一般稳当当钉在草地上,梗着脖子与我相峙。我扯着绳子拼命地拽啊拽啊,打啊打啊,半天也没挪几步。小牛圈就在正前方十多米处,这十多米的距离让人百般犯愁。

这时,妈妈在高高的山顶大声说:"把大牛先赶过去!小牛也过去了嘛!"

我连忙松开绳子去赶它的妈妈,果然,小牛立刻两眼发光跟了上来,接下来很容易地就被紧紧系在了牛圈里。

系的时候,绳子还不能留得太长,只够它左右摇头的。否则,牛妈妈一靠近,它头一低就能嘬到奶水。

而且两头小牛绝不能系得太近,之间的距离一定要远到它们没法顶架为止。真能折腾啊,角还没长硬就晓得打架了。

挤奶时,妈妈总会先把小牛牵过来吮一会儿奶然后再挤,并且让大牛背朝小牛站着,莫非大牛会一直以为是小牛在吮奶?反正它一动不动站着,有时候也会回头看一眼,然后走开几步,于是妈妈只好拎着奶桶边追边挤。

妈妈一边挤一边说:"这是阿勒玛罕的牛。"又指着旁边的小牛说,"这是沙吾列的牛犊。"

阿勒玛罕一家没有上山,家里为数不多的羊由婆婆家代牧,牛则由我家代养。下山时完好无损地将牛以及牛在夏牧场上生产的小牛交还,再给一些干奶酪之类的奶制品,算是这头牛产的奶。其他的奶么,我们自己冲奶茶喝,做干酪素卖掉了,算是代牧费。

小牛不但调皮,而且还很能自作聪明,明明不是自己的妈妈,也想凑过去喝几口奶。它先讨好地舔人家的后腿,舔得大牛舒舒服服的,一动不动。然后它舔着舔着,头一低,冷不丁含住了奶头。但那哪能行呢!大牛又不是笨蛋,一脚就把它踢开了。

不过这头小牛真的很可怜,它的妈妈腿摔瘸了,在山那边一直回不来。于是其他小牛傍晚都有奶喝,就它没有,饿了好几天了。

这天天色暗下来的时候,妈妈挤完奶,把这头小牛牵到山谷底端的东面山脚下,拍打它的屁股,让它叫出声来。它一叫,山那边的大牛也忧伤着急地叫了起来,母子俩应和的哞声高一阵低一阵地回荡在森林里。妈妈也跟着"后!后!"地大声呼唤。于是渐渐地,大牛的声音越来越清晰,离我们越来越近了。突然,它的头冒出了山顶,圆月下,两只弯弯的牛角剪影格外清晰。它冲这边遥遥相望,但再也不能更加接近了似的,叫得越发凄惨起来。小牛也悲伤地叫个不停,它们像是在互相期待。

妈妈非常忧虑,告诉我,这牛前几天在路上被倒落的木头撞了一下,腿一直瘸着。斯马胡力找了两天才在森林里找到它,但伤势严重,行动吃力,斯马胡力这几天一直在诱引它坚持着慢慢靠近家,好容易赶到山那边,就再也没法继续前进了。

我说:"那就把小牛赶过去让它吃奶啊。"

她说:"不行,它要是这次回不来的话,就再也回不来了。"

她继续用小牛诱惑着大黑牛,外来的帮助远远赶不上自身力量的迸发。

第二天清晨,牛回来了,像什么事也没发生过似的,静静地站在山脚下的草地中央。难以想象这漫长一夜的坎坷跋涉。

斯马胡力把牛的四蹄绑住,然后把它沉重地推翻在地。他仔细地检查那条受伤的腿,一寸一寸捏了又捏,似乎没有伤到骨头。他还掰开它的蹄缝看了又看,抠了又抠,然而什么也没有发现,既没有扎进木刺,也没嵌进小石头,一个小伤口都没有。但他还是慎重地给它抹了药——药居然就是妈妈用来治胃病的"石头油"泡出的水。另外还添加了什么药粉,我注意到泡出的水是极深的紫色,可能是高锰酸钾。

眼看就要搬家了,却出了这样的事。这一次搬去的地方极远,在后山边境线一带,得走三天才到呢。可是那头黑牛的脚还没好,日子一天天过去,情形似乎越发严重了,站都站不稳当了。

这么下去,大牛肯定活不了,小牛还那么小,也不容易独自长大。因为它是一只游牧的小牛啊,不如圈养易于生存。

又有一天的早茶前,家人再一次把它捆住摔倒,又检查了一遍。斯马胡力还掰开蹄子用小刀在蹄缝里剔了又剔,什么也没发现倒罢了,反而多事地刨出来好几道伤口,满刀子都沾了血。

后来妈妈不知用什么粉末(烤焦的骨头渣?)调和了黄油,形成淡雪青色的糊膏,厚厚地抹进蹄缝里,又把抹涂羊肛门的"除螨灵"浇了上去——这会有什么效果啊?后来还把昨晚喝剩的蒲公英汤(妈妈用来治胃疼病的)浇上去,把煮过的一把蒲公英草统统也塞进蹄缝,又浇了盐水,剩下的一点"石头油"水也浇了上去……总之,只要是药全敷,真是没见过这么夸张的病急乱投医……最后用几块布把蹄子缠裹了起来。蹄缝本来狭窄的,被塞进去那么多乱七八糟的东西,害得那只蹄子被撑得大大的,加之新刮出的伤口,可能更疼了……可怜的牛,原谅大家吧,这是在尽一切可能来拯救你啊。

可是我估计蹄子本身没事,是腿骨撞伤了。

到了第二天下午,斯马胡力要再给黑牛敷次"药",就又一次把牛捆住粗暴地摔倒在地……我估计人家本来都快要好了,这么一次又一次地摔啊摔啊,硬是给摔得新伤不断,旧病难愈。

牛真可怜。外婆说的,不会说话的养牲都是很可怜的。有什么病痛了,永远也不能让人知道,只能自己默默忍受。人永远不能了解它们的不幸。

在最后离开冬库儿的日子里,黑牛的病情一直牵扯着大家的心,大家整天为这事忧虑不已。妈妈把干馕用剩奶茶泡开,和上盐粒单独给它开小灶。可它却记挂着群山深处的鲜美多汁的青草,边啃草边用另外三条腿(幸好牛有四条腿)慢慢挪动,渐行渐远,不知不觉又离开了家,两天都没法回来。

想象圆月的夜晚,脚疼难忍的大黑牛走到一处山脚下的岩石边时,就再也不能前进了,它只好斜卧进岩石下,心里惦记着宝宝,想着家里盛着鲜美粗盐粒的盐槽,睁着眼睛期待天亮。它不知道自己怎么了,它耐心地忍受着疼痛和思念,却并不害怕死亡,不埋怨命运。

大黑牛终于没能跟我们继续走下去，它越发虚弱了。我们出发前把它寄养在北面一家不搬家的邻居那里，小牛也跟着母亲留了下来。

妈妈说："活不成了，两个都会死的。"

无论如何，在它死前的时光，仍将安静如故。只要还活着，它每天仍会挣扎着出去寻觅最鲜美的嫩草，然后努力跋涉回家，背对着自己的宝宝，让女主人把今天产生的奶汁干干净净地挤去。

还有一只黑白花的小羊羔的母亲也在那几天病倒了，并很快死去。但小花羊永远都不知道母亲死了似的，只要羊圈围栏一打开，就跟着其他小羊急激动地冲向大羊群，急切地穿梭其中，东找西找。直到很久很久以后，还没搞清楚发生了什么事，却仍然心怀巨大的希望四处寻找。

要是那时，母亲突然出现在眼前，那该带来多大的惊喜啊！那简直是世间最大的安慰。小羊一定会冲上去大喊："你去哪里了？这么久都不理我了！"

小花羊还小，我们尝试着喂它喝牛奶，却喝得很少。妈妈也像喂黑牛那样，把馕捏碎了拌上盐粒喂，它才慢慢地吃一点。但吃得极慢，喂了好长好长时间才吃掉妈妈手心的一小撮。它毕竟太小了。

而那些失去孩子的羊妈妈呢？不知道一只羊的记忆能有几天，不知道几天之后它才能忘记自己的孩子。

小羊羔死了，身体倒在那里，眼睛仍然温柔地睁着。世界有多么广阔的光明，就会有多么广阔的阴影。小羊羔的灵魂沿着阳光下的阴影走走停停，头也不回，还不知道自己已经死去。

而乳汁也不知道小羊已经死去，羊妈妈乳房胀，心里慌，因此得帮它把奶水挤掉。羊妈妈不太习惯由人类来挤走自己的奶水,它不安又听天由命地站在那里。卡西帕搂着它的脖子,妈妈穿着鲜艳的红花蓝底裙子坐在它身侧的草地上,挤了半天,才挤出来盖住桶底的一点点。不远处的羊群多么宁静,四野的绿色多么激动。

好在,在夏牧场,更多的是平安。妈妈把挤出来的那一点点腻白的羊奶倒入盛牛奶的大锅里,它们立刻消失进了同样腻白的牛奶之中。

苏乎拉传奇

我第一次看到苏乎拉时,她正在北面峡谷口水流边一棵高大的落叶松下洗衣服。我们走下山坡,遥遥走向她。走到近前,她抬起头来看我……当她抬起头来看我,我真想立刻转身就走!

我真想立刻回到家,把一身松垮垮脏兮兮的衣服脱掉扔得远远的,把脸洗得干干净净,辫子上扎上最鲜艳的发带,换一身最最漂亮体面的衣服,并换上做客时才穿的那双鞋子……把自己弄得浑身闪闪发光。

然后,这才重新走到她面前。让她抬起头来看我。

苏乎拉实在太美了。见惯了我们卡西帕这样类型的牧羊女:香肠似的手指头、黯淡的头发、红黑粗糙的面孔,再回头看苏乎拉的话,忍不住深感奇迹!她总是温和而迷人地微笑,话语低沉而清晰,声音里缓缓流动着某种奇妙的惊奇感——似乎对任何细微的动静都入迷不已。

不可思议啊,这莽厚的山风露野中,怎么会出现苏乎拉这样光滑精致的女孩呢?在漫长艰辛的转场路上,是什么在保护着她,是什么东西在她身上执拗地闪动着光辉……她脚步所到之处,有眼睛的都睁大了眼睛,没有眼睛的就敞开心灵。她手指触动的事物,纷纷次第舒展开来,能开花的就开花,不能开花的就深深地叹息。

苏乎拉不仅漂亮,细节和举止也和山里姑娘大不一样。她留着均匀修长的指甲,而卡西帕和加孜玉曼她们为了方便劳动都把指甲剪得秃秃的。苏乎拉平时穿的鞋子都很漂亮,但我们除非去别的毡房喝茶时,才会换下破破烂烂的布鞋……苏乎拉能清清楚楚地说好些汉语,而卡西帕只会对我说:"李娟,这样!李娟,那样!啊——李娟!不要!"

那天,卡西帕和苏乎拉蹲在溪流边长时间地聊天,交换彼此见闻。我在旁边一会儿玩玩水,一会儿揪揪草,心飞得很远很远,不时暗暗打量眼前的美女,说不出的轻松愉快。四周是那么的寂静,森林蔚然,天空高远。

回家后,我反复向卡西帕称赞苏乎拉的美,卡西帕却很不以为然。直到傍晚我们把牛从山谷里赶回家,开始挤牛奶的时候,她才告诉了我有关苏乎拉的事情。

原来今年是苏乎拉第一次来到夏牧场放羊,怪不得那么白,那么娇嫩。

卡西帕说,去年的这个时候,她偷了家里的四万块钱和一个男孩子私奔,两人到乌鲁木齐呆了大半年,直到今年春天才被哥哥强篷(其实是叔叔)找回家。卡西帕还说,正因这件事,苏乎拉八十多岁的妈妈(其实是奶奶)给气病了,很快去世了。

听到这些,吃惊之余,反而对卡西帕有些反感了。卡西帕的口吻听起来满是厌恶与妒忌,她强硬的结论也无非都是听来的或推测出来的。无论如何,苏乎拉看起来多么美好啊,流露出来的气息足以让人信赖,让人纯然地愉悦。也许她真的做过错事,但绝不会是个有恶意的姑娘啊——一个有着如此平和温婉的神情的人,我相信她的心灵也是温柔耐心的。

我一声不吭。我相信苏乎拉的纯洁。

苏乎拉和卡西帕是小学同学,于是我翻出卡西帕的小学毕业合影照,很快找到了苏乎拉。这才突然记起,原来,这个小姑娘我是认识的,当她还很小很小的时候,常来我家阿克哈拉的杂货店里买东西。那时她不过八九岁的光景,因为非常文静甜美,便印象深刻。

而十二岁的苏乎拉,稚气未脱,就已经艳媚入骨了。她在相片上轻轻笑着,在一群黑压压的小脑袋瓜中格外耀眼。

刚上初中她就开始被男孩子追逐。初二时,苏乎拉突然离家出走。传言中她和村里的一个二十多岁的小伙子跑到乌鲁木齐,不过两个月后就被家人找回。但半年后,她又被另一个男人带到县城的一家饭馆打工。此后换了若干男朋友,频频偷拿家中的钱跑出去玩。最近的一次就是那可怕的四万块钱,她拿着钱去乌鲁木齐呆了半年,并在一家短期培训班学习电脑操作。

后来有一天我和卡西帕到她家毡房做客,喝茶时,她不辞辛苦搬开马鞍和一大摞卧具,从最下面的一只蓝漆木箱里取出细心收藏的几张照片给我们看,全是和电脑班里的同学一起拍的。照片上的苏乎拉轻松愉快地坐在大家中间,完全是可爱时尚的城里姑娘形象,完全蜕去了村野的土气,从一个傻乎乎的漂亮姑娘变成了轻盈精致的少女。

她说,刚开始在那家培训班听课的时候,老师说什么一句都听不懂,幸好同学里也有一个懂些汉语的哈萨克,于是那个同学边听课边帮她翻译。半个月后,苏乎拉就能够完全独立地明白老师的意思了。从那时候开始,她就一心学习汉语,一心想要改变生活。

可最终她还是回来了,回到原先的生活,心甘情愿地步入原来的轨道,什么也不说,什么也不解释。

苏乎拉是做了很多错事,可是能怨怪她什么呢?她那么年轻,神情和举止分明还有孩子的痕迹。大家都说,苏乎拉不好,苏乎拉坏得很,天啦,苏乎拉太可怕了。可是,大家又都愿意同她呆在一起,都喜欢在旁边看着她,问她城里的事情,并相信她的每一句话。

几天后,南面十公里处山间谷地上的那顶毡房要举行一场拖依(宴会),我问苏乎拉去不去,卡西帕挤着眼睛替她回答:"当然会去的!"

成人的宴席安排在白天,而年轻人的聚会总是被安排在深夜里。从下午开始,卡西帕和加孜玉曼就不停地往苏乎拉家跑,把她的所有漂亮衣服试了又试,最后一人借一套回家。傍晚时我们把头发梳了又梳,换上干净鞋子,一身鲜亮地出发了。出发时天色还很明亮,等穿过森林和两条河谷到达那片草场时,黑夜就完全降临了。

舞会持续了一个通宵。但苏乎拉没来。

几乎每一个年轻人都向我们打听苏乎拉的事:"为什么没来啊?"

没有苏乎拉的夜里,连欢乐都平庸沉闷起来。

烛火飘摇不定,录音机时坏时好。凌晨空气里一片白茫茫的哈气。我冻得发抖,蜷在毡房角落里等待天亮。

突然也期盼着苏乎拉的到来。

半个月后又有一场更为隆重的拖依举行了,这回苏乎拉表示一定会去的,可是我却不能再去了。这次路程太远,非得骑马不可。而家里的马全在外面放养,斯马胡力花了半天时间只套回来三匹。其中一匹是赛马,不让骑的。另外两匹就算两人共骑一匹也不够的,我若去了卡西帕或加孜玉曼就去不成了。于是我只好和扎克拜妈妈一起参加了白天的成人宴席。傍晚回来,和光鲜而欢乐的年轻人们换了马,目送他们热闹地远去。苏乎拉和斯马胡力共骑一匹马,使得这个臭小子得意洋洋的。

那场拖依是婚礼,非常盛大。舞会更是将这一带牧场上的全部年轻人都聚集到了一起。

有苏乎拉在的夜晚,该是多么新奇美好啊!她穿得那么漂亮,不像别的牧羊姑娘那样搞得大红大绿、浑身叮叮当当的,而只是浅色小外套、白色的薄毛衣、牛仔裤和运动鞋。在浓重的夜色里,一定飘渺干净得像一个从天而降的少女。

又过了十多天,我们离开了美丽的冬库儿,迁往下一个牧场。这一路上驼队走了整整三天。

因为路线基本一致,我们这个山谷的四家牧人把羊群合到一起出发。每家出一个年轻人参与羊群的管理。我们家自然是勇敢的卡西帕了。恰马罕家是哈德别克,加孜玉曼家就是加孜玉曼了。

当听说强篷家就让苏乎拉去时,真是大吃一惊!

转场时,羊群和驼队是分开走的。羊的路远远比驼队的路艰险恶劣,一路上全是悬崖绝壁,而且大大小小两千多只羊,孩子们得在陡峭的山路上来来回回上上下下不停奔波。劳动艰辛,天气又严寒。天啦,娇柔的苏乎拉能受得了吗?

一心认定苏乎拉是城里的姑娘,肯定做不了牧羊女的事情。连她会骑马这事都让人吃惊,连她帮我把淘气的小牛系到桩子上,随手熟练地绾一个扣结都感到吃惊。那种结儿,若不是一个有着长期游牧生活经验的牧人,是轻易打不来的。

天蒙蒙亮时,羊群和驼队从两个方向出发了。我骑在马上,频频回首。

下午时分,我们的驼队终于在群山间一个绿茸茸的小山坡上停了下来。等我们卸完骆驼,扎好依特罕(帐篷),开始生火烧茶的时候,卡西帕他们的羊群才慢慢从东方的群山间白茫茫地出现了。

傍晚时他们才走到近处。马上的苏乎拉捂着厚厚的围巾,只露出刘海下窄窄的一溜儿眼睛。解下围巾后,神色疲惫冷漠。

当天夜里只休息了两三个钟头,第二天凌晨三点钟,驼队装载完毕,继续出发。天亮时我们进入了寒冷阴森的帕尔恰特峡谷深处。走着走着,突然听到斯马胡力说:"苏乎拉在前面!"

我立刻快马加鞭赶了上去,真是从来都没有骑马跑那么快过。

果然,她长长地牵着系有六峰骆驼的缰绳在前面林中石路上慢慢地走。我松了一口气,太好了,不让苏乎拉赶羊了。

清晨路过了一处规模较大的山野聚居点,一家杂货店的老板娘给加孜玉曼的嫂子抓了一小把杏干,她分给了我三粒。我还留有一粒,这时便掏出来递给苏乎拉。她非常高兴地道谢,然后接过来一口吃掉。大家凌晨一点多就起来打包收拾,又赶了七八个钟头的路,滴水未沾,这时都饿了。

积雪皑皑的帕尔恰特峡谷林木森然,曲折连绵,永远也走不到尽头似的。我对苏乎拉说:"啊,真好,帕尔恰特真是太好了。"

苏乎拉微笑着说:"是啊。"但并不对当下的劳碌辛苦做任何评价。

当驼队终于走出峡谷,走到高处,翻过最后一个达坂后开始下山时,突然出了点麻烦。赛力保和媳妇下马休息时没有系好缰绳,马受了惊,跳起来跑了。另一匹也跟着一起跑,赛力保一路呼喊着追下山去。

刚好我正策马走在下面的石路上,回头看到两匹马狂奔下来,立刻勒住自己的马横挡在狭窄的路面上,想拦截,但毕竟有些怯意,那马似乎也感觉到了我的不安,就蔑视地避开了我,远远离开路面,从山坡树林里横穿了下去。

而下方S形山路的拐弯处正巧走着苏乎拉。我冲她大喊了一声,像是希望她能把脱缰的马拦下来,又好像在提醒她躲开。

我看到她调转马头慢慢迎上去,狂奔中的马儿狐疑地渐渐放慢速度,最后胆怯地主动向她靠拢。她不慌不忙策马走到近前俯下身子拾起拖在地上的缰绳。啊!她截住马了!

苏乎拉怎么可能是第一次进山呢?怎么可能是一个刚刚才开始游牧生活的女孩子呢?她游刃有余地把握着这样一个世界,熟知并透悉着自己的传统。她天生应该是生活在这山野林海中的精灵啊!

在我看来,真是矛盾的青春与命运。

作为亲生父母的长女,苏乎拉一出生就被赠送给了爷爷奶奶。爷爷奶奶过世后便和叔叔婶婶一起生活,称叔叔婶婶为"哥哥嫂嫂"。在她家毡房里悬挂着一张老妇人的大照片,苏乎拉说是她刚过世的"阿帕"。如果卡西帕说得没错,应该就是那位她离家出走后给活活气死的老人。

苏乎拉的亲生父母在县城里生活工作。她给我看过一张他们的全家福照片。照片上,她的亲生父母都是年轻漂亮的人,穿着体面,中间是她的弟弟,也相当的漂亮可爱。她强调说她的亲爸爸能说一口流利的汉语。还说他最好的朋友就是一个汉族(最后说来说去,才知道那个所谓"最好的朋友"原来就是我家老爷子)。她流露出的意思是:如果当初没有被赠送的话,自己现在也是城里的姑娘呢。

大约,这就是为什么苏乎拉会那样地向往城市的生活。

大约在她很小很小的时候,这个女孩子就发现了自己的美丽,感觉到了造物主的恩宠,并得知了自己的身世及生活的另外可能性。于是当她刚刚长大一点点,刚刚强大一点点,就迫不及待地扑向另一种人生了。在她看来,那有什么不对呢?

她不想寂寞,就接受别人的爱情。她想改变生活,就去学电脑。她渴望更多更好的际遇,就去城市。她想明亮一些,再明亮一些,自信一些,再自信一些,就偷拿家里的钱……苏乎拉是一个多么小的小女孩啊!她过早地远离了少女时代的平凡懵懂,过早地领略了现实世界的匆忙繁华。她无所适从,沉默不语。她不停地和不同的男子约会、拥抱、生活,她勇敢热情地接受他们,也许并非因为爱,而因为她需要一种方式来介入截然不同的陌生。她努力地去爱他们,也不是在爱,而是在努力地去尝试和适应那陌生。

想象一下吧:当这个孩子一次又一次离家出走,怀揣巨款,孤身面对整个世界的陌生浩大……看在她的美貌和她的孤独的分上,大家就原谅她吧!

那次转场,一路上我们与苏乎拉同行了整整两天。后来驼队和羊群在沙依横布拉克两条山谷连接处的巨大空地上分开,并分手。我们去往美丽的吾塞牧场,她家则转往更为偏远寒冷的边境线上。从那以后,我们就再也没有见过面。

但是,关于苏乎拉的传说仍缕缕不绝地撩动着我们的生活,苏乎拉的痕迹仍布满这浩茫的山野。

木材检查站的工作人员说:"苏乎拉昨天刚刚经过这里。"

耶克阿恰的杂货店老板说:"这种款式的发夹苏乎拉也买过一个。"

牧业办的司机说:"请快一点,苏乎拉要下山,正在前面十公里处等我。"

6月份那场盛大的弹唱会上,大家都在猜测:"苏乎拉会不会来呢?"

卖羊毛的季节到了,我们骑着骆驼,载着大捆大捆缠成团的羊毛,长长地跋涉过杰勒苏山谷,沿着越流越宽的河流往东面走。走到一处开阔的三岔路口时,大家指着另一条渐渐消失进北面的崇山峻岭中的小路说道:"这条路,通往苏乎拉家……"

通往苏乎拉家的路!

我一次又一次路过那个三岔路口,勒马驻足,扭头往那边张望。是啊,这是通往苏乎拉家的路,这条路指向多少年轻的心所渴望的地方啊!多少孤独的牧羊人同我一样,每每经过这里,都忍不住扭头遥望。从那个方向传来的消息经久不散地传播,越传越美丽。谁能真正得到苏乎拉的爱情呢?谁能永远把她留住呢?谁能把她的故事引向更为激动的结局呢?

苏乎拉不再是记忆中的某个人,而是这山野的传奇,是这种古老的传统生活最后显现的奇迹。

而此刻的苏乎拉又在干什么呢?她系着奶渍斑斑的围裙拎着小桶正走向乳房饱胀的黑色奶牛吗?一束洁白的奶水正从她手心喷射进小桶吗?一切深深地停止吧,生活请继续黏稠香腻吧——牛奶在金色火苗上煮沸,同盐一起兑入黑色的酽茶;更多的牛奶静置在花毡边神秘地发酵,暗自翻涌变化……美丽的苏乎拉,一生再也不会陷入慌乱了吧?一生再也不会左右为难了吧?所有的离开啊,归来啊,都无所谓了吧?那么请在城市里继续迷恋新衣和情人、在牧场上继续醉心于古老广阔的情感吧!再也不要去计较了……美丽的苏乎拉,要知道,她今年才十六岁啊!十六岁就已经艳名远播,十六岁就在游牧生活中被刻下深重划痕——十六岁而已!能寄予什么,能判定什么呢?当外面世界里更多的90后女孩仍在深沉斑斓的童年之中整理花瓣,迟迟不能绽放时,苏乎拉十六岁就已经凌越了我们不能想象的漫长成长过程,十六岁就已经铅华洗尽,十六岁已经有了从容不迫的眼睛和心灵了。是什么——是这山野里的什么决定了她的最终抉择?然而十六岁的苏乎拉,人生刚刚开始,生命绵绵无期。

让我们真心祝愿她美丽长驻、一生平安吧。

清洁的生活，富裕的肥皂

扎克拜妈妈和沙里帕罕妈妈在一起干活聊天时，我一般都坐在一旁，边听边打下手。她们纺线时，我就帮着扯顺羊毛；熬胡尔图汤时，我帮着搅拌；缝衣服时，我帮着锁边。但到了熬肥皂的时候，则远远看着，什么忙也不敢帮。

以前，我在一篇文章里读到这么一件事，对哈萨克人来说，熬肥皂是极庄重的大事，忌讳有品行不端的人插手，否则会制作失败。

虽然一向对自己的品德还算有信心，但到了这会儿……就没信心了。万一肥皂真没做好……

刚开始有些想不通，不过是几块肥皂嘛，为什么就看成严重的大事？现在才知道，肥皂最重要的原料之一是羊油脂肪。如果做失败了，就是浪费食物，是罪过。

除了羊油，还有炼制羊油后的肉渣以及我不认得的一样东西，而妈妈她们也解释不清。

照我朋友的描述，那似乎应该是用荒野上的杨树排碱时形成的树瘤烧成的灰。但到了今天，恐怕再也不会用到那样的土法子了。我看大约是工业火碱或食用碱。那么失败率一定会大大降低，渐渐地我也敢放心大胆地旁观了。

她们把这些东西放在大锅里加水慢熬，慢慢地，黏稠的水中涌起丰富细腻的泡沫。水中也渐渐凝结成块状物，将它们捞起放进盆里冷却后就可以切开成为肥皂了。我凑近大锅闻了一下，真的有相当地道的肥皂味。如果卡西帕是用这种肥皂洗衣服的话，一遍不清我也放心。

过不了几天,我们自己也要做肥皂了。妈妈就去加孜玉曼家借了一口黑黑脏脏的锅回来。做肥皂的气味非常刺鼻,经久不消,而谁家也没有多余的锅用来专门做肥皂,于是就几家人轮流用一个锅子。

因为气味太呛人,妈妈把锅支得离毡房很远。这一回熬出来的汁水却非常黑,不但放了好几大块羊油,还倒进去了几大碗炼油剩下的肉渣一起熬。怪不得——我用这种肥皂洗衣服时,总是一会儿洗出一块肉来,一会儿又洗出一块肉。

妈妈在外面熬肥皂汤,卡西帕在毡房里炸油饼。炸完后,她把一大锅沸腾的羊油端到屋外冷却。妈妈又顺手从滚烫的羊油锅里舀了一大勺油浇进肥皂汤里。想不到会用这么多羊油,以后洗衣服得珍惜使用肥皂了。

更有趣的是,用油制作的事物,我们却用它来消除种种油渍。

这次熬好后并不像上次那样倒入锅中凝固,而是像沥干酪素一样倒进编织袋悬挂了起来。奇怪,难道我们的用料同沙里帕罕妈妈有所不同吗?

锅底上还粘了厚厚的一层黑糊糊。妈妈用水冲洗了一遍,然后开始直接用这种水洗衣服。卡西帕和斯马胡力也赶紧将身上的脏衣服脱下来扔进肥皂水盆里,又翻出几双鞋子扔了进去。妈妈也拆开被套,一口气洗了一大堆。小山顶上四处弥漫着肥皂的味道。我帮着拎水、晾衣服,也弄得浑身浓浓的肥皂味儿。那块晾衣服的大石头更是成为了一块大肥皂似的,一靠近,气息袭人。

而穿上晾干的衣服的兄妹俩在此后的几天里,一靠近我,浓重的肥皂味儿就先扑了上来。

妈妈做完肥皂洗完锅后,又用那只锅烧了一大锅水,在附近山上拾了些新鲜马粪煮进了锅里。让人大吃一惊。这个这个……煮熟了能用来做什么呢？

后来才知道,煮马粪原来是为了洗锅啊！这只锅不可能专门用来煮肥皂,以后煮饭也得靠它了。但煮完肥皂后那股强烈刺鼻的味儿却长时间都很难消散,煮出的饭也会带着那股味儿,没法吃。但是,如果用马粪煮个把小时的话,马粪水泼掉,锅子洗涮洗涮,肥皂味儿就全没了,干干净净,马粪味儿也绝对没有。

再说了,马是吃草的动物,马粪又不脏不臭的,没什么可恶心的。

只是让人心悬的是,我家做的这锅肥皂,静放两天了还凝固不起来,跟糨糊似的。难道真的与我插手帮忙有关？妈妈只好掏出来重新煮,又加了很多羊油和其他什么东西。然后一块一块捏成团晾在门前。

因为肥皂是羊油做的,牛羊骆驼都晓得那是能吃的东西（这一定是世界上品质最好、最可靠的洗涤用品了,因为它干净到能够直接食用）,趁人不注意,就跑到山顶来吃。我就多了一个任务,整天守着肥皂,不停地赶牛赶骆驼。

牛一赶就会往山下跑。骆驼们就很难对付了,它们总是绕着山头和我兜圈子,怎么也舍不得离开那几块黄澄澄香喷喷的好东西。岂有此理,在冬牧场上,有一点点枯草啃就很满足了。到了青草满坡的夏牧场,不但不知感激,反而条件随之提高,连草都懒得吃了。

我绕着山头追了一圈又一圈,又把它们追到了原地。

但追着追着,注意到那两峰骆驼肚子浑圆、硬邦邦、紧绷绷,胀得快要裂开似的。难道怀孕了？气愤之情熄灭一些,逼得也不是那么紧了。可后来才知道,骆驼喝饱了水都这德性。

肥皂是珍贵的,可仔细想想,生活中能用到肥皂的地方,也并不是很多。

鞋子穿脏以后,只要继续再穿它两天,还会再穿干净。

挑水时不提防,一脚踩进沼泽,陷到小腿,回家想换掉泥鞋湿裤子。但忙来忙去也没换成,到了晚上硬是又把鞋和裤子穿干了。干后,用小棍把附在上面那层泥巴壳敲掉,仍旧是干干净净的布鞋和裤子。

总有那么一天,非常忙碌,晚餐会一直推迟到凌晨一两点。吃过油乎乎的手抓饭后,把碗碟往锅里一堆,大家就匆匆休息了,而让我一个人在第二天清晨的寒气中独自面对那一堆隔夜的锅碗——实在太难洗了!锅碗上敷着厚厚的、硬邦邦的一层油(要知道凝固的羊油远比猪油结实)。又没有洗洁净什么的,尤其是清晨刚起床,没有热水。用冷水洗的话,洗一上午也没啥效果。这时,最好的办法就是到门口抠块泥巴放到锅里用力擦,边擦洗边浇水。虽然泥巴里有许多沙粒和碎草根,揉进手上的伤口里会很痛(不知为什么,满手都弄的是细细的伤口),但使用起来极方便,一会儿就把锅碗上的油腻子全擦净了,再用水冲洗一遍,立刻干干净净,光可鉴人。哎,泥巴可比洗洁净强多了,况且还环保。

生活中会有什么脏东西呢?我们每天处理的垃圾中,差不多全是土和碎石块(从泥地上扫起来的),偶尔会有几张糖纸(说明生活比较好),用过的塑料袋和塑料包装纸几乎从不扔,反复派用在各种地方。一直用到实在不能再用了才簇成一堆烧掉(塑料制品从不乱扔,怕蒙在大地上会影响青草的生长)。而十年前在沙依横布拉克,塑料袋之类的东西更少,偶尔在河边捡到一个从上游漂来的袋子瓶子都会心花怒放,将其大派用场。

有一天我和扎克拜妈妈单独喝中午茶时,妈妈对我说,强篷买了一种药回来,给牲畜吃的,非常厉害。为了强调那种东西是一种药,她还专门把我们的药包取下来冲我晃了晃。

但我不明白"厉害"意味着什么。接着,妈妈很厌恶地说道,"骆驼牛羊吃了会变胖。"

我吓了一大跳,心想,她指的大约是催长素之类的激素吧?不可能,那种东西怎么会进入到深山里呢?是不是妈妈弄错了?

我说:"是治病的药吧?"

"不!"她坚持道,"是长胖的药!"

不管传言是否属实,这个消息都是很可怕的。

如果有朝一日,牛羊不再依靠青草维持缓慢踏实的生长,而借助黑暗粗暴的力量去走捷径——难以想象。那种东西才是最肮脏的东西。

我洗衣服时很怕洗到斯马胡力的东西,无论是秋裤还是袜子,都又黑又硬,不如直接扔掉算了。况且斯马胡力这小子体味极大,洗完后,铁盆里里外外都缭绕着那股味道。等下一次再使这个盆洗我的衣服时,觉得那味道会完全苏醒过来,并全面入侵我的衣服纤维,挥之不去。只好努力地涂肥皂,搓得衣服上都是肥皂里的肉末儿,却不起一点泡沫。

家里也有一小袋洗衣粉,但一般情况下大家谁都舍不得取出来使用。明明土肥皂比洗衣粉可靠多了,为什么大家都认为后者更好更珍贵呢?大约因为它看上去雪白的,而且闻起来香喷喷的。然而,又怎能说这是"无知"呢?世人谁不为着取悦了自己眼睛的事物所欢喜,谁难免不将视线停留在事物的表面,仅仅只为其包装动心呢?

洗衣粉也是肮脏的东西。我们大量地使用它,只留得自身的干净与体面,却弄脏了我们之外的事物——水、泥土和植物。我们不顾一切地从世界中抽身而出,无底线地追求着生活的舒适与欢悦。说起来,这似乎没什么不对的。

黄昏独自出去散步,站在山顶,总是忍不住为世界的"大"和"静"而深感激动。总是深爱着门前石山上一棵夕阳里的树。我洗过的牛仔裤寂静地晾挂在树枝上,它背后是低处的森林,茫茫的远山。我的牛仔裤又幸福又孤独。无论如何,古老感人的传统与古老感人的心灵还在夏牧场上流浪着,虽然已经很脆弱,很伤心了。

(原载《人民文学》2011年第4期)

爬过沙漠去看青海

连俊超

我爬过沙漠去看青海
金色的油菜花正开
风中隐约传来阵阵圣歌
心中腾起解脱的欢乐
我愿 我愿把自己点燃

——郑钧《温暖》

1

舅舅很早就去了青海,那时还没有我,我看不到舅舅背着行囊离开故乡的情景。我说的这个舅舅是我三舅,我很幸运地四个舅舅,在我认识的人中没有谁比我有更多的舅舅。

舅舅不是背包走天涯四海为家的行者,青海也不是他的精神圣地,他离开故土的原因只有一个:在这片大地上生存下去。他大概在村里待不下去了,那个小村庄再也留不住他。村庄伸出了无数的触须缠住那些在她怀中生活的人们,每一扇木门、每一缕炊烟、每一季成熟的麦子都是她的触角。许多人发觉自己在一片土地上生活太久的时候,他们都已被土地埋了一半,再也抽不出腿脚来远走他乡。他们只能像一棵老树一样把根继续往深处扎,和村子一起变老。

舅舅走得很坚决,把舅妈和我的两个表哥留在了家里。母亲说,后来舅妈去做结扎手术,是八岁的大表哥拉着她去的。我想象舅舅离开家门的姿态,他一定梗着脖子,头也不回。舅舅是个很倔的人,但他遇到了一个脾气更倔的我的外公。外公常常指着墙头对舅舅说,跪着去! 舅舅就梗着脖子跪上去,跪到日落西山,跪到天昏地暗。假如外公不下圣旨,没人敢上前劝他下来。

战友的一封来信像一阵飓风,撼动了我舅舅这棵尚未把根扎牢的树。战友在格尔木,他让舅舅去做卡车司机。

于是舅舅去了。

舅舅负责为一个商店进货。舅舅的卡车在西宁和格尔木之间的公路上飞驰了三年之后,他回来接走了舅妈和两个表哥。舅舅也许在那时就暗下决心,不再回那个村庄。他和兄弟们的关系越发紧张,他成了被孤立的人,他们离开的时候没有人送别,也没有人提出为他看管房院,拾掇土地。

舅舅把房子留给一个叫李牧舟的人,舅舅的土地在那一年秋天没有长出一个玉米棒子。当别人把收获后的土地料理妥当的时候,舅舅地里的秋草长到一人高,兀立于平原之上。那片土地一年年荒芜下去,成为昆虫和鸟雀的乐园。舅舅的房子也在李牧舟的看管下变得和李牧舟一样衰老。到最后,由于街道拓宽,那所房子被拆掉了,那时李牧舟也已死去。舅舅没有回来清理他多年前留下的东西。

母亲说,舅舅的屋里挂着一个镜框,镜框里放的是一些老照片。母亲总说,她年轻的时候拍过一张照片,照片上的她长辫子一直垂到腰间。她说照片就放在舅舅家的那个镜框里。这张照片被母亲的回忆反复擦拭,变得越发清晰鲜亮,我甚至逐渐相信自己看到过这张照片,看到过母亲那长长的辫子,看到过少女时代的母亲羞涩的微笑。

没有。我对舅舅家老房子的最后印象是一片废墟。只剩下两堵墙立在废墟中,俯视着墙根那片残砖烂瓦,就像一只老狗神情黯淡地注视自己受伤的后腿。

2

父亲是在一年夏天去青海的。

那时,舅舅已经在格尔木立稳了脚跟,他有了属于自己的货摊。那时候,格尔木还很小,只有一条主街道,拥有一个货摊就是一个大老板。舅舅给父亲打来电话,舅舅说,你来吧,这儿比家里容易赚钱。

父亲很激动,他对格尔木满怀憧憬。那时父亲刚搞垮了一个厂子,一败涂地。事实上,父亲后来的大半生都笼罩在那场失败的阴影里。那几年,他总是离开家去另一些陌生之地,他觉得有必要在那些地方碰碰运气。他在我的记忆中时隐时现,飘浮不定。他去了很多地方,考察了许多行业,最终除了一次次宿醉,他再没有对任何一件事情投入足够的热情。

8月,父亲带着我十六岁的姐姐一起去了青海。那天傍晚异常闷热,母亲摇着芭蕉扇坐在院门口,自言自语说,你的亲人走了,我的亲人也走了。我是父亲的宠儿,失去了父亲的保护伞,我免不了要常被母亲修理。

到了青海之后,姐姐打回来电话,姐姐说舅舅为父亲置备了一个货摊,姐姐说青海什么东西都贵,一把小笤帚要十块,一支笔芯要两三块,就连一个小塑料袋也要五毛钱。我们都觉得父亲这回可以在青海大赚一笔,东山再起了。

可两星期之后他们就回来了。他们是夜里回来的,姐姐把我叫醒,从一个印着"为人民服务"字样的帆布旅行包里掏出一样样五花八门的零食。我迷迷糊糊地看着父亲和姐姐,我怀疑自己是在做梦——他们应该正在青海发财才对。

父亲的无功而返让母亲失望至极。父亲说,没办法呀,在青海待不下去了,他说舅妈对于他们的到来显得很反感,总是指桑骂槐地说风凉话。舅妈却说,父亲嫌青海冷,总是撂下摊子不管,躲到隔壁的铺子里围在炉子边吸烟。

没人再追究详情了。父亲回到他的阴影中,似乎对舅舅在青海的生意越做越大这件事毫不关心,倒是母亲对父亲过早返乡耿耿于怀,她时不时地念叨,要是在青海留到现在,我们家早盖起楼房了。

我想,父亲这棵壮年的树已经很难挪动了,他到青海的时候,根部粘连着太多家乡的湿土,这些土和格尔木的泥土格格不入,父亲再怎么使劲,也无法在那片地下找到可口的水源。待他把带去的那点湿土吸干之后,他摇了摇头,说,他娘的,回去算了!

3

我要到青海去。

我一遍又一遍地听郑钧的《温暖》,想象那片开满油菜花的土地。

汪汪一定看到过这样的美景,他从南方一路北上,在鸭绿江边撒了一泡尿之后就掉头朝西走了。西行的路上,他成功勾搭上了一个美丽善良的姑娘。去年夏天,他发给我许多照片,我看到他在山西的老街,他在宁夏的黄河边,他在敦煌的沙漠,然后我看到了那个美丽女孩站在沙丘上的背影。汪汪说,就在青海湖边,我让她从了我。高佑也必然看到过那片金黄的土地。他在大二的那年夏天不辞而别,只身一人往西走,他路过了格尔木,并且继续往南,去了拉萨,去了墨脱。

而在舅舅寄回来的照片中,我看到他跷着二郎腿坐在自家的棕色皮沙发里,我的两个表哥也分别在同一张沙发里摆出了同样的姿势。舅舅已经把小鸡仔儿一样的货摊养成了商场,商场像只勤劳的母鸡天天都在下蛋。

每当舅舅打回电话,青海就在我眼前晃悠,它已经在我脑海中晃了十几年。

我毕业一年了,我辞掉了工作,我整日无所事事地闲逛。当我荡荡悠悠地过到深秋时,哥哥说,我们去新疆,回来走青海,你去不去?我提起包就爬上了哥哥的卡车。

那天中午我们到达了若羌。若羌是一座被沙漠垂涎的孤城,11月,沙尘横飞。过了若羌,整个下午我们都行驶在沙尘笼罩的世界里。黑色的柏油公路伸向天际,戈壁一片迷蒙,患了白内障的太阳昏昏欲睡,远远近近毫无生气,整个世界灰白一片。哥哥握着方向盘,被这片死寂的戈壁传染得瞌睡起来。我点了一支烟,递给他。他接过烟说,明天就可以看到青海湖了,公路就在湖边,沿湖修造的。

在新疆逗留了太久,我已经厌倦了戈壁,厌倦了沙漠,厌倦了胡杨红柳,厌倦了沙枣、骆驼刺和胖姑娘草,我急不可待地要看见青海。我想象着那片鲜活的土地,蓝的湖水蓝的天空,白的云朵白的绵羊,不可能有油菜花了,已经是11月了。

但哥哥神情泰然地抽着烟,他熟悉卡车的能量,如同赶车人熟悉自己的骡子。他不急于赶往任何一个地方,只要给他一个收货地址,他就这样开下去,瞌睡难忍的时候换另一个司机。他很少转头看路边的风景,在路上跑了十几年,他已经懒得再跟熟悉的风景打声招呼。这条三千公里的进疆路线,几乎成为了他的公交专线。他有固定的站点,停车吃饭、加水,和熟识的老板娘开玩笑。而把车打着之后,他就忘记了刚开过的玩笑,神情专注地盯着前路,轻松的一刻倏忽即逝。

我无论如何也没有想到,我们翻越崇山峻岭到达青海湖的时候,是晚上10点。那时湖面大概已经结冰,在高悬的明月之下,光洁亮白的湖面就像一面辽阔的镜子,照着我的失望我的无奈我的落寞我的迷茫。我听到哥哥和另一个司机说话,他们说起一个在荒无人烟的橡皮山住了两个月的人,他们对窗外的青海湖毫不关心。

我一言不发地把脸紧贴车窗,盯着那片镶在广袤黑夜之中的亮白的湖面,就是这片沉默的冰凉的湖水滋养着我朝思暮想的青海。除了紧盯着它,我还能做些什么呢?

有一刻,我突然发现自己来到青海并没有什么特别重要的事,我要看一眼青海湖也无非是要给自己一个上路的理由,好让自己看起来忙碌不停。

我回想我游荡的2010年,春末的南方、5月的麦田、库尔勒的梨园、喧嚣的铁皮车间……堆积的地名和人名连同堆积的岁月一起翻涌上来。我想起那些在火车上昏昏欲睡的日夜。我就像一个傻乎乎的陀螺一样被命运的皮鞭抽得团团转,像亡命之徒一样奔走天涯,躲避时间的追杀。在所有的城市我心生荒凉,在每一条路上我无缘无故地悲伤。

4

我十五岁那年,舅舅从青海回来过一次。他离开了很多年,他和我母亲有说不完的话讲不完的故事。第二天清晨,我和他一起骑自行车回老家,那时他的老房子还没有拆掉,他爬到几张三合板做的天花板上,拿出了几瓶满身灰尘的白酒——李牧舟没有发现这些酒。舅舅很失望地看到,那些从未打开的酒都只剩下半瓶,他打开一瓶尝了尝,说,没味道了。

一年又一年，这些从瓶中逃逸的酒香弥漫在舅舅的老房子里，弥漫在李牧舟身边。李牧舟被诱人的香气蛊惑，鼻翼翕动，四下搜寻，却从未找到它们的藏身之处。

那天下午，我和舅舅骑车沿着县城转到天黑。他说，他走的时候城里还没有这么多街道，这个地方已经大变样了。我后来觉得，舅舅是在物色房子，他大概觉得自己快要回来了。我的大表哥已经把店铺开到了西宁，小表哥的店则在兰州，我想，他们也许会沿着西安、郑州，一路往东走回来。

他们的根在东边，在这里。

每个人都是一棵树，离开的时候都不得不把自己带根刨起，带着最初的泥土。在另一个地方，挖一个坑儿，连泥土一块儿埋进去。舅舅已经把自己的根深埋在青海，但他年轻气盛的时候斩断的老根须还深埋地下，在召唤他，要找到这些隐藏在泥土深处的根须并不容易。父亲从来就没想在青海扎根，连一片合适的生长地还没寻到，他那高高在上的树梢就已经开始回望家乡。借着一场风，他头一扭，气哄哄地就回来了。

我一直觉得父亲到青海去了很久，起码有好几个月，在我的想象中，他们是在冬天的某个夜晚踏着厚厚的积雪走回来的。但家人都说算上花在路上的时间，他们也才离开不到两星期。

为什么他们的两星期在我记忆里竟有半年之久？

我想起舅舅藏在屋棚上的那几瓶酒。我想，我们的时间大概也不是均匀地摊开在我们的一生中。最初的岁月浓度很大，最初的岁月是黏稠的，你奔跑得再快，也不能比别人更早地长大。以后的时间夹杂了更多的风、更多的雨雪、更多的烦忧，被这些始料未及的事物稀释了，像被稀释的王水，再也不能溶解金子；像羽毛一根根脱落的鸽子，失去了飞翔的能力，露出鼓囊囊的肚皮，丑陋至极；像舅舅藏起来的酒，酒精挥发，只剩下淡水一瓶。我们开始感叹，时间过得越来越快，越来越无味，我们就无师自通地学会了回味,学会了追忆——你不能指望从一瓶淡水中品出一种水果的味道。

我们的最后就是一瓶打翻的水,流进地沟,涌入河流,和山涧的溪水汇合,和洗脚水洗碗水汇合,和曾经甘冽的山泉汇合,和冲刷过马桶水的尿水汇合,和雨水汇合,和屠宰场的血水汇合,和汗水泪水汇合,和所有人的口水汇合,和一切纯洁的肮脏的水汇合,在奔向大海的旅程中蒸发掉。

5

只剩下舅舅一人独守格尔木,舅妈和大表哥一起搬到了西宁。

哥哥说,舅舅已经和舅妈分居多年,只是他们没有把这件事告诉老家的人。

我们是在那天清晨到格尔木的,街上还没什么人,只有几个扫街的和一个边骑自行车飞奔边引吭高歌的人。我们没有停留,也没有给舅舅拨一个电话。我想他还没起床,我也不愿回答他"现在做什么工作"这个问题,我不能理直气壮地告诉他,我在云游四方。

哥哥必须找到一条准确的街道,在交警上班之前穿过市区——卡车太长了。

当太阳高傲地跳出地平线时,我们已经离开市区,来到高速路入口——格尔木东站。我下了车,拿出相机拍下那几个金黄大字。

交警对相机很敏感。他走过来问我,你干啥呢?

我说,拍照。

拍什么照?

格尔木。

拍照干啥?

被问到这个问题让我很生气。我很想告诉他,我是电视台记者,听说你们这里有乱收费现象。但我咽了口唾沫,窝囊地说,我旅游的,拍个照片不行啊?他鄙夷地乜斜了我一眼,他也只能露出鄙夷的神色了。

我兴味索然地回到车上,窗外是大片的草场。看到我仍在拍照,哥哥说,你总是照啊照的,给我说说跑这一趟有啥收获。

我一无所获。我隐隐地觉得,千回百转之后,我已经走在了父亲的道路上。父亲坐在火车上望着窗外远去的青海时,他在想些什么?他有没有感到希望的火苗只剩下一堆草木灰?

至少,父亲回去之后,还能把自己根部的泥土原封不动埋进故乡熟悉的土地,而假如我的根须上曾有泥土的话,这些泥土也早已风干,被我飘摇不定的奔波抖落干净。我已成为一棵无根的树。我不能扎进任何一片土地,我不停地把自己放下,又拔出来。当我的最后一片叶子枯萎的时候,我将会停留在哪片荒野上?那时,我会静静地等待一场酝酿多年的大雨的冲洗,等待一只虫子蹭痒带来的微小颤动,等待一只麻雀落在肩头的震荡,等待一场烈风唤醒我所有的枝叶,随风起飞。

(原载《百花洲》2011 年第 4 期)

盖蒂的夕阳(外一篇)

赵玫

转过山间的几个弯后,我们便驶入好莱坞山上著名的穆赫兰道。记住穆赫兰道是因为好莱坞的一部同名电影。这条路沿圣莫尼卡山脉的山脊上下盘旋。途中遍布着形形色色的坡道和急转弯,行驶间充满惊险和刺激。这是洛杉矶最著名的道路之一,沿路尽是壮美的景色。这条路连接了好莱坞山和贝弗利山。这两座山上都住着不少美国知名而富有的人。

当汽车转入盖蒂的中心车道,便远远看到了伫立于山巅之上的那座宏伟的盖蒂中心,在下午的骄阳下,闪耀着近乎于圣殿一般的光彩。

是的,这就是著名的盖蒂中心,为什么明明是一座博物馆,却要号称"中心"呢?走进去才发现这里包罗万象,不仅有建筑,有花园,有艺术品陈列,还有艺术和文化遗产的研究所。所以盖蒂不单单是博物馆,确乎是汇集了多种机构的文化艺术中心。

保罗·盖蒂此公何许人也?曾经叱咤风云的石油大亨。他生于1892年,死于1976年。所以他不像帕萨迪纳的亨利·亨廷顿那么遥远,而1976年是我们伸手便可以触到的。盖蒂比亨廷顿小四十二岁,但亨廷顿谢世的时候他已经事业有成。于是他一定看到过帕萨迪纳的"亨廷顿图书馆、艺廊及植物园",甚至对那样一片辉煌的所在心驰神往。伴随着盖蒂在石油业的宏图大展,发了财的大亨自然而然地爱上了收集艺术品。所以美国的私人博物馆大都和金钱紧密相连,无论是锦衣玉食的加德纳夫人,还是腰缠万贯的报业大王赫斯特。

从此盖蒂开始了他的收藏。那种对艺术珍品的占有欲,有时候就像吸食大麻一般地上瘾。盖蒂收集了大量从文艺复兴到后现代主义的欧洲艺术品,其中包括伦勃朗的《诱拐欧罗巴》、塞尚的《静物·苹果》、梵高著名的《鸢尾花》等等。盖蒂还喜欢装饰艺术,他收藏的法国家具、枝形吊灯、壁毯以及精美的银器堪称经典。盖蒂还大量收藏了自6世纪至16世纪的手写稿以及各种彩饰的真迹写本,它们分别来自于拜占庭时期、奥斯曼土耳其帝国时代、罗马时期、哥特式以及文艺复兴时期的代表作。

盖蒂是一位大胆的收集者,对他来说,追寻一件艺术品的乐趣,远胜于独自拥有它的乐趣。于是盖蒂萌生了建造一座博物馆的愿望,他要将他的收藏免费向公众开放。

然而盖蒂的这个愿望,显然并没有在他有生之年得以实现。后来才知道我们今天看到的盖蒂中心,竟然在1997年才对公众正式开放。而那时候距盖蒂离世已经整整二十一个年头了。

但其间盖蒂创建的各种机构,却始终在马不停蹄地追寻着盖蒂的梦。其中最为重要的盖蒂信托机构,不但陆续购买了一些高品质的艺术品来补充完善现有的收藏,还在圣莫尼卡山脉的丘陵上,斥巨资购买了四十五公顷的土地。这便是我们今天看到的盖蒂中心,盖蒂生前梦想的完美实现。

如今,盖蒂中心尽管并没有完全实现对公众的免费开放,但这里的收费方式及标准却与众不同。来此参观者无需购买参观券,只需交纳停车费。

从停车场到盖蒂中心要乘坐小火车,五分钟的车程一路向上,没有摩擦力的车厢恍若飘浮在彩云间,被设计师构想出来的那种感觉叫"超越凡尘"。

落地后便来到这座神话一般的殿堂。在一片仿古的现代建筑群中迷失着方向。后来知道,盖蒂的信托机构于购地后的第二年,启动了建筑盖蒂中心的浩大工程。而他们所做的第一件事,就是向全世界征募盖蒂中心的设计师。最终以现代主义建筑闻名的理查德·梅尔技压群雄,在众多国际顶尖级设计师中脱颖而出。梅尔杰出地勾勒出盖蒂中心的建筑群,包括博物馆、研究所、古物保存研究所、盖蒂基金会以及盖蒂信托等机构。

在设计中,梅尔将现代风格与古典石材完美地融合在一起,既表现了保罗·盖蒂一贯的生活态度,又强调了他对未来的信念。在如此理念的支配下,盖蒂中心形成了它完整而又独特的风格。很现代的造型,却很古罗马的情调。很传统的大理石,却又很时髦的拼贴。于是远远地看那高大的庭院露台咖啡厅,竟恍如伫立于古罗马的神殿前。大厅内一根根立柱顶天立地,却是现代主义的方形柱。而贴在立柱上的那些砖石,又是参差而粗糙的,仿佛回到了洪荒时代。而这就是梅尔追求的,在古老与现代中建造不朽的神话。

进入盖蒂中心的标志,应该是斜躺在楼梯上的那个裸体女人。那是一座青铜雕像,被摆放在专门为她而设的楼梯上。不知道这座雕像深层的寓意,但这是我们在盖蒂看到的第一件艺术品。

南希说我们从寒冷的波士顿来,最重要的是好好享受加州的阳光。于是我们首先选择了盖蒂的花园,这也是盖蒂让人流连忘返的地方。

穿过博物馆进口大厅,在露天走廊中第一眼看到的,就是中庭的那座喷泉。很多人坐在喷泉边沐浴阳光,而那一刻太阳已开始坠落。于是人影迷茫在逆光中,仿佛变成了凝固的剪影。那座半圆形的玻璃建筑前一片水塘,反射出对面建筑的影子。

只是那影像被玻璃切割后,又被水纹波动,于是反照在玻璃幕墙上,就显得扭扭曲曲,歪歪倒倒,变成高迪米拉公寓式的建筑了。

然后我们登上露台,在那里眺望盖蒂所能看到的景象。最南端的眺台可以俯瞰洛杉矶,却茫茫一片,高耸的建筑凤毛麟角。不过这就是洛杉矶的特点,房屋低矮,而面积阔大,和随时可能发生的地震相关。于是黑色的环球影城就显得格外突兀。一处无法登临的露台,被复制成一片沙漠的景象,用意是人们可以在此回忆,南加州都市化前那荒凉的往昔。向西的部分可以看到太平洋海岸,转过头来,便是盖蒂古拙而流畅的研究所建筑。眺台的另一端种满高大的仙人掌,花蕾团团簇簇地等待着不久的绽放。

中央花园则一派迥然不同的景象,这里以蓝色、紫色和灰色的植物装点冷色调的景观。人工瀑布沿阶梯式石墙拾级而下流入镜池,池中是四百株杜鹃组成的迷宫。那红色杜鹃的迷宫远远望去很像我们中国的同心结。看得出花园里遍布着设计师的理念,而缔造了这座花园的艺术家罗伯特·埃尔文所要达到的效果,就是用植物雕塑出艺术的庭院,但最终还是略显匠气。

在中央花园和露台式咖啡厅之间一片草坡,是人们在此休憩玩耍的场地。在这里你可以看到不同肤色的人们,也可以听到来自世界各地的不同语言。在骄阳下,人们或坐在咖啡厅,或坐在草地上,或读书看报,或和孩子们玩耍嬉戏,一片其乐融融。

空地间三个巨大的铁架,被编织成美丽的花篮模样。藤蔓沿铁架攀援而上,烂烂漫漫地开出满架鲜花。

然后走进研究所的庭院。那里有向西眺望的最好的露台。这里不仅能看到太平洋碧蓝的海水,还能看到山谷间那些被夕阳照亮的漂亮房子。望台前一片美丽的鹤望兰(这是我们中国的花名)。不知道洛杉矶为什么会有这么多鹤望兰,亦不知他们把这种花叫做什么。逆光中,高贵的鹤望兰向上伸展着,像手折的纸鹤那般高昂地飞翔。

我们所以要来盖蒂研究所,其实是为了参观这里的展览。这里有各种轮展和美术图书馆。我们刚好看到了伦勃朗的素描展。只是在这个以他命名的画展中,更多的画作来自他的学生。当然,那也是某种艺术的延续。

另一个照片的展览颇有情趣,将不同时代来自纽约、巴黎和伦敦的男人做有趣的比较。比较中不仅有国度的不同,还有衣着的区别、神情的多样,以及其他的种种差异。这些人依年代各异、职业迥别而分门别类,譬如1920年代的政客,1930年代的富翁,1940年代的邮差,1950年代的屠夫,1960年代的明星,1970年代的……于是这个好玩的展览立即吸引了我们,展厅里的参观者也格外活跃。我们甚至在这些照片前玩起了游戏,譬如遮盖住那三位记者的介绍,猜测他们到底来自哪个国家。结果十之八九猜得不准,说明我们并不真的了解那个时代、那些职业和那些国度。

尽管没能看到更多的展览,但盖蒂的建筑就足以令人惊叹不已了。尤其当我们即将离开的时候已是黄昏,太阳刚好将一天中最美的光辉投射在盖蒂的建筑上。于是淡黄色的墙体变得明亮,好像建筑物自己也燃烧了起来。那是被大自然赐予的橙红和金黄,那是被叠加着涂抹起来的最令人感动的色彩。

于是被石块垒起的楼宇就更像古老的城堡,尤其让人联想到古希腊神殿。在湛蓝的天空下,摇曳的枝叶中,那么古老而优雅。而让这座建筑真正显出壮丽的,还是女儿不经意间发现的那个角度。从中庭向上的楼梯间朝下拍摄,你就会看到廊柱下迷蒙的色调。这时候咖啡厅已没有客人,只寂静着那高高的廊柱和稀落的桌椅。但夕阳依旧照耀着这个恬静的所在,直到那落日余晖难舍难分地暗淡下去。

但只要你继续朝着夕阳的方向,就会依然看到那金色的光芒。尽管它们正在从盖蒂的楼顶一层层退去,然而那退去的光芒也是美的,美得就像是凄婉的诗行。

那就是正在沉入太平洋的落日。夕阳,是的,那就是盖蒂的夕阳。

财富与创造力铸造的城市

John 在机场租下黑色林肯,带我们穿越浩大的洛杉矶市。此前也曾到过这座城市,却没有这一次的感受那么直接。

洛杉矶是一座很大的城市。大是因为城区被铺展得很广阔。无论海边还是山上都住满了人,却似乎没有什么摩天大厦,所以黑色的环球影城,才会成为洛杉矶地标式的建筑。满眼望去尽是低矮的房舍,就因为这里从来就是地震多发地。于是人们只能修建低矮的房屋,甚至两层的楼房都很少见。总之这座城市无限向外延伸着,任凭人们在平层中演绎多姿多彩的生活。

1994 年曾住过这座城市,记住的却只有我们下榻的酒店。那时候我也曾在街区中穿行,离开时却对这座城市毫无印象。只记得去了南加州大学和电影教授交谈,又去了美国西部笔会中心拜访那里的作家。当然也游历了迪斯尼乐园,看到了贝弗利山上豪华的庄园。甚至去了日本城和中国城,吃了比国内还要地道的四川饭。但就是对整座城市一无所知,以为我去过的那些地方就是洛杉矶。

然而跟着 John 看洛杉矶就不同了,几乎第一时刻就弄清了这座城市的大致走向。John 不停地为我们讲述这座城市的来龙去脉,毕竟他是在这里出生的,并在此度过充满爱和欢乐的美妙童年。John 还带我们去看了他曾经住过的房子,甚至他的小学、他的电影院,以及他母亲经常光顾的菜市场。总之这里的一街一景 John 都了然于心,我们才能跟着他几乎看遍了琳琅的街景。John还带我们穿越了中国城、意大利城以及墨西哥城,而这座城市原本就是人家墨西哥的,所以John总是对墨西哥人满怀敬意。我们还特意去看了女儿曾经住过的房子,那时候她正在好莱坞一家电影公司实习。总之洛杉矶很大的城市,却很小的市中心。人们已经习惯于海边或山间的生活了,于是市中心的夜晚总是很萧条。

然而要说的并不是洛杉矶,而是那个叫做帕萨迪纳的小城。那是个洛杉矶大区最北部的腹地之城,在那里看不到蜿蜒的海岸线,只有连绵起伏的群山和峡谷。

帕萨迪纳是我们即将留宿的城市,在没有看到这座小城时,我们既不知道城市的模样,亦无从知晓这里的风情。但John和南希告诉我们,帕萨迪纳有着洛杉矶最高尚的街区。街道两旁上坐落着各种博物馆和美术馆,而亨廷顿图书馆是全美最好的博物馆之一。帕萨迪纳旧城位于整座城市的中心,不久前政府对旧城进行了全面修葺。整修过的历史建筑中新开了很多高档商店、饭店以及咖啡馆。

途中在一家墨西哥餐馆午餐。我们选择了室外的餐桌,仅仅是为了加州明媚的太阳。却想不到正午的阳光那么强烈,竟蓦地有了种被灼伤的感觉。尽管从波士顿的寒冷中走来是那么渴望加州的阳光,我们还是不约而同地戴上了墨镜。

然后便是帕萨迪纳。心目中那个幽雅的小城。

我们首先穿越了帕萨迪纳老城。那是一条笔直的街道,果然两侧满目琳琅。却不知为什么大街上人来人往,川流不息,且很多人背负行李,脚步匆匆,仿佛在赶往某处聚集。越向老街的深处越能看到这样的行人,且街边原本美丽的橱窗,竟也被木板或铁丝网包裹了起来。于是越发不能理喻这样的景象,直到我们在街边看到越来越密集的躺椅甚或钢丝床。

然后才知道因为这天是新年的除夕。而这一天帕萨迪纳的人们只能这样度过。他们从此刻起便要驻守街头,晚上在这里熬过长夜,明晨也将在这里迎接黎明。当然这并不是帕萨迪纳古老的习俗,而是因为新年的花车游行已经在这里流转了一百二十一年。

帕萨迪纳的玫瑰花车游行极为著名,和纽约时代广场的倒计时一样,被并称为美国辞旧迎新最重要的活动。于是每一年的这个时刻,都会有无数来自世界各地的游人造访帕萨迪纳,或者是为了观赏花车游行,抑或是为了这座城市的美丽和优雅。

于是花车游行暂时打破了这座城市的秩序。在此时段,人们可以任意驻留街头。所以商店的橱窗会被小心翼翼地保护起来,以防备可能会失控的人潮涌动。

街边的看台很多天前就开始搭建,同时搭建的还有各大广播电视公司的转播台。而此刻各种转播车、摇动摄影机以及漂亮的主持人都已经到位,全然一种蓄势待发的兴奋姿态。帕萨迪纳的花车游行对美国传媒来说也非同小可,因为每一年的花车巡游都要向全国乃至全世界直播。

而与之相配合的还有各种奇异而漂亮的轿车游行,成为花车巡游前的一种呼啸而过的展示。于是我们在街头看到了各式各样的小轿车,而此刻不够怪异的汽车是没有资格行驶在帕萨迪纳街头的。开车的人自然也个个奇装异服,做出各种与众不同的姿势。他们或者慢慢地开,尽情地展示;或者风驰电掣,嗖的一声从你耳畔闪过,甚至都来不及看清那到底是一辆什么车;也或者有人故意将他的轿车停在街边,让过路的人惊叹它奇异的造型或怪诞的色彩。

慢慢地,所有街边地段都挤满了人,以至于针插不进,水泄不通,行人要绕道才能走出那个繁乱的街区。而终于占据了街边位置的人们则很沉静地镇守着他们的领地,并悠然自得地在那里聊天、打牌,和小孩子玩耍,摆出来一副持久战的架势。这样他们不用买票就能在第一排看到气势恢宏的花车游行,代价是在依旧有些寒冷的夜晚坚守街头。

看台上看花车游行的票价是八十五美金(我们座位的价格),而百老汇戏剧的演出也不过如此,所以多少还是贵了一些。但那些抢占位置的人,也许并不单单是因为票价的昂贵。这些人所以携家带口、呼朋引类地呼啸而来,在某种意义上只是为了好玩儿,或者追求一种独特的度过新年的方式。而我们所以在2009年12月31日赶来帕萨迪纳,其实也就是为了能看到新年第一天的这场壮观的游戏。

后来的几天中每每来到这条街上,感受着这条街的喧哗与优雅。花车巡游后的街道恢复了往日的平静,被拆卸下来的那些钢梁看台不知堆放何方。漫步在街边的小店中,看美丽的橱窗,偶尔也会坐进街边的咖啡馆。

帕萨迪纳的繁华始自1887年,伴随着圣达菲铁路的建成通车,那些东海岸的有钱人、艺术家,以及波希米亚式的人物们,便开始趋之若鹜地乘坐火车来到帕萨迪纳,在此享受加州温暖的冬天。这些人带来金钱也带来艺术,连及波希米亚的生活方式。于是财富和天才以及天才的创造力,在帕萨迪纳这块迷人的土地上融合了起来。然后就缔造了这座独特的富有而艺术的城市,让这里从此拥有了珍贵而丰富的文化遗产。而铁路大王亨廷顿的图书馆、艺廊暨植物园,就是那个时代帕萨迪纳最具标志性的体现。

然后一片宁静的所在。穿过峡谷就是一片优雅的街区。迪克的家就在这花园一般的街边。而这里也是我们将要驻留一周的地方。

一下车就知道这是我喜欢的所在。和帕萨迪纳繁华的市中心判若两个世界。这里清静淡雅,明亮的街道两边是宽敞的绿化带,一幢幢风格各异的矮房就掩藏在葱翠的绿树与花草间。午后的阳光透过叶片铺洒在草地上。冬天也会开放的五颜六色的花。到处有玫瑰花束灿烂绽放,所以帕萨迪纳才会被称作玫瑰之城。

推开门,我们第一次见到迪克。一位在西方大学做了三十四年校长的敦厚长者。记得女儿十六岁时初到美国,就曾写信告诉我她见到了米霄尔和迪克。她说那时候迪克就已经七十多岁了。他研究哲学和宗教,会讲很多种语言,拥有八个博士学位。如今八十多岁的迪克已退休在家,却依旧在泛滥着各种书籍的书房里笔耕不辍。

迪克是 John 的堂姐米霄尔的男友。他们在一起生活了很多年。他们彼此相爱,却又始终保有着各自的房子,各自自由的空间,那是他们很多年来自愿的选择。

米霄尔不在,迪克把我们迎进他的家。像大部分洛杉矶的房子一样,迪克的房子也只有一层。于是没有了上下楼梯的困扰,尤其之于迪克这样的老年人。迪克为我们分配房间,说他将住在米霄尔家。而今后的几天,迪克说,房子就属于你们了。如果不怕冷的话,你们还可以腾跃于房后的游泳池。

然后迪克把我们带到房后。眼前一池清水,天空一样的碧蓝。而环绕游泳池的果树上,垂挂着满树的黄橙和青柠檬。

一座房子是否优雅,总是取决于那些装饰的细节。午后的迪克家一片灿烂,仿佛加州的阳光无所不在。于是玻璃窗上的那个挂件格外醒目,这也是美国人喜欢的一种装饰方式。那个椭圆形装饰物的图景来自大海,尽管帕萨迪纳这里既看不到海,也听不到海浪拍击堤岸的声音。画面上的景象仿佛油画。灯塔以及灯塔旁边的木房子。于是莽莽苍苍的一种悠远,恍惚以为那是南塔基特岛上的灯塔。那是我们曾几度前往的一个大西洋中优雅的小岛,岛上的景象就如同迪克家这个美丽的装饰物。

而这个装饰物在那一刻所以动人心弦,还因为透过它、透过它后面的玻璃窗,是被午后骄阳照亮的透明的叶片。

晚饭时米霄尔第一次出现,和迪克一道为我们准备晚餐。见到米霄尔才知道她有多漂亮,高挑的身材,挺直的腰板,尽管她已经年逾六十,却依旧眼睛那么蓝,头发那么密,脸上甚至没什么皱纹。关键是米霄尔走来走去,竟看不出哪怕一丝一毫的老态。她在厨房和餐厅之间往来穿梭,对我们也只是微微一笑。显然米霄尔不善言谈,尤其和我们刚刚见面。但看得出她和迪克彼此依恋,只听到厨房里不断传来迪克的声音,米霄尔,米霄尔……

迪克虽已年迈,却事事亲力亲为。包括厨具的位置,洗碗机的摆放,酒杯的方位,甚至餐巾的选择。显然迪克是一个严谨而又充满秩序感的人,或者这也是他为什么能在校长的位置坐了那么久。

最喜欢迪克家门前的那些早晨。几乎每个清晨,我们都会在铺满阳光的小街上漫步。很美的阳光,很静的空气。蓝的天,那种碧蓝,甚至没有云。各种植物在这个明亮的时刻相继醒来,烂漫出它们摇曳多姿的倩影。一些橙黄色的枝叶映衬到天空上,那橙黄与碧蓝相交混的独特的味道。静的早晨,花草无语,却径自美丽。小街上不见人影,却听得到林间啾啾的鸟鸣。

街边花园的玫瑰夹带着露水,露珠上闪烁出朝阳的色彩。于是金色光芒飘浮在玫瑰花瓣上,缤纷而绚烂的,那花的炫目。是的,玫瑰就意味了帕萨迪纳,也就意味了迪克和米霄尔。

离迪克家不远是一片山谷。每每前往帕萨迪纳旧城,总是要穿过那座大桥。据说那桥总是频频出现在好莱坞的电影中,而桥下就是布满青松翠柏的峡谷。

穿过桥就能回到迪克的家,而那片街区将永远宁静且人烟稀少。很多的大树,伸展的树冠。这里尽管四季如春,却依然轮回着不甚清晰的四季。一些树在秋冬到来的时辰也会落叶,裸露出光秃秃的枝丫。一些树叶也会变成灿烂的金黄,米霄尔就曾指着银杏树说,看,我们只剩下这里的秋季了。于是帕萨迪纳更加绚烂,每每走在这样的街上都不禁会想,如果是穿过这样的花园回我们自己的家……

米霄尔开始变得开朗,她或者属于那种慢热的女人,抑或她真的不善言辞,却能够感觉得到她对我们的好。米霄尔开着她那辆红色越野车。这一天她陪伴我们参观著名的亨廷顿图书馆、艺廊暨植物园。因为迪克,我们竟可以免费进入亨廷顿。米霄尔背着她高级的照相机,前前后后地为我们拍照。在参观中国花园时,她提出很多有意思的问题和我们探讨,充满了对东方文化的好奇。我们都喜欢米霄尔。因为她不轻易流露感情,更因为她不曾被岁月消蚀的美丽。

John 说米霄尔年轻时就像"糖",身后永远有无数的追求者。但她却选择了追求者中最不好的一个,那个曾经为好莱坞编写电影剧本的男人。她和他有了一对漂亮的儿女。她说她和那男人生活了十七年又多少月多少天。还从来不曾听说有人将不愉快的日子记得如此真切,足见米霄尔是个怎样特立独行的女人,否则她也不会选择和迪克过这种如此与众不同的生活。米霄尔始终坚守自己的追求,退休后选择在亨廷顿的小画廊工作。在这里,她努力帮助那些有才华却尚不知名的画家筹办画展。为此和很多年轻画家成为了朋友。所以才知道为什么迪克家的茶几和书柜上,会摆放着那么多画家的画册。

此后跟随米霄尔,走遍帕萨迪纳所有好玩好看的地方。她带我们参观坐落于帕萨迪纳的加州理工学院。这座美国排名第二的大学,当然也是帕萨迪纳的骄傲。她还在夜色中带我们前往玫瑰花车巡游的出发地,追逐着一辆辆从我们眼前缓缓驶过的花车。不知道什么时候迪克也来到我们中间,想不到年逾八十的他竟然也步履稳健,以至于米霄尔常常会因为看不到他而四处寻找。新年钟声敲过的那一刻,我们在米霄尔家中喝了最好的香槟。我们也是在这里,共同走进了2010年。

初见时,我曾送给米霄尔一条中国丝巾,恰好是米霄尔喜欢的棕黄色调。米霄尔立刻就围在颈上,但后来却说,迪克认为米霄尔不能用随随便便的衣服配我送给她的丝巾。迪克说,她应该穿上正式的服装,庄重地系上那条金色丝巾。于是米霄尔真的庄重起来,在我们参观西方大学的那个早晨,米霄尔为了我的那条丝巾,特意穿了一件很好看的外衣。

事实上迪克也不善言辞,一看就是那种严谨的学者。记得第一天在迪克家,随意翻看茶几上的画册,无意中看到那幅迪克的肖像,画像下特意注明,这幅油画被永久保留在西方大学的展览馆内。因为迪克将他生命中最辉煌的岁月献给了这所美丽的大学。于是对这位做了三十四年校长的迪克愈发感兴趣,以至于终于赢得了参观西方大学的机会。

走进西方大学的这天风和日丽。阳光从天空的任何地方流泻下来,不冷也不热的那种加州的舒适。我们跟在悠然的迪克身后,一步一景地欣赏着美丽的校园。迪克说如今美国大学的排名除却教学质量,校园是否美丽也成了学生们选择的标准。而迪克的大学确乎很美,特别是四季如春的宜人气候。校园里古树参天,鲜花烂漫,有松鼠在林中空地上跳来跳去。礼堂和学生中心庄严而气魄,明亮地屹立于蓝天白云之下。教学楼悬挂着老虎的旗帜,显然老虎是这座大学勇猛的吉祥物。园中幽静的小路,树影下的草坪,只是这时正值圣诞连着新年的假期,于是校园格外静寂,却也静得赏心悦目。

无疑这里的诸多建筑都是迪克任期时的产物,迪克说起它们时如数家珍。无论教学楼还是学生宿舍,也无论办公楼还是礼堂和教堂,无一不倾注着迪克的心血。一个被迪克经营了三十多年的地方,必然渗透了迪克的精神,甚至融入了迪克家庭的诸多元素。

记得在迪克家餐厅的小桌上,曾看到一个很现代意味的雕塑。却不知那雕塑在讲述什么,以为现代派作品便无需意义。想不到在校长办公楼正面的阶梯下,竟看到了和迪克家一模一样的雕塑。只是这个雕塑被放大了,伫立于一个方形的池塘中。在这里,这座雕塑不仅能温婉而优美地旋转,还能从不同角度喷出迷蒙的水雾来。那水雾落入池塘闪出点点碎银般的斑光,而喷向天空时便会形成一道绚丽的彩虹。

米霄尔说,这座雕像是为了纪念迪克的前妻。学校里无论学生还是教员都觉得校长夫人是一位非常美好的人,她总是帮助那些遇到困难的学生和教师。所以当她不幸罹患癌症辞世时,学校里的师生都很难过。不久后艺术家设计并完成了这座校园里的永久建筑,以纪念这位美好的校长夫人。

米霄尔满怀深情地讲述迪克的往事,而迪克此刻就站在水池边上。他或者回忆起往昔岁月,或者在此作苍老的凭吊。不过那已经是很久以前的往事了,后来迪克就遇到了漂亮的米霄尔。在此后的几十年中,他们一直不离不弃地生活着,并相互搀扶着走过这如诗般的晚年。

迪克曾经为西方大学演绎过无数辉煌的瞬间,他总是将校内的社会活动组织得有声有色。他任校长期间,曾邀请诸多重要人士来校讲演,这些名人来访时的照片被制作成褪色的老照片镌刻在墙壁上。在墙上,我们看到了诸如马丁·路德·金、克林顿等显要。而现任总统奥巴马在进入哈佛之前,也曾是西方大学的学生。奥巴马就是迪克任校长期间在这里就读的。

校长办公楼也是经由迪克翻修的。上下两层的玻璃幕墙上,反射出大自然变幻的景观。上面一层折射出悠远的蓝天白云,而下面一层则是校园优雅的房舍。伴随着云的飘动,脚步的移动,玻璃幕墙上的画面也多姿多彩,景色万千。

不远处就是迪克居住了三十四年的校长府邸。要爬上很多层台阶,才能走进那座淡黄色的大房子。但我们只是匆匆而过,那里已然是另一任校长的家。不知道迪克经过这里时,是否会有依稀的留恋。毕竟他生命中的很多岁月是在这里度过的,而这里,也必定留下了迪克坚实的足迹。

或者是为了感谢迪克为西方大学所做的贡献,那条通向校长府邸的路,以迪克的名字命名为"CILMAN RD"。

离别前的帕萨迪纳令人留恋。落日将迪克的房子照得很亮,我们和迪克、米霄尔一道用最后的晚餐。离开时又是洒满阳光的早晨,和迪克、米霄尔在那条清新而宁静的小街上依依惜别。

别后总仿佛再度来到帕萨迪纳的夜晚。透过窗看到迪克和米霄尔坐在壁炉旁的沙发上,壁炉里燃烧着真正的木柴,火焰发出噼噼啪啪的响声。他们各自阅读着手中的书和报纸,火光照亮了他们温暖的身影。看到这画面,总是被深深感动,觉得真是美好啊,迪克和米霄尔。不知道此生要怎样的造化,才能修来如此心心相印的晚年。

迪克和米霄尔创造了他们的生活,他们也是帕萨迪纳的一重景象。从此他们像微风一样,永远会轻轻拂过我们的心头。

(原载《黄河文学》2011年第4期)

南太行农事诗

杨献平

往往,春节才过,房后乃至向阳坡面上的野草蹬开泥土就冒尖了,冬天被冻得半死的萝卜缨子也缓过劲儿来,和韭菜一起,提前向春天进发。过了正月十五,人热得就穿不住棉袄了。有些老年人不怕丑,坐在让人心情焦躁、骨头发烫的阳光下,眼睛咬着袄缝,两手捉虱子。有年轻孩子,跑得比小马驹子还快,倒提着褂子,满头大汗回到家里,端起茶缸子咕咚咕咚喝凉水。大人们在田间抡钁头刨地,或者吭哧吭哧往田里挑粪。

夜里还是有点冷,东风把满村庄的枯枝茅草吹得哗哗响,猫头鹰总是在坟地里的老柏树上叫。一觉醒来,站在院子里,就闻到一股香味。人都知道,后山的杏花开了。爬到山岭上一看,焦黄的坡面上,东一堆西一堆的粉红花朵挠人心尖儿,稠拽拽的花儿,显然是南太行春天第一个使者。到上午,阳光稍微热烈,家养的蜜蜂,还有山里头的大黄蜂,就循着花香开辟的空中航线,不约而同地围着花儿,嗡嗡乱叫,手足舞蹈。

莲花谷人行动起来,先是翻了积攒了一冬的人粪、牲口粪、柴灰粪,还有烂叶子粪,把整个莲花谷弄得臭气熏天,苍蝇落在每一块粪上,还有人的头发及膀子上。以前,肥料大都是人、牲畜、树木庄稼叶子沤成的。其中,人粪是公认的强力粪,比硝铵、尿素之类的化肥更管用。牲口粪当中,猪粪肥劲儿最大,其次是鸡粪、骡马驴粪和羊粪。树叶庄稼秸秆粪必须掺上土,再连续泼上人尿才能沤到位。

翻出来的粪冒出腾腾热气,在各家各户前后氤氲。闲得没事的公鸡带着几个胖大的母鸡,咯咯咯地在粪堆上一边扒拉一边吃。人嫌鸡们把粪扒拉得哪儿都是,见到就大声撵。鸡们刨得正欢,吃得正香,根本不理那一套。人急了,就用棍子打,石块砸。人消停了一会儿,抓住锨把儿,往手心吐一口唾沫,往荆篮子里铲粪。然后拿了扁担,挑着百余斤的粪,向下或者向上走。向下稍微快点,借助惯性,还算轻巧。向上就难了,莲花谷一带都是坡,坡上大都是旱地。往往,挑一担子粪起码也得一个小时。

这就是靠山吃山了。山上的土成为田地,田地种庄稼、打粮食、养活人。就在粪气冲天的时候,桃花梨花苹果花山楂花都开了,但持续很短,刚闻惯了香味,就被叶子和青果代替了。人们在地里把粪散开,用镢头翻松了土地,就仰头看天。我小时,春天时不时下雨,村人正好借着雨墒刨坑点种。到我十五六岁时(90年代初期),春天干脆就不下一滴雨,最严重时,半滴都没有,太阳还直杠杠地暴晒。正在春分前后,人急着把种子往地里扔,可没墒扔也白扔。天一点不下雨,反而晴得新媳妇儿脸蛋一样。老年人抽着旱烟,吧嗒说,该给龙王爷上供了,唱台戏吧!

村干部挨家挨户起了钱,请了戏班,戏院里一阵锣鼓叮咚,咿呀的评剧或者豫剧还有梆子把老年人的魂都勾没了,整天坐在戏台下,跟着台上的人鼓掌叫好或者粗枝大叶抹眼泪。有时候,开唱当晚,就会下雨,有时候,唱完了还是万里半滴不见。到我十九岁那年,没人提议唱戏了,大多数人也不爱看戏了,晚上围着黑白电视机长吁短叹,跟着永远都不可能亲眼相见的演员喜怒哀乐。与此相同的是,南太行的春天几乎不下雨了,旱地干得连蚂蚁都懒得跑了。

可还是要种粮食，人就到河沟挑水，铁桶挂在担钩上，空的时候一路鸣响，盛满水后，低着脑袋，梗着脖颈，走到田里，汗水也能拧半桶。莲花谷人的农耕观念是宁可人吃苦受罪，也不能耽误了庄稼。往往，两桶水只够点种二十三坑儿种子用，一亩地起码也得六十桶水才勉强够。往往，不过两天工夫，河沟地表水、水井水就被挑光了。等到点种完，连吃的水都没了。要是刚点种了再下场透雨，那就是天大福分。要是还不下雨，大部分种子会趁着一点墒气发芽，还有一些，就会霉烂。等庄稼苗儿出得差不多了，人就挨着看，遇到没出的，还得挑水补种，或者把其他地方多余的苗儿移过来。

等到玉米、谷子、红薯、土豆、豆角、瓜类、萝卜出齐了苗儿，苹果、桃儿、杏儿、柿子、核桃、山楂、梨子也都结出了嫩果实。杏儿开花早，成熟也最早，往往，还没有变黄，就被孩子们摘着吃光了。我小时，有一次，和几个同学商量好，等杏儿熟了再一起去摘着吃，可没过三天，就只剩下一树青叶了。苹果、大枣、桃子慢慢成熟，核桃和板栗却还在懵懂之中。等冬麦齐刷刷地蹿出了麦芒，蝴蝶翩翩其上，地鼠、灰雀和野兔在麦垄里大肆偷吃的时候，阳光持续热烈，漫山遍野的草和灌木淹没了不规则的岩石，洋槐花儿整树盛开，不知从何而来的养蜂人把蜂箱摆在路边，搭着帐篷，戴着薄纱的草帽，一次次地往桶里摇蜜。

蜻蜓在池塘上飞，在水面上不断点起涟漪，青蛙蹲在猪耳朵草上，冷不丁呱呱几声。莲花谷人找出旧年的镰刀，蹲在磨石前蘸水磨，红色的铁锈和灰垢一起，把干净了许久的磨刀石糊得面目全非。男人背了柴架子（一种木制的工具，用来背柴禾、粮食、秸秆、果子甚至各种肥料），女人拿了镰刀、绳索和水，到自家地里，抓住金黄的麦子秸秆，镰刀刷的一声，就从根部把麦子放倒了。然后丢在地上，成一捆时，妇女就用麦秆捆起来。等一块儿地都割完了，就背到村里的麦场上，找个地方堆起来。然后再去割其他地里的。

鸟儿们格外殷勤,围着麦场和麦地,成群结队,跟人抢麦粒吃。人见到,挥着镰把子撵,嘴里还做出奇怪的呼喝声。山鸡、野兔、獾早就销声匿迹,回到山间,继续过自己的清净日子。几天后,各家各户的麦子都割完了,就开始脱粒。——直到现在,莲花谷一带还是一个自然村一片麦场一架脱粒机,你用完了我用,我打完你打。麦芒扎人,打碎了更扎人,人又穿得薄,打一次麦子,全身都刺痒。随后,把麦子扛回自己家,摊在平房或者院子里暴晒。这时候,天才想起下雨,冷不防,一片乌云过来,紧接着是一阵风,急骤大雨不由分说,哗哗一阵,就像某种突如其来的激情,摔打完了,还没抬起脑袋,阳光就又晒得头皮生疼。

这时,套种在麦垄间的玉米、黄豆和豆角彻底解放,人再用镢头刨掉麦茬,再放水浇上一遍,庄稼就如饥似渴,长势惊人。好像一顿饭工夫,玉米就长了一人多高,豆角也张开缠人的本事,绕着玉米叶子和茎秆,赶着与太阳会晤。再几天,玉米穗子就能吃了,虽然嫩,但大人小孩都喜欢。我小时,父母不让我摘着吃,说那是糟蹋。直到现在,只要看到煮熟的玉米,就买来吃,好像啥时候也吃不厌。

南瓜、西葫芦、茄子、辣椒、西红柿等等蔬菜也都能吃了,土豆、红薯和花生也都在土下蓬勃生长。核桃也有仁了,用刀子旋开吃,香得满嘴流油。苹果、山楂和李子等家果和野果成为了孩子们猎食的目标。柿子有的红了,引了一群喜鹊,堆在树杈上唧唧喳喳不停。板栗也都像小孩拳头,带着两根小尾巴,在树叶间随风摇。这时候,半大孩子们会去附近的水库玩水,大呼小叫的,把临近的村民吵得睡不成午觉。有特别气愤的,就站在院子里大骂。要是遇到娘儿们骂,有胆大的小子索性光着屁股站成一排,朝人家吼吼乱喊。

深山里的野葡萄也熟了,黑黑的,就像眼仁儿,可吃起来比酸枣还酸,牙齿就像棉花一样软。——酸枣个儿不大,结得满树都是,可还发青。吃在嘴里,没有一丝甜味。山楂、板栗也还不能吃,只有那些野桑葚,藏在深沟山涧里,人吃不到,鸟儿吃得多。野猪们白天睡懒觉,晚上跑到村边地里乱拱,把红薯、花生、玉米、豆子吃得一颗不剩。有决心大的人,晚上搭个棚子在那儿看守,有几次,有几个人还真遇到了山猪,那家伙见到人,单独的会跑,要是一群,非把人也当红薯吃了不可。听弟弟说,2007年才夏天,有一群山猪竟然跑到我住的房院里,乱拱一阵。好在那房子一直闲置着,要是有人,说不定会闹出个啥乱子来。

也不知道啥时候起,莲花谷及外村的少数人专门捕猎山猪,拉到城市饭店卖,一头能得小万把块。但与此同时,也有几个人被山猪咬断了腿脚,落下个终身残废。大致是禁牧时间长了,山坡上的草没牛羊吃,以致荒草如林,灌木幽深,野兔和山鸡也趁机繁衍壮大起来。随便往草堆里一走,准会冷不丁飞出一只山鸡或跑走一只兔子。每隔三五天,村人就到自个儿地里看看,风吹倒了玉米,就一棵棵扶起来,野草长得多了,就拔掉。为了吓唬山猪、松鼠、野兔、山鸡,人就把破旧衣服找出来,弄几根棍子,打扮成人的模样,竖在地边和地中间。

紧接着,核桃熟了,皮自动剥开,要不及时打,就会滚进茅草丛,埋进土里,变成小核桃树或者直接霉烂。人觉得熟了,就扛起长竿,挑起扁担,汉们儿爬树磕打,妇女在地上捡拾。然后放在家里,去掉皮,卖给来收买的贩子。再几天,柿子也熟透了,这家伙皮嫩,不能磕碰,人就在地上铺了茅草,小心翼翼地打。打完了放在屋里,好的用专用工具刀弄成柿牛子(去掉周边的皮,只剩头顶,然后放在房上晾干,再捂,糖粉即出),摔坏的弄成两半,晒后变红,极甜。

柿子熟了之后,就是白露,清晨开门,远近地面上似铺了一层盐粒或白糖。这时候,玉米、谷子、豆子、红薯、花生等等庄稼都熟了,人去收割,用扁担或者背篓背回家,按照各种粮食的特性,该晾干的晾干,该窖藏的窖藏,该去皮的去皮,该水煮的水煮……除了卖给商贩,剩下的自己吃。然后,再挑粪,再翻松田地,再趁着秋墒,种下冬麦。等这一切收拾停当,叶子就开始变黄,就开始从空中往地下走。早上起来,蔫了的叶子变黑,再变脆。忽然一阵大风,吹得满地都是。再一场大风,大小树上,就只有三五百枚顽强者,在风中晃动暮秋。

农历九月二十,石碾子村的庙会就开始了,不知从哪里来的小商贩在大河滩摆开货物,等到太阳照到正房顶,莲花谷几乎家家出动,人人参与。——吃过早饭,精心打扮一番,就三三两两地从一道道的山谷一步一摇而来,有的坐着拖拉机、三轮车,还有的骑着自行车、摩托车……当然还有小轿车。本地的手艺人也开始忙活,杀羊的杀羊,炸油糕的炸油糕,卖饭的卖饭,整个石碾子村,就迎来了一年中最热闹的时间。

我十六岁那年,在石碾子庙会上买了琼瑶的《失火的天堂》和席慕蓉的诗集,被完美的爱情故事感动得做了好几个梦,把席慕蓉的诗歌抄了两大本子。也就是在那一年,我开始暗恋一个女生,整个身心都处在被火烧被风吹的状态。……直到现在,一想起来,就全身发颤,像触电一样。——石碾子村的庙会大致五天,实际上,到第三天,就没啥人去了。就是一些爱看戏的老人,跑几里路,或站或坐在蚊虫飞舞的露天戏院台下,在铿锵的锣鼓声中聚精会神,回来路上,不管天多黑,也要说说看法,有对演员的评价,也有对戏中人物的印象。再几天后,早上起来,门口的湿土上结了一层薄冰,北风飕飕地,从山岭到院子再到屋檐,最后卷着枯黄的茅草,一路向后山奔去。

乍一到冬天,忽觉得村庄变大了,天也高了,山也陡了。看哪儿哪敞亮,就连两口子顶个嘴,老人们说淡话,隔着一道沟、几座房子,也都听得鲜鲜灵灵的。小孩子的哭声满河沟乱窜,敲得卵石叮当作响。晚上，路上行人少了，北风清扫路面，尘土打着鼻尖，要是月圆之夜，还可以看到飞扬的灰尘。猫头鹰和不知何时返回的乌鸦交相呼叫，把莲花谷的夜晚叫得令人心里发毛，浑身起鸡皮疙瘩。以前这时候，正是羊只抢草的好时节，眼不见，就窜到树底下或谁家的田里，埋头猛吃，石头砸棍子打也不离开。羊只和人一样，觉得了季节变化，快入冬了，吃一口是一口。

等冬麦苗儿破土而出，长到一拃多高，冬天就来了。在南太行，冬天来之前往往要下场连阴雨，至少两天，温度越来越低，到最后，就变成了敲人眉心的雪粒，在冻得干硬的地面上，小皮球一样蹦。这时节，男人们大都出去打工了，就剩下媳妇儿和孩子们。媳妇儿给冬麦浇上一次水，有勤快的，就到山里割些荆条子回来编荆胚子（即用荆柴条儿编成纸板模样），专门有人来收购，一般送给私营煤矿垫顶用。要是懒点的，就带着还没上学的孩子，这家坐一会儿，那家看一会儿，说一些相互感兴趣的话，看天不早了，就告辞，回到家里，舀水刷锅，抱柴点火做饭。

更多的人冬天会找些事儿做，哪怕是辍学在家的孩子，也不会在家里呆着，拾柴、打石头，或者砌房基，反正不能闲着。最近几年，可能是稍微富裕了些，一些人开始"垒长城"，据点就那么几处，人数也不多，但也"垒"得热火朝天。先前，每把一元钱，再后来是五元。急需要房子住的人家选在冬天作业（以前是义务帮工的多，现在是不论是谁都得给工钱），嫁娶的事儿也都放在冬天（大致是冬天比较闲，食物不易变质等因素）。这样一来，冬天的莲花谷内外，除了叮叮当当的垒房子声音，就是鞭炮锣鼓敲打的嫁娶了。当然，有时候会是号啕大哭，老人去世了，也要请戏班子、歌舞团、放电影的、吹鼓手，热闹程度跟娶媳妇差不多。

当然，媒婆子也在冬天频繁"出击"（莲花谷从没有专职媒婆儿，大多数人家托亲戚做媒人），"递手巾"（莲花谷的盛行的订婚仪式,即男女双方若是愿意嫁娶,就用毛巾包上钱币送与女方,明确婚配关系)了,皆大欢喜,如果不成,再找别的合适人家(一般是男求女,父母之命仍占相当比重)。就这样,媒婆子各奔各的"目标",各耍各的嘴皮子。要是无意中遇到一起,也都会审时度势,作出让步或者同时"游说"。——这当然也是农事,而且是最大的"以人为本"。老年人习惯于坐在火炉边,抽烟说闲话,念叨当年的事儿。年轻人聚在一起喝酒,脸红脖子粗地喝得东倒西歪。

到夜晚,村庄静得只有风,人冷得盖着两层被褥,缩在被窝里,鼾声震得玻璃哗哗响。第二天早上起来,开门一看,眼前白得眼睛发黑。大雪掩住了麦苗,也盖住了枯黄或黝黑的山坡,大马路只剩下一个蜿蜒的轮廓。乌鸦、喜鹊、小麻雀乃至鸡们、山猪、野兔等等无所遁形,走到哪儿,都会留下一串清晰痕迹。吃了早饭,到处都是扫雪声,但都在自己房顶、院子和必经的小路上。这种情景,真是"各人自扫门前雪,不管他人瓦上霜"一话的生动呈现。

大雪还没完全消融,春节就到了,亲戚们带着礼物——一般为新蒸的馒头、酒、香烟和奶粉、小孩吃食等,来回走走,你送我家,我送你家。扫了房子、做了豆腐、炸了麻糖油糕、贴了对联,大年三十就到了。人都蹲在自己家,妇人和闺女包饺子,汉们儿劈柴或者闲看电视。除夕夜早上,或长或短的鞭炮从各个自然村噼啪响起,"二齐"(可以弹射很高的烟花)在黑夜的空中炸响,火光一闪,照亮了莲花谷。到早上,本家宗族之间来回走动,小辈儿给长辈儿磕头拜年。等太阳升起,孩子们依旧拿着柏香放鞭炮,大人们坐在一起,热闹一阵,说,一个年又过去了,咱又老了一岁。

然后是串亲戚,也是小辈儿去给长辈儿磕头拜年。几天后,就都回到了原来的生活位置,该上班的上班去了,打工的也收拾了行李,没过几天,太阳就又暴热起来,野草们拧出地表。满山遍野的泥土解冻,烟岚在峰峦披散。村人们拿出闲置了一冬的农具,翻开沤了一年的粪,然后挑了荆篮子,又吭哧吭哧往田里送粪了。再稍待几天,后山的杏花就又开了,香味还是去年的,但闻起来还是很香。再几天,焦黄的山野就又被新绿代替,乌鸦不知何时没了踪影,燕子再次回到旧巢,从池塘边一次次衔回淤泥。以前,河谷里总是冰层解冻的嘎嘎声,现在却听不到了,只是风,一次次地掠过树梢和房顶,从一道道的山坡向再一道道的山川奔旋而去。

(原载《黄河文学》2011 年第 5 期)

从这里到那里

谢有顺

在郁南吃黄皮

有一种水果,我吃的次数并不多,在我却是常常想起的,那就是产自广东郁南县的无核黄皮。它早已是"中华名果",可能产量有限季节性强的缘故吧,广州的水果摊上,其实不太见到它的身影。我多年前吃过一两次,味道至今难忘。酸酸的,甜甜的,汁多,肉厚,无核,一颗下肚,口水漫溢。它俗称"黄皮",皮上的确泛着古铜色的光泽,饱满的果实挤成一串时,分明就是一派健康景象,有资料介绍说,黄皮有消食健胃、润肺止咳之药用功效,看来不足为奇。

我从未想过,有一天,自己会站在无核黄皮的母树下,被那片古铜色的光泽所吸引,并大饱口福。

7月末的一天,我和盛可以、李傻傻等人驱车前往郁南,到达县城时,已经是晚上11点多了。顺着西江,从惠能的故乡新兴一路颠簸而来,三个多小时的车程,我们都有头晕目眩之感。一进宾馆门,我就看到了桌上那盘黄皮,个个成熟得像要从盘子里挣脱出来,也顾不得洗手了,抓起一个最大的,皮刚撕开一个缝,肉已经挤到嘴里去了。重逢这久违了的酸味,我顿时忘了车船的劳顿,黄皮一入口,路上因晕车而有的浊气仿佛都被呼出去了。

我吃了一个,又吃一个,这才发觉,旁边还站着正准备和我告别的郁南文友罗荣南君。我歉意地笑了笑,荣南君却很开心地再把一串大的塞到我的手中,"吃吧,正是吃黄皮的好时节。"看得出,我对黄皮的热爱,让他既感意外,又觉自豪。他说,郁南位于广东西部,与广西苍梧县接壤,地处西江中游南岸,是南江文化的主要发祥地,有天池庵、张公庙、大湾古建筑群,有禾楼古舞、手指画、连滩山歌舞。他说,郁南的森林覆盖率达百分之七十,居全省之最,你走到哪里,都满眼皆绿,青山、绿水、蓝天,可以说也是郁南的特产。他说,郁南是水果大县,除了无核黄皮,沙糖橘也名闻遐迩。他说,郁南是"中国无核黄皮之乡",现存的两株无核黄皮原种母树,一大一小,乡贤曾乃桢1934年卸任乐昌县县长时,由同僚所赠,种在建城镇的别墅"干园"里,现在依然每年开花结果,当时曾乃桢并不知道这两棵树结的是无核黄皮,更没想到,这两棵奇树,多年之后,通过取母树枝条嫁接的方法,为自己的家乡培育成功了无数棵无核黄皮树,带动了家乡的经济发展……

等荣南君把情况介绍完,我已把桌上的那盘黄皮全部吃完。我边洗手,边问,母树还在啊?还在。我突然对这两棵母树有了一种神往。钱锺书先生说,你若觉得鸡蛋的味道好,又何必去认识那只下蛋的母鸡呢?但我终究压抑不住自己的好奇,还是决定第二天去看无核黄皮的原种母树。

这是一个普通的院子。院里的那幢小洋楼,一看就是老建筑,墙壁有点斑驳了,但仍洋溢着三十年代的文化气息。院里有两棵树,一棵是黄皮树,另一棵也是黄皮树。旁边县政府立的碑铭告诉我们,这两棵就是中国无核黄皮母树。树高约有四五米吧,树干粗壮,枝叶繁茂,间或还能在叶子间看到还未采摘完的果实,同样是古铜色,同样饱满、丰腴。"这可是母树上结的黄皮哦，"不知谁嘀咕了一声，当地的友人就搬来梯子，爬上去摘了几串下来，分给我们品尝。我拿在手上，突然有一种惶恐，不知该吃还是不该吃。旁边的几个朋友，却早已吃得连连惊呼了。我用犹豫的眼神，看了看屋里的主人，一个年纪大的，正在翻晒黄皮干果，一个年纪轻的，正在奶孩子，全然没有理会我们对黄皮母树的惊扰。他们大概习惯了这样的场景。我也就放心地吃着这两棵母树结的黄皮，确实不同，汁液甜厚，回味悠长。后来，我们还一个个轮番上梯子，每人都摘了好几串，下来后，还各自比着大小，笑声一片。

很快，主人就出来招呼我们进屋喝茶，还端出刚采摘下来的黄皮，请我们吃，一起端出来的，还有盐渍、糖渍的黄皮果饼。年轻的妇女依旧在奶孩子。墙壁上贴满有关这两棵无核黄皮母树的报道，还有曾乃桢及其后人从香港回访家乡的图片。屋后，又是一大片新嫁接的黄皮树，硕果累累。吃饱了奶的小孩，可能刚刚两个月大吧，眼睛睁开了一条缝，看着外面，那外面，两棵母树正在轻风中摇曳。我对小孩说，你真幸福啊，一长大，就可以吃母树上结的黄皮了。年轻的母亲不禁开怀大笑。

我们又吃，又拿，真是乘兴而来，满载而归。两天后，我和莫言同去三亚，晚饭后谋划着要去吃一次榴莲，同行的蒋子丹、孔见等人，根本闻不得榴莲的味道，我和莫言就决定蹲在路边的电线杆下，把榴莲吃完再回宾馆。我们挑了一个最大的，过完秤，付了钱，让店主把它打开，把榴莲分装成一个个小袋。蒋子丹、孔见怕那味道，早已站得远远的。就在此时，我发现水果摊上也有一筐黄皮，就招呼莫言尝尝，一吃，满嘴是核，果汁无多，和我在郁南吃的，根本不是一回事。

那一刻，我又想起了郁南的无核黄皮母树，那真是天赐的礼物啊。

在汕头吃粥

一次偶然的机会,读到明代张方贤所作的《煮粥》一诗,最后两句是:"莫言淡泊少滋味,淡泊之中滋味长。"淡泊的粥,一定是稀粥了,米粒估计是不多的,只有文人,才能吃出个中的滋味长来。两日的粮,硬要分成六日来煮,那就只能吃粥了。我小时候,早晚都是吃粥,独有中午是干饭。宋代的张文潜说,"食粥可以延年",但在我们老家,食粥不过是因为粮食不够,"有客只须添水火"而已。每天早上生产队长到我们家,第一件事就是把饭勺往粥盆里一插,勺子立不住,那就说明米太少,亏待了孩子,他照例是要数落我父母一番的。无奈,孩子多,粮食少,我们全家只能继续吃粥。

后来还读到一本《大众粥谱》,才知道,国人吃粥的花样繁多,甚至早在公元前两千多年的《周书》上,就有"黄帝蒸谷为饭,烹谷为粥"的记载了。但在我的记忆中,把粥吃得最有滋有味,最荡气回肠的,则非潮汕人莫属了。

在汕头,粥城遍地都是。不就是吃个粥么,但吃法不同,气派也就不同。你到了汕头,若不吃粥,算是白去了。尽管汕头那带,小吃无数,粿条,豆花,蚝烙,炸蟹枣,卤猪脚……样样诱人,但经典食谱中,还真是缺不了粥。潮汕人称粥为糜,大米粥叫白糜,稀粥叫清糜。现在你在街上吃到的,多半不是稀粥,而是很黏稠,并且加了各种佐料的粥。在粥里加什么,就叫什么粥:大石斑鱼粥,蚝仔粥,螃蟹粥,虾粥,皮蛋粥,菜粥,香薯粥,芋头粥……凡物皆可入粥,吃起来,味道自然也就丰富多变了。多数的粥,是大米和作料一起放下去慢慢熬出来的,虽说是吃粥,其实已分不清饭粒和作料,味道早已融为一体了。也有人喜欢吃白粥,配一碟萝卜干、橄榄菜或者花生米,清淡,适于养生,尤其是身体不爽之人,白粥之可口,近乎有药用的价值了。

每次去汕头,朋友请得最多的,是吃大石斑鱼粥。尤其是夜晚,在路边的一个小店坐下来,一盆热乎乎的砂锅粥端上来,再多的烦恼,暂时也忘了。有些菜谱上,还写有介绍:大石斑鱼,又称"过鱼",原产地是印尼、菲律宾、泰国等深海地带,皮较脆,骨香美,肉鲜嫩,长期食用,具强身、美容、提神、壮阳之效。看了,不禁莞尔。宋代秦观说"家贫食粥已多时",清代曹雪芹也有"举家食粥酒长赊"的经历,吃粥,一直是贫穷的象征,可是,到了汕头人这里,却吃出了如此壮观的景象,这大约也是一种饮食文化吧。不知有没有人考证过,潮汕人是何时开始吃粥的,"粥后一觉,妙不可言"的境界,又是从何时开始传开的,也许,在潮汕人看来,这并不重要,重要的是无论走到哪里,都能吃到味道丰富的家乡米粥。

每当粥香飘起,汕头人怕是无人不驻足相闻的。"吃粥去",一句平常的话,却有多少滋味在心头啊。从地理上说,汕头依海而立,靠海而兴,海岸线长,岛屿多,韩江、榕江、练江的中下游流经市境,三江出口处冲积成平原,出产丰饶,尤以海鲜居多,所以,粥的作料,也多半从海里来。我也知道,在汕头,农历正月初七有吃"七样羹",冬至吃"冬节丸"等饮食习俗,但对于我们这些外地人,最具吸引力的,还是吃潮汕的粥。

我甚至想,这个地方的人,乡情的凝聚力一直举世公认,多半也和吃粥有关。明清时期,潮汕人大批移居海外,开埠以后,移民风尤盛,一度,潮汕人口比例是本土一千万海外一千万。飘散得这么远的亲情,总得有一样事物来承载他们的乡念,或许在故乡吃粥的快意,就是最好的怀想了。有时,我们还真不能小看了食物对人心的凝聚力,就像我们客家人,走得再远,说起客家米酒(又称客家娘酒)来,心头立即就会泛起一丝暖意。而汕头是著名的侨乡,出去的人更多,走得也更远,小小的一碗粥,像一条人情的丝线,确能牢牢拴住每一个远行者的心的。

到汕头吃粥去!吃完,再喝一道功夫茶,潮汕的风情,你就感受一半以上了。

在惠州遇见苏东坡

有一处地方,我不算熟悉,在我却是常常想起的,那就是——惠州。它又称鹅城,位于珠江三角洲东北端,素有"岭南名郡""粤东门户"之称,有江,有海,有瀑布山泉,还有西湖。我喜欢有水的地方,水多了,人就活得滋润。第一次去惠州,游西湖,湖山相连,想到的不是杭州西湖,也不是福州西湖——尽管这三大西湖,各有娇媚。我想到的却是苏东坡。

死去了近千年还能常被人记起的人,苏东坡是一个。在惠州,东坡遗迹有近二十处,有些是重修的,但天然的景观,我想总还是苏东坡看过的吧?他住过的白鹤峰,下有东江,上有古树,美不胜收,想当年,东坡先生登山远望,江天一色,古树婆娑,人影徘徊,会是怎样的心境?他大约会想起黄州,醉酒,作诗,终究难以抹去心底的那丝寂寞。"夜饮东坡醒复醉,归来仿佛三更。家童鼻息已雷鸣。敲门都不应,倚杖听江声。"这是他在黄州时写的诗句,在惠州时,这可能也是常常重复的场景。

苏东坡想"江海寄余生",他的晚年,也确实与江海为伴。惠州的水边,就处处留有他的足迹,西湖更是如此。他解囊助修东、西新桥,筑苏堤,一些钱,还是动员弟媳妇(苏辙之妻)捐献的,为此,他自己的犀带,据说也卖了。一个罪官谪居岭南,还能如此心系百姓,为这个"蛮貊之邦"增添斯文,也就难怪今天的惠州人会尊他为百世之师了。

"一自坡公谪南海,天下不敢小惠州"。确实,地处偏远的惠州,得以名扬天下,总是离不开这些名人的身影。其实,早在唐代,惠州就是"罪官的流放地",宰相张锡、牛僧儒、杜元颖,义武军节度使浑镐、桂管防御观察使郑亚、少府崔元受、中书舍人崔沆等人,都曾先后谪居惠州。当年,惠州人宽待这些名士,他们的后代至今受益,看来,老天还是有眼啊。五四时期的老夫子吴虞有诗云,"英雄若是无儿女,青史河山更寂寥"。惠州的山水再秀美,若是没有苏东坡的雄才助兴,少了孙中山、廖仲恺、邓演达、叶挺等人的革命身姿,怕也是要寂寥、逊色许多的。

或许,好山好水,才能出好人,养好人吧。一个地方,投缘于哪一种生命气质,并非偶然的。城市有城市的气质,山水也有山水的偏好。惠州人的热情、重义,在岭南是有名的。苏东坡有恩于他们,他们纪念他,而似我等一介闲人,踏足惠州,他们照样热情相迎。我后来查找苏东坡抵达惠州后写的第一首诗,发现他记述的也是惠州人的这一特点。那是宋哲宗绍圣元年(1094年)的初冬,苏东坡的船一靠岸,就看到码头上站满了迎接他的人,他不禁感叹:"仿佛曾游岂梦中,欣然鸡犬识新丰。吏民惊怪坐何事,父老相携迎此翁。"他觉得这地方似曾相识,好像梦里来过,要不,怎么连当地的鸡狗都认识他呢?那么多人出来迎接他,关心他为了何事被贬,此情此景,令他热泪盈眶。苏东坡暮年,作有《自题金山画像》一首,词句悲凉:"心似已灰之木,身如不系之舟。问汝平生功业,黄州惠州儋州。"他念念不忘惠州,当然不仅是因为在西湖孤山上留下了小妾朝云的墓,也非想念桥东那口东坡井,他自然是想起了惠州人以及自己在那谪居三年的温暖时光。

有一次去惠州,朋友笑问,苏东坡在惠州到底吃掉了多少荔枝?这当然是无法考了。"日啖荔枝三百颗,不辞长作岭南人"。有快意,也有留恋。读苏东坡的诗,会发现,他写过很多食物,他讲究吃,这表明他对世俗生活有着难言的热爱,没有一般文人的酸腐。惠州梅菜,东江糯米酒、酿豆腐,罗浮山酥醪菜、百草油,惠阳三黄鸡,大概苏东坡都是吃过的,只是他手头拮据,这些美食,尤其是三黄鸡,怕也无缘常常品尝。

何以为证?手头刚好有一则苏东坡写的家书,里面写到:"惠州市井寥落,然犹日杀一羊。不敢与仕者争买,时嘱屠者买其脊骨耳。骨间亦有微肉,熟煮热漉出(不乘热出,则抱水不干),渍酒中,点薄盐炙微燋,食之。终日抉剔,得铢两于肯綮之间,意甚喜之,如食蟹螯。率数日辄一食,甚觉有补。……"读到这里,我已经口水漫溢了。想当年,惠州每天杀一头羊,好肉自然让官老爷们吃了,骨头缝里的肉碎,却被苏东坡吃得香飘千年,"岂复知此味乎"?东坡肉(猪肉)在杭州西湖边上的楼外楼早已是名菜,惠州人打了多年的东坡文化牌,何不也在自己的西湖边做上一道东坡羊骨头肉,渍酒中而食之?或许惠州的某个小巷里早已有这道菜了,只是我无口福,至今未能吃到而已。

在太湖吃大闸蟹

苏州人好客,但凡分别时,总不忘说一句,秋天来吃大闸蟹。惜别之余,顿添无限向往。这肯定是最令人迷恋的秋天,当眼前出现那片横行的身姿,灿烂的金黄以及那股令人伤感的蟹香,手指头似乎马上就会有一种黏黏的感觉——这是吃大闸蟹最为难忘的记忆。所以林语堂说:"出于爱好,我们吃螃蟹。由于必要,我们又常吃草根。"在广州,一入秋,各个酒家都螃蟹遍地,只是,吃起来一蟹不如一蟹,这时,唯有吃着盘里的,想着湖边的了——这湖,指的是太湖。更出名的,当然还有阳澄湖,只是,阳澄湖的大闸蟹假的太多,即便吃得上真的,由于它的水质大不如前,味道似乎也并不比太湖大闸蟹强。这样一来,近几次来苏州,吃得最多的,反而是太湖蟹了。

太湖产的清水大闸蟹,并非苏州的常备食物,一年只有那短暂的时光,有缘人才得以和它聚首几次,此后,就得忍受整整一年的漫长思念。清代的《太湖备考》中,称太湖蟹为"肥美""胜于他产",寥寥几字,读之令人又爱又恨。秋天来苏州,桌上肯定少不了这个长相奇怪的家伙。它一上桌,每个人必定吃得十指蟹汁横流,蟹壳堆积如山。没有了饭桌上的高谈阔论,也不再频频举杯,桌上只见一片吃蟹声。印象中,除了大闸蟹,再没有其他美味能让我们吃得如此专注了。记得有一次,王尧教授请客,我们刚把蟹壳掰开,露出那一片诱人的金黄,桌上有手机响了,同桌的朱文颖狠狠地说了句"扫兴"——是啊,还有什么比吃螃蟹时手机响起更令人扫兴的事呢?这个时候,即便你空得出手,也空不出嘴巴来说话啊。

饭后,我们都说,在饭局上,能狠心地让手机响个不停而拒绝接听的,唯蟹而已。

因了这个记忆,这几年,似乎和苏州的朋友间有了默契,秋风一起,离得再远,也要来这里赴一次螃蟹宴。今年是来得最早的,9月下旬,一帮朋友就齐聚太湖边了。吃完蟹,意犹未尽,在范小青、荆歌、陶文瑜等作家食客的率领下,还驱车到养蟹场,坐上蟹农的汽艇,穿行于太湖的水草间——看着那些到处爬行的螃蟹,心想,它的美味,或许正得益于它与众不同的爬姿吧。正感叹着,有电视台记者来采访,问起为何来此,我说,我若喜欢某个作家,他的作品读多了之后,就会萌生去他故乡、他生活的地方看看的念头;对于大闸蟹,吃多了,也会想去它生活的地方走走,说白了,不过也是出于"喜欢"二字。

吃了多年的太湖大闸蟹,今天,我终于来到了它生活的故乡。

太湖地处亚热带,日光充足,湖浅水清,一看,便是螃蟹生活的天堂。那一片栅栏中,生长着无数体大硕肥、油而不腻的"水中珍品",着实让人流连忘返。回宾馆的途中,路过一个扎蟹场,每个人都跃跃欲试,想学一手用草绳扎螃蟹的手艺。叶兆言第一个坐下来,忙乎了半天,终于把一只蟹捆得动弹不得。而我手上那只,怎么也不肯就范,即便是双手齐上,也很难摁住它挣扎的大腿。这是我第一次亲身感受一只活蟹的力量,它挣扎起来,似乎并不比一个周岁小孩的力气小。后来看资料,才知道太湖蟹的特点正是"螯足大而有力"——有力,才显得鲜美。我想起以前看过的一条新闻,说台湾有一个养猪场的猪肉,味道比别地方的猪肉好,有人说吃起来有野猪的味道,价钱虽贵,依旧供不应求。有人奇怪,请养猪场老板介绍经验,他说,他为自己的猪设计了跑道,猪食放在跑道的另一头,喂猪时,让每只猪在跑道上跑几圈,先到终点的就先进食。所以,他养的猪,运动量大,力气足,肉鲜美,好卖。太湖蟹大约也属于运动量大那种,力气特别足,我使了很大劲,也很难将它挣扎着的腿全部归拢,正想放弃,结果稍一松手,大蟹钳就准确地夹住了我的小指,先是左手,接着是右手,恐惧和疼痛使我大叫起来,不知所措。等到旁边的人提醒,把手放地上,螃蟹才松开钳子。

看我手指被夹破,荆歌一脸坏笑,建议我要去注射狂蟹疫苗,叶兆言却说,大可不必,最坏的结果是从此以后他横着走路。

一片笑声中,我们又直奔下一个吃蟹的地方去了。那一刻我想,为了不辜负自己和蟹的这次亲密接触,我要在吃蟹的时候,为自己储存下足够想念它一整年的味道。

在德保看枫叶

朋友说德保的枫叶红了,你来看吧。心里立刻就有了一种向往,那抹斑斓的红,仿佛就在眼前。记得上次去百色,就听说了德保枫叶的美誉,不仅有红,还有黄、橙等色。红,有深红、绛红、霞红;黄呢,也有嫩黄、金黄、浅黄……层林尽染,放眼望去,山坡就像刷了油漆似的。向我描述这红叶景观的,是一位诗人,他的话,至今萦绕我的耳间。我也是来自山区,但一时还真想象不出整座山像刷了油漆似的是怎样一种灿烂,我只记得,入冬之后,故乡的山上多半树黄草枯,颇见萧瑟,生命的暂时低沉,是为了来年开春的勃发积蓄力量吧。

枫叶却是不同,它是枫树生命全然释放之后的风华,明知道就要凋零了,也要极力展示出那一抹凄楚各异的美,它来自魅惑的秋天,讲述的却分明是冬天的故事。我常想,自然总是乐观的,那些树木、花草,明天可能就要枯萎,或被丢弃在火炉中了,今天的它却仍然丰盈、生机、荣华无比,它们在风中摇曳的时候,并不在意明天是否化作春泥或者变成灰烬。人生的结局,有时和花草树木并无不同,望远皆悲,可我们却往往忽视了今日的欢乐,过早就被悲伤劫持了。因此,我这些年一有机会,总是喜欢到乡下或自然中去,不仅为了接些地气,也是为了在自然中感染那种乐观。

去德保的时候,是11月初,天气有了些许凉意。从南宁坐车,出发时一路欢声,很快,汽车穿越稻田,越过小河,一座座石头山在往后退,车厢的声音稀落起来。凡一平睡着了,打着幸福的鼾声;田瑛在琢磨来自巴马长寿村的矿泉水——他已经喝了三瓶了;还有人在低声讨论钓鱼岛问题……夜幕降临的时候,德保到了。

洗把脸,直接就去吃晚饭。酒已经斟上,是地方特产的蛤蚧酒,微微泛黄,还没上桌,已经有人在我们耳边低语它的药用价值了。我正要接话,突然几声尖叫响起,原来一盘垒成小山似的大鸡腿端上来了,油亮亮的,洋溢着土鸡独有的金黄和香气。很快,一个连着半片鸡胸的大鸡腿就递到了我们手中,主人说这不过是他们待客的四大件之一,女作家们都看着发忧,我们却早已吃得满嘴流油。肉香是清新的,似乎杂着谷花和青草的味道。

这是在德保吃的第一道菜,如此大气,诱人,如此本真。"退食从容闲纵目,何妨一日几回临"(清张兆宗)。看德保人大块吃肉、大口喝酒的样子,淳朴民风隐约可见。

我是不能喝酒的,那天似乎多喝了两杯。饭后,走到街上,凉风习习,感受着小城的恬静生活,突然看到了一块菜地,还有小巷子里传来的居民围坐夜话的声音,间或有几声狗吠,不由得就想起了自己的家乡。似乎也是这样的小镇,似乎也是这样的星空,一片静谧,偶尔传来的声音,都和生活有关,透出的多是俗世安稳、岁月静好的气息。城市是匆忙的,喧嚣的,缺的正是这种平实生活的底子。

第二天醒来,听到窗外的鸟叫,还有树叶婆娑,我越发感受到了日子的美好。

后来去看吉星岩、溶洞、小西湖,有时是鸡挡了我们的道,有时是牛吸引了我们的视线,路上不时还有牛粪,看到这些,大家都兴致盎然,觉得这才是真正的乡间。国内很多地方做旅游,是把乡下变成城市的翻版,道路笔直干净,树木整齐划一,鸡鸭全不见,世代居住于此的农民动迁异地,菜地成了停车场,石板桥也换成了水泥桥,每一个路牌都能准确地把你带到景点,可你就是看不到这块土地上的日常生活。没有生活气息的乡土旅游,不过是旅游册子的实景演出,毫无想象力可言。但德保不一样,他们不仅是让我们来看风景,也是让我们来看一种千百年来不被惊扰的生活,所以景区照样有放牛娃,吉星岩的洞口也还住着人家,那些家鸡,多半围在树底下刨食。内急的时候,随行的朋友直接带我们闯进一个农民的家里找洗手间,屋里没人,大门却没有关,过了许久,我才发现在远处的田头,主人正朝我们憨厚地笑。德保人说,他们若愿意,可以一直住在这里,政府不会让他们强行搬迁。

这是对一种生活的守护,在全球化的今天,它是创见,也是远见。基本的事物能够免遭破坏,能像石头一样静默地在一个角落,历经百年千年而不变,慢慢的,生活就成了历史,成了活着的历史。就像德保随处可见的山,是石山,奇崛而粗犷,它立在那里,本身就像文物;又像是德保的矮马,堪称是生物界的活化石,据考证,它是西汉时期"果下马"的后代,高度不过八九十厘米,那么矮,却自有一种骄傲和神气,"仿佛神龙出,夭娇弥冈峦"(清许朝);还像德保山歌,"君不见双双粉蝶作对飞,也无媒妁订萝茑",一唱多年,天变地变,情感的抒发方式还是如此传统,时代是新的,人心却往往是旧的。在德保,觉得时间是静止的,历史就在现实之中,情感和精神的根系,从远处延伸而来,不知不觉就钻到我们心里来了。

看过天马,进了溶洞,也在小西湖边上漫步休憩了一会儿,红叶却迟迟没有看到。

傍晚,太阳收敛起刺眼的光芒,洒在山坡,一片微红。我们转过一个山坳,又一个山坳,从几户农家的背面绕到后山,传说中的德保枫林就在眼前。漫山遍野的红叶沐浴在夕阳之下,有些地方像是着了火,有些地方却还一片葱郁。这是今年最早一批的红叶,向阳的山坡上,是一簇簇的红,背阴的枫林里,红黄绿五色杂陈,像是油漆没有刷均匀,就那么泼在山上,从树梢一路淋下来,远远看去,整座山都被上了颜色。站在一棵高大的枫树底下,仰头从枫叶间看太阳,璀璨,迷离,阳光也成了五彩的,从天空倾泻下来,相机的镜头一片斑驳。之前见过香山和九寨沟的红叶,还见过加拿大的红叶,它们可能比德保的更红艳,却没有德保的斑斓,也可能没有德保的红叶这么多起伏变化。

都说德保有十多万亩枫林,我却独爱这片小小的枫叶谷。

在夕阳的金光下,红透了的叶子在枝头怒放,黄红色的那些,层层叠叠烘托着那些即将飘丹的先行者,而躲在树的底部或大叶子背后的那些,虽有残存的绿意,却随时准备成为最后一批留守者。正是因着色期分明,德保的红叶,才有长达三个月的观赏周期。而我看着那些似红非红的枫叶,心想,它们不能享受初红时的风华,但在冬意凛冽的时候,当大多数叶子飘零,它却要独立寒枝,最后被冷风卷走。叶犹如此,人何以堪?这份红叶背后的苍凉,会有人在意么?

我捡起几片红叶,有各种颜色的,夹在书里,从绿到黄,从黄到红,一片叶子走过的旅程,也是枫树所历经的生命轮回吧。我想,德保的美是有颜色的,就像这片枫林,就像这些叶子,生生息息,它安静而灿烂地在着,在桂西南。

(原载《美文》2011年第5期)

非洲的眼神

孙 郁

1

我最初接触探险的作品，年龄还不大，大概只有十几岁。印象是在大连一个旧的书铺里，一本发黄的书已经被翻破了。那可能是英国人谈非洲的书籍，内中多是土著的图片。在遥远的非洲，竟有那样古老的存在，对我是种无法说清的引力。山林和草丛里，还有刀耕火种蛮荒之所，那是怎样的生活呢？

讲艺术史的人，是喜欢非洲的故事的。那些岩画、木雕、舞蹈以及歌吟，魔幻般地纠结着缪斯之舞。据说毕加索就受到了非洲人的暗示，其画面的吊诡，真的神乎其技，犹如天助，看得让人心跳。

在欧洲人看来，非洲乃未开化之所，殊乏智慧，不过一种古老的遗存。那结果是以殖民统治的方式，使其进入现代化。而考古学家与人类学家高兴的是，在此看到了艺术与思想的发生地带，哲学与神学的因子都可以在此找到。

我曾经迷恋过普列汉诺夫的著作，其中《没有地址的信》写的就是艺术起源的话题。那里谈论土著的地方很多，唯物论讲的生活决定艺术，就在那里找到证据。他说一切艺术都是生产行为的有意的模仿。这段话，使我当年对唯物史观五体投地的信服，一时被俘虏过去。可是后来接触到非洲神秘的舞蹈和音乐，普列汉诺夫的观点似乎不能说服它们了。非洲人的想象力非一般人可比，他们撕裂了语言，也撕裂了音符，在不可表现的地方表现了自己，且把艺术发展到了极致。而这些并非都来自劳动的馈赠，还有天启的因素。环境与存在的方式，诞生了奇异的文明。书本上是无法想象到这些神奇的发生的。

也缘于此，人们对习俗、民风、原始部落多有好奇之心，直到近代，人类学发展出来，有了考古学与民俗学的探索。相关的学者我们可以举出许多。在弗雷泽、安特路朗等人那里，心性、道德、信仰都得到了一种解释。他们真的是罕有的天才，在土著与偏僻之地发现了人类原始思维的过程。这些还遗传在我们的世界，只是少被发觉罢了。

"五四"后，周作人、江绍原、吴文藻、钟敬文等人注意到这些。可惜这些人多不是探险家，学问还在书斋里，鲜有弗雷泽的成就。不过费孝通是个例外，他冒死进行的田野调查，开启了研究西南少数民族文化的大门，把民俗研究推向新境，至今想来亦使人敬佩不已。

我们的国人很少到域外探险的，在民俗学的研究上也限于本土。我看到斯文赫定、伯希和到中国考古的文献，冒险中的快感溢于言表，就感到一种刺激。难怪鲁迅听到徐旭生去西北考察时，写信给这位老友，希望写点什么。那是希望我们自己也有点田野考古的实绩吧。

考古的确颠覆了许多传说，而确定了人类的诸多旧迹，我们的本源也有了一种说法。比如，人类是起源于非洲的。我先前并不认可，总觉得是一种假说。但是当我自己真的到了东非大裂谷时，见到物证，那些考古的报告，也觉出一点道理。在那里留下的猿人的化石，似乎诉说着谜一样的故事。

我对非洲的看法一下子变了。

我们完全不懂得非洲。它真的与我们有关么？

2

好多年前一位朋友告诉我，普希金是有非洲血统的。我十分诧异地看着他，狐疑了片刻。那位俄国作家忧郁而美丽的样子，在脑里一遍遍出现。这个意外的暗示似乎也觉出和俄国人略有的差异。这一刻好似感到他的诗句的基因有着雄浑美丽的原因了。混血乃是艺术生长的因素，俄国文学因为有这样的混血而有福了。

虽然这也许是猜测，或者误传，而我宁愿相信这些。可是什么是非洲的基因呢？自己真的不知道。我对非洲的文学史一无所知。近年西方媒体传来的信息多是贫穷、战乱、天灾的内容，让人谈之色变。有趣一点的介绍都是文学家的文字，比如以前的海明威写下的《乞力马扎罗的雪》，给我们以文本的诱惑。乞力马扎罗山确实奇妙，去年秋天，我和朋友乘着飞机从乞力马扎罗山上空穿过，看到它迷人的形貌，一时不知身处何处，那样神奇的身姿，不逊于珠穆朗玛峰，怎么能用语言简单概述呢？那一刻我在想，非洲人如何描述这座神山？也许有另类眼光也说不定。可惜不会当地的语言，徒得一点浅显的印象。非洲是什么，真的无从知道。

在哈拉雷的一个晚会上，看到了非洲青年的表演，心被拨动了起来。非洲人是最富有表现力的，他们旋转着身子的舞姿，东方人是做不出来的。奔放、回旋、余音四溅，天籁般的声音淹没了一切。表演者完全忘我的燃烧，思维被高远的亮色吸引着。喉咙里发出灿烂的音响，缭绕于上空。我想，这就是人们所说的神乐吧。那些天启的音符，神秘而辉煌。我们对此只能叹之又叹。

非洲的歌舞模仿了动物,还有天象无疑。声音是旷野里的风转,亦如流水的裂岸。世间前卫的艺术多出自这个地方,美国音乐与绘画的大师,有谁没有回望过非洲的原野呢？他们述说自我时候的样子,有雄狮似的奔放,还带着长颈鹿那般的高贵。我们在迈克尔·杰克逊的表演里,就看到了这样的遗风。奥巴马的风度里,是明显的肯尼亚人的遗传,去过马赛马拉大草原的人,一定欣赏那里的大气与辽阔。奥巴马身上就有这样的基因也说不定的。

欧洲的传教士到这块土地的时候,称"黑非洲"。我在一本书中看到这个名字时,嗅出了一点白人的优越感。上个世纪30年代,好莱坞的电影多有非洲传奇的题目,讲的无非是冒险、异国风情之类的事情。他们觉得土著的存在,一是人类的化石,可以看到自己的过去,二呢,有点印证种族优越的意味,看,我们白人多么聪慧,要不是我们的到来,非洲还是洪荒的样子吧。

但非洲给白人的还多是震撼。一望无际的草原,神异的大裂谷,还有原始森林的色彩。探险家与人类学家都在此找到自己心仪的存在。18世纪以来,人类学者不论去过非洲与否,对相关的材料是看重的。许多著述讲的就是野蛮人与文明人的问题。他们带着种族的自大心理,打量着陌生的世界,其间也多有发现。比如英国的安特路朗,那些关于习俗与神话的文字,给人诸多的启发。人类自我意识的出现,有时候就与民族间的对比研究有关。安特路朗欣赏的是异族部落里的神话,在洪荒的所在能有诗意的盘绕。他说:

> 我们第一次见到的是那一种渺茫混杂的心境,觉得一切东西,凡有生或无生,凡人、兽、植物或无机物,似乎都有同样的生命情感以及理智。至少在所谓神话创作时期,野蛮人对于自己和世间万物的中间并不划出强固的界限。他老实承认自己与一切动物植物及天体有亲属关系,就是石

头岩也有性别与生殖力,日月星辰与风均有人类的感情和语言,不仅鸟兽鱼类为然。

其次可注意的是他们的相信法术与符咒。这世界与其中万物仿佛都是有感觉有知识的,所以听从部落中某一种人的命令,如酋长、术士、巫师,或随你说是谁。在他们命令之下,岩石分开,河水干涸,禽兽给他们当奴仆,和他们谈话……(引自周作人《夜读抄·习俗与神话》)

我最初读这段文字,就被其认知的态度所吸引。那是在周作人的一本书里所译的片断,记得周氏对此十分的赞佩,以为道出了文化的一种隐秘。后来的学者讨论类似的话题时,还难以离开这样的语境。

安特路朗喜欢打猎,常涉足于田野,他是否去过非洲,还不太清楚。但他的文字却能够勾起人们对陌生的异国土地的神往。我去非洲的时候,总记得这位人类学家的话。似乎是一个前导,让我在其间预感到了一种神秘之力。在陌生的蛮荒之地,人的期许是回到原点的。

3

马赛马拉稀树大草原真是神奇。我们一行六人从内罗毕赶往那里的时候,天色正好。飞机很小,只能坐十几个人,像个儿童玩具。因为飞得不高,草原下的斑马、野牛、羚羊看得很清。无法数清的动物在那里出没,完全不可思议。我记得在《动物世界》栏目里看到雄狮与猎豹奔跑的样子,那是人所无法企及的美。现在我们正在这样的地方。远山苍茫,近草葱茏,从高处望,牛马如蚁,马拉河九曲十折,内中的河马、鳄鱼在水边歇息,秃鹫缠绕,万物各得其所,自由地栖息着。壮观得让我们不敢相信自己的眼睛。

我和朋友们住在一排小小的木房里。四周是无边的野地。晚上从窗户看去,河马、羚羊就在院子里。这里属于动物的世界。它们在一个自在的环境里游弋着。动物们出没在黄色的草滩里。山的形态很普通,与中国北方的形状无别。但广阔、大气,起伏之间连着旷远。狮子见人毫无反应,安然俯卧在草丛间,肤色与草色一致,看不到差异,不仔细分辨是难以发现的。我们所在的路边忽然出现一个场景,一群幼狮在母亲的守护下忘我地吃野牛的肉,那只鲜美的野牛何时被捕获的,不得而知。食草的动物死于食肉者之口,也是生物链的本然。草原上的悲喜剧时时都在上演中,却没有一声响动。

到处都能看到羚羊,各种类别的都有,羊角不同,花样之多只有动物学家才能分辨出来吧。斑马很美,数量可观。野牛黑黑的,一群群地出现。样子粗野,不及狮子与斑马给人以美感。它们的合群可能是惧怕成为猎物的缘故。最美的大约要算是长颈鹿,在草原上高贵地站立着。随同的朋友说,在上个世纪70年代前,即使是狩猎者,也不敢枪杀它们,它们天使般的美丽,是受到人一样的尊敬的。

我在这一瞬间像似回到了洪荒的远古。人类最先出现的时候,与动物就是这样相处么?看到各种奇异的树,叫不出名的鸟儿,以及与人和平相处的动物们,突然觉得,人的凶残是几倍于它们。在中国已经没有这样的地方,动物的隐退使我们对自身的残忍性的认识减弱了。

在马赛马拉看的动物太多了。一天上午见无数大象、猎豹游于草原。对它们有着种神秘的敬意。最难忘的是非洲猎豹。长长的身段,猫一样的头,目光有点忧郁,眼下是道泪痕。在它们休息的时候,温良得如暖暖的阳光。但行走的时候却精神、威武。比狮子轻巧,速度极快。那一天我们目睹了它扑杀羚羊的场景。一只母猎豹带着孩子在草丛里走着,忽然,它抬起头来,耳朵立起,似乎发现了什么。接着亮起双眸,胸部高耸,向着有羚羊的地方飞快地扑去,那闪电般的奔驰,已分不清它的身影,身子像剑影的晃动,霎时间放倒了羚羊。可怜那俊美、娇小的羊儿死于非命。一切是那么残酷,又那么美丽。我们在惊叹猎豹的凶猛之余,不禁为弱小者的殒落而怜惜。人世间的审美观在此时已经失去了效益。我们一行一时语塞。喜忧参半里,似乎觉得人类的语言对此是无力的。

几天所见景色,我们在动画片《狮子王》中领教过。但那故事太人类化了。其实不过人间故事的动物化的演绎。人类离开自己的欲望,似乎已不会思维。狮子怎么想,大象如何对待草木,我们全然不知。上帝也许一目了然。人类何尝了解我们自己与他在?只是在与动物对目的瞬间,我们才知道,比起那个王国,我们的一些基因不都是进化了,走出草原与森林的人类,早已流失了诸多天然的美质。

4

这样大规模的动物完整地保护下来,也许和非洲人的生存理念有关。人与动物相处甚安,且保留了天地真气,对我这样一个来自亚洲的人来说,是一种惊异。

一切都要感谢马赛人。这个古老的部族,就置身在狮子、大象、河马的中间。他们住在自己圈起来的寨子里,牛粪与草垒起了房屋。极为简陋的住所,我们几乎难以忍受。狭小与昏暗的房间,没有窗户。据说欧洲的一些志愿者希望他们能够搬出这里,可是却被拒绝了。在草原上,与天地为家,和动物为伍,在他们是一种永久的幸福。

马赛族的男子长得很高,身体是修长的,他们乐天、善舞,有着艺术的天赋。我们到他们的驻地时,看得出来他们对客人的热情。众人围着我们跳舞,手中握着敲狮棒,样子很英俊。这些男人的着装很有意思,一律红色,鲜艳得像开放的花。黑皮肤与红衣服,也如夜间的火把,亮在草原上。他们最大的快乐是比跳高,看谁跳得高,谁就与上苍有着亲昵的联系。这样的仪式是宗教式的呢,还是礼仪式的,我们不太知道。在我看来,几近原始的歌舞,乃生命的形而上的呈现。他们的哲学也许就在这样的舞蹈与歌咏中也未可知。

那一天我们从饭厅里出来已经很晚了,回到房间要经过一个空旷的院子。夜黑得很,一位马赛青年主动要护送我们回到房间。他手拿一个棒子,以防动物吓着我们。那样善良的样子,让我们感到一种暖意。是夜我睡得很早,据同伴说,他们在夜间看见了无数的河马和羚羊在院子里,激动得不行,这也算非同寻常的经历吧。我只觉得我们显得太平淡,不过是非洲的看客。对草地里的残酷、血腥一无所知。马赛人内心的一切,真的是陌生的。

突然记起海明威在《乞力马扎罗的雪》中对非洲环境的描写,那种苍茫原野里的凄凉,透人心骨。海明威是个探险者和小说家,他的出名的作品多和冒险有关,曾经多次去非洲、意大利、土耳其等地。我现在住的地方,就离他百年前所闯荡的草原不远。而他所写的一切,至今依然存在。小说写了草原、动物,野茫茫的天地之色。从飞机中看到的景象,都是一样的。那是礼赞马赛人么?还是对神奇的土地的憧憬?我不知道。海明威借了那段历险的体验,写出了非洲的伟岸,这个给过人无数灵感的地方,使他的灵魂得以不朽。

当我们从草原起飞的时候,所看之景让人感动。不需要费笔墨了,海明威已经为我们写好了文章:

> 起飞了,而他看见他们都站在下面扬手,山边那个帐篷现在显得扁扁的,平原展开着,一簇簇的树林,那片灌木丛

也显得扁扁的,那一条条野兽出没的小道,现在似乎都平平坦坦地通向那些干涸的水穴,有一处新发现的水,这是他过去从来不知道的。斑马,现在只看到它们那圆圆的隆起的背脊了。大羚羊像长手指那么大,它们越过平原,仿佛是大头的黑点在地上爬行,现在当飞机的影子向它们逼近时,都四散奔跑了,它们现在显得更小了,动作也看不出是在奔驰了。你极目望去,现在平原是一片灰黄色,前面是老康普顿的花呢夹克的背影和那顶棕色的毡帽。接着他们飞过了第一批群山,大羚羊正往山上跑去,接着他们又飞跃高峻的山岭,陡峭的深谷里斜生着浓绿的森林,还有那生长着苗壮的竹林的山坡,接着又是一大片茂密的森林,他们又飞过森林,穿越一座座尖峰和山谷。山岭渐渐低斜,接着又是一片平原,现在天气热起来了,大地显出一片紫棕色,飞机热烘烘地颠簸着,康普顿回过头来看看他飞行中情况怎样,接着前面又是黑压压的崇山峻岭。

接着,他们不是往阿鲁沙方向飞,而是转向左方,很显然,他揣想他们的燃料足够了,往下看,他看到一片像筛子里筛落下来的粉红色的云,正掠过大地,从空中看去,却像是突然出现的暴风雪的第一阵飞雪,他知道那是蝗虫从南方飞回来了。接着他们爬高,似乎他们是往西方飞,接着天气晦暗,他们碰上了一场暴风雨,大雨如注,仿佛像穿过一道瀑布似的。接着他们穿出水帘,康普顿转过头来,咧嘴笑着,一面用手指着,于是在前方,极目所见,他看到,像整个世界那样宽广无限,在阳光中显得那么高耸、宏大,而且白得令人不可置信,那是乞力马扎罗山的方形山巅。于是他明白,那儿就是他现在要飞去的地方。

(海明威《永别了,武器》,浙江文艺出版社1991年版)

当我们几个朋友重新经历着海明威的快感时,内心多了一点满足。海明威对陌生的存在的渴望,使其作品溢着血迹。对极限的超越之心是顽强的。他在死亡边缘的思考,已无逻辑而言,《乞力马扎罗的雪》在结构上的魔幻之形,无疑也有非洲原始部落的影子,那是跳跃的思维还是宗教的密语,真的不太清楚。没有马赛人及其大草原的空阔之图,海明威的笔力也许不会那么彻骨的。

非洲给了海明威以诗意,是不错的。非洲人的简朴与朗然,魂附于体地纠缠着他。于是艺术被改写了。

5

至今为止我只读过三位非洲诗人的作品,布鲁斯特的《行吟集》,桑戈尔的《桑戈尔诗选》,大卫·狄奥普的《槌击集》。这是中国特殊年代出版的作品,调子显得相似,多取反抗之意,乃唤起国民觉醒之作。总觉得对非洲介绍的都十分单调,而相关的作品,也只是思想的一角,其余都淹没到游客的嬉笑中去了。黑人的感觉是丰沛美妙的,他们热恋着自己的故土,精神沿着崎岖的陡坡宛转着。我因资料的限制只接触了一点点,而这一点点也足以让我兴奋了半天。狄奥普在《一切都失掉的人》里写到家园的美丽:

> 我们的房子里太阳发出金光
> 我们的女人温柔而又漂亮
> 她们都像晚风吹动的棕榈一样
> 我们的孩子在大江上游泳
> 那大江是多么的辽阔
> 我们的独木船在水上和鳄鱼搏斗
> 像母亲慈祥般的月亮,常伴着我们跳舞
> 塔姆—塔姆鼓的旋律充满了我们的耳鼓

欢乐的塔姆—塔姆,无忧无虑,

充满自由火花的境地

(《槌击集》,张铁弦等译,作家出版社1964年版)

这是我看到的第一首非洲人谈论故土的文字。在韵律上能觉出内在的美质。但这还不是非洲艺术的底色,它的神奇的、无法言说的存在,世间未必都译介出来。更丰沛的存在我们还没有深入进去。那些黑人艺术家存留着先民的一切,心是裸露的,就那么向你敞开。但面对他们的时候,我们突然被一种劲健的力所撕碎。精神亦癫狂了半分。欣欣然、款款然地席卷着我们的时空。

为了了解非洲的文学,去那里前我专门找来桑戈尔的诗集。因为作者后来成了塞内加尔总统,便生出好奇之心。殖民地中成长的诗人,大概也有泰戈尔式的焦虑。他们都受过良好的欧洲文化的教育,但内心却保留着一种精神的自尊。桑戈尔幼时受到故土文化的熏陶,精神中弥漫着"巫乐师"的神启。李恒基先生80年代在《桑戈尔及其诗歌》里介绍说,"巫乐师"承担着颂圣的工作,还有"求卦占卜、观测星象、驱邪治病"的司职。这些原始思维的遗风闪现着人性的微光,是无边的爱欲。读他的诗集,惊讶于他的丰富和大气,全书阅读一过,被夜雨般的幽婉和晚照般的肃穆所感染。那里有真正的"黑人性"的东西:洪荒大化、天地苍茫之色,直指人心。他那么爱自己的祖国,所写的黑人的礼赞,在气魄上犹如惠特曼,而温情似乎又似普希金。我从那些滚烫的诗句里读出了忧郁的美,连带着一丝神往。那些句子是从岩浆里滚出来的,照着惨淡的夜。肌肤里的温度和气息,也由此一点点流出。那一首《图腾》我很喜欢,看得出黑人内心的高傲的一隅:

我应该把图腾珍藏在我血管的深处

  它是我的祖先,皮肤上交织着风雨雷电
  它是我的护身兽,我应该把它深藏
  免得决洪般的流言酿成丑闻
  它是我忠诚的血,它要求忠贞不渝
  它保护着我赤裸裸的自尊
  免遭我自己和那些幸运种族的傲慢的伤害……

(《桑戈尔诗选》,曹松豪、吴奈译,外国文学出版社1983年版)

  桑戈尔的诗句是非洲人的宣言。那个被殖民者所理解的、所轻蔑的存在在他那里完全是被颠倒了。非洲在白人的叙述下是魔幻的,野地里升腾的气浪不都是蛮荒之影,还有一种圣洁。那是人与动物、与空气、与草原、与上苍的互感,"轾才巧慧"之徒是没有的,更何况渔利之徒。非洲人的心广大得如夜间的星海。那一切我们看了只有茫然。

6

  在非洲,语言不通并不要紧。面对那些野性的艺术时,你能读到他们的内心的隐秘。

  我们从古老的非洲艺术里能够感受到欧美与亚洲文明所没有的东西。非洲的艺术广矣、博矣。没有去非洲前,多次在北京的舞台上看到非洲女子的舞蹈,形态宛转妖娆,神色里有奇异的气息流动。她们的歌声富有节奏感,大地与上苍共振着,有奇异的妙曲飘来,甚是好玩。那是一个无法模仿的存在。因为形象的基因完全是不同于我们的。在那里,心是自然,不需伪饰。也如天上的流云,奇姿异态,有韵味悠然而来,妙不可言。

  我后来在法国人雅克·蒂利耶的《艺术的历史》里,看到对非洲的介绍。他说非洲的一些艺术,看似笨拙,其实极具表现力。在尼日利亚,12世纪到15世纪间的铜雕,水平之高,让欧洲人大为惊叹。那些雕塑都很细腻,神态肃穆,那么无所谓地看着你,有庄重的气味在。许多头像在气质上不亚于古希腊的雕塑。雅克·蒂利耶写道:

> 令人万分惊奇之处在于这些伊费德头像于我们所了解的所有的非洲作品完全脱节。外观完全是写实主义的,细腻的起伏、精确的比例,非常精心地刻画了眼神、嘴唇、耳朵。即使埃及艺术或者希腊艺术也要很长时间才能达到这样精湛的技艺——和这样不容置疑的美。
>
> 还没有什么可以解释这些杰作出现在伊费德的原因。没有什么让人期待它们出现在非洲面具的很迟的创作中。从艺术上,从思想上,它们一直是孤立的。可是,在任何时间,在任何地区,这一水准的杰作都不是凭空出现的。

(《艺术的历史》,百花文艺出版社 2009 年版)

不仅在尼日利亚如此,在许多国家,非洲对艺术都有别人不及之处。非洲的岩画是一个奇迹。在那里,动物与人的关系是诗意地呈现的。女子飘逸的走姿大有仙态。撒哈拉塔西里岩画放牧者与动物的关系,是怡然自得的。乍得费特岩画《春谷的妇女》,身姿富有灵性,像中国的甲骨文一样,有神启的流韵在。最让我震撼的是南非岩画中的战争的场面,那么的激烈、壮观,有着奔放的气息。非洲人天然地面对一切,对自然与人性的单纯而大度的眼光,令今天的文人汗颜。据说美国的流行乐和绘画,许多都受到了非洲的影响,那是有道理的吧。1797 年,荷兰人约翰·伯洛在南部非洲发现了一些岩画。他后来写道:

> 其中的一个藏身之所被发现了,火种刚刚熄灭,睡觉时所铺的稻草还保留在那里。在山洞崖壁平整的一边,画着某些动物图形,是由这些野蛮人种在长时期内反复制作的。其中有些是非常滑稽可笑的,但也有些画得非常好,确实惹

人喜爱。画中出现的羚羊各有其不同的特点,一看就很容易区别出来的。在众多的动物图形中,有一匹斑马的形象画得非常之好。所有的动物的特征都表现得非常之真实,比例看起来也是非常准确的。

(引自龚田夫、张亚莎《原始艺术》,
中央民族大学出版社2006年版)

这个欧洲探险者对黑人的歧视话语的背后,还有赞赏的语气,是被那些艺术征服的缘故。

我在内罗毕的街市买到一尊木雕。那个名叫"战士"的作品很威风,样子是冷峻的。可是他的神态却有安宁的一面。毫不在乎别人的反应,木雕是精致的,有股浩然之气暗来,在内中显示了精神的阔大。非洲的木雕是很美的,有的线条在流畅里还有神秘的内涵。曲线似乎毫不讲规则,可却有一致的韵律。真的喜欢那些奔放的神姿,在黑色的木纹里能够听到圣音,人的世界因这样的奇异的存在,变得阔大了。

7

其实最感动我的是非洲人的眼神。

在乡下和小镇里,孩子天然的笑那么深地打动着我。我在津巴布韦大学遇见一个志愿者,名字忘记了,她先后在中小学给孩子们讲汉语。一年的义务工作要结束了,却舍不得离开那里。孩子们太可爱了。她对我说,下课的时候,几个女孩子天真地抚摸着老师的头发,惊奇亚洲人的发式那么自然。她们尊重老师,对世界抱着好奇心。课堂上的认真和求知欲都很强烈。这是对的。我在几所小学看见那些孩子都很礼貌,说话的时候,亮闪闪的眼睛水一般清澈,洗刷了一切尘土。他们大多是清贫家庭的孩子,而思想并无世俗的怪影,不像中国的孩子那么早熟。印象深的是在一个朗诵会上,几个孩子对祖国的理解,对自然山川的咏叹,声音是淳厚的,也如阳光般灿烂地辐射着四周。他们的眼中有流水般的波纹,每每与那些单纯的目光相对时,就有愉悦的感觉。内心也被清洗了一般。

记得看过英国人埃文斯·普里查德的《努尔人》一书,一些非洲人的笑脸那么甜蜜。回国后找到此书重温一遍,见到所记的片断,内涵深深。非洲人的笑是发自内心的,好像不像东亚人由礼节训练过的。他们的表情在自然状态下保持了坦然和乐天精神。我们在肯尼亚内罗毕的街头,看到上下班的人从容的步履,显示了一种精神的高贵。那些黑人的气质非常典雅,毫无焦虑和痛苦的样子。我在北京街头时,看到人的脸,尤其公共汽车与地铁里人的脸,似乎有着怨气,连好看的姑娘也紧蹙着眉头。内罗毕人受过殖民压迫,独立后也为民主而抗争过。可是他们的不在乎他人,自信而微笑的样子,我们看了有些惭愧。中国人的眼神怎么少了这些?先前乡下还有这些清纯的形影,现在要看到这些已经很难了。

我承认自己完全不了解非洲,但他们的笑真的让我喜欢。许多年前看到南非的曼德拉出狱时候那张微笑的脸,那双眼睛射出的光泽有着逼人的力量。经历了白人统治后,独立的黑人从没有阳光的地方站起来了。曼德拉的目光是斗士的,那其间的爱意,温暖了奴隶的心。在他那里,蒙昧、无知都消失了。欧洲人视野里的落后的非洲,终于也有了精神的暖色。

惊诧于非洲人的眼神的,最初是那些探险者。人类学家们在上个世纪的研究,也有诸多收获。我很佩服美国人科林·C.特恩布尔先生。他有一本著名的著作《森林人》,描述刚果图利森林中的俾格米人的生活,从日常生活到宗教信仰,从生老病死到艺术活动,画出了黑人的灵魂。我在这本书里知道了黑人的喜怒哀乐。探险家随着他们的生活,发现了生命中本然的力量。

那些奇异的歌声、舞蹈，随着日月起落的心绪的光泽，和苍天、森林紧紧地在一起。他们的精神天幕上有一个魔幻的世界，但瞭望她的时候却那么平静，仿佛是慈爱地端详着什么。《森林人》是一本奇特的书，这个人类学作家描绘黑人朋友的眼神的文字，尤让我动情。作者介绍女孩子跳舞前的羞涩的目光，以及四处寻找什么的神态，像一幅幅画一般漂亮。没有伪善的民族，其存在是诗意的。《森林人》多次写到夜间的舞蹈，一切都那么自然而神秘。作者说：

> 这些女人们随身携带着木柴，她们中的一些就在一里玛屋外做晚饭，其他人则在周围聊着天儿。他们出于习惯地蜷缩着靠近火堆，尽管此时在村中本来很温暖。在屋子里，女孩子们正在唱歌，但是外面的女人没有加入进来。男人们坐在他们的棚子前面，看着，等待着。最后，门终于开了。女孩子们列队走了出来。年轻些的先出来，她们的身体上装饰着由泥做成的不太大的白色泥膏小圆块，然后是阿凯蒂尼姆芭和凯达娅以及参加的同伴们，光彩照人，优美漂亮，然而带着异样的羞涩。她们一定花了几个钟头来打扮自己或彼此打扮，因为她们的身体上布满了精心绘制的图案，这些图案是使用白色的泥用手指和细树枝娴熟地画出来的。阿凯蒂尼姆芭特别不辞辛苦地图画了她的双乳，是一种复杂的圆圈线并点缀着小圆点儿，有点像结籽儿的葡萄藤；而更为谦虚的凯达娅则将重点放在她的两半臀部，它们布满了上百颗精心描绘的小星星。每个女孩子都有她们喜爱的样式，每个人都与众不同。她们娇羞地环顾四周，想看清楚人们是否向她们投来羡慕的眼光，然后在那群女子的身边坐了下来。

（《森林人》，民族出版社2008年版）

篝火、神曲、舞会、吟唱,都那么美妙地呈现着。在森林里,他发现了黑人世界的隐含。用西洋都市人的眼光未必读懂这些,那一切都被诗意缠绕着,穿过世俗,古老的遗存里,精神却是高远的。

一个懂得诗意,拥有神圣感的民族,那看人的眼光一定是美的。

我后来看到友人传来的北非人的和平运动照片,非常的感动。他们透明的双眸射着无边的爱。黑人固然复杂,索马里的海盗的恶影与独裁者的种族杀戮,都不能消灭大地上的诗意。那个土地上的不安、战乱,总是慢慢被民主的潮流洗染着,他们固有文明里的美质,不都是欧美现代性的同化,而是上苍的给予。想起那个原始的、神秘的草原,森林里的舞蹈与歌声,以及岩画中暗藏的旋律,那些艺术人在许多地方是我们的老师。

非洲这本书,厚厚的,我们读它不完。

2011 年 2 月 24 日

(原载《收获》2011 年第 3 期)

定西笔记(节选)

贾平凹

在我的认识里,中国是有三块地方很值得行走的,一是山西的运城和临汾一带,二是陕西的韩城合阳朝邑一带,再就是甘肃陇右了。这三块地方历史悠久,文化纯厚,都是国家的大德之域,其德刚健而文明,却同样的命运是它们都长期以来被国人忽略甚至遗忘。现代的经济发展遮蔽了它们曾经的光荣,人们无限向往着东南沿海地区的繁华,追逐那些新兴的旅游胜地的奇异,很少有人再肯光顾这三块地方,去了解别一样的地理环境,和别一样的人的生存状态。

我是从农村走出来的,生命里或许有着贫贱的基因吧,我喜欢着这几块地方,陕西韩城合阳朝邑一带曾无数次去过,运城临汾走过了三次,陇右也是去过的,遗憾的只是在天水附近,而天水再往北,仅仅为别的事专程到过一县。已经是很久很久了,我再没有离开西安,每天都似乎忙忙碌碌,忙碌完了却觉得毫无意义,杂事如同手机,烦死了它,又离不开它,被它控制,日子就这么在无聊和不满无聊的苦闷中一天天过去。2010年10月的一天,我去一个朋友家做客,那是个大家庭,四世同堂,他们都在说着笑着观看电视里的娱乐节目,我瞅见朋友的奶奶却一个人坐在玻璃窗下晒太阳。老奶奶鹤首鸡皮,嘴里并没有吃东西,但一直嚅嚅嚅动着,她可能看不懂电视里的内容,孩子们也没有话要和她说,她看着窗台上的猫打盹了,她开始打盹,一个上午就都在打盹。老太太在打盹里等待着开饭吗?或许在打盹里等待着死亡慢慢到来?那一刻中,我突然便萌生了这次行走的计划。

我对朋友说:咱驾车去陇右吧!

朋友说:你不是去过吗?

我说:咱从天水往北走,到定西去!

朋友说:定西?那是苦焦的地方,你说去定西?

我说:去不去?

朋友说:那就陪你吧。

说走就走,当天晚上我们便收拾行囊。一切都收拾停当了,我为"行走"二字笑了。过去有"上书房行走"之说,那不是个官衔,是一种资格和权力,可也仅仅能到皇帝的书房走动罢了,而我真好,竟可以愿意到哪儿就到哪儿了。

但是,我并不知道这次到定西地区大面积的行走要干什么,以前去了天水和定西的某个县,任务很明确,也曾经豪情满怀,给人夸耀:一座秦岭,西起定西岷县,东到陕西商州,我是沿山走的,走过了横分中国南北的最大的龙脊;一条渭河,源头在定西渭源,入黄河处是陕西潼关,我是溯河走的,走的是最能代表中国文明的血脉啊!可这次,却和以前不一样了,它是偶然就决定的,决定得连我也有些惊讶:先秦是从这里东进到陕建立了大秦帝国,我是要来寻根,领略先人的那一份荣耀吗?好像不是。是收集素材,为下一部长篇做准备吗?好像也不是。我在一本古书上读过这样的一句话,"纯粹而不杂,静一而不变,淡然无为,动而以天行,谓之养神",那么,我是该养养神了,以行走来养神,换句话说,或者是来换换脑子,或者是来接接地气啊。

在定安、陇西、通渭,甚或渭源,经过了多少村庄,村庄里走进多少人家,说得最多的就是太阳和水。太阳高挂在天上,水在地上流动,这里的人想着办法要把它们捉到家来,这就是太阳灶和水窖。

地处高原,冬天里那个冷真是冷得酷,酷冷,尤其一有风,半空里就像飞着无数的刀子。竟然石头也能咬手,你只要摸一下石头,手能脱一层皮。人就盼着太阳出来,太阳一出来,老的少的,甚或猫呀狗呀都不在屋里待,全要晒暖暖。青藏高原的上空云是美丽的,赠你一朵云吧,藏人就制作出了哈达。而定西的冬天里太阳是最好的东西,怎样能把太阳留在自家呢,太阳灶就在家家的院子里安装了。太阳灶其实很简单,只是一个像笸篮大的铁盘,里面嵌满了玻璃镜片,它就热烘烘起来,如果想要热水,只需在盘上伸出一个铁棍,棍头上绕出一个圈儿,放上一壶水,不大一会儿水就咕咕嘟嘟滚开了。夏日里,定西高原上多种有向日葵,向日葵一整天都是仰脸扭脖跟着太阳转,冬季里的太阳灶边,差不多都坐着人,男人们或喝茶说话,女人们或是做针线,常常是大人都去干别的活了,孩子们仍在那里的小木桌上做作业,脚下就是卧着的眼睛成了一条线的小猫小狗。

而水窖呢?

这里是极度缺水的,年降水量仅在四十毫米,而且集中在6月至9月,也就是下两三次雨。地方志讲,历史上的定西仍是富饶的,当年的伯夷叔齐不愿做皇,又耻食周粟,就是沿着渭河岸边的泽水密林到首阳山隐居的。天气的变化,使定西逐渐缺水而改变了地理环境。我曾写过一篇天气的文章,认为天气就是天意,天意要兴盛一个国家就风调雨顺五谷丰登,天意要灭亡一个王朝就连年干旱或洪水滔天,而天意要成就中国的黄土高原,定西便只有缺雨。黄土高原,蔓延到陕西的北部,那里也是严重缺雨。我曾在铜川一些村子待过,眼见着村里人洗脸都是一瓢水在瓦盆里,瓦盆必须斜靠着墙根才能把水掬起来抹到脸上,一家大小排着洗,洗着洗着水就没了,最后的人只能用湿毛巾擦擦眼。如果瓦盆里还有水,那就积攒到大瓦盆里,积攒三四天,用来洗衣服,洗完了衣服沉淀了,清的喂鸡喂猪,浊的浇地里的蒜和葱。而三里五里,甚或十里的某一个沟底有了一眼泉,泉边都修个龙王庙,水细得像小孩在尿,来接水的桶、盆、缸、壶每天排十几米长的队。铜川缺水,铜川沟底里还偶尔有泉,定西的沟里绝对没有泉,在3月到9月的日子里,天上突然有了乌云,乌云从山梁那边过来,所有的人都举头向天上望,那真正是渴望,望见乌云变成各种形状,是山川模样,是动物模样,飘浮到头顶上了,却常常只掉下来几颗雨点就又什么都没有了。他们说:掉了一颗雨星子。这话没夸张,确实是一颗雨星子,这颗雨星子最好能砸着自己的脑袋,或者,能让自己眼瞧着砸在地上,哧地冒出一股土烟。

于是,定西人就创造了水窖。

在地头上,我们随时都能看到水窖,那是在下雨天将沟沟岔岔流下来的水引导储入的,这些水可以用来灌溉。定西的土地其实很老实,也乖,只要给灌溉一点儿水,苞谷棒子也就长得像牛犄角。而每户人家的吃呀喝呀洗呀涮呀的生活用水,则是在房前屋后建有水窖。水窖的大小和多少,是家庭富裕日子滋润的象征,这如城里人的住房和汽车一样。我打开过一户人家的水窖帮着汲水,那像打开了一个金银库,阳光从水房的窗子射进来,正好射在水面上,水呈放着光亮,光亮又返照在水房墙上,竟有了七彩的晕辉。我用瓢舀了一下,惊讶着水是那样清洁。主人说下雨时收了水到窖后,水是灰的浊的,要沉淀了,捞去水面上的树叶草末、鸡屎羊粪,这水就可以常年饮用了。我说:窖里的水是固定的死水,杂质即便沉淀后不是仍会生成一种臭味吗?他们说:黄土窖没味道。我说:黄土窖没味道?这就怪了!他们说:哈,就这么怪!

上天造物,它就要给物生存的理由和条件,在水边的吃水里的东西,在山上的吃山里的东西,如果定西缺水,做了水窖水又容易腐败,哪里还会有人去居住呢?

现在我已经完全知道怎样建水窖了。那是选好了平台,选平台当然要讲究风水,要选黄道吉日,要祭奠神灵,然后垂直往下挖,挖出一米宽五米深了,洞口便向外延伸,形成窖脖。再向下挖,挖八米,就是窖身。窖底一定得呈凸形。挖成的窖整个形状呈口小底大,就像是热水瓶的瓶胆。下来,技术含量就高了,得在窖身的四壁上钻孔,一排一排均匀地钻,钻出五十厘米深,这工作叫布麻眼。一个窖差不多要布三千个麻眼。接着,用和好的胶泥做成泥角或者泥饼,泥角钉进麻眼,泥饼贴在麻眼外露出的泥角端,泥饼一个挨着一个地镶嵌,就像是铠甲一样把窖身包裹起来。对了,胶泥特讲究,先把泥泡好,窝好,用锨搅好,用脚反复踩好,用镲刀背用力摔打好,直到将胶泥调和得如揉出的面团一样有了筋丝,能拉开又拽不断,才能使用。糊好了窖身,还得用木锤子捶打,一寸不留空地捶打,连续捶打上一个月,最后最后了,再用斧头脑儿又捶打一遍,这才是一个窖完工了。完工了的水窖都要在窖上盖个小水房,安置龙王神龛。窖有窖盖,盖上有锁,水房的也上锁,那是任何外人都不能随便去的地方。

别的地方的农民一生得完成三件大事,一是给儿女结婚,二是盖一院房子,三是为老人送终。定西的农民除了这三件大事,还多了一件,就是打水窖。

从山梁下来到了河川道,河川道也就是渭河川道,立马就有了树。如夏天的白雨不过犁沟一样,一道渭河,北岸黄土塬梁上光秃秃的,南岸就有树了,就这么绝然。树当然还只是榆树、槐树、桐树、小叶子杨树,但只要有树,河南的人就瞧不起了河北的人,河北的女子能嫁到河南,那就是寻到好人家了。

一个叫半阴的村子,是在从塬上刚刚下来就遇到的村子,可以说,这算我见到树最多的村子了。树都不大,出地就分杈,枝干好像有着亲情或是恋情与偷情,相互纠缠着往上长。从树中间钻不过去的,就蹴下来,看到的是黄宾虹的画,纷乱的模糊的一片黑色线条哈。再往远处看,更多的树,树中忽隐忽现着屋舍,全是些石灰搪抹过的墙,长的,方的,三角的,又是吴冠中的画了,白和黑的色块。村口有一条水渠,渠可能年久未修,废成小溪,里边竟然还有鱼,柳叶子细的鱼,如飘在空中,是柳宗元《小石潭记》中描写的那种。被水渠领着走过去,又一丛杂树中有一间木屋,还是个水磨坊呀。多少年里都没见到过这种水磨坊了,水磨坊里的一切陈设使我回忆起了我少年时在故乡当磨倌的情景。啊这吊起的石磨,上扇不动,下扇动,如有些人咬嚼和说话的模样,啊这笸篮,啊这落得灰尘变粗的电线,啊这原木做成的窗子,窗上的蜘蛛网,啊这低低的随时可能碰着头的支梁。出了磨坊去看水轮,水轮静静地竖在那里,两边石壁上绿苔重重,而旁边则又是一片乱树,有一棵横卧过来,开满了白花,以为是野棉花,可野棉花怎么会长成树呢,近去看了,原来是毛柳,毛柳的絮竟有这么大这么白呀。

从水磨坊出来,走了几家,家家依然是养了驴、猪、狗、猫、鸡,这些动物都在门前土场上,见了我们就微笑,表情亲近,只有狗多话,汪汪了两句,见没人回应,也卧下来不动了。

首阳山,就是伯夷叔齐待过的那座山,山的名字多好,首先见到阳光的山呀。我们去看伯夷叔齐,伯夷叔齐就睡在两个墓堆里,这两个墓堆相距不远,墓堆上都有树。据说树上的鸟半夜里常说话,而从对面的山上往这边看,看到的是人形的首阳山怀抱了两个婴儿。

两个墓堆前有一个庙,庙右是一片黑松树林子,太阳还红着,它那儿就黑乎乎的;庙左的林子树杂,10月里树已落叶,一尺的苍灰线条里不时地有白道,白道往出跳,那是桦木。庙不大,塑着二位先贤的泥像,皆瘦骨嶙峋,还有一个更瘦的,是个看庙人,蓬头垢面,衣衫破旧,就住在庙右前的一间小屋里。小屋三年前着了火,屋顶坍了,现在上面苫了柴草还继续住,进去看看,黑得似夜,划了火柴才看清四壁被大火烧熏得如涂了漆,一床破被,一口铁锅,再无别的。问他这怎么生活呀,他好像不爱听,竟然领我又到庙里,我才发现庙后墙角还有一个小柜,他打开了,取出六包商店里常见的那种挂面,还有半口袋核桃,他说:这生活不好吗?

从庙里出来,顺着庙前的斜坡走下。斜坡是修了路,还铺着砖,但生满苔,苔虽发黑,仍湿滑得难以开步。

首阳山是当地政府做了旅游景点的,可能是来的人太少,我们一去,不远处的村人也就来看稀罕。问起那个看庙人怎么是那般形状,他们说那是个流浪汉,私自来这里要看庙的。并且说,村里人都在说这看庙人原是有家有舍的,为了什么冤枉事上访了几十年,家破人亡了还解决不了,就脑子出了毛病,也从此不上访了才来这里的。上访的事全国各地都有,已经有一种职业叫上访专业户,也还有了一种机构叫上访办,上访是现在基层政府最头痛的事啊。因此,大家就说起产生上访和上访难、难解决的各种原因,说着说着激愤了,就都在激愤,激愤世风日下。

我突然想,我们现在说起孔子的时代,认为孔子的时代不错吧,百花齐放,百家争鸣的,可孔子在当时也哀叹世风日下,要复周礼;而且,伯夷叔齐就是商末周初人,伯夷叔齐竟然也在说:今天下暗,周德衰。那么,最理想的世风是什么呢?人类是不是都不满意自己所处的社会呢?

以前真不知道定西地区还是中国西部中药材集中产地,更没有想到它还产盐,井盐的历史竟然比四川的自贡还要早。

在各县行走,但凡进到农户人家,差不多的屋子里、院子里都能看到在晒着药材,先是并没在意,后来到了岷县,城街上随处可见中药材货栈,问起是怎么回事,一位长着白胡子的老者说:你请我喝酒,我告诉你。我们那个下午就在酒馆里喝酒,老者就说起了岷县的历史,岷县之所以在这里设县城,是这里为中药材的集散地,岷县城历来都叫做药城。乘着酒兴,老者竟领着我们去了商贸中心的那条街,那里有更多的宾馆和酒店,全住着从陕西、武汉、四川、河南、湖北来的药商,来拉货的车辆排着长队在那里等候。从商贸中心街出来,又到别的街上访问那些私人药铺和一些一两间门面挂着牌子的中医大夫,他们几乎都是在一边行医,一边收购,加工各种水蜜丸散。

我以前对中药材知之甚少,岷县使我们产生了浓厚的兴趣,就多住了一天,了解到岷县的中药材有二百五十多种,主要的是当归。当归人称"十方九归",是中药里最常用的药材,也称为"妇科中的人参",它属于伞形科三年草本植物,药用部分为根,根头称归首,分枝称归身,须根称归尾,加工出为原来归、常行归、道底归、箱归、胡首归。

这里的土地里没有什么矿藏,长庄稼不行,长果蔬不行,农民的日常花销,比如油盐酱醋,比如针头线脑,比如买种子买农药、盖房、给儿子娶媳妇、送终老人,比如供孩子上学呀,一家大小生病进医院呀,除了出外打工赚钱外,如果在家里,那就得种当归。

从岷县回到定西城,我还在琢磨当归这个词,这么好的词怎么就用在一种药材上呢?查《药学辞典》,上边说:当归因能调气养血,使气血各有所归。《本草纲目》中说:为女人要药,有思夫之意,故有当归之名。《三国志·姜维传》里也有这样的故事,说姜维从诸葛亮后,与母分离,其母思儿心切,去信就写了两字:当归。如今,当归仍是苦东西,却让定西农民得到了甜头,当归,当归,真成了农家宽裕的归处。

说到盐的事,是我们在漳县才知道的。

那一天的太阳非常好,路过一个镇子,汽车出了毛病,司机停了车修理,我突然看见路边有一座庙,结构简陋,但庙台阶很高,一个老汉就坐在台阶上吃烟,见我走近,烟锅嘴儿在胳肢窝戳着擦了擦,递着说:吃呀不? 我吃不了旱烟,倒递给他一根纸烟。他说:你那烟没劲咯。却接了,别在耳朵上。我问:这是娘娘庙还是龙王庙? 他说:盐神庙。还有盐神庙呀,盐神是个什么样子? 就进庙去看,庙里却并没有神像,竟当殿一个古盐井,旁边墙上画着熬盐的画,还有一篇祭文。

祭文是这样写的:漳有盐井,郡邑赖之。宝井汲玉,便民裕国。脉长卤浓,涌溢千年。今当疏浚,保其成功。盐井生民,感念神灵。

看来,这庙不应是盐神庙,是盐井庙,而且是先有盐井,后在盐井上盖的庙。我趴下看盐井,井壁已卤化如石,敲之像是敲磬,里边什么也看不清,只是幽幽地泛着光亮。

不看到这盐井,似乎就没想起过盐,因为每顿吃饭都放盐,盐是生活必需品,反倒疏忽它的重要性了,这如不停地呼吸,却并不觉得呼吸一样啊。我们便决定在镇子多待些日子,听听这里关于盐的故事。

这个镇子叫盐井镇,镇上人说:除了古老的两口盐井,即使是别的井,井水打出来做饭,也是从不再调盐的,如果把萝卜埋入水中一个月取出,切丝儿便是咸菜。这里的女人牙白,不用牙膏刷牙牙也白,而老年人没有老年斑。有一种盐是盐锅底裂缝时渗出的盐汁滴在火上成盐晶,盐晶一层层叠摞成人形的,叫盐娃娃,盐娃娃对腹胀胃病有神奇疗效,所以镇上患胃癌的人极少。

我在面馆里见到一个老人,有八十岁吧,他正吃一碗捞面,面前放着一碟盐,夹一筷子面就在盐碟上蘸一下。我目瞪口呆,说这样多吃盐不好,他说他一辈子都这样呀,血压正常,身板刚强。记得有一年在青藏高原,碰着一个藏族老太太,身体非常健康,她说她九十岁了,从没吃过蔬菜,就是吃牛羊肉,吃青稞面,喝奶喝茶喝酒。一方水土真是养一方人啊!我们老家人爱吃辣子,特能吃者人称辣子虫,这老者是不是盐虫呢,可盐里从来又不生虫呀。

翻阅镇上的志书,盐井镇在远古时是陶罐瓦缶煮水制盐,先秦一直到1980年是以铁锅熬盐,1980年到1990年之间是平板锅熬盐,从1990年起,才是真空蒸发罐制盐。旧法烧熬的盐,上品为火盐,火盐是将煮出的盐倒入模具以火焙干,状如砖块,用于远销。中品为结盐,不经火焙,水分较多,状若银锭,销于近处。下品为水盐,是熬出后直接盛在盆里罐里,供当地人吃。志书里有一篇描写当年盐井镇繁华的文字,说镇里六条街道从半山通向漳河边,五大专业市场又从河滩伸进街坊:柴草市吞吐大量燃料,人市流动各类能工巧匠,旅店迎送商贾贩卒,商市进出日杂食品,盐市批发各作坊盐品。豫西的货担、晋北的驼队、陕南的马帮,带来了兰州的水烟、靖远的瓷器、关中的土布、湖北的砖茶。晚上,井台上水车隆隆,灯火灼灼,作坊里炉火熊熊,烟气腾腾。街巷驼铃声、马蹄声、叫卖声、弹唱声,不绝于耳。围绕盐业,五行八作相继兴起,三教九流大显身手,行医、教武、说书、卖唱、求神问卦、开设赌场……

哦,镇上人还给我说了盐坊里的绞手、抬手、烧手和装烟客的事。绞手是在井房里的汲水工,抬手是把盐水抬到各个灶上的送水工,烧手是盐锅的烧水工。而装烟客呢,是以给人点烟为业,手执四尺长的烟锅子整天在各作坊转悠,盐匠们操作在水汽浓重的锅边,双手不得半会儿闲,想起烟瘾了,使一个眼色,装烟客就把烟嘴儿伸进盐匠的唇间,那头随即引燃烟锅。事毕,盐匠顺手抄一搅板水盐抛进装烟客的提篮,装烟客立马便跑到街上卖了零钱了。

说这话的是一个年轻人,说得眉飞色舞,还正说着,远处有人喊:老三老三,事办得咋样嘛?年轻人就跑过去说话,旁边的几个妇女说:他能说吧?我说:能说。她们说:他爷当年就是装烟客哈。我问那年轻人现在是干啥的,她们说:唒街道的。什么叫唒街道的呢?她们才告诉我,在当地把围绕街市小打小闹讨生活的人称为"唒街道"的,这老三继承了他爷的秉性,但现在没有装烟客这活了,他就给人要账为生。

盐井镇的盐数百年都有一个名字叫"漳贵宝",肯定是庄户人家起的,起得像个人名。如今的真空盐厂是现代化企业,年产量胜过了过去百年,产品叫"堆银",这好像是哪个文化人给起的名,但"堆银"没"漳贵宝"有意思。

定西的房子讲究"两檐水"。两檐水用的是五桥四椽,有的还出檐,在堂屋外形成一条走廊。屋顶一律座脊复瓦,但很少雕饰。胯墙与背墙多用土坯砌起,而前墙和隔墙则以木板装成。堂屋正门一般是四扇的"股子门",也有两扇"一片玉"的。窗户有"大方窗"、"虎张口"、"三挂镜"、"子母窗"等,贴窗花的少见,五月端午围插的艾却不动,一直要到来年的五月端午。不管新庄子还是老庄子,人家的院子都非常大,院墙都非常高,院墙里长出一些树来,或栽着蔷薇和牡丹,高大成架,透露着院子里的消息。

定西的房子谈不上豪华和阔气,但也绝不简陋,受条件所限,用料却难贵重,做工一定细致,光瞧瞧屋后墙砖缝里抹的灰浆的严实和山墙根炕洞口砖楞的工整,以及档口板的合荏,就能体会到他们造屋的认真和用心。

农民的一生,最要紧的工作就是盖房子,如果某一家已经有一院房子,它就给子孙留下了一份光荣,作为子孙在长大成人后仍要再盖一院房子,显示自己活着的意义,再传给他们的后代。土木结构的房子,当然只能使用四十年,而也提供了一辈一辈人锲而不舍盖房子的必要性和重要性,这个过程也就是光前裕后。

一家一户的兴旺发达,靠的是子孙繁衍,也靠的是不断地翻修建造房子。在福建的一个山村,我见过一棵榕树发展成了一庄子小树林的景观,而在漳县,常有着一个村庄只有一个姓氏的情况,使我由此有了一个姑娘可能就创造了一个民族的想象。在离定西不远的一个镇子上有一户人家,兄弟四人,其子女九个,孙子辈有十六个,其三辈人中有十二人参军,分别有空军海军陆军,兄弟四人的父亲还活着,已经四世同堂,大重孙也结了婚,很快五世同堂,村里人便称这老者是"兵种"。老"兵种"人丁旺盛,而他家的老房子也异常的结实,也是我在定西见到的最好的房子,五间式结构,一砖到顶,屋脊虽多残破,仍可看到许多精美的水纹、花纹和人物走兽的雕饰。他家还养着一只猫,按说猫的寿命也就是十二年,他家的猫竟到他家已经二十年,现在仍能逮鼠。

但我也听到这样一个故事,一个人,姓李,结婚后小两口盖了一厅两室的三间式房子,房子盖后一年,老婆就病死了,他没有再娶,而抱养了一个孩子。在他五十四岁的时候,中了风,虽生活能自理,但从此干不了农活,儿子对他不孝,逢人就说他养了个狼在家,他将来要死了,绝不会将这房子留给逆子。儿子在屋里待不住,就出外打工了,逢年过节也不回来。有一年一个老中医在村里行医,见他日子难过,留给他个治烧伤的偏方,他就在家自制膏药,还在门口挂了个专治烧伤的牌子。第三年腊月的一个晚上,他家起了火,等村人赶去救火,房子已经烧坍了,灰堆刨出他,人也焦了,焦成了一疙瘩。事后,村人都在议论,有说是电褥子出了毛病引起火灾的,有说是他吃烟引起火灾的,有说他是不想活了把房子点着烧死自己的。当然这事没有证据也没人追究,就草草把他埋了,只是遗憾那房子还好,说没了就没了,也绝了那烧伤的偏方。

在乡下看屋舍,我现在最害怕看到两种情况,一是老传统的房子拆了,盖那种水泥预制板的四方块,似乎现在时兴了,要和城里人一样了,但冬不保暖,夏不防晒,更是因建墙没有钢筋,地震时一摇,四壁散开,整个屋顶的水泥板就平平整整压下来,连老鼠都砸死了。二是主要公路沿途的村子,地方政府要形象要政绩,要求朝着公路的墙一律搪上白灰,甚是鲜亮,可侧墙或村子里边的房墙仍是破败灰黑。

所幸的是在定西,这样的景象还没有看到。

现在,我该说说定西的吃食了。

在别的人眼里,起码我同车的朋友、司机,都不觉得定西的饭好,他们抱怨走到各县各村,上顿是酸面,下顿是酸面,顿顿都有蒸土豆和咸白菜。但我爱吃定西的饭。每到一处,问吃什么饭,我都是:酸面吧,炝些葱花,辣子旺些,蒸盘土豆。吃的时候狼吞虎咽,满头大汗。朋友就讥笑我:唉,凤凰之所以高贵,非晨露不饮,非莲实不食,你贱命啊!我是贱命,在陕南山村生活了十九年后进的西安城,小时候稀汤寡水的饭菜吃惯了,从此胃有记忆,蓄存了感情嘛。酸面其实和我老家的浆水糊涂面差不多,都有浆水菜,却煮土豆片或豆腐条,都不用味精和酱油,只不过酸面的面条多是苦荞面做的,而土豆比我老家的土豆更干更面。

第一顿的定西饭就是酸面和蒸土豆了,以我的经验,当然先吃酸面,吃过两碗了才去吃土豆的,没想到拳大的一个土豆掰开来,里边竟干面如沙,如吃栗子。我是一手拿着让嘴吃,一手就在下边接着掉下来的碎散渣,然后就噎得脖子伸直,必须要喝汤喝水。土豆是定西的主要食物,又如此好吃,这是有原因的:一是这里的日照时间长,缺水,自然环境决定了它的质量;二是这更是上天的安排,按说,定西压根儿就不宜于人类生存,而既然人生存在了这里,它必须要给人提供食物。在中国,有两样食物可以当作神物的,一是红薯,一是土豆。如果没有这两样食物,中国人在上世纪六七十年代即可死去一半。在定西,大多的地只能种土豆,当收获的时候,一面坡一面坡的土豆刨出来堆在地头,它和土地一个颜色,人们挑担背篓地把它运回来,你感觉那是把土疙瘩运回去了。在我们走过的村庄里,家家都有地窖,储藏着几千斤甚或上万斤土豆,一年四季吃土豆,有的家庭竟然一天三顿纯吃土豆。家里有老人过世的,还未三年,他们每顿饭都要给灵牌前献饭,献的就是土豆。而曾经去过一家,中堂的柜上献的竟是生土豆,问怎么献的是生土豆,他们说家里老人已过世三年了,已不给先人献饭,这是敬神哩。他们把土豆当作了神,给神上香磕头的供奉。

第一次见小吴,请他为我们做向导,他在挎包里装了牙刷牙膏,装了纸烟和打火机就跟着我们走了。走出了院门,已经上了车,他又跑回家,我们不知道他遗忘拿什么东西了,再返回车上,他的挎包里鼓鼓囊囊,翻开一看,竟然是六七个土豆。他说定西人出门,习惯要带些土豆的,万一走到什么地方,前不着村后不着店,就可以就地烧土豆吃了。虽然我们在外,并没有在野地里烧土豆,却亲眼见到有烧土豆的。那是在一个下午,车驶过一个梁凹,见几个孩子狼一样从路上往地里的一个埂上跑,到了埂前就刨一个土堆,竟然刨出了土豆,红口白牙地吃起来。我们觉得好奇,停了车跑近去,原来他们一个半小时前要到梁后的镇子去买东西,就先在这里把地埂的平坂子挖开,垒成空心圆堆,留个火门,用柴烧,烧到坂子都红了,把火门里的灰掏出来,再把一块坂子堵严火门,然后在顶端开口,把口袋里的土豆放进去,再把红坂子往里放几块,一层土豆一层烧红的坂子,又再把剩余的热坂子打细盖在上面,用湿土焐上,从镇上买了东西回来,挖开土堆,土豆也就熟了。这几个孩子都是圆头圆脸,小鼻小眼,长得就像个土豆,但争着吵着吃烧成的土豆,让我觉得那么美好和可爱。

但是,我在渭源县一个村干部家,看到了墙上挂着的镜框中的一张照片,唏嘘了半天。那是摄于70年代的照片,拍摄的是公社社员农业学大寨在梯田工地上吃午饭的场面:一条几十米长的塑料布铺在地上,上面摆的是蒸熟的土豆,两边或坐或蹲了百十多人都在吃土豆。这些人形容枯瘦,衣衫破旧,可能是摄影师当时在吆喝:都往这儿瞅,瞅镜头!所有的吃者都腮帮鼓凸,两眼圆睁。

当改革开放几十年后,中国绝大多数地区从政治上、经济上、文化上都发生了变化,江南一带以商业的繁荣已看不出城乡差别,陕北也因油田煤矿而迅速富裕,定西,生存却依然主要靠土豆,过去是土豆、酸面、咸菜吃不饱,现在是这些东西能吃饱了,有剩余的了,但如何再发展,地下没有矿产,地上高寒缺水,恐怕还得在土豆上做文章。在渭源,我参观了土豆脱毒基地中心,那里进行着关于土豆的一系列科研,土豆在质量上、产量上大幅度地提高,各届政府下大力气在生产、加工、销售上制定政策,实施举措,已经使定西土豆声名远播,全国各地的客商纷纷前来订货。我曾问过好多人:仅靠土豆能行吗?他们说:靠山吃山,靠水吃水么。一斤苹果能卖出几斤粮食的价钱,你知道今年一斤土豆能顶几斤苹果的价?我说:多少?他们乍起了四个指头,说:呀呀,四斤哈!

在定西的各个县镇,凡是走到哪一户人家,你感到吃惊的是都那么喜欢字画,只要一说起字画,他们就睁大眼睛,也不再木讷,给你说起他家墙上的字画是什么人的,哪一年请回来的,村里谁家的字画最好,这个县上甚至定西城、天水城、兰州城书画家谁谁曾经来过,在谁家屋里吃过饭,还在谁家里写过字。说过了,还怕你不信,须要领着去别的人家里看字画,有日子过得滋润的,也有日子过得狼狈的,但不论是新盖的房还是已经破败的房,房里都挂着字画。我在通渭的一户人家里,看到上房的中堂上的一幅字写得并不如挂在厦子房里的字好,建议调换一下,主人说:厦子房的字好是好,可写字的那人品行差,而且还是个跛子哈。原来,他们还特讲究书画家的德行、职位和相貌的。德行高的有职位的身体端正健康的书画家作品挂在上房中堂,那要在大年初一的早晨给上香的。

这让我不禁大发感慨,目下国内字画的行情见涨,但十之八九是为升迁、为就业、为调动、为贷款、为上学给大大小小的领导送,字画成了腐败的一方面,还有十分之一二为个人收藏,收藏着随时准备倒卖。而定西人爱字画,当然少不了有行贿和倒卖的,却绝大多数是人人都爱,是真爱,买了就挂在自己家里,觉得那就是文化,就是喜庆,就是贵气和体面,能教育家人知情达理,能启发孩子们好好念书。

除了中堂上必须挂有字画外,定西人还有一点,就是讲究在中堂的柜盖正中摆放或多或少的宝卷。

我在头几天里时常听说宝卷长宝卷短的,当时还不知是什么意思,也没在意。后来在一个叫清水的村里,去一户人家,老太太招呼我们坐了,忙把屋里剥苞谷粒的筐篮挪开,把猫食碗拿到了屋外台阶上,就开始用鸡毛掸子拂柜盖,拂着拂着把柜盖正中的一沓旧书小心翼翼地拿起来,用嘴吹上边的灰尘,又小心翼翼地原样放好。我好奇地问:那是什么呀?老太太说:宝卷。便埋怨儿媳妇邋遢,屋子这么脏的,让客人咋待呀。

又说宝卷,啊宝卷原来是一些旧书!在我的经验里,"文革"期间人们要把毛主席的著作放在中堂的柜盖上的,莫非这里还依着那时的规矩？我说：宝卷？是毛主席的红宝书吗？老太太说：我不认得字。我进去看了，是有一本毛主席的书，但更多的是一些手抄本，有一些佛经，有《道德经》，有治家格言，有《论语》，有《弟子规》，还有劝善歌和中医偏方集锦。

我和老太太说了这样一段话：

就这些书呀？

不是书，是宝卷。

啊是宝卷，你家咋这么多宝卷？

家家都有，我家的多哈。

谁念呢？

我老汉能念。

你老汉呢？

走了哈。

走哪儿了？

嘿嘿，走了就是走了哈。

走县城了？

死了！

噢。

你们城里人听不懂哈。

噢噢，那你还一直要在这儿放宝卷？

镇宅哈。

离开的时候，我要求能和老太太照个相，老太太在头上脚上收拾起来，院子里的太阳亮灿灿的，我便在院子里放好了一只凳子。她出来了，却抱着她家的狗，狗是白狗，像一堆棉花，她说她老汉死的那年养的这狗，她总觉得这狗就是老汉变了形儿来陪她的，尤其狗转身往后看的那个样子，和她老汉生前的神气似模似样。我尊重老太太抱着狗照相，可她看见我放的条凳却一下子变了脸，说：快把凳子挪开！我说：你坐着，我站旁边。她挪开了凳子,说凳子放的地方不对,你没看见那里有块砖吗?后来我才知道,放砖的地方是有土地神的,绝对不能在那上面坐或者站。照完了相,又去了几家,几乎家家院子中间都有一块地方放着砖或放着一盆花。问了土地神是如何安放在地下边的,他们告诉说:挖一个坑,坑里埋个罐子,罐子里有五色粮食,粮食里有个石刻的或木雕的土地神像,然后封好,地面上做个标志,这土地神就护了。

离开了这个村子,我们一路还在议论着宝卷镇宅、土地神护院的事,司机就嘲笑起定西人的旧规成,说:啥年代了,还愚昧这个呀!司机是从小在西安长大的,他不了解农村。我说这不应算是愚昧,中国农村几千年来,环境恶劣,物质贫乏,再加上战乱频繁,苦难那么多而能延续下来,社会靠什么维持?仅仅是行政管理吗?金钱吗?法律吗?它更要紧的还是人伦道德、宗教信仰啊。司机说:可宝卷摆在那里,土地神埋在那里,只是个仪式么。我说:是仪式,有仪式就好呀!为什么要每天在天安门前升国旗?为什么一开大会首先要唱国歌?为什么生了小孩要过满月?为什么老人去世要七天祭祀?

在漳县、岷县发现村民家中的宝卷后,我们对宝卷产生了兴趣,老太太家的宝卷,以及那个村子里别的人家中的宝卷,都是一些我们知道的儒、释、道方面的经典,而定西历史上是佛道盛过的地方,又出过许多大儒,又是有孙思邈呀、李白呀、李贺呀许多遗迹,那么,还有没有一些我们没见过的经典古籍呢?于是,我们所到之处都要打听,就听到了一个关于宝卷的故事。

1992年7月5日,有人在遮阳山东溪寒峡的一个洞口石壁上发现了"石室"二字,不知何人何时所刻,进入洞后,在洞底又发现了一木棺,吓得没敢打开。消息传出,漳县文化馆干部赶来查看,认定"石室"二字为北宋大诗人、监察御史张舜民题刻,进洞后又证实那不是木棺,是一木箱,木箱里存放着一大批古代书籍。这些书籍经清理,为古代佛经宝卷手抄本,因受潮粘连严重,能辨认出的经名有八部:《佛说大乘道主法华真经》《法舡普渡地华结果尊经》《佛说赴命皈根还乡宝卷》《正宗佛法身出细普贤经》《正信除疑无修证自在宝卷》《叹世无为宝卷》《古佛天真考证龙华宝经》《普静如来钥匙宝卷》。

后据当地人提供线索,几经曲折,找到这批藏经的原主,原来这些经卷一是他们家历代相传保留下来的,二是民国初年从岷县一地抄录来的。1958年宗教改革时,他拣其中破烂的一套上交了乡政府,而把抄写工整装帧讲究的一套在后半夜藏入东溪山顶上的鸦儿洞。事后又觉得有人好像发现藏经,不久又和女儿偷偷把这些经卷转移到了溪寒峡的一个山洞里。当初,他并没注意到洞口岩壁上有"石室"二字,而这一疏忽,竟然正暗合了一句老话:石室藏经。

我们曾去漳县政协想见见这批宝卷,可惜那天是星期天,政协机关没人,未能见到。后又去拜见了一位文化馆的退休干部,从他口中得知,仅漳县在山洞里发现的宝卷就有四十余部,都是解放后,尤其是文化大革命中群众偷偷保藏的。有北京、天津来的专家鉴定过,确认其中九部系国内外从未见于著录及公私收藏的孤本。

(原载《人民文学》2011年第6期)

父亲的神鞭

刘红庆

三十多年前,父亲是我们那个边远小城最著名的拳师。正月闹元宵,夜里无数个拥挤的火盘上,最耀眼的一景便是父亲的神鞭。相熟的人这样兴奋地传诵:"瞎五昌耍神鞭哩!""蛮五昌又耍神鞭喽!"

五昌是父亲的名字,小城里的人为何用"瞎"和"蛮"来修饰他呢?前者是他眼睛近视得厉害,他要戴一千多度的眼镜。后者是形容他的性格,不开化,不圆滑,有些野蛮。

可是,父亲之后,小城的神鞭技艺也就没有了。

父亲有四个男孩,除了我小时候学过一套空手的拳术之外,弟弟们都没有学,而我学的那一点点,而今也都忘记了。

难道父亲没有徒弟吗?有,并且不少。但是没有一个人学到神鞭的功夫。

约略是我上了小学那阵儿,20 世纪 70 年代初,我隐隐约约记得是个夜晚,家里来了两三个我平时知道的北街村的干部,他们想请父亲去教村里的年轻人打拳。父亲答应了下来。

外公家是北街村的,父母结婚后就住了外公家的一间房,但父亲并不是村里的人。我不知道村里人怎么会想到请父亲的,谁推荐的呢,还是他们看过父亲练把势?

此后每天夜晚,在北街民校,一群年轻人便跟着父亲学起了拳术。起初的几个晚上,我也跟着父亲去了,但是没坚持几天,瞌睡,就不去了。

父亲的徒弟开始是有一大群的,总有十几二十几个。但是一直坚持认父亲为师父,并与我们家来往的,却不很多。现在记得名字的,钞库巷的有鲍二孩、刘云,王家巷的有李二虎、王小春,北寺巷的有赵玉生、刘向青,等等。父亲的这批徒弟都比我年长约七到十岁的样子。我那时刚进小学,他们应该是中学生或者中学毕业了吧!

学了应该不止一个冬天。但开始学的当年,到正月闹红火的时候,他们师徒一帮人就可以结队出去表演了。枪术、刀术、棍术、对打,每个人都有了一套节目,于是整体就能在一个火盘边表演一阵子。不过,那时候看红火人山人海,每到一处,要"打场子",就是在拥挤的人群中圈出一片可以施展拳术的场地来。父亲把神鞭甩起来,人们就哄叫着退开,给他的徒弟们空出了地方,锣鼓敲打着,把势练将起来。

上场的次序是有讲究的,先是小而矮的,单个的练,接着是高大的,持大型重器的,再接下来,是两人或三人对打的。最后,在叫好声中,父亲脱掉了上衣,裸着膀子,"神鞭,耍神鞭了!"围观的人兴奋了起来。

一个十几厘米长的铁尖头,拴在一根有一丈多长的绳子上,在铁鞭头与绳索的结合处,有块手帕大的红绸子,起装饰作用,舞动在空中的时候好看。而在绳子的另一端,也是麻绳编成的圆环,套在父亲的一只手腕上。

开始耍神鞭的时候,父亲要把两个手指放进嘴里,打很响的口哨。这时候,他的徒弟们也跟着打口哨,给他助威。

一千度的眼镜是断不戴的,我跟在父亲身边,替父亲抱住他脱下来的衣裳。一般的冬日,他都是穿棉袄的,但是,耍拳的夜晚却只穿一件单薄的绒衣,一者是相对利落点,一者是脱了穿上也来得方便。

神鞭舞起来了,锣鼓声更响了,口哨声犀利地穿过小城的夜空。用南乡上好的煤炭垒起的旺火,把乡下人的脸照得红扑扑的。太行的冬天都在零下十几度,所有出来看红火的人都裹得严严实实的,父亲赤裸的上身,在这样瑟缩而喧闹的夜晚,在旺火的辉映下,在寒风中各种彩灯的光里,便分外地招人的眼目。

只见铁鞭头带动着红绸子飞舞了起来,以父亲为中心,向周边飞射。起始,他用两手在控制神鞭,自由而晓畅。铁鞭头嗖嗖地前冲后突,父亲从来没有过的潇洒。平日不戴眼镜便几近丧失视力的父亲,在耍神鞭的时候,却对铁鞭头甩出去的长度有准确的判断,即使很乱的人群,他也不会伤害到任何人。

接着,父亲用肘来参与控制神鞭到达围观者面前的长度,随着他脚步的移动和对神鞭收放自如的控制,说不定那铁鞭头"嗖"地射到了谁的面前。那围观的自然是被吓一跳,叫喊着向后退,但瞬间铁鞭头已经到别处了。于是另一处的惊呼声传来。所以,父亲耍神鞭,整个围观的火盘边数不清多少层人群,叫声此起彼伏,真乃:快哉斯夜!

最高潮的环节,父亲把神鞭缠在脖子上。现在想来,不是实实在在把脖子缠住,而是用一只手控制,神鞭左绕一圈右绕一圈,那绳便不会结实地把脖子箍紧。观众看的是绳子把脖子缠住了,人们惊讶地叫起好来,可正在高潮处,父亲的手不知怎地一抖,绳子就从脖子上回到他的手里。围观的人惊呼起来,徒弟们也再次用尖利的口哨声给父亲助威。

神鞭表演的尾声部分,是再弄几个圆场,父亲的节目就结束了,整个队伍的表演也结束了。下一个在火盘边表演的可能是哪家的小花戏或者丑社火、狮子舞、龙灯什么的。喜欢看神鞭的人,追着赶着,跟着父亲的队伍到下一个火盘边,继续刚才的一套……

父亲在北街村教拳,家里是获得过好处的。现在约略记得是:生产大队给了半袋子玉茭,大队粉坊生产的粉条,也给了十来斤吧!

与父亲同一时代耍神鞭的,整个小城还有一个,是西关小南头的,专门给牲口配种的,瘦的,叫"×世"的人。他的年纪与父亲相仿,父亲不耍神鞭了,他也不再耍。他与父亲没有什么来往,即使我们家也住到了西关。不过我以为,他耍神鞭没有父亲的好,因为他表演从来不光着膀子。

父亲的徒弟中,对父亲最好的,当算鲍二孩与赵玉生。他俩都是高个子,向父亲学了大刀。鲍二孩是农民子弟,赵玉生是干部子弟。他俩似乎总是一起来我们家看望父亲。

鲍二孩不耍拳后,到阳泉当了工人,一年冬天回来,听说我自小一到冬天就咳嗽的毛病,就送了我一小玻璃瓶黑色颗粒的"止咳丸",服了这药,我的咳嗽就此便好了。到了鲍二孩该结婚的年纪了,他的母亲又坐了月子,我记得去他家,他母亲头上箍上毛巾在炕上坐月子,我便有些迷惘。

做了工人的鲍二孩居然没有结婚,很年轻就死了。我父亲应该去参加了这个爱徒的葬礼。那些年我在外面读书,对鲍二孩的了解也止于此。

赵玉生的父亲是武装部部长,他的母亲是法院院长。我小时候,父亲的工资是每个月四十八元,而赵玉生的父亲是每个月一百元。一百元啊!我真的想象不到那是多么大的一笔钱呀!少年的我每当想到此,都会生出些气馁。

赵玉生当兵了,当兵回来似乎就残疾了。现在他还在小城。他的父母去世后,其家庭雄风被他的弟弟、我的同班同学赵玉山所承继。玉山是公安局的副局长,而赵玉生据说只是一个破烂企业的保安。

父亲有一把很重的大刀,像关羽拿的那样,小时候一直在我们家大瓮背后立着,很多时候没有人管它,它就生出些铁锈。据母亲说,这大刀现在在赵玉生手里。而我不知道,玉生还用不用我父亲的大刀练我父亲传授给他的刀术了。

李二虎与我父亲师徒关系脱离得早,后来是个本分的农民。刘向青初中毕业后不久接了他父亲的班。他父亲在县粮食局工作,学大寨那会儿,单位组织去参观,因突发急病死在了路上。他的母亲"大巧莲"拉扯他们一群孩子不容易,又找了个男人。我母亲活着的时候说,每次在街上碰到"大巧莲","大巧莲"都哭诉自己的命不好,儿子们骂她嫁汉,不要脸。向青也早不和我们家来往了。他毕竟是粮食局的正式员工了。

刘云是父亲徒弟里最出息的一个,念了山西师范大学,毕业后回到小城当过乡里的干部,后来调到了市里。去年在一次老乡的聚会上我见到了他,他承认自己是我父亲的徒弟,不过他也不与我们走动很久了,他的拳术早已忘却了吧?

父亲的徒弟里,唯一把父亲和拳术当回事儿的只有王小春一个。他在小城卖猪肉,是个个体户。记得母亲说过,我三弟结婚的时候,父亲向小春借了三百块钱,后来小春不让还那么多。到母亲去世时,父亲所有徒弟中,只来了小春一个人。他铺了铺条,戴了重孝,他是把师父师母当父母一样看待的。他协助我们兄弟,把父母安置回了乡下。

小春的身手是不错的,动作干净利索,无论棍术还是枪术,那时,父亲就这样夸奖小春。五十多岁的小春来打发母亲,我问他是否还练拳术,他笑笑说不练了。于是,一群20世纪70年代跟着父亲学了拳术的北街村十七八岁的后生们,就这样没有守住这个拳术。父亲传承的拳术在太行小城全面失守。他的神鞭,更是没有一个人学到,当时就没有,现在更没有。

有一个叫宋为江的,左权中学的教师,从北乡来在城里,也酷爱武术。他来找父亲切磋过,并且送给父亲一个铜的神鞭头儿,样子比父亲固有的那个漂亮很多,做工很考究。但是父亲不喜欢,说是太小,太轻了。这个铜的好看的神鞭头,在我们家抽屉里滚来滚去好多年,我离家后就再没见到。

父亲去世后,他的神鞭,也便成了废物。据母亲说,一次,家里急着拴什么东西,把那绳子解下来用了,神鞭头也不知道丢弃到何处。父亲还有一副双刀,小时候在家里也是放来放去的,父亲找人专门为双刀做了木刀鞘,但父母去世后,也不知哪里去了。

父亲学的是梅拳,这我小时候就知道。梅拳是怎么来的呢?查阅资料获得的是:河北邢台市广宗县前魏村是梅拳的发源地。梅拳也叫"梅花拳",2006年成为首批国家级非物质文化遗产。广宗县二百个村庄中有一百多个村都在传承梅拳,习武者近万人。

父亲的师父是左权县麻田的。而麻田人都是从河北上来的。所以,我觉得父亲学的是广宗县的梅拳。父亲去世多年后,病中的母亲告诉我,父亲学拳术,是童年时代的事情。

父亲所生活的姜家庄村,是个三县交会的偏僻所在地。父亲离开家乡后,先在松树坪下煤窑,新中国成立后进城成了外贸局的工人。我母亲是城里人,父母结婚后定居县城,我出生后,没有回姜家庄生活过。小时候,偶尔乘坐汽车回乡下,整个村庄视汽车为稀罕物,全村人都来围观。他们没有见过世面,对城里来的人也充满了好奇。

一次,我乘坐汽车回乡下,可能是风吹得头疼了,很难受。回到城里,奶奶告诉我:"乡下,山风夹得人头疼!"于是我决定再也不回乡下。奶奶到城里来和我们住了八年,她以八十八岁高龄去世了,父亲要送奶奶回乡下,八岁的我哭着不要回去。于是我没有跟父亲一起把奶奶送到乡下。

直到我考了学,要离开小城了,必须办所谓的户口,才到上会村喊了我高中的好朋友赵永红作陪,又一次回了趟乡下。这次距我上次回去,又十多年的时间过去了。

1995年父亲去世后,借埋在了城里,没有回老家惊动那里的土地。有几次深夜,我梦见父亲到太原看病了,好长时间,家里没有他的消息。我惊诧:我怎么可以不去找父亲呢?2008年,母亲去世了,我们兄弟把父亲的遗骸同母亲的一并合葬,送回到生养了他的乡下。我便不再做遗失父亲的梦。

2008年回乡下埋葬父母,距我上次回去办户口已经又过去了二十四年,我从一个向外进学的孩子,变成了一个中年人。而今回去,姜家庄不再有人来围观,村庄很落寞,年轻人都走了,在村里剩下的都是老人和小孩。穷乡僻壤,那里是一点生机都没有。

就是这样偏僻的姜家庄,在20世纪30年代末,冬天,人们没有地方可以去,也没有事做,村里便从麻田聘请了师父,教年轻人习武。父亲是1927年出生的,那么他正式学武术应该在20世纪30年代末或40年代初。母亲说父亲和她说过,师父住在村里,徒弟们家轮流管饭。

父亲应该是他那一拨年轻人里学得最好的,至少是一直坚持着,或者说到新中国成立后是最好的。因为我没有听说过健在的村里人还有别人和他一起习过武。

他的一个习武的朋友,叫新成,是碾上村的。他们怎么结拜的朋友,我并不清楚。每年正月,他的这个朋友都来我们家,不多说话,吃母亲做的饭,大家在一盘炕上睡觉。有时候,父亲也请新成给他的徒弟们示范一些动作。但新成不张扬,稳稳的,悄悄的。正月来住几天看看红火就回乡下了。

我和父亲仅仅学了一套徒手的、最基础的拳术。我从来没有想过学下去,也从来没有上过场子。那时候,南街小学与我年纪相仿的一个叫"小晋生"的孩子,不知道从哪里学了点武术,在县里表演过，身手不凡，在太行小城是小明星了。一日中午，他和两个伙伴来找父亲，是慕名而来讨教武术的。父亲说了一些话，就让我示范，我便把自己练的唯一的一套展示了一下。随后，大家客客气气地散了。我以为小晋生要和父亲学武术了，结果小晋生此后就没有再来。

是不是小晋生没有看上我的身手，从而丧失了向父亲学习的愿望？我不知道。我一生中向父亲学的家学，唯一的表演机会，是在一个同龄的太行少年面前。

父亲的麻田师父，去世得早，我是没有见过的。在麻田有父亲的一个师兄，名字叫白蛋，是我们家的重要客人，父亲待白蛋自然是不一般。连白蛋的女婿、外孙，都成了我们家的常客。

裴成龙，也是父亲的拳友，也是麻田习武的，不知道他们怎样排辈分。裴成龙到县城中学教书了，一年，我的成绩不好，进不了补习班，是父亲托他的这个拳友给我办进去的。

父亲一生好身体，好身手，从来不曾打针吃药。夏天光着膀子省衣裳，光脚板走路省鞋。冬天可以光着膀子耍神鞭，光彩耀眼。夏天一早起来，不吃饭就上地了。我们吃了上学了，母亲把锅里剩下的馇馇刮在一只海碗里，放在锅台边。半前晌父亲回来，就是这一海碗半冷不热的玉米面馇馇。他似乎没有享受过生活，或者说这就是他享受的生活。

父亲有工作，要上班，但是还要精心地耕种家里的地。他肩头的责任是很大的，他的俭省也是出了名的。偶尔，父亲也会从墙角取出大刀或者双刀，到房后学校的操场上练将起来。那是他的兴趣与挚爱。一次，他随单位的人到五台山旅游，在那里照了一张相，他骑在马上，挥舞着一把刀。我一直觉得，父亲是有横刀立马的英雄情结的。

热爱拳术的父亲说，学拳术不是为了行劫打人，而是自卫。我小学的时候，受了同学欺负，父亲就骂我："你就是一个'家里孩儿'!"意思是只会在家里耍威风,而到了外面受欺负没有抗争的能力。而按父亲的身体和武艺,他是有这种能力的,却没有遗传给我。

有尚武精神与反暴能力的父亲,一般情况是很"蛮"的,但是他害不了人,也不害人。我在北京读书了,带父亲来北京玩玩,在前门大街的一个工艺品商店,他想要一个瓷的观音,别的都不要。我付了钱后,他小心翼翼地抱着个瓷观音回了太行。我不知道尚武的父亲为什么要一个慈悲的观音,是不是他心里有观音信仰?他活着的时候,我没有与他交流过。

"文革"开始武斗后,我刚刚出生。外公和父亲说:"你可不要去打人。"父亲说:"有咱孩哩,我还去做甚哩!"这是病中的母亲向我回忆的。几近于文盲,口头野蛮,性格暴烈,而有一身武艺的父亲,在"文革"最乱的派性斗争中,他参加了"二五",与"红总战"对立过,却从来没有打过人。这可能是基于本质上的善良,也应该是因为有了我,父亲要为家庭负责,他把握住了自己,没有在武斗中伤害过他的同事,也没有伤害过任何一个太行人。

父亲带的徒弟们在小城元宵节的夜里,却打了一次架。祸起赵玉生。那时候,乡下的武术队都来,麻田的是梅拳,桐峪的是洪拳。父亲带的北街村的武术队,与麻田是同门,自然要亲切得多。但赵玉生不知道出于什么原因,向洪拳叫板,梅拳派的北街村青年和洪拳派的桐峪村青年在闹红火的街上打了起来。洪拳看着好看,梅拳实战中更见功夫,所以梅拳都没有吃亏,只赵玉生受了点轻伤。那夜我正好没有跟他们出去,所以没有亲历械斗。他们回到我家,说了半夜。时隔多年我恍惚记得父亲说过,武术虽不是同门,但不比高下。打架是他不愿意看到的,他希望年轻人不仅练功夫,更要修武德。

1995年,父亲六十八岁,被鼻咽癌击倒,永远地去了。那时正值盛夏,入殓的时候为了防止腐烂把父亲结结实实地束在了塑料袋里。母亲去世前一再叮嘱,把父亲运回乡下入葬,一定把塑料袋拿掉。2008年母亲去世,我们兄弟从借埋处挖出父亲的遗骸,揭掉了塑料袋。在地下埋了十三年的父亲,重新回到我的面前,虽有些干瘪,但他活着的模样我一眼就看得出。事先准备好的小棺材,因为尸体非常完整而根本放不进去。我当即决定给父亲再买一口大的棺材,我不能委屈了活着的时候已经委屈了一生的我的父亲。

有个亲戚发生疑问道:"谁家能买了一口棺材再买一口棺材?不好吧?"我说:"挺好的,官越做越大,财越来越多,这是父亲给我们的福。让父亲依旧完整着的遗骸陪母亲一起回乡下,这或许正是父亲十三年不腐烂的原因。"

父亲又占了一口全新的大棺材,我们兄弟把他和母亲一起送回到乡下,在爷爷奶奶墓前,在大伯大娘墓旁,永远地安葬了我最亲的人,让他回到了他亲人的身边。

我将不能再见父亲,我也希望今生不再有机会挖开与他相见。即使不知道什么年代,有人到那遥远的太行山乡村挖开了这坟墓,有的只是一堆白骨,没有人会辨得出父亲活着的艰辛,没有人会看得见父亲活着时正月元宵夜万人瞩目下的风光。

我将不能再见父亲,可我怎么能忘记父亲活着时的辛苦和悲凉?怎么能忘记飞舞在父亲裸身边上的神鞭呢?

(原载《十月》2011年第3期)

祭母亲文

张守仁

2011年3月11日,阴历二月初七,是母亲离开我们整整两周年的忌日。慈母张汪氏生于1909年2月20日,到前年今天辞世,足足生活了一百岁,堪称长寿之星。

记得母亲去世第三天,当人们从堂屋里把她遗体送往县城东北火化场时,全家三代男女老小哭着、喊着、叫着、抱着、护着、拉着,不甘心让她的躯体从我们眼前永远消失。我趁机跪下身子,情不自禁俯身吻一下母亲枯瘦、蜡黄的额头,发觉她身子冰凉冰凉。惊讶瞥见离她右眼两指宽的鬓角,凝结着一颗透明的泪滴。泪滴已冰冻,像颗珍珠似的嵌附在她多皱纹的眼梢。这是一滴辞家泪、留恋泪!母亲舍不得离开这个她操持了大半个世纪的家,离不开她心疼的儿女们、孙儿孙女们,离不开这个给了她无数苦难、晚年也带给她不少天伦之乐的人世……

母亲是个孤儿,三岁死了娘,九岁死了爹,十三岁死了祖母,从此无依无靠,在她叔叔家待几月,到她两个姨母家轮流住一阵,孤苦伶仃地在寂寞中长大。二十岁那年,她由汪家嫁给了贫困的张家。

我张家先辈是经商的徽州人,闹长毛(太平天国运动)时,先逃到长江边的浏河,又从浏河渡江逃到崇明岛。因为拮据,和邻居陆家合伙砌了几间简陋的房子栖身。我曾祖父因患肺病早死,曾祖母守寡养大了祖父。祖父到了十八岁,去桥镇洋布店站柜台,做学徒。后来他积攒了一点钱,娶了我祖母。有一年他回庙镇的家,邻居诬说他偷了一支银簪。刚烈的曾祖母,气得浑身发抖,指着我祖父呵斥:"儿啊,我守寡守大你,十两骨头九两酸,心比黄连还要苦。做人要像人样子,你如今还有什么脸面活在世上?!"我可怜、胆怯的祖父,有口难辩,悄悄躲到屋后小竹园里,吞下两盒有毒的红头火柴,不一会儿,口吐白沫,停止了呼吸。死时他留下两个儿子:一个是我父亲,当时才五岁;一个是我叔父,出生才四十五天。后邻居发现那根银簪掉落在梳妆台夹缝里,证明祖父死得冤枉。从此祖母靠给别人洗衣、缝补、干零活,拉扯大两个年幼的儿子。她因丈夫被婆婆逼死,不断埋怨婆婆,经常跟她哭闹,还要婆婆还她丈夫。曾祖母无奈,只得远走异乡,改嫁他人,临别时安慰我祖母:"草窝里落砖头,草也有翻身挺起来的辰光。"

我母亲嫁到张家时,父亲正在崇明东部堡镇店里做营业员。不久生下我姐姐,四年后生下我这个大儿子,随后又添了两个弟弟。

我这辈子最初的记忆,是和母亲坐在从庙镇到堡镇的公共汽车里去探望父亲。我好奇地张望车窗外掠过的景色,母亲并拢的双膝上铺一方手绢,手绢里包有一堆落花生。她用灵巧的手,给我剥开一颗颗花生外壳,把花生豆塞进我嘴里。这是我幼小的心田里留下的人生最早的印象。这一印象过了七十多年,仍清晰如昨。

我现在记得,母亲每天总是第一个起床,接着梳头、洗脸、扫地、抹桌子。如果是冬天,她就挎着竹篮,走到宅边小河旁,下到石条水桥上,蹲下身子,用捣衣棒敲碎河冰,推开冰块,洗菜、淘米、濯衣裳。然后站直身子,呵着被河水冻红的手指头晾衣、烧火、做早饭。

如今,母亲在凛冽寒风中蹲在石头水桥上用力敲冰的姿势,像一尊雕塑似的矗立在我心里。

1937年,日本侵华战争爆发,不久家乡沦陷,兵荒马乱,老百姓纷纷逃生,堡镇生意清淡,父亲失业在家。也许他秉承了祖父胆小、懦弱的基因,干不了重体力活,吃不了苦,便萎缩在家里吃闲饭。生活的担子便落到了我母亲肩上。我八九岁时就陪着母亲到上海跑单帮。

从崇明岛到上海,不像现在航班多,还有快速气垫船,近年又修建了长江口隧桥,交通极其方便。上世纪三四十年代,过长江乘的都是挂帆篷的小木船。遇到风浪大,小船颠上颠下很危险。经常有日本鬼子拦在吴淞口石港外强行上船搜身查货。我和母亲吓得全身哆嗦,深恐他们把我们带卖的一匹匹白布没收。白布一旦没收,本钱丢光,全家就难于度日了。

我和母亲挑着、背着、抱着棉布,在吴淞口上岸,沿着田间小路,曲里拐弯奔走几十里,战战兢兢走入市区,住进便宜的小旅馆。母亲每天外出到十六铺摆摊卖布,我一个人在旅店周围马路上游荡,看看有轨电车顶上爆出的蓝色火星,瞅瞅脸上长着络腮胡子指挥交通的印度红头阿三,浏览浏览陈列在商店橱窗里的衣物。时间长了,好奇变成了单调和无聊。到下午,肚子饿了,口渴了,就站到小旅店门口张望。一旦看见母亲买了包子急匆匆回来,我就像一只嗷嗷待哺的小鸟扑过去让母鸟立即给我喂食。

有一年夏天,东海骤刮台风,母亲乘的回崇明的船,无法进港靠岸,只能在波峰浪谷中挣扎。整整拼搏了一天一夜,台风稍静,才得以进港靠码头。母亲晕船,已呕得一塌糊涂。她老人家为养育儿女吃的苦,像家乡港汊里的水一样多。

我母亲跑单帮挣的钱,除了买柴米油盐供日常家用,还让我进庙镇小学读书。从此我每天背着书包去北街上学。在一个油菜花金黄、芦叶放青的春天,我中午放学回家,见母亲还没有做好午饭,就躺倒在场院里打滚,哭喊道:"晚啦,晚啦,晚啦!我下午来不及上学啦!"母亲哄我:"正囡(我小名),妈这就做饭,一会儿就得。"边说边撂下正在干的活,起身淘米做饭;又扑进院子旁菜田里摘了一兜菜苔,到水桥上洗洗,拿到灶上。转身到灶后扯起一把芦柴起火点着,塞进灶膛里烧锅,又转到灶前倒油炒菜。不一会儿,饭菜全熟了,我抹着眼泪抽噎着快吃。吃完,奔跑着上学去。回想起来,妈,我不是一个懂事、体贴你艰难的乖儿子。

那时我家前面稻田里,放水插秧前大都种着苜蓿草用以肥田。苜蓿草开花前最茂盛。我起早蹚着露水到稻田里用剪刀剪下嫩尖,剪满一篮子,就拿到庙镇菜市场上去卖,卖了钱买铅笔和练习簿。有一次卖苜蓿草,竟把篮子弄丢了。那时家穷,丢掉一只竹篮,就是一件大事。我急得直哭,母亲带着我到处寻找。找不着,母亲就安慰我:"正囡,别哭了。妈到宅后砍几根竹子,劈成篾片,再编一只就有了。"

妈,童年时我给你带来了多少麻烦!

我家虽贫困,但我母亲总把两间房子收拾得整整齐齐,一尘不染。

我们姐弟四人虽无好衣服穿,衣着却总是干干净净。母亲经常在场院里用两张高木凳架着两根粗竹竿,铺上苇帘,晒被、晒衣裳。夜晚,我躺在被窝里,常能闻到阳光留下的香味。妈教导我:"儿啊,我们家穷,可水不穷,阳光不穷,只要手勤,就能清清爽爽,香香荡荡。"

我小时候贪玩,经常赤脚、赤膊、赤条条钻进宅边小河里游泳、捞鱼、摸虫子。有时蹲在院子里翻开碎砖头捉蟋蟀,钻到黄瓜架下在绿叶丛里逮螳螂,或者踱到田边呆看农人轰赶的水牛在夕阳下拉着犁铧来回耕地。玩到暮色降临,母亲站在门前大声唤我吃晚饭,才恋恋不舍地回家。有时我深夜醒来,下床解手,常看见一盏幽幽豆油灯下,母亲缝补我们的破袜子,或者纳鞋底。夜晚很安静,屋内外只有秋虫的唧唧声和抽动针线的声音。我小脑瓜里便想:母亲起得这么早,这么晚还不睡,她怎么不累呢?怎么能有用不完的精力呢?她不感到厌烦吗?"文革"后我在《十月》任文学编辑,为了办出全国一流的刊物,我总是夜以继日,连节假日也约稿、看稿、改稿。女儿见我苦干就问我:"爸,你像苦行僧似的没日没夜一心趴在书桌上为他人做嫁衣,难道不感到累、不觉得厌烦吗?"我笑答女儿:"我这是向你奶奶学的,要耐得住寂寞。我的生活乐趣、我的生命意义,就在这工作之中。"

我上庙镇小学四年级时生了一场大病,整日躺在床上,昏昏沉沉发高烧。醒了,四肢瘫软,浑身无力,闲看阳光在墙壁上移动,纤尘在室内光线里浮游,百无聊赖,度日如年。母亲心急如焚,忙请当中医的亲戚把脉、看病、开处方。母亲根据方子到中药店里买了草药,熬成汤药,端到床上让我喝。我一连喝了好几帖中药,才勉强起身,到场院里走动。看见河岸上同学们上学的身影,想到自己已缺课一个多月,便羞于跟他们见面。后来身体复原,怕见老师,不想读书了。

母亲猜到了我的心思,开导我:"儿啊,身体好了,书还要念。你是因为生病才旷的课,这没有什么可害羞的。你去上学,跟老师说明一下,就行了。你曾对我许诺,长大了,挣了钱寄给我,改变张家的穷日子。要是你不念书了,将来怎么有本事呢?"

在母亲劝说下,我强打起精神,走进庙镇小学的校门。复学最初两星期,我拼命补课、背书,这才赶上同学们的进度。后来小学毕了业,又上了镇上的宏仁中学。如果母亲当时不督促我、中途辍了学,我还能像今天这样从事编辑、写作、翻译工作吗?

1949年5月底,崇明岛解放。"解放区的天是明朗的天",歌声荡漾,秧舞翩跹。当年10月1日,庙镇在红烛、红灯和火炬的欢乐光焰中度过了共和国第一个国庆之夜。年底,我已十六岁,考上了由陈毅当校长的华东军政大学。去南京时,母亲给我整理了衣裳,晒了一条小被,用麻袋片捆成一个小行李卷,千叮万嘱教我进了军校,脾气不能犟,要听领导的话。母亲从打补丁的旧衣裳里,摸出带着她体温的两块钱,塞给我,含泪送别:"正囡,这钱不多,你带在身边,出门在外,以备不时之需。儿啊,从今以后,你娘不能照应你了,你自己要当心。你可千万要为娘争气啊!"

六十年前的南京,冬天奇冷。母亲临别时给我的两块钱立即派上了用场。我用它买了棉絮,絮进我入军校时带去的小被里,这才度过了长江边上、钟山脚下的寒冬。母亲,我离开了你,你却仍然温暖着我。

上世纪50年代末70年代初,国家遭遇了三年困难时期,饥馑遍地。当时我已转业,上了中国人民大学,毕业后编《北京晚报》副刊。年近三十岁的人了,母亲仍把我当成孩子。她担心我在北京粮食定量不够,勒紧肚子积攒下几斤粮票寄给我;还煮了鲫鱼,装进大玻璃罐里托人捎给我,唯恐我因营养不良而两腿浮肿、身子虚弱,以致影响了工作。她还节省下我按月寄给她的钱,做了呢裤,让我结婚时穿。

我因感恩和羞愧舍不得穿,搁久了,没有保管好,结果被虫子蛀坏了。

我真后悔,要是母亲知道了,不知她多么心疼呢。

母亲是我们张家的核心。她是支撑这个家庭的顶梁柱和基石。许多年来独自承担着苦难和重压,像棵大树似的荫庇着我们。她的心血、她的精力、她的一切,全都融化在对儿女的抚养和生计的操劳之中。

她似乎从没有自己,她的存在完全是为了后代的成长和张家的延续。

自上世纪60年代初开始,发了工资,我第一件事就直奔邮局给母亲寄钱,努力分担家中的穷困和忧愁,经济状况因而有所好转。母亲那时已是五六十岁的人了,仍然每天挑着担子,一只篓子里装着肥皂、牙膏、毛巾、针线、鞋袜、镜子、剪子,另一只篓子里放着油盐酱醋茶等食用品,到乡下串村走庄地叫卖,赚些薄利,供孙子、孙女们上学用。每逢刮风下雨,道路泥泞,挑担过桥,身摇脚晃,寸步难移。我偶然回乡知道了,坚劝她别干了。她放下挑担,又到镇上找活,去饭店里洗碗、择菜、打扫卫生。迨至80年代政通人和的新时期,我发现老母已把她温泉般不竭的大爱,转移扩展到第三代、第四代和左邻右舍孩子们身上……

爱是世上最美好、最值得歌颂的感情,而母爱更是天下完美无瑕、慷慨无私、无边无际的阳光。我们儿女们都是阳光照耀下生长的小草。

小草怎能报答春晖的恩泽?

妈妈,今夜,我走到阳台上,仰望藏青色天空,感应到在遥远的天堂,有一颗普通的星,时时刻刻俯视着我们,照耀着我们,惦记着我们。我忽然意识到母亲你蹲在老宅河边水桥上敲冰洗菜,坐在陋室油灯下抽针缝衣的身姿,从此永远不再,忍不住眼红鼻酸,黯然泪下。

妈,你离开我们整整两年了,如今天地永隔,我是多么想念你,想念你……

(原载《百花洲》2011年第3期)

流　年

彭学明

屋　檐

湘西的屋檐都是瓦做的。瓦做的屋檐都一溜溜地横在吊脚楼上,坐在一座座大山里,随山势起伏错落。瓦的前生是泥。泥在窑里一烧,就成了瓦。当瓦一块一块地爬上房梁盖在屋顶时,就成了屋脊和屋檐。屋脊像一根厚厚的梭子,瓦槽像百根长长的丝线,瓦,就被梭子和丝线俯一块、仰一块地串起来,织成一条条小沟和一个个屋檐,变成一行行诗歌和一句句民谣,整齐而好看。

一栋栋黑色的瓦房,像一架架黑色的钢琴,那一溜溜沿着屋脊走下来的瓦线,就是一排排黑色的琴键。阳光上了一层金色的釉。风雨镀了一道银色的漆。鸟和蝴蝶,还有蜻蜓,在上面一按,琴键就会跳跃起来,有音乐在舞。

整齐的屋檐下,是木板的墙壁,雕花的门窗,是铺着石板的阶沿和坪场。

湘西的屋檐和屋顶,是从来不长草的。长草的屋檐和屋顶,虽然有地老天荒的意味,却也常常是生命残败的象征。湘西的屋檐和屋顶,不仅会飘出袅袅炊烟,还会长出新鲜的生命。像梯子一样拾级而上的一群群房子,往往是我家的屋顶平着你家的坪场,她家的屋檐贴着他家的屋勘。不爱种花却爱种菜的人家,就会在自家的屋勘上或坪场边撒一些南瓜、豆角或西红柿的种子。春天的风一吹,那瓜果就疯一样地长了起来。一根根春天的藤,一片片春天的叶,一蓬蓬春天的气息,就顺着地势爬上屋檐屋顶,开满了迎春的菜花。西红柿和豆角的花像一枚枚细嫩而翠薄的胭脂扣。南瓜花则大朵大朵的,像一个个安在屋顶的喇叭。而整齐地吊在屋檐上的一朵朵南瓜花,更像一排排吊在屋檐下的风铃。风过之处,我们能够听到春天问候我们的铃声。

秋天来时,南瓜就会一个挨着一个睡在屋顶上,睡相很美,睡姿很乱,就像幼儿园里一群东倒西歪、横七竖八的孩子。不管太阳暖暖地照着,还是微风轻轻地吹着,不管大雨滂沱地下着,还是小雨轻轻地敲着,南瓜都在梦里,睡得很香。一根根长长的豆角,像一颗颗珠子串成的门帘,在屋檐下晃着,只等我们揭帘而进。火红的西红柿,早已为我们点亮了回家的路,一盏一盏,比灯还红,比灯还亮。

小时候,由于父亲早逝,我们姐弟几个,跟着娘过上了颠沛流离的生活。我们常常走进一个个屋檐,在屋檐下遮风躲雨。都说在人屋檐下,不得不低头,那时年幼的我,是不懂得这些的。因为我们靠在一个个屋檐下歇气时,主人往往会搬来几张凳子请我们坐,如果我们饿了,好心的主人还会给我们弄点吃的,让我们吃饱了有劲了,继续上路。雨天,当我们一身湿透躲在屋檐下避雨时,主人会急忙打开大门,生起灶火,让我们把衣服烤干。入夜,只要我们敲开人家的门,主人都会出来,给我们打一个地铺,留我们住上一宿。若是冬天,主人还会给我们烧一堆旺火,让我们驱寒。儿时的屋檐,是我人生迁徙的一个个驿站。生命漂泊,屋檐无言,暂且的依靠,沉默的温暖。

油　　坊

　　油坊和碾坊，有时候是一对兄弟，挨得很近，住在一屋或者住在隔壁。有时候是远方的亲戚，隔得很远，翻几座大山，都看不见各自的身影。

　　母亲带着我们几姐弟颠沛流离时，我们总会在一条条小河边看到一个碾坊和油坊。碾坊的碾子，寂寞无声地转动乡村的一轮轮日月。油坊的打油声，却响亮地敲醒整个乡村的梦境。在我们一家住进油坊前，我对碾坊的熟悉，远比油坊明晰。碾坊每村都有，油坊却很少见。湘西的每一个村庄，碾坊是孩子们常去的地方。在靠水的河边或溪边，看大人碾米是件快乐的事。闸门一开，白花花的水流就急切地跑进水槽冲进水车。水车一转，与水车连为一体的碾子也被带动起来，在碾槽里，咕噜噜地转。金黄的稻谷，就被碾子碾掉谷壳，露出白生生的乳牙来，拖出一条白色的弧线。大人们跟在碾子后面，用一把扫帚扫着谷米，以便碾得均匀。更多的时候，是在碾子上系一把扫帚，让扫帚自己翻动谷米。大人不劳而获。孩子常常趁大人们不备，冲上碾盘，骑在连在碾子上的那根木梁，跟碾子一起转动和飞旋。当孩子与碾子一起转动和飞旋时，整个世界都为孩子飞起来了，笑声和欢呼声，回荡在一个碾坊。

　　而油坊，对湘西的孩子们是相对陌生的。它不像碾坊在孩子们的笑声中和乐园里。它深居简出，所以不常见。它沉默寡言，所以很低调。它笨重高大，所以难跟孩子相处。要是我的一生没有过住油坊的经历，我也不会对油坊有什么特别的注意。

　　在湘西古丈县断龙乡的一个小山村里，我们一家与油坊结下了不解之缘。那时候，我们没地方住，善良的村民们就把村里的油坊让给了我们。那油坊是我见过的最大的油坊！足有二十来栋木房子那么大！乡下人是不会说什么乖面话的,看到我们可怜的母子时,他们只是说:要是愿意,就住油坊,反正油坊空着也是空着,想好宽就好宽,只要不影响村里开会打油。

流浪了半辈子的母亲喜出望外,泪水涟涟地道谢。

油坊立在一个台地上。台地平平展展的,全是泥地。偌大的油坊,虽然空空荡荡,却也是瓦房。那是上世纪50年代留下的房子,立柱、房梁都很大。立柱一排有好几十根,几排过去,就差不多上百根。每根立柱又高又直,要两人合抱。上百根柱子一字排开,搭上横梁,盖上瓦,就成了油坊。虽然很大,却没装板壁,是空架子。我们砍来一些土墙树条子,做成围墙,隔开三间,一间做堂屋,两间做卧室,算是有一个遮风挡雨的家了。

我不知道土墙树条子学名叫什么,一根根,很细,小的只有拇指大,大的也不过两根拇指。微黄,泥土的颜色。夏天时,会开出细碎的、白色的花。花不香,秆和叶却很香。这么小的树木,只能做柴烧和围围墙。因如泥土的颜色,所以叫土墙树。在这土墙树围成的小屋里,奇异的树香,盈满了小屋。我常常一边嗅着树香,一边看一些小人书和小说,一看就入迷,一迷就把饭烧煳了。为此,我还挨过母亲打。家里这么穷,我还常常把白白的米饭烧成一鼎罐黑炭,母亲不打我才怪。母亲还抢过我的书,扔进火坑烧了几次。

因为我们一家住进了油坊,空荡的油坊就有了生气。每天都会有乡亲干完活后上我家坐坐、歇歇。聊一会儿天,抽一根烟,走了。孩子们一放学就往这里跑,白天就爬房梁和跳房子。晚上就躲迷藏。我们叫躲咕哩咕。为什么叫躲咕哩咕？是因为躲好后,要叫几声"咕哩咕",告诉寻找的人,已经躲好了,可以找了。

我们住的西头,靠着一坝水田。油坊的全部行头都在那边。油榨、油楔和油锤。油榨是一根巨大的古树干做成的,很大,要五六人合抱。长有二十来米。横在地上，有如睡狮。油榨正中间凿空了，叫油槽。油楔有三四个，用铁皮包着，不长，楔头用铁皮包着。油锤也用铁皮包着，几十米长，用手臂粗的竹绳吊在屋梁上。锤头在地，锤尾在天。

秋天，洁白的山茶花开过以后，油茶就丰收了。满山的油茶摘进仓，挑出籽，放进一个很大的坑里，用火烤上十天半月，烤熟后，碾成粉末，用稻草包成圆圆的枯饼，压平，箍紧，塞进油槽。塞几个枯饼加一个楔子，再塞几个枯饼，再加一个楔子，叫下尖。

打油时，油匠们都光着上身，穿着短裤，打着赤脚，野性的肌腱如铁打的砧板，刀枪难入。随着号子，油匠们先是扶住油锤边跑边退，把油锤高高举起。又边跑边进，把油锤低低放下。油锤和油楔子猛然一撞，沉闷、响亮而又旷远的声音，就从油坊里飘出来，飞得很高，跑得很远。楔子被油锤越撞越进到油槽里面，油枯被楔子越插越紧缩一团。油，就亮闪闪地被挤压出来，丝丝，线线，漉漉滴淌。浓浓的油香，立时弥漫，飘入肺腑。

打完油，油匠们炒菜时，把油当水一样地放，油当汤一样泡饭吃。缺米少油的年代，那是神仙一样让人羡慕的美味！

怕我们嘴馋，母亲会在油匠们吃饭时，带我们出去做点什么。而每次回来时，总会看到油匠师傅给我们母子留有一大罐子油，一大海碗菜。那时候不像这样不安全，哪家出门都不用锁门，哪家睡觉都不用插栓，哪个在外都不用担心被偷。

油榨干后，枯饼变成了一个紫中带黑的茶枯。茶枯长相难看，却面色红润。茶枯极不起眼，却战斗力强。用茶枯洗衣，什么样的脏衣都洗得干干净净，且没有化学污染和工业毒素，还充满了茶香和油香。现代的衣服洗涤液，是没办法比的。

仓　库

仓库,总跟田园、庄稼连在一起。仓库和田园、庄稼,就像动物的肚子与五脏六腑。肚子是仓库,田园和庄稼是五脏六腑。一个粮仓的肚子,装尽天下的五脏六腑。那时候,每一个小生产队都有这样一个仓库,每一个仓库,就是这样的一个肚子。

在乡村,仓库永远是一个沉默寡言的老人。安详、孤寂,却沉稳、乐观。它一辈子都那么蹲着,听风吹来,看雨打来,望云飘来,当然,也任凭阳光泼来。风染一道,它老了点。雨染一道,它老了点。云染一道,它老了点。阳光染一道,它又老了点。这样,它就上了些年纪,有了些历史。它皮肤的颜色就黑了,身上的骨头就硬了,历经沧桑的老年斑也满仓奔走了。可仓库,就是神清气爽,硬硬朗朗的,顶天立地,从不服老。其实,仓库就是最大的一个农家院落:木板的墙壁,木质的立柱,石头的桑登,青瓦的屋顶。在每一个寨子的最显眼处,占每一个寨子最好的风水,成每一个寨子最好的风景。

秋天,一山山的庄稼背下山后,一垄垄的谷粮背进筐后,村里的仓库就是一个丰收的拼盘和风景了。五谷杂粮的五颜六色,都集合在一个巨大的仓库里,比你好看,比我好看,比花姑娘好看,比小帅哥好看,比任何风景和相好都好看。不信,你看那些从田里刚刚上岸的人,看那些从地里刚刚收工的人,他们发自内心的笑,他们脸上像水从杯里扑出来一样的喜悦和满足,就知道那仓库的成色有多么好看。那是他们一年的心血、一年的回报啊!怎么不喜?晒谷场上,一大片金黄的稻谷晒着。稻谷金黄,阳光金黄,稻谷和阳光的金黄在晒谷场上耳鬓厮磨着,散发着迷魂的清香。四周一排排的房梁上,挂满了一提提的苞谷、一提提的高粱、一提提的小米、一提提的黄豆。白色的苞谷挂满一排,成一条直线。红色的高粱挂满一排,成一条直线。黄色的小米挂满一排,成一条直线。黄中带灰的黄豆挂满一排,成一条直线。若不同颜色的彩带,像土家多彩的织锦,把本很普通的仓库,围成一个灿烂锦绣的画廊。

粮食进仓后,晒谷坪就剩下空旷而干净的青石板了。一块块一两米大小的青石板,早被岁月磨得光溜溜、亮晃晃的了。孩子们就会有事无事跑去,打闹,玩耍,游戏。那么大一个晒谷坪,有的是地方安放孩子们的童年。他们在晒谷坪上摔跤,踢毽,跳房子,刷陀螺,拣码子,躲咕哩咕,甚至沿着柱头,爬上仓库的楼阁里,一顿乱喊乱跳。我也跟所有的湘西孩子一样,就是在仓库的晒谷坪前疯大的、野大的。因为,除了大山,仓库是我们湘西孩子唯一的乐园。

没想到,农村实行生产责任制后,田土到户,家家都有小仓库了,集体的大仓库竟废弃了。也没想到,我年少的青春,会在仓库里度过好几个年月。

1978年的一个日子,因为农村分田分土,一直牵挂我们的舅舅找到母亲,要母亲迁居到舅舅家去,分田分土,以便不再颠沛流离。舅舅家,一个寨子都是一个家族一个姓。一个寨子年长的男人,都是舅舅。年长的女人,都是舅娘。年轻的,就是表哥表妹。他们所有的人都不愿看到他们的亲人一直在外漂泊。因此,我们很顺利地迁居到了舅舅家,也很顺利地分到了田土。舅舅是生产队多年的队长,跟所有隔房的舅舅商量后,生产队废弃的仓库成了我们母子的家。

舅舅家住湘西保靖县水银乡马湖村梁家寨。寨子只十多户人家。集中在一面山坡上。房前屋后的山坡上都是油茶树。山与山之间,有一条狭长的峪沟,上高下低,一峪沟的田。

仓库变成我家后,就常常有人到我家屋后的山坡上来。因为我家屋后的山坡上,有一片园圃和油茶林。园圃就是菜地,苒笋、辣子、韭菜、大蒜、白菜、青菜,什么都有。寨上人来扯白菜萝卜或摘酱果辣子时,都会边扯摘边跟我娘讲话,如果我娘有什么要做而做不了的,他们会出了园圃帮我娘做做,没什么做的,他们就会丢一把菜就走。娘就会拉着他们不让他们走,留他吃饭,菜不好,心却诚实。亲热的样子,就像很多年没见面的亲戚。

那片油茶树不怎么茂密,但却一年四季都郁郁葱葱的,绿。油茶树开花时,是孩子们最喜欢的。因为花一开,孩子们就有糖吃了。油茶花的花期,是所有树木里最长的,每年冬月开花,来年春天才落。因为花期长,又经过了冬天的霜打、春天的雨沐,油茶花的花蜜特别的甜。一山山白色的油茶花,像一山山栖息的白鹭或蝴蝶,于绿色中白茫茫一片。花心里,有一朵朵黄色的花蕊,一包包汪汪甘露淤积着,亮亮闪闪,甜得人晕!一放学,孩子们都会跑到我家屋后的这片油茶林来,攀下一枝枝花,收圆嘴唇,吸花蕊里的糖水。一路吸过去,个个嘴唇周围都是厚厚的一层花粉和结晶的花蜜,那花粉和结晶的花蜜都黄黄的,把孩子们糊成了一个个花野猫。

山茶花虽然很甜,母亲心里依然很苦。能够住进仓库,母亲当然高兴,她漂泊了大半辈子,终于可以让孩子安身立命,不再在风雨中流浪、飘摇,心里稍感安慰。但这毕竟是舅舅们施舍的。母亲想的是有一栋用自己双手竖起来的房子,那样才心安理得。仓库虽好,却非常小,只有一个大间。一个只有十几户人家的小生产队的仓库,大也大不到哪里。母亲和妹妹睡在仓库里面,我就睡在仓库楼上。仓库的门,也不好关。仓库门不像我们平时的门,就一扇。仓库门全是一小块、一小块的。关时,从最底下一块,一块一块地关上去。开时,从最上面一块,一块一块地开下来。很麻烦。来了客人,也没地方坐,只得在旁边搭起的一个小偏房里坐。于是,母亲就做梦都想着有一栋自己的大房子。

小 木 屋

小木屋是母亲和妹妹手里的一本诗集,是母亲和妹妹用汗水和心血,还有湘西女人坚韧的美德,一行一行,一页一页,装订成册的。

为了这本诗集,母亲和妹妹写了六年。

那时,我的两个同母异父的姐姐已经出嫁到很远的地方,同母异父的哥哥也回到了他父亲身边。我又在离家很远的一个中学上学。在母亲和妹妹把这栋小木屋竖起的四年里,我都在学校里,做着我的大学白日梦。寒暑假,我都在学校里勤工俭学,认真读书,为的是能够考上一个好点的大学。我没有为这个小木屋背一片瓦扛一根料,都是母亲和妹妹像燕子衔泥一样衔起来的。于母亲、妹妹,还有那栋小屋,我都是有罪的。母亲为了我们几兄妹吃苦受难,落了一身的病。心脏病、风湿,特别严重。一遇冷水或者风寒,就会大病不起。生活的担子落在了我年幼的妹妹身上。现在,我是这样的善良、大度和无私,但那时候,为了考大学,我是极为自私的,我根本就没考虑过母亲的病有多么严重,也根本没考虑过妹妹的肩膀有多小多嫩。妹妹跟我一样从小就成绩特别好,还能歌善舞,知书达理,深得老师、同学和寨上的人喜爱,但,妹妹却主动放弃了自己的明星梦和大学梦,辍学了。她心疼母亲。她要帮母亲挑起家庭重担,成就我的大学。十一岁,那是一个比花还轻的年纪,一口空气,就可以把她吹跑。每个天气晴朗的日子,母亲和妹妹,忙完了田里地里,就会双双到山坡去砍树,然后把树从山底抬到山顶。一个病老,一个小弱,每天最多抬上二百米!那实际上不是抬,是一点点挪!从山脚挪到山腰,从山腰挪到我家,一挪就是四年!树料齐了,母亲和妹妹,又一人一头,用锯子锯成木板。木屑尘土一样一把把落下,板子薄饼一样一块块锯出,待一栋木屋的木板齐时,又是两年!六年里,母亲和妹妹肩上手上的皮肉,都一块块烂,一块块掉,最后成了厚厚的茧,砧板一样厚和硬。那刀都刮不烂的茧,就是我最深最重的罪孽!

因为相处太久而有些摩擦的亲朋们终于看不下去了,一起拢来,帮母亲立起了房子。房子建好的那天,母亲请人放了两场电影,感谢亲朋好友的照顾和帮忙。客人散尽后,母亲和妹妹都抱着柱头,放声痛哭。这历尽千辛万苦得来的小木屋,是我们真正的家啊!有了这房子,母亲也不用听人闲话,受人非难了啊!她的孩子,也能够人前人后抬起头了啊!哪能不哭?

小木屋的确是小,但有三间,还有楼阁,比起仓库、油坊和别人的屋檐,那是天上和地下。母亲爱惜得像家具一样,每天都会把墙壁用抹布揩揩、擦擦,生怕落了灰尘。房前屋后,更是要一天打扫两次。

这典型的土家山寨的小木屋,没有一点特别之处,却是母亲和妹妹一老一少两个女性的杰作,比我现在的任何一部作品都深刻都伟大都动人。一根根黄铜色的柱,是岁月青葱的手指,点拨蓝天一片霞。一片片青灰的瓦,是岁月沧桑的指甲,涂染大地一抹画。而一块块泥黄色的壁板,则是岁月宽厚的脊背和胸膛,停泊一个温馨的小家。

在旷远而迷蒙的一片大山里,小木屋像一个积木,静静地坐着,看花开蝶飞,听鸟叫蛙唱。白天的蝴蝶鲜花,还有蜻蜓小鸟,都是从山景里长出来的,一山一山的景色,被花鸟们浸润得鲜活而生动。稻田里,夏夜的蛙声,此起彼伏,把夜色唱出颗颗星星,把星星唱成抹抹月光,把月光唱成粒粒萤火。星星挂在屋顶,月光铺满坪场,萤火四周飞舞。母亲和妹妹总会拖一把椅子,坐在星空下歇凉。有时候,母亲给妹妹讲一些故事;有时候,母亲和妹妹扯一些家常;有时候,母亲就不由自主地唱几首山歌。母亲苦了一辈子,也哭了一辈子,现在终于靠自己的双手和劳动,有了自己的安身立命之地了,终于可以给她的几个儿女交差了,哪能不唱呢？母亲的歌声很轻很轻,像纺棉线纺的,像小溪水流的,绵长而醇醇,明净而悠远。夜空下的歌声,是极具穿透力的,一个小小的音符,就可以如银针飞击,穿破夜空。寨上的孩子和年轻人,都会被母亲的歌声吸引过来,围在母亲身边听歌,如痴如醉！久而久之,一个寨上的年轻人和孩子都会唱了,一个寨上的民歌,都是母亲的传世作品。我和我妹妹之所以歌唱得如此之好,全是母亲的民间遗传。母亲就像在稻田里撒谷种一样,一把山歌撒出去,满田的歌苗就长起来,满心的甜蜜也蹿出来。

乡下人,没有什么可以快乐,只有歌声。也没有什么可以表达快乐,只有歌声。

像手里的一段布,母亲总把小屋裁剪得花枝招展,如花似玉。母亲先是自己买了桐油,把小屋刷上几层桐油。木板上刷上桐油,既可以防虫防腐,又可以防潮防晒,还显得富贵金尊。阳光一照,金黄的桐油闪闪发亮,整个小屋金碧辉煌,一派大富大贵的气象。

母亲和妹妹都是织锦的高手。不用描图,也不用飞针,一台木织机就可以把各色丝线织成五彩斑斓的霓裳锦缎。唧——唧,呱——呱,两只小鸟织成了。唧——唧,呱——呱,一对鸳鸯织成了。再唧——唧,呱——呱,一片云彩、一坝田园、满山庄稼和乡村爱情,织成了。织成一幅,母亲挂在房梁。织成两幅,母亲挂在房梁。织成三幅,母亲还是挂在房梁。一年下去,我们家的小木屋,全是美丽的织锦在蓝天丽日下飞动了。

那织锦真个是美啊！若朵朵争艳的花朵,把一年四季,把乡下民间,绽放得朴素而惊艳。

不知什么时候,燕子就悄悄地飞进了我家。燕子总是这样,在你不经意的时候,落座在农家的屋檐下,把一生的行程筑成燕窝,交付给好客的主人。一点一点的泥,衔成一个圆圆的家。一个个圆圆的家,是燕子捧给农家人的心。这一群不知从哪里飞来的孩子,是母亲眼里最为吉祥的事物,跟鲜花一样,跟喜鹊一样,跟她美好的孩子一样。母亲每天看燕子云上云下地飞,却不知道燕子吃什么,就心疼地问妹妹,妹妹也不知道,说好像是虫子。母亲每天就到地里挖蚯蚓放在地上,等燕子来吃。可燕子根本不敢吃那蛇一样的动物。母亲就把蚯蚓在火里烧熟,放进窝里,等燕子去吃。燕子衔泥,母亲衔爱,燕子在我家舒舒服服地享受母亲的恩典,安营扎寨,生儿育女。知恩图报的燕子,每次看到母亲时,总是会欢天喜地地不停跟母亲打招呼,给母亲唱歌,围着母亲上下翻飞,翩翩起舞。母亲,也总是满足地看着,对它们点头,对它们微笑,对它们鼓励地挥挥手。燕子的燕窝在母亲的背影里越做越大,燕子的燕儿在母亲的背影里一窝窝飞出,母亲像喝了一杯浓稠的甜酒,在燕子呢喃的歌舞里,醉成我们永远的乡愁。乡下人,都是这样,一点芝麻小的快乐,就是比天还大的幸福。母亲在小小的快乐与大大的幸福里,想着儿女,期盼来年。

吊 脚 楼

吊脚楼,既不是陕北的窑洞、苏州的园林,也不是安徽的重檐、福建的围楼。它只是我们湘西土家族苗族典型的民居。在一望无际的苍翠里,在莽莽苍苍的碧绿中,常有一栋栋的吊脚楼飞进我们的眼帘。朴素的身姿,端庄的面容,都像民间赤脚的村姑和情郎,不露声色,却眉目含情。一朵一朵,像开在河边的野花。一丛一丛,像长在山根下的蘑菇。单个的吊脚楼,是独立寒秋,鹤立鸡群。群居的吊脚楼,是手心相连,亲密无间。

湘西的吊脚楼,或依山而建,或临水而居,或依山傍水,占尽人间风水。正屋建在实地上,正屋的两头都是厢房相连。两头的两排厢房,像正屋的两个孪生兄弟。一样的鼻子眼睛,一样的高矮胖瘦。厢房悬空而建,以柱子支撑。悬空的厢房就成了楼。楼上有走廊,楼的四周都悬空吊出几尺长的柱子。像人双脚悬空地坐在一个高高的土坎或板凳上,所以叫吊脚楼。吊着的每一个柱子,底端都圆圆的,像木制的灯笼,雕刻着各种花纹和图案。所以吊脚楼,实际上是指正屋两边连着的厢房。吊脚楼上住人,吊脚楼下就可以码各种各样的东西。或者就那么空着,什么也不放。吊脚楼因高悬地面,最大的好处,就是通风干燥,防潮防湿,防毒蛇野兽。

吊脚楼的正屋,是湘西人饮食起居最重要的场所。平凡人家的吊脚楼,其正屋多为三间。大中户人家的吊脚楼,其正屋多为五间、七间甚至九间。有堂屋,有火床(煮饭的地方),有卧室,有客房。而厢房楼,主要是放些其他东西,或者老人小孩睡觉。

我家的吊脚楼,是隐没在一片翠竹丛中的。

竹,是湘西最常见的植物。竹在湘西,最受欢迎。正像一粒火可以燎原一样,一根竹可以发遍千山。它预示着兴旺的人丁,预示着蓬勃的生命,预示着财源的茂盛。因此房前养鱼,屋后栽竹,是湘西人最乐意做的美差。

我家的竹,是母亲和妹妹在修了小屋后栽的。那年,母亲从一个亲戚家挖来两根楠竹栽下,第二年,就变几十根了,第三年,就变几百根了。转眼,就是绿蒙蒙的,一大片了。风一吹,绿意一片片招摇,一片片倒伏,绿色的声音从屋顶上沙沙响过。茂密的绿色,生长出茂密的诗意,温柔而坚挺。坚挺的是齐刷刷拔地而起的身姿,温柔的是整齐齐俯首而立的头。阳光落在翠竹上,阳光是绿的。鸟翅落在翠竹上,鸟翅是绿的。母亲和妹妹的歌声落在翠竹上,母亲和妹妹的歌声是绿的。霞光烧过的时候,母亲和妹妹,总会坐在吊脚楼的坪院里,看绿竹枝头百鸟跳跃,听绿竹枝头百鸟和鸣。那被霞光和绿色染过了的鸟声,一声比一声脆,一声比一声甜。特别是一场春雨过后,当竹笋像诗歌一样,从竹林里密密麻麻地冒出来时,母亲和妹妹听得到竹笋破土的声音,听得到诗歌激动的喘息。那诗尖尖的,小小的,一圈一圈、一寸一寸地从地里旋出来,带着一点点叶芽,含着一点点嫩壳,像成千上万只鸟嘴,对着蓝天,唧唧合唱。

我家的吊脚楼,建起来很简单,也就是在小木屋的两头,各接了一排厢房。也就是说,两头各接了两间悬空和吊脚的楼房。小草一样的母亲,被生活的大山重压了一辈子,她也该在宽敞的吊脚楼里,轻松而敞亮地过她的晚年了。

像一个抱着双手,单腿独立,靠在墙上,望着远方的思想者,我家的吊脚楼,也正背依青山绿水,默默凝望。凝望沧桑的岁月,凝望新生的希望,凝望母亲远去的凤凰。是的,母亲像凤凰一样远去了,母亲的吊脚楼却地久天长地留了下来。吊脚楼的一些章节,吊脚楼的一些画面,吊脚楼的一些质地,都带着母亲的体温,在民间闪光。

开始,我家的木窗都是简单地把十几根木条,一根一根整齐地隔开,留出空隙,透出光亮。母亲从外面请来最好的木匠,把窗子和门,都重新改成花格的,雕上花鸟虫鱼、飞禽走兽,刻上神话传说、民间故事。把呆头呆脑的木头,硬是变成了一本有生命、生活、生气及艺术的活画图。你看,门框上刻着的草地和树丛里,有一只鹿,有一群蜂,有一只猴浑然地连在一起,那意思是"一路封侯";门板上的一株腊梅怒放着,有一只喜鹊停在梅梢,就是"喜上眉梢"。想想看,一路封侯了,哪能不喜上眉梢?而窗格上雕刻的鲤鱼、雄鸡、牡丹、百合、蔬菜、瓜果等万事万物,都栩栩如生地表达着年年有余、百年好合等吉祥的愿望。母亲,真是人间最伟大的写手,任何作家艺术家,都在母亲富于诗意的想象里,黯然失色。

　　吊脚楼下悬空的两个厢房里,母亲在一个厢房安上了碓、磨,在一个厢房堆放着杂物和柴火。安着碓、磨的厢房里,挂着簸箕、篾篓、辣椒,码着柴火的厢房挂着斗笠、蓑衣和筛灰篮。闲不住的母亲,不管下地做不做农活,每天都会带一小捆柴火回来,天长日久,就是一厢房的柴火了。柴火码放得整整齐齐的,一根一根,一捆一捆,像砌的大小一样的砖墙。那碓,是用一根粗大的木头做成的。粗大的木头前端钻一个空,再在空里塞进一根手膀子大小的木头,扎紧,钉上铁皮,碓头就出来了。碓头下端尖尖的,像一个巨大的子弹头。木头的后一端则削成厚厚的木板,叫做踏板,用于脚踏。碓窝,则是石匠花无数个工日,用一个大石头锉成的石槽。或圆或方,埋进土里,露出一截。舂碓时,一只脚在踏板上使劲一踏一放,碓头就高高扬起,高高落下。人在踏板上起起伏伏,谷在碓窝里越舂越烂。把舂烂的谷米在筛子里一筛,壳是壳,米是米,干干净净。

　　母亲舂碓时,还拿着一根长长的竹篙,竹篙上装着一把弯弯的棕树叶杆子,边舂边用竹篙搅拌碓窝里的谷米,以便受力均匀,把所有的谷米都舂到。母亲在踏板上左右摇晃的身影,母亲边踩踏板边搅匀谷米的姿势,是那么的协调,那么的匀称,那么的优美,简直就像一个天才的舞蹈家,在跳一种别开生面的劳动舞。是的,这是劳动,这是舞蹈,这是母亲的劳动、母亲的舞蹈,是母亲奉献给世界的最质朴伟大的舞蹈。其实,母亲又何止是一个天才的舞蹈家,她脚下踩着的那个踏板不是一把琴吗?她手里拿着的那根竹篙不是一张弓吗?她一弹一拨的声响,不是世界上最动听的音乐吗?母亲,是世界上最伟大的乡村音乐演奏家!

　　母亲就在这样的舞蹈和音乐里变老变瘦,我们就在这样的舞蹈和音乐里变美变俊，日子就在这样的舞蹈和音乐里变富变好。大姐从一个放牛娃变成了领导干部，妹妹成了国企的一名职工，二姐和哥哥虽然都在农村，他们各自的几个儿女却都走上了工作岗位，他们的日子，也平凡而殷实。而我，则一步一步地，从山村走出了湘西，从湘西走到了北京。从流浪的屋檐，到暂住的油坊，从简单的仓库，到温馨的小木屋和宽敞的吊脚楼，我历经艰辛而终获幸福的家，像小小的一滴水，反射着时代的光辉；我看似奇崛但却快乐的平民生活，像淡淡的一点绿，映衬着这个时代的底色。时代在变，家也在变。家，国，和时代，是一根血脉上的同一个细胞，相亲相爱，相生相息。一个好的国家，必定有一个好的社会。一个好的社会，必定有一个好的时代。一个好的时代，必定有一个好的年头。正像老母亲说的，好的国家社会，好的时代年头，都被我们赶上了，还有什么不满意的？

（原载《十月》2011年第3期）

大觉寺的玉兰(外三篇)　　王祥夫

我对西山大觉寺一无所知,那天在二月书坊喝完当年的新茶,怀一说去大觉寺怎么样?去看玉兰怎么样?天已向晚,大家便马上雀跃下楼登车,同往者画家于水夫妇、女画家姚媛、怀一和世奇。今年的玉兰开得算是晚了些,在北京,有正月初六玉兰便开花的记载。

曾在日本吃过用玉兰花炸的"天妇罗",不怎么好吃,也不香,没什么味儿。在家里也自己做过,也不香,但感觉是新鲜,是在吃新鲜,在我周围,吃花的人毕竟不多。印象中云南那边的人喜欢吃花,请客动辄会上一盘什么花吃吃,常吃的是倭瓜花,夹一筷子是黄的,再夹一筷子还是黄的,很香。

那一次在上海虹口公园,只顾抬头看鲁迅先生的塑像,像是有人在我肩头轻轻拍了一下,回头才发现是玉兰树上血饼子一样的果实落在我的肩头,广玉兰要比一般玉兰高大许多,开花大如茶盅,结籽红得怕人,一阵风起,是满地的西洋红。

小时候喜欢齐白石的画,总以为他画的玉兰是荷花,奇怪荷花怎么会那么长?我生长的地方敝寒而没玉兰,近年有了,也长不高,种在向阳背风的地方也居然开花,零零星星几朵,倒疏落好看,全开了,闹哄哄反而不好,让人睁不开眼睛。

大觉寺的玉兰在黄昏时分看去有几分让人觉着伤感,花事已近阑珊,树下满是落花,"四宜堂"院内的那株却让我们十分惊喜,一进院子迎面那几枝像是刚开,尚没染一点俗尘,是玉洁冰清,像是在专门等待着我们,我在心里想,这或许真是一场等待,人和植物之间有时候是会产生"爱情"的——那简直就是爱情。

那天晚上,喝过酒,我又出去看一回玉兰,如果月色好,当是一片皎洁。

早晨起来,第一件事又是去看玉兰,"憩云轩"院内的那株,上边已枯死,下边又蓬勃如翼地蓬勃起来。与怀一在树下争论玉兰花花瓣是奇数还是偶数,结果输与怀一,怀一当即念出金农的玉兰诗句。玉兰花瓣三三三交叠,正好是九瓣,九在中国是个绝好的数字,当即觉得玉兰更加大好起来。

大觉寺除了玉兰还有古柏可看,前人多好事,喜欢在柏树树身的裂隙处再补种它树,如黄陵的那株"英雄抱美人"便是一株柏树树身里另长一株会开花的树。大觉寺的名树之一便是那株著名的"鼠李寄柏"。但更让我想不到的是在这里看到了娑罗,高大的娑罗才发出新叶,叶大如掌,紫红八裂。

站在娑罗树下想起金农画的娑罗,像是十分写生。

大觉寺在辽代叫"清水院",忽然觉着还是"清水院"这三个字好,让人想到水的"活活活活、活活活活"的清亮流动,比"大觉"这两个字好,世上真正能"大觉"的人有几个呢?没几个。

说到玉兰,我宁肯叫它"清水院的玉兰"。

说 香 椿

在我的印象里,延庆人像是特别能吃树叶也善吃,那次和华夏在延庆吃饭,我数了数,桌上差不多就有四种树叶,树叶儿好吃不好吃,起码是不难吃,如与大鱼大肉搭配在一起,它还会变得十分好吃,如单摆一桌子树叶儿,一盘儿一盘儿的都是树叶儿,那就会是一桩苦差事。那次去延庆龙东也在,他把桌上的那盘柳树花叫"柳树的小麦"!那东西可不是像小麦穗儿,小型的麦穗儿。

各种可以吃的树叶儿里,我以为香椿最好吃,几乎可入珍馐之列!香椿刚下来的时候是紫葳葳的,颜色真是好看,这时候的香椿也最嫩最香,切碎了炒鸡蛋最好,亦最香,香椿炒鸡蛋卷薄饼很好吃,比春饼好。说到香,香椿的那个味儿是有人喜欢有人不喜欢,但喜欢的人还是居多,卖香椿没有论斤论两地用秤称,都是一小把儿一小把儿地卖,买香椿的也不见一买一大捆,再说香椿芽也捆不成一大捆儿,香椿是稀罕物,是尝鲜,是吃个稀罕,是少许胜多许,没见过谁家每人捧一大碗香椿在那里大吃特吃,香椿这东西以拌那么一小碟儿放在桌上大家吃为宜,是少了才香。香椿这东西,在我们那地方也就这么几种吃法。一、香椿炒鸡蛋,黄绿相间,看着就好。二、香椿拌豆腐,香椿先用开水焯一下,紫色的香椿芽一焯便变为碧绿,以其拌豆腐,加一点香油和盐,是一道下酒的时令菜。三、香椿切碎了用盐腌一下吃面条也不错。这都是香椿还嫩的时候,香椿一旦老大,叶子一旦展开,便可以用面糊拖了用油炸了吃,有几分像日餐里的"天妇罗",味道很冲,很香,就酒也不赖,嚼之有声,不就酒也好。

那年我在太行山里,晚上出去散步,看见一家小店铺里还亮着灯,有人在灯下做活计,是在用盐揉香椿,我当时就想带些太行山的香椿回去,那家的女主人说明天你来取就行。香椿用盐腌好可以吃很长时间,腌过的香椿从颜色上看像是老砖茶的叶子,吃的时候加一点点香油,真是耐嚼,越嚼越香,味道很是特殊,比鱼腥草好,最宜下酒。

在南方,好像是很少能见到香椿,也卖得很贵,小商小贩也不愿千里迢迢把香椿拿到南方去卖,我想还没等到地方,香椿可能早已经给捂坏。很奇怪的是,在我们山西北部,有臭椿,但就是没香椿,臭椿这种树,完全是自作主张想在哪儿长就在哪儿长,没人去种,忽然,咦?怎么这地方出了棵臭椿,咦?怎么那地方也出了一棵?好家伙,房顶上居然还有一棵!臭椿的叶子不能吃,但也不难看,披披纷纷直堪入画。但在我们山西北部也不是完全不可以长香椿,大同西街华严寺方丈的窗外就曾有过一株,但总是长不高,那张姓的方丈和我的关系很好,几乎是年年都会给我一点香椿芽,那株香椿树太小,总也不往高了长,上边能有多少香椿芽呢?那点点香椿芽真是让人感念。但这棵香椿树后来还是死了,山西北部的气温是太低了,有时候会冷到零下三十五六摄氏度,有一个故事是,某户人家的小媳妇受了委屈,不敢在屋子里哭,只好跑到屋外,哭着哭着忽然睁不开眼了,眼皮儿早已经给眼泪冻住了!

　　香椿很香,除了炒鸡蛋,没听过有谁把它和肉丝一起炒的,我也没吃过。也没听人说过用香椿包饺子包包子。直到现在,光看树干和树叶子我还分不出哪棵是香椿哪棵是臭椿。香椿树上长一种虫子,是甲壳虫,红褐色,据说用油炸了很好吃,比蝉好吃。

　　香椿和臭椿属不同科植物,虽然叶子极为相似,其区别如下:臭椿树为奇数羽状复叶,香椿树是偶数羽状复叶,香椿的果实为蒴果,而臭椿的果实为翅果,秋风一起,打着旋儿往下落的就是臭椿树的果实。小时候我们把它叫做"螺旋桨",从地上抓一把往天上一扔,看谁扔得高扔得远,扔得越高飞得越好看!臭椿树的叶子很臭,但它的果实可能不臭,可以证明臭椿果实不臭的是羊很喜欢吃臭椿的果实,常见一群羊聚在臭椿树下,你挤我我挤你,嘴头子都动得很快,吃得非常认真。

说 莼 菜

莼菜真是没什么味,要是硬努了鼻子去闻,像是有那么点清鲜之气,你就是不闻它,而是在水塘边站站,满鼻子也就是那么个味儿。莼菜名气之大,与西晋时期的一位名叫张翰的人分不开,他宁肯不做官也要回去吃他的莼菜和鲈鱼,无形中给莼菜做了最好的宣传,这一宣传就长达近两千年。莼菜是水生植物,只要是南方,有水的地方都可能有莼菜,没有,你也可以种。但要论品质之好坏,据说太湖的莼菜要比西湖的好,但我只吃过西湖的莼菜,没有比较,说不上好坏。莼菜之好,我以为,不是给味觉准备的,而是给感觉准备的,这感觉也就是我们常说的口感,莼菜的特点是滑溜,滑滑溜溜,让嘴巴觉得舒服,再配以好汤,难怪人们对莼菜的印象颇不恶。滑溜的东西一般都像是比较嫩,没等你怎么样,它已经滑到了你的嗓子眼儿里头。莼菜汤,首先是要有好汤,你若用一锅寡白水煮莼菜,你看看它还会不会好吃?莼菜根本就不能跟竹笋这样的东西相比。莼菜要上席面必须依赖好汤,它的娇贵又有几分像燕窝,没好汤就会丢人现眼。莼菜是时令性极强的东西,一过那个节令,叶子一旦老大,便不能再入馔,只好去喂猪。常见莼菜汤里的莼菜一片一片要比太平猴魁的叶子还大,这还有什么吃头!叶子上再挂了太多的淀粉,让人更加不舒服,这样的莼菜汤我是看也不看,很怕坏了对莼菜最初的印象,好的莼菜根本就不需要抓淀粉,它本身就有,莼菜的那点点妙趣就在那点点自身的黏滑之上。去饭店,要点就点莼菜羹,汤跟羹是不一样的。说到以莼菜入馔,那还要数杭州菜为第一。

以莼菜入馔,我以为也只能做汤菜,如果非要和别的东西搭配,与鱼肉搭配也可以,与鸡片搭配也似乎能交代,但与猪肉羊肉甚至牛肉相配就没听说过,莼菜好像是不能做炒菜,但也有,杭州菜里就有一道"莼菜炒豆腐",但必要勾薄芡,一盘这样的炒菜端上来,要紧着吃,一旦那点点薄芡澥开了,稀汤晃水连看相都没得有。这道菜实际上离汤也远不到哪里去,而这道菜里的豆腐我以为最好用日本豆腐,日本豆腐比老豆腐老不到哪里去,正好用来配莼菜。

老北京酱菜中有一品是"酱银苗"。现在可能已经没有了,我去了几次六必居,他们是听都没听说过。汪曾祺先生对饮食一向比较留意,他曾经在谈吃的文章中发过一问,问"酱银苗"为何物?汪先生也没吃过"酱银苗"。我后来偶然翻到有关银苗菜的资料,明人吕毖所著《明宫史》所载,银苗菜即藕之新嫩秧也。我给汪先生写了一信。

在北京的民间,现在还有没有人吃藕之新嫩秧?我很想做一番调查,也很想再深入一下,调查一下还有没有用银苗菜做酱菜的地方?想来酱银苗也不难吃,首先是嫩,其次呢?我想还应该是一个字——嫩!酱菜一旦七七八八地酱到一起,都那个味儿,什么味儿?酱菜味儿,我蛮喜欢北京的酱菜,都说保定的酱菜好,学生特意从保定带一小篓送我,齁咸!比我小时候吃过的咸鱼都咸。说来好笑,我小时候总是吃咸鱼,那种很咸很咸的咸鱼,一段咸鱼下一顿饭!以至于我都错以为凡海鱼都是咸的!好笑不好笑?

保定的酱菜没北京的酱菜好,北京的酱菜要以六必居为翘楚。我有一道拿手好菜,在各种的餐馆里都吃不到,就是——"炒酱菜",小肉丁儿,再加大量的嫩姜丝,主料就是六必居的八宝菜,这个菜实在是简单,实在是不能算什么菜式,但就是好吃,就米饭,佐酒都好。过年的时候我要给自己炒一个,好朋友来了我要给好朋友炒一个。

但要是没了六必居的酱菜,我就没辙!

莼菜可不可以像银苗菜那样做酱菜？俟日后到杭州细细一访。

春　饼

立春吃春饼，我母亲一年只做一次的饼就是春饼。

春饼的馅子离不开春韭，还有绿豆芽，还有鸡蛋丝，还要有细粉丝，还要有瘦肉丝，还有什么，记不大清了，几样东西调好拌在一起闻起来喷香。母亲每次做春饼都要先拌一大盆馅子在那里，好像不能说是馅子，应该叫"和菜"，和在一起的菜也。做春饼一般都是先把菜拌好再烙饼，烙春饼我认为是个技术活儿，得会揪剂子，两个剂子两个剂子放一起，中间放点面，擀的时候两个两个擀在一起，春饼烙熟是两面黄，而把它们打开，里边虽没烙到却已经熟了。小时候，总是母亲在那里烙，我们在那里吃，比赛谁包的春饼大，春饼比一般的饼都要大都要薄，大了才好包馅子。我们把春饼包得像个小枕头，捧着吃，母亲还在那里烙没烙完的。春饼是不是可以算作是"馅儿饼"的一种？可以，但你不能说它是馅儿饼，春饼的馅儿是凉的，而且，没多少肉，但一般都是菜多，主要是吃菜，而且，主要是吃春韭，春天韭菜刚刚下来的时候味道真香，包春饼用的韭菜不能切太碎，各种馅儿料做好的时候还要再炒一下子，我以为主要是让韭菜熟一下，不能大炒，用我母亲的话是"在锅里转一个圈儿"。如果为了颜色好，可以加一些黄豆芽，碧绿的韭菜，娇黄的豆芽，这颜色够漂亮！但母亲说黄豆芽太硌牙，所以一般还是用小绿豆芽。春饼的馅儿好看，还要有胡萝卜，这紫红色的胡萝卜是腌制过的，是年前腌过的，切成最细最细的丝，再剁几剁，腌制过的胡萝卜的味道是鲜萝卜无法替代的。晋北的习惯，吃菜馅儿糕，也离不开腌制过的胡萝卜，不光为了好看，也丰富味觉。在饭店吃春饼就没这一口。

我母亲总是遵循节令行事,年年要给我们吃一次春饼,吃春饼之前,一定要自己发豆芽,发豆芽像是一件大事,用一个红色的陶盆,上边再用干净的苫布苫好,每天换两次水,挑豆芽是一件麻烦事,虽然麻烦,自己发的豆芽毕竟好吃,街上卖的豆芽无法与之相比。

我在乡下,赶上过一回吃春饼,卷春饼的和菜只有一种炝花椒油拌山药丝,用擦床擦出来的山药丝,很细,过水焯熟,再把炝好的花椒油拌进去,味道真是冲,饼是用荞麦面干锅烙的,有乡野之气,这个春饼很特殊。

明宫史《饮食好尚》记载:"立春之前一日,顺天府街东直门外,凡勋戚、内臣、达官、武士……至次日立春之时,无贵贱皆嚼萝卜,名曰'咬春',互相宴请,吃春饼和菜。"

我母亲上岁数后不复再做春饼,好像是忘了,不会做了。我总想着什么时候给她老人家做一次春饼吃吃,但从来都没做,只是在心里想着:明年吧,明年吧。但忽然一下子,再没明年了。母亲去世,不觉已有两年。

馍饼铺有卖春饼的吗?好像没有。

(原载《随笔》2011年第3期)

半 导 体

艾贝保·热合曼

小时候乡下普遍贫穷,家中除了几样简单摆设,没有值得炫耀的东西。如果谁家来了亲戚,而且正好骑着一辆自行车,邻家孩子就像过年似的,会不会骑都要轮番上阵过一把瘾。个头稍高一点的,骑在车栏杆上,个子矮小的,就一只脚从三角空当伸过去,身子一伸一缩向前冲,直到踩掉了链子,抑或摔倒了自行车才溜之大吉。

当时乡下打家具讲究腿多,腿越多说明家具档次就越高。而家用电器尚未普及,电视和冰箱只是听说过,没有亲眼见过。条件好一些的,可能会有一辆自行车,或者是一台缝纫机,要是自行车、缝纫机和上海表几样东西同时具备,就已算是殷实人家,在村上说话都有一定分量。

我家兄妹五个,正是长身体的年龄,穿的戴的都很费,针头线脑的事情毕竟少不了,因而缝纫机就成了生活当中的必需品。因为是纯粹的计划经济社会,供需矛盾十分突出,缝纫机自然也成了紧俏商品,只能凭票供应。父亲先是托人弄到一张供应票,而后卖了家中两只大羯羊,才算把一台缝纫机搬回家中。

就这样,缝纫机成了我家唯一的值钱物,除此之外,连一台坐式收音机都没有。那时候不像现在,生活极为单调,而如果有一台收音机,日子就好打发一些。父亲在村上任职,由于不识字的缘故,就养成了听新闻的习惯,尤其是事关老百姓最现实最直接利益的政策性新闻,都要反复收听,仔细琢磨。我深受父亲影响,打小爱听广播,所不同的是除了时事政治,也关注其他栏目,甚至包括天气预报。我记得那时天气形势预报有记录广播,播音员语速缓慢,一句一停顿:"乌拉尔山——至巴尔喀什湖上空——有个低压槽,未来两天内——有一股强冷空气——从西伯利亚——南下入侵,北疆沿天山一带——气温有明显下降……"就连标点符号都播报得一清二楚。走在冬季的上学路上,听到高音喇叭里的冷空气入侵预报,身上不由打个寒战,脚底下的速度也快了许多。不过也有长时间听不明白的内容,譬如"新闻和报纸摘要节目",我就一直没有搞清楚是什么意思。因为这个节目播得很快,特别是"摘要"二字,一眨眼的工夫就过去了,等好不容易盼到第二天,支棱着耳朵再去听时,一晃又错过去了,还是不明就里。越不明白越想听,而越听又越糊涂,简直让人伤透了脑筋,恨不能钻进喇叭当中探个究竟。后来学说普通话,才知道问题出在汉语拼音上,是"z""zh"不分所致。

  户外是高音喇叭,而户内墙上则挂着一个小喇叭,再接一根地线埋在地下,为了保证收听效果,埋地线的地方还要经常保持湿润才行。这就是当时农村生活的真实写照,幸亏有这样一个小喇叭,才让贫瘠和闭塞的农户人家,有了一个了解外面世界的渠道。别看一个四方形的小话匣子,看上去也很不起眼,却硬是成了我家的稀罕物,被悬挂在门框上方最显耀的位置。按照父亲指示,我们几个孩子还要隔三岔五轮流踩着凳子,踮着脚跟,用抹布小心擦拭,直到话匣子外表光洁透亮为止。小喇叭每天分早中晚三个时段播出,这三个时段也正是庄户人家吃饭的时候,一家人围坐在饭桌旁,一边吃着粗茶淡饭,一边听着广播,如果家里有什么事情,也借这个机会顺便交代了。怕的是这个时候有重要新闻,或者是乡里有个什么会议通知,那样我们就只有听的义务,而没有说话的权利,甚至吃饭带出声响都不行。只见父亲放下饭碗,蹲在地上,手上卷着莫合烟,仰着脑袋两眼一直盯着墙上,仿佛我们今天盯着电视屏幕,看得见里面人物的一举一动。如果此时恰好遭遇刮风和下雨,喇叭有杂音,刺啦啦乱响,父亲的脾气就上来了,吹胡子瞪眼地让我们赶紧处理故障。因为不知道是外面天气影响,我们便自作聪明地在地线上大做文章,挖出来埋上,埋上再挖出来。看效果不明显,就一勺一勺往地线上浇水,踩得满屋都是泥巴,父亲越急了,在地上乱转圈子,口中还不停唠叨:"不知道你们把学上到哪里去了,不知道你们把学上到哪里去了?"头摇得像个拨浪鼓似的。

也有让我们特别开心的时候,那就是广播电影通知。每当这个时候,我们就觉得乡上广播员是世上最好的一个人,也是最了不起的一个人,是她给我们带来了福音,让我们如饥似渴的心灵得到慰藉。"通知,通知,今天晚上有电影,一部是国产电影《智取华山》,另一部是外国电影《第八个是铜像》……"播音员略带本土方言的广播通知,至今映在脑海,记忆深刻。记得当时广播电影通知,大抵是在下午上工的时辰,这个时候我们正在山上放羊,第一个听到消息的孩子欣喜若狂,就像电影《鸡毛信》当中的海娃一样,急忙脱下衣服在空中来回摇晃,而且一边摇晃,一边对着另一座山头的同伴高声传递讯息:"喂——喂——听见了没有,今天晚上有电影,今天晚上有电影,没有假演,都是真演!"所谓"假演",就是新闻简报之类的纪录片,而"真演"就是故事片。于是,还不等到羊群完全吃饱肚子,我们便不约而同地提前收圈,然后回屋咕咚咕咚喝一大勺凉水,拿上一块干馕跑着跳着就走了。因为是夏天露天放映,周围许多人家都倾巢出动,聪明一些的孩子就捷足先登,早早赶到现场抢占座位。所以常常是人还不到,地上砖头瓦块却摆了一大溜,等到电影正式放映之时,找座位的人就大呼小叫,噪声一片,遇上个争嘴和相互撕扯的,有时比看电影还热闹。等看完了电影再瞧,走的已经走了,睡的还在那里睡着,冷不丁被人拉起来,早已糊成了土蛋蛋,于是急忙拍打身上,一时间放映场上人头攒动,尘土飞扬,夹杂着此起彼伏的一声声呼叫,同一个混乱的自由市场别无二致。

后来生活有了一些改善,才算是添置了一台带电源的坐式收音机,墙上的喇叭就成了摆设。收音机不仅功率大,收的台也很多,中央的地方的都有,而且几个语种,可以任意选择。这一下我们家就显得特别与众不同了,母亲一直喜欢听维语台,特别是赶上播放民族歌曲,一边忙着手中的家务,一边跟着轻声哼唱,幸福就像花一样开在脸上。我们兄妹几个则以收听汉语台为主,除了电影录音剪辑,尤其喜欢曲艺类节目,像马季和唐杰忠的相声《友谊颂》,简直到了痴迷的程度。诸如其中的"拉斐克""库哈尔里尼"这些非洲斯瓦希里语,直到现在还记忆深刻。只有父亲是维语汉语和哈语台兼而听之。从国际时事到全国联播再到自治区新闻,一个都不能少,一句都不能落下,就像是一个政治家似的,一会儿眉头紧锁,一会儿又频频点头,激动之时还会口中念念有词:"大江南北,举国上下,真是家大业大,骄傲中华啊!"所以我们家往往人闲了,收音机却闲不住,从早响到晚,一阵维语一阵汉语,有时间或一阵哈语,让电费超支了不少。不过时间长了,人的需求又开始发生变化了。有一段时间,父亲就特别想有一台微型半导体收音机,主要是因为携带方便,可以随时带在身上,即便去地里干个农活,也不耽误收听新闻。尤其晚上躺在床上辗转反侧的时候,有一台收音机伴随在身边,很快就能催人入眠。后来父亲还真养成了这样的毛病,人早已酣然入睡了,可收音机还在枕边一直响着,母亲也就习惯成了自然,经常半夜三更爬起来关收音机。而今不要说我随了父亲,就连我的孩子都受到潜移默化的影响,喜欢躺着听收音机。正如当年母亲一样,我也时常在夜间给熟睡的孩子关掉收音机。

有一件事情至今不能忘怀。那时我正上初中,也就十四五岁的年纪。一个寒假的早上,随父亲去山里牧人家拉一只病山羊,考虑到来回几十公里山路,父亲就让我赶着邻家的毛驴车上路。去的时候觉得新鲜好玩,赶着毛驴一路小跑,似乎不知不觉就到了。来到牧人家,父亲和主人一番寒暄之后,就从牲畜膘情到当下饲草供应,一聊一个大半天。我记得那是个冬窝子,地处深山老林,就一户牧人,喝的是雪水熬成的奶茶,吃的是干硬的包儿萨克。父亲和主人长时间不曾见面,话多得好像说不完。谈兴正浓时,茶就越喝越香,包儿萨克也越嚼越有嚼头,两个人都红光满面的,头上冒着热气。我却开始感到很不适应,总觉得奶茶有一种涩味,只喝了一碗,就学着大人的样子用手捂住碗口,连声说"布鲁都,布鲁都"(好了,好了)。至于包儿萨克本想多吃一点,但没有茶水就着,刚吃几个就噎得不行,也就因噎废食而作罢。肚里没有东西,身上就没有热量,等往回走时,已是饥肠辘辘,浑身没多少劲了。好像天公跟你有意作对,又是刮风又是下雪的,天冷得要命。我在车上蹾上一会儿,再跳下来跟在驴车后面慢跑一会儿。跑累了复又蹾上驾位,索性怀抱着鞭子,半醒半睡,一任毛驴晃晃悠悠往回赶。我估计毛驴和我一样饿着肚子,不但没有归心似箭一路小跑,反而老牛拉破车似的无精打采。走了接近一半路程我再看时,毛驴全身结了一层霜,父亲的眉毛胡子也都是白颜色的,跟传说中的圣诞老人一样。或许是同主人话说得太多,父亲有点疲劳,偶尔问我几句什么,就不再言语,一手高高竖起大衣领子,一手不时清扫着那只病山羊身上的积雪。我的意识好像渐渐朦胧起来,就觉得自己如同安徒生笔下那个卖火柴的小女孩,漫天大雪之际,没有一处可以暖身的地方。为了一丝火光,只好迫于无奈去点燃一根火柴,再点燃一根火柴……隐隐约约中仿佛依稀听得传来一阵天籁之音,下意识睁开惺忪睡眼回头一看,原来是父亲正在摆弄半导体收音机,声音就是从那里传来的。那个年代八个样板戏风靡全国,不少台词和唱段家喻户晓,深入人心。就连七八岁的小姑娘张口都是"我家的表叔数不清,没有大事不登门……"当时我听到的就是样板戏《智取威虎山》之中的经典片断——打虎上山。"穿林海,跨雪原,气冲霄汉……"杨子荣那高亢嘹亮的声音,就像冬日里的一把火,由远及近,极具感染力,一下温暖了我的身心。我的意识开始恢复,思路也逐渐变得清晰,早先有些饿得发蔫的身子骨,猛然间重又精神抖擞了。"嘚儿,驾!"我使劲挥一个响鞭,赶着毛驴车一路小跑起来。

如果一种嗜好到了痴迷的程度,把握不好还会闯下祸端。我曾遭遇过一次这样的事情,于今谈及仍然心有余悸。我那时已开始上高中,当时学校有个规定,无论住校与否,每逢法定假日,都要轮流值校。一次国庆节期间,晚上闲得无聊,几个人便围在一起玩扑克。我对扑克兴趣不大,又无事可做,想来想去就打起了广播的注意。先是听一些新闻和歌曲,后来意犹未尽,干脆打开麦克风用口哨吹了一段苏联歌曲《喀秋莎》。如果事已至此或许相安无事,不曾想第二天后来者如法炮制,而且发展到最后竟在麦克风上说了脏话。因为全乡高音喇叭都是相通的,一夜之间传遍所有村落。此事被校方当作一起严重的政治事件揪住不放,我们几个始作俑者无一幸免,一遍一遍写检查不说,还要三番五次公开检讨。那是一个凡事和政治挂钩的时代,说我们把广播喇叭当儿戏,其实就是在挖社会主义的墙角,帮阶级敌人的忙。作为一个贫下中农的子弟,而且身为一名共青团员和班干部,竟然一时冲动闯下如此大祸,我觉得有愧于父母和组织,在众人面前抬不起头来。让我记忆犹新的是,每次检讨都是头上冒汗,嘴唇哆嗦,两腿发软,真的跟一个罪人似的。或许正因为有了这一次深刻教训,以后才养成了谨慎稳健的作风,先后辗转好多个岗位,无论是当一般干部,还是担任领导职务,口碑一直不错。

到了最近这些年,半导体又有了新的发展,不仅有数码显示的新型收音机,也有功能完备的诸如 MP3 之类的时尚产品。所以我就想,即使到了最发达的互联网时代,半导体的作用依旧是无法替代的。就像我这样,每天醒来头一件事,就是习惯性打开收音机,让新的一天从"新闻和报纸摘要节目"开始……

(原载《黄河文学》2011 年第 7 期)

记忆里的小人儿

项丽敏

一 糕饼坊

那时我三岁,抑或三岁半。罩着从背后系扣的,胸口绣着小鸭戏水的娃娃裙,远看像个白面袋儿,近看,还是个卡通模样的白面袋儿。

我梳着两根小刷把,发梢软软的弯下来,刚好扫着两边的耳垂。每天上午,我都拖着一条大方格手帕,如约而至糕饼坊。

糕饼坊在石板街的腰部,走过去,经过一座长长的青石拱桥。再经过一个门口倒挂着油纸伞的伞铺,再走过去是榨油厂——棉被铺——豆腐店,再走过去就是糕饼坊了。

糕饼坊的光线总是暖洋洋的,炉火映着的缘故吧。糕饼坊其实是没有灯的,只有高高天井跌下来的一排晴光。若是雨天,天井跌下来的就是纷纷雨脚;若是雪天,天井跌下来的就是盈盈雪花。我踮起足尖,手伸过去,想捉住雨和雪——它们都不肯站稳,一转眼便从指缝里滑溜了。天井的光线虽不能通明,倒也足够糕饼坊的使用了。糕饼坊的空气很厚,混着麻油的油香和猪油的油香,闻着有十分富庶的心满意足。

糕饼坊的地面也总是出奇的干净,我席地坐着,坐在一个不碍事又能让大人看见我的地方。

有些糕和饼是分时令来做的。绿豆糕和蜜浸糕只在端午前半月里做,月饼也只在中秋前做。不分时令四季出炉的是麻饼,麻球,方片糕,寿桃糕,香蕉酥,鞋底酥。香蕉酥和鞋底酥只是模样长得像香蕉与鞋底,味道是一点也不像的。

糕饼出炉的一刹那,厚厚的油香便被挤到一边去了,扑面而来是泼爽快乐的饼香。我用鼻子使劲吃着香味,站起身来,等待着同样系着白围裙的,像个大面口袋的大人将熟热的糕饼卸下,把碎饼和焦屑拢在一起,装进我的大方格手帕。

那可能是我一生中最初的等待吧,甜脆酥香的等待。

这些碎饼焦屑也不是容易得的,它们被大方格手帕包得严实以后,并不能马上落到我手里。

"大眼睛子囡囡,来,唱一个。"

我便站起来,一摇一摇,走到大面口袋们面前,由他们把我抱到面案上,我就开始唱了——"东方红,太阳升,东方出了个毛泽东……"

"大眼睛子囡囡唱得真好,再唱一个。"

"北京的金山上,光芒照四方……""小呀么小二郎,背着个书包进学堂……""我在马路边,捡到一分钱……"

我可来劲了,唱着唱着又跳起来,两根小刷巴也不知什么时候弄散了,布鞋上的细泥也全落到面案上。不过没关系,大人们会扫抹干净的,然后再把我揽入怀里,替我重新梳上两个小刷巴。

做小人儿就这么好,只要逗得大人们开心,忘了疲劳,就会有好吃的好玩的,有无尽的疼爱。

一直长到五岁,每天,我都能得到这样一个手帕包包。对我来说,它已经不算小了,足以喂养童年的幸福了。

二 弯弯山路

小时候多是跟随母亲生活。母亲十八岁走上讲台,一直在偏僻的深山坳里教书。二十几户人家,零零散散分布在山头,岭脚。一所旧祠堂隔成两间,小间糊上报纸,做卧房,大间做教室。黑漆漆的没有天花板,因长年欠修漏雨,地上便有了大大小小的泥坑。校长是母亲,教师也只有母亲一人,十几个学生,分了几个年级,有的年级只有一个学生。

在我童年的印象里,很难找到母亲的笑脸。母亲是极严厉的,山里的孩子野惯了,对母亲却不敢有半点违拗。最羡慕别人家的孩子在妈妈怀里撒娇发嗲的样子,这在我是无份的。那时,我还不懂什么叫"生活的压力",只是不明白,怎么我的母亲就和别人的母亲不一样呢?母亲也有亲切的时候,冬夜里,将被子烘得暖暖的,我爬上床后,母亲替我将被条掖得严严的。她自己睡的极迟,改作业,备课,缝补衣服……我一觉醒来,昏黄的油灯仍然照着她伏案的背影,闹钟在案头"嘀嗒,嘀嗒"丈量着夜的深寂。

每天放学后,母亲便拿起锄头,到地里种菜。我跟着拔草捉虫,有时还帮着抬粪——不过,那是七岁以后干的活了。天黑下来,别人家屋顶温白的炊烟渐已散尽,母亲就收了锄,回去做饭。

烧饭的锅台在教室的拐角。下雨天,雨水从烟囱缝中注进饭锅,雨停了,阴潮的瓦上生出一种黑毛虫,当地人叫"瓦蛆"。饭煮开汤时,可不能揭开锅盖,热气一熏,"瓦蛆"就会下房,有时端了饭碗,在灶前吃着吃着,忽然就扒出一条黑毛虫来。

母亲晚饭烧的迟,等饭做好后,得把我从趴着的课桌上叫醒了吃饭,我迷糊着眼,一边往嘴里拨着饭粒,一边春瞌睡,饭含在嘴里,又趴着睡着了。

下饭的菜很简单,简单得只有一个菜。分量倒是足够,堆堆一大碗,看不见油水,吃肉——那更是逢年过节的盼头。也有例外,腊月初,村里早早杀猪的人家吃晚饭时,主妇便跑过来,捣灭母亲刚点着的锅洞,拉我们去吃饭,母亲再三谢辞,主妇可就不高兴了,"老师可是看不起我家,嫌邋遢?"我在一旁虽不敢做声,心里可着急了,真怕主妇生气而去。母亲终于还是解下了围裙,路上告诫我:可不许自己夹菜,碗里有什么就吃什么。还没进主妇家的门,便闻着油厚的香了。我规规矩矩地坐在一侧,小声地吞着馋涎,眼睛偷偷瞄着油汪汪的红烧肉,巴望着好心的主妇快些儿夹给我。

住在附近的几户人家,有了新鲜蔬菜下地,也总不忘摘下一把放在我家锅台上,有时,根本不知道那菜是谁家送的。

周末,中午放学后,母亲便将沉甸甸的一担子压在肩头,我则像个小尾巴一样跟在母亲身后。这一路回家,要翻过一座山岭,过一条河渡,然后,是左一弯右一弯荒僻的山路。

我喜欢初夏时节的山路,路上被树荫遮着。树丛间开满了野花——蔷薇、金银花、栀子花……母亲偏爱那香白的栀子花,停下担子,掐一大把让我捧着。知了是夏天的精灵儿,此起彼伏的叫声连成一片阔阔的海——海面上跳跃着鸟儿清脆的对唱。几乎每一种鸟鸣的韵律,母亲都能用口哨逼真的模仿。母亲有着很好听的女中音,只是,偶尔教学生们唱歌时才能听到。此时,母亲的心情难得的轻松,我更是疯魔起来,尖着嗓子,快活地大声锐叫着——直叫得路边的知了都噤了声。

不知不觉,"之"字形的山路很快就到了岭顶。远远,就望见那方静候着我们的大青石了。青石像是天生就卧在这儿,供路人坐着歇息的。坐在光滑沁凉的青石上;喝着刚从山涧里接的清泉;阳光透过绿叶斑斑驳驳地撒在身上;幽暗的林底深处响着神秘的"沙沙"声,想来,大概是山兔和松鼠们在捉迷藏吧。

歇了片刻,身上的热汗被青石吸干了,接下来,就是不太费劲的下岭路了。

下到岭脚,便踩着细软的沙石河滩,一条白苍苍的大河,缓缓地从远山流向远山。河畔丛生着芦苇,竹篷船就泊在芦苇丛中。艄公是一位六十开外的老人,船上还有一个女孩,十四五岁的样子,是老人收养的孤女。给我印象最深的是她那条粗长的麻花辫子,每当她弯下腰身时,辫子就会滑到胸前,女孩拾起辫梢轻巧巧地往后一甩——辫子在空中划出一道优美的弧,又轻巧巧落在背上。我看的迷了,不觉中也学起她的姿态——只是我的头发齐着耳根,甩出来一团乱发纷飞。

上了岸,母亲重又挑起沉甸甸的担子,我拖着酸胀的小腿,耷拉着倦怠的眼皮,真想一闭眼再睁开就到了家门口。这总也转不完的,相似的弯弯山路,什么时候,才能见到我的小村庄?

这样走走停停,到村口时,远远的,便见着我家矮矮的屋顶上,一缕淡蓝淡蓝的炊烟,那是我的小脚奶奶升起的炊烟。

三 打碗花

在我记忆的花园里,有一株盛开的打碗花长在童年的路边。

打碗花是木本植物,初夏时节,一树墨绿的底子上缀满了盏形白花,花瓣重重叠叠,每一瓣都薄如蝉翼,打着纤柔的细褶,很像新娘穿的曳地纱裙。

每次路见她时,都极想伸手去摘一朵,可那株花树是侧向路外生长的,花树下面是一条急流的山溪。

我蹲在路的边缘,努力伸长胳膊还是够不着花枝,倒是险些儿栽进溪流。

母亲挑着担子走在我前面,她没有看见刚才极险的一幕。

母亲早已告诫过我:不许摘那花,那是"打碗花",摘了手就捧不住饭碗。

真有这么神奇吗？我将信将疑，又敬又畏。这树花儿在我眼中变得神秘起来——那深深的花蕊里，是不是藏着一个会念咒语的小精灵？

这是一树开在我好奇心里最早的花儿，母亲的告诫怎么能阻止我呢？母亲的告诫只是增加了我探险的欲望。

每次走在这条山路上我都惦记着那树花儿，快走近花树时就故意放慢脚步，远远地落在母亲身后。

我不记得是不是摘过打碗花。

也许摘过吧。那花儿真是太有魅力了，有花儿本身的魅力，更有禁忌赋予她的魅力。

也许我没摘过，因为，后来我并没有捧不住碗。

我所记得的，是花开不久母亲就放暑假了。这条绕过无数山的山路，母亲和我将要告别两个月。

两个月后，母亲和我重新踏上这条山路时，那墨绿的打碗花树上已挂满球果。绢白的花儿，全不见了。

四 宝 塔 糖

不知道现在还有没有宝塔糖。

宝塔糖其实并不是糖，而是驱虫药，有着一种沙沙苦苦的甜味，外形像层层宝塔，很是可爱。

我小时候似乎特别馋。母亲说有一次我站在村长家门口，眼睛一眨不眨，盯着蹲那儿吃鸡蛋面的村长，看得他没有办法吃下去，索性将两个油旺旺的煎蛋一口一口喂了我。这些都是队长老婆随后跟母亲说的，说完了还不忘夸一句：你家小敏真好吃。

我不记得有这回事，特别是五岁以前的事情，我更不记得。

不过,有一件事,我还是记得的。有次随母亲去镇里开会,母亲的一位同事——很白净的男同事,牵着我的手,去镇上的一家小卖部,买了一大把水果糖。那是我第一次吃水果糖。水果糖的样子很像琥珀,用彩纸包着。

我咬下半颗含在嘴里,另半颗仍用彩纸包上。那是我吃过的最甜的东西。以前没吃过,以后也没吃过比它更甜的东西。

写到这里的时候,我又闻到那种水果糖特有的芳香,那是用整个春天浓缩而成的味道。

除了宝塔糖,母亲是从不给我买糖果吃的。我总是肚子疼,脸上又有花花的虫斑,母亲便买来宝塔糖给我驱虫。后来,脸上的虫斑没有了,母亲也就不再买它了。

有一次,母亲到小卖部买盐和酱,我眼尖,从柜台上的大肚玻璃瓶中看见了宝塔样的糖块。我便蹲在地上,哼哼着肚子痛。母亲低眼看着我,问道:"怎么啦?好好的怎么会肚子痛?"

"肚子里有虫子,在咬我。"我痛得要哭了,又禁不住抬头看看柜台上的大肚玻璃瓶。

母亲随着我的眼光看过去,落在粉红的宝塔糖上,"是馋虫在咬你吧。"

我真服了母亲,什么小名堂也瞒不过她。

那次,母亲没买宝塔糖,倒是买了一盒代藕粉。代藕粉是不是藕粉我不知道,反正味道是甜的,用刚煮开的米汤一冲,搅匀了,就能吃。

代藕粉被我吃完后,盒子给母亲装了针线。那是一只长方的纸盒,绿色的盒面,印着一朵粉红半开的莲花。盒子用了很多年,也许,如今还在我母亲日渐年老的橱子里。我喜欢那朵莲花。我的母亲,名字就叫莲花。

再添一句吧,我母亲的那个同事,就是那个给我买糖果的白白净净的男同事,后来,疯了。我是长大以后听母亲说的。母亲没说他是怎么疯的。

一个那么好的人,怎么会疯呢?

不知道他现在是什么样子,真想看看他,然后被他牵着,去小卖部,买那种琥珀一样的水果糖。

五 雪 冬

童年的冬天是以雪为背景的。一场雪落下来,得有半月才能化尽,而往往不等化尽,第二场雪又在一夜间悄无声息地铺白大地。

雪拉近了天空、远山、近村的距离,整个世界都被简化了,一样的单纯、一样的晶莹、一样的空旷宁静。

太阳一出,整个世界又都璀璨起来,刺刺的银线直往人眼窝里钻,叫人忍不住眼眶湿润,若是有眼泪溢出眼窝儿得赶紧抹掉,不然,准会冻成冰珠子挂住睫毛。

雪,也叫大地上的东西都丰满起来。屋后的松树成了塔林,屋前的草垛呈现浑圆的山形,柴垛成了城墙。柴草垛子是入冬前备足的,一个冬天需要的温暖全在这儿了。

电线裹得像一根根棉条,风一碰,便扑哧扑哧往下掉雪疙瘩,有时候在下面走着,冷不丁就落一脖子。

菜园里也看不见碧油油的菜了,这个时候吃菜得向干菜坛子里抓,向腌菜缸里捞,菜园里的就让它们在暖暖的雪褥子里焐着吧。

猫儿怕冷,在家里呆着,或偎在灶前或蜷在床边。鸡们缩着脖子挤在稻草垫的鸡舍里,下蛋的母鸡蹲在单独的地方,等它跳出来咯嗒咯嗒大叫的时候,准有一个热乎乎的鸡蛋出生了。雪天里,鸡们是绝对不给出门的,它们的眼光短,一出门就迷路。

家里暖和得让人困倦,孩子们是不肯老老实实呆在家里的,即使是大人拿根绳子将孩子的脚拴住,孩子也会乘大人转身的时候解开绳子溜出家门。第一个溜出来的总是我哥,跟他一起开溜的还有阿黄,阿黄是只狗,爱跟着我哥跑。哥溜出去后便在邻家的窗根下唤出小忠。大半村的孩子和狗都被唤出来后,雪村里便有了乱纷纷的脚印,有了胖墩墩的雪人,有了雪橇圆溜溜的滑道,有了雪球热闹闹的战场。

我没跟着哥往外溜。其实是哥不带我,他说我跑不动又总爱跌跤哭鼻子。许多好玩的事儿哥都不带我,比如夏天去河里凫水,秋天去山上摘果子。

我抱着猫儿站在窗前,将鼻子贴在窗玻璃上,压得扁平扁平,哈出的热气一会儿就模糊了窗子,我伸出冻成红萝卜的手将水汽抹去。从我抹过的一片扇形玻璃往外看,村舍、远山更像童话里的模样。

小忠的妹妹到窗下来喊我,要我一同去踩雪。我一松手丢下猫,套上母亲的大胶靴也溜出门了,我喜欢听咯吱咯吱的踩雪声,可胶靴太大,拔腿的时候很费力气,总是拔出光光的脚而将胶靴留在雪窝里。屋前屋后的雪地种满我们的脚印后,已是一身热汗了,可惜屋顶上的雪踩不到,那上面才叫平整,要是能踩着才叫过瘾。

屋后的腊梅开了,虽然那玉色玲珑的花朵被雪盖了,不过,那冻不住的冷香还是一阵一阵洋溢而出。梅树下有一只蓝花瓷碗,是母亲放的,里面有半碗谷粒,寻不到虫子的鸟雀们远远看见,一跳一跳地走近,然后,脑袋一伸一伸地在碗里细啄起来。

六 记忆里的小人儿

(记忆里总是站着一个小人儿,一个蓝格布裙的小人儿,像我又不像我的小人儿。我现在已经完全变了样子,有时连自己都觉得陌生。而那个小人儿还是当初的模样,那么天真那么单纯,永远也不会长大一般。)

童年时的快乐时光都在夏天,因为有暑假呀,长长的暑假,可以到村外的河里凫水摸鱼,可以在太阳落山的时候,举着蜘蛛网捕蜻蜓——黄蜻蜓、绿蜻蜓、红蜻蜓、蓝蜻蜓……可以在半透明的星空下满晒场追逐,玩猫捉老鼠或者老鹰抓小鸡。夏天的快乐不仅仅是这些,到了夏天,当教师的妈妈就会捉一只老不下蛋的母鸡,兜一些干笋干菇,妈妈要带我走亲戚啦。

妈妈这边的亲戚只有一个,就是住在城里的姨妈。一年中,妈妈也只有暑假的时间才能出这一趟门。摆脱家务和工作,在姨妈家清清闲闲地做几日客,把积压了一年的话跟姨妈细细的叙叨,叙叨一通宵又一通宵。

去姨妈家的头天,妈妈收拾衣服的时候就兴奋了,把箱底的两件青底碎花裌拿出来,套在身上比过来比过去,看看有没有变大或者变小。房间里充满了明亮的樟脑丸味儿。这两件碎花裌似乎只为一年中这趟出门而备的。平常的日子,妈妈只穿蓝布裌子和灰布裌子。这两件碎花裌子是姨妈给扯的布。妈妈自己是舍不得的,再怎样喜欢,站在柜台前一遍遍用眼光抚摸,狠不下心说一个"扯"字。妈妈的俭省在村里是有名的,也有人背地里说她小气,豆腐都舍不得吃,一年只买三回肉,说来还端着公家的饭碗呢。"总要积攒几个钱盖房子吧,我们家房子又破又矮的,"妈妈说。似乎有了新房子,我们家的生活就会靠上一个安稳的岛屿,就可以放开来过了。

妈妈也给我换上一条蓝格布的连衣裙——唯一没有补丁的衣裳。村子里的孩子都知道我要进城走亲戚了,很羡慕,好像我要去的地方是北京似的。

那可真叫走亲戚啊。从早上露水没干走到中午脚踩头影,走到一个叫"仙源"的老镇,再搭客车到城里。有两次,眼睁睁地,看见汽车尾巴变成瓢虫屁股,消失。"谁叫你走得这样慢,就差几步,车走了。"妈妈沮丧的回头望我。错过汽车,还得走,而我是一步也挪不动了,最后一点力气也被瓢虫屁股带走了。

这个时候,妈妈会描绘出一幅美好景象来哄我:"姨妈家买了好多西瓜汽水等你呢。"可我现在就想喝汽水,想喝那一摇一摇就嗞嗞儿蹿细沫沫的汽水,那汽水喝到嗓子眼里又凉又辣,让人止不住咕嘟咕嘟大口猛喝,跟着,肚子便玩戏法似的,一股气一股气的往外冲,冲的眼泪哗哗直冒,痛快极了。

车站边倒是有一个卖凉茶、汽水、苹果和香瓜的小摊,一个有着核桃一样笑脸的老奶奶,眯眼看着我。妈妈买来一碗凉茶一碗汽水,竟然,还有两只苹果,妈妈说:"苹果留一只给表姐,啊?"我一下子就涨足了劲。

我双手抱着留给表姐的红苹果,一步一步走在进城的马路上。马路两边是绿荫荫的梧桐树,梧桐树外是青青稻田,田里的蛙声和树上的知了声像两军互不相让的部队,又抵触又融合。苹果在我手里越来越不安分,但我不能吃掉这苹果,我喜欢表姐,她一笑起来嘴角就有两个水窝窝儿,一漾一漾,我愿意看她接过苹果时欢笑的样子。

终于走过了青青稻田,两边是高高白白的楼房了,妈妈把装着母鸡的竹篮换到另一只手上,回头催我:"快点快点,咦,苹果呢?"我低头看看两只空空的手,苹果?哎,妈妈,你不知道拿着苹果走这么远的路有多累么,苹果被我装进肚子里啦。

对于我这个憨憨的乡下表妹,表姐是喜欢的,喜欢得不知道怎样表达出她全部的喜欢。表姐拿出抽屉里所有的蝴蝶结和发夹来打扮我,一会儿把我的头梳成小麻花,一会儿梳成马尾巴,一会儿又端来一盆清水给我洗头。我任由她摆弄,因为我是那样的对她着迷,丝毫也不愿违抗她。尽管她把我的头皮拉的很痛，还把皂水弄进我的眼皮。

表姐的小同学们也喜欢我，教我唱歌跳舞，用红汞给我点眉心，用痱子粉拍我的脸，想让我显得和她们一样白。她们对表姐说：你表妹和你长得一点也不像，眼睛那么大，双眼皮那样深。她们领我上街，看下午场的电影，《追渔》《天仙配》《牛郎织女》……每人都带一条四方手帕，擦汗和手上的瓜汁，也擦被古装戏里的哀怨弄出的眼泪。看完电影，她们又带我逛百货大楼。

百货大楼是最令人兴奋的地方，楼上楼下，整个城里的漂亮玩意儿全在这儿堆摆着。表姐带我挤到卖玩具的柜台前，指着一个穿蓝格布裙的娃娃对我说，你就是这个布娃娃。这个布娃娃在粉红粉白的布娃娃中间，有点羞涩的样子。我一下子便喜欢上了。

我真的很喜欢这个穿着蓝格布裙的娃娃，一下一下眨动大眼睛的娃娃，不仅仅是因为她像我。村里的霞、晔、萍，她们都有自己的布娃娃，虽然布娃娃是她们的妈妈用旧棉花和碎布头做的，有点丑。我一直就没有布娃娃，也没有人觉得我很需要一个布娃娃，当我被大人忽略，孤单地坐在惊恐而黑暗的角落时，没有人想到得有一个布娃娃陪我。

后来几天随表姐逛百货大楼，我总要去看一看那个蓝格布裙的娃娃，感觉这个娃娃已经是我的了，虽然它仍然摆在柜台里面。每一次去看它，我都担心它已被别人买走，被人买走它就不再是我的布娃娃了，想到这，有点伤心。表姐不知道我小小的心事，她总是学着大人的口气跟我说这说那，领我东转西转。她把她的许多小玩意儿都给了我，如果这个布娃娃是她的，我想她也一定会给我的。可她没有布娃娃，不知道为什么她也没有布娃娃。

好在，一直到我离开姨妈家时，蓝格布裙的娃娃还好好的在柜台里呆着。也许现在还在里面呆着。

（很多年过去后，我还记得那个穿着蓝格布裙的娃娃。我记忆里那个长不大的小人儿手里，也有这样一个布娃娃。不知道这个布娃娃代表了什么，也不知道，并不属于我的东西为什么会被我的记忆留下。）

(原载《美文》2011年第7期)

乡村食话

连忠照

我的家乡在渭北,自古以来就是地瘠民贫的地方,主粮只有小麦一种,饮食单一,生活的艰辛是不用说的,但是,即使这样,人们对生活的热望,并没有减少,加上这里的人豪爽好客,不论自己日子怎样艰难,也要招待好客人,所以,人们就在面食的加工上下工夫,日积月累,便也创制出类种繁多的小吃,让那些外来的客人吃过之后,念念不忘。

这些小吃,第一个值得一提的,便是御面了。

御面的制作工序很复杂。首先要选择上好的白麦,一斗麦仅取其头道磨出的几升面粉,加入碱水和成面团,经过反复搓揉,放在案板上饧上片刻,再继续搓揉,直到面团变得光滑得如婴儿的肌肤,这才放入清水中反复搓揉,使面中的淀粉全部溶解到水中。这叫洗面,一团面洗到最后,仅剩下巴掌大的一块充满弹性的面筋,就好了。

洗过面的水,在屋里放置一夜,使其中的淀粉全部沉淀到盆底,水质重新变得澄明,就可以滗去清水,仅仅留下沉淀的面,然后将其倒进锅里熬炼,炼面时,一般用麦秸烧火,火候要恰当,既不能太旺,也不能太小。一边熬,一边用擀面杖使劲搅动,等到熬干了面里的水分,就揉成一团,继续熬一会儿,再取出,迅速揉成半寸厚、一寸半宽、一尺半长的条状,放入锅内蒸三十分钟就好了。蒸熟的御面,取出以后要立刻抹上麻油,免得互相粘连。

洗面剩下的那块面筋,乡民叫做粑粑,这粑粑经过一夜的发酵,摊到蒸片上蒸熟以后,看上去就跟海绵一样,整个面块上都充满了膨胀的气孔,柔软而富有弹性。

御面凉透以后,用斜刀法切成马蹄形薄片,一片片都如玉一般透明光亮,把它与猪头肉搭配在一起,加入各种佐料、葱花、香菜,再放入切成片的粑粑搅拌均匀,真是色味俱全,吃起来光滑劲道而有弹性,近似蹄筋。粑粑则像海绵一样,充分吸收各种佐料的味道,让人回味无穷。

相传,当年尉迟敬德在旬邑的职田屯兵垦田,镇守关中门户,当地居民以御面劳军,尉迟敬德品尝以后,大为惊讶,没想到普通的麦面也能做得这么好吃。于是,当唐太宗李世民前来巡猎的时候,他就把这个御面献给皇上品尝,李世民吃后,也很惊奇,连声赞叹,并询问它的名字。这下把尉迟敬德问住了,因为他确实还不知道这个面食的名称。还是帐下的谋士灵机一动说,皇上,这个吃食,本来是小民制作的面食,还没有名字,既然皇上爱吃,就叫它御面吧……

李世民听了,觉得这个名字甚好,就点头赞许,并表示,今后就把御面定为贡品。从此旬邑御面就流传开来。

御面是旬邑人创制出来的,旬邑人当然更爱吃御面了。在旬邑,不管过年过节自己食用,还是请客,那御面是万不可少的一道菜。在旬邑人的酒桌上,你可以少了别的菜,但绝对不能缺了御面。在旬邑,离了御面那是成不了酒席的。

笔者去年春节曾亲眼看到一群乡民喝酒,桌上的其他菜肴都吃完以后,他们的酒兴还未尽,便不再要别的菜,只是重新要了一盘御面,御面端上以后,只见他们一边吆三喝四地划着拳,一边就把一盘御面风卷残云一样吃光了,然后再上了一盘御面,不多一会儿,又吃完了。如此这般,两瓶酒下肚,竟然把五盘御面吃光了,真是令人咋舌。

御面虽然好吃,但是毕竟只能作为一道凉菜,要让客人吃得满意,还得奉上主食:浇汤面。

浇汤面是家乡一道富有特色的主食。但凡家里老人过好日子(生日)、孩子过满月,以及逢年过节,家里来了客人,主妇们都毫不吝惜地精工细作,像制作工艺品一样做一顿浇汤面,盛情款待来客。

昔日,这浇汤面很有讲究。和面的水里需要兑入适量的灰水(是用碱性植物灰条菜的枝干或荞麦秸秆烧成的灰浸泡出来的水。乡民当碱水使用),这样和出的面才光滑劲道,和面时一次只放少许水,然后一手扶着盆边,一手呈旋转的方式在面粉里搓揉。这是一件看似简单的事情,其实却是面条好坏的关键。真正好手,和完面,那手上、盆上、案板上都是光光的,不粘一点面粉,叫"三光"。面和好以后,还需放在案板上用湿布苫盖,饧上半个小时。

面饧好了,妇人先用一把老擀杖把面擀成锅盖大,再用细擀杖缓缓擀开,擀好的面片面色米黄、透光,像一张充满韧性的纸张。妇人便把面叠好,操起一把一尺多长的切面刀,慢慢划过,一把细如龙须的面条,立刻出现在案板上,只等水开下锅了。

浇汤面的汤也很讲究,菜料只用些许煮熟的五花肉,加少量的大白菜、豆腐、胡萝卜、大葱,都切成指甲大的薄片,放上辣椒面,在滚油内煎好,然后加入煮过肉的腥汤,锅开后,再放入少量的香菜,便香气四溢了。

饭好了,当家的热情地请客人坐到上首,然后再到炕中央安顿一只小饭桌,妇人便用一只黑漆木盘端来蒸馍咸菜,放置其上。随后,再用小盘端上浇汤面。这盛面的碗,必定是碎花小碗,概因这浇汤面一次只能下一把,出锅后还要再用凉水透一遍,加上浇汤面要趁热吃,故而一次只能盛少许。

客人们接过饭碗,但见那雪白的小碗里,浮着厚厚的一层红色油花,上边点缀着一片片绿色的香菜,下边是螺旋状盘曲的面条,煞是好看,不由吞下一口涎水。再看主人,多次谦让之后,已经就势蹲在炕上,摆出一副气吞河山的架势,一筷子就挑起一缕一米多长的面条,但听得呼噜一声,那面条已经完整地落入肚子,随后再三五口,那一碗浇汤面就见了底,那豪气,让人只有敬佩的份儿。

不过,这浇汤面虽然好吃,真正能做好的人却不多,一个村子,大概也就那么五六个妇女而已。所以,谁家请客,都要请那些能干的女人帮忙的。因此能把浇汤面做到极致的妇女,在乡间便拥有很大的声誉。据说三十多年前,邻村就有这样一个女人,做的面全县闻名,但凡干部下乡,怎么都要去她家,一尝美味的。她就凭这一根擀杖,把全家都擀进城里了,让乡民羡慕不已。

除了面,待客当然也不能少了蒸馍。家乡的馍也很讲究,它已经不单单是果腹的饭食,还是一种珍贵的礼物。在家乡,一到了冬天,结婚的人就多了起来,乡路上,来来往往的,多半是前去行礼的人。行礼的人,当然都要带上一篮礼馍。特别是至亲好友,这礼馍是万万不能少的。因为这礼馍不仅是一种礼节,还象征着浓厚的亲情。这和有些国家,把盐和面包当作最珍贵的礼物的寓意是一样的,是至亲和好友才享有的荣耀。

礼馍的诞生,其实有很深的社会原因,旧时,大多数人的生活都很困难的,平日就食不饱腹,衣不蔽体,单凭一家一户的能力,碰上个婚丧嫁娶的大事,谁能办得起啊?特别在荒年,那更惨了,结婚还可以不请客,直接把人接到家里完事,但家里有人过世,总得抬埋了吧?这时候就得靠亲帮亲穷帮穷了,大家一起凑些钱,弄几块棺材板,相帮着把人埋了。像"管事会"这样的婚丧互助组织,就应运而生。谁家埋老人或者孩子结婚,全村的人,就当自家的事情一样,每户都拿出一份粮食(人口较少的村子,一般每户出一斗麦子),凑十元钱,再每家各出一个劳力,相帮着把事办了。相应地,每个亲友,也会拿来一份礼馍,凑几个钱,送一份浓厚的情意,所以这看似普通的礼馍,实际上蕴含了陕西人之间那份默默的温情,以及那割不断的人际关系、人和人的一种互相依存的情缘。那时候大家都知道,一个人活在这个世上,是多么渺小,我们只能凝结成一个整体,才能共同度过艰难的日子。

制作礼馍,需要上好的面粉,放入酵子揉匀,在温水锅里放置一夜,那面就起得旺旺的,一拉就是一团柔丝。蒸时先放入适量碱水揉匀,再揉成拳头大的面团,上面抹上融化了的猪油,两个叠在一起,从中十字形切为四块三角面块,然后捏住每个三角体的两个下角,从同一方向卷到一起,放入锅里,蒸上二十五分钟,满屋便充满麦面的香气。等你揭开锅,就露出一锅白花花的花馍来。

去亲属家行礼时,一般要带二十个礼馍,主家专门负责收礼的人,接过篮子,取出十五个礼馍,给客人留下五个,并回赠两个小包子和几个猪血制作的血馍,条件好的,还会再加送一块一寸大小的腊肉。客人在事毕回家前,得记给这个村里的亲友,每户丢一个馍作为问候。那些老人们收到这丢下的礼馍,往往自己舍不得吃,都掰成一块块的,分发给那些贪馋的孩子们。

礼馍除了这两瓣花形的以外,还有四面开花的糕子,是办事时,至亲才送的,也有给老人祝寿的寿馍,和给外孙送的贴花剪花的枣糕等,类种繁多,根据不同情况而制作。慢慢地,礼馍也变成一种难得的工艺品。

时间进入80年代后,生活好过了,人与人之间的关系却一度变得淡薄疏远了,那种互帮互助的"管事会"自然就消失了。那种血浓于水的感情的丧失,让人怅然若失。

值得庆幸的是,这几年,随着大量人口外流,留在村子里的人越来越少,很多村子里,仅剩下一些老人,大家又感到互相依存的重要,一家有事,大家又都热心相帮,甚至,那些去了外地的人,都赶回来,尽一份自己的心。

所以,今天,尽管生活好过多了,人们不再需要别人补助食物,但是,大家还是照常送礼馍,因为它已经不仅是一种简单的食物,还寄托着一种深沉的文化意蕴,特别它背后的那种温馨的亲情以及人与人互助的思想,无论到了什么时候,都不会被抛弃,也不应抛弃的。

让人遗憾的是,现在,乡村里人越来越少,留下的人也都忙忙碌碌的,能够精心制作这些精美饭食的人越来越少了,每次回乡,望着家乡村落里那空荡荡的街道上那一片荒烟蔓草,想到那些属于这一方土地的很多东西,都倏然消失,心里便不能不产生一种怅然。什么时候,我们社会的变革,不再以失去传统民俗文化为代价呢!

(原载《黄河文学》2011年第7期)

半岛草木记

盛文强

赤　松

赤松生长在海边的丘陵上,迎风举起绿伞,海浪的喧嚣被赤松的锥形树冠挡回去了。每座丘陵的顶端都有一两棵赤松,多的时候有四五棵,聚成一小片浓荫,树干不到胳膊粗,远处望去,只见树冠不见树干,那些浓荫仿佛悬浮在半空中,直到靠近时才看到龟裂的树干,吃力地托着树冠,这显然是些尚在幼年的赤松。父亲告诉我说,在他小的时候,赤松林从海边一直延伸到村外的丘陵上,连续几十里不断,起风时松涛骇人,他在每一片浓荫里都呆过,因而熟悉了每一棵树,曾经有猛虎在这里小住,松针构成的背景上经常出现金黄的斑纹,夜里虎的吼声震动松林,松针和松塔落了一地,后来猛虎不知所终,好像听到了什么消息,它走后不久,赤松林就遭到砍伐,到如今好景不存,当年令猛虎驻足的古树一棵也没有了,只剩些新树,还不成气候,它们的出现,勉强维持了父亲当年的记忆。

赤松好像专为这些丘陵而生,它们是丘陵必不可少的组成部分,没有赤松,高耸的丘陵就不完整了,光秃秃的土包也就没有吸引人往上攀登的景致了。上学以后,我常在美术课上画赤松,用连续的波浪线勾画出十几处丘陵,然后在高坡上画出棕色的树干,再画一个三角的树冠,这就是赤松的肖像了,虽然简单,这却是赤松的全部,这是我喜欢画赤松的最主要原因。我在教室窗户里朝丘陵上望去,赤松就是这样简单的线条,远处的赤松正好缩在玻璃上,我擎着彩笔,在窗户玻璃上描出了赤松的轮廓。丘陵上有了赤松,就不会挪走了,所以我铆足了劲,把赤松画遍了每一个高坡,绿色涂满了纸页,上半页几乎全是绿了,绿铅笔用到只剩下半截,转笔刀转出的木屑堆满桌面,散发着木香,这时才忽然有些后悔,我提前画下的山坡也太多了些,可实际生活中的山坡远比纸上的多,一张纸又怎能画得完呢?到最后满纸都是树,好让它们把这些丘陵牢牢把守住。

赤松之所以叫赤松,主要是因为它的木质是红色的,由留在地上的树桩可以发现这个秘密,红色渗进木纹,而且是越往里颜色越深,赤松的树干开裂处常年散发着松脂的浓烈香味,站在下风就能闻到。这种树绝少生虫子,倚在赤松的树干上乘凉最为稳妥,不必担心虫子从天而降,落进后脖领子,也不怕毒蛇从树枝上挂下身子来。据说张生煮海用的就是这赤松枝。张生世代居住在半岛,过着半渔半读的生活,直到他娶了螺女为妻,其生活才变得险象环生,张生在那次争斗中迅速变成了另一个人,这在以前,他自己连想也不敢想。螺女是一只巨螺幻化而成,她是龙王的侍女,在水底瞧见了前来捕鱼的张生,便私自逃出来与张生成亲。仙家才一日,凡间已一年,三天后龙王发现螺女不见了,螺女在地上已经和张生生活了三年,龙王大怒,在一阵暴风雨的掩护中,探出龙爪把螺女抓走了,并且顺便推翻了张生的石屋。风雨退后,张生居然幸免于难,从石屋的废墟里爬出来,原来螺女在危急的一刻把他推进了一只水缸大小的螺壳,所以毫发无伤。他在螺壳里灌满了海水,螺口朝上,稳稳架在三块礁石上,底下用赤松枝点火烧起来。赤松带油性,烧起来长时间不灭,还有清脆的爆裂声,震得螺壳微微抖颤。随着螺壳里的水煮沸,海里的水也开始冒泡,这是螺女教给张生的煮海之术,螺壳是螺女的壳,是件稀有的宝贝,盛了江河之水来煮,江河翻滚,盛了海水来煮,海水沸腾,所有水族一并荡平。她早就料到会有这一天了,在龙王光临之前,就把这等法术教给了张生。此刻,螺壳里的海水冒出白汽,直冲霄汉,再看海面上,已经漂起了一层小鱼小虾,小鱼翻了肚皮,小虾外皮微红。龙王在龙宫里热得坐不住了,龙子龙孙中道行浅的,身上都烧起了燎泡,双手抱头遍地翻滚。龙王还不服气,稳住心神施用了一阵子法术,他想引出海水,浇灭张生的火,但见海中蹿出一股水柱,直奔张生和燃着的螺。张生早有准备,抽出一根带着火苗的赤松,插在地里,海水到了这里,就被赤松木挡回去了。溅起的水花还是打到了螺底的火焰,哪知赤松燃起的火格外炽烈,越见了水燃烧得越厉害,海面上逐渐冒起了白烟,海上的渔民感到船板在发烫,赶紧划着船往岸边跑。龙王最后还是被烫得满身通红,只得乖乖把螺女还给张生。龙王从此畏惧张生三分,眼睁睁看着张生整天在海上下网捕鱼,大批水族束手被擒,张生装得盆满钵满,不出三年,居然成了富户,龙王对此无计可施。

我们做饭有时也用些干枯的赤松枝,和张生煮海用的松枝完全一样,手腕粗的枝子扔进灶膛里,断茬的木纹是浅红色,树皮的裂纹在火里溅着油,每个滴油的孔里都冒出一团火来,直冲锅底,黑铁锅在锅台上坐不稳,竟然被赤松的火舌顶得摇晃起来。锅里炖着汤,汤里胡乱扔进菜叶、银鱼和白虾,海螺和小蟹也扔进去,它们沉在锅底,打开灶门,正看到火舌燎在锅底,漆黑的锅底慢慢变红了,锅盖的蒸汽流成了一片,沿着排水口进入污水桶,海螺在锅底翻滚,哗啦啦作响,小蟹的尖爪抓得锅底沙沙响,它们一定是撑不住了。

其实我们每天都和张生一样在煮海,用的赤松都是一样的,而此刻我不断添柴的铁锅就是一个小型的海,鱼虾螺俱全,水面上翻起了浪头,不多时,海里的鱼虾都被煮熟了,真担心海里也会冒起白烟。

石　花　菜

　　石花菜生在海边的礁石断壁上,把石壁染成了绿色,海水涨潮时,有些小银鱼跑过来啄食。现在很少见到石花菜了,它快被海边人给吃尽了,礁石上一片空白,偶尔会出现一两点绿,瞬间就会被人捋走,甚至绿色的汁液也会被刮得干干净净,生过石花菜的地方比别处还要干净一些,有经验的渔民走在岸边,看到礁石上有拳头大小的白斑,就知道这里曾经长过石花菜,他凝神细想着石花菜当初生长时是何等丰茂,由于重量太大,叶子一条条垂下来,把礁石盖在下面,到如今却只剩下它的足迹了,不由得摇摇头。石花菜靠盐碱为生,在海边占了一席之地,到现在为止,它的椅子还在,它却就被抽走了。

　　石花菜没有固定的形状,多数有着毛茸茸的枝杈,一个杈连着一个杈,没有任何规律,似花非花,似树非树,总是乱蓬蓬的一丛,与礁石的笨重很合得来。我第一次认真留意石花菜,是在十几年前的夏天,那时我正在为学业和前途而苦恼,放学后一个人从学校的侧门走出,来到海边坐一会儿,总会看到这些乱糟糟的植物,就像被随意抛掷在礁石上一样,那时我居然感到前所未有的吃惊,忽然意识到自身的存在和石花菜一样没有来由,也没有具体的去向,不知从何处来,更不知要到何处去,青春成了无处安放的尴尬命题,浸了水的石花菜鲜艳欲滴,有些肿胀,我为自己危险的想法感到吃惊,于是奋力甩甩头不去看它们,往前紧迈几步,把它们都抛到脑后去了。好在不久以后我就离开了海,那些硕大的礁石飞快朝身后退去了,我在离开海的路上一路飞奔,石花菜的芜杂也还没有来得及进入我的生活,我就及时离开了。

据说石花菜最早是作为路标而出现的,是的,随意涂抹的路标,类似于孩子们用粉笔在墙上画下的对号或五星,所不同的是,石花菜是当年龙女跑出龙宫玩耍留下的记号。她是龙王的第几个女儿已经不得而知,按照常理,贪玩而且胆大的似乎应是最小的女儿。那是她第一次出远门,为了防止迷路,她在礁石上顺手一指,就生出一丛石花菜,留下了记号,走了一路,记号也就跟着撒了一路。她玩耍归来,循着石花菜轻松找到了回家的路。人人都说侯门深似海,龙宫又何尝不是,或许更甚于凡间的富贵。可见她出门是偷着跑出来的,以至于记号画得这样随意,在回去的路上,天已经到半夜时分,她挥舞衣袖,石花菜纷纷挣脱礁石,飞回到她的袖子里,合成一方葱心绿的手帕,原来是她把手帕撕碎变成石花菜,这时手帕恢复原状,她收紧袖口低头赶路,星光从背后照来,在她面前的地面照出了她的两个分叉的犄角,她暗暗吃惊,第一次看到自己的影子,居然有些害怕。龙宫里珠光宝气,四处嵌满了夜明珠,黑暗跑得无影无踪,所以她从小不知影子为何物。她两只脚踩在水面上疾走如飞,绣花的鞋面滴水不沾,就像走在平地上。在龙宫深处,龙王找不到女儿,正在四处派人打探,虾兵蟹将领命,分头游出水府。龙王在大殿里背手而立,他侧耳细听,听到了来自水面熟悉的脚步声,他坐回到宝座上去,满面怒色等着女儿回来,王冠上的珍珠流苏突突直颤,珍珠的光华映在对面的朱漆墙上,但见满壁白光缭绕,这时忽听得一阵巨响,侧门开启,进来两个虾兵,战战兢兢地扶起龙王刚刚掀翻的一张玉珊瑚桌……

龙女已经离我们远去了,只把石花菜留在我们身边,似乎故意让我们看到,可我们却找不到通往龙宫之路,她回宫后的故事也就无从知晓了,留给我们的是这些杂乱的路标。不过,我们有了新的办法对待这些原始的路标。早在几百年前,半岛的居民就学会了把石花菜从礁石上采下来,用清水洗净扯碎,熬成汁水盛在碗里,冷却后就能切出颤动着的小方块,佐以蒜泥、酱油等调料即可入菜。通常情况下,筷子难以夹起这些半透明的浅绿色方块,它们在筷子的压力下拦腰断裂,分成齐刷刷的两半,两个截面光亮,仍然呈现出光滑的镜面,均匀地照出了两个相同的我,有一块截面弯曲了,照出的头像也扭曲了。于是只好用勺子来取,入口即化去了棱角,蔬菜的清香散满唇齿间,舌根传来的余味里有青草的气息,还是被酱油和醋的味道给压下去了,冰凉的方块滑下去,从喉咙到胸口一路冰凉,乍吃时往往会受惊,赶紧用手抚着前胸,却哪里挡得住,冰凉的方块一刻不停,走到胸口时已经磨去了棱角,最后落到肚里,只有冰凉的一团,分不清形状,却凉遍了半边身子,额角的汗珠顿时消散殆尽,热浪炙烤下的身体恢复了平静,失去的力气又回到我们身上,推开太师椅的光亮扶手,在屋里走来走去,石花菜的凉气传遍四肢,这是来自半岛夏日最美的记忆。

晚饭后走出院子,来到巷子里,各家正屋射出的灯光照亮了巷子,村子的老人们聚在一起说话,有一个人讲起了石花菜的往事,我站在旁边细听。他说,几十年前有一位衣冠楚楚的帮闲文人来到海边,当他尊贵的眼睛看到礁石上的石花菜,微微皱了皱眉头,紧接着诗兴大发,冲四下里围观的众人抱了抱拳,款款说道——这些绿色是生命的奇迹。笑得众渔民直不起腰来,笑过之后,他们划着船箭射似的离开了。石花菜随处都能生长,不择高低,这对于那个帮闲文人来说,确实是个奇迹。他的无知并没有随他的肉体消散,而是作为笑柄传了下来。

垂柳的末日

垂柳大多生长在村外的空地上,它们垂下的枝条长可及地,遮挡住了树干,也遮住了土路之外的风景。每当有风吹过,柳条一齐摇摆,步子军阵般一致,沙沙的响声是叶片在相互碰撞挤压,它们大踏步向前走着,把土路远远甩在了身后,有时候是土路在自行倒退,渔村的外围身影闪动,那是柳树和土路在发生摩擦,渔村被包围在垂柳疾走的身影之中。看到这齐整的队伍,总会让人肃然起敬,每个过路的人走到这里停下来,手搭凉棚望着柳树的阵列,心里都会发出一声轻轻的感叹。

7月里,卖鱼的小贩们总是喜欢树底下的阴凉,在这里摆开摊子。午后的时光稠密,阳光穿过树叶间的空隙照下来,满地金光闪闪,照在臂膀上,灼得微微生疼,初夏的太阳不饶人,好在树荫下还有凉风,把灼痛稍稍减轻了些,柳条筐摆在地上,满筐的鱼流泻着银光,真如白铁锻造的一般。一个穿红裼的女人经过摊前,几步跨了过去,她转头望见了鱼,又折了回来,蹲在地上挑拣,每条鱼都用纤纤玉指捏了一遍,最后终于挑中了三条梭鱼,小贩心里不快但又不敢吱声,只盼她快点挑完。好不容易盼到了,小贩转过身吐吐舌头,恰好被我看见。他顺手在旁边揪了两根柳条,看似随意,实则瞬间发力,来势凶猛,柳树的一个枝丫跟着摇晃起来,落下不少树叶,叶片旋转着落地,他胳膊挥出,驱赶着树叶,没有一片落进鱼筐里,这时柳条稳稳地垂在他手里了,只见他左手拎着柳梢朝上,右手往下一捋,叶子纷纷落地,叶柄的脆响连成一片,顷刻间绿汁喷溅,涂满了手掌,他也毫不在意,手里只剩下光溜溜的柳条,黄褐色的弓形不住抖颤着,他拈起柳条的根部,这里有一处略近于球形的疙瘩,本是连接主干之处,现在却成了利器,直穿过了鱼鳃,又从鱼嘴中穿出,如此往复,把三条梭鱼系在了一处,鱼嘴指着天,鱼尾垂地。女人提着鱼走了,姿势极为懒散,两根手指勾在柳环上,任凭鱼来回摇摆,柳环也不断变换着形状,时而是圆,时而紧绷成一根直线,她带走鱼的同时,把柳条也带走了,满街浓荫还在晃动着,好像在追赶她。柳树如果不是生在半岛,难和海里的梭鱼遇见,甚至捆在一起。

就这样,柳树和梭鱼成了死敌,柳条不知穿过了多少鱼的鳃,光滑的枝条结成的绳扣,轻轻缠绕在主妇们的手指上,鱼在底下晃荡着,成为渔村一景。鱼和柳的尴尬关系保持了许多年,沉甸甸的柳条扣在手指上,主妇们想着心里的午饭,心情大为舒畅,她们已经习惯了柳条的柔韧与滑腻,用完的柳条扔在灶台下,锅盖流下的蒸汽恰恰滴在柳条上,直到打扫锅灶时,才发现柳条居然还绿着,有的地方发出了新叶,有的埋在煤灰里,居然生出了细根。小贩们用的柳条筐又何尝不是呢,盛着鱼的筐子多数也是柳条编织的,为了防止渗水,柳条筐里铺了一层油纸。它们总是湿漉漉的,在海水的浸泡下,居然也保持着绿色,那是今年新编制的柳筐,我路过地摊边,忽然想到,筐上那些柳条还是活着的,与飘在它头顶的柳树相对无语。

  柳絮起时,古镇上空飞起漫天白烟,人们出门时经常被柳絮迷了眼,有人干脆就戴上墨镜和口罩。柳絮最盛时,人们的衣服也沾满了白絮,尤其是穿黑毛衣的女人,最让她们恼火的就是柳絮,雪白的柳絮落在身上绽开了一朵朵白花,拍打几下,柳絮却又碎成无数小块,丝丝缕缕缠绕在衣服上,和衣服的纤维搅在一起,除了一根根仔细择下来之外,别无办法,许多夜晚,女人们坐在炕上,手里拿着钢针,一根根挑着柳絮,每挑出一根就掷进身边的一小碗水里,迫使它们不能乱飞。一晚上的时间,碗里的水变成了黏稠的白粥,女人们揉着惺忪的睡眼,倒在炕上睡着了。

  柳絮落地时互相缠绕,变成大团的白球,在地下打着旋。各家各户房上晾晒的鱼也落满了柳絮,柳絮落在鱼鳞上,这时鱼刚摆在房上,还没有干透,等鱼半干时,柳絮已经在鱼身上粘牢了,人们想了很多办法都拿除不掉,若要用刀刮,势必会毁坏鱼身,那样就卖不上好价钱了,如果柳絮放在上面不动,照样卖不上好价钱。不久之后,人们带着斧子锯子,走出各自的家门,把一排柳树伐掉了。叮叮当当的伐木声中,柳絮还在飞着,它们随风而起,轻松跃上房坡,附着在干鱼上,干鱼变成了毛茸茸的怪物,许多干鱼因此变成了不合格的残次品,整筐掀进了臭水沟里。那个下午,柳絮照样飞着,随着几声巨响,柳树硕大的树冠纷纷坠地,鱼和柳在这一场争斗中同归于尽。几天后,小贩又把摊子摆好,一抬头发现密集的柳树林不见了,就连树桩也没留下一个,原来树桩都被村民刨回家做凳子了,地上的深坑还没来得及填平,大多数坑里还积了水,坑底还有几个脚印,显然是走夜路的人掉下去又爬上来,这使土路周围陷入一片泥泞。

小贩慌了手脚,平时习惯了用柳条穿鱼,现在拿什么来穿呢?他跟一位老人请教,老人告诉他,这片柳树林长了几十年,如今被伐尽,要找到同样的柳树林并不容易,需要走很长的路,于是他收起摊子上路了,去寻找柳树。我们最终失去了他的消息,他和柳树一样,在我们的生活中消失了,他们的消失是那样彻底,就像从未出现过一样。

(原载《黄河文学》2011年第8期)

杂 货 店

傅 菲

杂货店在村路口,屋后种着柑橘、葡萄、梨树、无花果、柚子树,和两株冬青。不过,现在还是树苗,只有柑橘漏剪的花枝,结了一两个果实。杂货店老板娘是我表姨。表姨是个热心肠的人,我每次回家过年,她把我老婆安排得好好的。我老婆刚放下筷子,她的电话来了:"你来吧,三缺一。"我老婆没有别的爱好,就爱打麻将和看韩剧。我几乎不干涉她的生活,只要不把家输干净了就可以。老四的老婆几次对我说:"你老婆怕你,星期天也不让她玩麻将。"我说我蒙冤啦。有时我老婆看韩剧,尤其在冬夜,蜷曲着身子,坐在电脑前,看得开水烧了半个小时也不知道关煤气灶,我嗓音高了八度:"只有弱智才会看韩剧,你怎么这样痴迷呢。"我老婆悻悻然,关了电脑,一脸不悦。她打麻将,我也不干涉,但有一个尺度,不要耽误我吃饭。

村里人都爱在这里聚集。杂货店前有一块水泥地,摆了一张台球桌,一楼左边是货物,右边是两间麻将坊。表姨夫是个小学老师,个头偏矮,不喝酒也不玩牌,只抽烟,一天三包,抽"庐山"蓝壳。烟揣在内兜里,要抽摸一根,放在火熜的炭火里点。货物有烟、六块钱一瓶的"全良液"、精米、饼干、扑克牌、王老吉、鲜橙多、葛佬、旺旺牛奶、肥皂、毛巾……吃过饭,男的女的,老的少的,都爱在这里探探头,打个转,再忙活别的。小孩攥着五毛或一块的硬币,踮起脚尖,对着柜台嚷嚷:"乐老师,给我一包萝卜丁。"萝卜丁五角钱一小包,三四条萝卜,其余全是辣椒粉。若是夏天,则是白糖棒冰。柜台上,扔着几张油印的码报,这是赌六合彩的人要看的。

码报五角钱一张,由一个老头专送。老头骑不来自行车,走路一个村一个村地送,一天能卖出四百多张。而他从庄家手上拿来,是不要钱的,每个月还有二百块钱的工资。他背一个油布袋,搭在肩上,穿一双解放鞋,晃着箩筐腿。油布袋里有码报,毛巾,几个馒头,散钞。大概是在2003年,六合彩在村里盛行,一个月的时间,像瘟疫一样蔓延饶北河流域。我父母亲也赌,押一块两块钱,一年下来,也要输两千多块。我听了很是生气。我对母亲说,你再赌六合彩,我不给你钱用了,我节俭得餐餐吃白菜,你倒好,三天两天赞助别人。我母亲说,还不是想赢些钱,谁知道都是庄家赢的。我父亲是个极其严厉的人,记得小时,村里人爱玩胡牌,我兄弟五人去围观,父亲操起柴棍就打。父亲给我们讲了许许多多赌博害人的真人真事。有一年,我还在读小学,小学边上有一户人家,姓吴,叫拨浪鼓。拨浪鼓靠打柴为生,是个嗜赌的人。他把刚刚卖给瓦场的柴钱,放在瓦场的厨房里坐小九庄。拨浪鼓输了,又不想付钱,被另一个人用杀猪刀刺进了后腰。拨浪鼓双手捂着腰,血飙溅出来,喊着:"杀人啦,杀人啦。"后来拨浪鼓命是捡回来了,可走路一拐一拐的,成了瘸子。我们兄弟都不参赌,可父亲年过七十,吃了饭,戴一副老花眼镜,研究起码报来了。父亲读过书,几个目不识丁的老人问我父亲:"今晚会出什么呀?"父亲八九不离十地说,不是马就是狗。晚上九点半开码,是3岁的羊。父亲失望地说,怎么又是羊,都出了三期了。

毛冬瓜八十三岁了,牙齿全脱落了,瘪着嘴巴,对我说,现在国家真好,不要交公粮,还有田亩款补助,老人还有一个月五十五块钱的生活费,这是以前想都不敢想的,我拥护国家,不知道别的国家有没有我们这样享福。我笑了。毛冬瓜把这些补助的钱,全用来押六合彩。钱输完了,他把老母鸡卖给砖场的洪老四,二十五块钱一斤,得了六十七块钱,又去押六合彩。年冬了,他把半大的狗卖给路边馆子店,得了一百三十三块钱,过了几天,他抱着火熜,靠在门口晒太阳,说,过年的鞭炮都没买呢。他挑了半担芋头卖,买回两串小鞭炮和一对手腕粗的蜡烛。他老婆生油疮,脸上有许多白斑,头发全白了,稀稀疏疏,露出痂壳,她说,老头只有进了茅坞(埋人的地方)才不会押六合彩。毛冬瓜嘿嘿嘿,说,只有押六合彩才知道自己还活着。

二姑姑的二儿子水根,小我两岁,是个木匠,对我说:"哥,大前年,我赌六合彩输了八万多,一下子落了水,斧头要劈出八万块钱,得劈多少斧啊,我再不赌了。"输钱是一回事,还惹是非,甚至引来杀身之祸。临湖离我家二十里,前年冬,有一个人单码押了二万,结果庄家付不出这么多,跑腿了。押庄人找到开票人要钱。开票人每开一张票,得十个点的回扣,负责联络。开票人说,庄家跑了,我找谁呀。押庄人说,我前面输了四十多万块,你们都一分钱不让我少,现在我赢了,你们就跑。押庄人从怀里摸出一把菜刀,劈了开票人三十七刀,当场死亡。派出所的人在前几年还抓赌六合彩的人,尤其是开票人和庄家。庄家是隐蔽的,只有开票人知道,民警抓住开票人,可开票人死活不供庄家。开票人被公安部门关了几天,罚款二三万元,又放了出来,继续开票。开票人不怕,因为他的罚款是庄家出的。现在,派出所连开票人也不抓,每个月暗交一千块钱就可以。我小学同学勇展有小儿麻痹症,靠板凳走路,移一下板凳挪一步,眼角有一个大肉包。他读过初中,学过裁缝,六七年前在义乌的一家制衣厂上班,有了六合彩,他再也不去义乌了。他负责开票,一个月下来,也有两千来块钱的收入。他开一辆电动三轮车,在村里跑上跑下,各家各户地收钱发钱。他说,在制衣厂上班才一千来块钱月薪,七除八除,过年还没五百块钱回家,还受气。他一直未婚,象棋下得好,有时间就在杂货店里和老人下棋。他是节俭的人,把钱藏掖着,防老傍身。谁也不会管他开票,勇展说,公安机关抓了我,还管我吃喝,多一头事,没油水的事他们才懒得理睬。

枫林是个长条形的村庄,依山而建,临水而居,五年前,大部分是泥土房,过路的车子看着这样的房子,说,这个地方还没有开化呢,还是荒蛮之地。这两年,三层四层楼房春笋一样冒出来。开砖场的洪老四是我大舅舅的儿子,看着排队拉砖的车子,嘴巴都笑裂开,像个熟透了的石榴。小货店在村中街,入我家小弄的路口,前面是一片田野,现在则是密密匝匝的房子。曹家伯伯看着一栋栋新房子,忧心地说,这么好的农田盖上房子,以后子孙吃什么呀。表姨夫说,你愁这些还不如愁晚上的烧酒在哪儿,以前生产队的时候,水稻种两季,山地上种满了红薯,村里还有人讨饭,现在村里的田撂荒了一半多,田给别人种不收钱都没人要,你看到讨饭的人吗?曹家伯伯七十六岁,用手摸一下嘴巴,傻笑了起来,说,好贤侄,你的话也有道理,可米总要田种出来呀。曹家伯伯就爱酒,餐餐要喝半斤多,若是去邻居家喝喜酒,一定要一斤下肚,还要吃一大盘红烧肉,一出门就吐得满地肉腥。他儿子扶着他回家,骂:"你这个死吃的,前世没吃过的,别人还以为我们饿死你呢。"曹家伯伯边呕边说,能吃是福,吃下去的是自己的,其余都是别人的。

杂货店以前是个裁缝店,村里的衣服都是在这里裁制的。表姨有一手裁剪好手艺,厅里摆了十几架脚踏缝纫机,坐着清一色的待嫁姑娘。姑娘定了亲,由男方出拜师钱,在裁缝店里学一年的裁缝。我大姐在这里学过。我们全家人反对,说,双英就是不想干农活才学裁缝,家家户户都有做裁缝的,能做衣服的没几个,顶多只能缝裤边订纽扣打补丁。但大姐执意学,出师门后,缝纫机一直搁在阁楼上。也有谋出路学裁缝的,有一点手艺出门打工方便些。二哥在镇里定过一门亲,过了半年,正逢谷雨时节,女方去婺源采茶,再也没有回来——做了婺源媳妇。二哥很是伤心,整天窝在床上,下田的劲头没了。学裁缝的谢家姑娘见我父母人好,二哥捻实,托她师傅也就是我表姨传话,愿意做傅家媳妇。如今他们的儿子都二十一岁啦。想想,恍如昨天的事情。

离裁缝店一百米,有一个诊所,医生叫孝林。他是山里人,在镇医院跟班学了两年医,来枫林开诊所。他白白净净,脸像个雪梨。表姨天天往诊所钻。表姨有一头天然卷发,个子高挑,脸阔眉浓,和民办老师乐老师结婚好几年了,一直没有怀孕。她很怕自己不能生育,向孝林讨一些偏方,咨询一些生理生育知识。她家有这方面的遗传基因,她的两个姐姐一直没有生育。每到星期天,我也去诊所。那时我还在郑坊中学读初二。我住校,睡大通铺,二十几个人挤在一个房间,上下两铺,中间摆一个木架,木架上叠着木箱。我们吃剩了的饭菜,洗碗水,果皮,瓜子壳,往下铺床底下泼,像个蘑菇坊。我们无一幸免地患上皮肤病。我的臀部和大腿两侧,流脓水。我又没钱看医生。我问孝林,皮肤病怎么治？孝林说,把硫磺调和到菜油里,涂抹在患处,坚持半个月就好了。我向我妈要钱买硫磺,我妈说,稻子还没收割,哪来的钱呀。我坐在灶膛前一边添柴火,一边流眼泪。学校的饭菜票在小镇的杂货店里是等价通用的。我用饭票换来几支牙膏,把牙膏涂在患处,没想到一个月后,皮肤病全好了。我信赖牙膏。我至今不用洗手液洗脸液护肤霜,都用牙膏。我真不怕你笑话。

第三年秋天,我大妹妹两天高烧不退,吃饭的力气都没有。

孝林说,这是感冒,吊吊葡萄糖盐水就好了。可一直不见效。我爸爸慌神了,请来车子去上饶地区医院,妹妹一进观察室,主治大夫对我爸爸说,你这个女儿晚来一天就要收尸了。我爸爸当场痛哭。妹妹得的是出血热。过了几天,我爸爸回家,端起一把锄头,把诊所砸烂。孝林说,你砸我诊所,你全额赔偿。我爸爸说,你这个庸医,没有砸死你算你走运了,把出血热看作感冒,总有一天你要害死人的。孝林回到了山里,诊所还原成一栋无人居住的泥土房。以后我再也没见过他,即使见过,我也不认识。对我而言,他仅仅是个符号。

表姨生了一个女儿,刮瘦刮瘦,蓖麻一样,抱在手上,只看到一双眼睛乌溜溜地转。磕磕碰碰长大的人多福,她女儿大学快毕业了,走路生风。

1989年8月,我参加工作,在一个离家十华里的乡村中学教书。裁缝店大门右墙开了一个大窗户,厅里的缝纫机搬走了,换上了玻璃柜台。表姨成了消失的手艺人,当了店主。没课的时候,表姨夫骑脚踏三轮车去镇里批发货物。货物一般是食盐、味精、"蝴蝶泉""桂花""庐山""牡丹""月兔""大前门"香烟、鞭炮、黄表纸、酱油、糖果、牙膏牙刷、毛巾、尿素等。柜台上有一个电话,村外的人找村里人,都通过这个电话。

"你给我找一下做石匠的老四。"打电话的人说。

"村里有六个做石匠的老四,两个姓周的,一个姓余的,一个姓全的,一个姓李的,一个姓曹的,你找哪一个?"接电话的人回答。

"姓周的。"

"是三十多岁,还是五十多岁?"

"三十多岁的。"

"好的,你隔半小时再打来。我派人去叫一下。他家离这里有两里路。"

村里人接听一个电话五角钱,打一个电话一分钟市内一块钱,长途两块钱。别人打电话,表姨就戴着老花眼镜,手腕对着太阳光,看手表。表姨收了一个妇女三块钱,妇女说,我都没说两句话,就要三块钱啊,以后不到你店里买东西了,一定贵死人。"谁稀罕你,赊货欠钱还不知道哪年能还上。"妇女走远了,表姨自言自语地说。

柜台底下的抽屉里,有一本"会议记录本",八开,黄皮封。按年按月按姓名,逐行逐行地记着欠账人的货物名称、单价、总价。到了年终,表姨夫拿着账簿,走弄窜巷去收账。有些账收了三年都收不上来,账簿换了又换,账没换。我在乡间工作了一年,去了城里。我回家也翻表姨夫的账簿,把父母赊货的账还了,再去诊所,把吃药打针的钱还了。我每年回家过年,父亲都说同样一句话:"外面的账欠得不多了,明年应该不会欠债过年了。"那时,村里好像有两个杂货店,父亲不好意思赊着一家店,两边买两边赊。当然,这是好几年以前的事。

说实在的,我回家的次数不是很多,清明、端午、中秋、春节,我是一定要回家的。父母在,不远游,我恪守这个。其实,对于枫林,我已经很陌生,二十岁以下的人,我几乎叫不来名字,更多的是名字和脸对不上号。我熟悉的范围在半径两百米之内。上个星期四,我回家看望父母,我在杂货店里玩。永清的爸爸也在。永清和我同年,是小学同学。我说:"木火叔,我差不多有二十年没有看过永清了。今年过年,你叫他一定来我家做客。"永清做了一栋四层的房子,在杂货店后面。我去过几次,他都不在家。木火叔头发半白,走路打晃。在我孩童时的印象里,他是个高大魁梧的人,能挑两百八十多斤的担子,不怒而威。而这次看起来,我觉得他个头并不高,只是手掌异样的厚,砖头一般。表姨夫正在和拉货的人结账,他杂货店的货物有人送上门。表姨夫需要什么货物,给拉货人打一个电话,拉货人开着厢式货车,呼呼呼,十分钟,送上了门。门前水沟,扔满了塑料袋、矿泉水瓶、可乐瓶、泡沫包装盒。我对表姨夫说,你把这些东西清理一下,装到筐子里,也可以卖钱。表姨夫说,看起来很多,堆得山包一样,卖不到十块钱,还烦人。我说,这看起来多碍眼呀,清清爽爽的一条水沟,堆着瓶瓶罐罐,不环保啊。表姨夫有些不高兴,说,以前饶北河有十几斤的草鱼,用一根麻线穿一个大头针,能钓上,现在大拇指一般大的鲫鱼都没有了,药水毒鱼都没一个人管管。我听了,有些凄然,看看村子,觉得别扭,很是陌生。

(原载《青岛文学》2011年第9期)

酱菜园

王琰

这座高原上的小城,一条主街自北向南横贯而过。最中心是座街心花园,以花园做圆规的固定点,然后,叉开另一条腿,跑马圈地般轻轻一划,围出座城来。可惜,小城并非想象中那么规则。一户户人家沿街两旁野草一般,随意扎下根来,生儿育女,热热闹闹的把城的边缘一点点扩展开去……谁知道哪里才是尽头。

从街心花园开始的主街往南,依次是书店、公路局、防疫站、邮局、乳品厂……这样的叙述法像是水浒英雄排座次,老大老二一路排到一百零八。满街着藏袍的都像是英雄,裸露着半条肩膀,腰间挂着藏刀,牵着马悠闲自在地走着。汽车轰鸣着飞驶而过,马和人并不着急,"可哒—可哒—可哒—"的马蹄声里,时间仿佛也慢了下来。

座次排着排着,到了城南边上,拐一个弯,拐到与主街平行的背街,这条街人少车少,更安静些,可是年久失修,路上多了大大小小的坑,天一黑,偶尔有一盏没坏的路灯,昏黄地举着,一副能照到哪儿算哪儿的漠不关心。又是个慢下坡,不经意间,车子顺着坡越来越快。骑自行车,得格外小心。

我哥哥后来上二中,每晚补课,偏走这条路。他的自行车收拾得利落,车闸轻轻一捏,转得飞快的车轮戛然而止,把车圈蹭得雪亮。骑得路熟了,哪有坑闭着眼睛都能绕过去。一日下晚自习,有人横穿街道引了根电线,可能是对面工地施工急用。我哥顺着下坡骑下来,电线正好拦在齐眉处,哥哥翩然平飞出去,变成了一只血蝴蝶。等他终于挣扎着推车回家细看,可怜他的自行车,轮子都成了椭圆形。

椭圆形的车轮去修车摊怎么校正也不圆,再骑时"咯噔咯噔"的,总觉得有了棱角。

美术老师教我们画椭圆时,先用直尺画出个长方形来,再把棱角一点点修圆。我一点也不喜欢这种画法,我喜欢几何老师,淡定地立着,讲到哪里了,回手信手一画,要圆是圆,要椭圆是椭圆,甚至,直线也能画得像尺子打出来的那样。

我和哥哥的几何老师是一个人。带完哥哥后带我,现在,他是我侄儿的校长。他更神的地方是丢粉笔头,看谁张着嘴目光呆滞,走神了,丢个粉笔头过来,正好丢在鼻尖上,一打一个准。我佩服得一塌糊涂。

常常想当老师实在是件需要天大的耐心的事业,年复一年,甚至每一天重复数次,说同样的话,做同样的事,像我这样的人,怕是要疯。好在有粉笔头丢,一张张生动的小脸忽然就凝固了,于是独门绝活少不了练了又练。

从二中过了军分区、东方红小学,再往前走有一个大院子,似乎也没有见当什么晒场之类的正经用场,只是悠闲地摆了篮球架子。

爷爷和奶奶带着一家老小在这里住,开了家叫"慎和号"的酱菜园。

"慎和"乃谨慎和顺之意。《史记·五帝本纪》载,尧禅位于舜前,对舜进行了多方面的考察。像是现在干部升官之前的任用考察,职位太多,干部太多,官亦太多,考察越来越像是走过场。尧舜时代的考察却是极认真严格的。尧先使两女妻之,舜使之和睦,"尧善之,乃使舜慎和五典,五典能从。"于是,让管理百官,还是管理得好,天下当然是非此人莫属的了。舜看来是位关系学的高手,从一团乱麻里一眼能看到问题的症结处,于是进入了一段太平盛世。

爷爷取典于此,从家到天下,爷爷倒着望去,从天下到家,越是小生意,越要"慎和"着经营。于是克己宽人,与家里的工人,四舍的邻里相处得温暖如春。

爷爷每天端端正正地坐在铺子里,喝茶卖货。奶奶特地托人从外地带来的茉莉花茶,扑面而来的清香中,星星点点的茉莉在杯中悄悄开了。店里闲时,爷爷常常取出砚台,一方青绿的陶砚,水波荡漾开来,边上带着一块未雕琢的黄标,像是一池绿水忽然就碰到了岸,就静了下来。块墨点水磨上几圈,铺开毛边纸练字,写赵孟𫖯体,并不甚大,爷爷坚持要常练小字,这样大字才可以写得骨肉匀称。"慎和号"的招牌,就是爷爷所书。挥洒自如的行书,被规规矩矩圈住手脚,还是放下笔接着做生意吧。

这座城里的人都来"慎和号"买醋,那时普通人家过节才能吃上醋啊。

奶奶做的醋黄澄澄清亮亮的,酸里透着股子甜香,而且经放,不容易起白花。

天天吃糌粑喝奶茶的牧民们尤其喜欢醋。常有穿着大皮袄的牧民,到门口拴上马,提着松木的小桶进"慎和号"打醋。伸出手要先尝尝,爷爷就舀一勺倒在他手心里,"滋"的一声,抿上一口,吸着气,使劲拌拌嘴,伸出大拇指说,"扰几扰几",就是好的意思。

小桶灌满,结结实实地盖上盖子,一手提着木桶,一手扯开缰绳,翻身上马离去。

这么一桶醋,他们会当奢侈品,吃上一年半载的。喝一点开胃,接下来该吃糌粑还吃糌粑。

奶奶做醋用麸子，在阳光下暴晒。高原的阳光带着钢一般的穿透力，锋芒毕露地直射下来，让人不能仰视。奶奶的醋做得好，大概也是这阳光的功劳吧。醋麸子在太阳下冒着酸酸的热气，要定时翻动。这一大片篮球场子，现在归奶奶的麸子所有。出入的人，都小心绕行。

晒好的麸子终于装进缸里。

终于要淋醋了。发酵好的醋麸子放在大铁锅里烧开，重又装进缸里放在高处。缸底有塞子，拔开，底下用另一口缸接着，醋就"滴哒滴哒"的淋了出来。

醋要淋三遍，第一遍酸，第三遍淡，把三遍兑到一块卖，醋味就齐全厚实了。吃醋前先滴一滴尝尝，有谁能尝出这经年累月里的三层味道？最近有个讲到醋的电视剧，叫做《沉香》，这名字起得好，"慎和号"里就弥漫着醋沉年的香气。

淋过三遍后的醋糟，晒干后被人拉去喂猪。闻起来仍然带着些许酸味，猪是最安分守己的被饲养动物，给什么吃什么，并不介意，据说吃了精神，不得病。

除了酱醋油盐，"慎和号"还卖各样酱菜。

奶奶头发高高挽起，卷高雪白的袖子在院子里坐定，面前支一张大案板，案板上放着又大又长的萝卜，切好的萝卜条用洗衣盆装。那萝卜是奶奶一个一个挑来的。说来奇怪，那萝卜立起来能有我高，却并未糠，很有分量，我总抱不动。

切好的萝卜条铺开来在太阳下晒，晒得不干不硬柔几几的腌上才能又脆又爽口。

奶奶用层层叠叠摞得高高的笼屉蒸黄豆，蒸好后也晒，晒完了捂在坛子里，长了毛接着晒，再捂再晒，变得一粒粒乌黑，这是豆豉。豆豉用肉丁葱花炒了，就饭吃，香极了。只是太咸，不小心就吃多了，一个个捧了大缸子使劲喝水。

奶奶还做糖蒜、咸雪里蕻、酸白菜、咸韭菜……

秋天,家里家外,铺子里铺子外,一字排开半人高的大缸。奶奶一个人忙不过来,姊妹们全部切菜的切菜,剥蒜的剥蒜。

我二姑手脚麻利,雪里蕻撒盐,揉好盘住放缸里,一会儿就放好了半缸。她偷工减料也最厉害,奶奶一不盯着,她就溜之大吉了。

她最喜欢上前面铺子里帮忙,拿货算账,又快又好。只是,卖了的钱,常常顺便就进了她的小口袋里。

我二姑的聪明并不往正地方用,于是留了一级又一级,最后,跟小她近十岁的我小叔一起毕了业。

多年后,她向我忆苦思甜,说,当年啊,我忙着帮奶奶做腌菜养家,这才耽误了学习。

我叔叔智商极高,只是小时候得过小儿麻痹,高烧不退,好不容易捡回条命来,好了以后,走起路来一条腿似乎短了一丁点。于是,他得到奶奶的百般关照万般呵护,从小到大,他亲自动手的地方越来越少。

他倒很争气,时常挣了奖状回来。只是抱着镶了玻璃镜框的奖状,走着走着,跌一跤,碎了,玻璃碴子胡乱立着,没处下手抓,于是,只好丢掉两手空空的回来。

或者,放学了等很久也不见回家。原来,边走边看书,走着走着,走迷了路,转了很久才找回家来。

又或者,偶尔去挑了担子担水,颠来倒去走不稳当,回来一看,只剩半桶水了,另外半桶,湿淋淋地洒在他的裤子上。

这样的故事多了,家里人早就习以为常,不出点什么事反而觉得奇怪。

中午,奶奶烙好饼来替换爷爷吃饭。爷爷喜欢吃各种各样的烙饼,葱油的,红糖的,发面的,烫面的,洋芋格格,韭菜合子,一律被奶奶烙得金黄酥脆。父亲烙饼的手艺得自奶奶真传。他常系了围裙,大火宽油,然后改小火,烙好一面,将锅举起一颠,饼飞起来转个面落下,接着烙。

爷爷吃小灶,孩子们包括奶奶,只有杂粮馍、马蹄子,或是蒸了切得方方正正的发糕。

吃完饼,再小寐一会儿,爷爷就又来铺子里了。爷爷每天的作息极其规律。规律到可以按分秒推算。

大生意都是些老主顾,馆子食堂之类的,派个人来说一下,一要几十斤,奶奶雇了姓顾和姓孙的两位年轻人,专门送货上门。

家里人多,住得挤。晚上,"慎和号"里搭上床,也要住人。母亲说,她第一次来奶奶家,就住在铺子里。

铺子地基比外面低一些,又在路北面,显得阴暗,加上满铺子的酸气腌菜气,让人觉得像是住在一个大腌菜坛子里。夜黑黑的笼罩下来,四面密封了一般,让人喘不上气来。却专门有一个大房间,依次摆满一地半人高的缸,醋缸酱缸腌菜缸。一眼望去,颇为开阔和富足。

那时候天总是格外蓝,云格外白,太阳也像是离人格外近,热辣辣的,门口的大院子也是格外的有用,总也没闲过。满房子醋缸酱缸搬出来顶着白铁皮帽子静静地晒着,耀眼的光芒闪烁在我的记忆里。

对面是那依乡政府。常见穿着皮袄的干部出出进进。院子里停的车比别处多,晚上划拳喝酒的声音比别处响。

如今"慎和号"酱菜园的位置矗立着一座清真寺,高举着星星月亮,照亮天空的一角。当年的大院子早已经淹没在楼群里了。

生意好了,奶奶找了两个人合股,买了正街的一个铺面,"慎和号"搬去了那里。新做了黑亮的匾额,"慎和号"三个字金灿灿的耀眼,很神气地挂在头顶。店里也亮堂堂的,柜台货架坛坛罐罐一点显不出拥挤,错落着摆在合适的位置。还是爷爷看着店,每年年关请股东来,分一次红。再包个红包送给送货的伙计。皆大欢喜。

从街心花园开始往北的正街上,依次是乳品厂、"慎和号"酱菜园、菜铺子、凤岐照像馆和民贸大楼。然后拐弯,才是医院。

冬天,除了窖藏的萝卜洋芋,没什么菜。人们常常不进菜铺子,直接就进了酱菜园。

后来公私合营,"慎和号"就成了公家的。奶奶买铺子时的那个股东,加上店里雇的两个送醋酱的年轻人,连同爷爷一起,不管是劳方还是资方,都是公家店里的人,成了同事。

"慎和号"的匾额取了下来,那里空荡荡着,酱、醋和腌菜职工们轮换着做,关键的时候,会把奶奶请去。

慢慢地,加上了杂货。店里成天是爷爷和另外三个人一起守着。再慢慢地,人们把这个杂货铺子叫做"四人帮"的铺子。因为,总是四个人。

慢慢地,那三个人合起来卖了货不记账,偷着分掉。爷爷不知是真看不见还是假装看不见,爷爷越来越沉默寡言。他饭从家里带,连水也从家里提。依旧是茉莉花茶,淡淡的香味弥漫。笔墨却再没有动过了。那方砚台和家里的细软被奶奶埋了起来,后来,就真的不知了去向。

爷爷日复一日守着火炉子,消磨完一整天的时光。然后,在满街风尘里握着杯子慢慢走回家去。

"慎和号"没有了,爷爷变成了另外一个人。

爷爷沉默寡言的日子并没有过很久,他被铺子里另外三个人揭发贪污,外加历史不清而被捕。

这时候,我二姑已经结束了她的求学生涯,干脆利落地去了乳品厂当工人。她无疑是个好工人。

乳品厂旁边,是座水泥桥。

桥底的水时大时小,有时候我甚至以为河水也会随着心情好坏时大时小。有一年初冬,桥下丢了个婴孩,天明时晨练的人们发现时,已经冻得硬邦邦的。河水还没有来得及结冰,"哗啦啦"的水声格外愤怒响亮。后来,天一黑,经过这里,桥下黑漆漆的,河呜呜咽咽地流,总让人有种凄凉可怕的感觉。

经过八个月的调查了解,爷爷最终无罪释放。

爷爷待在家里,再也不用去铺子里上班了。爷爷空前的依赖奶奶,什么事都要找奶奶拿主意。那八个月,像是抽去了爷爷的脊梁骨一般,原本高大的爷爷矮了一大截。爷爷的思绪变得飘忽跳跃,你问的他回答的,再也对不上茬口。

有天凌晨爷爷说他不舒服,奶奶赶去敲开邻居家的门借来辆架子车,放床被子铺盖好,我叔叔出人意料地身手敏捷,拉上就跑,跑到医院,回头一看,是空车。

再回头去找,早在桥头那里,爷爷就被从车上颠了下来。第一缕晨光撕开最黑暗的凌晨,刚刚在天边露出个亮边,躺在桥头的爷爷不知道看到了吗?桥下,河水使劲地流,像是要声嘶力竭地喊住谁,"快——停——快——停——"可惜,方向不对。

我叔叔和缠过小脚的奶奶赶到桥头。我爷爷已经孤独的永远离开了我们。这个世上,有谁,不是孤独地来去?

(原载《青岛文学》2011年第9期)

点滴入心头
——怀念父亲绿原

若 琴

父亲和昙花

父亲离去有两年了,记得他走前的三天,家里的昙花连续开放,像是一朵一朵赶来送别。端庄的、洁白的、芳香的花朵在暗夜里缓缓地绽开它们的生命形态,一点一点地展示出生命的美丽,悄悄地而不事张扬。随着时间推移,怒放的昙花又毫不犹豫地走向生命的完成。天明时,发现花朵已经收拢,并垂了下来。

父亲生前喜欢昙花,2004年在一篇题名《我家的空中花园》的散文(收《寻芳草集》)中,他写道:

> 最令人赏心的却是培植多年的昙花,它们是由后孙公园邻居赵大爷当年送的一株幼芽长壮了,分株分出的三盆。老伴多年来对它们细心护理:冬天怕它们冻着,特地封了阳台;春夏又经常给它们浇淘米水,上马掌水。这种据说从墨西哥引入的稀罕植物,虽然其貌不扬,开出的花却洁白硕大,丝状花蕊别有风味。浓郁而又似乎淡雅的芬芳,更像是为老伴、也为我们大家作出的回报。今年夏天,它已几度开

放,第一拨花孕育了六枚花蕾,似乎约好了在同一个晚上一齐开放。只可惜昙花羞明,往往到天黑后才姗姗张开花瓣,盛开则要等到三更半夜;同时开放时间也嫌太短,顾影自怜几小时便收拢了它的花瓣,让人为之不胜惆怅。

此前,父亲为昙花写过两首诗。

第一首《忆昙花一现前后》,写于上世纪90年代,以虔诚的观赏者与昙花对话的形式,歌咏了不可重复的瞬间美,在感叹生命之短暂的同时,父亲坚信美的永恒。

第二首诗题名《哦,你?》父亲前后写了八年,三易其稿,这是一首他自己比较喜欢的诗,约有百句。父亲以真挚的深情细腻地刻画了昙花的超凡脱俗,用"赞美诗""咏叹调""安魂曲"来比喻昙花的绝美,通过美的生发到完成,他体味着生命的真谛:"没有昨天,没有昨天的/回忆及其悔恨,也/没有明天,没有明天的/希望及其迟疑;只剩下/现在,只剩下现在这/千古一刹那的/努力和执著",他心里明白,只有"现在"是最重要的。在他看来,昙花短暂而辉煌的生命留给人这样的启示:"不贪光/不怕黑/不慕恋镜花水月/敢以自己/唯一真实的开放与凋谢睥睨/周围不可一世的虚无"。

父亲关于昙花的两首诗,揉进了他对生命、对人生的感悟,也揉进了他对真善美的追求。昙花们领情,故来相送。

一本手抄书

这本手抄书是份儿童读物,实际上只是个练习簿,它是父亲1962年从秦城监狱里带回来的。因牵涉"胡风案件",他1955年离开了家,前五年单身监禁,后两年在秦城监狱。手抄书的编辑时间大约在1957、1958年,全部"出版"工序——选题、设计、抄写都是他一人完成的。

书的封面是橘黄色,右上角贴着一个八瓣花的剪纸。剪纸的用纸很粗糙,不知道是不是手纸一类的材料。那朵八瓣花也不是剪出来的,而是用手撕出来的,因为被囚禁的人是不准有剪刀的。在封面上方约四分之一的高度写有三个钢笔字:九姊妹。

翻开书的第一页,第一行有五个字:"'九姊妹'目录",字下面画有波纹线。第一行之下分出两个竖栏,共有三十六个小题目。第一个题目是《九姊妹吃一粒米》,手抄书的书名应该来自这里。

翻开第二页,就是第一篇文章:

九姊妹吃一粒米(姥姥讲的故事)

有一家人家,有九姊妹,都很聪明伶俐。一天,她们得到了一粒白米。

大姐想,我若是说让给妹妹们吃,她们一定不会依我的。便把这粒米拿舌头舔了一舔,原封原样递给二姐说:"可好吃哩!妹妹,你尝尝吧!"

二姐也很疼爱比她更小的妹妹,接过这粒米舔了一舔,递给三姐说:"甜哩!妹妹,快点吃点吧!"三姐舔了一舔说:"可不是!还香哩!"又递给四姐了。

这样一个轮一个,一个让一个,大家都只舔了一舔,却说出八九样不同的好味道来。最后传给九妹了。

九妹年纪小,可不懂事呀!况且这粒小小的白米,在八个姐姐舌尖上溜了那么一转,差不多都要碎了,她便一口把它咽下喉咙里去了。咽完之后,她还告诉姐姐们说:"姐姐呀!我都饱咧!"

亲爱的小朋友们,我小时常常听姥姥讲这个故事。很久以后,只要我跟哥哥或弟弟在一起的时候,差不多都要想到它哩!

故事下方注明抄自1957年4月14日的《北京日报》。看着父亲一笔一画抄出来的这个故事,我心里说不出是种什么滋味:在一个单人囚室,一个被囚禁的父亲,日夜思念着家中的幼儿幼女,担心着他们的健康,记挂着他们的成长,希望他们从小学习谦让,学会爱人,懂得律己……可是咫尺天涯,爱莫能助,只能将拳拳父爱倾注于笔端,可怜父亲这片心啊!

这个手抄本父亲出狱后送给了我,"文革"动乱期间它被保留了下来,60年代末我去祖国西南地区接受"再教育"时将它带走了,十几年后它又随我回到了北京。虽然它确实是一本书,平时我却不去翻动它,因为这不是一本普通的手抄书,它记录的是一段亲人不忍回忆的特殊年月的历史。

未做完的练习

父亲的书桌上留有他一个练习本。黄色的封皮上写有五个字:"德译汉练习",字是他自己写的,字下面还有两条横线,是用尺子画的,因为线很直。本子很新,记得是他进医院之前不太久,我从小区外的超市为他买回的。

翻开本子,看见前两页已经写上了密密麻麻的小字,不知道是他什么时候写的。字写得非常工整,略微向右倾斜。父亲写字一贯是一笔一画的,平日如果收到龙飞凤舞难以辨认的书信,他就会摇头。

小字的第一页第一行也有五个字:"神秘的非洲",下面画了一条线。同一页另有两个下一级标题:《鼓——原始森林的"无线电广播"》《乌姆比拉——河马的孩子》。

这是两篇小文的题目。其中,第一篇比较完整,而第二篇未能结束。我读起第一篇:

鼓——原始森林的"无线电广播"

咚——咚——咚咚咚！击鼓声响遍荒野而美丽的土地。击鼓声怎样经常地帮助过我们！奇怪的是,这个"原始森林的无线电广播"怎样发生作用！使用鼓对于黑人也不总是简单的。必须很懂音乐,才能懂得并传递经常勉强听得到的声波。

一般说,青年人是从一位老人熟悉鼓语,但他们并不都懂。

敲得越快,信息听得越清楚。鼓手用双手劳动。

在不同的地方击鼓是不同的。例如在安哥拉就不同于在喀麦隆。它们使用起来也不同:这里站着,那里坐着。俾格米矮人用一个挖空并带裂缝的树干当鼓。

每个孩子一出生除了他的名字,还有一个"鼓名"。如有什么消息要传递,先就重敲三声,以便引起住户的注意,然后接着重复三次被呼唤者的鼓名,然后,用高音,(传递)消息,最后是鼓手的鼓名。

地方上发生的一切,都通过鼓信号公布。一个部落向另一个通报所有消息。如果一个白人被等待到来,鼓手不仅要报告他的外貌,还要报告他的性格。我曾经非常经常地体验过这一点。即使在我所去的最小的原始村庄里,我已被等待过。如一个黑人在林子里迷了路,他用不着没头没脑。一发现他失踪,人们就会用鼓信号来救他。

对于一个欧洲人,很难发现鼓语的秘密。我长年努力学会鼓信号,原始森林的住户教授我这个,但一切无效,虽然我相当精通他们的语言。最重要的事情,他们不会告诉我,因为他们的法律禁止,用鼓语向外国人透露什么。

读着这篇翻译小文,我琢磨着父亲进医院之前的思绪——

去了遥远的非洲,进入原始森林,他关注着人,关注着人与人之间的沟通,以及沟通的方式……

我把原在练习本上面的一本书也抽了出来,发现它正是父亲据此翻译的德文原版书。书不厚,只有八十四页。封面上有一只长颈鹿站在丛林中正向读者凝望。书的扉页上写有几个钢笔字:"绿原 1962,7,29",这应该是买书的时间——已经是近五十年前了,那是他离开秦城监狱重返社会不久。历经半个世纪,这本小书基本上保存完好,封面没有卷边,开裂的书脊贴着六条透明胶带,是他自己粘贴的。书里有他画的一些红线,以及写的若干外语单词。

父亲从小学习的是英语,德语是他从1956年开始自学的。1955年5月发生了所谓"胡风反革命集团案件",他就与社会隔离了,一年后审讯结束,但一直看不见结案的希望,为了防止精神失常,他选择了学德语这桩费脑筋的事情来做。没想到德语竟陪伴他度过长达半个多世纪的时光,他曾用它翻译了不少德语名篇名著,到了高龄,也不想与这位老朋友告别,仍在做练习,仍在温故而知新,哪怕疾病已经降临。

(原载《黄河文学》2011年第9期)

断裂的爱(外一篇)

余秋雨

一

自从那场大火之后,我不知道你还活着。

燃烧是一种让人睁不开眼睛的吞噬。火焰以一种灼热而飘忽的狞笑,快速地推进着毁灭。那一刻,我这一边已经准备霎时化为灰烬,哪知有一双手伸了进来,把伤残的我救出。我正觉得万般侥幸,却怎么也没有想到,同时被救出的,还有自己的另一半。

我们已经失去弥合的接缝,因此也就失去了对于对方的奢望。有时只在收藏者密不透风的樟木箱里,记忆着那一半曾经相连的河山。

整整五百年,都是这样。

这是一个生离死别的悲剧,而悲剧的起因,却是过度的爱。

那位老人对我们的爱,已经与他的生命等量齐观。因此,在他生命结束时,也要我们陪伴。那盆越燃越旺的火,映照着他越来越冷的身体。他想用烈火,把我们与他熔成一体。结果,与历史上无数次证明的那样,因爱而毁灭,而断裂。

——以上这些话,是烧成两半的《富春山居图》的默语,却被我听到了。我先在浙江省博物馆的库房里悄悄地听,后在台北故宫博物院库房里悄悄地听。一样的语调,却已经染了不同的口音。

我既然分头听到了,那就产生一种冲动,要在有生之年通过百般努力,让分的两半,找一个什么地方聚一聚。彼此看上一眼也好,然后再各自过安静的日子。

二

那次焚画救画的事件,发生在江苏宜兴的一所吴姓大宅里,时间是1650年。那地方与画有特殊缘分,现代大画家徐悲鸿、吴冠中都是从那里走出来的。

《富春山居图》在遭遇这场大难和大幸之前,已经很有经历。

明代成化年间,画家沈周曾经收藏,后遗失,流入市场,被一位樊姓收藏家购得。1570年到了无锡谈恩重手里,1596年被书画家董其昌收藏。转来转去二三百年间,大体集中在江苏南部地区,离这幅画作者的出生地和创作地不远。但是,在被焚被救之后,流转空间猛然扩大,两半幅画就开始绕大圈子了。两半幅画,一长一短,后长前短。长的后半段,在清代康熙年间曾被尚书王鸿绪收藏,到了乾隆年间一度曾落入朝鲜人安仪周之手,后来在乾隆十一年,也就是1746年,被一位姓傅的先生送入清宫。但是在这之前,已经有一幅同名的画作进宫了,乾隆皇帝还在上面题过词,因此就认定后来的这幅是赝品。

这又是一场由爱而起的断裂。因爱而模仿,因爱而搜求,因爱而误判,因爱而误题,结果,断裂于真伪之间。直到嘉庆年间,鉴定家胡敬等人才核定真伪。因此,乾隆皇帝至死都不明白自己上当了,让赝品堂而皇之地被悉心供奉着,让真迹在另一个拥挤的库房里暗自冷笑。幸好,他那天没有像现在有些文物鉴定节目一样干脆利落:"去伪存真,把后面送进来的那件赝品灭了!"

从此,这幅重重断裂的画又进入了历史的断裂处。清王朝灭亡后随末代皇帝流出宫外,又在第二次世界大战的炮火中随着携带者的怪异生涯而怪异漂泊。最后,又在一场内战中落脚于台湾。

至于那前面小半段的经历,也很凄楚。一度曾被埋没在一堆老画的册页中,后被慧眼识别,却又被移藏得不见天日,有幸终于落到了画家吴湖帆手中。浙江省博物馆得以收藏,是时任馆长的书法家沙孟海在20世纪50年代诚意请吴湖帆转让的。

我认识吴湖帆晚年的弟子李先生,他在生前曾向我讲述了一段往事。那天,吴湖帆正在上海南京路的南京理发店理发,有一位古董商人寻迹而来,神秘兮兮地向他展示一件东西。才展开几寸,吴湖帆立即从理发椅上跳起身来,拉着古董商赶往他在嵩山路的家取钱。这位画家没见过《富春山居图》,但一眼扫及片断笔墨,就知道这就是那另一半。尽管,这个拉着古董商人急匆匆奔走的男人,理发也只理了一半。但他,哪里等得及理完?

看到了没有,从明清两代直到现代,凡是与《富春山居图》有关的人,都有点疯疯癫癫。

正是这种疯疯癫癫,使作品濒临毁灭,又使作品得以延续。中国文化的最精致部分,就是这样延续的。那是几处命悬一线的暗道,那是一些人迹罕至的险路,那是一番不计输赢的押注,那是一副不可理喻的热肠,那是一派心在天国的醉态,那是一种嗜美如命的痴狂。

三

并不是一切优秀作品都能引发数百年的痴狂。《富春山居图》为什么有这般魔力？

这件事说来话长，牵涉到顶级艺术作品中所包含的神秘力量。

大家似乎有一种共识，认为艺术杰作的出现必须有一些良好的客观条件，例如，经济的保障、官方的支持、社团的组建、典仪的热闹、社会的重视、民众的关注。正是这些条件，组成了"文化盛世"的自诩。根据这样的自诩，宋代设立了宫廷画院，称为"翰林图画院"，由宋徽宗赵佶亲自建制并不断完善。不少民间画家被遴选为御用画师，从社会地位到创作生态，都受到充分宠信和照料。宫廷画院里也出现过一些不错的作品，但是很奇怪，没有一件能够像《富春山居图》那样引起人们的痴狂。

当宋朝灭亡之后，宫廷画院当然也不复存在。南方的汉族画家被贬斥到了社会最底层，比之于前朝的御用画师，简直一个在天上，一个在地下。但是，正是在远离官方、远离财富、远离地位、远离人群、远离关注的困境下，《富春山居图》出现了。

当它一出现，人们就立即明白，宋朝宫廷画院所提供的一切优渥条件，大半是艺术创作的障碍。

其实，这个教训岂止于宋代。上上下下在呼唤的，包括艺术家们自己在呼唤的，往往是创作的反面力量。

诚然，宫廷画院的作品是典雅的，富贵的，严整的，豪华的，细腻的，什么都是了，只缺少"一点点"别的什么。别的什么呢？那就是，缺少独立的自我，因此也就缺少了生命的私语，生态的纯净，精神的舒展，笔墨的洒脱。《富春山居图》正是有了这"一点点"，便产生了魔力。

说到这里，我们终于可以引出这幅画的作者黄公望了。由于他是彻底个人化的艺术家，因此他的生存特征，就比任何一个宫廷画家重要。他无帮无派，难于归类，因此也比他身后的"吴门画派""扬州八怪"们重要。

四

说得难听一点,他是一个籍贯不清,姓氏不明,职场平庸,又入狱多年的人。出狱之后,也没有找到像样的职业,卖卜为生,过着草野平民的日子。那时他的年纪已经很大,据说还没有正式开始以画家的身份画画。中国传统文化界对于一个艺术家的习惯描述,例如"家学渊源""少年得志""风华惊世""仕途受嫉""时来运转"之类,与他基本无关。因此,他让大家深感陌生。

然而,在这个"陌生人"身上,从小就开始积贮一种貌似"脱轨"的"另轨"履历。例如,他不是传说中的富阳人或松江人,而是江苏常熟人。也不姓黄,而姓陆。年幼失去父母,被族人过继给浙江温州一位黄姓老人做养子。老人自叹一句"黄公望子久矣",于是孩子也就有了"黄公望"之名,又有了"子久"之字。这么一个错乱而又随意的开头,似乎是在提醒人们,不能用寻常眼光来看这个人。

他什么时候开始学画的?一般的说法是"晚年学画",又把"晚年"定在五十岁左右。其实,从零星的资料看,他童年时看到过赵孟頫挥笔,自称是"雪松斋中小学生"。可见他把高层级的耳目启蒙,哪怕只是趴在几案边的稚嫩好奇,都当作自己艺术学历的第一课。他在青年、中年时有没有画过?回答是肯定的,而且画得不错。按照画家恽南田的说法,他的笔下"法兼众美",也就是涉猎了画坛上各种不同的风格。可惜,他的这些画稿我们没能看到。

那时,他一直担任着官衙里的笔墨助理,称作"书吏""掾吏",或别的什么"吏"。那是一种无聊而又黯淡的谋生职业,即使有业余爱好也引不起太大注意。入狱,是受到他顶头上司张

425

间的案件牵连,那就在无聊、黯淡中增添了凶险。

在漫长的牢狱生活中他曾写诗给外面的朋友,那些诗没有留下来,但我们却发现了其中一个朋友回赠他的一首诗,其中两句是:"世故无涯方扰扰,人生如梦竟昏昏。"(杨载:《次韵黄子久狱中见赠》)从中可以推测他的原诗,他的心情。

但是,他没有在"扰扰""昏昏"中沉没,出狱后他皈依了道教中的全真教,信奉的教义是"忍耻含垢,苦己利人"。

到这个时候,他的谋生空间已经很小,而精神空间却反而很大。这就具备了成就一个大艺术家的可能。相反,一个人如果谋生空间很大,而精神空间很小,那就与大艺术远离了。

五

有人曾经这样描述黄公望:

> 身有百世之忧,家无儋石之储。盖其侠似燕赵剑客,其达似晋宋酒徒。至于风雨寒门,呻吟槃礴,欲援笔而著书,又将为齐鲁之学士,此岂寻常画史也哉。(戴表元:黄公望像赞)

忧思、侠气、博学、贫困、好酒。在当时能看到他的人们眼中,这个贫困的酒徒似乎还有点精神病。

在一些片段记载中,我们能够约略知道黄公望当时在乡人口中的形象。例如,有人说他喜欢整天坐在荒山乱石的树竹丛中,那意态,像是刚来或即走,但他明明安坐着,真不知道他要干什么。有时,他又会到海边看狂浪,即使风雨大作、浑身湿透,也毫不在乎。

我想,只有真正懂艺术的人才知道他要什么。很可惜,他身边缺少这样的人。即使与他走得比较近的那几个,回忆起来也大多说酒,而且酒、酒、酒,说个没完。

晚年他回到老家常熟住,被乡亲们记住了他奇怪的生活方式。例如,他每天要打一瓦瓶酒,仰卧在湖边石梁上,看着对面的青山一口口喝。喝完,就把瓦瓶丢在一边。时间一长,日积月累,堆起高高一坨。

更有趣的情景是,每当月夜,他会乘一只小船从西城门出发,顺着山麓到湖边。他的小船后面,系着一根绳子,绳子上挂着一个酒瓶,拖在水里跟着船走。走了一大圈,到了"齐女墓"附近,他想喝酒了,便牵绳取瓶。没想到绳子已断,酒瓶已失,他就拍手大笑。周围的乡亲不知这月夜山麓何来这么响亮的笑声,都以为是神仙的降临。

为什么要把酒瓶拖在船后面的水里?是为了冷却,还是为了在运动状态中提升酒的口味,就像西方调酒师甩弄酒瓶那样?这似乎是他私属的秘方:把酒喝到口里之前,先在水里转悠一下,亲近一下。没想到那天晚上,水收纳了酒,因此他就大笑了。

夜、月、船、水、酒、笑,一切都发生在"齐女墓"附近。这又是一宗什么样的坟茔?齐女是谁?现在还有遗迹吗?

黄公望就这样在酒中、笑中、画中、山水中,活了很久。他是八十五岁去世的,据记述,在去世前他看上去还很年轻。对于他的死,有一种很神奇的传说。李日华《紫桃轩杂缀》有记:

> 一日于武林虎跑,方同数客立石上,忽四山云雾,拥溢郁勃,片时竟不见子久,以为仙去。

难道他就是这样结束生命的?但我想也有可能,老人想与客人开一个玩笑,借着浓雾离开了。或者,刚刚与他一起立在石上的几个客人中,有一个人的言行让他厌烦了,他趁人不注意转身而去。他到底是怎么离世的,大家其实并不知道。他故意躲闪到了人们的注意之外,直到最后从人生彻底躲闪开的那一刻。

六

黄公望不必让大家知道他是怎么离世的,因为他已经把自己转换成了一种强大的生命形式——《富春山居图》。

其实,当我们了解了他的大致生平,也就更能读懂那幅画。

人间的一切都洗净了,只剩下了自然山水。对于自然山水的险峻、奇峭、繁叠也都洗净了,只剩下平顺、寻常、简洁。但是,对于这么干净的自然山水,他也不尚写实,而是开掘笔墨本身的独立功能,也就是收纳和消解了各种模拟物象的具体手法如皴、擦、点、染,然后让笔墨自足自为,无所不能。

这是一个沉浸于自然山水间的画家,在自然山水中求得的精神解放。这种被解放的自然山水,就是当时文人遗世而立的精神痕迹。因此,正是在黄公望手上,山水画成了文人画的代表,并引领了文人画。结果,又引领了整个画坛。

没有任何要成为里程碑的企图和架势,却真正地成了里程碑。

不是出现在自诩或公认的"文化盛世",而是元代。短暂的元代,铁蹄声声的元代,脱离了中国主流文化规范的元代。这正像中国传统戏剧的最高峰元杂剧,也出现在那个时代;被视为古代工艺文物珍宝而到今天还在被周杰伦他们咏唱的青花瓷,还是出现在那个时代。

相比之下,"文化盛世"往往反倒缺少文化里程碑,这是"文化盛世"的悲哀。

里程碑自己也有悲哀。那就是在它之后的"里程",很可能是一种倒退。例如,以黄公望为代表的"元人意气",延续最好的莫过于明代的"吴门画派",但仔细一看,虽然都回荡着书卷气,书卷气背后的气质却变了。简单说来,元人重"骨气",而吴门重"才气",毕竟低了好几个等级。

又如,清代"四僧"画家对于黄公望和吴门画派的传统也有很好的熔铸,在绘画史上达到了很高的水准。他们很懂得黄公望,为什么以荒寒替代富贵,以天真替代严密,以水墨替代金碧,但在精神的独立、人格的自由上,他们离黄公望还有一段距离。例如"四僧"的杰出代表者八大山人朱耷,就多多少少误读了黄公望。他把黄公望看作了自己,以为在山水画中也寄托着遗世之怨、亡国之恨,因此他说《富春山居图》中的山水全是"宋朝山水"。显然,黄公望并没有这种政治意识。政治意识对艺术来说,是一种似高实低的东西。朱耷看低了黄公望,强加给了他一个"伪主题"。由此可知,即便在后代仰望自己的杰出画家中,黄公望也是孤立的。孤立地标志在历史上,那就是里程碑。

里程碑连接历史,但对前前后后又都是一种断裂。任何深刻的连接都隐藏着断裂,而且大多是爱的断裂,而不是恨的断裂。

七

黄公望被断裂,因此,《富春山居图》的断裂成了一个象征。想到他似灵似仙的行迹,免不了怀疑:那天被焚被救,是不是他自己在九天之上的幽默安排?

艺术世界的至高部位总是充满神秘。企图显释者,必得曲解。只有放弃刻板的世俗思维和学术思维,才能踏进艺术之门。

感谢黄公望,以他奇特的生平和作品,为我表述艺术和艺术史的一系列重大原理,提供了最佳例证。

由于我和一些朋友的多年推动,三天后,《富春山居图》的两半就要在台北合展了。这是那场大火后数百年来的首次重逢,稍稍一想就有一种悲喜交集的鼻酸。明天我会就此事向台湾的朋友做半天演讲,据说报名的听众已经爆满。现在夜深人静,闭眼都是那幅画的悠悠笔触。于是,起身扭亮旅舍的台灯,写下以上文字。

汤因比的选择

一

一个中国古代文人不管漂泊何处,晚年最大的向往就是回归故乡。这事到了近代那些具有世界历史视野的学者那里就不一样了,他们会以一生的学养把时间和空间浓缩,然后拄着拐杖站在书房的窗口看着远方。他们在想:如果生命能够重来一次,我最希望投生何处?

我很想知道几位大学者对这个问题的答案,排在第一的是英国历史学家汤因比(Arnold Joseph Toynbee)。因为正是他洋洋洒洒的著作,最早让我了解了世界各地的不同历史形态。

但是,他已经去世三十多年,似乎并没有留下这方面的答案。我,只能在他的著作中猜测。猜测了几处,都没有把握。

终于,我突然知道,他曾经在一次对话中,留下了答案。

他说,如果生命能够重来一次,他希望生活在中国古代的西域。因为,那是一个文化汇聚的福地。

他所说的西域,是指中国新疆塔里木河、叶尔羌河一带。

二

我每次去新疆,总会想起汤因比的选择。

西域,这是一个伟大的地名。汉武帝派张骞"通西域",是这位帝王,也是整个汉代对世界历史的杰出贡献。从此,人类各大文明在那里发生了最大规模的汇集、交流和融合。

本来,无论是印度文明、波斯文明、巴比伦文明、阿拉伯文明,还是再远一点的埃及文明、希腊文明、罗马文明等等,都自成规模、自享尊荣,很难放得下架子来与其他文明主动融合,除非用战争的方式来收纳别人。因此,各大文明都在万分警惕地防范着来自别处的铁骑战火。但是,商品流通的诱惑太大了,旅行者口中的描述太吸引人了,因此,彼此都悄悄地产生了一种不约而同的渴望:要找一个地方,展开各大文明之间的非战争交往。

这个地方需要具备两个条件:一、必须是一个地广人稀的所在,离各大文明的首府都比较遥远,使谁也感受不到威胁;二、所有的旅行团队最想靠近的那个文明,有一种让大家放心的文化宽容精神。

能够满足这两个条件的地方,在古代世界的地面上只有一个,那就是西域。于是,在天山、昆仑山和塔里木盆地之间的茫茫大漠,终于成了各大文明沟通的巨大平台。看似最缺少文化的地方,变成了最热闹的文化集市。旷野大风、霜雪千里,消除了每种文明身上原有的杀伐气、暴戾气;驼铃沙海、枯枝夕阳,增添了每个旅行者对人性、友情的饥渴。因此,一场场古代的世博会、交易会、嘉年华,不断地在西域开幕又闭幕,闭幕又开幕。

这么一想,觉得汤因比对那里的选择,实在很有道理。

我为了考察中华文明和其他文明的早期交往史,曾经历险走遍了西域以西的很大地域。张骞、甘英、法显、玄奘、马可·波罗和丝绸之路上的商人们走向西域或走出西域的漫漫长路,我几乎都走到了。汤因比只能把西域之行寄之于来生,我却在此生一次次抵达,一次次流连,想起来真有点奢侈。这些年来,国境之外的南亚、中亚之路越来越不平静,我没有找到再度历险的机会,因此只能一再重访新疆。每次去,都会领受汉代的风雪、唐代的脚印，不由得心胸疏朗、步履庄重。

古代由西域通向整个亚洲腹地，有北疆的草原之路和南疆的丝绸之路。丝绸之路又分南、北两路，然后在一个地方汇合，翻越帕米尔高原而去。两条丝绸之路的汇合处，是西域开发最早的城郭叫"疏勒"，也就是现在中国最西的城市喀什，又叫喀什噶尔。

这是历来所有的旅行家、探险家、行脚僧、商贸者都必须停步的地方。不管是出去还是进来，都已经承受过严酷的生死考验，而前面，可能是帕米尔，也可能是塔克拉玛干，考验更大。因此，要在这里收拾一下好不容易捡回来的一条命，然后重新豁命前行。

对很多人来说，这里是生命的最后一站；对另一些人来说，这又是豪迈壮行的新起点。不管是终点还是起点，都是英雄们泼酒祭奠之处。喀什的每一寸空气，都熔铸过男子汉低哑的喉音。

世界在这里渴望着被一次次走通，而高原在这里却显得寸步难行。一位高大的当地汉子在昆仑山脚下对我说："在这里，地远路险，从有些村子到乡里去，骑毛驴也要走七天。一个妻子最大的愿望是去一趟县城，丈夫不让，说这么漂亮的女人走那么久，怎么还回得来？几十年后丈夫去世，妻子也走不动了。"

但是，这些妻子和丈夫都看到了，总有一些人从他们村边走过。是去乡里吗？是去县城吗？难道，还有更远的地方？

最近，我和妻子应上海援疆团队领队陈靖先生之邀，又一次去了喀什。一路上饱满的感觉无与伦比，我只想重复多年前说过的一句话：如果你想研究的历史不是一般的历史而是"大历史"，如果你想从事的文学不是一般的文学而是"大文学"，那么，请务必多去西域，多去新疆，多去喀什。

三

两千多年前张骞通西域的时候,已经发现喀什有非常像样的商贸市场。后来,出任汉朝"西域都护"的班超,又曾把这里当作安定西域的大本营,他自己一住就是十几年。

班超在这里的时候,当地民众在精神文化上还停留于萨满巫术的原始自然宗教。但是,就在班超走后不久,一件重大的文化事件把这里裹卷进去了:印度的佛教开始向中国大规模传播,这里成了一条最主要的走廊。

对于佛教东传这件事,我一直认为是人类文化史上的一个特大事件。原因是,作为被传入一方的中国大地,自从诸子百家之后已经实现了超浓度的精神自足,似乎一切思维缝隙都已填满,怎么可能如此虔诚地接受万里关山之外一种全然陌生的文明呢?但是,由于印度文明和中华文明的双向高贵,又痛又痒的防范心理居然被一步步克服。首感痛痒的地方,应该就在喀什。首度克服的地方,应该也在喀什。

磨合了两百年,到了公元4世纪,这儿已经成了一个佛教繁盛之地,留下的古迹和事迹都很多。例如,那位在中国佛教史上贡献堪比玄奘的鸠摩罗什,就曾在十二岁时到这里学习小乘佛教长达两年,后来也在这里,遇到了精通大乘佛教的来自莎车的王子参军兄弟二人,开始转向大乘佛教,并终生传习。而莎车,现在也属喀什地区。尽管喀什的佛教主流一直是小乘,鸠摩罗什不得不离开,但这儿是他的精神转型地。

在鸠摩罗什之后不久,法显西行取经也经过这里,惊叹这里的法会隆重。后来玄奘取经回来时经卷落水破损,也曾在这里停留一段时间补抄。

在公元9世纪至13世纪的喀喇汗王朝时期,喀什表现了很高的文化创造能力,向世界贡献了第一部用纯粹回鹘文写成的长篇叙事诗《福乐智慧》和精心巨著《突厥语大词典》。这是两部极重要的维吾尔文化经典,跟着它们,还有不少优秀的著作产生。喀什,因创建经典而闪现出神圣的光彩。

其实,伊斯兰教在公元10世纪传入中国时,也以喀什为前沿。在这里落地生根几百年后,才向北疆传播。喀什地区的伊斯兰教文物不胜枚举,因为直到今天这儿的主要信仰还是这个宗教。千余年来天天被虔诚的仪式滋润着,即便是遗迹也成了生活,因此看上去都神采奕奕。

据到过这里的欧洲旅行家马可·波罗记述,基督教的一个教派聂斯托利派即中国所称"景教",在这里也不乏信奉者,而且礼拜完满,尽管这个教派早在公元5世纪已在罗马被取缔。对此,作为意大利人的马可·波罗就很敏感。同样,在古代波斯早被取缔的祆教(即拜火教),在这一带的民间也曾风行,致使《南唐书》说疏勒地区"俗奉祆神"。

总之,几千年来,喀什不仅是商品贸易的集散地,而且也是精神文化的集散地。集散范围很大,近至中亚、南亚,远至西亚、欧洲。如果说,西域是几大文明的交汇中心,那么,喀什则是中心的中心。

这个地位,自古以来一直具有,却只是默默地存在于各国商人心中。到了19世纪,世界在空间和时间上获得新的自觉,喀什的重要性再一次被广泛瞩目。当时很多全球顶级的学者都坚信,这一带必定留下了诸多文明的重大脚印,因此都不远千里纷纷赶来。正如日本探险家橘瑞超所说的那样:"这是中亚地区政治、商业的中心,自古以来就为世人所知,至今到中亚旅行的人,没有不介绍喀什的。"

翻阅那时的世界考古学著作就可以发现,喀什,在东方史研究中,已经成了一个怎么也避不开的常用名词。

到19世纪末20世纪初,中国内忧外患,水深火热,差一点被列强彻底瓜分了。但是,即使到了这个时候,一个以亚洲腹地为目标的考古学家如果没有来过喀什,还是会像一个毕业生的文凭上没有盖过校长的签名印章。

历史,很容易被遗忘却又很难被彻底遗忘。在那些迷乱的夜晚,正当一批批外来的酒徒在沙丘上狂欢喧嚣的时候,他们脚下,沙丘寂寞一叹,冷然露出某个历史大器的残角,似乎在提醒他们,这是什么地方。

四

1881年4月,俄国驻喀什领事馆开张,本来这很正常,但奇怪的是,领事馆里有六十名哥萨克骑兵。这些骑兵每天早晚两次列队穿越市区的大广场到城东河边操练,还向围观的人群表演刀术、马术、射击术。俄国驻喀什的领事很有学问,名叫彼得罗夫斯基,一个英国学者曾这样描述他:

> 彼得罗夫斯基是个能干、傲慢、狡猾而精于诱惑的家伙,任职的二十一年间对中国官员使尽了阴谋恐吓、威胁、利诱、收买、强迫之伎俩。他的目的便是将新疆最西部的绿洲从中国瓜分出去,使俄国得以控制通往印度后门的战略性山口。(珍妮特·米斯基《斯坦因:考古与探险》)

俄国要控制通往印度的后门,显然是在挑衅英国。当时,英国不仅在印度实行殖民统治,而且已经控制了昆仑山、兴都库什山、阿姆河以南的多数地区,怎么允许俄国来插手? 因此,后起的英国驻喀什总领事占地面积,是俄国领事馆的整整两倍,而且也比英国自己在乌鲁木齐的领事馆豪华很多。一位英国记者写道:

> 在大英帝国与沙皇俄国争夺中亚的五十多年大角逐中,喀什一直是大英帝国最前沿的一个阵地。在那场大

角逐中,大英帝国为了在亚洲取得政治和经济的主导权,与沙皇俄国进行过漫长而又扑朔迷离的争斗。在大英帝国驻喀什领事馆上飘扬的那面英国国旗,是印度到北极之间唯一的一面。(彼得·霍布科克《一个外交官夫人对喀什的回忆》)

就在那队哥萨克骑兵和那面英国国旗天天都在喀什对峙的时候,一些心在千年之前的学者也来到了这座城市。斯文·赫定来了,并从这里出发,发现了千年前的古城丹丹乌里克,又考查了塔里木河和罗布泊的迁徙遗址。斯坦因也来了,顺着斯文·赫定的成果进一步发现了"希腊化的佛教艺术"犍陀罗的遗存,又发现了楼兰遗址……这一系列文物,从不同方向展示了这片土地在古代无与伦比的重要性。

"在古代无与伦比的重要性",可分为两类。第一类是随着古代的结束而结束,第二类却可以延伸到现代。西域发现的文物,大多属于第二类。它们像古代智者留下的一排排巨大的数学公式,证明着几个大空间之间的必然联系以及把这种必然联系打通的实际可能。因此,就在这些西域考古大发现之后,历史学家威尔斯作出判断:"直到今天我才开始明白,塔里木河流域比约旦河流域和莱茵河流域更为重要。"

正是这种判断,使得喀什城里那队哥萨克骑兵和那面英国国旗更加抖擞起来。两国的领事,都会殷勤地接待那些考古学家,希望他们为帝国的现代野心提供更多的古代理由。但是,从种种纪录来看,那些考古学家对于两位领事除了感谢之外并不抱有太多的尊敬。他们毕竟深谙历史,比眼前披着外交套装的情报政客更知道轻重。第二天他们又来到了沙漠深处,只要见到一点点古代的痕迹就会急速地跪下双腿,用双手轻轻地扒挖,细细地拂拭。很久很久,还跪在那里。

如果仅仅从动作上看,考古学家,是在代表现代人跪身谢恩。

无言的大地,有多少地方值得我们跪身,又有多少地方需要我们谢恩。

想到这里,我决定给上海援疆团队作一次演讲。我在演讲中叙述了喀什在中华历史和中亚历史中的独特地位,然后说:"即便从学术的立场,我也要深深感谢大家为新疆所做的一切。但是,在整个过程中,我们不能老是想着上海在支援新疆。请记住,当西域和喀什让世界文明血脉畅通的年代,上海还是海边荒滩。也就是说,没有西域和喀什,就没有今天的中国,今天的亚洲,今天的世界。当然,更不会有今天的上海。"

由此联想到,五·一二汶川大地震后我到重灾区都江堰捐建三个学生图书馆,去的次数很多,有一次被上海援川领队薛潮先生发现了,邀请我给上千名上海志愿者做报告,我也说了类似的话。在那个挥汗如雨的大工棚里我说:"都江堰两千多年来灌溉的,远不止是川西平原。我曾写文章证明,我们每个人的生命都受到过它的滋养。现在,滋养百代的老祖宗突然受惊,我们赶过来侍奉梳洗,哪里说得上援助?"

中华文明有一个好处,就是永远保持着生生不息的循环记忆。在中国人的心中,哪一条古代的大路都不会成为彻底的荒路,哪一种古代的灿烂都不会熄灭得无影无踪。正是时间和空间的大幅度回馈、反刍和互济,使这个文明成为人类所有古文明中未曾中断和湮灭的唯一者。更何况,我们前面说了,西域和喀什的大地上留下的一排排巨大的数学公式,永恒地证明着通向不同空间的必然性和可能性。因此,今天在那里的种种努力,不完全是为了古代,更是为了未来。

时代已经开始证明,亚洲不会像前两个世纪那么喑哑。亚洲腹地的风景,也将重新向世人展开。

五

在中华文明的诸多"老祖宗"中,在形态和气度上最让人震撼的,是西域,包括喀什。

这个说法也许会使别的"老祖宗"侧目,那实在对不起了,但我实在不是随口赞誉。请想一想,天山、昆仑山和塔克拉玛干大沙漠,这几宗真正的天下巨构,只需窥得其中任何一角,就足以让世人凝神屏息。但在这里,却齐齐地排列在一起、交接在一起、呼应在一起,这会是什么景象?

一连串无可超越的绝境,一重重无与伦比的壮美,一系列无以复制的伟大,包围着你,征服着你,粉碎着你,又收纳着你。你失去了,好不容易重新找回,却是另一个你。

在天山、昆仑山面前,其他"老祖宗"所背靠的三山五岳,就有点像盆景了。在塔克拉玛干大沙漠面前,其他"老祖宗"所吟咏的大漠孤烟、长河落日,也有点太孩子气了。

到喀什,不能按照内地休闲的习惯,选择那些人群密集的旅游景点。应该选择的,是乔戈里峰,慕士塔格冰川和奥依塔克冰川,红其拉甫口岸,亚克艾日克烽火台以及散布处处的千年胡杨林和夕阳下的沙漠。我和妻子则非常着迷莎车的《十二木卡姆》,每次都听得情醉神驰。难怪躲在那么僻远的它,早已堂皇地列入世界非物质遗产名录。它让我联想到,在隋唐年间轰动长安的疏勒乐和龟兹乐。不错,在中国古代最伟大王朝的雄伟和声中,占据极高引领地位的,大多是西域乐舞。

由此想到,在喀什之外,新疆还有不少西域名胜值得一再拜访,例如龟兹(现在的库车)、于阗(现在的和田)、高昌、交河等地。有足够体力的,还可以狠狠心去一下楼兰、米兰、尼雅遗址。在叶尔羌河畔,一位本地官员已经摆好了毛笔和宣纸,要我题写几个字,准备刻在山壁上。我问他写哪几个字,他说——

天路零公里，
　　昆仑第一城。

我说:"你们这儿,随口一说就气势非凡。"

写完,我的目光越过灿如火阵的胡杨林,再越过层层叠叠的绕山云,远眺昆仑山上的天路。那条天路,通向西藏阿里地区。突然发现,在连绵的雪峰之上,竟然冒出缕缕白烟,飘向蓝天。难道,那里还有人间的生活?

"那么高的云层之上,怎么会有白烟?"我问。主人说,那不是白烟,而是高天风流吹起了山顶积雪。

原来如此。但转念一想,我刚刚的疑惑,历代旅行者也一定产生过。他们猜测着,判断着,时不时低头看路,又时不时抬起头来。没有人烟的地方何来人烟?他们多半找不到人询问,带着疑惑离开,然后又回头,看了又看。

那么,这神奇的"白烟",也就成了一面面逗引远方客人的白色旗幡。他们这些大勇者的千古之魂,一定搁置不下这稀世雪峰,一直在周围飘游,因而也会找到答案。

想到这里我笑了,心想汤因比先生向往西域的来世之魂,现在一定已经顺着这白色旗幡找到归宿,乐滋滋地安顿了下来。

(原载《美文》2011年第9期)

中年三题

远 方

五十岁的恐慌

五十岁,仿佛夕阳惨淡、暮色将临。看到了一脸皱纹、两鬓苍苍。细细回忆,年届三十时,曾以为自己正值盛年,大有可为。五十岁?那还是十分遥远的事情呢。谁知一转眼,五十岁就追到了眼前!一日回乡下老家,忽听一声"五爷"!童音清亮,不由悚然一惊,是呼我吗?回头一望,四哥的小孙子在向我摇手呢。我脸上含笑口未应,心里却在叫苦,都到了爷爷辈儿了,焉能不老?再与当农民的同龄人比一比,那颜黑皮松、发少牙稀的形象,就应是你的尊容。现实的一击使你颓然,更使你沮丧。

何以惆怅?似我等上世纪 50 年代出生的人,几多磨难,几多悲欢。我们生在新社会,长在红旗下,既有纯真热烈、蓬勃向上的岁月,又有屡遭劫难、不堪回首的往昔——三年自然灾害受饥馁之苦,"文革"风暴破大学之梦,计划生育只准生一个孩子(未尝不是一件好事),企业改制遭遇下岗,共和国的"不幸"似乎都让我们这代人赶上了。至于成为行政领导的,也因三年机构一改革,五年政府一换届,弄得在职的一上四十岁,就心神不定,惶恐不安;年龄"过杠"退二线的,就失魂落魄,手足无措。尤其是四十七八、五十来岁被"一刀切"下去,成了"无用"之人的,那心中的烦躁与失意更是无可言说。就这样,磕磕碰碰,跌跌撞撞,稀里哗啦,一个人的大半生就淌过去了,就走到了"迟暮"之年。

人在中年,尤其是到了五十岁左右,那恐慌就时不时地袭上心头。何则?

一为年龄恐慌。"不知明镜里,何处得秋霜。"那恼人的银丝一根根在增多,欲将头顶的黑发留长一些以遮掩,却被刺得两耳发痒,整个头颅不清爽;想染一染哄人眼,又恐引发皮肤癌之类的病魔而罢谈。于是乎,整日为白发频增而惴惴。切切之际,又将余光瞄两眼,那上眼睑何时成了双眼皮,何时又起了波浪似的小褶皱?而那下眼窝,又是何时挂上了小眼袋?再向整个颜面扫一扫,那张脸,是怎么由光洁而粗糙,由明朗而晦暗,由结实富有弹性而变得皱折一道道?唉,人大概就是这样,在不知不觉中慢慢老去了!尤其是左右一句"这个老同志"或"那个小老头儿",给你重重的一击啊,不由得你不把自己摆在"老"的位置上:表情需深沉点儿,走路学稳重点儿,在晚辈面前要和蔼慈祥点儿。这时,前后会又有人道:"瞧,人家多像个老同志!"闻之,虽心中屡屡不服,五味杂陈,但还是摁摁性子接受了这一称谓。不过,那心总是不甘,少年、青年的影子尚在昨天,怎么一转眼就老了呢?人还没干几日,怎么一会儿就干到头了呢?

再一个就是知识恐慌。有这样一个故事:一群大学生在毕业离校之际,围着他们的恩师请求嘱托几句,以为座右铭。他们的恩师环顾一下毕恭毕敬的学生后语重心长:"每年坚持读一本书吧!"嘀,这是什么赠言啊,一年不要说读一本,读十本二十本又有何难?大家对恩师的期望均不以为然。三十年后又相逢,恩师问:你们每年读了一本书吗?正在欢乐激动中的同学相顾讶然、窘然、愧然,不由得都低下了已是华发覆顶的头颅。而这群大学生,又何尝不是我们的影子?三十个春秋,忙工作,忙交际,忙住房,忙子女,忙得焦头烂额,真可谓两眼一睁,忙到熄灯。读书?哪里还有什么时间?不言那经史子集、百业千行,不曾系统地研读,不言那琴棋书画、天文地理,不曾广泛地涉猎,就连与自己工作紧密相联的什么行政管理、财政知识、工农业指南等等,又翻过几页?更可笑的是,每日收到的新报即为废纸一叠,充其量也不过匆匆浏览一下大标题,随手就扔入废纸堆里。在大学时,曾买过一本又一本喜爱的书,想着毕业后,再一本本地细读。谁道,至今这些书还在书橱里睡大觉。而上大学时之所学,于今折旧知多少?现今,想拾起书本开读了,什么国学经典、文学名著、专业理论等等,阅之,确如醍醐灌顶,清风沐面,令人不禁连连击节称善。暗思,早观此书,何至于半辈子在迷雾中冲撞,于泥道上踯躅?更让人愧疚的是,此时再读,即使你学富五车,才高八斗,于工作增益又多少?因为,你工作的时间多乎哉?不多也!充其量也只能是丰富丰富生活,颐养颐养性情而已。且更要命的是,当你重新端起书本时,看久了眼花,前看了后忘,在心里情不自禁地大呼:晚矣!太晚矣!

　　第三个就是信心的恐慌。人愈老自尊心愈强,而自信心愈弱。譬如,你学电脑老记不住程序,敲键盘手笨如脚,而七八岁的孩童无师自通一摸就会,如鱼得水,你能不惭乎?你想把自己的什么曲折历程、工作体会、人生经验之类传授给青年,那青年表面上恭谨无比,侧耳倾听,转身一句"老古董",管叫你瞬间坠入万丈枯井。至于与年轻的领导干部交往,哪怕他曾是你的老部下,哪怕你曾经帮助甚至提携过他,也要先思忖几分。何也?一个是冉冉上升的政坛新星,前途不可限量,气势咄咄逼人,正处于现在时和将来时。而你呢?停滞不前或正在走下坡路,已属于过去时,与他无助,只会给人添麻烦,人家设法躲避还恐来不及呢。凡此种种,早把你的自信心销蚀得一干二净。于是乎,你不愿去出席会议,不愿向领导汇报工作,不愿去求人办事情,不愿去酒摊上凑热闹,不愿去承担什么急、难、险、重的任务,更不会去与人比高较低,争强斗狠,只想本本分分地工作,安安静静地生活。

不过,中年人是否就会因恐慌而心如枯井,而惰性十足,而裹足不前?非也!那恐慌只不过是一块翳目的云片,现实的风轻轻一吹就到了天边。相反,中年因有太多未实现的夙愿,太多想弥补的缺憾而使他们血更热,情更烈。他们因年龄的恐慌而少了懈怠,多了勤奋。老牛自知夕阳短,不须扬鞭自奋蹄。他们因知识的恐慌重新端起了书本,他们因信心的恐慌不再矫饰,不再浮躁,也不再需要看别人的脸色说话和行事,坦坦荡荡,从从容容,遇宠而不喜,临辱而不惊,并以中年的深沉、稳健、明智和认真,全身心地去做好每一件事情。

妻子的教诲

没想到,人到中年,当教师的妻子竟成了我的老师。

那一天回家,妻子见我脸色很不好,吓了一大跳:"咋啦?"见未答,忙扶我坐下,随即倒了一纸杯茶水放在茶几上,而后也坐在对面的沙发上盯着我:"说吧,说出来心里轻松点儿。"憋在我肚子里的怒气左冲右突,终于破口而出:"现在的人,真不讲良心,昨天还脸上堆笑,唇边抹蜜,腿跑得比兔子还快,今天一见你退二线了,就翻脸不认人了!"妻说:"说半天,我还是不明白,能不能说具体点儿,我也好帮你出出气?"我接过妻递的茶一饮而尽,然后道:"傍晚从公园转回来,在人行道上碰见机关的小A,本想和年轻人主动打个招呼,谁知那小子却把头一扭,装作看街景,硬是从身边走了过去,你说气不气人!""小A?不就是你一手培养起来,从办事员、副科长、科长,又列为县级后备干部的A某某吗?""不是他还是谁?""唉,你老了,退二线了,人家也用不上你了,也懒得搭理你,这也正常。""啊,这还正常? 也太短了吧?""嗨,你今天退二线了,人家不想搭理你,明天你退休了,人家躲还怕躲不及呢。""岂有此理!"我怒不可遏,一掌拍在茶几上,把那纸杯也震了下去。妻见我怒气正盛,不再言语,拣起地上的纸杯扔到废纸篓里,又拿一个新杯接上水放在我的面前,待我情绪平稳些,便道:"你的火气还真不小哩,叫我看呀,你还是把你那个官帽看得太重,一说退二线,思想上就接受不了,退二线了,还盼着别人天天围着你,感激着你,好像自己是多大的功臣。若是平民百姓退休了,恐怕连点儿响声都没有,难道他们都不是人?"妻呛得我无言以对,但心里又不服,便直眉瞪眼瞅着她。妻不管不顾接着道:"这一段我看你吃饭不香,睡觉不甜,动不动就发火,别人还得小心翼翼赔着笑脸说好话。叫我说,现在你当个官真觉得自己了不得,官越大脾气越大,谁也惹不起。今个儿,我就借这个机会说一说你们当官的德性,你也听听我们平民百姓的心声,等你头脑清醒了,兴许你那思想上的包袱也就卸下来了。不然,时间一长,身体还出毛病呢。"我一听,不由得翻了翻眼皮,心想,你一个普通百姓,还会有什么高见?本想发作,但又忍了,心想,姑且听听她的滔滔宏论再说。

"你们当官的,是官大脾气长,老百姓戏称叫'三喜欢':喜欢拿架子,喜欢听好话,喜欢叫人围。"噢,她还蛮会总结的。

"先说你们喜欢拿架子吧。前一分钟刚任命个芝麻绿豆大的官,后一分钟陡然就觉得自己了不起了,比别人高一头大一膀子,是社会的精英了,如果下属提点儿不同意见或争辩两句,立马一句'是听你的还是听我的',把人噎得出不来气儿。唯恐别人不知道自己是个官儿,一接电话,头一句'我是某局长'、'我是某书记',好像你们的名字就是某长、某书记似的。这算是当官的第一个阶段——年轻气盛要装官。当官的时间长了,也摸到些当官的诀窍,也当得老练起来了,要么对人板起面孔,一副不食人间烟火的样子,要么圆滑得像泥鳅一样,见谁都称兄道弟,可谁也抓捏不住。讲话时故意拖长声音,一字一顿以显示自己的讲话是何等重要。叫人办事,口头禅就是'只看结果,不看过程'。这一句话,着实高明,着实厉害,下属把事干成了,那是你应该干的,你干不成,说明你没本事,看你还好意思给我提什么要求,自己也乐得当个甩手掌柜。对普通百姓,更是拒之千里。来电话了,一看是生号,'啪'的一声就将手机关了。若是下级的电话,还客气点儿,但也是一句'我正开会,改日再说',哪怕正在办公室跷着二郎腿,喝着茶叶水。若是部下千思万虑犹豫再三后要向你们汇报一下思想,也是一句'正在商量事,没时间,改日约你'。实际上你们把刚说过的话随即就扔到了爪哇国里,而那些老实可怜的下属可能还在眼巴巴等你们召见呢。假如是地位比自己低的老同学、老战友找上门,内心还顾念昔日情谊,但实际上也把他们分为三六九等,就是为他们办一点事,也是三分情谊,四分怜悯,五分卖弄。因为这些战友、同学、老乡之辈,只会给自己找麻烦,不能为自己添把力。这姑且算是当官的第二个阶段——老奸巨猾会当官。如果你们当了一把手,那更了不得,眼角向着天上瞟,言语更少,'嗯、嗯'声更多,让下属永远摸不着头脑。你不吭别人不敢吱声,想说话还得看着你们的脸色,你们处处显示着一种大权在握,这个单位我说了算的'气度';即使这个单位只有三五个人,鸡蛋壳那么大,'但我是一把手啊!'视普通干部如狗猪,唯我独尊,唯我正确。至于'坐骑',是越换越高级,越坐越豪华……这算是当官的第三个阶段——高高在上像大官。"

妻见我愣愣地听着,便来了兴致:"再说你们当官的喜欢听好话。因为手里有权,天天有人求,处处有人捧,时间一长,只能听顺心的话,不能闻刺耳的声。别人摸透了你们的心理,想着法儿哄你们高兴,你们也是三句好话就被打发得迷三倒四。肚大说你威风,人瘦说你精神,个子高说你走路有风采,个子矮说你做事很沉稳;再赞美几句你见识多么深、工作多么好、群众多么满意之类的话,你们就高兴得意得不晓得自己是哪路神仙了。哪怕长得黑粗,却自比潘安,似乎文可倚马成章、武能扭转乾坤,豪气、霸气混一起,更显得不可一世了。若有哪个不知好歹之人胆敢逆骄龙之鳞、抚猛虎之须,性爆的,脖子上立刻青筋鼓胀,劈头盖脸一顿臭骂;性缓的,当日忍一忍,背后也会撂一句'这个不懂事的家伙';心胸褊狭的人,有朝一日非找个碴子涮了人家不可。现在对你们当领导的,谁敢说真话?"

妻呷了一口茶水,见我听得入神,越发来劲儿了:"喜欢让人围。这是你们当官的第三个毛病。下属排队等着汇报工作,虽然叫苦不迭,但心里得意,这就叫权力。回到家,门庭若市,虽一百个不耐烦,一身疲倦,心上却说,这就是社会地位!下基层,人未行,电话早打了过去。秘书服务,记者跟随,当地接待一大堆。嘴上说太客气了,心里早就乐开了花。如开会讲话,须得人记,须得人说,这是重要指示。请吃饭明知山珍海味吃多了易得高血脂、高血压之类的富贵病,但酒宴规格低了嫌丢面子。天天吃请,一面高呼实在受不了,没人请又嫌寂寞,隔两天还要将下属的军,还要夸耀吃遍全市无遗漏?结果,吃得脸圆腰粗,吃得国有饭店要关门,喝得民怨沸腾坐不稳。"

见我出气渐渐均匀,妻知道她的话起了作用,便得意地又向深处开掘:"官当大了,脾气也大了,不知道自己是谁了。岂不知,组织上把你们放在当官的位置,是叫你们履行职责,为民服务的,不是叫你们弄权肥私,更不是叫你们把权力当成自己的私有财产去世袭的。你以为你的官可以永远当下去吗?铁打的营盘流水的兵。今天的张书记去了,明天就会来个李书记,今天人们围着捧着张书记,明天就会围着捧着李书记,人家不是围着捧着姓张或姓李的,而是冲着那官位、那权力的。你退二线了,人家不围你、不理你也正常嘛。所以,自己要想得通,不要总在半空悬着,没气找气生。至于别人请你们吃饭,那不都是有求于你们吗? 反正用公家的钱谁也不珍惜,若是用私人的钱,那比割肉还疼,谁的钱也不是风刮来的! 所以说,不要光想着当官的好处,看不到当官的实质和难处。这还不说那些赃官和孬官了。在现今社会里,像你这样直古扳板老实巴交,不会察言观色,不善逢迎拍马,不愿弄虚作假,处处不讨人喜欢的人,当官也是出苦力,受大罪,顶多混个肚圆。如今卸任了,正好休息休息,调节一下身体,何怨之有? 你没听人说,'当官无非俄顷事,下台还是普通人'吗? 其实,当官时,你们也是个普通人,只不过是庐山中人,不识自己的真面目罢了。打今儿起,外出就把自己当成谁也不认识的陌生人、平常人,只管直步向前,旁若无人,不看谁的脸色,只观红花绿草,天上飞鸟。回到家,读读书,写写字,怡弄孙儿,自娱自乐,赛似神仙,什么怨气、怒气就都没有了,你说是吧?"

妻的一番话,一针见血,使堵在心中的怨气、怒气竟慢慢地泄了下去。我不由得暗暗称奇,想不到,当教师的妻竟是高水平的思想政治工作者。

这一夜,我睡得很稳,很香……

隔辈的亲情

咯哇、咯哇的啼哭声洪亮而有力,一个新生命诞生了,另一种愁绪却又淡淡升起,我竟然被"提拔"到爷爷的辈儿上了? 心有不甘,却又无可奈何。但当妻子从产房将小孙子抱给我看时,那偶尔一闪的惊愕、无奈和悲哀,瞬间都化作无比的喜悦和欢乐。

小孙子是多么的漂亮啊,尤其那一对双眼皮的大眼睛,如黑宝石晶莹闪烁,那娇嫩嫩、胖嘟嘟、粉红洁净的小身子,真乃春之朝露,花之蓓蕾,石之美玉啊!不记得,自己的儿子刚生下时,是否也是这样的圣洁可爱?那时为何没有仔细地端详,认真地欣赏他呢?是人老惜子?还是人们对儿与孙就是大不一样呢?或许,一个,你只关注他的未来,一个,你只留意他的现在。对儿子,你望子成龙,因而你要用你的原则,你的模式,甚而用你未实现的理想,去规范他,塑造他。而对孙子,你用了多少年的阅历才明白过来,他只是一星嫩芽,一棵小草,即使如孙子一样的千万个孩童,他们长大后,多数也都成不了杰出人才,他们承担不了父母所赋予的神圣的"重任",因而,你只期望他能在灿烂的阳光下、充沛的雨露中尽情地舒展,茁壮地成长,一生幸福快乐才最重要。现在,你开始步入老年,你有了闲时闲情,你开始喜爱、欣赏小孙子了。你看,他身上的每一个"零件":小脚、小腿、小胳膊、小肚子、小屁股蛋儿,都是那么的玲珑,那么的粉嫩。心中溢满的,只是怜惜,只是疼爱:不求他长大后成龙成凤,高官厚禄,只祈盼他一生健康平安,快乐幸福。唉,人老多丑。是圣明的玉帝老儿于此时赐予我如此鲜嫩的生命,使我这两鬓苍苍、心如止水的人忽觉年轻百倍。这是我们家的第三代人,是我们家新的希望啊!这怎不令人万分惊喜、万分欣慰呢?唉,物久必垢。而观音菩萨却于此刻捧给世间如此一尘不染的圣婴,使我们这些混迹江湖、满身俗气的人顿时神清气爽。

  小孙子是多么的率真,醒了,困了,冷了,饥了,就只用一个"哭"字来表达。他的撒和拉,也都用他那高亢响亮的"哭"来发布,好像那是天大的喜讯"我撒了,这是献给世间的一股甘泉"、"我拉了,这是赐予你们服侍我的一个机会",他自以为他就是这个世界的主宰。满一百天,到照相馆照相时,他赤裸着小身子,四仰八叉、大模大样地横在小丝绒床上,旁若无人地躺在大庭广众面前,如首长接见群众一般。当摄影师摆动他的小身子时，他用他那个"小喷壶"，竟毫不客气地"喷"了摄影师一脸。之后，不仅没有一丝一毫的羞惭，反而目光平和紧绷双唇若无其事。而摄影师不仅没有抱怨，反而回报了一串咯咯咯的笑骂，并把这撒尿的瞬间抢拍成为精彩的永恒。一切都出自本性，一切都自由自在。这是多么的令人钦佩和羡慕，让人轻松和清爽啊！而我们这些成年人，却在自觉不自觉中，早已被现实剥去了天然，被生活扭曲了性格，口将言而嗫嚅，足欲行而趑趄，变成了不男不女的中性人。这是多么可怕的情景啊！

小孙子是多么的"谦虚"，未满月，你和他说话，他便用那两颗鲜亮的眼珠子盯着你，使你相信，他在全神贯注地倾听，他对你说的什么都懂，只是他太小，无法应和你。两三个月后，你与他交流，他那深潭般的两眼放光，那云霞般的小脸含笑，那红石榴般的小嘴一张一阖，他在呼应着你呢。他喜欢听你教诲。他甚而认为不管你说的什么都非常地对，他都一百个同意，一万个赞美，只是，他不会说而已。到了如此年龄，心已生锈，嘴也上了封条——与妻子言，无兴致；与儿子说，没反应（儿子不仅不耐烦，说不定还会反驳你几句，弄得你颜面大失，心里憋气大半天）；与外人絮叨，假话不愿说，真话不能说，虚话懒得说，于是，你便成了一个憨憨傻傻的大哑巴。还是孙子好，孙子最谦虚，孙子最能体察爷爷的心意，孙子最愿意听爷爷唠叨，孙子对爷爷说的也最感兴趣，孙子也最佩服爷爷的"学识"和才智。因而，你只要见到小孙子，就禁不住地为他背古诗，唱儿歌，装小鸟叫，学汽车鸣，还要夸夸他的聪慧，赞赞他的乖巧，更要为他描述出如锦似霞的美好前程。

小孙子是多么的"勤快"，当他三四个月时，他就是一个"大自然的爱好者"。每天除了闭目酣睡，就是挣着身子要到"门儿门儿"去，无论夜与昼，阴与晴，也不管外面是三伏炎夏，还是数九隆冬，就像一只关不住的小鸟，一只圈不下的虎仔。他只要一到居民小区的院子里,那小脑袋就忽东忽西地扭,那大眼珠就倏南倏北地转,见什么都新鲜,瞅什么都惊奇,看什么都看不够。他要考察每一棵青草的高度,每一朵花的形状;他还要聆听每一只蝴蝶扇翅的轻音,每一羽小鸟枝头的鸣唱。大人抱着他累得满身大汗,他却意犹未尽。五六个月时,他又成了一个"优秀的研究生"。大人身上的手机、钥匙,茶几、桌柜上的水杯、烟盒,厨房里的碗、筷、勺、铲,以及地上的污斑,只要让他看到的,只要他能够得上的,他都要摸一摸,审一审,研究研究。刚会爬时,他又成了一个"劳动模范"。只要能爬到的地方,只要手能触得着的角落,他都要去收拾一番,即使对自己尿出的"版图",他也要用手东划西拉地扩大。当成人对日复一日年复一年单调重复的生活感到万分厌倦时,他总是那么兴致勃勃,那么乐此不疲。多么可爱的孩子,多么珍贵的品性!只是不晓得,当如他这样的孩子上了幼儿园、上了小学后,我们这些当权的家长们,还让不让他们接触大自然,还保护不保护他们新奇的天性,还培养不培养他们热爱劳动的品质。因为,现今的幼儿园小学化,小学校应试化,中学生雌性化,加上为了所谓的"安全"而把学生都圈在校园里、家庭中,早已把儿童、少年的天性泯灭了,把他们都培养成了少年老成的小老头儿,岂不悲哉?

小孙子又是多么的信赖人啊,三四个月时,他就渴望着大人抱着他到处走,可儿子、儿媳抱着他不想动,逗他玩没耐性,结果,小孙子就望着你不断地哇哇大哭。当你看着他那弱小无助的样子,你的心会猛地一疼,你于是不忍不抱。小孙子五六个月时,知道恋人追人了,当我和妻子穿戴整齐急着要上班时,他站在婴儿床上,扶着床栏杆,冲着你,伸着小手,不住地啊啊打着招呼呼唤你,那迫切恳求的模样,让你的心霎时一软,你于是不得不抱。小孙子八九个月时,当你回家掏出钥匙去开房门,他只要一听到门响,立马就丢下手里的"活计",嗖嗖嗖地爬了过来,然后拽住你的裤腿站起来,仰着娇憨的笑脸,张着渴求的亮眼,却一声不吭,像一只温驯的小狗。此刻,你的心会陡地一热,立马扔下手里的报纸,俯下身子,一下就抱住了这个乖娃娃。他在你的怀里一耸一耸向上蹦着,两只小胳膊如小鸟的双翅,拍打着你的两肩,嘴里不住地发出快乐的叫声。此刻,你被信任着,你被依赖着,你是多么的愉快,多么的幸福啊!

你和小孙子在一起,抛下了一切心理负担,享受着人间最圣洁的情感,怎能不感到无比快乐呢?小孙子就是人间最伟大的思想工作者和杰出的心理学家啊。

(原载《莽原》2011 年第 5 期)

豫剧的孤儿

[美]陈 光

因为无备而来,没有纸巾,眼泪落满了我 Vera Wang 的裙子……

我是地道的河南人,偏偏从小不爱吃面条,也不爱听嗯哪唉嗨哟的豫剧。父母都是文化人,但此方面对我没有任何遗传。父亲是琴棋书画无师自通的才子,我只知道他们电视台的同仁们赞许过他拉着弦子表演的河南曲剧,我却从来没兴趣听过。小时候唯一一次与豫剧亲密的接触,大概是小学一二年级时,语文老师按豫剧调子自己编了几句歌教我们。老太太很有成就感地在我们几个小女孩脑门上用小楷笔各画了四道皱纹。六七岁的我兴奋地站在学校的小舞台上,努着眉开始唱:"俺几个老太婆呀啊啊啊,呀啊啊啊,走上台来……"

离乡久了,第一次碰到豫剧访美,又听说是得了中国的文华奖甚至美国洛杉矶什么戏剧奖的省二团的大戏《程婴救孤》(改自《赵氏孤儿》),作为河南人,还是去捧了场。我以为朋友说的"一票难求"不过是习惯上的修辞之语。因为都是赠票,PCC 剧院倒也座无虚席。邻座碰到作家协会的同乡,他是学民乐出身的,聊到豫剧也有暌违之意,言语间为中国的这些传统剧种的存续颇为唏嘘。是啊,现在的中国,中年的都去 K 歌以促进感情,青年的都去超女超男以一鸣惊人。大街小巷,闻"杰"起舞,满地翻滚的黑人街舞、含混不清的RAP都畅行无阻。上次我在南加大周杰伦演唱会上听着听不懂的中文、看着high到云端的尖叫的少女们,不禁暗自落寞,连我这样的年龄,眼看都要被时代抛弃了。

谁还要听什么豫剧?

没想到戏到半场,我已经哭得不能自己。为这样的剧情,这样的演出。

春秋战国时期,晋国忠臣赵盾一家三百余口被奸贼屠岸贾所害。得势的屠夫要乘胜斩草除根,追杀赵氏仅存的遗孤、公主刚刚产下的婴儿。一诺千金的草医程婴从公主那里冒死救出婴儿,开始了十六年刀尖上的生死之旅。为保护国之忠臣赵氏这仅存的秧苗,一个又一个义士义无反顾地献出生命。先是公主的贴身小丫头彩凤不畏私刑,然后是守城大将军韩厥以身守信。已是一人之下、万人之上的屠贼发现婴儿被"劫",下令民众三日内交出此婴,否则全城半岁以内男婴,将格杀勿论。

屠刀闪闪,戏到此,你已经知道,唯一能救全城婴孩于无辜的,就只有这个遗孤了。但献出的却不是赵氏孤儿,而是程婴中年所得的独根苗、亲生子。为能瞒住贼人屠夫,程婴只能接受年迈的师兄公孙杵臼的调包计,密告公孙匿藏"赵氏孤儿"——实为程婴的亲骨肉。屠刀之下,程婴眼睁睁看着自己的婴孩死于屠贼刀下,亲如手足的知己公孙老兄撞柱而死。

"死比生更容易"——公孙死前交代程婴。逝者逝矣,一死壮烈,生者却要背负更沉重的偷生命运。为保护遗孤,程婴搬进贼府,日日与虎狼为伴,并让婴儿认屠贼为义父。比千刀万剐更难熬的是让义士背负一世骂名:在"老程婴,坏良心,他是一个不义人。行出卖,贪赏金,老天有眼断子孙"的童谣里,程婴真的老了。已是妻离子散,还要忍受"断子绝孙"的唾弃。"一十六年,哪一年不是三百六十天?"每一天,每一年,一面是殚精竭虑地抚育遗孤,一面是国仇家恨忍气吞声,独咽亲人死别之冤苦、深埋正义不张之忧愤。

十六年后,孤儿终于成为少年俊杰,朝廷也变了天,颠覆佞贼指日可待。只可惜,程婴领着孤儿去拜见戍边大将军及公主时,却不被信任,先是一顿不分青红皂白的乱杖。待孤儿冲出来讲出实情,老程婴已被打昏过去。最后母子相认,才知苍天可鉴,竟有程婴这样的忠义之士。遗憾的是,擒拿屠贼时,赵氏孤儿命其自刎,屠贼自语着"还是没有斩尽杀绝"竟突然飞出一刀砍向身边的程婴。

程婴倒下了,他终于可以去追随公孙义士、追随亲人。一诺已应,正义得申,这十六年积聚的一声喊,荡气回肠。

全剧,写的是一个"义"字。为正义,为换取一个小小的婴儿,这么多义士,在生命乃至清名面前,没有一丝犹豫。此心,就是几千年来传下来最深入骨髓的民族精神,使得我们民族历千劫而存续,虽寒秋仍独立,它直指苍天,名曰"正气"——当其贯日月,生死安足论。

其实,这样的作品,震撼的不只是中国人的心灵。法国Bayonen副市长看过此剧后,说了一句话可谓一语道的:"全场观众的掌声表达了我们对《程婴救孤》这个剧目的欢迎,他让我们感受到了真正的中国文化的精髓。"

这样的精神,其实是属于全世界的。甚至西方文化中,也有英雄所见的共鸣。最早如圣经传说故事中,耶稣刚刚降生即遭全城屠婴的厄运,约瑟夫带母子逃亡埃及,一路也是得遇义士相助。近者,如前几年好莱坞大片《拯救士兵瑞恩》:某个家庭的好几个儿子都在战场上为国捐躯了,按照军令,他们应该有最后一个儿子留下以照顾全家。为了这个承诺,一群军官士兵在硝烟战火中寻找这个无名小卒,最后为保护他而献身。在"义"与"信"面前,"生死安足论"。这正是让任何一个伟大民族立于不败之地的精神。

从艺术层面讲,《程》剧达到的,也是一个巅峰,它的艺术效果有令人目不暇给之感。全剧围绕一个"救"字,剧情环环相扣,两个多小时的长戏一口气演完,始终把观众紧紧箍在座位上,似悬在绝壁上观火。紧张时密不透气,悲情时肝肠如绞,壮烈时天地动容,慷慨时气冲云霄。

在绕梁洪音里,人与剧融为一体,演员与演出融为一体。正是因为这样的剧情,才给演员最宽广、最深邃、最圣洁的空间去发挥,用他们炉火纯青的音、形、声、韵引领观众走入生死交集、善恶较量、正邪决斗的刀锋浪尖。在每一个急转直下的戏剧冲突中,没有任何语言可以表达胸中千壑,只有万马奔腾样冲涌而出的高腔;也没有什么台词可以尽诉心头百啭,只有千竹迎风般低回委婉的清音。这样的时刻,每一个音符都是热血从心底的冲灌,每一个声调都是岩浆自地底的喷涌。

这样的时刻,就是艺术上的高峰体验。

作为音乐和戏剧爱好者的我,曾陶醉于多明戈嘹亮纯净如山中飞瀑的高音,也曾沉迷于萨拉·布莱曼弥散在水幕喷泉的清幽雅韵。我不放过任何奔赴纽约的机会去欣赏百老汇的迷幻舞台,也时常流连在好莱坞数不清的小剧场,即使足不出户的时日,我也可以在王菲、许茹芸的歌声里躲避日月,忘却人间。但是,我不能不说,让我如此跟全体观众一起震撼到心底熔岩的音乐剧作,我还是第一次经历,也许是文化深层的亲近,也许是心灵的共鸣。音乐是直指心灵的,而放在一个惊心动魄的剧作里的音乐,更是感人至深。

除了"唱念",传统地方戏中动作高超的"做打"也为剧情增色不少。我不知道演员是不是从小就要练少林功夫,但我也完全有理由猜想他们小时候应该也跟我一样有过看了《少林寺》或豫剧《花木兰》之后凌晨偷偷爬起来,翻越学校的高墙去练功的经历。就算是只学了些花拳绣腿,在舞台上巨幅的高衙背景下,众兵们在刀光剑影中连斗翻腾的腿脚,也是让人热血奔腾的。而宫女丫鬟们衣香鬓影、齐整整的"水步",在舞台上轻盈如云,则真正把东方女性那"水莲花"一样的温柔娇羞展示得淋漓尽致。反过来,想到前一阵子广州的亚运会上礼仪小姐们的裙子被称为"行云流水",就徒有其名了。

可惜,这样的艺术,这样纯粹的属于中国的艺术,这么本土、来自自家后院的豫剧,我竟然是在跨越了千山万水、经过许多人生轮转之后,才在异国他乡遭遇。这,不知是幸事,还是不幸。

我毫不惊异于最后全场的起立。一向含蓄的中国观众在"程婴"最后谢幕时爆出比西方人更慷慨的掌声和口哨声。我顾不得被泪雨催花的妆容,跟激情的观众们一起涌向舞台与演员们合照。这里面竟也有金发老外。

在满台的鲜花、掌声、泪与笑中,我没有遗憾:赵氏孤儿终于被救了。但,豫剧呢?

(原载《莽原》2011年第5期)

寒冬早行人

王充闾

一

"吾于近人,独服曾文正。"这是一位大人物年轻时说的一句话。这里的"近人"有特定时限,既非泛指古人,也并不涵盖时人。时间过去近百年了,如果依照这个时代范围,站在今天的角度,认定我所拳拳服膺者,倒是觉得略晚于曾公的张謇,堪当胜选。套用前面的句式,就是说:"吾于近人,颇服张謇。"

其实,表述一己的观点,说"独服张謇"亦无不可。只是考虑到,知人论世,评价历史人物,有一个视角选择问题,亦即看问题的角度。角度不同,结论会随之而异。参天大树与发达的根系,九层之台与奠基的垒土,孰重孰轻,视其着眼于功用抑或着眼于基础而定。而且,评判标准往往因时移易。前人有言,品鉴人物不能脱离"一时代之透视线";"一时代之透视线"变化了,则人物之价值亦会因之而变化。看来,涉及这类主观色彩甚浓的事,还是避免绝对化,留有余地为好。

既然说到曾国藩了,那么,我们就来研索一下:论者当时所"独服"的是什么。叩其主要依据,不外乎在近代中国他是唯一真正探得"大本大源"、达致超凡入圣的人物;"世之不朽者有办事之人,有传教之人",曾公乃"办事而兼传教之人也"——也就是传统上说的立功而兼立德、立言;实质上,亦即曾公所毕生追求的"内圣外王"的人生境界。

在晚清浊世中,曾公诚然是一位不同凡俗的佼佼者,堪资令人叹服之处多多,仅其知人善任、识拔人才一端,并世当无出其右者。但也毋庸讳言,他的头上确也罩满声闻过实的炫目虚光,堪称是被后人"圣化"以至"神化"的一个典型。泛泛而言"道德文章冠冕一代",固无不可;如果细加检索,就会发现,他的精神底蕴仍是恪守宋儒"义理之学"的型范,致力于正心诚意、修身养性、克己省复、困知勉行,以期达到自我完善,成为圣者、完人。说开了,就是塑造一尊中国封建社会夕晖残照中最后的精神偶像。志趣不可谓不高,期待视阈也十分宏阔。可是,即便是如愿以偿,终究是个人的事,到头来又何补于水深火热中的苍生?何益于命悬一线的艰危国运?至于功业,举其荦荦大端,当属"收拾洪杨一役,完满无缺"。这又怎样?无非是使大清王朝"延喘"一时,挽狂澜于既倒罢了。

再说张謇。观其抱负,实不甚高:"天之生人也,与草木无异,若遗留一二有用事业,与草木同生,即不与草木同腐。"没有什么"为天地立心,为生民立命,为往圣继绝学,为万世开太平"的经天纬地、惊天动地之志,不过是"不与草木同腐"而已。当然,对于大多数人来说,做到这一点,也绝非易事。

张公活了七十三岁。前半生颠扑蹉跌于科举路上;状元及第之后,做出重大抉择——毅然舍弃翎顶辉煌、翰林清望,抛开传统仕途,转过身来创办实业。用他自己的话说:"愿成一分一毫有用之事,不愿居八命九命可耻之官。"他确立了"父教育而母实业"的发展思路,先后创办了二十多个企业,涉及纺织、印染、印刷、造纸、火柴、肥皂、电力、盐业、垦牧、蚕桑、油料、面粉、电话、航运、码头、银行、房产、旅馆等多种行业,涵盖了轻重工业、银行金融、运输通讯、贸易服务等门类。看得出,他所说的

"实业",大体相当于今天的第一、二、三产业。在他所兴办的三百七十多所学校中,中小学之外,重点是师范教育、职业教育(包括师范、女子师范和农业、医务、纺织、铁路、商船、河海工程等);同时创建了工科大学、南洋大学,并积极支持同道创办复旦学院,将医、纺、农三个专科学校合并为以后的南通大学,还联合教育界一些知名人士,酝酿高师改为大学,东南大学因而正式成立。他的设想,是"师范启其塞,小学导其源,中学正其流,专门别其派,大学会其归",从而创建了从学前教育的幼稚园到中小学直至高校,从普通教育到职业教育、特种教育、社会教育,形成一个门类齐全的完整的现代教育体系。

兴办规模如此宏阔的实业、教育,显示出他的远大抱负与惊人气魄;而在中国近代化进程中,筚路蓝缕,勇为人先,进行大量开创性的探索,则凸显了他的卓绝识见与超前意识。实业方面,他成功地摸索出"大生模式",推进了中国近代企业股份制,最早创办了大型农垦公司和企业集团;文教事业中,他所兴办的博物馆、师范学校、女子师范学校、刺绣艺术馆、新式剧院、戏剧学校、盲哑学校以及气象台等,都是在全国首开先河。他在创建图书馆、伶人学会、更俗剧场和多处公园、体育场的同时,还将目光和精力投向弱势群体,兴办了养老院、育婴堂、残废院、盲哑学校、贫民工厂、栖流所、济良所等一大批慈善事业。而无论是办实业、兴文教、搞慈善,全都着眼于国计民生,为的是改造社会,提高国民素质。

思想理论建树,有所谓"照着说"与"接着说"的差别。前者体现传承关系,比之于建筑,就是在固有的楼台上添砖加瓦;后者既重视传统,更着眼于创新、发展,致力于重起楼台,另搭炉灶。张謇作为开创型的实践家,当属于后一类。两类人物,各有所长,缺一不可。但从历史学的角度,后人推崇某一个人,总是既考察其做了何等有益社会、造福群黎之事,更特别看重他比前人提供了哪些新的东西。我说"颇服张謇",其因盖出于此。

二

如果说,曾公的言行举止,与其所遇时代、所处社会、所受教育完全统一,若合符契的话,那么,张公则在许多方面恰相背离,甚至截然相反。为此,人们总是觉得,这位"状元实业家"身上充满了谜团、悖论,从而提出大量疑难问题:

——张謇四岁至二十岁,从名师多人,读圣贤之书,习周孔之礼,可说是浑身上下,彻头彻尾,浸透了正统的儒家血脉。那么,就是这样一个由封建社会按照固有模式陶熔范铸的中坚分子,怎么竟会走上一条完全背离传统仕途的全新道路?岂不真的应了那句俗话:"种下的是龙种,收获的是跳蚤!"

——明清两朝制度,非进士出身不得入翰林,非翰林出身不得做宰相。而历经千辛万苦终于攀上科举制金字塔顶尖、获授翰林院修撰的状元郎张謇,距离相府、天枢已经"近在咫尺";可是,他却弃之如敝屣,意外转身,掉头不顾,追逐"末业",从"四民"之首滑向"四民"之末,究竟是为了什么?

——作为一个半生困守书斋、科场的标准儒士,张謇何以没有拘守传统士人每在行动之前必找道义依据的思维模式,没有变成意志薄弱、百无一用的迂腐书生,却成长为洞明世事、识见超群、大有作为的栋梁之材?

——存在决定意识。晚清的维新思想家、洋务派,大都受过"欧风美雨"的熏陶,具有国外留学或出使的背景;而张謇一生大部时间偏处通海一隅。那么,他的新思维、新思想、新眼光,是怎么形成的?

——封建士人的文化心理结构,是老成持重,"不为天下先",重性理而轻经济,尚虚文而不务实际;而张謇不仅勇开新路,特立独行,并且脚踏实地,始终专注于经世致用,这又是怎么回事?

那天,我们到海门市叠石桥参观,这里是中国最大的绣品市场。沈寿园里,绣女们在全神贯注地穿针引线。我惊喜地发现,一位女工正在绣着张謇的大幅肖像。在盛赞其精美绝伦的绣功的同时,我凝神静睇张公的眼睛。记得他曾说过:"一个人办一县事,要有一省之眼光;办一省事,要有一国之眼光;办一国事,要有世界之眼光。"为此,我想透过绣品,寻索他的特异眼光,进而搜求某些答案。可是,看来看去,也并未发现有什么迥异凡尘之处。原来,目光、眼力也好,视野也好,说到底,都是一个识见问题。有了超常的识见,才会有超群的智慧、勇气与毅力。

世间种种看似神秘莫测的东西,其实,它的背后总是有规律可循的。即以人生道路抉择、人的种种作为来说,那个所谓的"冥冥之中看不见的手",总都植根于自身素质、社会环境、文化教养、人生阅历诸多方面,并以气质、个性、文化心理结构形式,制约着一个人的进退行止,影响着人生的外在遭遇。

张謇出生于江海交汇的海门。这里天高地迥,望眼无边,视野极为开阔。而居民均为客籍,来自江南各地。江南为吴文化区域,是东西方文化汇接的前沿地带,尽得风气之先。这些移民原本就思想比较开放,具有一定的市场观念、商品意识;而移居到"江海门户",沙洲江岸的时涨时坍,耕田方位的忽北忽南,生涯迭变,祸福无常,更增强了忧患意识和顽强拼搏精神,练就了善于谋生、勇于自立的本领。这些特征,在张謇父亲的身上都有所体现。儿子四岁时,他就将其送进私塾,延聘名师调教,激励其刻苦向学,成材高就;但他又有别于一般世家长辈,十分通达世务,晓畅经营之道,看重经世致用,诫勉儿子注重接触实际,力戒空谈,经常参加一些农田劳作与建筑杂活,使"知稼穑之艰难"。人是环境的产物。张謇从小就浸染在这种社会环境中,又兼乃父的耳提面命、身教言传，为他日后养成开拓的意识、坚毅的性格、务实的精神，进而成为出色的实业家，打下了坚实基础。

张謇从小就坚强自信。一次随祖父外出，过小河时，不慎跌落桥下。祖父惊骇中要下水把他拉起，他却坚持自己爬上岸。说"要自己救自己"。一天，塾师的老友来访，见天色转暗，便顺手燃起红烛。客人见张謇在侧，有意考考他的文才，遂以红烛为题，令他用最少的字句作答。张謇随口说出："身居台角，光照四方。"还有一次，塾师正在给张謇讲书，见门外有骑白马者经过，便即兴出句"人骑白马门前过"，张謇对曰"我踏金鳌海上来"。看得出他自小就志存高远，吐属不凡。

在读书进学方面，张謇也有其独特的悟性。他熟谙经史，却不肯迂腐地死守章句，而是从中摄取有益养分，充实头脑。传统文化价值体系中，有些合理内核是可以超越时代，成为现代精神资源的。比如，儒家所崇尚的以天下为己任、关心民族兴亡的强烈社会责任感，就在张謇身上深深扎下了根。在他看来，儒学本身，作为一种文化积淀，也在不断地进行自我调适以策应世变之需。为此，针对孔孟的"义利之辨"，他提出了"言商仍向儒"的新思路——着眼于国计民生，坚持诚信自律的伦理道德和取之于民用之于民的返本回馈思想。他鄙视传统士人脱离实际、徒尚空谈的积弊："日诵千言，终身不尽，人人骛此，谁与谋生？"主张"学必期于用，用必适于地"。在一次乡试答卷中，他说："孔子抱经纶万物之才"、"裕覆育群生之量"，亦尝为委吏、乘田之猥琐贱事，而且，务求将会计、牛羊管好，"奉职惟称"，做"立人任事之楷模"。抬出圣人来，为自己的论列张本。

张謇平生经历曲折复杂，活动范围广泛，兼具晚清状元、改革思想家、资本主义企业家、新式教育家、公益活动家和幕僚、翰林、政府官员多种角色，"崛起于新旧两界线之中心"，而能"适于时代之用"。就身份类型来分,他属于行者,而不是言者,但他的许多论述十分精当,而且富有实践理性。他善于融合各种角色及其资源于一体,将中国古代士人乐以天下、忧以天下、关心民瘼的优良传统,同西方工业文明中的创新、进取、务实精神结合起来,将道德规范置于现实功利之上,并和物质生产联系起来,摸索出一种新型的中国实业家精神。

统观张謇一生,有三个重要关节点,对其人生道路抉择影响至大。概言之,敞开了一扇门——实业报国之门;堵塞了两条路——科举与仕进之路。

张謇走出国门,前后不过三次。年过半百之后,分别参加过大阪、旧金山博览会;二十九岁时,随吴长庆赴朝参战近四十天,经受磨炼最多,获益也最大。光绪八年(1882年),清朝藩属朝鲜爆发了反抗封建势力和日本侵略者的"壬午兵变",日驻韩公使馆被烧,日本借机出兵干预。吴长庆麾下的庆军,奉命援护朝鲜,张謇以幕僚身份随行,"画理前敌军事"。处此形势危急、列强相互争夺的远东焦点,干戈扰攘、樽俎折冲之间,最是年轻人磨砺成才的大好时机。其间,通过与朝、日众多官员、学者交流政见,切磋时局,增广了见闻,弥补了旧有知识的缺陷,形成了纳国事于世界全局的崭新视野。而日本明治维新全面进行社会改革,殖产兴业、富国强兵的经验,更使他耳目一新,于国内洋务派一意趋鹜西方"利器"、"师敌长技"之外,找到一条全新路径,使认识上升到一个新的高度。

历史现象充满了偶然性。光绪二十年(1894年),对于张謇来说,是极不寻常的一年。连续三起重大事件筑成了他人生之路的分水岭。他从十六岁考中秀才,后经五次乡试,均名落孙山,直到三十三岁才有幸中举。但此后四次参加会试,尽遭挫败。至此,他已心志全灰,绝意科场。这一年,因慈禧太后六十寿辰设恩科会试,他本无意参加,但禁不住父亲和师友的撺掇,才硬着头皮应试。结果状元及第,独占鳌头。当师友们欢庆他"龙门鱼跃"时,他却无论如何也兴奋不起来。他没齿难忘:科举之路上二十六载的蹉跌颠踬;累计一百二十昼夜"场屋生涯"的痛苦煎熬——那时的考棚窄小不堪,日间躬身书写,夜里蹲伏而卧,炊茶煮饭,全在于此。"况复蚊蚋噆肤,熏蒸烈日。巷尾有厕所,近厕号者臭气尤不可耐"。日夜寝馈其间,导致经常伤风、咳嗽、发烧以致咯血。且不说科举制、八股文如何摧残人才、禁锢思想,单是这令人不寒而栗的切身感受,已使他创钜痛深,从而坚定了创办新式学堂、推广现代教育的信念。

不久,中日甲午战争爆发。在"蕞尔小国"面前,"泱泱华夏"竟然不堪一击,遭致惨败,随后签订了丧权辱国的《马关条约》。深重的民族危机,使他惊悚、觉醒,改弦更张,走上了一条全新道路。他对晚清积贫积弱的根源做如下剖析:中国之病,"不在怯弱而在散暗。散则力不聚而弱见,暗则识不足而怯见。识不足由于教育未广,力不聚由于实业未充";"国威丧削,有识蒙垢,乃知普及教育之不可以已"。于是,决计抛开仕途,走实业、教育兴国之路。

紧接着,他的父亲病逝,循例"丁忧守制",解职还乡。这为他脱离仕途、偿其夙愿,提供了一个充足理由和上好机会。

第三个关节点,是光绪二十四年(1898年)"戊戌变法"伊始,在慈禧太后操控下,恩师翁同龢被黜,"开缺回籍,永不叙用,交地方官严加管束"。此事对张謇刺激极大。他们交谊三十年,"始于相互倾慕,继而成为师生,终于成为同党",患难与共,至死不渝。对于两朝帝师、官居一品的资深宰相,做如此严厉处置,为有清一代所仅见。这使张謇预感到,"朝局自是将大变",因而"忧心京京",心灰意冷。生母临终前谆谆告诫的"慎勿为官"的遗言,仿佛又响在耳边。面对帝党、后党势同水火,凶险莫测的政局,"三十年科举之幻梦,于此了结"。

在人生道路抉择问题上,张謇是慎重、清醒、谋定而动的。病逝前一年,他曾回顾说:经"反复推究,乃决定捐弃所恃,舍身喂虎。认定吾为中国大计而贬,不为个人私利而贬,謇愿可达而守不丧。自计所决,遂无反顾"。

三

关于张謇,胡适在1929年做过如是评价:"张季直先生在近代中国史上是一个很伟大的失败的英雄,这是谁都不能否认的。他独立开辟了无数新路,做了三十年的开路先锋,养活了几百万人,造福于一方,而影响及于全国。终于因为他开辟的路子太多,担负的事业过于伟大,他不能不抱着许多未完的志愿而死。这样的一个人,是值得一部以至于许多部详细传记的。"

"伟大英雄"、"开路先锋",评价准确而充分。在暗夜如磐、鸡鸣风雨中,能够像张謇那样,"专利国家而不为身谋",通过个人努力,开创难以计数的名山事业,取得如此广泛的成功,晚清名流中确是屈指可数。论其功业,可以用三句话来概括:作为中国历史上最特殊的状元,他开创了一条近代知识分子以实业教育代替封建士人"学而优则仕"的救国之路;作为中国近代化的早期开拓者,他是晚清社会中既能务实又有理想的实业家的一个标本;作为出色的实业家,他摸索出一条以城市为龙头、农村为基地、农工商协调、产学研结合的南通模式。1922年,在京沪报界举办的"最景仰之成功人物"民意测验中,张謇以最高票数当选。而其成功要素,前人认为:一曰纯洁,二曰创造性,三曰远见,四曰毅力。

说到失败,张謇同任何成功人物一样,在其奋斗历程中总是难免的。而处于半封建半殖民地社会的特殊环境下的民族工业,面对外国资本的冲击,生存艰难甚至终被吞并,本属常事。

其价值在于创辟了一条新路,提供了可贵的标本、模式,在于进行了成功的实验。尽管在当时条件下有些事业遭受挫折,却仍可以"耀后世而垂无穷"。正如钱穆所言:"人能在失败时代中有其成功,这才是大成功。在失败时代中有其成功,故能引起将来历史上之更成功。"

当然,张謇并非完人。我们肯定其事业之成功,并不意味着他在各个方面都完美无缺。他勇立潮头,呼唤变革,却害怕民众革命;他为实现强国之梦而苦斗终生,但直到撒手红尘,对于这条新路究竟应该何所取径,也似明实暗。由于时代局限性,他的思想、见地,并没有跳出近代维新派的藩篱。在历史人物中,这种功业在前,而政见、主张相对滞后的现象,并不鲜见。

作为一个智者,张謇颇有自知之明。晚年,他在一次演讲中说:"謇营南通实业教育二十余年,实业教育,大端粗具";"言乎稳固,言乎完备,言乎发展,言乎立足于千百余县而无惧,则未也未也"。"实业教育,大端粗具",说得恰如其分。而"完备、发展",就任何前进中的事物来说,都不能遽加肯定。这不等于承认失败,也并非谦卑自抑,恰恰反映出他严谨的科学态度。与此相照应,他在生圹墓门上曾自撰一副对联:"即此粗完一生事,会须身伴五山灵。"回首平生,他还是比较惬意的:一生事业已经大体完成,死无憾矣;现在到了回归自然、与秀美的五山长相依伴的时刻。

一位史学家曾经说过:"张謇与南通这两个名字已经紧紧联接在一起。在中国近代史上,我们很难发现另外一个人在另外一个县办成这么多事业,产生这么深远的影响。"是呀,先生"五山归卧"已经八十五个年头了。可是,今天,无论是走进通海地区的工厂、粮田,还是置身于他所创办的大中小学;无论是浏览于博物园、图书馆,赏艺于电影院、更俗剧场,还是在濠河岸边、五公园里悠然闲步,都会从亲炙前贤遗泽、享用他所创造的成果中,感受到张謇的永生长在。先生的事业立足于通海,而他的思想、抱负却是面向全国。他是整个中华民族的骄傲。借用古人的话:"乃邦家之光,非闾里之荣也。"

近年来,我曾两入南通,一进海门,看到过张謇生前在各个场合的留影,还有数不胜数的画像、绣像、塑像。他那粗茁的浓眉,智慧的前额,饱含着忧患的深邃目光,留给我难以忘怀的印象。面对着书刊上、广场前、影视中张謇的形象,我喜欢做无尽的联翩遐想。这样,就有一幅饱含诗性的画面成形于脑际,浮现在眼前——

一个霜月凄寒的拂晓,在崎岖、曲折的径路上,一位年过古稀的老人,踽踽独行。看上去,既没有"踏遍青山人未老"的革命家的豪迈,也缺乏诗人"杖藜徐步过桥东"的闲适与潇洒,又不见一般年迈之人身躯伛偻、迟回难进的衰飒之气,而是挺直腰身,迈着稳健的步子,向着前方坚定地走去,身后留下了两行清晰的脚印。

既然叫一幅画,就总得起个名字,那就题作《寒冬早行人》吧。

(原载《人民文学》2011年第10期)

琉璃秋(节选)

鲍尔吉·原野

秋　至

初秋看不到卷成一根针一样的青草心,看不到树叶像抹了一层油似的新绿。初秋是老天用很大的力量转变一件事,它让草叶由深绿变得微黄,叶子的水分流失了,最后薄得如一张纸。天的动作让天的色泽都变了,深蓝褪为浅蓝,宁静辽远,好像后退了一百零八公里。老天所做的这件事叫"秋",或者叫自夏而秋,这是何等盛大的典礼,让所有的植物加入秋的合唱。

看不到从水泥地的缝隙长出新草,云彩只剩下原来的十分之一,变薄了,仿佛不够絮一床新被子。那些娇嫩、浅颜色的花朵已经敛迹藏形,只剩下成片的花朵鲜艳开放,如菊花、鸡冠花和串红。土地不再松软,不似春雨之后的酥透。土地进入初秋,有如一个男人行进中年,好比李察基尔、周润发。他们从容了,也放慢了步伐。所谓争先恐后说的是春天,每一个时辰都冒出一个花骨朵,河水急匆匆流过,浪花四溅。春天怎么能不争?每一朵花都报春信,以为是自己招来了春天。夏天的茂盛,用"争"已经不确切,是无边的生长,每一个有生命的植物在夏天都有了一席之地。花草比房地产商对地的态度更贪婪,长满了天涯海角。

秋天,还有什么大事要忙吗?没有了。你看一眼枝上的果实,就知道"忙"已经不是秋天的语言。不必说水果,连卑微的小草都结满了草籽。鼓鼓囊囊的草籽穗头像八路军的干粮袋一般朴实,它是明年几十株青草的娘胎。

秋天慢下来,地球转到秋天也应慢一些。秋天沉重,大地多出来无数沉重的粮食,地球的辎重车行走当然要慢。地球舍不得把藤上晶莹的葡萄甩下来,宁愿转得更稳些。

初秋并不是丰收的时候,丰收是说晚秋。初秋所做的事情是定型,让一切可以称为果实的东西由不确定变得确定,由浆变成粉,由稚嫩变得坚硬。那些还没在初秋定型的东西已经定不了型了。人也如此,一个叫作"青春"的东西已经逝去了多年,双脚正往晚秋行走,此时还没沉淀、没雏形、没味道、没形态,有什么收获可言呢?

初秋明净,光线照在树枝和马路上,一样的澄澈。秋天的水比夏天更透明。早晨,秋天弥漫着来自远方的气味。这味道不知有多远,是庄稼、果树、河水和草地的混合气味,在城里也能闻得到。此味对于人,可叫作深刻或沉潜,离肤浅已经很远。如果秋天和中年还肤浅,就太那个了。好在大地一直懂这个道理。

叶子下地走一走

秋叶在树头俯观大地,风劲吹,使它摇摇欲飞,叶子早就想下地走一走。

所谓秋风吹过来,怀里揣着一把接生婆的剪刀,去掉叶子羁绊,让它们在大地打滚奔跑。人看秋叶飘落,心境生凉。错了,人心哪懂秋叶意。落叶高兴,在地上与众多兄弟姐妹相逢,千千万万的叶子抱着、携着,牵拉彼此的手腕臂膀团团起舞。

它们原来看不清彼此的长相。人说,叶子和叶子长得一样嘛，又错了。叶子在叶面上的面庞，润洁或活泼、多情或静思，脉络不一，绿的深浅不一，表情也不一样，这在枝头上看不清。叶子在枝头做团体操，每叶位置固定，跟奥运会开幕式差不多。

在地面，叶子看清了伙伴的面孔和它们的表情，表情写着：走啊，咱们浪迹天下吧。

脚下的大地松软、坚硬、平坦、起伏，释放迷醉的香气。青草的外衣在秋天换成浅黄的披风，围在膝下。说土地只生草木是短见，它还是蚂蚁、蛐蛐的大本营，是石子、碎玻璃、废弃的烟盒、雪糕纸的家。大地有多大？落叶以为在风中奔跑三天三夜就到了尽头，不可能。三天三夜才到法库，法库前面是四平，然后是长春、洮南、科尔沁左翼中旗、满归。诸落叶，尔等明白啥叫天涯海角不？不明白就慢慢跑吧！

城里的落叶在避风的墙角入眠，半夜醒来，见光秃秃的树枝挡不住月亮的脸，吓了一跳。落叶看枝杈歪斜，更吓一跳。它们一直以为枝直通大。树是千手千眼佛，向四面八方伸臂，一层层接引，收拢成为枝尖。

风不光是接生婆，还是导游。它带着无边的落叶参观躺在小区里的白菜和大葱，参观马路上的斑马线，看大楼身上的玻璃幕墙飘过白云。

奔跑的落叶已经找不到原来的枝头。天晓得天下有多少棵树，谁知道谁的位置几排几号？无风的早晨，鹅黄的落叶覆盖人行道，个别地方没盖好，露出一点点水泥的缝隙。即便这样，爱美的人也不忍心在上面踩。其实踩没啥事，落叶在脚下"沙沙"响，暗发秋声。

秋天，落叶尽享游荡的快乐。看山是山，看水是水，看人成群结队不知去了什么地方。它们劝枝上的留守者，下来吧，大地宽阔。

秋　思

——入夜,摇井上辘辘,井绳无尽止,东山小星比原来亮,越摇越亮。到后半夜,小星照亮全村,柴火垛披白蓑衣,苜荚菜拖一个清晰的身影。

——用瓦罐到井边拎水,歇着时,搅照水里飘摇的脸。用手在瓦罐里舀水喝,瓦罐放在家里能照见月亮的地方。

——窗框换成木头的,雨后,看窗木有没有长出蘑菇。看木头变老,裂纹穿过原来的纹路。木头香味没了,窗框像一双老手扶着房子。

——到山里旅游,突然下车、下公路,拐进大荒之林。任别人喊,不管。穿过这座山和许多山,慢慢走回家,或许一年。胡子和鞋都破了,用看山看林看鸟看虫的眼睛看家里的东西。

——不管走到哪儿,身边跟一帮孩子。他们蹲下、站起来,把东西拿到这里那里。他们把石子送给你吃,假装是糖果。他们把你当成像熊一样笨拙但无害的废物,高兴了往你身上撒尿。

——知道猫的秘密,比如半拉黄脸的野猫每夜去洗出租车座套的作坊干什么。知道鸟的秘密,麻雀被关进笼子为什么会急死。知道最冷的天气,两洞桥下露宿的人为什么没有冻死。知道今年春天比唐贞观七年的春天早了几天。知道岐山路第三小学门口的杏树哪一朵花为我所开,做上记号。

——破译契丹大字(如今只破译出十六个字),面碑朗朗诵读,得知辽国命运如何如何,真乃"咿呀呀,啊呀呀"。

——学用萝卜刻牡丹花,和牡丹花一锅煎汁饮。把葱叶夹到酸书里去味。

——用鱼鳞片粘一把雨伞,用薄荷纤维织一件夏装,在窗玻璃上画满向日葵。

去甲肾上腺素

一日午睡,醒见眼前黄叶堆积,大惊。今夕何夕,难道进了大兴安岭?谁把我弄到这里?瞬间,环视左右,一只手高高地抓起了枕头——这是我的蓝白相间的枕头,前面是书橱、《微精神分析学》、沙发。我松了一口气,在家。

地上铺撒黄叶。银杏。室外秋雨,散开蒸发水分,寄给老家。

房内林莽之气氤氲,王夫之注《楚辞》:"剖之而香雾霏微也",银杏趁我昏寐放出此味。落叶交叠错落,铺我床下,这是何等待遇。想起好莱坞女星莎朗·斯通为求子嗣,每晚睡在玫瑰花瓣之中。她还是没生。我为适才惊慌而笑,何不揣度宿于密林,如杨靖宇那样。醒时将双目虚睁一小缝,觑一地落叶,口诵杜诗:"清风左右至,客意已惊秋。"翻身再睡。

上月回家,老父端茶碗告诉我:"我改喝银杏茶了。"他记忆不好,一天说十来遍。他不轻易相信什么,喝一辈子红茶怎么改银杏了呢?那天看电视,天气预报前有一银杏饮品广告,气势磅礴。哦,这么回事。忽地,想起在我跑步的辽大操场,环栽一周银杏。秋天,明晃晃抢人眼目。叶子黄中夹绿,我手抚双杠念屈原歌辞:"青黄杂糅,文章烂兮。"纯黄之后,则更烂兮。

次日,我拎兜子赴辽大采撷银杏。树下落叶少,恨天无风,仰视满树飒飒的青黄徒唤奈何。上树,我决定上树。刚展臂伸腿,见对面女生走来,不好意思了。许多年没有上树。女生款款而至,我抚树拍树观其生长。欲上,又来人。如此者三,胸中已燥热。在树下埋头转了一圈,认为自己心理素质太差。怎么了?攀一树耳。树上也有树上的局促,枝杈斜逸,坐站皆不宜,手臂前环后抱采叶,有平常体味不到的辛苦。杜甫尝叹:"花近高楼伤客心,万方多难此登临","楼"改"树"亦宜。忽觉脚下悠悠,嗔,疑有人晃树。俯察,乃是自家股颤。俟左右树叶摘净,我在树上只好现形。结队学生走过,抬头一愣,以指指我,以目目我,亦不堪。还有大爷大妈伸脖子喊:

"采这治啥病的?"

我自顾尚难,遑论科普,胡乱说:

"重感冒。"

或"灰指甲"、"雀盲眼"等等。

一个小伙问叶子管啥——怪哉,一人上树,众人即知其叶必治某病,如无此病,皆放心而去。——我答:痛经。

查医学文献,知银杏药效在于解除老年人记忆障碍。信息通过人的神经轴突(neurons)交叠传输,其导体为两种化学物质多巴胺(dopamine)和去甲肾上腺素(noradrenaline),记忆障碍意味着多巴胺分泌减少,银杏叶能够刺激它的分泌量。同时,银杏可以扩大和松弛静动脉,并防止血凝块形成。

科学之力,已抵消我攀树的小小艰难。

宛在秋中央

光阴的河水,从树叶上,从泥土里,从锄头,从酒碗边,从炊烟,从蛐蛐声里淌下来,如一道道溪流。到了秋天,汇成一条大江。秋天的大江载不动连天船舸,瓜果梨桃,五谷丰登,在这条江上漂流,等待月明。

月亮是带笑容的信号弹,说丰收开始了,酒席开始了,镰刀的呼喊开始了。信号弹升在每家院子的上空,亮如白昼,花雕的坛子蹒跚行走,池塘的波纹用弧线描画月亮的脸。月亮如川剧艺人于清夜变脸:白如银盘,黄如金坛,酒醉的吴刚跃跃欲试往人间降落。

上中下、早中晚,中为何物?秋何以中?《大学》有言:执其两端而用中,不偏不倚之谓也。中乃花开正好,尚未萧疏。中为子时午时,阴阳相持进而泰然。中乃过半未半,是秋之美人最美,秋之盛装最盛。秋而逢中,庄稼的队伍浩浩荡荡,走遍大地,接受检阅。果树的队伍拎着红灯,草原队伍带着绿风,海的队伍互相牵着浪花的手,加入游行。

中秋登场了,还有什么没登场?五谷大地来了,高山流水来了,来得稍晚的是星星的合唱。星星有点羞怯,起初声小,缓缓包拢天地,音色透明,织体饱满,山川唱和,弥漫秋声。

一 滴 水

我在一篇文章中写过:"雨后,桑园在许久的寂静之后,传来一句怯怯的鸟鸣。"

早上,我又在雨后的桑园听到了这样的啼唱。这只鸟的喉间仿佛有丰盈的水珠,或者它在练气功,津液满颊。我担忧的是,这样歌唱,不会呛水吗?我童年的朋友三相,曾向我炫耀含水歌唱:抿一口花茶根,唱颤音的"美丽的哈瓦……"还没等"那",呛了。一阵咳嗽,我把他脊背噼啪一通捶打。

雨后,树叶上流漾水珠,小鸟感到树上挂满水滴的钻石,惊喜自语。也许,它有意啄一滴水漱口再唱,像我唱蒙古歌之前须饮烈酒润喉一样。

行家说,这自是鸟的唱法,叫"水音儿"。画眉、红子都会此腔,尤其邢台以南产的红子,腔名"衣滴水儿"。我宁愿相信这样的情景:初晴,鸟儿啄头顶的一滴水,"凉啊!"它不禁喊出声来。如果没有污染和人类捕杀,鸟儿实在过着神的生活。

白露杀金草

> 不要踏过露水
> 因为有过人夜哭……
>
> ——阿垅《无题》

这是七月诗派诗人阿垅写于 1944 年的诗。

白茫茫的露水,在秋季尤为苍凉。我在罕山脚下的月夜,见山坡的草尖挂一片露水,每一滴都流露决绝的苍白。大地如同哭过,为了草木凋零。我在落叶松的针叶上走,听不到自己的脚步声,心里想,露水究竟是什么呢?

我现在也不知道露水从哪儿来,好像每株草身上藏有一口井,汲水捧在手心。给谁喝呢?按说,这是送给小鸟和蚂蚱的饮品,但谁也没见过小鸟趴在草上喝水,蚂蚱、螳螂、蟋蟀们好像都不喝水。从生理学说,具备血液的哺乳动物才饮水,肠道吸收水分补充血液。蚂蚱有肠子吗?它们并没有血。人们惯常把含有血红细胞并在血管里运行的体液叫作血。血的第一个功能是运送氧气与排出二氧化碳,这是对有肺叶的生物而言,蚂蚱没这些东西。

人童年和老年泪水的比重都不同。泪水从儿童眼里涌出,化为一滴泪在脸蛋挂着,如露珠那样饱满。我冒昧揣想,儿童泪水的水分子结构或与成人不同,属于大分子,聚成团而不破,与露珠仿佛。而成人的泪,特别是老年人的泪流下来散在脸上,化了,见不到珠。人老了,连泪水都出水货了么?散掉的泪是小分子结构,钠含量高,流得快。成年人流泪,只见他们用手抹,见不到泪水,说话鼻腔堵塞,鼻腔无共鸣,这是真哭。电视剧演员用眼药水假哭,一听声音就听出赝品哭。而儿童是另一番情景,号啕的同时倾诉,鼻腔照样共鸣。儿童厉害呀,他们大滴的泪水多么真挚。

露珠挂在草上如同挂不住,但还在挂着。草为能抱住这么一团水而昂然,它们昂然有理由。拿人来说,没有盆,没有碗,你能抱住一团赤裸裸的水吗?不能,人抱不住水。如果哪天见到露珠满身的人,估计他已得道成仙了,可写入《本草纲目》。

水在人的细胞内也是一颗颗露水,被细胞膜包着,钾和钠承担细胞壁的水平衡,不要瘪了,也不要涨破。从比重说,把人看成是水做的没说错,水占到人体百分之七十以上。人脸生皱纹是皮肤水代谢出了问题,皮薄了才生皱。然而多喝水并不能直接喝进皮肤里。人空腹饮水,三十秒进入肠道,多余的水全被排出。人类皮肤的水分靠脂肪(油性)来平衡,油性少了,水也少了。你看不到一个老年人对着镜子挤粉刺,他的皮肤与内心已经没有多余的脂肪与情感化为粉刺——油少了。年龄控制人的一切。

我的曾祖母曾说露水是月亮给太阳写的信,夜晚挂草上,太阳早晨收走。曾祖母努恩吉雅给我讲过许多稀奇古怪的事情,不知是她的创作还是民间传说。

月亮给太阳写了什么?我问曾祖母。

哎呀,信里面什么事情都有。曾祖母回答我。谁家丢了羊、猫干了哪些坏事、蛤蟆干了哪些坏事,月亮都要告诉太阳。

人能看懂露水的信吗?

她说:甘旗卡地方有一个说书的人专门看这些信。这个说书人叫龙台,他把露珠拿到嘴里尝一下,就知道信的内容。

他比太阳先知道信的内容?我问。

对的。曾祖母说,但他不是太阳,知道了也没用。龙台从露水里知道了许多药方,可以治好门牙中间的缝。

这是讥讽我。我两颗门牙中间有缝,这是我特意用一分钱硬币别开的。有了缝,含一口水从牙缝中可以滋出一米远,冲跑墙上爬的蚂蚁。听曾祖母这样说,我猜露水里有信是她的即兴创作,相声术语叫"现挂"。

再说阿垅,他本名陈守梅,杭州人,黄埔军校十期毕业生,曾做中共地下工作。1955年受胡风案牵连下狱,1967年病死狱中。《无题》结尾写道:"我们无罪,然后我们凋谢。"

赤脚的乌鸦

从格日僧往东,一直到新苏莫,秋天的大地仿佛沉浸在往事中。早晨的白雾八九点钟才散尽,牛毛黄的荒草被雨浇过,贴在泥土上。褐色的大地延伸到地平线的雾岚里,好像在想一件事。大地如果想一件事,四周变得静悄悄,像在帮它想。夏日的牛群和野花去了哪里?雨水去了哪里?野鸭子和像踩一双滑雪板飞翔的蓑羽鹤都无影踪。大地失去了这么多的东西,势必要闭上眼睛想一想。

乌鸦第一个闯入草原的早晨,即使没有人,它们也"呱呱"叫着,听取从远处传过来的回声。仔细辨析,乌鸦们叫得短促,是半句话,等待别的鸦来接续,咕——呱。像说相声有捧有逗,嗯啊那是。它们的音长,刚好跟扇动翅膀的频率符合,也像借力。过一会儿,乌鸦站在了泥褐色、带着白霜的大地上。

乌鸦赤着双脚,结霜的泥土上留下它们的足迹,像国画所谓皴,钉头皴、拖泥带水皴。动物都赤脚,而在秋天看到赤脚的乌鸦,让人感到它们一年当中一无所获,甚至没得到一双短靴子。草原上没有粮食,乌鸦们三三两两站着,抬颈看,似乎对不长庄稼的土地感到气愤。

我一步步朝乌鸦那里走,不知哪一步让它们起飞。走到很近的地方,瞧见乌鸦翅膀有几根大羽闪蓝光,像高级的漆,黑里暗藏着深蓝。如果不是乌鸦,连宝石都放射不出这么神秘的色泽。人说乌鸦聪明,像水里的海豚。我觉得海豚更友善一些,乌鸦显得傲慢。它一定高估了自己的智力和嗓音,也高估了黑色的高贵含义,因此跟其他的鸟类格格不入。看不到乌鸦有什么朋友,譬如乌鸦在枝头跟黄鹂对唱,没有的事。

　　乌鸦在岑寂的大地行走,感到秋天的荒凉,像一只大筐空了,里面的好东西都被拿走。乌鸦其实很善良,知道大地的疲惫,来到这里散步,是为了与大地做伴。大地在秋天没有伴儿了,喜鹊到村里杀羊的人家报喜,麻雀飞到收割粮食的地方,草已经休眠,只有乌鸦来这里散步,想引发大地的对话。它们赤着脚,一抬一放,在大地身边走来走去。

(原载《散文》2011 年第 10 期)

我的姥爷赵国记

王兆胜

我们每个人身上都有两条根,一是父系,另一个是母系。所不同的是,有人与父系的联结紧一些,还有人与母系的关系密一些。我的爷爷、奶奶在我记事前就已去世,加上爷爷的口碑不是太好,所以我对他们没什么太深的感情;我的姥姥死得更早,根本谈不上印象,而姥爷却得永年,活了八十四岁,他是在我上大学后辞世的。在艰难的岁月,姥爷像一根坚韧的丝线牵扯着我家这只在风雨中飘摇的风筝,他又像一条温暖的河不时地注入我那个曾被冰冻的家庭。

对于姥爷的家史我不甚了然,据说,以前它曾是个富康之家,但到姥爷这一辈却是地地道道的农民了。不过,打小时候起,在我的眼里,姥爷就不像个农民,尤其不像父亲那样一身土气,而更像个教书先生。他高而白,像一棵高耸入云的白杨树,直到晚年,背驼了、腰弯了,他仍然给我高而直、脸面丰颐的感觉。与爷爷(从照片上看)、家父和我们兄弟的一脸严峻相比,姥爷则很有佛相,他总是慈眉善目、一脸的平和从容之气。在我的记忆中,姥爷从没发过脾气,就像春天的杨柳一样,春来了,绿到了,他就柔顺地在春风中飘拂和摇动;即使进入严冬,在狂风怒吼中,叶可落,枝可断,但身心却仍在飘扬,姥爷也还像那柳树,很少发出刺耳怪异的尖叫。

其实,姥爷的一生并不顺遂。姥爷和姥姥生有三男三女,小女儿八岁就夭折了;长女即我的大姨三十多岁就去世了,她治家有方,富甲一村,对我家的帮助甚大,母亲的许多衣服据说都出自她手,可惜的是,在我出生前她早已不在世间了;长子早逝,身后留下一个儿子,姥爷这个长孙与我小舅的年龄相仿佛;随后是姥姥的离世,从此之后,姥爷就没有再娶。可以说,姥爷经历了切肤之痛,也可以说一定经受了肝肠寸断的人生,只是作为孩童的我对他无从理解,也很难从他脸上看出来。相反,在朦胧的年月,我和我的兄弟、姐姐却总是将姥爷家作为乐园,那是一个多么温馨和快乐的所在啊!

姥爷与我家相去不远,只有三里路,但平时妈妈不让我们孩子去,怕惊扰了姥爷。可是,每年的大年初二,我们都要到姥姥家拜年,那是一年中最快乐的时光。记得,我和弟弟跟着哥哥、姐姐步行到姥爷家,有时赶上下大雪,路滑雪白,一路的风光无限!当看到姥爷在门外等我们时,我们的一颗心激动得都快要跳出来了。姥爷的家门口常拴着一头高大的骡子,极其壮观而俊美,它棕色的皮毛光滑得赛过丝绸,它的眼睛温柔而美丽,看到我们时,它总是用鼻子喷出热气,肌肉也在不停地颤动,这是在致欢迎词吧?到了姥爷房间,他总是将点心、糖果和压岁钱拿出来给我们,而此时的姥爷笑得也格外开心,那是一个充满幸福和甜蜜的宽阔的海洋。听妈妈说,她和我父亲刚结婚时,我家一贫如洗,而每当逢年过节,姥爷总是肩挑驴驮,将锅碗瓢盆、柴米油盐送过来。母亲还说,我家南屋就是姥爷和小舅用小毛驴一砖一瓦驮出来的,并叮嘱我们长大后可不能忘了姥爷和小舅。也许,在那个年月,妈妈在姥爷的心中很重很重,那是他生命之希望与寄托,是迷顿与苦难人生中的定海神针。今天想来,我甚至觉得,或许在姥爷心中,在通向女儿家的道路上才有光亮与美好在闪现。

但这一光亮很快又熄灭了,妈妈英年早逝,在她四十九虚岁的美好年华就匆匆离开了人世。那时我还小,不知道年近八十的姥爷的心中有何感受,是漆黑一片,是天旋地转,还是彻底的绝望?不过,在妈妈去世后,姥爷并未放弃通往我家的道路,他仍然一如既往地在三里远的道路上不间断地来去。当甜瓜李枣、柿子桃子、核桃栗子、苹果樱桃上市,姥爷总是趁着新鲜用篮子亲自送来。我看过姥爷的用具,那是用一根光滑如玉的木棍,上面的一端刻有深痕,以绳绕而系之,再将绳子拴在篮子的提手上,然后用肩头背来。我不知道,这一路上,姥爷背驮着满满一篮子水果,是不是停下来歇息过,换过几次肩,喘过几口气,是什么力量让他不断地往返来去?作为嘴馋的孩子,那时的我并不懂得,但后来,我常想起姥爷,回味着姥爷以古稀之年背驮水果在路上跋涉的身影,感动于姥爷在失去女儿后仍未间断将目光与心思投向外孙和外孙女,直到他过世为止。

母亲去世时,姐姐只有十六岁,她仿佛代替了母亲的位置,一心向着姥爷。姥爷是个干净得有些洁癖的人,他虽是农民,但却一尘不染,他裹着绑腿,从不上炕,即使姐姐将姥爷的鞋脱下来,他也不脱袜子、不解绑腿,这与父亲的打赤脚和从不裹腿形成了鲜明对照!姥爷还带着白白的手绢,咳嗽和吃饭时还会拿出来用,他唯恐将东西弄脏或担心别人嫌弃似的,从中也可见出老人的明理和知趣。姥爷每次来,姐姐都给他做荷包蛋,一般是八个,要不就是六个,具体做法如下:先用葱姜在油中爆锅,然后加水煮沸,将鸡蛋打进去,熟了加韭菜和香菜出锅。其香气扑鼻,令人馋涎欲滴!在那个贫穷的年月,这是我家最美好、最诱人的吃食了。记得,当年我家有只母鸡,下的蛋从不卖掉,我们自己也从不吃它,而总是给姥爷留着。那时,我家盛放鸡蛋的篮子精致而漂亮,鸡每下一个蛋,姐姐就赶紧从鸡窝里捡回,用软草和布条擦干净,将它放进篮子,再用一块粉红的手帕盖好!我曾趁姐姐不在，伸手到篮子里摸过。鸡蛋光滑、温热、圆润；我也曾打开盖巾，鸡蛋一个个饱满、红润、透亮，仿佛商量好了聚集在一起似的。我家可能缺米、少盐，但却一直不缺鸡蛋，因为姥爷随时会来的。当姥爷吃蛋时，我和弟弟就喝锅里剩下的少许菜汤，那样虽不能与鸡蛋媲美，但也聊胜于无了。不过，每次鸡蛋上桌，姥爷总是让姐姐再拿一个空碗，非要拨出两个不可，他从不吃独食，因为他或许心下明白，厨房里还有我和弟弟的两双眼睛呢！姥爷另一个知趣的表现是，他从不在我家留宿，母亲不在了是这样，母亲活着时也是这样，他总是这样推说："金窝银窝不如自己的狗窝。"不管天多晚，夜多黑，路多崎岖，他一定坚持要回自己的家中。

后来听人说，姥爷在自己村里是出了名的"愚人"，因为不管别人问什么，他总是说好！饭后，村口的老人常问："国记，你今天吃的什么？"姥爷就说："馒头。"由于不假思索，久而久之，自然就露了馅，因为一个人不可能总是吃"馒头"。再有人问："国记，儿子儿媳对你怎样？"姥爷也总是说："好，跟亲生的没啥两样。"人们就会笑起来！小时候和小舅母接触较多，她美而善，眼睛和心里都不嫌弃我们，如果没有她的支持，母亲去世这许多年，姥爷断断不能一直接济我们，即使有心也无力啊！因此，某种程度上说，姥爷的话一定不错！但站在外人的角度看，儿媳妇如何能跟女儿相提并论？更何况，姥爷的话中有误，难道"儿子"不是亲生的，怎么能与"儿媳妇"一样，和亲生的没啥两样呢？也许人们笑姥爷的"文过饰非"，也许在笑他的"语法"错误。事情往往就是这样，智愚、贤不肖往往不能一言以蔽之，表面看来，姥爷是有点愚笨，但我知道他的心里跟明镜似的，他是真正的聪明人。

我们家乡有句古语说得好："外孙狗，吃了就走。"意思是说，外孙永远没法和孙子比，因为他是外姓人，既不能给姥爷送终,更不能尽到孝养义务!我就是如此,在考大学那几年疲于应付,没时间去看他;考上大学后,姥爷又去世了,我没能为他送行,更没有给他守灵,不知道姥爷临终前心下有何想法,也不知道他记不记得,远在天边他还有我这个外孙?更遗憾的是,至今二十多年过去了,我再没踏上姥爷的村庄,更没到他老人家坟上去过,那当然也没能为他压过一张纸,上过一抔土,点过一盏灯。基于此,我常觉得自己无情无义,也自认"外孙狗"这个称谓。姐姐于八年前去世,父亲亦于三年前离世,不知道他们生前是否去过姥爷的坟头,是否提起过我?

事实往往又不尽然,作为一个长年在外的漂泊者,他可能并不迷信,也不在乎所谓的那些形式,但有一点是肯定的,那就是:我的心里一直装着姥爷的,没有忘记他。姥爷虽然没能留下一张照片,但我的心灵是底片,它清晰地珍藏着姥爷慈祥的音容和整个的人生图景。而这篇小文也似一张小照,当人们闲着无事时,它或许能让你想起自己的姥爷,也会给喜欢、感恩与思念姥爷的人一个小小的念想。

2011.1.4 晚初稿,7.7 定稿于北京沐石斋
(原载《美文》2011 年第 9 期)

枳壳　枳实

辛　明

我老家有过一棵树，是橙树。

我老家在袁河与赣江交汇处那块冲积平原的尖尖上。小村子，不满三十户，百十来口人。风光甚好，背依水流清亮垂柳依依的河，面对低矮青翠蜿蜒静卧的山，村与山、村与河之间，是平展展、水汪汪、阡陌交错的稻田。蓊蓊郁郁的树木和篱笆环绕村边，其间有高大古老的樟树、枫树和苦槠树，有枝叶扶疏、飘飘摇摇的长竹，还有许多叫不全名字的乔木、灌木、藤蔓和草，时时有绿，日日有花。我家的祖屋位于村子前排偏东，是经历了几十年风雨的砖木老宅，正屋前接了一个小小院落。房子的右前方，相隔百步，是一口青砖砌岸十几丈见方的水塘，细细长长的水圳自西往东逶迤而来，穿塘而过，注入活活清水，带走淡淡污浊。水圳于院门前一箭之地款款转身，弯出一个椭圆形半岛，扬长而去。那树，就生长在这半岛上，斜对院门，绿意长映。

自我记事，树就庞然屹立在那里，高及二丈，伸展的树冠遮盖住了整个"半岛"。每年的春夏之交，南风拂拂，橙花应时而至，雪白的骨朵从鲜绿的枝叶间逸出，竞相开放，那浓烈而黏稠的异香便纵情溅洒，四向飘飞，融着软软的风和廊檐下钩镰相击的叮当之声登堂入室，常常让我迷醉，生出无限遐想。

橙树是祖父亲手所植，也是祖父的珍爱。祖父没念书，不在意叶的翠绿和花的芬芳,看重实实在在的好处。

花开花落,橙树结满了小小橙子。橙子日长夜大,至暮春或初夏,就有小算盘珠子那么大了,圆圆的,青青的。这时节,祖父总是天不亮就出门,捡拾晚间掉落在树下的粒粒橙子,提回家细细分拣。小的用水浸泡数日,滤去苦汁,拌上盐、干椒、豆豉、蒜,放锅里反复蒸,于是家里总有那么一钵黑黑的、咸而微苦的、细嚼慢咽之后口舌生香带甜的"橙子酱"下饭。大一些的,则被祖父分别横切成两个半圆,几经暴晒,干透了,收成一袋半袋,背到集市上去卖,换回些红糖草纸盐巴灯油。祖父告诉我们:这是枳实,一味好药。

序入清秋,时至九月,小小橙粒长成小儿拳头那样结结实实的大橙了。此时,祖父必然动员全家参加一项重大活动:下橙,就是将满树的橙果及时采摘、炮制。我家的橙树大,结果多,橙们总是成双结串,挂满枝头。祖父搬一把长梯,稳稳地靠在树枝杈上,轻巧地爬靠上去,将沉甸甸的青橙一个个摘下丢落。我和弟妹们在树下,把那蹦蹦跳跳的橙逐一捉了放到箩筐里。听着祖父的朗声吆喝,嗅着橙树橙果浓烈的酸香,边嬉闹边干活,我们都是小小神仙。橙树结果有大年小年之分,凡大年,我家的树可采二三担鲜橙,即便小年,也能收满几箩筐。橙子采下来,祖母便领着我们一个一个切开,用撮箕端到屋外的平场上翻晒,早摊出,晚收回,等到晒足十天半个月的好日头,那些盔状的橙片就干透了,由深青变褐紫。祖父又告诉我们:这是枳壳,也是好药。逢集之日,祖父穿戴整齐,神色怡然地挑上满箩筐的枳壳上街去,还家之时,筐里没了枳壳,却有了稻草扎缚的新鲜猪肉、土纸包着的油饼油条,还有祖母急用的针头线脑火柴肥皂。这一日,全家欢喜,胜似过年。

后来知道了,我家这树,学名酸橙,属芸香科乔木,外观类橘、柚,质地各不同。枳壳是其接近成熟期的果实,枳实是幼果,都是干品。的确是不错的中药材,功效相近,主要是破气、行痰、消积,在治疗胸膈、腹胀、便秘、里急后重、水肿之类病症的方子中常用。

祖父是地道的农民。兄弟五人,他排最后,长辈叫老五,平辈称五哥五弟,晚辈则唤作五叔五公公。我出生的时候,祖父已年近六十,依然高大。我家人口多,自我打头,兄弟姊妹一串,"五男二女七枝花",很长时间,就是一窝老鼠那样吱吱乱叫嗷嗷待哺的雏儿。其时,父亲母亲都在外混事,赚不了多少钱,顾不上什么家。祖母缚过脚,长年咳喘,家里的大事小情,主要靠祖父撑持。祖父为人,万事不肯敷衍,种的树,要比别人家多结些果;侍弄的菜园子,要比别人家花样多,收获好;养的猪牛鸡鸭,要比别人家肥壮;打来的柴垛,要比别人家大而实;酿的酒熬的糖,要比别人家香而甜……最要紧的,他的孙儿孙女们,要比别人家吃得饱一些穿得暖和一些。因为这些,祖父便有操不完的心、干不完的活。我很少看到祖父躺着,总是见他进进出出,忙个不休,像永不停转的机器。永远不会忘怀的情景是:酷热的盛夏,劳作后进门的祖父,头顶上冒着腾腾热气,身上的粗布衫被汗水湿透,显出一片一片雪白的汗渍;寒冷的冬季,那粗糙如砂纸的大手,更添一道道深而见红的血口子,而他满不在乎,抹上点"蚌壳油",撕条胶布缠住,扛上锄把又出门。祖父的大脚板变了形,弯弯的像柴刀,中趾超长,五趾分得很开,这是经年累月在泥巴地里负重挣扎的结果。祖父祖母做寿木,所用的杉树大料,全是祖父从邻县的大山里一根根扛回来的,往来一趟,有上百里的艰难路途,这时的祖父,年近七十。

祖父极少生病,偶发头疼脑热,总是唤我们去那橙树上摘些鲜叶,让祖母烧水煎了,滗出浓绿的汁,就着这汁下点挂面,放上大把的干辣椒和葱,盛出来呼噜呼噜喝了,躺床上蒙头睡两个时辰,翻身起床说:"发汗了,好了。"接着干活。

好些年,祖父在外面听生产队长调遣,在家里就是我们的生产队长。天没放亮,小孩子们还做着甜甜的梦,祖父的大嗓门就在院子里嚷开了:"老大跟我砍柴,老二放牛捡粪,老三打猪草……快起来,莫做懒精!"正是在祖父的声唤和差遣中,我们渐渐长大,品尝了人生的艰辛,也体味了劳作的欢愉。

祖父不识字,却费尽心思而且十分执拗地让儿孙们念书。村子里没出过多少文化人,上世纪六十年代初有了自古以来第一名大学生,是我叔;七十年代末出了第二个大学生,是我。

祖父再忙再累再操心,从没误过对橙树的照料。春施肥,夏打枝,秋防虫,冬保暖,树长得茁壮,也成了我们家许多事情的见证,经见了阳光,也经见了风霜雨雪。

渐渐地,我们大了,树老了,祖父也老了。村子里的人多了,房屋多了,事儿也多了。浑浑蒙蒙之间,苦楮树不见了、枫树不见了,那硕大无朋、神佑村人几百年的老樟树也没了。那是某年,一群浙江工匠被村人请去,用了将近一个月时间,斧斫锯拉,将樟树放倒,树干树枝解成板,树蔸树根刨出来剁碎了熬油,有那么半年多,村子里总弥漫着浓烈的樟脑味。这味道后来就没有了,也许永远不会有了。就在这些岁月,村前的水塘被垃圾泥土填平,让人盖上了猪圈;水圳改道绕行,橙树边少了清水,多了碎砖烂瓦;村民盖新屋打墙基,挖断了树的根根须须。终于,树干布满了虫眼,树上多了枯枝黄叶,后来大半边树也枯了。祖父多少次在树下徘徊,忽一日召我们到树前,低沉而坚定地说:"倒了吧!活不成了,还有点用。"树被砍倒,祖父用了很长时间,将枝枝桠桠细心地晒干捆好,叶子也全扫了回来,供了我家将近一个月的灶柴。树干尚实,祖父请人锯开成板,做成两条长凳。

树没了,祖父健在,明显多了几分老态。祖母七十六岁无疾而终,祖父有过一阵孤独,依然健朗。因为祖父的坚持,我和弟妹们能读书的读了书,相继跳出农门,做了城里人,祖父却始终住在村子里,由我的父母亲和善良的族人们陪着,还有那橙树长凳。凭祖父的身体禀赋,我们满以为他能活过百年,遗憾的是没有。祖父九十七岁那年,一个寒冷的冬日,和满屋的晚辈在厅堂烤火,站起身夹炭时,扑通一跤跌坐在泥土地上。等到惊慌不已的族人将他抬上床,老人咧着嘴说:"怕是断骨头了,让出门的人都回来吧。"医生到家给祖父做了检查,断定是股骨颈粉碎性骨折,年岁太大,不能手术,要在病榻上走完最后的路。渐渐地,祖父虽然苍老却依旧饱满的身躯被一点点熬干,最后到了皮包骨头的地步,那深陷的眼窝可以搁下小小酒盅。

祖父的脏器没有毛病,只是老化了、衰竭了。衰竭的祖父仍有很强的生命力,可他不想给后人子孙拖累,大约在摔倒两个月后,就坚决不打针不吃药,再往后,几乎不吃饭不喝水。我那时正在某县做芝麻官,常在星期日回家看祖父,问他想吃点什么,老人提过的唯一要求是:"老大,去买根冰棒来。"噙着泪,驱车到市区,我挑最好的雪糕、冰棍、蛋筒,为祖父买了满满一保温瓶。在父亲的帮扶下,祖父吮了半支绿豆冰棒,干瘪的面容上现出满足的笑意。

祖父伤于隆冬,殁于初夏。在他居住了大半辈子的祖屋,后人们设酒致祭。祖父自己扛回的木料所制造的棺椁之中,安卧着他干枯的躯体;支撑棺木的两条长凳,曾是老橙树的主干。

不见橙树,二十余年;泪别祖父,十有三年。清明之节又将至,一定带上妻小回老家一趟,为祖父的坟头添几张黄纸,给橙树板凳抹抹灰尘。

(原载《百花洲》2011 年第 5 期)

我的七十年代

周月亮

> 这是一个时代而非一个作者的作品。
> ——博尔赫斯《私人藏书》

三 考 高 中

我研究生考了一次,大学考了两次,高中考了三次。不是我越考越会考了,而是越往前推越不是考试。

三十九年前考永红(一中)的有八百名,我语文考了九十七分是第一,数学考了十分。没有因为语文好就录取我,不录取的原因也不是因为数学不好。我们班四个录取了的数学连十分也没有考到。那是因为什么呢?因为那是1972年。

1972年还是个太平年头,所谓的1966—1969年的"小文革"过去了,"九大"开完了,林副统帅也摔死了,这个被全国人民天天敬祝永远健康的只比他取代的刘主席不那么健康了两三年就离开历史舞台了。也因此才要升学考一下传说中的试,但毕竟是1972年而不是1982年,副统帅坏了正统帅还在。所以,你考你的他录他的。

八百个录取二百个,有六百个入不了学的,那么多红孩子还不能入学,你一个黑崽子有啥了不起的呢?那些"老爷"们脸上写得很明白,让你觉得要是问为啥不要我就愚蠢得不可理喻。可是,我还只是黑崽子,有一个写过"反动标语"的黑人却赫然录取了,当我用这个事例质问永红当家人的时候,他居然让我为这一举世皆知的事打证件!当时破获一起书写反标的案件是轰动性的,那个同学因此失去了姓名,被通称为"小反"(小反革命),许多同学以骂他打他为乐,他既不敢怒也不敢言。也许因此吧,他的学习差得一塌糊涂。他肯定不是考上的,他是被录取上的。而且,许多红崽子学习挺好的也没有录取,我曾问一个女同学的父亲:"你也没有后门?"因为他是交通局负责人,他恼怒地说"没有"!这位令人尊敬的前辈不是恼怒自己有没有后门,而是恼怒社会的不正之风。"文革"诸多运动中有过一个反走后门的小运动,之所以反,是因为走到相当程度了。其实,当时标榜的前门也是后门,或者说更是后门。因为当时搞的就是帮派政治。

"派性"是当时最大的政治,也是最好使的后门,却是最堂皇的前门。当权的文教组长的女儿也没有被录取,因为永红与县文教组不一派。永红不录取他的女儿,他就不批准永红的录取名单。永红的大字报中有这样的话:科长大人骂我们是流氓学校,科长大人的千金小姐要来我们这流氓学校有个三长两短咋向科长交待?其实当时不叫科局长,那样写加重了讽刺力量。他们都在拿前门说事。我们家没有资格有派性,也就没有什么前门后门——没门。

初中毕业证的日期是1972年1月20日,毕业考试例行公事,升学考试也糊里糊涂,那天奇冷无比。把写"千万不要忘记阶级斗争"的钢笔都冻了。反复到炉子跟前烤,把前半截的笔身烤焦了。

"二考"战校(二中),到了1972年夏天。像上次考前须家长单位盖章一样,这次找到了县组织部,组织部签的是"待分配干部周国仕的子女,可以报考"。我爸特别高兴以为组织上把他列为待分配干部了,这个称谓的得来大于我那个"可以报考"。我觉得"同意报考"才是正常用语,"可以"有几分勉强几分不祥。同时又觉得组织部比上次的县医院衙门楼高,应该能成。上次父母都在学习班,没有单位,快交表的时候那一栏也没有一个红色的公章,愁得没有办法的时候,学习班的医生说从县医院盖吧,母亲大喜过望,由头是她是卫生系统的干部。父母的高兴都是各取所需,真相是"一山放过一山拦",录取的时候人家并没有按待分配干部的子女对待。妈妈领我去找战校的书记,她们认识,亲切地叫我妈"伙计",叫"伙计"从组织部开一个二指宽的小条她就敢录取,因为两次上会都没有人敢担责任。我从那次知道了"上会"是中国权力的最高形式。组织部管公章的孟叔叔,是我二姐班主任的配偶,说:我们已经推荐了就表示我们同意,就没有必要再开什么信了。他说得也对。接着,找文教组的亢组长,他眼皮都不抬地说:录取是学校的事,找学校。他说得更对,他的女儿已被学校录取。

二中五百名考生要二百,我语文考了第一,数学考了第二,总分是第二名。这次考虑考试成绩了,因为许多学习好的红崽子总算被录取了,不像我这么黑的学习说得过去的也录取了,总分第二名的我就是"政审"这一关过不去。我在到处碰壁愤怒之际也写过杂文揭露他们诸多表里不一、自相矛盾,有一篇叫《挂羊头卖狗肉》,当然读者只有我本人。我没有贴大字报的资格和胆量。我找到县委当家人,用毛主席语录和他理论:我爸的问题还没有定,即使定了,毛主席说"可以教育好的子女,也要解决他们的升学、就业问题",那位老爷怒声说:你说的是你的理!我说这是毛主席说的,他转身一走了之。他还是我一个表叔,战校的革委会副主任也是我表叔。我后来一听到李铁梅唱我家的表叔数不清、他们比亲人还要亲就想我这两位表叔。再后来,伟大的无产阶级文化大革命结束了,我也考上大学了,这两个表叔又笑容可掬了,似乎没有发生过我考上了,他们却不要我的事情。

一考的作文题目是"千万不要忘记阶级斗争",我害怕现实的阶级斗争,却能把它出色的"作文"化,这暗合了什么美学原理? 二考的作文题是"为革命而学"。此前,有个同学的同学提前告诉了他们知道的文题,让我作了个范文供他们抄用,可是到了考场一看不是那个换成这个了,二中全体语文阅卷老师联合评阅给了我第一名。数学我的真实能力是考不及格,我一个朋友假装着帮助给考生发草稿纸,把两道大题的正确方程式写给了我,因为他只是在校生不是合法的监考人员,迅即被驱逐,他在退出的刹那得手,我那个数学第二名是作弊得来的。尽管我找"老爷们"的时候总强调我语文第一、总分第二。

第三次考,到了1973年5月,永红又招生了,头上顶了一年多锅帽子的脑子昏昏沉沉,考了些啥全无感觉,中午不敢回家怕误了下午的考试,吃大姐给我带的白馒头夹猪头肉。这次考得最差,却被录取了。大气候方面因为"修教回潮了"(这词儿1975年才流行,用来概括邓小平右倾翻案风在教育领域的罪行)。小气候的原因是终于走通了后门。二考失败后,四处求人帮忙、还想改姓、想到乡下的高中去。三考后,车老师悄悄告诉我这次差不多,这次有2%的"可以教育好子女"的名额。家父怒喝:坚决不干,咱不是"可以教育好子女"。他的意思很明确:宁肯不上这个学也不能当这个"子女",不当这个子女,他就不是那个反革命了。他可能把党想成一个整体了,以为永红的党支部就是中国共产党本身了。回想起来:人托人好像上了天,其实培养了下地狱的心理基因:讨好、乞求、苟取。求人进了一个叫高中地方,也将平考上不要的委屈,但是形成了还是求人才能解决问题的"价值观"。

三考高中,那过不去的大坎,现在写出来却像是扯了一个淡。我变了,时代更变了。

东塔松涛

东塔松涛是"涞源十大美景"之首,俗称东大庙。还有一处"阁院钟声",俗称大寺,做过县委的党校。没有入了美景榜的西庙是我上初中的红卫中学。旧社会的各种庙变成了新社会的各种校,是风水使然么?

东大庙是省级文物点,上档案的学名一处叫兴文塔、一处叫泰山宫。那塔号称隋唐建的,明清修过,是过去涞源的地标,铁塔尖歪歪的,总有股欲坠的劲,却稳稳地过了千年,十年前终于掉了,换了个直的就觉得那个塔也变了,不再是文物而是一个普通土建了。庙里的松树连成片就有了"涛"。我没有听见过松涛,因为没有几棵了。抗战胜利后这是三完小(有五六年级的叫完小),当时的最高学府,建国后变成涞源一中,也是最高学府,一中的老师都是百姓心中的大知识分子。文化大革命自然是用文化搞运动,最高学府自然独领风骚,简言之东大庙类似涞源的北大,涞源后来的两大派"五一六"和"六一二"原本是这里的两个学生组织。不过,像中国的现代革命一样,一有工人、农民的加入,斗争一向高层发展,就没学生啥事了。等我成了永红一分子时,东塔松涛早已不再叱咤风云。

泰山宫俗称奶奶庙、娘娘庙,是个民间求子的地方,俗传有点灵验,"文革"破四旧,就剩下了房子没有烧。昔日求子处成了武斗地,这个制高点自然是兵家必争之地。如今香火甚,尤其是过庙会的时候,人山人海,带动了周围卖香箔的也成了产业链。泰山宫已承包给一个外来的道士,我去拜访过他,他老婆在做饭,说他回老家看他娘去了。这个道长经常给一中的学生

"看"能否考上大学,最经典的"看法"是举起一个手指头,再问自然是天机不可泄露。如果三个人里有一个考上了自然准了,如果一个也没考上也对啊,说的就是一个也考不上嘛。祖国的求签问卜特别发达就是从实行科举制开始的,此前单看门第用不着预测命运的东西。

塔下面是号称"北海第一泉"的养鱼池,站在水边照一张有松带塔的相片是任何年代都浪漫、诗意的招牌姿态。也许因了这浪漫、诗意,每年都有失意的、失恋的、失学的、失败的"举身赴清池"。比死在别处不土,当然也足够招摇,被救起的概率也高。上世纪80年代东大庙的一学子,连考三年没有考上大学跳进去,被救起,后来官至处级。"文革"前高考作文得一百二十分(满分一百)的张秉钧老师在上世纪九十年代跳进去了,就和他家人朋友阴阳两隔了。

"共志东塔求学,友谊松涛永结",是我毕业时写在同学小本上的,当时很雅现在很"年代"了,后来给母校写校庆祝词时又不脸红的用了一遍。塔尖和我的牙都掉了,要"永结"的友谊后来就没有机会感受过。校庆我也没有回去,听说招待回去的校友分三六九等。我不是忘恩负义也不是羞见江东,此前早就开办了优秀毕业生的展览,跟我要一张照片和出过的书,我也没有提交。如果我人去了、照片挂了,就觉得那个小庙没有了。我上课的平房早已被大楼取代,我不能再参与它的改变了。沈从文的小庙是文艺,我的小庙是内心记忆和那种一想起来就莫名的感动。

东大庙是我作为读书人的起脚处。

东大庙是我内心的庙。

大庙也无非是这样

梦寐以求的高中,一进门,就"东京也无非是这样"(鲁迅)

了。一个讲政治经济学的老师说:你们要时刻想到在你的旁边站着八个同学……因为你坐了这个凳子他们没来了。我对高中的珍惜高过这个原因,我是朝圣的,诸如此类的教训我听着俗气。要说失望首先是对这类学习动员的失望,譬如我上学是要找到献身的方向,他们动员的是打好"宿舍卫生"这一仗。莫名其妙,原来以为上天梯的高中就是这样?不是我的幻想幼稚就是他们的做派卑琐。

中学生会把一门课的老师当成这门课本身。我最渴望的课是英语和语文,偏偏英语老师生孩子了,语文老师在外县老家没有回来,数学老师是由俄语改行的,中苏交恶后一大批俄语老师不得不转世投胎,还是个人素质决定职业能力,有个老师由俄语转教世界历史就相当出色,我们这个数学老师毁了我的数学,高二的时候一个偶然代了一段课的数学老师又让我感受到了数学的魅力。英语终于有了代课老师是个高中生,他很认真,就是把我对英语的浓厚兴趣和进一步学习的基础消灭殆尽。

失了一年半学,终于重返校园,有点兴奋得过头,渴望过集体生活,非要搬到集体宿舍去住,住了没两天,与想象的落差太大,原以为同学们晚上要讨论或者谈论青春理想或学习,结果除了不说这些别的都说,还为啥时拉灭电灯吵架,我睡了几夜凉炕嗓子疼了,又搬回家。跟脑血管病太悲伤太高兴都是危险一样,我和全家共同努力上了个高中却越发神经衰弱了。像林妹妹一样夜夜失眠,敏感的父亲担忧我会因病休学了,巫婆问我是否梦见女同学?此时已经能够感受到失学时候的痛苦无谓了,爱好自虐而已。然而还是照样失眠,其实,失学时候的失眠和这上了学的失眠都是青春症,青春症之所以是青春症就是敏感又无知,就是自己的"知"平衡不了自己的感,"敏"遂致病焉。那时"敏"的是:现在即永远。其实这个现在产生的下一个现在才是永远,其实,没有所谓的"其实"。

我也没想到体育课是我收益最大的课,是我最想上的课。因为一中器材完备,各种项目的体育课都能上,有种超越现实的高等教育的滋味,每上完体育课心里都美滋滋的。体育让你进入了全新的生活,不但超离了家庭的压抑,也摆脱了教室的惯性。体育好像最功利,其实最唯美,是合法游戏。要是运动会前准备赛事,操场上洋溢着青春万岁的真气,是人体百草园了。在操场、球场出尽风头的没有几个学习好的,他们的才华不体现为造句、做题,而是体现在机动灵活的蹦蹦跳跳中,他们当时并不知道这风光时刻是他们一生最荣耀的瞬间了。

我是班篮球队后卫,因为没有投球的本领,但敢拼抢,也是矬子里面拔大个儿。但我不愿意扎堆,后来每天下午两节课的课外活动就一人长跑。有一次穿了一个新方口布鞋,不跑还夹脚,硬是照每天自己定的规矩跑了一万米,脚背上沿着方口出了成串的水泡。就这样,每天一万米跑好了神经衰弱。

我还每天早晨爬祁山,我站在山头向在操场出早操的同学挥手,他们也向我致意,那时候没有污染,没有高层建筑,山上山下没有如今这么多人。自作多情的写了一篇长诗《祁山颂》,秦国宗老师指着许多段落说:"这有什么用?"

我一个人爬山受到了教导组临时负责人批评:个人英雄主义。他是个认真负责有水平的好老师,只是我不符合他认定的好学生的规范。他也看不惯我那种到处张罗着看书报的劲头。他教我们高一哲学,我问他啥叫真理,他不知如何下口,我把从四角号码字典上抄来的定义给他看,他默记了好几遍。

体育最美学,哲学最反美学。

同室不同学

那时划片录取学生,譬如城关多少,南屯多少,非农业多少。

同学们的初始条件不同,风格迥异。同学之间年龄差异能差出一辈子来。然而率先放弃学习的是起点高的、精明的,他们被理论上的、事实中的读书无用论打倒了。大多数同学不看课外书,也没啥学可放弃的。是啊,读书有啥用呢?找工作与学习好赖无关,有钱没钱与学习好赖无关,甚至搞对象也与学习好赖无关。许多人来念书好像就是来证明读书无用的。

那个年头,老师也不学习。单身老师串通起来打扑克,有家口的整天做饭过日子。我见过一个上年级的同学在教室前问语文老师:嫉妒是什么?那个老师讲到"嫉贤妒能"就讲不下去了。我看那位问字的同学最后还是不知道"嫉妒"是何物。一度,学校有早晚自习及老师辅导的制度,我虽走读却风雨无阻,看到教室里没几个人常常又喜又悲,喜的是越没人越肃静,悲的是他们住宿于此都不来学习。就怕老师来辅导,哪一科的老师一来还得赶紧拿出他那一科的教材来。

课程固然没啥需要起早贪黑的,但是学点啥不好呢?学生为什么不爱学习呢?后来我发现了他们的共性:自以为是。再后来发现自以为是的原因是胸无大志。我在黑板上抄了《三国演义》青梅煮酒论英雄中曹操关于英雄的定义("夫英雄者"那一段),引起的关注是:同学们开始关心我看啥书。终于,一个想拉我入团的顾同学,专门等到教室里没人了做我的思想工作:你整天背那些古诗词影响多不好啊?让我们咋为你说话啊?

一个住在附近的龙同学,早晚自习都在教室,中午也在,她矮小坐第一排,我不太够坐最后一排但硬坚持坐最后一排,以便看课外书。她不肯安宁,只要教室里还有一个人她就得与人家说话,平时也像家雀一样喳喳。我本来初中毕业后不再骂人、打架,还是忍无可忍的坚持骂她。终于,一个中午,她郑重地说:"你以后别再骂我了。"我也不妥协:"你以后能不能别在教室里喳喳?"

又一个中午,两个外班的女生坐在龙同学那里嘀嘀咕咕,我兀自看书。好一会儿,她们终于走了。龙问:"你知道她们干啥来了?""不知道。""她们找你来了。"——我最讨厌她俩那副不知天高地厚的张狂相。"人家说你骂人家了,还骂得猴难听,让我转告你,以后别骂人家了。"我想起来,我骂过:一个王光美、一个王光臭!没想到她们居然这样腼腆,本来是打上门来却嘀咕而去。

我班的团支书是个大龄女,嘴里总喷臭气,她就坐在我的前面,原以为是厕所的臭气跑进教室,赶紧关窗,关了窗更臭,她的同桌揭发臭源是她的口腔。她还有点团支书的架子,因为入团是大事,也有追随她以便早日入团的。她以个人名义出一期黑板报,号召树雄心立大志,自然批评不良倾向、说当今青年"醉生梦死"。我经过反复的思想斗争,在值完日以后,在她的宏文后面用大大的字写了三句话,大意是:用"全称"说青年醉生梦死是诬蔑。第二天一片紧张。教语文的班主任张老师,在上完课后总结"黑板报事件":毛主席说有批评的自由也有批评批评者的自由,提出不同意见正常,但是说青年醉生梦死也不是诬蔑。

现在想来,我和团支书没有矛盾,都是号召要有志气。我抄的是《三国》,她抄的是报纸而已。

高一语文

最抱幻想的是语文课,最失望的恰恰也是语文课。最初没有老师,教材没有趣味,终于一个退休的管图书的老师来代课,他当年是三完小的高材生,有一次全县作文比赛,他写的是诗,好像一个干枝梅又返青发了芽,就几行,夺了魁,应该是庆祝抗战胜利的。他大概不大懂得现行的语文教法了,嘟嘟囔囔地供不上听,我又轻率浅薄地扬才露己,很讨厌地抢话、插话,有一次他急了:"我还没说呢,你都说了!"我大红了脸。现在想来,他的课也许比那些按照流行模式教的有质量,是我当时的水平没有辨别好坏的能力。

后来又暂时由教三十班的姚老师来教我们三十一班,我也曾站在窗外听别的语文老师的课,都先是时代背景,再是段落大意,然后是概括主题,最后说两三条写作特色。我从书店买了教学参考书,明白老师们都在"照本宣科",我读一篇课文期待老师们深化的地方全然不在他们的框架中。他们要教我们的"分析问题解决问题的能力",就是纳入上述那个万变不离其宗的"模子"。我对语文课从失望到绝望了。等我后来当了"孩子王"时也是这样教,不是全然忘了我当初的失望,而是不这样就不规矩,领导认为你在瞎糊弄。

刚上高中的时候,我的主要功课是抄一本温公颐的《逻辑学》,似懂非懂却非抄不可。等我上了大学,知道此公曾是我所在系的系主任,知道他让助教抄稿子没给一分钱——所抄的稿子就是我抄的那本书。给他抄稿子的给我们讲逻辑。有个总想露一手却没有多少东西的同学像发现新大陆一样宣布:"啥逻辑啊,就是磨叽。"我虔诚地抄《逻辑学》的时候,以为它后面有个真理的世界。姚老师看看那本书看看我的笔记,很专家地摇摇头:"毛主席说'学一点逻辑'。"然后,摆着方步走了。

上大学以后看到一个回忆朱自清的人说:他已在一些副刊上发表一点散文了,为了当作家来听朱先生的课,朱先生说你要是将来还想写东西就别来听了,去听外国文学吧。

静 力 学

真正给我入了"高等学府"精神快感的居然是物理课。车志忠老师是涞源的名人,因为篮球打得极好,我原先一直以为他是体育老师,他是我考入一中的恩人之一。开始我只是怀着感恩的心情好好听课,没想到静力学这样处处有理,老师也能随机点出其理——物理比伦理更天理。伦理是人理,人人言殊是题中应有之意。物理虽是天理,物理老师未必个个口吐天理。车老师能够随机口吐天理。他的物理课笑语喧哗,没觉得上一节课就完了。当时"修教回潮"恢复了听课制度,校领导来听课,气氛陡变,没人听课了又笑语喧哗了,车老师笑道:"你看,你们又都活了。"

我常常晚上想出了推翻或发展课上讲的原理,兴奋得第二天找车老师"理论",以为自己将从此进入科技史了,结果车老师在地上用随手拣来的树枝或短棍一划拉,我的发现、发明就破产了,我并不失望,越发佩服得紧了。我后来再三读《爱因斯坦文集》肇基于此,爱因斯坦关于古典文学的论述一直是我学、教古典文学的"原理"。这是车老师万万没有想到的,然而老师的意义正在这里。

一个没在课堂上教过我的老师

时隔多年以后,我特别感谢毛主席,如果没有反右运动,马玉学老师不会到了涞源。他上大学一年级时当了右派,他学的是历史,在一中教的是语文,因讲《指南录后叙》校领导正好听课,下课后说高三语文就是你的了。高三语文是个"地标",他因此成为县级文化名人。

"文革"一开始他就被游斗了,一中人文化高,给他一副羽扇纶巾的打扮,模仿老戏中诸葛亮的扮相,名号是军师,前面冠"狗头"二字。粉碎"四人帮"后,张春桥也得了这个封号。张春桥是70年代国家级的,马老师是60年代县中学级别的,如果追根溯源,马老师这个军师,是张春桥一线的狗头们给加冕的。张春桥倒了人们还用张春桥的语言刻画张春桥,张春桥应该很有成就感吧?

人人都说马老师学问好,我便觉得他必能上知天文下知地理,每当碰见他就虔诚恭敬地与他说话,有一次,他看看四周没人,低声说:"以后在学校不要和我说话。"去参加县里的什么公判大会之类,他也不与别的老师坐一起,会后,他问挨着我坐着的老师,知道了我是谁。

他的工作是给一中赶大车的当帮手,在拉煤途中他叫住我:"月亮,给我口吃的。"我把留待拉最后一个上坡才能吃的豆渣饼给了他。后来,他说我那是救了他一命。我觉得他用了修辞,这个修辞格叫夸张。再后来就熟了,"马老师,为啥不让我跟你说话,是不是怕反侦查?"他咧嘴一笑:"反侦查也就是侦查呗,我有啥怕侦查的,是怕连累你。"我全无怕连累的念头,我没有任何政治上的进取心,也领教过别人怕受我连累不敢跟我说话的那个别扭。我反而蓄意接近马老师,觉得够得上跟马老师说说话挺光荣的,有虚荣心更有敬慕意。

他吃过学生的亏。"文革"将起未起时,一个他很欣赏的学生揭发他,说他在课堂上课的时候,把该说蒋介石的地方说成了毛泽东,前面自然是一长串短语什么反动的封建的等等。那个人想借此立功,以求发达。马老师是右派,具有反革命的思想基础,当然立案侦查,但因为别的同学都没有听见,更因为革命派忙别的去了,此案便悬了起来。马老师惊恐郁闷觉得得了癌症,那个人和他的父亲拿着两瓶罐头去看了他。

就像他没有当成反革命一样,他也没有得癌症。批林批孔的时候,又把他拉出来作为孔老二在永红的代理人,在批斗会上,需他先自我批判,他说他执行了修正主义的教育路线,说了几句就给哄下去了。我很失望,因为没有感觉到他的学问和才华。尽管我知道挨斗是展露不出啥学问和才华的。我们的女团支书则嫌他腰板挺得直。

我1975年1月15号毕业时,他时常出入食堂,没有听说他在那里帮工。我上高中一年半,在学校唯一见过他一次无忧虑的笑,那是他刚从食堂出来,身上抹着面粉,刚跟师傅们闹罢……可惜没看到他们是怎么个闹法,马老师也会开玩笑么?

当时学习能力太低,无法从马老师那里掏宝贝。毕业后,我找机会去马老师家,闲谈中他夸我居然知道巴尔扎克!我是从马恩语录里记住的,我从他那里知道了哈代的《苔丝》,了解了张秉钧怎么个作文好法,知道了陈寅恪念书念瞎了双眼,知道了他们上大学不叫老师叫先生。他说涞源县就一个共产党员就是你爸,我问为啥?答曰:"咋打都不胡说。"他说他是1960年12月30号到的涞源,我说咋记得这清楚,他说一生重大转折嘛。他很感慨地说:都说涞源排外,我就没觉得,仔细想想是因为我这一大片学生啊。

等恢复高考,一中义务辅导全县的考生,我是听一节课不抽烟就难受的工人了。因为是他的课,听的人也不多,就悄悄点上了,他把手一挥:"教室里不许抽烟。"我跟教育局主持工作的副局长说:"马老师的历史辅导得最好。"他一副那还用说的表情,用嘴角发声:"那是。"

教我汉语的英语老师

还得感谢毛主席,如果不搞文化大革命,毛卓亮老师那一批大学生也不会到山区涞源。他是上海人,北京国际关系学院毕业,到涞源时年28岁。一个准外交官或者准国际间谍教我们英语真是老虎抓耗子逼他做大头猫。等到高二他教我英语的时候,我已经失去了学好英语的契机:国际音标全不会,只靠单词边注汉字记发音,不懂拼写规则生记字母组合背单词,就这样结业考试,我的英语成绩还是第一,作文是范文,他在课上念了我的作文,说我用了一个没有教过的句法,说对我的要求应该高一点,所以只给90分。有一次,我迟到了,喊报告,他用英语说用英语,我就用了英语,他笑着用英语说请进。我进入教室,后排的同学窃窃私语,没教过他咋会。我是在教室外面听高年级同学这样说的。两次碰见他在一中院里听我和教高一英语的老师说英语,那是非常让人心热眼亮的,根本听不懂,就是觉得美。

我在红卫上初中时几次缠着战校的初中生给我讲英语,因为他们初中就开英语了,他说就是二十六个字母,我也见识了那二十六个字母,还是不知道英语咋回事。英语课本的扉页上总是马克思那句话:外国语是人生斗争的一种武器。第一课是毛主席万岁,第二课是千万不要忘记阶级斗争,最后一课是缴枪不杀——准备战地喊话用的。让我觉得"非常美"的是整节课听他用英语朗诵《卖火柴的小女孩》《最后一课》《钢铁是怎样炼成的》(保尔跟朱赫来学武那一段),谁都听不懂谁都想听,课堂静静的静静的,拉了铃也没有人动一下,都希望就这样一直继续下去。奇怪的是不爱学习的同学也能如此被感染,我在别的教室外面听他朗读过别的段落,也是全体静悄悄的,不得不相信人间存在着超功利的艺术感染力。

他用英语讲伊索寓言(有人问伊索天黑前能不能进城),伊索的机智和毛老师的幽默让全班哄堂大笑。他用汉语讲"赫鲁晓夫和猪在一起""左三是赫鲁晓夫同志"等等。他上课从来不用维持课堂秩序,不像化学老师三分之一的时间告诫各种"不许"。上年入学的后进生,在"修教回潮"的气候中刷出来组成了一个"加强班",就是他们需要加强,未能按时毕业,后来他们又争取毕业权利,就在我们前面毕了业,毕业典礼上毛老师代表教师致辞,他最后说:"当暴风雨来临的时候,是区别海燕和企鹅的时候。"从他身上我知道了啥叫"有才"。

当时经常劳动,在劳动间隙,他用巨轮烟盒纸给我写"平林漠漠烟如织""昔人已乘黄鹤去""云想衣裳花想容"等等,使我的劳动课变得比语文课还文化课。当听他说莎士比亚前是古英语,我赶紧问是否也是文言文,他哈哈大笑,他忘了我是个穷山沟里的中学生。还有一次劳动,大家围着本来教俄语的王老师听新鲜,毛老师一脸的落寞。我跟王老师一起回学校用自行车驮大家的午饭,路上问:"毛老师是否特有才?"王老师说:"小毛到了我们这个年纪就更不爱学习了。"我极为错愕。要不恢复高考,我上不了大学,毛老师也上不上研究生。我从大学图书馆里给毛老师借出《英国文学史纲》成了他考研攻关的唯一火器,他们那一代人毕竟也荒废久了。等到他写硕士论文时反咨询我这个中文系的文章做法了。

高二后期搞教学改革,取消了英语,毛老师教我们语文,讲《两篇短而好的调查报告》《冰山雪莲》,比科班语文老师讲的好,大概他没有受教学参考书的影响。他就是串讲加发挥,讲出了句子之间的内在联系,讲出了汉语言的美感。这也因为他念课文的普通话洋气,因理解得透所以出感觉。我第一次考高中的作文就是毛老师判的,我一入学他就对我另眼相看,我时常去他家里,他在生活中总下意识地说英语,我问他爱人听得懂么?朱老师笑着说不知道他放的是啥洋屁!

高二语文老师

秦国宗老师与马老师同校同系比马老师低一个年级,他没有机会得右派,得了个右倾嫌疑也花落涞源。他的笔名是"秋寒","文革"前是《河北日报》的通讯员,经常在《河北日报》发表短文。也是大名鼎鼎的语文老师。在"文革"初期属于必须天天汇报行列里的,没有首当其冲。单身在涞源,吃学校的食堂,住单身宿舍。社会自然清苦,但他总是唱歌,用大字眼就是笑傲自若。

他跳高是剪式,跳远是空中走步式,百米速度相当了得,我上高二的时候,县里组织田径队去地区参赛,总教练居然是这个语文老师。我在一年级的时候偷偷地跟着他学唱歌,每周有个下午他教一个演唱队刚开放出来的革命老歌如《红米饭南瓜汤》和一些新的山歌如《挑担茶叶上北京》。他为了矫正我的口吃,教我背山东快书《奇袭白虎团》。高二他开始教我们,才有了上高等学府的感觉。可惜好景不长,反击"修教回潮",搞教学改革,他专门负责写作班,给我们讲通讯报道的写作,领着我们编写骂孔老二的小故事。他口才好的特点是干净,一句是一句。他说想不好的时候宁可不说,不要哼啊哈的。他在课堂里给我们念过一篇《朝霞》上的小说,好像是《教鞭》。

问秦老师问题常常顿开茅塞,譬如为什么《国际歌》说这是最后的斗争?春秋战国的战争谁正义谁不正义?我一直认为中学老师比大学老师重要,因为大学主要是自学。成长的痛苦和要害主要在中学,一个中学要是没有几个好老师就是个人口集散地。

我给他写信说他是我的指路明灯要拜他为师,他课间的时候从课本里拿出一个纸条,上面有七言四句,开头两句是:"《讲话》赫赫一盏灯,贤师当拜工农兵。"毛泽东《在延安文艺座谈会上的讲话》已成为我们那一代的专有名词。我高中毕业后,他去了石棉矿中学,为了解决孩子的就业,结果也没有成功。他回过我两封信,都被我珍藏着。再后来,他辗转回了老家河北固安。

秦老师是个乐观主义者,常说没有让他睡不着的人和事,随和不固执,能够与时俱进,可惜没能像马毛二位老师一样最后落到高等学校。前不久通电话声音依然健朗,他的体育好、会唱歌保佑了他的健康。当年,我说我黑因为叫这个名字总与黑暗相伴?他说,不,你应该想你给黑暗带来光明。后来,我在《王阳明大传》初版时怀着敬意引用了这句话,估计秦老师看不到。他跟家父说月亮哪样都好就是缺乏斗争性。我当时想我和谁斗呢?后来想哪有什么值得斗的呢?现在想还是老师看出了我根子上的弱点:怯懦。

小将上讲台

一度,搞小将上讲台活动。有个讲物理的同学当堂卡住了,听课的校领导还说像个老师样,因为需要小将像个老师样。我也申请了讲鲁迅的《论"费厄泼赖"应该缓行》,是课本外的,我刻写蜡版,给同学们人手一册原文。我的教学参考书是跟他们秘而不宣的《鲁迅杂文选讲》。自以为胸有成竹,自以为鲁迅已经烂在肚子里,一讲才知道讲课是门手艺,不掌握这门手艺就干不了这活儿,以为自己"肚里有"和实际上有的区别在于能否张嘴"说出来"。还是反思意识太强,一张嘴就知道自己以为烂在肚子里的太浅薄了,就不好意思再说出来。课文长讲了好几次,每次下了课发觉很多好意思说的忘了说。所谓嘴笨是遮羞,还是理解不深刻,总之是不着边际的浪费着别人的生命。不知道同学们是否盼着下课,我反正一个劲地盼着下课。这是我教书生涯的"破题儿第一遭",幸亏没有形成创伤记忆,不然连这碗饭也吃不成了。

我上讲台的时候没有校领导听课。下个小将是女生,讲鲁迅的《在现代中国的孔夫子》,我问同桌:"比我讲得好吧?"他撇了撇嘴。

政　变

就是区区中学生也依然有政可变,那就是争夺班委会、团支部大权。开小会、串连、找领导,然而,照样还得依靠天时……原先那个班主任调回老家了,班委会才得以更换。政变发动者的口号是要求普选……没有奏全功,老班长找毛主席语录要求保护干部,新力量找毛主席语录说群众的眼睛是雪亮的,我倒觉得新班主任的眼睛是雪亮的,对干部队伍进行了适当的调整。

找我串连的一个外号好老百姓,另一个被物理老师封赠三十一班最会说的。他俩没有得到什么职位,他俩也不积极也没有贡献,他们来发展我也没大作用。一个找过我的女生当了生活委员,但分饭票总弄错,便又哭又贴钱,不知道她后悔过搞这场革命否?

我是觉得大好时光干点啥不好,后来看《庄子》讲蜗角头上的大战,常常想起我目睹过的这场政变,看到更多的争权夺利也常常苦笑地想起这场政变。再后来发觉我错了,不是每个政变成功的"生活委员"都又哭又贴钱,成功者的利大得很,才鼓舞着代代人乐此不疲、煞费苦心。

批林批孔

毛泽东一生搞的最后一个运动是"评法批儒",是批林批孔的纵深发展……当然从政治的角度说文化大革命的尾声是"反击右倾翻案风",但这个"反击"是纯政治的,没有运动的思想含量、技术含量,尤其因为没有了文化大师毛主席的参与,就没有了意味深长的文化韵味,可用司马迁说陈涉起义"其事至微浅"来形容。反击之前有个批《水浒》,引用他的语录,如"《水浒》好就好在投降",毛老师做着手势反问:"书怎么投降?""四人帮"批"好就好在投降"的《水浒》意在批周总理,说他像宋江架空了晁盖一样架空了毛主席,把聚义厅改成了忠义堂,领着右派翻天。批孔的重点也是批"周公"。

批孔貌似由林藏有亲笔书写的"克己复礼"条幅而起,其实是毛想从文化上彻底改造中国传统,用他的斗争哲学充替孔子的中道哲学,然后毛泽东思想永远红彤彤。反中庸之道是"四人帮"的天性也是他们青云直上的秘籍。毛式运动的特点是一竿子插到底,连农村老大娘也能骂几句孔老二。我们自然天天写大批判稿批判我们根本不懂的东西。当时由政治局开会定谁够不够法家,譬如岳飞,从人们心目中的地位够,但他镇压过农民起义,又不符合法家的标准。当时的法家是革命家的意思,有许多党政干部在吵架时大喊我是法家。我心里想:法家是地主阶级的代表啊,你咋嫌工人阶级的代表不够劲了呢。

就像拿破仑打个喷嚏巴黎就要感冒一样,毛那套反复有常的文人脾性培养了到我这一代为止的"中国人的气质"。一直都能相跟上的郭沫若这次也出局了,毛一句"《十批》不是好文章"就把郭撂在半路上。文化大革命这回真搞文化了,御用班底的文化不够了。毛指示"唯心主义那一套还得找冯友兰"。那时觉得冯友兰的《论孔丘其人》比梁效们的文章有东西,尽管不知道"其"是啥意思,父亲说其就是"这个"的意思啊,你咋连这也不知道呢?

当时的报纸选载《论语》及注释,当然还有批判的评点,后来很快出了一批法家文集,我如饥似渴却又糊里糊涂地知道了许多不搞批孔就会不知道的东西。真是普及了古代的典章制度、思想史常识。从消灭传统文化的角度,"文革"初的"破四旧"比各种"批"要效果好。因为"批"往往得让人知道被批的东西,谁有理没理,谁的理多理少,就不是批的人能够控制的了。

批《燕山夜话》的东西我没记住几句,而邓拓及其引用的文章,我现在还记忆犹新。用鲁迅的话说这是让那些英雄很无奈的事情。

后来知道批林批孔造就出一批研究古代文化的学者,我吃水浅,只算是开了蒙,但我懂得了帝王术是中国文化的命门。

军乐队指挥

我一直保留着我的红卫兵袖章。我这个红卫兵是1974年秋天的红卫兵,与八年前的六年前的红卫兵已经没有丝毫可比性。不再是毛主席派下来的天兵天将,只是党想启动的一个群众组织,是共青团的外围。我这个红卫兵袖章只用过一次,刚戴上,正好去要迎接一个调查组,于是,我左臂戴着红袖章右手举着指挥棒,招摇过市,大姐的一个朋友看到说可威风了。

我不知道为啥叫我当指挥,我一点也不想当。卡夫卡说现代的特征是羞涩,我就联想到我拒绝当这个指挥的心理。本来是极体面的事情,因为涞源县只有这么一只军乐队,永红中学又是涞源的风头重镇,来了尊贵客人了要到汽车站路口迎接,开啥大会了要去祝贺,更专门的用处是学校运动会开幕闭幕式,那是涞源的"奥运会",附近农民也有误工去观看的。我除了怕耽误工夫,更怕看。一个人最显眼地走在最前面,想想就难受。

我最难受的是,冬天棉袄袖子短,妈妈让一个亲戚给续了一个袖头,比袖子细延伸出来,平时上课啥的无所谓,一举那个指挥棒,就众目睽睽于它了。心里愁烦,但也不说,家里没钱,妈妈也不会做针线活,说了也是负担。五一有重大活动,军乐队要求统一着装:白衬衣蓝裤子,我万般无奈,终于启齿,后来从大姐的大奶哥当会计的小厂子借了十五元做成了那套衣裳,到跟前又变了,要求穿半截袖。我真感到再也没有比统一要求更流氓的了,我无法跟家里再启齿。幸好,指挥就一个,没有可比性,管事的老师说算了,甭管他了。

有一次,运动会入场式,爸爸从砖瓦厂学习班出来站在边上看,他很自豪,笑着跟周围的人大声说话。

运 动 会

运动会上的明星往往是学习不好的同学。人人都有自己的骄傲宝地。

我天生的亚军之才,与冠军总差一点。无论在文史的创作学问上还是在体坛赛事中,亚军很快就淡出到无何有之乡了。跑4×100接力我是最后一棒,被冠军组的同学超过的时候,全场鼓掌,几乎是那运动会的高潮。过后,我们组跑起步棒的同学大度地说:你够快了,他(超过我的同学)跑得和我一样快呢。他们是进过集训队的,当初选拔时,我各项都比他们差一小点,有个女生替我惋惜,长叹一声,我正好听到了。她高中毕业不久,因肺结核病逝。大度而显摆的那个同学在民办教师岗位上因强奸女生(未遂)而判了十三年。他是我们的开班班长,后来被政变下去了。那次运动会他是跳远冠军,我是亚军。我还有一个亚军是一千五百米,冠军是那个跑接力超过我的加强班班长。

那场运动会我也当了个冠军,是掷铁饼的,据说我的记录还保持了几届。不过,田赛项目不显赫就出不了名。我拿了四个小本(奖品),还有一个4×400的接力赛也是亚军,永红的运动会英雄辈出,拿多少个亚军也难有《项链》女主角当过一回舞场皇后的荣幸。准备运动会才是运动,看运动会比跑运动会高兴。

搬砖生

如果我第一次考高中能够得手,我就是个合格的高中生了,因为"修教回潮"上课考试都回到正轨,那样的话我的起点不会这样低,我也许成为一个理科生,当一个理科生绝对得不了诺贝尔奖但不会活得这么遭罪。文科人最怕一脚门里一脚门外,我的高中总共一年半,1973年开春就该入学的,因为教育局不批,拖到5月。上了半年就高二了。二年级开了蒙,开始批判"修教回潮"了。我迈步就是个一脚门里一脚门外,以后步步不脱此宿命。修正主义的教育路线的回潮给打下去了,我们开始搬砖,所以我不算个高中生,可以硬巴结说是搬砖生,因为还没来得及写《搬砖赞》就毕业了。我的下一届就是职业的搬砖并写搬砖赞的一茬了。我相当于只被强盗抢了东西而没让写《强盗颂》。

永远的鲁迅

"文革"中有两大显学一是鲁学一是红学,因为毛喜爱这两样十年浩劫没有断过香火,蠢笨如我十年持续学习,还有渐悟,何况罗素说中国人个个都是哲学家!

如果说温公颐的《逻辑学》白抄了,我还抄过一本书姚文元的《鲁迅——中国文化革命的巨人》,我觉得没有白抄,不是因为姚文元比温公颐高明,而是鲁迅比逻辑感性。也不是感性就好,只是我感性太多,也没多到可以搞创作,正多到学不会逻辑。

鲁迅的话像所有圣贤的话一样,是活的。无论何时何地何种情绪都能够读出"活的"东西来。当时不懂得绝地天通的大体系,受林副统帅的影响只有一种"活学活用"的学习方法,甚至从大字报里看到鲁迅笔法也欣欣然。八十年代"体系热"时,窃为先生悲凉,如今体系之大者前朝树矣,体系之小者之伪者都"朝闻夕死"了。而先生自诩的路摊文字还像大山一样压着那些解构的英雄。

因为鲁迅的原著随时可以买、借、偷,又可以在任何场合看,所以,哪怕是政治局委员姚文元的评论也形不成垄断,就像鲁迅说真金和硫化铜一掂量就知道了一样。我曾经某个下午一口气连读《记念刘和珍君》十四遍,直到日落天黑。我一直有个问题是《记念刘和珍君》好,还是《为了忘却的纪念》好?哪种语体更深切著名、更能战胜时间?不同的时期有过不同的选择,不同的状态有过不同的判断。这个问题会永远存在,不需要任何鲁学家解答。

当时,看先生的文章,看了题目先想想自己怎么写,然后,再看正文。先生的角度和论证方式永远出乎意料。现在,偶尔也想试试,不灵了,因为大致上记得先生怎么写的了。

课 外 书

念书就是念课外书……这是我念书、教书的基本信条。我教书重复最多的话就是学生一走进图书馆,就能超越所有的老师。这是我上高中得来的经验。永红的图书馆也是图书馆。刚进来一批《北齐书》,我要借,帮忙的秦老师说你看不懂,甭借。我心里不服:只要看咋会看不懂呢。有一套《各国概况》,除了我借就是外语老师借。

我最爱看的是小说,给我刺激最大的是茅盾的《蚀》《腐蚀》,真是了解了别样的人生。看鲁迅的小说好像更多哲学感悟,看茅盾的小说才是文学刺激。而郭沫若的《地下的笑声》之类在没书可看的年头也看不进去。比较愚蠢的是看不起赵树理的《三里湾》,还看不进去张恨水的《啼笑因缘》《魍魉世界》。最不应该的是不喜欢《西游记》……直到如今也没有认真读完一遍,尽管教古典文学时讲过无数遍,不是我缺少童心,是抗拒那种讲唱腔。

日记体、书信体小说是我的最爱,前者我举一部——就是我们这一代也未必有几个人记得的——《青春》(苏联的同名小说不是日记体),用真挚的第一人称口吻礼赞改天换地的知青生活,这个"我"是个女的。后者我举一部:苏联的《没有地址的信》,说的是一个弃妇用出色的工作和大度的风格唤回了丈夫。为什么特别喜欢呢?因为可以直接拿心理描写抒情!尤其是那年头,那年头是标准的"抒情年代"又没啥情好抒。所以说,只有一个原因,就是情感匮乏,就是我和作品一同浅薄、一样浅薄、一起浅薄,即使对丁玲的《莎菲女士的日记》和蒋光慈的书信体中篇和长诗的喜爱也当如是观。

我对记日记和写信都抱有"激情"。如果保留下来高中的日记和书信,会怎样?当时是为以后写长篇做准备的,现在真写能用上几句?上大学后也这样准备过,不都是一笑了之?当时天塌地陷的大感受,再重温,弄好了,也只有个笑不出来的苦笑。能《朝花夕拾》如鲁迅者,非得空透、松透、心地澄明到了般若境界。

我收获最大的是老高中课本,一度高三的语文分为语言和文学,比我上大学的教材都好,如果不搞"文革",沿着那个路子走下去,祖国的教育事业多么正规啊。过去的课文选的好,真是人生的教科书。

因为我爱搜罗书,姚文元、张春桥"文革"前的集子也看到些,张春桥"文革"前的"文章"比"文革"时通用的文章还"难看"。却觉得姚文元的《巨人》不但比"文革"时期学习鲁迅这那那的书好,比许广平《欣慰的纪念》也好。后来又看过《巨人》为自己当年的眼光脸红。

黑包工

计划经济体制里,凡计划外的都是黑的,没有户口的叫黑户,不是正式单位承揽的工程都叫黑包工。加入这样的工程队也得要有熟人,尽管吃的是猪狗食干的是牛马活。能包出活儿来的是包工头。譬如一百元的工程款,他打点行贿用十元,自己落四十元,能够给干活的人百余人分四十元、吃住花销十元就不错了。明知道是如此,你包不来工程,就得感谢包工头的剥削。文学让人心软,经济学让人心硬,江湖逻辑是不做铁砧就做铁锤。包工头就是当年的"富豪"。

我第一次干黑包工是高中二年级的一个秋假。工地在钢厂,驻地在四里外的一个修铁路的工程连的废弃的宿舍,每天要从桥上过拒马河,秋风贼凉,冻得脚疼,后来用水泥袋之牛皮纸裹上脚就好多了。

我带着走出家门的兴奋,还有《短篇小说选评》和日记本。那个《选评》有对所选作品开头咋好、结尾咋妙、人物如何典型的点评,从作品到评论都是八股小说、八股评论,但已是难得的"启蒙"大书了,因为常常引用鲁迅,如"选材要严,开掘要深"。

每天干的活实行承包制,没人愿意和我这个未成年的学生搭伙计。那些转业兵们为了挣超工作量的钱,总是意气风发地相互搭伙计,也的确能够远远把别人落下。一个四川佬带着哭腔说:你们吃稠的也得让我们喝点汤啊。这种劳动竞赛只是一种管理方法,工头是不会兑现的,只是工人不知道。工人最后能够拿到一半工钱就是没有被坑了。

一个秋假个把月,记忆深深的有二:1. 一个二中的毕业生,他在干活的闲聊中真诚地说:"最大的幸福,就是见到毛主席。"后来我在亚庄大队主持拜祭主席的时候还替这位哥儿们惋惜,他最大的幸福永远无法实现了。2.适应了劳动强度以后,又能晚上看书了。一夜,突然一排房门逐次吹开,我出去看看,也没有风,我始终弄不明白那十来间的房门何以逐次开阖?

"长城外古道边"

毕业自然要感伤,照毕业照的时候我说这是高中的唯二的留念,还有一个便是毕业证。我和班主任给全班同学写毕业证,一个当过体育委员的女同学坚持不让我写她的,让高老师写。所谓写就是在那几处空白的地方填上姓名、性别、年龄。我的高中毕业证不知流落何处,不知其他同学可保留至今?

毕业后的茫然压倒了毕业时的失落。既没有盼着毕业也没有怕毕业,就跟迟早要死一样反正是"规律",盼着怕着都一样,到时候了该咋的还是咋的,不用多思量。我没有离不开的人,也没有离不开的课,不毕业也是看课外书。而且像战争年代的人不大怕死一样,"文革"年代的人天天批小资情调好像没人在意什么离别。如果当时流行《送别》,人们天天唱"长城外,古道边",毕业时的气氛就会大不一样。我们的居处、学校就在长城外古道边,后来每每听此歌就想起我们那个没有音乐的高中毕业。如果当时知道地球上有首歌叫《友谊地久天长》,同学之间也许能平添几许自作多情的忧伤。蒙昧正是我们战胜许多苦难和忧伤的地方。

我也许是最"文学"的一个,毕业那天送乡下同学回家,住了一夜,各自谈自己的理想,我说上大学,他说不可能。他数理化本来学的好,后来觉得没用就不学了,毕业前就赶集倒卖二手自行车,后来当泥工、贩驴,他老婆像打孩子一样时常打他。

我想去把我发展成红卫兵的中队长的同学家,但不好意思说出口,去了那个后来得了肺结核的同学家,她爸是个老师,已神经病多年,自己磨磨叨叨的,她腼腆地说:可别笑话。我只有后悔咋会笑话？后悔的是,要知道她家境这样艰难,前后桌的,我会多与她说说话。这一面成了永诀。我的中学同学死伤累累,有个初中女同学,家住县城居然死于难产。无常比无耻什么的可能更根本。

我的大学

高中毕业后,无法分配到工作,插队也没人组织,我只好上我的大学了。"三考"了一个高中,毕业了升入这样的大学,犹如下雪变雨不如直接下雨么？不,犹如吃饭变屎,明知得变成屎也必须得吃。

1. 筑路

高中课本从《钢铁是怎样炼成的》选了保尔修路碰上冬妮娅那一段,名曰《筑路》。冬妮娅问保尔:政府不能给你安排一个好一点点的位置么？保尔说冬妮娅身上散发着卫生球的味道。特别羡慕的居然是保尔叫冬妮娅和丈夫"公民"。觉得中国要是也称"公民"就好了。也感慨当初那样生死恋再见面居然路人一般。我既不羡慕冬妮娅过得好也不恨她的卫生球味。我不敢奢望政府给个好点的工作,只觉得干上活就有的干了;所干的黑包工没有保尔那么崇高的意义,就是把水泥石子和好铺成一截水泥路,如此而已。因为我上过高中知道《筑路》才这么麻烦东想西想,我的工友们比我快乐:一天能挣三块多,多好的日子啊。我也觉得机会难得,又天性不惜力气,于是成了一个被大工子夸奖眼里有活儿、最服手(方言,犹如东北的"好使")的小工子。

2. 扛大个

扛大个首先要过的关口不是腰腿能不能行,而是脖子。虽然有个白单子披着,但麻袋实在磨得厉害,与砖磨手的磨法不同,我搬砖不戴手套是故意磨炼自己,扛大个磨脖子是不想磨炼也得磨着。头一天下来,脖子不敢挨枕头。第二天,脖子硬得不能回头了,要想扭头和人说话需做转体运动。第三天脖子红肿得变色了,往黑里变了。再往后就习惯了。普希金说上帝没有给人幸福习惯就是幸福,陀思妥耶夫斯基说人是卑鄙的什么都能习惯。

扛大个的步伐是独特的,沉着而轻灵。架着膀子快跑的不是个永远的外行,就是个实在吃不了这碗饭的。这种步伐得学、得练,也靠天赋。扛大个和摔跤一样,小个子占优势,因为身体的重心低。扛大个的"巧劲"在身子直,在迈步的虚实转换,跟太极拳的原理一样。高难度的挑战是上跳板,一是装车,从跳板走到卡车上;二是入库,用麻袋一层层的堵住库口,越往后跳板便越支越高。从跳板上摔下来的后果就看运气了。

3. 沥青沾砖

把臭油(沥青)熬到鼎沸,用大钳子夹着砖沾到臭油锅里,三面有了油,铺仓库的地。这个活省劲费心,一不小心,砖砸到油里,就会烫伤。我的工友被烫得乱叫唤。

4. 土建小工

打水泥路、扛大个那样的"肥活"没有了,只好当土建小工。也需要关系,用不着多深,我铺路的大工子成了化肥厂土建的工头,一说就去了,因为他到处夸我是个好小工子。每天号称给一块半,最后还是没给全。

因了那个秋假干黑包工,这回挖方我就是出众分子了,把定量挖完在阴凉处看《莫泊桑短篇小说选》。带班的看看我,说:"你咋不抽烟?"挖出槽子来就得往里填石头,有一次诗兴大发,每抱入一块,都豪情满怀:比文人强多了,我确确实实地留下一笔了。我搬砖不戴手套,为了磨出老茧,记得很快把手指肚的皮磨掉了，里面的嫩肉皱褶着躲避任何触碰。我心想比起拉赫美托夫睡钉毡来我还挣了钱。

我虽然没有拜师傅，但特别想当那个大工子，觉得他们干活挺艺术的，看他们干活有享受，看木工干活就没有，是因为他们的工作容易见出效果来么？还是他们这个动作本身有形式感？我总能把砖和水泥给攒下，就是供应过剩，然后我替他们干，砌砖还行，抹灰干不了。架子高了，我不便反复爬上爬下就看小说。了解的工头都不说我，因为我有时候顶两个小工，照样可以看书。他们也不发表看书无用论。

转　　学

因为我转学到广阔天地了，我的大学一年级就不了了之了。

这个大学口头语言教学的主要内容是三大件：面子、音乐、性。

越是没脸的人越是要面子，伤面子的事情可以是任何事情，譬如一根烟、一句话。小工子最爱标榜他与工头或某个大工子的关系：不是他叔叔就是他师哥的妹夫，干活时如果较劲也不是为了效率而是为了面子：看看谁牛。他们对音乐的需求超人意料的大，感受相当深，这也许因为中国没有教堂的缘故。化肥厂的大喇叭除了广播通知，总有很长的时间放放样板戏的舞曲、刚开了禁的老歌儿，那个时候人们的劳动状态大为改观，用他们的话说就是不觉得累了。跟大工子学唱各种小调是难得的受教育。他们唱得很生命化，《走西口》《小寡妇上坟》能把我唱哭。不是大喇叭中的歌曲而是他们这种小调让我懂得了音乐直通灵魂。

他们不大谈钱，也很少谈吃，不是这两样无需说，而是沉重到了没有余裕说。他们爱说爱想的是男女之事，有时候姐夫小舅子一块说,对路过的每个异性都要发表评论,个别人还喊出下流话,当然是对方听不懂、听不到的,譬如:"拿钥匙来!不拿钥匙咋开门呢?"他们边干活边开着过头的玩笑,骂着对方的配偶和姐妹,句句不离生殖器。我没有看见骂恼的,也永远分不出高下胜负,而且也没啥新鲜的,他们乐此不疲地过着嘴瘾,一轮一轮地循环,扛大个的时候一般是空着回返的骂扛着的,扛着的自然还不了口,但马上就倒过来了,他再骂那个扛过来的。因为不影响工作效率,工头也乐呵呵地听着、看着,有时候还插一两句,助助兴。扛大个与抬木头不同,抬木头可以形成哼吆行吆派,扛大个只能形成行吟对骂体,像对歌似的。

"我的大学"之"黑包工"年级没有念好,太浮光掠影了,远远没有和光同尘,只能算个开卷有益了。

美学涞源

我离开涞源三十二年了。只要做梦,就在涞源,尤其是从城里到西关的路上,那是我上初二的"道路"。那所中学的名字已经消失了二十多年了,它叫"红卫",我是从"红光"转过去的。转的原因是红光中学解散了,我们全体在读的统统地转了过去,我的班主任被发配到了小西庄。解散红光因为它是黑线教育"宝塔制"的小宝塔,而红光中学校址变成了县革委会和后来的县委,再后来恢复了它本来的身份"县立小学",现在是什么我也不知道了。红卫中学那个院落变成过"三中"、变成过"电大"。它是电大的时候我回去看过它一次,从那以后我梦涞源的电影不再以它为背景。

当年最大的理想是离开涞源,而离开以后所有的梦竟然都属于涞源。因为我是涞源人!因为我生于斯长于斯,因为这片土地刻录了我的青春和创伤。

在异国他乡的人常说爱国是种乡愁,那我这家乡感算什么?而且相见不如怀念,那梦醒后凝聚积淀的凄美情愫都能在回家后迅即破灭,好像自己在摆弄自己那自作出来的多情。其实滚滚红尘东逝水,任何人的日子该咋过还是咋过。我心中的梦里的家乡只是我个人的意义世界,与真实无关,我梦里梦醒后的情愫是美学的,而真回去后所破灭的只是粗鄙的功利计算。行笔至此,我突然明白了《金刚经》里说的"若以诸相见我,即不得见如来"原来就是这样一个美学原理。根据弗洛伊德的学说,一个人一生的性格、生命感觉都根源其早期经验,那涞源就是我的美学"来源"了。

而且,整个涞源就是我的母校,不仅我在涞源主要是念书,就是不念书的时候更是在念无字天书,涞源的田野是我的"百草园",涞源的五行八作是我的"三味书屋",我插队落户是接受贫下中农的再教育,我进涞源建木厂当的是学徒工。任何人的一生都是一部成长小说,我这一部的重头戏在哺育了我的涞源,至于我以后受的专门教育,倒只是单面的技能,只与混饭吃相关,也许还关乎痛痒,但与形成痛痒的感觉无关了。所以,我从来不梦见某某大学。

美学诞生于虚席以待,频频入梦是因为"亏欠"。过去常常觉得这亏欠是"文革"岁月造成的心理创伤导致的,其实不尽然,尽管十三年"黑崽子"的日子对于一个文学少年的影响怎样估计都不会过分,但还有另一方面,就是我觉得亏欠,譬如我幼小的时候曾在内心里许愿给两位伟大的母性一人五十元……当时是破胆充分想象的有钱的极限,等我可以给她们五十元时不但她们已经谢世而且这数目也滑稽得心酸。最关键的是无能的我没有给家乡做出过任何的贡献,譬如我曾在庆祝抗日战争胜利六十周年的时候竭尽全力的推荐家乡人编写的《名将之花凋谢在太行山上》,但在官本位的体制里,我这个决计不当官的人注定要永远灰头土脸。而我不当官的心念定型于我在永红中学读到的一本小册子——它的封面颜色和开本大小都清晰如在目前,就是忘了具体书名,内容是"青年马克思",他十七岁关于青年选择职业的一段话写得精光四射:一定要选择能够为了全人类的福祉而工作的职业。结果他选择了不做资本家赚钱工具的自由知识分子,他最佩服的是宁肯磨镜片也不当体制内教授的斯宾诺莎。前不久在比利时看见年轻的他和恩格斯起草《共产党宣言》的窗户,我不禁潸然泪下,在巴黎公社墙前回想着他论巴黎公社的名言,我一气儿抽了半包烟。等我背诵给陪我来到墙前的小我十岁的人听时,他们只惊讶我的博闻强记。我告诉他们我们这代人是把这些当真的。

梦归涞源,是因为我生命最纯真的一段属于涞源,是因为我的情意的根在涞源,是因为无论我走到哪里我永远是个涞源人,这不可改变。可变的是涞源的面貌,我的涞源美学不会变。

(原载《长城》2011年第5期)